JML Noël 1986

MÉMOIRES DE PRISON

ARMANDO
VALLADARES

# Mémoires de prison

*Traduit de l'espagnol*
*par Raymond Albeck*

Albin Michel

*Édition originale espagnole :*
CONTRA TODA ESPERANZA

Édité par Plaza & James Editores, S.A., Barcelone



*Traduction française :*

22, rue Huyghens 75014 PARIS

ISBN 2-226-02593-6

*A la mémoire de mes compagnons torturés et assassinés dans les prisons de Fidel Castro et aux milliers de prisonniers qui y agonisent actuellement.*

« L'homme est l'être merveilleux de la Nature. Le torturer, le détruire, l'exterminer pour ses idées est plus qu'une violation des droits de l'homme ; c'est un crime contre l'Humanité. »

L'AUTEUR

« Abraham, ayant espéré contre toute espérance… n'a pas faibli dans sa foi. »

SAINT PAUL, *Épître aux Romains,* 4-18-19.

# Introduction

Ce livre est un témoignage, celui de vingt-deux années passées dans les prisons politiques de Cuba, uniquement pour avoir manifesté des conceptions politiques différentes du régime de Fidel Castro.

Dans mon pays, il y a quelque chose que les défenseurs les plus fervents de la révolution cubaine ne peuvent nier : c'est le fait d'une dictature qui existe depuis plus d'un quart de siècle. Or un dictateur ne peut se maintenir au pouvoir pendant autant de temps sans violer les Droits de l'Homme, sans persécutions, sans détenus politiques et sans prisons.

En ce moment, il y a à Cuba plus de deux cents établissements pénitentiaires, depuis les prisons de haute sécurité et les camps de concentration jusqu'à ce qu'on appelle là-bas les *granges* et les *fronts* « ouverts », où les prisonniers sont condamnés aux travaux forcés.

Dans chacune de ces deux cents prisons, il s'est passé et se passe assez de choses pour écrire de nombreux livres. Aussi le témoignage que voici est-il à peine une esquisse de leur terrible réalité.

Un jour viendra où l'on connaîtra leur histoire dans ses détails, et l'humanité sera frappée d'horreur comme elle le fut en découvrant les crimes de Staline.

Amnesty International, dans ses dernières informations publiées, a dénoncé les exécutions de dizaines de prisonniers politiques, les coups et les mauvais traitements que subissent tous ceux qui sont incarcérés. Quand elle a demandé au gouvernement cubain de supprimer la peine de mort, le vice-président actuel de Cuba, ancien ministre du dictateur précédent Batista, Carlos Rafael Rodriguez, a rétorqué qu'à Cuba, la peine de mort était indispensable. C'est aussi lui qui, dans une interview publiée par *Diario 16,* le 16 octobre 1983, alors qu'un journaliste lui demandait s'il existait à Cuba des groupes qui réclamaient la liberté et le respect des Droits de l'Homme, a répondu qu'il y en avait, certes, et qu'il y avait aussi des gens avec des drôles d'idées de liberté syndicale et de Droits de l'Homme, mais qu'ils étaient considérés comme des personnages ridicules.

Pour moi, un tel témoignage représente la nuit d'où je suis enfin sorti, mais ce n'est pas le cas pour les détenus, mes compagnons, qui continuent à souffrir dans ces bagnes, et dont certains sont emprisonnés depuis déjà vingt-cinq ans. Ces prisonniers politiques sont les plus anciens de toute l'Amérique latine et peut-être du monde.

Les violences, la répression, les coups, les tortures, la mise au secret sont à Cuba des pratiques courantes, quotidiennes : aujourd'hui même, à cette heure, des centaines de prisonniers, pour avoir refusé ladite réhabilitation politique, se trouvent depuis quatre ans enfermés tout nus, sans assistance médicale, sans visites, dormant à même le sol, dans des cachots dont les portes et les fenêtres ont été murées. Ils ne voient jamais la lumière, ni naturelle ni artificielle. Je suis un survivant des terribles cellules murées de Boniato.

Dans ce livre, on voit des photos, celles des hommes dont il est question : il faut que le monde sache que ce sont des êtres humains qui ont existé, qu'ils existent, qu'ils ont un visage. Ceux qui vivent encore se trouvent actuellement aux Etats-Unis, au Venezuela et dans d'autres pays.

Je dois dire qu'au cours de mes pérégrinations dans les prisons de Cuba, j'ai rencontré des militaires et des fonctionnaires d'une haute qualité humaine, qui nous ont aidés dans la mesure de leurs possibilités, en courant constamment le risque d'être eux-mêmes emprisonnés. Evidemment, pour des raisons de sécurité, je ne puis révéler ni leurs noms ni les faveurs dont nous avons bénéficié.

Je ne veux pas terminer sans évoquer tout ceux qui ont rendu possible ma liberté, et je veux leur renouveler ici ma reconnaissance. Leur liste serait trop longue pour que je fasse état de chacun d'eux, et il en est tant d'autres qui ont pensé à moi, tout fait pour m'aider, et dont le nom m'est inconnu. A eux tous, de tout cœur, j'adresse mes remerciements et ma gratitude.

## CHAPITRE PREMIER

# L'arrestation

Sur mon front, le froid du canon de la mitraillette me réveille en sursaut. J'ouvre les yeux, effaré. Trois hommes entourent mon lit... De son arme, l'un d'eux me presse le crâne contre l'oreiller.

— Où est le pistolet ? demande le plus âgé.

Il est maigre et a les cheveux gris. J'apprendrai plus tard qu'il a fait autrefois partie de la police du dictateur Batista.

Quand ils ont frappé à la porte, c'est ma mère qui est sortie pour leur ouvrir. Ma chambre est tout au fond, mon sommeil était lourd, il faisait froid, et je ne les ai pas entendus entrer.

L'homme à la mitraillette m'appuie toujours le canon de l'arme sur le front. Un autre fouille sous l'oreiller pour y chercher un pistolet imaginaire. Puis le plus âgé déclare que je dois m'habiller et les suivre. Dans le salon, un quatrième policier surveille ma mère et ma sœur.

Je dois m'habiller en leur présence. Quand j'ai fait un geste vers l'armoire, l'un des agents m'en a empêché ; il a ouvert lui-même les tiroirs, l'un après l'autre, et il a tout regardé. Pendant que je m'habille, ils ne me quittent pas des yeux. Puis c'est la perquisition. Dès lors, ils ont l'air plus calmes, plus sûrs d'eux. Ces agents reçoivent l'ordre d'arrêter un citoyen sans savoir pourquoi ni qui il est. On leur dit systématiquement qu'il s'agit d'un homme très dangereux et qu'il est armé. Maintenant, ils sont sûrs que je ne le suis pas. D'ailleurs, je ne l'ai jamais été. Je calme ma mère et ma sœur. Je leur explique que c'est sûrement une erreur puisque je n'ai commis aucun délit.

J'étais alors fonctionnaire du Gouvernement révolutionnaire à la Caisse d'épargne des postes, lesquelles dépendaient du ministère des Communications. Mon avancement dans ce service officiel avait été rapide, ce qui était dû en grande partie à mes études universitaires.

La perquisition fut minutieuse, longue : ils passèrent presque quatre heures à tout vérifier. A un centimètre près, ils fouillèrent partout. Ils ouvrirent tous les flacons, feuilletèrent les livres page par page, vidèrent les tubes de pâte dentifrice, examinèrent le moteur du réfrigérateur, les matelas...

Je conversais avec ma mère, la plus nerveuse des deux, et tout en lui parlant, je me demandais qui m'avait accusé de posséder des armes. Evidemment, quelqu'un voulait me faire passer un mauvais moment, me voir arrêter, mais cela s'arrangerait bientôt. Je me suis dit que cette dénonciation venait de mon service. J'avais là des collègues qui, je le savais, m'étaient hostiles. Quelques semaines plus tôt, un de mes chefs, à qui me liait une amitié solide, m'avait prévenu que la Police politique enquêtait à mon sujet. J'avais déjà eu plusieurs heurts à cause de mes idées religieuses.

C'était l'époque où une suite d'événements avaient aggravé radicalement la situation qui régnait à l'intérieur du ministère des Communications. Le ministre, Enrique Oltuski, un ingénieur, avait été destitué, et l'on avait nommé à sa place un communiste, Raúl Curbelo, qui avait combattu au côté de Castro pendant la guérilla et qui « ne s'y connaissait qu'en vaches ». C'est ce qu'il m'avait dit en passant dans mon service quelques jours après sa nomination :

— Voyez-vous, Valladares, moi, je n'y connais rien à tout cela. J'étais à l'Institut de la réforme agraire, mais Fidel m'a dit qu'il me fallait prendre en charge ce ministère, et moi, je ne m'y connais qu'en vaches. C'est pourquoi j'ai besoin d'aide.

Le sous-directeur de la Caisse d'épargne avait été remplacé par un autre communiste; le trésorier était lui aussi un ancien militant du parti venu de la province de Camagüay. C'est alors qu'un de mes meilleurs amis et compagnons de travail, Israel Abreu, avait été renvoyé du service à cause de son comportement antimarxiste. Israel avait lutté dans des groupes clandestins contre la dictature de Batista, et cette décision du nouveau ministre avait provoqué un mécontentement général. J'avais critiqué personnellement cette mesure comme étant un abus de pouvoir et une violation de la liberté d'expression, qui avait été au début l'un des postulats de la révolution de Castro. Cette prise de position n'avait pas été étrangère à ma réputation d'anticommuniste.

Puis j'eus de nouveaux démêlés à cause d'un slogan lancé par l'appareil de propagande du gouvernement; on le ressassait dans

tout le pays avec l'objectif de préparer les masses à accepter les conceptions du communisme. En effet, on commençait à accuser Castro d'être lui-même communiste, aussi avait-on donné la consigne de répéter partout : « Si Fidel est communiste, mettez-moi sur la liste, je suis d'accord avec lui. » Ce slogan fut imprimé en décalcomanie sur des papillons collés sur les véhicules ainsi que sur des plaques de laiton qu'il fallait fixer à la porte d'entrée de tous les domiciles. Chaque jour, on pouvait le lire dans les journaux. On en fit aussi des affiches qui tapissèrent les murs des écoles, des casernes, des usines, des ateliers et des bureaux gouvernementaux. Le but était simple et évident : il s'agissait de présenter Castro comme un Messie, un sauveur, l'homme qui rendrait au pays la liberté, la prospérité, le bonheur ; Castro ne pouvait être lié à rien de mal, à rien de négatif. Ce qu'il était et ce qu'il faisait était nécessairement bien... Par conséquent, s'il était communiste, eh bien, « mettez-moi sur la liste ». Telle était l'analyse conçue par les spécialistes de la propagande du parti. L'immense majorité du peuple cubain ne connaissait pas grand-chose du communisme, il n'avait aucune formation politique, et il éprouvait de la difficulté à croire ce qu'on lui disait du marxisme.

Les communistes du ministère voulurent placer sur mon bureau un de ces slogans : « Si Fidel est communiste... » Je refusai. Ils furent surpris, décontenancés : tout en connaissant mon refus du marxisme, ils avaient cru que je n'allais pas protester pour ne pas m'opposer à Castro. Ils me demandèrent si j'étais ou non d'accord avec Castro. Je répondis : « Non, s'il est communiste. » J'ajoutai que je ne me mettrais pas sur cette liste, ce qui provoqua une discussion.

Chaque jour, mon comportement contrastait davantage avec la nouvelle norme. En réalité, j'étais très naïf. J'estimais qu'on pouvait à la rigueur me chasser du service, comme ils l'avaient fait pour Israel. Mais rien de plus. Je n'avais jamais pensé que l'on me mettrait en prison pour m'être montré tel que j'étais, pour avoir exprimé des opinions contraires au marxisme. De plus, le gouvernement ne s'était pas encore déclaré ouvertement marxiste ; Castro ne le ferait que quelques mois plus tard. Dans les rangs des révolutionnaires militaient des milliers de personnes qui continuaient à s'accrocher à l'idée que Castro n'était pas communiste. Ils savaient avec certitude que les communistes occupaient certaines sphères du pouvoir et qu'ils commettaient des actes extrêmement répréhensibles, mais pensaient que c'était à l'insu de Castro. Dès qu'il s'en apercevrait, il y mettrait fin. Quelle naïveté !

Je les comprenais. Tous n'étaient pas encore capables de concevoir la vérité : Castro les avait trompés, utilisés, lancés dans la lutte, manipulés, en faveur de ses idées. Leur argumentation se fondait sur les premières déclarations de Castro, celles du début de la révolution ; il les avait répétées à Cuba, dans plusieurs pays de l'Amérique latine, devant les chefs de la Commission des relations extérieures des Etats-Unis et dans de nombreuses conférences de presse, par exemple lorsqu'il avait été invité à Washington par la Société des éditeurs de journaux le 17 avril 1959 ; il avait alors déclaré à l'hôtel Statler Hilton : « Je dis de manière claire que nous ne sommes pas communistes... »

Le même jour, Charles Porter, représentant de l'Oregon, avait signalé à Castro que son frère Raúl faisait de la propagande pour la doctrine communiste chez les soldats cubains. « Indigné », le chef de la révolution avait répondu :

— Croyez-vous que je permettrais aux communistes de détruire l'armée que j'ai créée ?

Le 19 avril de cette même année 1959, invité à figurer dans la célèbre émission télévisée *Meet the Press,* il avait eu à répondre aux questions des journalistes. L'un d'eux, Hervera, avait commencé par lui demander :

— De quel côté vous mettriez-vous en cas de conflit ?

Castro répondit aussitôt :

— Du même côté que les démocraties. La démocratie est mon idéal. Je ne suis pas communiste, pas plus que je ne suis d'accord avec les communistes.

Il devait dire peu après :

— Nous sommes contre les communistes et les dictatures de tout genre.

C'était à ce type de déclarations que se référaient ceux qui n'acceptaient pas encore l'idée d'avoir été trompés ; ils jugeaient Castro d'après l'échelle de valeurs qui était la leur, selon leurs principes éthiques. Ils oubliaient, ou ignoraient, que Lénine avait défini clairement le comportement type des communistes : « La morale communiste est subordonnée aux intérêts de la lutte des classes. »

Le Dr Raúl Roa, le représentant de Cuba aux Nations unies, attaquait lui aussi le communisme en le qualifiant de « théorie inhumaine parce qu'elle réduit l'homme en esclavage ».

Ces affirmations répétées — « Nous ne sommes pas communistes », « Nous ne mentons jamais », « Nous tiendrons des élections libres », « Nous respecterons les Droits de l'Homme » —

n'étaient qu'une tactique de combat, un rideau de fumée. Ce fut ainsi que les révolutionnaires qui gardaient envers et contre tout l'espoir de voir Fidel Castro mettre fin à l'emprise croissante des communistes se trouvèrent incapables d'admettre, tant que le gouvernement ne proclama pas ouvertement son attachement au marxisme, que les expropriations forcées, les confiscations de terres, les nationalisations, le transfert à l'Etat des moyens de production appartenant aux particuliers, les exécutions et les exhortations constantes à la haine ainsi que la glorification de la lutte des classes n'étaient, sans contredit possible, que des applications pratiques de la doctrine communiste.

Chez moi, les policiers poursuivaient leur perquisition. Des chambres à coucher, de la salle de bains et de la cuisine, ils étaient passés au salon. Ils vérifièrent les tableaux, les statuettes de porcelaine. L'une d'elles attira leur attention : elle contenait quelque chose. Ils parvinrent à extraire un morceau de papier, pareil à celui dont on se sert pour emballer les cristaux. L'un d'eux le déplia. Se rendant compte que je le regardais d'un air assez ironique, il le froissa et le jeta par la fenêtre. Ils nous ordonnèrent de nous lever du sofa, le retournèrent, l'examinèrent sous toutes les coutures. La perquisition se termina sans aucune découverte d'armes, d'explosifs, de moyens de propagande ni de listes de conjurés. Il n'y avait rien, absolument rien. Ils durent par conséquent repartir les mains vides, c'est-à-dire avec moi, puisqu'ils avaient déclaré que je devais les suivre : bien qu'ils n'eussent rien trouvé, je devais répondre à quelques questions de routine. Ma mère intervint, disant que je n'avais rien fait, qu'ils n'avaient aucune raison de m'emmener. Ils répondirent qu'elle n'avait pas à s'inquiéter, que je serais aussitôt de retour, qu'ils me raccompagneraient eux-mêmes chez elle. Je ne devais rentrer dans notre foyer qu'après plus de vingt ans.

Nous sommes sortis. Il était quatre heures du matin, il faisait froid et le vent soufflait en rafales. Ils m'ont fait monter dans une Volkswagen grise entre deux agents. Ils m'ont passé les menottes. Une autre voiture s'est jointe à la nôtre au coin de la rue. Tout cela sans un mot. De temps à autre, l'appareil de radio recevait un message qui m'était incompréhensible. L'un d'eux était pour la voiture dans laquelle je me trouvais. Le chauffeur décrocha l'appareil et répondit brièvement : c'était un simple contrôle.

Nous sommes arrivés Cinquième Avenue à la hauteur de la rue 14, dans le quartier Miramar. C'était alors le siège central de la

Police politique, la Lubianka cubaine. Plusieurs résidences particulières confisquées constituaient le complexe G-2, appellation qui était alors celle du service de la Sûreté de l'Etat. Un soldat avec un casque blanc et armé d'un fusil nous ouvrit la grille. Il y avait un banc à l'entrée du bureau. Ils me firent signe de m'asseoir. Après une demi-heure, ils me conduisirent au fond du bâtiment, là où se trouvaient une série de cellules. Ils m'ordonnèrent d'entrer dans la première après m'avoir ôté les menottes. Il y avait déjà des prisonniers dans cette petite geôle. Dans un recoin, derrière un mur, je vis une cuvette de W.-C. Trois séries de lits superposés étaient adossées aux murs. Du fond de ces lits, quelques têtes se levèrent pour voir qui pouvait être le nouveau venu.

Puis on m'appela. C'était pour m'emmener au second étage, aux archives. Là, on prit mes empreintes digitales et on me photographia portant une pancarte où on lisait CONTRE-RÉVOLUTIONNAIRE.

Au cours de l'après-midi, je fus soumis à un premier interrogatoire dans un petit bureau où une cloison de verre de couleur vert foncé permettait à des policiers invisibles d'espionner ce qui se passait dans la pièce. Un groupe d'officiers m'attendait.

L'un d'eux, qui était assis, me déclara qu'ils savaient tout : j'étais un contre-révolutionnaire, un ennemi de la révolution, et j'allais être condamné pour cela. Je répondis que je n'avais commis aucun délit, qu'avec la perquisition effectuée à mon domicile ils avaient pu vérifier que je ne détenais rien qui pût être utilisé contre moi pour m'accuser.

— Mais nous sommes au courant de tes déclarations sur ton lieu de travail, et tu as attaqué la révolution.

Je me défendis, disant que je n'avais pas attaqué la révolution en tant qu'institution.

— Mais tu as attaqué le communisme.

Je ne le niai pas. Je ne le pouvais pas et ne le voulais pas.

— C'est certain. Je considère que le communisme est une dictature pire que celle que nous venons de subir, nous autres Cubains, et si on l'établit à Cuba, ce sera comme en Russie où l'on est passé de la dictature tsariste à celle du prolétariat.

— Nous n'avons pas fait la révolution pour continuer à supporter les privilèges des exploiteurs. A Cuba, nous mettons fin à l'exploitation de l'impérialisme yankee, et nous n'allons pas permettre que des gens comme toi, qui sont au service des intérêts des capitalistes, interrompent la marche en avant du processus révolutionnaire.

Ainsi se passa mon premier interrogatoire. Il avait duré dix minutes à peine.

Au cours du même après-midi, on m'emmena avec d'autres détenus dans un petit salon. Il y avait là plusieurs personnes, dont une femme. On nous fit asseoir sur un banc de bois. Des projecteurs s'allumèrent, se braquèrent sur nous, et des photographes se mirent à nous filmer. Le lendemain, la presse publia nos photos comme étant celles d'une bande de terroristes, agents de la C.I.A., arrêtés par le service de la Sûreté de l'Etat.

Je ne connaissais personne parmi tous les détenus. Je ne les avais jamais vus. Mais c'est là que j'ai fait la connaissance de Nestor Piñando, d'Alfredo Carrión et de Carlos Alberto Montaner, tous trois étudiants à l'université. J'y ai aussi connu Richard Heredia, l'un des chefs du Mouvement du 26 juillet dans la province d'Oriente. Il avait combattu dans la Sierra Maestra, puis dans la clandestinité. Après le triomphe des révolutionnaires, il avait été le premier gouverneur de Santiago de Cuba. Quand il avait été arrêté, la police de Castro l'avait obligé à revêtir l'uniforme de l'ancienne armée, celle de Batista. C'est ainsi qu'on l'avait photographié pour le présenter au public comme une recrue de la dictature qu'il avait tant combattue.

Le lendemain, second interrogatoire. Tous les jours, on nous distribuait la presse officielle, le quotidien *Revolucion,* où on nous traitait de terroristes. Je protestai immédiatement. L'officier me répondit qu'ils étaient convaincus que j'étais un ennemi du peuple :

— Vous avez fait vos études dans une école de curés, me dit-il.

— Oui, aux Escolapios. Mais quelle importance cela peut-il avoir ?

— Très grande. Les curés sont des contre-révolutionnaires, et le fait que vous ayez fait vos études dans une école religieuse est une preuve de plus contre vous.

— Mais Fidel Castro a fait ses études à l'école de Belén, chez les jésuites !

— Mais Fidel est un révolutionnaire et vous, un contre-révolutionnaire, un allié des curés et des capitalistes, et voilà pourquoi nous allons vous condamner.

— Il n'y a aucune preuve contre moi. La perquisition n'a rien donné.

— Il est exact que nous ne disposons d'aucune preuve

concrète, mais nous avons la conviction que vous êtes un ennemi potentiel de la révolution, et cela nous suffit.

En sortant de cet interrogatoire, j'entendis des vociférations et un concert de klaxons d'automobiles. Une manifestation se déroulait devant l'immeuble sur la Cinquième Avenue. A grands cris, la foule réclamait le *paredon,* la muraille, c'est-à-dire la mort par fusillade contre un mur, pour les terroristes de la C.I.A. Les communistes avaient organisé cette mise en scène ainsi qu'une seconde manifestation devant le palais présidentiel pour réclamer notre mise à mort.

Il faisait encore nuit quand ils me firent sortir de la cellule avec Richard Heredia. On nous filma dans un salon pour les actualités cinématographiques. L'un des journalistes, en se référant à moi, remarqua à mi-voix que c'était dommage de me fusiller si jeune. La campagne organisée par les communistes avait atteint de telles proportions que je commençai à craindre sérieusement pour ma vie.

Déjà, la réalité que j'affrontais avait réduit à néant mon hypothèse d'en être quitte avec un simple renvoi de mon service.

A l'aube, j'eus à subir un dernier interrogatoire, plutôt un adieu :

— Nous savons que tu connais des éléments subversifs et que tu dois avoir des contacts avec certains d'entre eux. Si tu coopères avec nous, nous pouvons te laisser en liberté et tu reprendras ton travail.

— Je ne connais personne qui conspire, et je n'ai aucun contact avec des conspirateurs.

— C'est la dernière occasion que tu as de te tirer à bon compte de tes difficultés.

— Je ne sais rien. Vous ne pouvez pas me condamner puisque je n'ai rien fait. Il n'y a aucune preuve contre moi. Vous ne pouvez rien me reprocher de précis.

— Notre conviction suffit. Nous savons que tu es un ennemi potentiel de la révolution. Regarde...

Il me tendit quelques journaux parus l'après-midi précédent. En grosses lettres et en première page, je pus lire : *Paredon para los terroristas,* « Au mur, les terroristes » !

— Le peuple demande un châtiment exemplaire et...

Il ne termina pas sa menace. Et ce fut tout.

Nous profitâmes de la nuit, Carlos Alberto, Richard et moi, pour commencer à creuser un trou dans le mur, derrière la cuvette des W.-C., avec un ouvre-boîtes. Nous allions essayer de nous évader, mais c'était difficile : il fallait d'abord ôter le crépi avant de nous attaquer au premier moellon.

Cependant, dès le lendemain de mon arrestation, ma sœur s'était rendue au poste de police le plus proche pour se renseigner à mon sujet. Ils n'étaient au courant de rien. Elle gagna alors la Cinquième Avenue : elle s'adressa à la porte de l'immeuble où je me trouvais. On lui répondit que je n'y étais pas.

Puis la nouvelle parut dans les journaux. Les comités de vigilance de notre quartier, que dirigeaient des agents de la Police politique en civil, organisèrent dans la rue, devant notre maison, une manifestation au cours de laquelle on lapida notre porte et nos fenêtres. La foule enragée criait :

— *Paredon !* Qu'on les colle au mur ! Qu'on les fusille !

Ma mère eut une crise de nerfs et tomba évanouie. Ma sœur sortit en criant pour chercher un médecin. Ensuite, elle reprit son enquête à mon sujet et, cette fois, on lui avoua que j'étais incarcéré au siège de la Police politique. Là, on lui demanda de s'asseoir. Au bout d'un instant, des policiers la reçurent dans un bureau mais pour commencer à l'interroger en l'accusant d'être elle aussi une contre-révolutionnaire. Leur haine s'étendait clairement à toute ma famille, à tel point qu'ils ne se contentèrent pas de lui poser des questions et de l'attaquer en paroles. Ils la photographièrent tout comme moi tenant une pancarte de CONTRE-RÉVOLUTIONNAIRE. Et ils lui refusèrent le droit de me voir.

A tour de rôle, Carlos Alberto, Richard et moi creusions le mur de notre prison. Nous savions que nous risquions des représailles, mais nous consacrions tous nos efforts à cette tentative pour reconquérir notre liberté. Toutefois nous ne pûmes jamais achever notre tâche puisque nos gardiens vinrent nous chercher. Parmi les nombreux prisonniers qui se trouvaient sur place, il y avait peut-être un mouchard ou un agent de la Police politique.

Dans le patio intérieur, une auto nous attendait. Elle contenait déjà une détenue : Zoila, la femme que j'avais aperçue quand on nous avait filmés. Un gardien nous avertit qu'il nous était défendu de parler.

C'étaient les premiers jours de l'année 1961. Tout le littoral de La Havane était plein de canons braqués vers le large. Les Etats-Unis avaient rompu toutes relations avec Cuba et le gouvernement agitait la menace d'une invasion. Le vent soulevait de grosses vagues qui franchissaient la digue côtière. La voiture roulait à grande vitesse. Après le tunnel de la baie, nous sommes entrés dans la forteresse de la Cabaña.

Nous nous sommes arrêtés devant la haute grille qui défend l'entrée de la prison. Là, nous sommes descendus. Nos policiers ont remis quelques documents au soldat de garde. Nous avons vu l'auto s'éloigner en direction de la prison des femmes, lieu de destination de notre compagne d'un instant.

CHAPITRE II

# La Cabaña

La forteresse de la Cabaña a été construite il y a des siècles par les Espagnols pour protéger l'entrée du port de La Havane. Quand les Anglais prirent la ville en 1762, ils commencèrent par s'emparer de cette forteresse. Elle est située de telle sorte que l'on disait : « Qui tient La Cabaña tient la ville. » Après la victoire de la révolution, elle était devenue une prison pour politiques, et les exécutions se succédaient dans ses fossés. Elle s'élève sur une colline de l'autre côté de la baie et est toutefois isolée, entourée de vastes terrains d'exercice et de polygones de tir : c'est là que se trouvait autrefois l'école d'artillerie.

Une petite porte métallique s'est ouverte et on nous a ordonné d'entrer. Du poste de garde j'ai vu la cour qui précédait les galeries et des centaines de prisonniers qui contemplaient les nouveaux venus avec curiosité. Je suis passé par le service des fiches. Puis on m'a conduit au magasin. Là, on m'a dépouillé de mes vêtements — un costume neuf — et on m'a remis un uniforme de prisonnier, marqué d'un « P » dans le dos, non sans m'assurer que mes effets seraient rendus à ma famille dès sa première visite, ce qui n'eut jamais lieu. Le fourrier du magasin avait fait partie des guérilleros de Castro, et il était maintenant prisonnier pour vol à main armée. Cette sorte de délinquants vivaient dans un bâtiment spécial à l'extérieur de la cour centrale. Ils portaient encore l'uniforme vert olive. Celui-ci avait les cheveux noués en queue de cheval; il imitait ainsi Raúl Castro. Il haïssait les prisonniers politiques et ne perdait pas une occasion de le montrer.

Et je me retrouvai aussitôt dans la cour au milieu de cette multitude de prisonniers. Je ne connaissais personne. On m'avait affecté à la *galera* 12, et je me suis dirigé vers elle. A la porte, un jeune prisonnier porteur de lunettes derrière lesquelles brillaient des yeux clairs avec une note d'impatience, s'arrêta pour me regarder, me sourit aimablement et me tendit la main. C'était Pedro Luis Boitel, l'un des dirigeants des étudiants. Après avoir lutté dans la résistance clandestine contre Batista, il avait réussi à fuir au Venezuela, et dès la chute du dictateur, il était revenu à Cuba. Il m'avait reconnu à cause des photos parues dans la presse. C'est le premier prisonnier de La Cabaña dont j'ai fait la connaissance, et nous sommes devenus de grands amis, de vrais frères.

Pedro Luis occupait dans le centre de la *galera* une couchette supérieure. Toutes étaient prises. Il y avait trop de prisonniers. Ces *galeras* ressemblaient à des tunnels ovales ; ouvertes aux deux extrémités, elles donnaient sur le fossé qui entourait la forteresse. Deux grilles séparées d'un mètre et faites d'épais barreaux de fer les fermaient. Sur le toit, dans deux guérites, des gardiens, des gardes tenaient leur mitrailleuse braquée sur la cour, sur les prisonniers, sur les grilles des galeries.

Au cours de cet après-midi, je vis arriver quelques prisonniers qui s'étaient trouvés avec moi au siège de la Police politique, entre autres Carlos Alberto Montaner, Alfredo Carrión et Nestor Piñango. Ils avaient connu Pedro Luis à l'Université, et on les affecta eux aussi à notre *galera*. Nous avons passé la première nuit couchés à même le sol, entre deux lits ou dans les couloirs. Le fond des galeries était orienté au nord, et un vent froid entrait par la fenêtre munie elle aussi de barreaux. Nous n'avions pas assez de couvertures et nous étions gelés.

Le lendemain, nous sommes parvenus à faire savoir à nos familles que les visites étaient autorisées.

Ulises et Julio Antonio Yebra avaient été arrêtés la même nuit que moi. Eux aussi avaient eu leurs photos dans la presse. Julio Antonio était un médecin d'un courage téméraire. Au cours de la perquisition effectuée chez lui, les policiers avaient trouvé un vieux fusil de calibre 22. Rien de plus. La Police politique en avait déduit que s'il avait un fusil, c'était pour tirer sur quelqu'un. Du fait des relations qu'il entretenait dans les sphères gouvernementales et à cause de son niveau professionnel, il ne pouvait s'agir d'un simple soldat ou d'un pauvre milicien inconnu, mais de quelqu'un d'important, d'un des chefs de la révolution. Et parmi ces chefs, le plus important n'était-il pas Fidel Castro ? A la suite de ce raisonnement, Julio fut accusé d'avoir un fusil pour attenter à la vie de Fidel Castro et condamné à mort.

A l'époque où Batista était dictateur, Armando Hart, l'un des chefs du mouvement du 9 Juillet — devenu sous Castro ministre de la Culture —, avait été incarcéré avec sa femme Haydée Santamaria, désormais troisième personnage féminin du nouveau régime en tant que directrice de la Casa de las Americas (après bien des années, le 26 juillet 1982, déçue par le régime qu'elle avait aidé à fonder, elle s'est suicidée). Julio Antonio Yebra, grâce à une opération courageuse, avait réussi à le soustraire aux mains de la police de Batista alors qu'il passait en jugement devant le tribunal de La Havane. Dès l'arrestation de Julio, sa mère vint frapper à la porte d'Armando Hart et d'Haydée Santamaria. C'était pour eux l'heure de la loyauté. Mais ils refusèrent d'intercéder pour l'homme qui leur avait sauvé la vie. Pis encore : Haydée, dans une lettre, accusa Julio de s'être livré à de prétendues manifestations contre Castro, ajoutant même qu'il ne lui avait jamais semblé être une personne digne de confiance.

Julio se vit reprocher d'avoir enfreint la loi n° 5 de 1961, entrée en vigueur cinq jours après son arrestation, c'est-à-dire que les juges l'appliquèrent avec effet rétroactif. Le jugement commença à l'aube. A midi, le tribunal suspendit la séance qui reprendrait deux heures plus tard. En revenant dans sa galerie, Julio s'adressa à l'un des membres de son groupe :

— Je voudrais que tu ouvres la boîte de poires en conserve que tu gardes ici et que tu me donnes un verre de lait. C'est la dernière chose que je mangerai, car cette nuit je serai loin d'ici, près de Dieu.

Comme ses nombreux camarades voulaient l'encourager et le consoler, il répéta sur un ton aimable, avec beaucoup de simplicité et de calme :

— ... Si, cette nuit, je serai près de Dieu.

Il écrivit plusieurs lettres. A deux heures de l'après-midi, ils revinrent le chercher pour être jugé. Nous ne devions plus le revoir. On le conduisit dans l'une des chapelles réservées aux condamnés à mort. On m'a dit qu'il s'était comporté pendant son jugement avec l'intrépidité qui lui était habituelle.

A neuf heures du soir, les prisonniers disaient le chapelet en groupe dans toutes les *galeras* avec la foi des moments difficiles quand le bruit d'un moteur se fit entendre. Il régna aussitôt un silence total. C'était le camion qui apportait le cercueil destiné au cadavre. Puis nous entendîmes le moteur de la jeep où se trouvait le prisonnier et aussi un bruit de voix. Un grand escalier descendait jusque dans le fossé. Là, à un mètre du mur, il y avait un poteau de bois où on l'a attaché. Avant, Julio avait serré la main à chacun des gardes qui composaient le peloton d'exécution en leur disant qu'il leur pardonnait.

— PELOTON, GARDE A VOUS ! EN JOUE... ! FEU !

— A BAS LE COMMU... !

Le cri de Julio Antonio Yebra s'interrompit à jamais. Il n'y avait pas eu de salve véritable, mais des coups de feu qui s'égrenaient en désordre. Puis une détonation sèche, celle du coup de grâce derrière l'oreille. Jamais je n'oublierai ce claquement isolé, mortel.

Dans la prison, le silence était pesant, dramatique. Nous avons ensuite écouté les chocs des marteaux qui clouaient le couvercle de l'humble cercueil en bois de pin.

— Que Dieu le reçoive dans son sein ! dit quelqu'un.

Alors Ulises, qui était le cousin de Julio Antonio, ne put se contenir davantage et se mit à pleurer.

Le lendemain, Pedro Luis, Villanueva et quelques autres commencèrent une grève de la faim pour protester contre les fusillades. On les fit sortir de la cour pour les emmener aux chapelles, l'antichambre de la mort. Là se trouvait déjà Clodomiro Miranda, ex-commandant de l'armée de Fidel Castro. Il s'était révolté contre Batista dans les montagnes de la province de Pinar del Río, la plus occidentale de l'île. Il y avait gagné ses galons de commandant en se battant avec courage pour défendre la liberté. Ce n'était pas un homme de grande culture, mais il avait compris que la révolution prenait un cours qui n'était pas celui qu'avait promis Castro et, devant cette trahison, il avait repris son fusil et était reparti dans ses montagnes. Castro avait ordonné de l'arrêter et avait lancé à sa poursuite des milliers de miliciens. Il fut blessé pendant un combat. Quand les miliciens l'arrêtèrent, il avait les jambes brisées, criblées de balles. Il était également atteint à un bras et à un côté du thorax. Il comparut devant le tribunal couché sur un brancard et, une fois condamné à mort, on le fit sortir de l'Hôpital militaire pour le jeter dans ces cachots immondes, sans lui donner de lit. Incapable de se lever, il se traînait par terre dans la saleté. Ses blessures n'étaient plus soignées, elles s'infectèrent et se remplirent de vers. C'est ainsi que le virent Pedro Luis et Villanueva. Ils furent les derniers prisonniers à lui parler.

C'est toujours sur un brancard qu'on le fit descendre dans les fossés pour le fusiller. L'escalier qui y conduisait était bordé d'un côté par le mur ; mais de l'autre, il n'y avait ni rampe ni corde de sécurité. Des dernières *galeras*, on peut voir ces marches deux fois séculaires, aux pierres usées par des générations d'esclaves et de prisonniers. Les gardes qui portaient Clodomiro Miranda titubaient. Ils arrivaient presque en bas quand l'un d'eux glissa, lâcha le brancard pour tenter de se rétablir, et Clodomiro tomba et roula de marche en marche avec ses jambes aux os brisés.

Nous avons su par un garde qu'ils avaient essayé en vain de l'attacher au poteau ; il n'avait pu rester debout. Ils ont dû le fusiller par terre tandis qu'il criait encore :

— A bas le communisme... !

Clodomiro Miranda a peut-être été le seul fusillé dévoré par les vers avant de mourir.

## CHAPITRE III

# La visite

Très vite, j'ai subi en prison une modification importante de la nature de ma foi. D'abord, je me suis accroché au Christ, peut-être par peur de perdre la vie puisque je risquais d'être fusillé. Mais cette façon de m'approcher de Lui, pour humaine qu'elle fût, m'a semblé aussitôt utilitaire, incomplète. Et rempli de douleur en voyant ces jeunes gens courageux partir pour être fusillés en criant : « Vive le Christ-Roi ! » j'ai compris dans une révélation subite que le Christ n'était pas là seulement pour que je le supplie qu'on m'épargne, mais aussi, si cela devait arriver, pour conférer à ma vie et à ma mort une valeur éthique qui leur rendrait leur dignité.

Ces cris se transformèrent en symboles. Dès 1963, les condamnés à mort descendirent bâillonnés au supplice. Nos geôliers avaient peur de ces cris. Ils ne pouvaient tolérer une dernière exclamation virile de la part de ceux qui allaient mourir. Ce geste de rébellion, de défi, dans un instant suprême, cette manifestation de courage et de détermination à l'instant qui précédait la mort pouvait être un mauvais exemple pour les soldats : un exemple qui les ferait réfléchir.

Les recrues qui composaient les pelotons d'exécution recevaient chaque fois cinq pesos et bénéficiaient de trois jours de permission. Dans les pays occidentaux, il est de règle que ces hommes, pour des raisons de conscience, ne soient jamais complètement sûrs d'avoir tué : aussi, sur les six fusils qu'on leur donne, il en est toujours un qui est chargé à blanc, et ces soldats les prennent au hasard. Aucun d'entre eux ne sait si sa cartouche contient ou non un projectile. C'est là un soulagement pour eux.

Cela ne se passait pas ainsi à Cuba : tous les fusils étaient chargés de balles de plomb.

Balbino Diaz et Robertico Cruz étaient très jeunes. Ils étaient accusés d'avoir tiré contre le porte-parole d'alors du gouvernement, José Paro Llada. Lors du jugement, aucune preuve n'avait étayé cette accusation. Pendant le procès, l'avocat qui les défendait s'adressa au procureur Flores Ibarra, dont tout le monde connaissait le surnom « Flaque de sang », en lui demandant de modifier ses conclusions provisoires puisqu'il était évident qu'on n'avait pu établir la culpabilité des accusés. Flores répondit :

— On m'a donné l'ordre de les fusiller de toute manière, comme une mesure de prophylaxie sociale. Si nous n'agissions pas de la sorte, nous encouragerions d'autres contre-révolutionnaires qui déclencheraient une vague d'attentats contre les chefs de la révolution.

Deux membres du tribunal, les miliciens Sergio Arenas et Alejandro Meneses, étaient analphabètes ; incapables de signer la sentence, ils apposèrent sur le document leurs empreintes digitales. Balbino et Robertico furent immédiatement fusillés.

Leur avocat, le Dr Acosta Mir, arrêté à la fin du jugement, fut remis ensuite en liberté non sans avoir été prévenu qu'il lui était interdit de défendre des contre-révolutionnaires.

L'exécution de Robertico Cruz et de Balbino Diaz m'émut profondément, à tel point que j'ai eu alors l'intention de ne plus me lier à quelqu'un d'autre. Mais on a un besoin urgent de communication en prison et dans des situations difficiles. Le nouvel ami vous parle de sa vie, de ses enfants ; lors d'une visite, il vous présente sa famille. Quelques jours seulement suffisent pour forger de grandes amitiés, il s'établit entre deux êtres une sympathie et un attachement profonds. Mais voici qu'un après-midi cet ami est convoqué au tribunal pour ne plus revenir, et la nuit même il est fusillé. J'ai alors compris l'attitude des vieux prisonniers qui refusaient d'entrer en contact trop intime avec ceux qui n'avaient pas encore été jugés.

Jesus Carreras était l'un des chefs des guérillas qui avaient combattu la dictature de Batista. Son champ d'opérations avait été l'Escambray, la chaîne de montagnes du centre de l'île. Dans cette région, son courage personnel dans maints combats avait fait de lui un héros de légende. Mais le commandant Carreras ne s'était pas battu pour permettre l'instauration d'une nouvelle dictature mille fois plus cruelle que celle qu'il avait contribué à détruire. Castro le fit emprisonner comme tant d'autres, mais il nourrissait une haine particulière, une sorte d'acharnement, contre ceux qui occupaient un rang élevé. Pendant la guerre, Carreras s'était heurté à Che Guevara parce qu'il avait refusé pour chef de la guérilla de l'Escambray un communiste que Castro voulait lui imposer. Quand Che Guevara s'était introduit dans la zone rebelle que contrôlait Carreras, ce dernier avait été sur le point de le faire tuer. Le Che et Castro ne l'oublièrent jamais. J'ai souvent parlé avec Carreras car nous étions dans le même groupe de couchettes, et il m'a alors dit qu'il était sûr d'être condamné à mort pour ce qui s'était passé.

Jesus Carreras fut fusillé après le commandant Clodomiro Miranda. Puis ce fut le tour de William Morgan : le chef du peloton d'exécution s'acharna sur lui après le coup de grâce, au point de tirer plusieurs balles sur son cadavre. Avant eux, dans la province de Las Villas, un peloton d'exécution avait mis fin à la vie d'un autre commandant qui avait lutté contre Batista aux côtés de Castro : Porfirio Ramirez, président de la Fédération des étudiants de l'université centrale.

Avec ces fusillades, la prison de la Cabaña était devenue la plus terrible de toutes, et pour nous tenir sous la terreur, les gardes commencèrent à perquisitionner dès l'aube. Leurs pelotons, armés de gourdins, de chaînes, de baïonnettes et de tout ce qui pouvait servir à nous battre, faisaient irruption dans les *galeras* en criant et en frappant au hasard, sans ménagement.

Nous avions l'ordre de sortir comme nous étions. Ils avaient ouvert les grilles, et cette troupe de soldats excités entrait comme une trombe, distribuant aveuglément les coups. Les prisonniers tentaient de s'échapper et de gagner la cour. Mais arrivés à la porte, nous ne pouvions pas sortir tous en même temps. Nous nous heurtions d'ailleurs aux gardiens qui entraient et frappaient. Dans toutes ces perquisitions, la terreur, l'angoisse, la confusion s'emparaient de chacun de nous. Il s'agissait de se tirer indemnes de ce chaos, souhait d'ailleurs irréalisable, car dehors, dans la cour, une double file d'autres gardiens armés de fusils, baïonnette au canon, veillait à ce que nous recevions tous notre ration de coups.

Beaucoup se retrouvaient à demi vêtus, en caleçon ou nus, avec ou sans souliers. Lorsque nous étions tous dehors, les gardes recommençaient à nous frapper avec encore plus de hargne. Le fait de nous battre les excitait, et ils redoublaient de coups et de cris, le visage décomposé. En haut, sur la terrasse, une file de militaires, y compris des femmes, contemplaient ce spectacle, fusil à la main. Parmi eux, il y avait toujours un groupe d'officiers et de civils de la Police politique. Le capitaine Hernan F. Marks, un Américain du Nord, avait été nommé par Castro chef de la garnison de la Cabaña et bourreau officiel. C'était lui qui se chargeait de donner les coups de grâce et de diriger les perquisitions. Quand il s'enivrait, ce qui arrivait souvent, il ordonnait à la garnison de se former en position de combat et de charger les prisonniers. Il appelait la prison son « terrain de chasse ». Une autre de ses distractions était de passer dans les *galeras* et de convoquer à la grille les détenus qui encouraient la peine de mort pour leur demander dans quelle oreille ils préféraient recevoir le coup de grâce. Il est retourné plus tard, après bien des années, aux Etats-Unis.

Chaque matin, la Cabaña se réveillait en se posant la même question : « Qui vont-ils fusiller aujourd'hui ? »

Quand il n'y avait pas de perquisition, après l'appel du matin, on nous ouvrait les grilles pour nous permettre de nous rassembler dans la cour où nous formions une queue interminable pour le petit déjeuner.

Le plus jeune de notre groupe s'appelait Carlos Alberto. Il était encore mineur, mais d'une taille qui nous dépassait tous. Carlos Alberto s'était marié très jeune, et Linda, sa femme, lors de la dernière visite, lui avait amené leur petite fille, Gina, âgée seulement de quelques mois. Carlos Alberto et moi avions déjà projeté de nous évader alors que nous étions enfermés au siège de la Police politique. La possibilité, disons plutôt la quasi-certitude d'être fusillés, demeurait suspendue au-dessus de nos têtes. Sa famille avait fait des démarches pour le faire transférer dans une prison de mineurs, vu son âge. Quelques jours après avoir été jugé, on l'appela au poste avec tous ses effets. Il était attendu dans une autre prison des faubourgs de La Havane. Quelques semaines plus tard, s'étant procuré une scie, il s'était attaqué aux barreaux de sa cellule. Il était parvenu à s'enfuir et à se réfugier à l'ambassade du Venezuela. Après des mois de pressions diverses, le gouvernement cubain céda et l'autorisa à sortir du pays.

Avec Carrión, Piñango et Boitel, j'ai célébré avec joie l'évasion de Carlos Alberto. Un de moins dans cet enfer ! Avant, j'avais souvent pensé à Linda, sa femme, et à leur bébé qui n'avait que quelques mois, et je n'avais pu réprimer mon angoisse. Je me rappelais Juan José, Pedrito, leurs enfants avec qui j'avais joué pendant une visite et qui, la semaine suivante, avaient appris qu'ils étaient orphelins. Dieu merci, ce ne serait pas le cas de Gina.

Normalement, les familles des fusillés n'étaient pas prévenues, et il arrivait fréquemment que leurs mères, leurs femmes et leurs enfants viennent les demander lors de la visite qui suivait leur exécution. Il se faisait alors un silence insoutenable et angoissant. Nous autres les prisonniers nous nous regardions comme pour nous dire : « Dis-le-leur, toi... » Parfois, une famille comprenait notre silence. On voyait ces femmes ouvrir grands leurs yeux de stupéfaction et de douleur, et tous et toutes se mettaient à pleurer... Quand la mère de Julio Antonio apprit la mort de son fils, elle fit preuve d'une fermeté extraordinaire :

— Si le sang de mon fils était le dernier à être répandu dans ces fusillades, j'accepterais sa mort sans protester.

Mais cette exécution ne fut pas la dernière : des milliers et des milliers d'autres jeunes gens allaient subir le même sort que José Antonio.

Un jour, la femme et la belle-mère d'un fusillé se présentèrent au poste de garde sans soupçonner qu'elles venaient voir un mort. Le chef fourrier, celui qui portait les cheveux noués en queue de cheval, vérifia d'abord la liste des prisonniers, puis cria à la belle-mère :

— Ce salaud-là, nous l'avons fusillé cette nuit ; alors tu peux lui dire à celle-là — et il montrait du doigt la jeune femme qui était enceinte — qu'elle n'a qu'à se chercher un autre mari ou, si elle a besoin d'un mâle, qu'elle vienne me voir !

Il ne s'était pas passé deux semaines depuis mon arrestation quand on m'appela pour être jugé. Il faisait froid ce matin-là, et Manolito Villanueva me prêta un gilet à manches longues. On me passa immédiatement les menottes, et deux soldats armés de mitraillettes tchèques prirent position à ma droite et à ma gauche. Le vent soufflait du nord et des morceaux de papier vinrent s'entasser à mes pieds.

— En avant...

Nous nous sommes mis en marche. Les pavés de la rue qui commence une fois passé le poste ont été apportés d'Espagne à l'époque coloniale et mis en place par des esclaves nègres. Les bottes des deux soldats retentissaient sur ces blocs de pierre usés par des siècles d'iniquités. Une petite pluie fine commença à tomber. Nous avons traversé les fossés, laissant la prison derrière nous. J'ai tourné la tête. J'ai vu pour la dernière fois la vieille muraille moisie et les grilles des galeries ; à ma gauche, c'était le fossé des exécutions : le madrier où l'on attachait les condamnés, et derrière lui, le mur garni de sacs de sable dont certains étaient troués par les balles qui traversaient les corps des fusillés. Au pied du poteau, parmi les taches de sang, des poules picoraient, peut-être, les restes de la cervelle d'un supplicié de la nuit. Le Yankee qui commandait la garnison se faisait accompagner lors des exécutions par un chien qui léchait le sang des cadavres.

Nous sommes arrivés au dernier poste de garde après avoir traversé la douve dite des lauriers, pleine de peupliers au feuillage touffu. Puis ce fut le vaste polygone de tir où un peloton de gardiens marchait au pas. Les tribunaux révolutionnaires s'étaient installés dans l'une des petites maisons antiques réservées autrefois aux officiers. Nous sommes entrés, et on m'a introduit à droite dans une petite pièce meublée seulement de deux canapés verts et d'un distributeur de Coca-Cola. Après quelques instants, deux femmes sont entrées à leur tour, vêtues de l'uniforme des prisonnières. L'une d'elles était Zoila ; l'autre, que je voyais pour la première fois, était Ines Maria, une infirmière. On l'avait arrêtée alors qu'elle aidait Olver Obregon à gagner les montagnes de l'Escambray pour se joindre aux rebelles. On m'avait inclus dans leur groupe. A l'origine, la Police politique avait voulu expédier dans un seul procès tous ceux qui avaient été arrêtés au cours de la même nuit du 28 décembre 1960. Mais elle avait changé d'avis, et elle s'était résignée à mener de front cinq procès différents.

## CHAPITRE IV

# Mort après mort

Deux autres prisonniers entrèrent, eux aussi pour être jugés. C'étaient les frères Bayolo, deux paysans accusés d'avoir dérobé des cartouches de dynamite dans les carrières de leur village natal. Les Bayolo n'avaient pas d'avocat pour les défendre. On leur avait interdit tout contact avec l'extérieur. Je leur promis que je demanderais à mon avocat, dès qu'il arriverait, de plaider leur cause. Mais que pourrait-il faire ? Comment les aiderait-il puisqu'il ne connaissait même pas leur cas ? Et comment organiser la défense de deux accusés que l'on voit pour la première fois dix minutes avant leur jugement ? L'avocat que j'attendais n'apparut que plus tard, alors que les frères Bayolo, déjà condamnés à mort, avaient disparu.

Après une heure d'attente, j'appris que le jugement n'aurait pas lieu dans ce bâtiment, mais dans un autre, le cercle des Officiers, où trois employés de la Compagnie des téléphones étaient en train de comparaître devant le tribunal. Seul l'un d'eux, Armando Rodriguez Vizcaino, devait échapper à la peine de mort, les deux autres furent fusillés le matin même. La femme de l'un d'eux, enceinte, pleurait, inconsolable. Ce fut la dernière chose que je vis en sortant.

Treize jours exactement s'étaient écoulés depuis cette aube où j'avais été enlevé de chez moi sous prétexte de m'emmener au commissariat pour me poser quelques questions. Dans ce bref intervalle de temps, la Police politique avait préparé tout le procès. En douze ou treize jours, il est matériellement impossible de mener une enquête à bien, mais c'était ainsi que l'on juge à Cuba. Je n'avais pas pu m'entretenir avec mon avocat, pas plus qu'il n'avait eu accès à l'instruction.

Derrière une table placée sur une estrade, les membres du

tribunal discutaient entre eux, riant et fumant du coin de la bouche des cigares qu'ils mordillaient à la manière de Pancho Villa. Tous portaient l'uniforme de l'armée. C'était l'un de ces tribunaux typiques, militarisés n'importe comment. Celui-ci se composait d'ouvriers et de paysans.

Dès le début des débats, le président, un certain Mario Taglé, mit ses bottes sur la table, les jambes croisées, en se rejetant en arrière dans son fauteuil au dossier réglable, et ouvrit un magazine de bandes dessinées. De temps à autre, il s'adressait à ses voisins pour leur montrer quelque passage qui lui paraissait drôle, et tous les trois se mettaient à rire. En vérité, il aurait pu me témoigner par politesse un peu d'intérêt, mais ce n'était pas nécessaire, et tous le savaient. La sentence avait été déjà décidée et rédigée au siège de la Police politique. Et cette sentence, quoi que je pusse dire et faire, ne pouvait être modifiée.

L'avocat général commença le procès d'Obregon en l'accusant d'être un ennemi du peuple. Puis il lui demanda s'il me connaissait pour m'avoir rencontré dans la rue.

— Non, répondit Obregon.

Il posa alors la même question à Zoila qui lui fit la même réponse.

Personne ne me connaissait. Personne ne m'accusait de quoi que ce fût.

L'avocat général fit comparaître le chef des policiers qui m'avaient arrêté chez moi :

— Est-ce vous qui avez arrêté le détenu ?

— Oui, monsieur, et nous avons perquisitionné chez lui mais sans rien trouver...

— Taisez-vous, et répondez seulement à mes questions ! cria l'avocat général, manifestement gêné par cette déclaration que les quelques militaires présents ne pouvaient trouver que favorable pour moi.

Les familles n'étaient pas admises au tribunal et ne savaient d'ailleurs quand les jugements avaient lieu.

L'avocat qui défendait Obregon, le Dr Aramis Taboada, ancien compagnon d'études de Castro à l'université, avait été son collègue dans la même étude, une fois leur diplôme obtenu.

Un jour, Castro avait même demandé à Taboada d'écrire un livre sur leurs années de jeunesse, une apologie de plus, naturellement, consacrée au culte de la personnalité de Castro. Taboada traîna tellement pour l'entreprendre qu'il se retrouva en prison.

Après plusieurs années de détention, il fut gracié, mais pour peu de temps. En 1983, on l'arrêta de nouveau sous le prétexte d'être, avec quelques autres, coupable d'avoir ébruité à l'étranger la nouvelle de la condamnation à mort de cinq jeunes syndicalistes qui avaient voulu créer un syndicat indépendant du type Solidarité, étant ainsi à l'origine d'une campagne internationale de protestation.

Au début des années 1960, Taboada défendait plusieurs prisonniers politiques et, grâce à ses relations, il connaissait avant même le jugement les peines qui avaient été décidées. C'est par lui que nous avons su qu'on ne prononcerait pas contre nous de condamnation à mort, ce qui nous soulagea grandement.

En ce qui me concerne, le procureur ne put apporter aucune preuve de ma culpabilité. Il se lança alors dans un discours monotone sur ce qu'était Cuba avant Castro, attaquant violemment l'exploitation yankee, s'étendant sur la prostitution et terminant en disant que tous les accusés présents souhaitaient revenir au passé ignominieux de l'exploitation capitaliste.

Il me posa deux ou trois questions sur mes croyances religieuses :

— Vous êtes donc d'accord avec ces curés qui tiennent des sermons antirévolutionnaires ?

— Je n'ai rien à voir avec tout cela.

— Mais l'enquête a établi que vous avez beaucoup de relations avec des curés et que vous avez étudié dans un collège catholique.

Se tournant vers le président du tribunal, il déclara alors que j'étais un ennemi de la révolution, que j'avais commis plusieurs destructions et sabotages, et se mit aussitôt à réciter par cœur plusieurs articles du code qui énuméraient sans doute les peines que je méritais.

Ni sur le moment ni ensuite pendant plus de vingt ans, malgré toutes mes demandes aux autorités, je n'ai jamais pu savoir ce qu'était ce délit de « destructions » dont il m'avait accusé. On nomme ainsi celles que provoquent une bombe, un incendie, un acte quelconque de sabotage. Ce doit être donc quelque chose de concret, de visible, de matériel. Je demandai au procureur à quoi il se référait, où cela s'était passé, dans quelle usine, dans quelle entreprise, à quelle date. Il ne put me répondre, et en effet je ne m'étais jamais livré à rien de pareil.

Sous un régime de droit, aucun tribunal n'aurait pu me condamner : il n'y avait pas un seul témoin à charge, pas un seul dénonciateur. J'ai été condamné sans une seule preuve sur la conviction erronée de la Police politique. Et mon cas ne fut pas une exception, loin de là.

C'est ainsi que furent trompés les hommes qui luttèrent avec Castro pour établir la démocratie. Certains s'enfuirent du pays, d'autres reprirent les armes ou se mirent à conspirer. Les officiers et les policiers du régime de Batista, qui avaient été accusés, souvent sans preuve eux aussi, d'avoir commis des crimes, avaient déjà été fusillés. Ce fut l'époque où un groupe de femmes vêtues de noir entrait dans les cellules, fouinant partout du regard, scrutant les visages, et il suffisait que l'une d'elles levât le doigt pour désigner quelqu'un :

— C'est lui... c'est lui qui a tué mon fils !

Ce seul témoignage, sans aucune vérification, avait force de loi. Le prisonnier était fusillé. Cette situation se prêtait à des vengeances personnelles dépourvues de tout lien avec un crime quelconque. Le 21 janvier exactement, Castro devait déclarer :

— Les sbires que nous sommes en train de fusiller ne seront pas plus de quatre cents, mais beaucoup plus nombreux sont ceux qui sont déjà tombés face aux pelotons [d'exécution] pendant ces jours de barbarie et de mort.

Le 12 janvier, sur le champ de tir situé dans une petite vallée dite de San Juan, à l'extrémité de l'île, dans la province d'Oriente, des centaines de soldats de l'armée vaincue de Batista durent s'agenouiller dans une fosse de plus de cinquante mètres de long, les mains liées derrière le dos, avant d'y être abattus à la mitrailleuse. Puis on combla la fosse au bulldozer. Tout cela sans même un jugement. Beaucoup de ces soldats étaient des adolescents entrés dans l'armée pour des raisons économiques. Ce massacre fut ordonné par Raúl Castro, qui y assista en personne. Et ce ne fut pas là un cas isolé. D'autres officiers des guérilleros de Castro fusillèrent en masse les ex-soldats de l'armée, sans jugement, sans qu'il existât contre eux la moindre charge, dans une série d'opérations de simples représailles contre les vaincus.

Les prisonniers qui se trouvaient à la Cabaña dès les premiers jours de l'an 1959 m'ont raconté que lorsqu'un de ces groupes de femmes apparaissait à la grille, certains se cachaient sous leur lit. Un cas est resté célèbre : celui de cette mère qui montra du doigt l'assassin supposé de son fils : quelques heures plus tard, il était fusillé. Mais le lendemain, le fils disparu rentra sain et sauf du Venezuela où il s'était réfugié sans que sa mère l'ait su, et on le vit apparaître dans la prison, horrifié à l'idée qu'il était cause de la mort d'un innocent.

Les autorités avaient rassemblé dans les *galeras* 11, 12 et 14 les personnages les plus dissemblables : des officiers vaincus de l'armée de Batista avec des révolutionnaires, leurs vainqueurs. Nombreux étaient les ex-castristes qui allaient tomber sous le coup des lois d'exception qu'ils avaient eux-mêmes applaudies et appliquées à leurs anciens ennemis. Il y eut là David Salvador, dirigeant du mouvement du 28 Juillet et ex-secrétaire général de la Confédération des travailleurs de Cuba, connu de tous pour son zèle révolutionnaire et pour son extrémisme. Il avait été l'homme qui, au cours d'une réunion, au début du processus de la Révolution, avait arraché le micro des mains de José Figueres, ancien président du Costa Rica, quand ce dernier avait déclaré qu'en cas de conflit armé entre les Etats-Unis et la Russie, l'Amérique latine se trouverait aux côtés de l'Amérique du Nord. Fidel se trouvait alors sur la tribune, et ce geste du chef du mouvement ouvrier le fit sourire de sympathie. Cependant, quelques mois plus tard, David Salvador, accusé d'être contre-révolutionnaire, devait être condamné à trente ans de prison.

La machinerie de la Révolution, mise en branle, ne devait plus s'arrêter et, comme Saturne, elle dévorait ses propres enfants. Toutefois, dans cette population hétérogène formée de banquiers, d'étudiants, d'ex-militaires des deux camps, d'ouvriers et de paysans, il y avait pour ciment unificateur un principe d'identité plus puissant, plus décisif, que toutes les différences de jadis : le « P » noir que tous portaient dans le dos. Et c'étaient les mêmes baïonnettes qui les traquaient et les blessaient tous, les mêmes fusils qui les visaient lors des exécutions.

Si un sentiment quelconque caractérisa ces périodes difficiles, ce fut bien notre esprit de camaraderie. Peut-être y eut-il de temps à autre un mouvement de rancœur isolé lorsqu'un prisonnier reconnaissait dans un nouveau venu le révolutionnaire ancien procureur qui l'avait condamné ou qui avait requis contre lui la peine de mort ou causé sa détention. Mais cela arriva rarement. Derrière nos grilles naissait un esprit de solidarité face aux oppresseurs de tous : *les communistes.*

Il était à peu près trois heures du matin quand un cri venu des galeries les plus proches de la herse nous réveilla tous :

— INSPECTION !

Presque au même instant la cour s'emplit de gardes tandis que nos grilles demeuraient closes. C'était une situation étrange : les soldats s'étaient immobilisés face aux *galeras*. Puis ils ouvrirent et nous donnèrent l'ordre de sortir, et ce fut le début des violences. Sans entrer eux-mêmes, ils nous attendaient dehors pour nous battre. L'un de nous, un vieillard de soixante-dix-huit ans, Goicochea, incapable presque de marcher et poussé en avant, tomba et se fractura le col du fémur.

Dans la terreur et l'angoisse que me causaient ces inspections, j'avais oublié ma montre ; en me couchant je l'avais mise dans un de mes souliers, comme le faisaient tous ceux qui en possédaient une. Mais ils n'oubliaient jamais de la reprendre lors de ces inspections. J'étais absolument persuadé de l'avoir perdue. Malheur au prisonnier qui, dans un cas semblable, osait réclamer : c'était accuser les militaires de vol. Je pouvais donc considérer comme disparue à jamais cette montre, cadeau de mon père.

Personne n'aida Goicochea à se relever. Nous sommes passés de part et d'autre de lui en fuyant les coups et en essayant de ne pas le piétiner. Nous courions tous vers le mur d'en face pour nous y rassembler, accueillis par les cris des gardes qui nous attendaient là, armés de fusils baïonnette au canon. A cette inspection, comme à beaucoup d'autres, assistaient des pelotons de la Police nationale révolutionnaire, qui collaboraient avec la garnison de la Cabaña. Cette fois-là, ils étaient venus dans un but précis. Quelques mois plus tôt, le gouvernement révolutionnaire avait lancé une campagne d'appel de fonds destinés à acheter des armes. On avait oublié le slogan imaginé par Castro lui-même au début de 1959 : « Des armes ? A quoi bon ? » La mode du jour était de s'armer... Le gouvernement demandait au peuple d'y contribuer en apportant son argent et ses bijoux, bagues, boucles d'oreilles, chaînes d'or... Ce jour-là, les prisonniers devaient être dépouillés de leurs montres, de leurs chaînes, de leurs alliances. Nous sommes rentrés un à un dans les galeries, complètement nus, tandis que les policiers nous prenaient nos bijoux en criant pour animer le pillage :

— Courage ! Vous aussi vous devez contribuer à nos achats d'armes et d'avions !

Si l'un de nous s'enhardissait à ne pas livrer un objet de valeur, on le battait en plus... Or, ma montre était restée dans l'un de mes souliers, où je la mettais toujours pour la nuit. Ils l'y avaient sûrement découverte en perquisitionnant dans la galerie. Entre-temps, ils avaient entassé toutes leurs prises dans une mallette de toile. A notre retour dans notre galerie, nous avons trouvé le couloir jonché d'un fouillis d'objets de toutes sortes.

Hors de la présence des gardes, les prisonniers rassurés laissèrent libre cours à leur indignation, traitant les policiers de voleurs. Un de mes souliers avait été repoussé sous le cadre de ma couchette et, à ma grande stupeur, j'y retrouvai ma montre : elle avait échappé à la perquisition. Mais que devais-je en faire désormais ? J'ai eu un instant de panique, peur de garder cette montre qui m'appartenait. Et si les gardes estimaient que je la leur avais cachée ? Ils pouvaient se sentir ridiculisés, provoqués en quelque sorte. Que faire, mon Dieu ? Je demeurai quelque temps cloué sur place, la montre dans mes mains, comme hébété, tandis qu'autour de moi quelques camarades la contemplaient, incrédules, en me demandant :

— Mais comment as-tu fait pour la passer... ?

Posséder ma propre montre allait être une préoccupation de plus. Il me fallait la cacher comme si je l'avais volée. J'ai eu un moment l'idée d'aller à la porte, d'appeler le poste de garde et de la remettre en expliquant ensuite ce qui s'était passé. J'éviterais ainsi des représailles. Mais cette façon d'agir me paraissait d'une lâcheté et d'une faiblesse si basses que je m'en sentais mal à l'aise.

J'ai décidé de n'en rien faire, et je crois que cette résolution a déterminé d'une certaine manière mon comportement futur : j'agirais toujours en accord avec mes idées, car je supporterais mieux les représailles que la censure et les reproches de ma propre conscience.

## CHAPITRE V

# L'année du Mur des Fusillés

La lutte du peuple cubain contre l'emprise communiste s'intensifiait de jour en jour. Des incendies géants consumaient les grands entrepôts et magasins de la capitale. Des centaines d'hectares semés de canne à sucre étaient la proie des flammes, et les nuits de Cuba étaient illuminées comme par de gigantesques feux de joie. Des bombes démolissaient les lignes téléphoniques et électriques, faisaient dérailler les trains, et il y avait sans cesse des affrontements armés, tant en ville que dans les montagnes, entre patriotes et forces de la répression.

A mesure que la résistance prenait de l'ampleur, la terreur gouvernementale elle aussi se renforçait. Les pelotons d'exécution massacraient les innocents comme les coupables. Dans les montagnes, quand les patriotes tombaient aux mains des gouvernementaux, ils étaient fusillés sur place, et les médecins légistes leur ouvraient l'abdomen pour tenter de localiser, d'après les aliments contenus dans l'estomac, les guérilleros qui restaient.

Castro l'avait proclamé en plein théâtre de la Confédération des travailleurs de Cuba :

— Nous répondrons à la violence par la violence. Finalement, c'est avec nous qu'est Dieu puisque nous avons avec nous la meilleure infanterie du monde.

Tout au long de l'île, les pelotons d'exécution ne cessaient de s'affairer. Ce fut alors que le capitaine Antonio Nuñez Jiménez déclara que l'année 1961, au lieu de porter le nom d' « Année de l'Education », se nommerait dès lors « Année du Paredón » (ou « Mur des Fusillés »). Et sa prédiction se réalisa.

En sortant du tribunal, les condamnés à mort ne revenaient pas dans leur prison. On les conduisait dans de minuscules cellules situées au fond de la *galera* 22, là où logeaient les soldats de l'armée révolutionnaire condamnés pour vol, usage et trafic de drogue et autres délits de droit commun. Ils étaient séparés de nous par la petite cour entourée de hautes grilles qui constituait la limite de notre prison. Nous n'avions ainsi aucun contact physique avec eux, mais nous pouvions les voir de notre cour.

Les condamnés à mort étaient confinés dans ces cellules individuelles. Pour y parvenir, on devait suivre sur toute sa longueur la *galera* des militaires prisonniers de droit commun. Pendant tout ce parcours qu'ils faisaient accompagnés de gardes et les mains liées dans le dos, ils étaient insultés et soumis à toutes les humiliations de la part de ces criminels qui cherchaient peut-être à s'attirer les bonnes grâces de leurs gardiens, ou qui exprimaient ainsi leur haine contre les hommes courageux, adversaires des excès d'une révolution que soutenaient toujours beaucoup d'entre eux. Non seulement ces détenus de droit commun profitaient des quelques instants pendant lesquels les condamnés à mort traversaient obligatoirement leur quartier pour les insulter et les tourmenter, mais certains les suivaient jusque devant leurs cellules ; là, ils continuaient à les injurier, leur refusant ainsi la paix et le recueillement de la dernière heure qu'ils auraient pu consacrer à la prière, à la méditation, à revoir leur vie. Les autorités ne dissimulaient pas leur approbation, et quand ces cellules contenaient des prisonniers politiques, elles distribuaient de l'alcool à la racaille de droit commun pour lui faire entonner *L'Internationale* et célébrer les triomphes de la révolution sur ses opposants.

De nombreux condamnés à mort, loin d'être abattus ou effrayés par tant de cruauté mentale, répondaient à cette chiourme en dénonçant les méfaits du communisme.

D'autres s'adressaient aux gardes, demandaient que les autorités interdisent aux délinquants de continuer à les insulter devant leurs cellules. Mais on n'avait pas la moindre pitié pour eux. Dès le moment où ils étaient sortis du tribunal les mains liées pour gagner les cellules de la mort, leurs gardiens avaient commencé à les ridiculiser, allant jusqu'à les dépouiller de leurs souliers pour les jeter à la tourbe des délinquants qui se les disputaient à grands cris.

Quand le peloton des gardiens les conduisait au mur des fusillés, ils devaient repasser par la *galera* 22, poursuivis par les clameurs de « Vive Fidel Castro, vive la Révolution ».

Puis venait le moment où la camionnette du peloton d'exécution s'engageait dans le passage qui conduit aux fosses. Tous, dans les couloirs et les cellules des condamnés, savaient qu'approchait la minute décisive. Nous tendions tous l'oreille : nous avions reconnu le bruit particulier du moteur. Dans nos *galeras* s'élevait le murmure des prières du chapelet. Allongés sur nos lits, nous gardions un silence oppressant, plein d'angoisse impuissante puisque nous ne pouvions rien pour empêcher la mort de ceux qui, quelques heures plus tôt, partageaient avec nous leurs espoirs, leurs rêves, leurs soucis. Dans de tels moments, un monde d'images et de pensées se pressait en désordre dans nos esprits : les enfants orphelins, la femme veuve, une mère accablée de douleur. Et nous frémissions à l'idée que ce peloton pourrait venir pour nous. Je me voyais les mains liées, bâillonné, conduit au fossé... Je descends ces marches, des projecteurs éclairent le poteau planté devant le mur de sacs de sable... des gardiens me poussent en avant, une corde me lie la taille au poteau... les fusils se lèvent et c'est un éclair, un bruit assourdissant retentit dans les fossés... Voilà ce qui pouvait m'arriver et je m'y attendais. Toutes les nuits, j'ai suivi ce chemin, je le voyais les yeux fermés, j'en connaissais par cœur le tracé, chaque marche, le poteau de bois...

Après le coup de grâce, il y avait toujours parmi nous quelqu'un pour sangloter. Nous entendions grincer la grille de l'entrée, et l'un de nous s'avançait jusqu'à la porte pour voir son ami et lui crier un ultime adieu. Nous ne pouvions plus nous rendormir.

Nulle part, il n'y avait un atome de respect pour les condamnés. Si l'homme qui marchait à la mort n'avançait pas à la vitesse exigée par les gardiens, ils le faisaient avancer à coups de crosse, ou ils le traînaient à terre comme un colis avant de le lier au poteau.

L'écho répercute dans les fossés le bruit des marteaux qui clouaient le cercueil de bois. On ne livre jamais le cadavre à ses proches pour qu'ils puissent le veiller et l'accompagner au cimetière. Un petit fourgon aux initiales de l'I.N.R.A (Instituto nacional de reforma agraria) et où se trouvent déjà un membre de la Police politique et plusieurs soldats l'emporte jusqu'à l'une des fosses communes à l'intérieur d'une parcelle réservée à cet effet par le ministre de l'Intérieur dans le cimetière de Colón. Pas un indice, pas une pancarte, rien n'identifie le mort. Les membres de sa famille n'ont même pas le privilège de connaître l'endroit où l'on a enterré celui qu'ils chérissaient.

Les cadavres n'étaient pas seuls à disparaître, certains détenus, après avoir subi en secret un interrogatoire, étaient finalement transportés directement du siège de la Police politique au

Mur des Fusillés. Nous pouvions tout voir du fond des galeries. Un jour que j'étais dans la cour avec un groupe de camarades, nous avons vu descendre au fossé un homme bâillonné, les mains liées dans le dos. Il portait un vêtement vert olive. Ils l'ont fusillé à la hâte. Il n'était pas sorti de la prison. Personne ne le connaissait. Ces fusillades et ces enterrements secrets avaient lieu assez fréquemment.

## CHAPITRE VI

# L'île des Pins

Il y avait deux haut-parleurs dans la cour de la prison. Les militaires les utilisaient chaque fois qu'ils désiraient s'adresser aux détenus. Un soir, après l'appel, ils se mirent à lire une longue liste, celle des prisonniers qui devaient rassembler immédiatement tout ce qui leur appartenait, car ils allaient être transférés ailleurs. Un silence total se fit parmi nous. Chacun tendait l'oreille pour pouvoir distinguer son nom. Nous n'étions pas renseignés sur notre lieu de destination, mais puisque nous étions en surnombre à la Cabaña, ce ne pouvait être que l'île des Pins.

Déjà, ceux de mes compagnons dont le nom avait retenti commençaient à entasser leurs affaires dans leur sac de toile. On eût dit que l'atmosphère s'était chargée d'angoisse. Ces transferts vers ce bagne situé dans une île au sud de Cuba nous glaçaient d'effroi. Nous nous racontions tant d'horreurs sur ce qui s'y passait. De plus, c'était l'éloignement définitif de nos proches, un manque encore plus grand de communication. A la Cabaña, nous avions au moins des nouvelles fréquentes de nos familles, jusqu'à deux fois par semaine. Certes, j'avais interdit à la mienne de revenir pour la soustraire aux vexations de toutes sortes : les femmes les plus âgées devaient se dénuder complètement pour être fouillées. Ma mère était revenue une fois, mais ma sœur l'avait attendue dehors. J'avais alors appris que le ministre des Communications l'avait informée par lettre que j'avais été chassé de mon poste en tant que « traître à la Révolution ». Ce même ministre m'avait également attaqué au cours d'une réunion organisée par les communistes de mon ancien service. De grandes banderoles excutées par mes ex-collègues avaient réclamé ma mise à mort : « Collez-le au mur ! Qu'on le fusille ! »

Les haut-parleurs continuaient à déverser une litanie interminable de noms dont chacun était répété deux fois. J'entendis soudain le mien et m'éloignai aussitôt de la porte pour préparer mes effets. En face de moi et à côté de moi, Pedro Luis Boitel et Alfredo Carrión rassemblaient eux aussi leur maigre bagage. C'était l'un des plus grands transferts qu'il y eut jamais à la Cabaña : plus de trois cents hommes en une fois. Nous savions tous que les visites à l'île des Pins étaient suspendues, que quelques jours plus tôt Monteiras y avait été massacré à coups de crosse, et que la terreur y régnait.

Un transfert de prisonniers se fait toujours très vite. A peine terminée la lecture de la liste, des pelotons de soldats prirent position devant les portes, et les haut-parleurs donnèrent à tous ceux qui avaient été appelés l'ordre de sortir. Nous nous agitions comme pris de fièvre pour jeter en désordre les quelques affaires que nous possédions dans les sacs de toile dont nos familles nous avaient pourvus.

— Allons... Pressez-vous !

Mécaniquement, nos gardiens répétaient les mots d'ordre. On voyait qu'ils étaient fatigués. Quand il y a transfert, les hommes qui sortent de garde sont réquisitionnés et n'ont pas le temps de dormir. Mécontents et de mauvaise humeur, ils font toujours payer au prisonnier leur manque de sommeil.

Déjà les premiers sortis des *galeras* 8, 9 et 10 se rassemblaient dans la cour, chargés de toutes sortes de sacs de jute, la gamelle et la cuiller suspendues au ceinturon, la serviette de toilette au cou, la brosse à dents et le tube de dentifrice sortant de la poche du blouson.

— Allons... Sortez... Dehors, ceux qu'on a appelés... !

Les adieux aux prisonniers qui restent ont alors quelque chose de tragique. On leur serre longuement la main en leur souhaitant bonne chance devant le tribunal. Etreindre celui qui n'a guère une chance de s'en tirer, c'est déjà embrasser un mort. On a la certitude qu'on ne le reverra jamais vivant et on ne sait alors que dire, les paroles qui conviendraient vous manquent, on se regarde dans les yeux. Tout au fond de votre cœur, en silence, une prière s'élève pour cet homme.

Nous étions maintenant presque deux cents dans la cour avec notre chargement. Plusieurs lieutenants, chacun avec sa liste de noms, commencèrent à faire l'appel, et les prisonniers les plus proches d'eux se retournaient vers leurs camarades pour répéter les noms. Nous avons ainsi formé un premier groupe de cinquante hommes, puis un autre, chacun d'eux se mettant tant bien que mal en colonne par deux. Plusieurs heures s'écoulèrent ainsi. Notre groupe fut l'un des derniers à se constituer. Nous sommes sortis dans la rue, celle-là même que j'avais suivie pour me rendre au tribunal, mais elle était pleine de gardes qui allaient et venaient constamment, casqués et baïonnette au canon.

— Garde à vous... En colonne par deux !

C'était un gros sergent noir que je n'avais jamais vu. Les prisonniers commencèrent à se reformer, et le sergent nous compta en passant et en vérifiant notre nombre d'après celui qui figurait sur une de ses listes. Il nous donna l'ordre d'avancer. A la sortie du premier tunnel, un peu au-delà de l'entrée de la prison, des autobus étaient à l'attente, des Leyland anglais peints en blanc, ceux de la S.A. Los Autobuses Modernos, que le gouvernement avait expropriée. Le siège arrière était occupé par six gardes armés de mitraillettes. Lorsque les prisonniers eurent pris place, d'autres gardes remplirent l'espace vide devant les portes et derrière le chauffeur. Un lieutenant proféra des menaces à l'égard de ceux qui tenteraient de se lever, et la file des autobus s'ébranla, escortée de patrouilleurs de la Police nationale et de voitures de la Police politique.

Depuis le jour de la perquisition, j'avais réussi à cacher ma montre. J'étais certain que les geôliers de l'île des Pins la découvriraient dès mon arrivée, et je me suis demandé s'il ne valait pas mieux la porter au poignet, mais sans la mettre tout de suite, seulement à l'approche de la prison. Peut-être parviendrais-je ainsi à la passer sans de trop graves conséquences.

Notre caravane d'autobus avait laissé derrière elle la forteresse ; elle s'engagea dans la Via Monumental, prit à droite pour s'engager dans le tunnel en direction du Camp militaire de Colombie, d'où partaient pour l'île des Pins les avions chargés de prisonniers.

Carrión était assis à côté de moi. Boitel avait trouvé une place sur le premier siège avant. Un tel transfert suscite toujours mille questions chez un prisonnier, et elles se pressent et se succèdent en lui sans jamais amener de réponse. Cette intense activité mentale a lieu dans un silence où l'on ne perçoit pas une seule voix. Peut-être beaucoup d'entre nous sont-ils passés devant leur propre demeure pendant cette traversée de la ville, et quels furent alors les souvenirs qui les assaillaient... Moi-même, combien de fois n'avais-je pas parcouru ces avenues, libre, sans soupçonner un instant qu'un jour je les reverrais comme prisonnier.

Nous nous sommes arrêtés dans le camp militaire devant les

installations et les hangars des Forces aériennes. Devant une haute clôture, des gardes armés de fusils surveillaient l'aéroport. Un peu au-delà des bâtiments réservés aux bureaux et aux dortoirs, les pistes grises et des silhouettes d'avions de transport se dessinaient sur un fond de nuit encore opaque.

Nous sommes descendus devant des baraques. Partout, des gardes entraient et sortaient. On entendait un bruit de marteaux : des hommes clouaient des planches qui aveuglaient les fenêtres. Un salon avait été rempli de couchettes en bois superposées par deux, recouvertes d'une toile grossière, sans oreillers. Nous entendions des ordres clamés dehors, à pleine voix. Des sentinelles prirent place autour du bâtiment et un gardien tira à lui une chaise pour s'asseoir devant la seule porte de sortie.

Boitel, Carrión, Ulises, Piñango et moi occupions deux des dernières couchettes. Les prisonniers commençaient déjà à s'adapter à leur nouvelle situation. L'un d'eux demanda au garde où se trouvaient les W.-C., et il fallut attendre qu'il consultât d'abord ses chefs. Une fois l'autorisation obtenue, nous pûmes y aller par groupes de quatre.

Je m'y suis rendu avec Boitel, non pas tant par nécessité physique que pour inspecter les lieux, avec l'idée de nous évader si possible. Mais la seule fenêtre existante était presque à hauteur du plafond, et elle donnait en plus sur un poste de garde. Nous sommes revenus pour nous allonger sur nos couchettes où nous pouvions penser, méditer, chercher à deviner quel était le sort qui nous attendait.

Car un optimisme énorme régnait encore parmi nous quant à la chute prochaine du régime. Une semaine plus tôt, les Etats-Unis avaient rompu toutes relations avec Cuba, et le président Eisenhower avait déclaré que « la pénétration communiste dans Cuba était réelle et constituait une grave menace pour le monde occidental ». On croyait encore que le continent américain ne tolérerait pas un régime marxiste. Les analystes avançaient comme arguments les traités panaméricains, la proximité géographique des Etats-Unis, etc. On tenait pour certain que le pouvoir de Castro ne durerait plus que quelques semaines. D'autre part, et cet argument était plus raisonnable, la résistance cubaine devenait de plus en plus puissante. Avec les incendies d'entrepôts et de magasins, la guérilla prenait de l'ampleur dans la montagne. Et ceux qui se soulevaient ainsi n'étaient ni des propriétaires fonciers ni des anciens soldats de Batista, mais ceux-là mêmes qui avaient lutté aux côtés de Castro pour assurer le triomphe de la démocratie :

découvrant qu'ils avaient été trompés, ils reprenaient les armes. L'un de leurs chefs les plus célèbres, légendaire alors, était le capitaine Osvaldo Ramirez.

Le 11 janvier 1961, Castro lui avait fait parvenir le message suivant : « Dites à Osvaldo Ramirez que nous savons qu'il est un idéaliste ; que je l'invite à converser avec moi pour lui démontrer que la révolution n'est pas communiste, et que je lui garantis que s'il n'est pas convaincu, il aura toutes garanties pour retourner dans les montagnes. »

Mais le capitaine Ramirez, qui connaissait fort bien Castro, répondit qu'il acceptait volontiers de discuter, mais avec un changement de programme : ce serait Castro qui se rendrait dans la montagne et, s'il n'était pas convaincu, il aurait toutes garanties pour revenir en ville. Castro, indigné, ordonna d'attaquer.

Des dizaines de milliers de miliciens entreprirent l'opération militaire la plus gigantesque dont on se souvienne à Cuba. Ils encerclèrent les montagnes de l'Escambray pour donner la chasse aux rebelles. Entre-temps, toutes les nuits, dans toutes les villes de l'île, l'air tremblait sous les explosions des bombes. Dans le crépitement de leurs mitraillettes, les combattants de l'un et l'autre camp s'affrontaient et mouraient. Telle était alors la situation.

Le lendemain matin, de très bonne heure, un groupe d'officiers entra pour nous recompter, toujours sans nous donner d'explications :

— Debout ! Rassemblement pour l'appel !

Encore endormis, nous nous sommes mis en ligne, enveloppés dans nos couvertures parce qu'il faisait froid bien que la baraque fût complètement close.

Chacun de nous reçut du pain et quelques gouttes de café. On nous donna l'ordre de prendre nos affaires et de sortir du dortoir. Le ciel était toujours gris et opaque, et des nuages très bas couraient, poussés par le vent du nord. Nous avons traversé l'une des pistes. Des bataillons de miliciens, étrennant le béret vert, évoluaient au pas en chantant des hymnes révolutionnaires, dont *L'Internationale*. C'est de ce camp militaire que Batista s'était échappé à l'aube du 1er janvier, il y avait à peine deux ans. Désormais, les miliciens y faisaient l'exercice, et des centaines de prisonniers politiques y attendaient un destin incertain.

On procéda à la sélection d'un premier groupe d'après des

listes confectionnées d'avance en prison. Un avion s'approcha, un vieux C-46. Les gardes accompagnèrent de cris et de menaces ceux qui montèrent à bord : une simple démonstration de violence verbale pour nous terroriser encore plus.

Quand l'avion fit un virage pour prendre son vol, un nuage de poussière, de papiers sales et d'ordures nous enveloppa. Nous étions alignés sur un côté de la piste parmi les herbes desséchées et jaunies. Il nous fallait attendre là le retour de l'appareil qui transporterait alors un second contingent de prisonniers. Ce mode de transfert, lent par lui-même, allait être retardé : les autorités décidèrent soudain que nous attendrions sur place pendant qu'elles utiliseraient l'avion pour un transport de bétail à destination de la province de Camagüey. Nous n'en savions rien. Nous sommes donc restés là jusqu'à la tombée de la nuit. Nous espérions qu'on nous ramènerait dans le baraquement. Espoir déçu ! Nous avons dû demeurer dehors, exposés aux intempéries, pendant toute la nuit, dans un froid qui nous transperçait les os. Les soldats avaient reçu des renforts pour établir un cordon de gardes autour de nous. Nous avons tiré nos couvertures et nous nous sommes serrés les uns contre les autres le plus étroitement possible pour attendre un nouveau jour... De temps à autre, nous entendions des explosions de bombes.

Avec l'aube, la température descendit lentement et dès lors tout sommeil devint impossible : nous tremblions de froid. Enfin, par-dessus les maisons et la cime des arbres, de l'autre côté de l'enceinte, le ciel commença à s'éclaircir, et on nous apporta un peu de café et de pain. Le vent balayait la piste grisâtre, couchant les herbes, au milieu des tourbillons de papiers. C'est alors qu'avec précaution j'ai tiré ma montre de sa cachette pour la porter au poignet. Elle était cachée par la manche de l'uniforme, et de plus je l'ai entourée d'un mouchoir. Peut-être pourrais-je l'utiliser quand même dans ma nouvelle geôle.

Nous n'étions plus qu'un groupe pas très important. Les pelotons de miliciens vinrent se rassembler devant les hangars pour faire l'exercice. En passant très près de nous, ils nous jetaient des regards obliques. Parmi ces hommes disposés à lutter pour défendre la révolution, nombreux seraient ceux qui tomberaient au cours des années suivantes, les yeux dessillés, ou qui échoueraient en prison pour s'être opposés à Castro. A l'époque, ils n'étaient pas encore capables d'avoir une idée de ce que deviendrait leur pays quand le communisme le contrôlerait en entier.

Enfin vint le tour de notre groupe. Pendant un instant on tint

Boitel à l'écart, le temps de lui passer les menottes ; d'autres, toujours avec des menottes, furent liés dos à dos : simples et inutiles témoignages d'acharnement ! Quand nous nous sommes approchés de la passerelle de l'avion, les soldats se mirent à nous huer et à s'exciter mutuellement. C'était toujours le même avion. Il revenait de son transport de bétail. Il n'avait pas de sièges et le plancher était recouvert d'excréments. Une grosse corde divisait la carlingue en deux parties : d'un côté, nous, les prisonniers ; de l'autre, notre escorte.

— Tout le monde par terre ! Asseyez-vous !

Il y eut un moment d'hésitation : fallait-il vraiment s'asseoir sur ce plancher plein de bouse et d'urine de vache ? Nos gardes se mirent à nous bousculer en hurlant comme des possédés :

— A terre ! Tous !

Boitel, gêné par ses menottes, essayait de tirer un de ses sacs, Carrión s'étant chargé de l'autre. Un coup de canon de fusil dans le dos envoya Guillermo à plat ventre, enchevêtré dans ses colis. Le claquement des culasses des mitraillettes accompagnait les ordres et les cris. Bientôt, personne ne bougea plus. J'étais terrorisé.

— Et maintenant écoutez-moi bien — c'était un lieutenant qui parlait. Nous avons reçu l'ordre de tirer sur quiconque désobéit. Il vous est interdit de regarder par les hublots, interdit même de lever la tête. Faites-le, et vous en supporterez les conséquences... Ah ! encore une chose : silence absolu, pas un mot pendant le voyage.

Le but de toutes ces mesures était évidemment de dissuader toute tentative pour nous emparer de l'avion. Il y avait dans notre groupe des hommes d'action qui avaient prouvé leur courage en maintes occasions, soit dans la guérilla des montagnes, soit dans la résistance clandestine des villes.

Le pilote monta et nos gardiens s'enfermèrent avec lui dans la cabine. C'était une règle générale qui ne s'appliquait pas aux seuls transports de prisonniers ; deux gardes armés surveillaient tous les vols intérieurs, et de plus la porte de la cabine de pilotage était blindée et percée d'un judas au verre incassable. On ne pouvait ouvrir cette porte avant l'atterrissage, quoi qu'il arrivât. Et il en est encore ainsi aujourd'hui.

Nous avons accompli ce voyage la tête basse, sans parler. L'appareil a atterri sur le petit aéroport de Nueva Gerona, capitale de l'île des Pins.

Avant de s'immobiliser, une série de cahots me fit croire que la piste aboutissait à un bout de terrain irrégulier, et c'était en effet le cas. En roulant, l'avion obliqua sur la gauche vers l'emplacement réservé aux camions et à la garnison du bagne, notre comité de réception !

La porte de la carlingue s'ouvrit. Dehors, une herbe haute montait jusqu'aux genoux des douzaines de gardes qui entouraient l'appareil.

Aussitôt, ces hommes se mirent à hurler des insultes. La plus grande partie de ceux qui se pressaient à la porte étaient des Noirs dont l'aspect n'avait rien de cubain. Ils portaient au cou des colliers de graines que nous appelons « œils-de-bœuf » et de grains de diverses couleurs, et ils arboraient à leurs bérets, comme signe distinctif, une tige de mil.

Pendant que dehors nos nouveaux gardiens criaient et nous menaçaient, ceux de l'avion se déchaînaient encore plus :

— Allez ! En bas ! Plus vite !

Il n'y avait pas de marches pour descendre de l'appareil. Se jeter d'en haut était la seule solution. Et nous avons sauté les uns sur les autres, écrasés sous le poids de nos colis. C'était comme une sorte de tourbillon désespéré. Boitel, arrivé à la porte, fit une pause de quelques secondes. Aussitôt, un des soldats leva la jambe, et lui appuyant sa botte dans le dos le précipita dans le vide. Boitel tomba face contre terre dans les hautes herbes avec toujours les poignets serrés par les menottes si bien qu'il perdit ses lunettes dans sa chute.

— Allez ! Montez dans les camions ! Et plus vite que ça, fils de putes ! On va vous apprendre à vivre... Allez ! Plus vite !

C'était horrible. On nous pressait comme du bétail, me suis-je dit. A tout moment, je m'attendais à recevoir un coup de crosse ou de baïonnette. Je ne résistais plus à la peur. Elle me saisissait au ventre, comme si une tenaille de fer m'arrachait l'estomac. Cette sensation allait me poursuivre pendant des années : désormais, je saurais ce qu'est la peur, la panique.

Nous sommes montés dans les camions, harcelés par les vociférations continuelles de nos nouveaux gardiens. Il y avait dans notre groupe un prisonnier obèse qui se mouvait lentement et que nous appelions Tito. Grimper dans le camion n'était guère facile pour lui, et il s'était arrêté, attendant un coup de main secourable. Mais dans ces moments de confusion et d'affolement, personne ne pensait à lui. Un des gardiens leva le bras et lui assena un coup de plat de sabre-baïonnette :

— Allez ! Monte... Je t'ai dit de monter...

Et de lui assener un nouveau coup. Mais déjà plusieurs mains se tendaient vers lui et le hissaient à l'intérieur du camion qu'une corde divisait en deux. Les prisonniers s'amassèrent à l'avant, contre la cabine du chauffeur, tandis que les soldats occupaient la partie arrière. Quand le camion s'ébranla, ils levèrent leurs baïonnettes qui vinrent presque effleurer la gorge des plus proches.

J'étais de ceux-là avec Carrión. Les pointes aiguës des baïonnettes, à quelques centimètres de nous, bougeaient dangereusement à chaque cahot du camion. Il suffisait d'un coup de frein brusque pour qu'elles s'enfoncent dans notre cou.

Là aussi, il nous était interdit de regarder dehors, de tourner la tête, de bouger. Les baïonnettes avançaient et reculaient à chaque mouvement du véhicule. Instinctivement, nous rejetions la tête en arrière, et aussitôt les gardes avançaient un peu plus leur arme :

— Tu as peur, hein, espèce de pédé ?

Et il fallait supporter l'insulte en silence...

— ... Vous ne savez pas ce qui vous attend... Vous êtes maintenant dans l'île des Pins et vous allez vite savoir ce que ça veut dire...

Nous avions tous entendu parler des horreurs du bagne qui était notre destination : travaux forcés dans les carrières, inspections dont le nom seul faisait frémir car chaque fois quelques prisonniers mouraient et des centaines d'autres en sortaient blessés à coups de baïonnette. Nous étions tous renseignés sur les quartiers spéciaux et les cellules où l'on enfermait quiconque osait protester contre les injustices et les abus de pouvoir dont il était victime, ou simplement parce qu'un geôlier prenait plaisir à voir un malheureux complètement nu, couché à même le sol dur et froid et à pouvoir refermer sur lui une porte que l'on soudait pour n'avoir plus à l'ouvrir. Ces malheureux passaient là plusieurs mois de suite, et leurs gardiens avaient l'habitude de les arroser quotidiennement d'eau glacée et d'excréments. Celui qui parvenait à garder le contrôle de son esprit et qui ne sortait pas de là diminué mentalement n'en était pas moins atteint à mort de tuberculose, les poumons détruits...

Et c'était cela, notre destination. Silencieux, nous respirions profondément pour mieux nous remplir les poumons de cet air libre que nous ne respirerions plus pendant une éternité, et l'angoisse continuait à nous tenailler car il suffisait d'un brusque coup de frein ou d'un trou dans la route pour qu'une baïonnette nous déchire la gorge.

CHAPITRE VII

# Un bagne modèle

La prison de l'île des Pins était à l'époque la plus grande de Cuba. On l'appelait le bagne modèle. Elle avait été construite par le dictateur Gerardo Machado. C'étaient six bâtiments énormes, circulaires, dont la capacité dépassait de beaucoup les besoins des années 1930, celles de leur construction. Quelqu'un fit remarquer au dictateur que ce pénitencier était beaucoup trop grand et qu'on ne le remplirait jamais ; il répondit :

— Ne t'inquiète pas, il se trouvera bien quelqu'un pour le remplir.

Et en effet, il y eut Fidel Castro.

Les portes coulissantes de la première enceinte de sécurité s'ouvrirent pour nous laisser entrer. La première chose que voyait un nouveau venu était un ensemble de beaux jardins très bien tenus. Des prisonniers de droit commun arrosaient et débarrassaient des mauvaises herbes les rosiers et les plantes fleuries des Tropiques. Au centre s'élevait le bâtiment de la direction prolongé, de chaque côté, par un arc de cercle fait de maisons habitées par les fonctionnaires. Au fond, on entrevoyait les masses énormes des bâtiments circulaires où se trouvaient les détenus.

— Dehors, descendez, fils de putes ! Vous allez apprendre ce que c'est d'être prisonniers ici ! Vous êtes arrivés à l'île des Pins !

C'était comme une gifle en plein visage, mais personne ne répondit. Nous sautions déjà du camion. En face de moi, deux prisonniers étaient liés l'un à l'autre par une seule paire de menottes. Comme l'un d'eux tentait de trouver un appui pour descendre, un garde resté dans le camion s'approcha de lui par-derrière et, d'un coup de pied dans le dos, le projeta dans le vide. Sa chute entraîna celle de son compagnon qui eut le poignet déchiré par le bracelet de métal. Du haut du camion, le gardien eut un éclat de rire moqueur repris en chœur par tous ses camarades. L'un d'eux s'approcha à son tour des deux prisonniers qui, choqués et meurtris, tentaient de se relever :

— Vous voyez comme nous sommes bons ? Nous vous aidons même à descendre...

Et ce furent de nouveaux éclats de rire, de nouvelles railleries. Nous étions là, impuissants, sans oser protester, nous demandant ce qui allait suivre, puisque cela commençait ainsi... Immédiatement survint une jeep qui venait chercher un de nos camarades. Il avait été mêlé à la mort d'un milicien tué au cours d'un échange de coups de feu. Ses deux compagnons avaient été fusillés et lui condamné à trente ans de prison.

— Où est ce fils de chienne ? s'écria, déjà furieux, un sergent qui descendait de la jeep.

— Il est là, répondit un gardien qui nous surveillait depuis La Havane en désignant le malheureux du doigt.

— Viens, petit ! Presse-toi un peu ! On va t'apprendre maintenant qui nous sommes !

Déjà, le sergent l'empoignait, le poussait vers la jeep où on le fit entrer en le rouant de coups. L'un des gardiens lui assena un coup de crosse, et un gémissement sourd s'échappa des lèvres du prisonnier, presque un gosse.

Le grand et gros sergent semblait commander le détachement de la jeep :

— Emmenez-le-moi au pavillon, cria-t-il.

Et se tournant vers nous :

— Vous autres, rassemblement derrière moi, et vite !

Une fois alignés, nous avons attendu qu'on vérifie notre nombre en le comparant avec celui de la liste venue de Cuba.

— Et maintenant, quels sont donc nos petits grévistes ? demanda le sergent.

Il faisait allusion à la grève entreprise par quelques prisonniers de la Cabaña pour protester contre les exécutions qui avaient eu lieu en janvier 1961, un mois terrible : les communistes assoiffés de sang avaient cherché, grâce à une loi nouvelle, à légaliser et à excuser leurs assassinats, essayant ainsi de récupérer ceux qui commençaient à comprendre que Castro les avait trompés et qui recouraient aux armes pour reconquérir leur liberté.

Un à un, à l'appel de leur nom, les coupables sortirent des rangs : Guillermo et plusieurs autres que je connaissais bien. Des miliciens, baïonnette au canon et l'arme haute, les séparèrent du groupe et leur indiquèrent le chemin qu'ils devaient prendre : une route qui menait à d'autres installations du pénitencier.

— Allez ! Vite ! Courez !

A coups de baïonnette dans les fesses, les gardiens les obligeaient à augmenter sans cesse l'allure. Nous les avons vu s'éloigner. Déjà, le sang ruisselait le long de leurs cuisses, teignait de sombre leur pantalon. L'un d'eux trébucha, tomba. Les gardiens le piétinèrent de leurs lourdes bottes jusqu'à ce qu'il perdît connaissance dans une mare de sang. Ils l'enlevèrent de là en le traînant par les bras. Nous devions apprendre par la suite que c'était là une des distractions favorites de nos matons. Pour nous, sur le moment, ce spectacle avait quelque chose de dantesque. Nous n'imaginions pas encore que nous assisterions fréquemment, depuis nos cellules, à cette manière d'accueillir ceux qui débarquaient dans l'île.

— Et maintenant, faites monter les autres, dit le sergent.

De perron en perron, nous avons gagné les bureaux et la direction du pénitencier. Là, on nous a fait attendre dans un grand couloir. Pas un instant n'avaient cessé les insultes et les vexations de toutes sortes. Nous étions là trois cent douze hommes, le dernier contingent de la plus grande chaîne de forçats jamais arrivée en une fois à l'île des Pins.

A la fin du couloir, nous avons pris un escalier par lequel nous sommes descendus jusqu'à la partie inférieure du bâtiment central, une sorte de sous-sol où des miliciens nous attendaient face à des entassements d'uniformes de prisonniers, ceux de l'ancienne armée, mais marqués d'un « P » noir dans le dos et d'un autre « P » sur chacune des jambes du pantalon.

— Allons, déshabillez-vous, vite ! A poil tout le monde ! Et vite !

Une agitation folle, comme à chaque ordre donné. Plus vite, toujours plus vite, sous la menace constante des coups de crosse ou de baïonnette. Nous nous sommes mis à nous déshabiller. Veste, chemise, pantalon, tricot, caleçon, bientôt tout ne fut plus qu'un petit tas à nos pieds. Brusquement, un garde hurla :

— Et les souliers, nom de Dieu ! On vous a dit : A poil !

Nous avons ôté nos souliers, nos chaussettes.

Comment décrire ce que j'ai ressenti à ce moment ? Je me suis imaginé que tous les autres souffraient comme moi en se retrouvant nus, le visage tourné vers le mur, pendant que gardiens et miliciens riaient et se moquaient en commentant notre nudité. Rien n'est plus déprimant que d'être réduit à un tel état.

— Et maintenant retournez-vous et restez tranquilles jusqu'à ce qu'on vous appelle !

Un long appel. Un a un, nous avançons jusqu'à un banc qui nous sépare des gardiens et où ils examinent le peu que nous avons emporté avec nous : quelques boîtes de conserve, des médicaments, un tube de dentifrice, du savon, des dessous. Le pillage commence : ils s'approprient tout ce qui a quelque valeur ou qui leur plaît. Ma montre attire l'attention d'un officier, le lieutenant Paneque, qui me démet presque le poignet pour me l'arracher. Cette fois, elle est bien perdue, définitivement, me dis-je. C'est une bande de vautours en train de se répartir leur butin sur place. Avec une impudence sans bornes, ils discutent devant nous de la possession d'un objet : une paire de chaussettes, un rasoir mécanique, un stylo. J'avais avec moi un chapelet, cadeau d'un ami, Neno Medina. Neno n'avait pas seize ans, mais il était de ceux que Castro n'avait pas réussi à tromper. Toute sa famille avait pourtant demandé l'asile politique au Venezuela pendant la dictature de Batista parce que le père, révolutionnaire, était partisan de Castro. Neno, qui ne connaissait pas grand-chose à la politique, avait eu l'intuition que le communisme serait une catastrophe pour Cuba. De plus, il lui était tombé entre les mains plusieurs livres du genre de *La Gran Estafa,* d'Eudocio Ravines, qu'il me commentait avec intérêt. Dès 1960, il appelait Fidel Castro « Fidelosky ». Obligé de faire partie des milices, il avait constaté que le nouveau dictateur trahissait la révolution pour laquelle son père avait lutté et était mort. Quand il dut participer comme chauffeur, dans les montagnes de l'Escambray, à une opération militaire dont le but était d'étouffer les réduits où les rebelles luttaient contre Castro, il ne put le supporter. Se sentant du côté des révoltés, il prit une décision dramatique : alors qu'il conduisait un camion plein de soldats, il appuya à fond sur l'accélérateur et le lança droit dans un ravin. Tous moururent.

C'est vers le chapelet que m'a donné Neno que se tend la main du lieutenant Paneque. Il le tire à lui avec furie, le jette à terre. Quelques-uns de ses hommes piétinent brutalement le crucifix et les grains noirs qui se répandent sur le sol.

Soudain, à l'opposé de l'endroit où je me trouve, des éclats de rire s'élèvent, puis des cris d'indignation, et aussitôt après, le prisonnier qui protestait attaque à coups de poing l'un des gardiens. Plusieurs soldats s'élancent sur lui. Mais il continue à se battre, à griffer, à mordre, jusqu'au moment où il s'écroule sous les coups, le crâne défoncé, le visage ruisselant du sang qui lui jaillit des narines. Il tente encore de se relever, un coup de crosse dans le dos l'expédie définitivement à terre. La plupart des gardiens qui nous surveillent, dès le début du combat, ont reculé précipitamment, armant leurs fusils et leurs mitrailleuses, la menace à la bouche mais nerveux à l'extrême :

— Personne ne bouge ! Tous, les mains en l'air ! Attention, au moindre geste, on tire !

Et je m'aperçois qu'ils ont peur, peur des hommes désarmés et nus que nous sommes, et j'ai l'impression que nous grandissons soudain face à cette racaille dont les mains tremblantes arrivent à peine à soutenir les armes. Déjà, ils emportent le prisonnier qui a attaqué l'un d'eux. Nous ne savons pas encore le motif de sa révolte. Sur le moment, nous avons seulement vu les gardiens traîner par terre un corps nu couvert de blessures et de meurtrissures de coups de crosse, et qui laissait derrière lui, sur le sol, une mare de sang. Beaucoup ont pensé qu'il allait mourir. Nous devions apprendre par la suite que le gardien chargé de la fouille, en renversant sur le banc les affaires du prisonnier, s'était emparé d'une photo, celle de la mère de cet homme — une mère comme la mienne, comme celle qu'avait chacun de nous, une de ces mères si nombreuses, torturées par la terrible souffrance de la séparation, de savoir leur fils enfermé dans une prison où les outrages, les mauvais traitements physiques et moraux, étaient leur pain quotidien. Et cet homme n'avait pu se contenir quand le maton, la photo à la main, lui avait demandé, pour l'offenser cruellement, dans quel bordel travaillait cette gonzesse. D'un seul coup, sa patience avait été à bout. Aveuglé par la colère et les larmes de rage qui remplissaient ses yeux, il s'était rué sur l'insolent.

Après la fouille, chaque prisonnier s'est vu attribuer un jeu de vêtements. Ceux de taille petite ou moyenne recevaient un uniforme ridiculement énorme, et vice versa. Et il nous a fallu mettre ces effets de rebut pour sortir de là habillés.

Ceux qui étaient minces avaient résolu facilement le problème en enroulant le pantalon autour de la taille et en en retroussant le bas ainsi que les manches de la chemise. Pour les gros, c'était un supplice. Tito lutta longtemps pour entrer dans un pantalon bien trop petit. Finalement, il parvint à s'y insérer, malgré les vingt centimètres de tissu qui manquaient pour pouvoir le boutonner, tandis que les jambes du pantalon lui descendaient au jarret. L'habillage des détenus était l'un des sujets de distraction de la garnison.

En sortant de ce sous-sol, nous avons pu voir sur un mur une pancarte où on lisait une pensée de Fidel Castro : « La révolution est plus verte qu'une palme. »

Nous avancions en colonne par deux, flanqués de part et d'autre par les gardiens. La porte de la seconde enceinte barbelée s'ouvrit : il y avait là une guérite de béton avec des réflecteurs et une mitrailleuse braquée sur les bâtiments. Nous étions maintenant à l'intérieur du bagne. Là, on ne voyait plus de jardins. Cette porte était l'entrée d'un monde étranger d'où ne sortirait qu'un petit nombre de ceux qui entraient. Nous sommes passés entre les bâtiments 5 et 6, rectangulaires ceux-là et énormes, hauts de cinq étages, et nous avons vu surgir devant nous les « circulaires », comme nous les appelions, avec leurs sept étages, chaque bâtiment prévu pour loger neuf cent trente prisonniers mais où les autorités arriveraient à en entasser treize cents. Il y avait quatre circulaires. Au centre, un bâtiment plus petit, circulaire lui aussi mais de deux étages seulement, était celui du réfectoire, capable d'accueillir cinq mille détenus à la fois ; là se trouvaient aussi les cuisines et les entrepôts. Les cinq circulaires étaient disposées comme les doigts d'une main, celle du réfectoire au milieu. Nous sommes passés entre les circulaires 1 et 2, dont les prisonniers nous ont salués en se pressant aux fenêtres. Nos gardiens redoublèrent de cris pour nous interdire de leur répondre et même de lever la tête. Des coups s'abattirent sur ceux qui tentaient de désobéir. Nous avons longé le réfectoire en suivant une route asphaltée, et nous nous sommes arrêtés devant l'entrée de la circulaire 4, notre destination. Au-dessus de la porte, une pancarte ironique : *Bienvenidos a la circular 4.*

Le poste de garde était une grande baraque en blocs de ciment brut avec un toit fait de planches de fibres de ciment. De leurs fenêtres, les prisonniers arrivés la veille nous appelaient, criaient le nom de ceux qu'ils avaient connus à la Cabaña. Nos gardiens s'étaient tus. En arrivant sur ces lieux, on eût dit qu'ils n'avaient jamais eu avec nous le moindre rapport, que nous leur étions totalement étrangers. Ce qui m'encouragea à lever la tête et à regarder vers le haut, vers les fenêtres garnies de barreaux des cinquième et sixième étages, d'où des mains s'agitaient pour nous souhaiter la bienvenue. Puis j'ai abaissé mon regard sur celles, toutes proches, du premier étage. Derrière la balustrade étaient massés des hommes qui paraissaient des cadavres tant leur visage était blanc, faute de soleil. L'un d'eux était si maigre, mais si maigre, qu'il paraissait irréel. Il ne parlait pas, ne faisait pas un geste ; il était là, simplement, et il nous regardait : on eût dit un de ces personnages de cire de certains musées... Toutefois, ces hommes n'étaient en prison que depuis l'arrivée de Castro au pouvoir, au plus deux ans et quelques jours. Un frisson m'a glacé le dos rien que d'y penser. Deux ans... ! Jamais je ne pourrais tenir deux ans. Je me suis demandé comment ces prisonniers pouvaient encore être vivants, comment ils n'étaient pas morts. Si quelqu'un m'avait alors dit que je passerais vingt-deux ans en prison, je crois que je me serais mis à rire, et j'aurais considéré que j'avais devant moi le plus grand menteur du monde.

Enfin, après nous avoir comptés une fois de plus, on nous ouvrit la grille. Une multitude de prisonniers étaient à l'attente au rez-de-chaussée, un préau circulaire d'environ soixante-dix mètres de circonférence. Au centre, une tour de ciment s'élevait jusqu'à hauteur du quatrième étage. Tout à fait en haut, un balcon à balustrade ceignait la tour pour permettre les rondes de l'homme de garde. On accédait à cette tour du dehors par un tunnel qui permettait aux soldats d'y entrer sans passer par le bâtiment.

Les cellules, disposées l'une à côté de l'autre, étaient collées à la paroi intérieure du bâtiment circulaire comme le gâteau de cire et de miel d'une énorme ruche. Quatre-vingt-treize à chaque étage. Devant elles, un balcon délimité par une balustrade de fer servait à chaque étage de passage intérieur où les prisonniers marchaient en toute sécurité. Les étages communiquaient par des escaliers de marbre. Quatre escaliers plus petits reliaient le rez-de-chaussée aux cellules du premier étage. Dans la cour intérieure, ou préau, du rez-de-chaussée, il y avait seulement les lavoirs et les douches. Les cellules étaient petites, avec une grande fenêtre aux gros barreaux de fer de coupe rectangulaire. Le sixième étage ne comportait ni divisions ni cloisons : il avait servi à châtier les prisonniers de droit commun, et il avait alors comporté plusieurs cellules détruites depuis. Cet étage était utilisé désormais pour loger l'excès de population carcérale. Dans le bâtiment 4, le nôtre, les fenêtres des cellules du premier étage, exceptionnellement, étaient garnies de barreaux. A l'époque des prisonniers de droit commun, ces cellules avaient elles aussi été employées comme lieu de punition. Aux autres étages, les fenêtres des cellules n'avaient pas de barreaux, et les prisonniers pouvaient se déplacer par le balcon intérieur et passer d'un étage à l'autre par les escaliers.

On avait l'impression d'être dans un cirque romain. Tous parlaient et criaient en même temps. Nous avons été quelques-uns à nous rapprocher immédiatement de la base de la tour centrale pour nous débarrasser de nos colis et reprendre haleine. Du haut des balcons, de nombreux prisonniers, accoudés à la balustrade de fer, nous regardaient avec curiosité. Certains d'entre eux accueillaient ceux qu'ils connaissaient parmi les nouveaux venus, les aidaient à transporter leurs bagages et leur cherchaient des places vides où ils pourraient s'installer.

Boitel, Carrión et moi contemplions, hébétés, cet univers absurde où tout paraissait avoir une dimension différente. « Comme ils crient, ces damnés ! » C'était une des phrases favorites de Carrión, tirée du *Don Juan Tenorio* de Zorrilla et qu'il citait chaque fois que la situation s'y prêtait, quand le tapage et les cris menaçaient de nous rendre fous comme c'était alors le cas.

— Messieurs, messieurs... Silence, s'il vous plaît.

C'était la voix du délégué de notre circulaire, Lorenzo, un mulâtre de six pieds de haut et qui devait peser ses deux cents livres. Au moyen d'un vote secret, les prisonniers élisaient en effet une sorte de gouverneur interne. Ce délégué, comme on l'appelait, se voyait confier la responsabilité de choisir ceux qui s'occupaient des différents services : propreté, répartition de la nourriture, etc. Il traitait également avec l'administration militaire dont il transmettait les ordres aux prisonniers. Au début de 1959, les anciens soldats de Batista devenus prisonniers avaient dû supporter que les détenus de droit commun fussent leurs intermédiaires avec l'administration dont ils étaient les collaborateurs. Disons seulement que ces criminels arboraient dans leurs cellules des portraits de Fidel Castro et qu'ils bénéficiaient d'un traitement de faveur de la part de la direction. Mais quelques mois plus tard et grâce aux efforts d'un pilote des Forces aériennes, un certain Beruvides, lui aussi prisonnier, les anciens officiers et soldats de l'armée de Batista avaient réussi à éliminer de ces postes les prisonniers de droit commun : les premiers groupes de détenus politiques n'étaient arrivés que plus tard.

— Allons, montons ! dit l'un de nous.

Nous avons repris nos colis pour nous diriger vers les escaliers. Pour avancer, il nous a fallu enjamber de longues files de seaux ; tout ce qu'il semblait y avoir de récipients dans le bâtiment était aligné partout dans la cour intérieure, formant des méandres aussi capricieux que le cours d'un fleuve. On nous a vite dit pourquoi. Chaque détenu avait droit à cinq litres d'eau par semaine pour se désaltérer, se débarbouiller, se baigner et laver son linge. Cela ne suffisait pas évidemment. Ce rationnement était dû à des réparations du système de canalisations du pénitencier. Les camions-citernes qui livraient l'eau appartenaient à un organisme différent et ne pouvaient toujours desservir la prison à temps ; à notre arrivée, le retard était de neuf jours. Quand nous avons demandé à l'un des anciens où nous pouvions prendre de l'eau, il nous a mis au courant de la situation : chacun veillait sur son eau comme sur un véritable trésor. Un ex-infirmier de l'Hôpital national de psychiatrie connaissait Boitel. Il nous offrit de nous reposer quelques minutes dans sa cellule au premier étage. Il allait entreprendre quelques démarches pour nous avoir un peu d'eau, mais un tout petit peu seulement... Au cours de l'après-midi, les militaires avaient annoncé l'arrivée d'un camion-citerne, mais beaucoup n'y croyaient guère.

En attendant, ce fut un ancien qui nous donna généreusement un peu de son eau. Il vivait seul dans une cellule du premier. Quand l'ami de Boitel nous présenta à lui, il fixa sur nous un regard circonspect, puis tira de dessous sa couche un seau recouvert d'un bout de carton et où se trouvait un fond d'eau :

— Je bois peu, très peu, n'est-ce pas ? C'est pour ça qu'il m'en reste...

Il nous en donna une gorgée chacun. J'ai eu encore plus soif qu'avant : je me sentais capable de boire tout le seau.

Nous sommes ensuite montés au sixième. Ceux qui étaient arrivés la veille avaient trouvé des cellules vides où ils ont accueilli beaucoup d'entre nous. Les escaliers étaient pleins d'une circulation intense et constante : les prisonniers déménageaient leurs lits d'une cellule ou d'un étage à l'autre. Dans chaque cellule, il y avait deux de ces lits que l'argot carcéral appelait des « avions ». Je n'ai jamais réussi à savoir exactement pourquoi, peut-être parce qu'ils pouvaient se replier comme des ailes. Le cadre était fait de tubes métalliques entre lesquels on avait tendu un morceau de toile ou un sac de jute. Ces avions étaient fixés au mur par des crochets de fer enfoncés dans le ciment, et par deux chaînes qui servaient à relever la couche et à l'abaisser seulement au moment de l'utiliser. Posséder un avion en bon état était la plus grande ambition d'un prisonnier.

En arrivant au sixième, nous n'en pouvions plus. Avec quelques autres, mon petit groupe se composait de Carrión, Piñango, Boitel, Jorge Victor et moi. En prison, on a des dizaines, des centaines d'amis, mais on fait toujours partie d'un groupe réduit avec lequel on passe la plus grande partie de son temps : on y partage les heures qui s'écoulent, et l'on y satisfait ce besoin de communiquer qui, pour certains, est plus important que tout le reste.

Jorge Victor était taciturne, il parlait fort peu et donnait l'impression d'être insensible à tout, ce qui était d'ailleurs le cas. Il avait étudié pour être prêtre et on eût dit en effet qu'il portait une soutane invisible. C'était un camarade extraordinaire avec lequel Carrión plaisantait continuellement. Il avait été arrêté le même matin que nous. En arrivant au sixième, il s'était assis à même le sol, impassible et, pour la plupart, nous avons suivi son exemple. Nous nous sommes installés là et, prenant nos couvertures, nous nous sommes arrangés pour dormir le mieux possible, remettant au lendemain matin la tâche d'obtenir cellules, avions et matelas. Cet étage dépourvu de cellules et dont le sol de terre battue était défoncé d'une multitude de trous était assez incommode. Mais nous étions épuisés par plusieurs jours de transport, et nous avons sombré presque immédiatement dans un profond sommeil.

Toutefois, Carrión devait nous réveiller seulement quelques minutes plus tard : un rat se promenait sur nous ! Les rats ne devaient jamais plus nous quitter. Il ne peut y avoir de bagne sans rats, et cet inconvénient allait nous paraître insignifiant à côté de ce que nous devions plus tard supporter.

Décidément, pendant cette première nuit, les événements n'allaient pas nous laisser dormir très longtemps. Au petit jour, des cris retentirent et un bruit infernal nous réveilla en sursaut. Nous nous sommes levés pour nous pencher sur la balustrade. D'où nous étions, nous pouvions distinguer la grille d'entrée et assister à un spectacle hallucinant : un camion-citerne était arrêté dehors ; on avait ouvert les robinets et deux tuyaux de quatre pouces passés à travers la grille commençaient à déverser l'eau à même le sol. Le précieux liquide s'écoulait avant même que les premiers prisonniers, réveillés en sursaut par les cris et encore à demi endormis, aient eu le temps d'accourir :

— DE L'EAU !

Tous, frénétiquement, se précipitaient maintenant vers le rez-de-chaussée avec des seaux, des brocs, tout ce qui pouvait servir à emmagasiner de l'eau. Des centaines d'hommes remplissaient ces récipients de fortune à tour de rôle, formant deux queues interminables. Un torrent de démons descendait les escaliers en courant, en criant et vociférant. Dominant ce vacarme, on percevait la voix de stentor du délégué :

— Un peu de mesure, messieurs... Un peu de mesure !

Mais ces hommes avaient cessé d'être des êtres civilisés. Leur comportement était celui d'un troupeau de bêtes assoiffées auxquelles le vent apporte l'odeur d'une eau toute proche et qui se précipitent vers elle dans un galop éperdu. Pour éviter la course dans les escaliers, les plus agiles se laissaient tomber en grappes d'étage en étage, suspendus aux balustrades, au risque de s'écraser en bas.

— Je vous en prie, messieurs, on dirait que nous ne sommes plus des êtres humains, continuait à crier Lorenzo, le torse nu, mais portant les lunettes qui ne le quittaient jamais. Il avait gagné la grille près des deux énormes tuyaux. Le volume d'eau qui en jaillissait remplissait d'un seul coup un récipient, et le temps de placer un autre sous le jet, l'eau se répandait par terre. Déjà, une grande flaque s'étendait sur une partie de la cour. J'ai vu un homme tomber en courant, le flot humain continuait à se déverser par les escaliers et les passages.

Je contemplais tout cela comme hypnotisé jusqu'à ce qu'un prisonnier, passant devant nous un seau en plastique à la main, nous eût crié :

— Mais dépêchez-vous donc, vous autres, ou vous n'aurez pas d'eau du tout !

A son cri, nous sommes sortis de notre torpeur : évidemment, nous avions si soif ! Nous avons pris nos seaux et dévalé les escaliers. J'ai compris alors que je faisais désormais partie de ces hommes.

## CHAPITRE VIII

# La protéine animale

A cinq heures du matin, le clairon sonnait l'inspection qui avait lieu à six heures. Le clairon, lui-même un prisonnier de droit commun, se plaçait dans le réfectoire face aux bâtiments circulaires 3 et 4. Il jouait bien de son instrument. Plus tard, je l'ai souvent contemplé le soir. Il avait l'habitude de s'enivrer en buvant de l'alcool adouci de sucre, et il devait alors, pour ne pas tomber, s'appuyer à l'une des colonnes de l'édifice. Chose curieuse, c'est quand il était le plus soûl qu'il jouait le mieux. C'était lui qui sonnait *Aux morts* quand on venait chercher les cadavres de ceux qui mouraient sur place. Le délégué criait « Garde à vous », et les prisonniers se levaient et se tenaient droits, les talons joints. Tout s'arrêtait pendant le temps très court où seules retentissaient dramatiquement les notes du clairon.

J'avais réussi avec Carrión à obtenir une cellule au second étage, le numéro 64. Boitel refusa de déménager : il aimait dormir le matin, s'était procuré un lit de campagne, et l'espace vide du sixième étage lui semblait être l'idéal. Jorge Victor, Piñango et les autres, s'étaient casés avec des camarades. Mais nous nous retrouvions pour manger, et Manolito et Vladimir Rodríguez se joignirent à notre groupe. Ce dernier était psychologue. Il avait constitué une cellule d'action qui avait projeté d'attenter à la vie de Castro à partir de son appartement situé en face d'un restaurant, El Carmelo, que fréquentait le tyran. Ils furent découverts. Un échange de coups de feu précéda leur arrestation. Vladimir et Fernando López del Toro se retranchèrent derrière les murs d'une grande maison coloniale du Vedado, et il fallut déployer de nombreuses forces pour venir à bout de leur résistance.

L'heure des repas se transformait ainsi en un cénacle intéressant où abondaient les commentaires de toutes sortes, surtout sur les événements politiques. On en revenait toujours au même thème, la chute du régime : jour après jour, les rumeurs se précisaient concernant l'accroissement de la résistance interne, l'augmentation des sabotages, du nombre des rebelles dans les campagnes, et les gigantesques opérations militaires que le gouvernement tentait de mener à bien pour exterminer les foyers de guérilla.

Les repas étaient préparés par les prisonniers de droit commun. La nourriture était si fade, si insipide, si dépourvue d'attrait, que nous l'avions baptisée la « nigaude ». Quand les marmites montées sur un chariot que traînaient des prisonniers arrivaient à la porte, le délégué — ou l'homme de service stationné à cet endroit — criait :

— Voici la nigaude... Préparez-vous...

Cela signifiait que nous devions tous nous mettre en rang dans notre étage respectif, porteur d'une assiette et d'un récipient. C'étaient les détenus politiques qui se chargeaient de faire entrer les marmites et qui distribuaient la nourriture, une tâche que le délégué avait enseignée à certains prisonniers spécialisés. Ce service se faisait par rotation : un jour, ils commençaient par le premier étage, le lendemain par le second, et ainsi de suite jusqu'au sixième, pour recommencer par le premier.

Le menu n'était guère varié : au déjeuner, riz et pois chiches ; le soir, farine de maïs et un bouillon graisseux. Généralement, les pois chiches et autres féculents ne parvenaient à la prison que détériorés et grouillants de vers, si bien qu'à la surface des marmites flottait une couche blanche d'asticots. Mais pour désagréables que soient les situations de ce genre, le caractère cubain est porté à plaisanter de tout. C'est chez nous comme une soupape de sécurité qui nous aide à dédramatiser les événements les plus graves. Ainsi, au moment où il voyait arriver ces légumes secs, l'homme de service à la grille ne manquait jamais de nous prévenir :

— Aujourd'hui, pois chiches... aux protéines !

Les premiers jours, j'ai vécu presque seulement de pain ; je faisais des manières pour manger, mais la prison et la faim se sont vite chargées de m'ôter tout dégoût. Quelques semaines plus tard, je dévorais ces pois comme le plus endurci d'entre nous. Quand quelqu'un se plaignait de la nourriture, disant qu'elle était mauvaise ou avait mauvais goût, Carrión répondait toujours :

— Qui a dit que le prisonnier mange par goût ? Il mange pour subsister.

Et en effet, il fallait manger tout ce qui se présentait pour survivre, et j'ai rapidement pris la ferme résolution d'oublier mes scrupules et de tout avaler. Nous en sommes arrivés à organiser des concours de pêche à la cuiller pour mettre les vers à part. Ils étaient petits, d'un blanc jaunâtre, avec une petite tache foncée sur le crâne. Nous avons peu à peu perdu tout dégoût à force de rationaliser la situation : ces vers étaient morts, ils avaient bouilli dans les bassines. Quel mal pouvaient-ils nous faire ? Aucun. Nous n'avions pas l'habitude d'en consommer, c'était tout. En Asie, ne mange-t-on pas des insectes ? A force d'arguments, nous avons modifié, conditionné notre façon de voir, et c'est là le véritable secret qui permet au prisonnier de subsister. Nous avons fini par tout mélanger, soupe, riz et vers, sans nous donner la peine d'aller à la pêche de ces derniers. Après tout, une chose est sûre : c'était de la protéine ! Et jamais ils ne m'ont rendu malade.

Comme je l'ai dit, c'étaient des prisonniers de droit commun qui faisaient la cuisine. Un militaire les surveillait. Et pour témoigner de leur esprit révolutionnaire, qui se mesurait au degré d'hostilité et d'agressivité qu'ils montraient à notre égard, ils s'arrangeaient pour que les aliments qui nous parvenaient fussent le plus souvent atroces. Un matin, l'eau sucrée qu'on nous servait au petit déjeuner dans un bidon de quarante gallons (environ cent quatre-vingt litres — utilisé généralement pour les combustibles liquides) nous sembla avoir un goût étrange. Puis, quand son niveau eut un peu baissé, elle se couvrit d'une mousse soulevée sans doute par le remue-ménage de nos cuillers. En sondant le fond du bidon avec une palette en bois, nous avons senti quelque chose de dur. Nous avons renversé l'eau sucrée pour en avoir le cœur net : les prisonniers de droit commun y avaient jeté deux pains de savon de Marseille.

Une autre fois, la soupe contenait un gros intestin de vache, y compris le rectum plein de bouse. En vain nous plaignions-nous au militaire chargé de surveiller la cuisine ; il éludait toute responsabilité en prétendant que c'était là l'affaire des cuisiniers. La soupe contenait fréquemment des morceaux de verre, et un jour nous y avons découvert plusieurs rats morts. Mais la conséquence la plus grave qu'eut pour nous cette mauvaise alimentation se produisit quand on nous servit des pois chiches empoisonnés. Des milliers de prisonniers, torturés par des diarrhées incoercibles, se déshydratèrent. Les autorités, voyant descendre dans la cour, par dizaines, des détenus qui arrivaient à peine à parler, prirent peur. On nous distribua du sérum, mais en quantité insuffisante pour tous, si bien que l'administration dut recourir à l'hôpital civil de Nueva Gerona. Mais là aussi, on manqua de médicaments. Enfin le ministère de l'Intérieur de Cuba envoya un avion rempli de sérum et de spécialités diverses. Les autorités du bagne avouèrent alors que le criminel qu'elles avaient promu chef des cuisiniers avait ajouté à notre nourriture une substance toxique. On apprit par la suite qu'il s'agissait du liquide utilisé comme désinfectant, et que le coupable serait puni. Ce qui ne l'empêcha pas de demeurer encore longtemps à son poste, jusqu'au jour où tous les détenus de droit commun furent transférés ailleurs, notre pénitencier restant réservé exclusivement aux prisonniers politiques.

Pendant les trois premiers mois de 1961, tous les quarante-cinq jours, l'administration pénitentiaire vendait aux prisonniers certains articles : épices, huile, sel, cigarettes et tabac. Nous arrivions ainsi à corser la « nigaude » en lui ajoutant de l'huile, du sel et des épices. Mais ces ventes cessèrent à partir d'avril.

Nous ne recevions aucune visite, mais les familles avaient de temps à autre le droit d'expédier à leur prisonnier un petit paquet qui contenait du lait en poudre et de la farine de blé grillé. Nous avons pu également faire entrer des matelas : Cuba se trouvait encore dans le sillage de l'abondance capitaliste.

Le courrier fonctionnait très mal. L'administration autorisait les nouveaux venus à envoyer à leur famille un télégramme succinct où nous donnions juste notre nouvelle adresse, et le règlement nous autorisait à recevoir un télégramme ainsi qu'une lettre par mois écrite d'un seul côté du papier. Ceux qui avaient la chance d'en recevoir — ce qui n'était pas le cas de tous — n'arrivaient souvent pas à les déchiffrer, couvertes qu'elles étaient de cachets aux devises révolutionnaires apposés par les censeurs : « La patrie ou la mort ! », « Nous vaincrons ! », etc. Et ces cachets se chevauchaient, se superposaient, et leur encre noire recouvrait complètement le texte.

Quant à se baigner pendant cette période, ce fut impossible : on continuait à rationner l'eau des camions-citernes, et elle était entièrement destinée à la boisson.

Le matin et le soir, c'était la revue. Nous devions nous tenir deux par deux à la porte de notre cellule, la plupart au rez-de-chaussée. Nos gardiens étaient fort habiles pour nous compter ; un sergent surtout, transfuge de l'armée de Batista, était remarquable. Il était d'aspect très martial, claquement de talons, etc. D'un coup d'œil, il contrôlait les six étages, et si quelque chose clochait dans l'ordonnance des prisonniers et que leur compte différait de celui de sa liste, il s'en apercevait immédiatement. Pendant ces revues, il suffisait de s'appuyer à la porte de la cellule pour être expédié au cachot, sans compter les coups de plat du sabre de cavalerie que le sergent Naranjito avait gardé de son passage dans la garde rurale de Batista. Naranjito était un vrai sadique : son plus grand divertissement était d'emmener au pas de course et à grands coups de plat de sabre les prisonniers vers le pavillon des cachots.

Au-delà des bâtiments circulaires, il y en avait d'autres, rectangulaires et de plain-pied, où se trouvaient ces cachots, la chapelle et quelques salles habitées par des prisonniers de droit commun. En face s'élevait l'hôpital, fort bien équipé comme au temps de Batista : salle moderne de rayons X, laboratoire, salle d'opération, pharmacie, cabinet dentaire, etc., mais les prisonniers ne l'utilisaient guère. Toutes ces salles avaient une cour intérieure, à l'air libre. C'est dans l'une d'elles que Fidel Castro avait été détenu, mais en bénéficiant de visites, d'entrevues avec la presse nationale et internationale, de livres sans censure, de soleil, d'une correspondance illimitée, d'un pavillon dit conjugal et de l'alimentation de son choix. Jamais il n'a été maltraité, pas même bousculé. C'est là que croupissait maintenant Húber Matos, l'un des hommes qui avaient combattu aux côtés de Castro dans la montagne ; il était descendu avec lui de la Sierra Maestra, portant un grade de commandant gagné de haute lutte. Mais quand il s'était rendu compte de l'orientation marxiste que prenait la révolution, il avait adressé une lettre à Castro et renoncé à son poste de chef de l'armée rebelle de Camagüey. Castro l'avait traité d'ingrat, accusé de trahison, envoyé en prison pour vingt ans ainsi que plusieurs de ses officiers. Húber Matos était spécialement surveillé, non pas par la garnison du bagne, mais par un groupe d'hommes triés sur le volet et dépendant de la police militaire. Castro redoutait les sympathies dont son ex-ami bénéficiait dans l'armée, ce qui expliquait la sélection de ses gardiens. Son isolement du reste des prisonniers était total ; on allait jusqu'à le nourrir d'aliments crus pour le préserver de tout contact avec eux. C'est seulement en 1966 que Matos put enfin sortir de cette claustration et entrer en relation avec d'autres prisonniers politiques.

Un soir, on nous cria du cinquième étage que plusieurs condamnés étaient en train de sortir du pavillon des cachots. Cette mesure s'imposait tous les deux ou trois mois, en général à cause de l'afflux d'autres punis. Cheo Guerra et Guillermo Diaz Lanz faisaient partie de ce groupe de libérés. Ils n'avaient plus que la peau et les os, les yeux creux, une pâleur de cire, le visage recouvert d'une barbe de plusieurs mois. Ils étaient presque méconnaissables. Ils nous ont conté toutes les vicissitudes de leur détention. Les prisonniers de droit commun contrôlaient toutes les activités du pavillon des cachots. Ils tenaient les punis enfermés dans des cellules dont la porte était obturée, doublée presque complètement par une plaque de fer. Pas un bain pendant tout le temps de la punition ; pas une seule nouvelle de l'extérieur. Sur l'ordre des soldats de garde, ces criminels de droit commun arrosaient leurs victimes d'eau froide ou d'eau sale dans laquelle ils avaient rincé les serpillières qui servaient à laver les sols.

A peu près à cette époque, j'ai reçu une lettre de ma mère : elle avait fait avec mon père une démarche auprès de la direction du pénitencier pour avoir l'autorisation de venir me voir, manifestement sans résultat.

Tous les journaux étaient interdits, et si l'un des gardiens en découvrait un, le coupable était conduit au cachot sous une pluie de coups de plat de sabre.

Pour une très grande partie des prisonniers, les nouvelles, les rumeurs, les ragots étaient comme une drogue. Certains livres que j'avais lus m'avaient appris l'existence de ce phénomène dans les camps de concentration, mais je n'avais jamais pensé qu'il pouvait atteindre un tel degré de complexité et que tant d'hommes trouvaient un soutien dans la moindre information de ce genre. Aujourd'hui, les communistes connaissent fort bien ce besoin que ressentent les prisonniers, et le réconfort qu'ils tirent de garder ainsi un certain contact avec la réalité extérieure. Aussi leurs geôliers font-ils précisément tout ce qu'ils peuvent pour rompre ce dernier lien et isoler complètement ceux qu'ils détiennent. A l'époque, ils faisaient encore preuve de maladresse. Mais lentement, à mesure que les cadres des matons et de la Police politique revenaient de leurs séjours d'entraînement en Allemagne de l'Est et en Tchécoslovaquie, leur technique allait se raffiner et devenir plus scientifique, plus inhumaine, plus destructrice.

Au bâtiment circulaire 3, un ancien soldat de l'armée Batista du nom de Macuran avait réussi à construire un poste récepteur rudimentaire dont l'existence affolait les soldats de la garnison. En vain multipliaient-ils les fouilles en tentant de découvrir sa cachette. De plus, les prisonniers avaient réussi à créer un langage par signes, dans le genre de celui des sourds-muets mais beaucoup plus simplifié, ce qui leur permettait de correspondre avec une rapidité stupéfiante. Cette gesticulation aurait paru démentielle à un observateur non averti. On voyait un prisonnier derrière ses barreaux se démener comme un possédé, fermer le poing, l'ouvrir, toucher l'un de ces barreaux d'une certaine façon. Par exemple, il l'entourait de toute la main comme on saisit une batte de base-ball, ce qui signifiait la lettre D ; placer simplement deux doigts sur lui correspondait à un N, et trois doigts, à un M. C'est ainsi que se transmettaient les nouvelles du jour à partir de la circulaire 3, et nous les recevions à la 4. Les deux bâtiments n'étaient séparés que par l'étroite route asphaltée. Mais ce langage manuel était impossible entre les 1 et 2, si bien que les communications s'étaient établies au moyen de l'alphabet morse. Nous avions parmi nous des télégraphistes qui l'enseignaient à d'autres, et ainsi de suite. Une règle de carton et une petite planche peinte en blanc constituaient l'appareil émetteur. Un déplacement latéral de la planchette équivalait à un point, et un déplacement vertical à un trait. Ce système se perfectionna avec le temps, et nous parvînmes à fabriquer un « clignotant » sonore, fait de tubes vides de dentifrice.

Il était interdit de parler d'une circulaire à l'autre : quiconque était surpris à le faire se retrouvait immédiatement au cachot. Les gardiens faisaient des rondes autour des bâtiments. Chaque cellule arborait à l'extérieur, sous sa fenêtre, son numéro bien visible d'identification, le même qu'à l'intérieur. Le gardien savait ainsi dans quelle cellule se trouvait le prisonnier qui tentait de correspondre.

Lorsque arrivaient les nouvelles de la radio de Macuran, on en faisait aussitôt six copies, une pour chaque étage, que nous lisions par petits groupes. On surveillait attentivement l'homme de garde à la tour centrale, mais à cette époque, les soldats n'y montaient que rarement. Les bonnes nouvelles nous transportaient d'enthousiasme, et quand un groupe se séparait, on notait chez beaucoup un optimisme, une allégresse extraordinaires. Certains continuaient à accompagner le prisonnier chargé de lire les informations pour les entendre une fois de plus. C'était comme une drogue, un vice.

Le maintien à tout prix des communications était unc tâchc prioritaire pour chaque prisonnier, nous avions même réussi à établir entre les circulaires 3 et 4 un véritable service de lettres. On expédiait le papier plié et replié au moyen d'une sorte de lance-pierres fabriqué avec des bouts de caoutchouc provenant des élastiques des flacons de sérum ou des bandes dont on se servait pour serrer un bras lors des injections intraveineuses. Le projectile était un morceau de plomb auquel on avait attaché un fil d'une extrême minceur, obtenu au prix d'un énorme travail et de beaucoup de patience en effilant un caleçon. C'était un véritable travail de filandière, mais inversé.

Nous utilisions aussi des chemisettes, des draps, n'importe quel tissu. Nos premières tentatives de lancement d'un de ces fils se soldèrent par des échecs. La vitesse du projectile de plomb était telle que le fil s'emmêlait toujours derrière lui, quelles que fussent les précautions prises pour le disposer aux pieds du tireur. Un prisonnier pensa alors aux bobines des fileuses, dont le fil ne se bloque jamais, et ce fut la solution du problème. Nous avons enroulé notre fil autour d'un vase conique d'aluminium, tel qu'il sort embobiné d'une fabrique, chaque tour serré entre le précédent et le suivant. Quand on fit le premier essai, un second prisonnier prit position à côté du lanceur et introduisit sa main dans le vase pour le soutenir. Derrière le plomb, le fil s'est déroulé sans accroc, à une vitesse vertigineuse.

Dans le bâtiment d'en face, pour recevoir ce plomb, on avait un appareil composé de deux manches de balai allant d'une cellule à l'autre et réunis par du fil. Ce système bénéficia peu à peu de plusieurs perfectionnements dont le dernier eut lieu lorsqu'on parvint à se procurer un fil de nylon dont l'avantage était d'être incolore, ce qui permit de le laisser en place. Comme il était à hauteur du cinquième étage, les gardiens ne pouvaient le voir d'en bas. Tout cela fonctionna jusqu'à l'après-midi où le lieutenant Paneque, allant d'un bâtiment à l'autre, leva distraitement les yeux au ciel, et sursauta : son regard avait rencontré un petit oiseau qui ne bougeait pas comme posé sur le vide... Ce fut ainsi qu'on découvrit le pot aux roses : un joli petit oiseau en liberté nous fit perdre notre ligne invisible en ayant la malencontreuse idée de se reposer sur elle.

Nous avions notre cri d'alarme : *Requisa!* ce qui signifie : appel, inspection, réquisition. La garnison avait son quartier au fond du pénitencier, mais on le distinguait clairement à partir du circulaire 4. Comme les soldats devaient en sortir pour effectuer une de ces inspections continuelles, ils ne pouvaient nous surprendre, car nous avions organisé un système de surveillance de jour et de nuit : un homme à chaque étage relevé toutes les deux heures permettait de maintenir vingt-quatre heures sur vingt-quatre un contrôle absolu de ce qui se passait à l'extérieur. Quand nos gardiens se formaient en pelotons devant leur caserne, les prisonniers suivaient leurs mouvements avec attention. Dès que nous les voyions monter en camion ou se diriger vers les bâtiments, le cri *Requisa!* retentissait aussitôt. Nous ne savions pas encore quelle allait être la circulaire visitée, mais l'alerte était donnée dans les quatre bâtiments à la fois. Les soldats devaient constater qu'ils ne pouvaient jamais nous surprendre en plein sommeil. Bien que cette alerte ne précédât leur arrivée sur place que de deux minutes, ce délai nous suffisait pour détruire tout papier compromettant et dissimuler ce qui devait l'être.

Armés de machettes, de bâtons, de chaînes emmanchées dans des tuyaux de caoutchouc, et de baïonnettes, nos gardiens, en une seconde, remplissaient la cour intérieure. Certains, porteurs de fusils, se postaient dans la tour centrale pour surveiller les étages supérieurs et les mouvements des prisonniers. Si quelque chose leur paraissait suspect, ils tiraient un coup de semonce vers la cellule en question et criaient au prisonnier de rester immobile jusqu'à l'arrivée des autres.

A l'intérieur du pénitencier, il y avait deux grandes cours carrées de quatre-vingts mètres de côté, entourées d'un grillage d'acier d'environ trois mètres de haut et surmonté de barbelés en forme de V. De la porte d'entrée du quartier des circulaires jusqu'à ces cours, des gardiens armés de fusils baïonnette au canon prenaient position sur deux files entre lesquelles les prisonniers devaient passer tout nus en courant le plus vite possible. Massés à la porte du quartier des circulaires, d'autres gardiens nous frappaient à mesure que nous en sortions. Puis ceux des deux files nous harcelaient de piqûres de baïonnette dans les fesses et dans les cuisses, toujours par-derrière. Chaque *requisa* se soldait par un total d'une centaine de blessés à l'arme blanche, en dehors des meurtrissures causées par les coups.

Et il en était de même au retour. En rentrant dans la circulaire, nous avions l'impression qu'un ouragan l'avait dévasté. La cour intérieure était jonchée de vêtements, de chaussures, d'articles de toilette, que les gardiens avaient jetés au hasard de tous les étages. C'était l'une des raisons pour lesquelles nous marquions tout à notre nom ou à notre numéro matricule de prisonnier, depuis les chaussettes et les caleçons jusqu'aux brosses à dents.

Chaque fois, nous retrouvions les sangles ou les sacs de jute de nos grabats tranchés à la baïonnette, ou notre sucre répandu sur la couverture, ou ce lait en poudre que nous envoyaient nos familles et que nous utilisions avec parcimonie pour le faire durer quarante-cinq jours, versé dans le seau à eau... Et les paquets de cigarettes étaient coupés en deux, de même que les savons.

Après une *requisa,* notre première tâche était de soigner nos blessés. Si la plaie était grave parce que la baïonnette était entrée trop profondément dans les chairs, nous nous adressions aux gardiens de la porte pour qu'ils en informent l'officier supérieur de service et fassent transporter le blessé au « petit hôpital », une sorte d'infirmerie desservie par les médecins prisonniers. Au cours des semaines qui suivirent mon arrivée, beaucoup d'autres médecins devaient arriver, arrêtés eux aussi.

Parmi les prisonniers de droit commun qui se trouvaient dans ce bagne, les plus dangereux étaient les criminels récidivistes. Au début de 1961, les autorités appliquèrent chez eux tout un programme de cours et d'endoctrinement. La révolution, leur affirmait-on, allait leur donner la possibilité de se métamorphoser en héros qui libéreraient les autres peuples opprimés par des dictatures ; jusqu'alors ils avaient été obligés d'être des délinquants parce qu'ils vivaient dans une société injuste, mais leur avenir pouvait être différent. Ces prisonniers reçurent ensuite une formation militaire et participèrent à l'invasion de Saint-Domingue pour renverser Trujillo. L'aviation du dictateur dominicain les attendait. Pas un seul n'arriva à terre. Tous leurs navires furent coulés à plusieurs milles de la côte. Castro avait fourni aux services de Trujillo les renseignements nécessaires pour intercepter les forces de cette prétendue invasion.

Dans la quantité des détenus de droit commun qui se trouvaient alors à l'île des Pins, beaucoup sympathisaient avec les prisonniers politiques et haïssaient le système. Ils nous apportaient souvent une aide précieuse tout en risquant des représailles chaque fois qu'ils nous rendaient service. Il ne leur était pas facile de communiquer avec nous. L'administration considérait ces contacts comme la preuve que ces hommes s'identifiaient avec tout ce que nous représentions, et ils se retrouvaient comme nous punis de cachot.

Par la fenêtre d'une des cellules du premier étage qui donnait sur une petite rue, Boitel et moi avions réussi à établir un contact avec l'un des délinquants sympathisants de notre cause. Nous avons mis des jours et des jours à l'attendre, assis régulièrement à cette fenêtre. Il travaillait à la boulangerie et le soir, en rentrant au bâtiment 5, celui des délinquants comme lui, il passait à trois ou quatre mètres de la cellule, mais sans pouvoir s'arrêter. Tous les jours, nous lui disions deux ou trois phrases. Nous les écrivions pour ne pas oublier de les lui chuchoter. Nous lui demandions de nous procurer le journal, et s'il lui serait possible plus tard de nous faire entrer et sortir du courrier, ce qui à cette époque était relativement simple pour les prisonniers de droit commun.

Enfin, nous avons réussi à le convaincre. Cet homme a accepté de collaborer avec nous bien que nous l'eussions averti des risques qu'il courait. Et il ne l'a pas fait pour de l'argent. C'était sa manière de s'opposer au régime. Nous avons organisé un système pour qu'il puisse nous passer un journal. Cela devait se faire non pas devant la cellule, mais quelques mètres avant qu'il n'arrive à notre bâtiment. Si quelqu'un le voyait de loin, il ne soupçonnerait rien. Il lui fallait en effet se méfier non seulement des gardiens, mais des autres délinquants, des mouchards qui collaboraient avec les militaires de la garnison et qui l'auraient dénoncé.

Enfin, un soir, nous nous sommes mis à l'attente, Boitel et moi, à notre fenêtre, tandis que Carrión faisait le guet à la porte. Lorsque notre homme a surgi à l'extrémité de la route qui menait à nous, nous avons préparé notre matériel.

C'est au moyen d'un fil teint en vert et d'un plomb attaché à l'un de ses bouts que nous avons pêché notre journal. Nous avons projeté le tout au moyen d'un lance-pierres à travers les barreaux. C'est moi qui ai effectué le tir : le fil est ainsi arrivé juste au bord de la route. Nous avons aussitôt laissé descendre lentement notre fil le long du mur qui, lui aussi, était peint en vert, si bien que les deux couleurs se confondaient.

Notre ami avançait, regardant à la dérobée la bordure de la route. Au moment voulu, Boitel tira sur le fil. L'agitation de l'herbe fut suffisante pour éveiller l'attention du détenu. Il se pencha comme pour renouer le lacet de son soulier, tira rapidement de sa chaussette un paquet plat. Juste une manipulation rapide, et il reprenait déjà son chemin. Le tout avait duré quelques secondes. Nous avons attendu cinq minutes, une éternité, pour lui donner le temps d'arriver chez lui. Alors Boitel a tiré lentement, très lentement, le fil. Soudain, une jeep de surveillance a surgi, doublant les pavillons. Nous avons vite lâché du fil au-dehors pour éviter qu'on ne le voie, et nous avons quitté la fenêtre. Le soir tombait déjà, et la pénombre nous était favorable. Une fois passé la jeep, nous avons respiré librement. Et nous avons hissé le paquet, un exemplaire de *Révolución,* entouré presque complètement de ficelle. Dès lors, nous avons eu fréquemment notre journal. Mais nous ne pouvions le dire à personne : nous savions qu'il existait quelques mouchards parmi les mille et quelques locataires de notre circulaire. Nous avons résolu de confectionner avec Ulises un bulletin mentionnant les nouvelles importantes et de le faire circuler avec les autres informations transmises par Macuran. Et nous avons baptisé notre petit quotidien *La Presse libre.*

Les livres étaient interdits. Et pourtant deux volumes avaient été préservés, on ne savait comment, de l'anéantissement perpétré par les militaires de la garnison bien avant l'arrivée de notre groupe : une biographie de Marie-Antoinette, par Stefan Zweig, et *El hombre mediocre,* de José Ingenieros. Il aurait fallu des centaines d'années pour satisfaire tous les demandeurs.

## CHAPITRE IX

# Suicides et excréments

Cajigas était un paysan de la région montagneuse de l'Escambray, théâtre de soulèvements constants contre Castro depuis 1960. C'était un vieillard. Plusieurs de ses fils s'étaient joints aux groupes de patriotes qui combattaient le communisme. Et parce que les miliciens savaient que ses fils avaient pris le maquis dans les montagnes et qu'ils ne pouvaient les prendre, ils avaient arrêté le père, pensant peut-être que les enfants se livreraient pour le libérer. Après l'avoir interrogé pour essayer d'avoir des renseignements sur les contacts des rebelles et les emplacements de leurs camps, ils l'envoyèrent à l'île des Pins. Mais les tortures subies pendant les interrogatoires avaient détraqué son esprit. Il était passé par La Campana, un village des contreforts de la chaîne de l'Escambray, où l'on allait pendant des années fusiller ceux qui osaient résister à Castro. Là, on avait fait semblant de l'exécuter avec une salve de cartouches à blanc. Cela avait achevé de le déséquilibrer. Mais qu'importait aux miliciens d'avoir affaire à un vieillard épuisé par une longue vie de travail. La folie de Cajigas se traduisait par une idée fixe : revoir ses fils. Il s'approchait de la grille de l'entrée, les appelait. Les gardiens faisaient alors venir le délégué qui descendait avec quelques prisonniers pour prendre le vieux par le bras, tendrement, et le raccompagner à sa cellule en lui parlant comme à un enfant. Plusieurs semaines avant notre arrivée, on avait adressé une supplique officielle à la direction du pénitencier pour qu'on le transfère au « petit hôpital », où il eût été certainement mieux traité, ou encore à l'hôpital psychiatrique de La Havane, mais sans jamais obtenir de réponse.

Cajigas ne descendait pas seulement de jour, mais aux premières heures de l'aube, alors que les gardiens avaient l'ordre de tirer à vue sur quiconque se trouverait dans la cour. Nous les prévenions alors qu'il s'agissait du vieux fou, et il arrivait jusqu'à eux, les yeux vides et répétant :

— Je veux voir mes enfants, je veux voir mes petits !

Un jour, un des gardiens eut l'idée de lui dire que ses fils avaient été fusillés :

— Tu m'as entendu, vieux ? Tes fils, on les a fusillés. Alors, ne nous fais plus chier, hein ! Ils sont fusillés, bien morts !

Cajigas empoigna les barreaux de la grille et se mit à pleurer. Les soldats nous appelèrent et nous sommes venus le chercher. Mais le vieillard ne voulait pas lâcher les barreaux, et il fallut employer la force pour l'en séparer. Le gardien en question informa ses supérieurs que Cajigas avait transgressé la consigne du silence et provoqué du désordre, et nos explications n'y firent rien : on le conduisit au cachot dans le pavillon des punis. Le lendemain matin, lors de l'appel, le cadavre de Cajigas se balançait lugubrement : il s'était servi de son pantalon pour se pendre.

Les jours passaient lentement, monotones. J'avais pris l'habitude de descendre au premier étage, dans la cellule de Gomila, où se réunissait un groupe d'amis : Cuco Muñiz, Domínguez, Vidal Morales, et nous bavardions longuement.

Cuco Muñiz était un vieux militant du parti Autentico. Il était de ceux qui avaient lutté successivement contre les dictatures de Batista et de Castro. Après avoir participé à diverses activités dont le but était de s'opposer à la consolidation du communisme, il avait été finalement arrêté avec Roberto Perdomo et d'autres révolutionnaires des groupes d'action du parti. On l'avait arrêté le même matin que moi.

Un après-midi, une rafale de mitrailleuse interrompit notre conversation habituelle. Aussitôt suivit une fusillade terrible. Les gardiens arrivaient en courant, mettant en joue et tirant en direction de notre circulaire. Nous nous sommes jetés à plat ventre. Les balles s'engouffraient en sifflant par les centaines de fenêtres du bâtiment et s'écrasaient contre tout ce qui était métallique avec un grincement particulier. En plus du feu des fusils et des mitraillettes, on entendait le crépitement des mitrailleuses de gros calibre de la petite caserne et de celle placée devant la guérite de l'entrée. Cela dura trois à cinq minutes. Le vacarme cessa comme il avait commencé. Nous n'avons jamais su la raison de cette attaque de notre bâtiment. Chose incroyable, il n'y eut pas un seul blessé par impact direct, seulement par ricochets.

Ceux d'entre nous qui étaient prisonniers depuis le 1er janvier 1959 nous racontaient qu'ils avaient alors connu le régime des travaux forcés. Mais dès la fin de 1960, on y avait mis fin, et les condamnés de droit commun assumaient maintenant la totalité des tâches du pénitencier : boulangerie, cuisine, atelier de tissage, exploitation des carrières, etc.

Nous manquions toujours d'eau. Les délégués des circulaires avaient multiplié les démarches, mais toutes étaient restées inutiles. Nous continuions à être privés de bains et à être rationnés à raison d'un seau par semaine.

Un jour, le cri *Requisa !* retentit à huit heures du matin, ce qui était tout à fait inhabituel pour une inspection. Le peloton, quelque quatre-vingts hommes dont une majorité de miliciens, tous armés de fusils R-2 et de mitraillettes, s'arrêta face à la grille. Cela aussi était étrange. En général, ces hommes se bousculaient pour entrer, impatients de nous donner l'assaut. Des officiers présentèrent au délégué une liste de noms ; les prisonniers qui y figuraient devaient se présenter immédiatement. Quelques-uns de ceux qui étaient arrivés de la Cabaña condamnés à des peines de vingt et trente ans de prison en faisaient partie, comme Carrión, Boitel et moi-même. Une fois terminé l'appel, nos gardiens ouvrirent la grille et nous ordonnèrent de sortir : « Rassemblement en colonne par deux ! » La troupe, baïonnette au canon, nous entoura aussitôt. Certains soldats nous regardaient d'un air curieux ; d'autres avec une haine mal contenue.

Un sergent prit la parole :

— Par ordre du commandement supérieur, vous sortirez désormais tous les jours pour travailler. Maintenant, vous êtes avertis. Demain, quand on vous dira de descendre, pas une minute de retard ! Sinon, vous irez droit au cachot !

Cette mesure nous désorienta. Toutefois, c'était un changement, quelque chose d'imprévu dans la routine de la prison. J'ai cru que nous allions travailler à l'extérieur du pénitencier. Quand notre colonne flanquée de gardiens se dirigea vers le fond du complexe, passant ainsi devant l'hôpital et les pavillons de cachots disciplinaires, je me suis dit que nous allions sortir par la porte de derrière. Mais non. Nous avons obliqué sur la droite, dépassé la centrale électrique et la boulangerie. Là, on nous a ordonné de faire halte. Notre travail consisterait à débarrasser le terrain de ses mauvaises herbes et des pierres qui s'y trouvaient, pour y creuser au pic et à la pelle des fosses profondes où passeraient des canalisations d'égouts. Avant de commencer, chaque prisonnier se vit affublé d'un gardien particulier. Ce dernier devait le surveiller, le harceler, lui rendre la vie impossible.

Il y avait parmi nous trois Américains du Nord, des agents de la C.I.A., Daniel L. Carswell, Eustace H. Dunbrunt et Edmund K. Taranky, découverts alors qu'ils espionnaient à l'hôtel Saint-John l'agence de presse sino-communiste Sinjua. Nos gardiens obligèrent l'un d'eux à se coucher sur un tas d'herbes coupées deux jours plus tôt et où pullulaient des fourmis féroces à la piqûre douloureuse et urticante. Si les Soviétiques avaient eu simplement une idée de l'identité de ces hommes, ils seraient aujourd'hui en Union soviétique ou morts : ils faisaient en effet partie des agents américains les plus recherchés par le K.G.B. Plus tard, nous devions savoir pourquoi.

Je me retrouvai avec Rino Puig dans un groupe chargé de creuser les fosses. Les trois soldats qui devaient nous surveiller nous regardaient avec agressivité. Deux étaient jeunes, pas plus de vingt-cinq ans ; le troisième, un gros mulâtre, devait avoir la soixantaine. On leur avait fait la leçon avant de nous chercher : nous étions des criminels inhumains, des drogués, des proxénètes, tout ce qu'il y avait de plus vil au monde, nous étions responsables de tous les sabotages et attentats à la bombe commis à Cuba, des agents de la C.I.A. qui voulaient seulement livrer le pays à l'exploitation impérialiste, etc. Vingt ans plus tard, on continuerait à réciter exactement la même leçon à chaque nouvelle garnison. Un de ces miliciens, neveu d'un prisonnier de notre groupe, parvint à parler quelques minutes avec son oncle.

Le premier incident se produisit quand le milicien qui gardait Samuel Aguilar insista pour que son prisonnier déplaçât une pierre que cinq hommes robustes eussent été incapables de soulever :

— Allons ! Enlève-la ! Je t'ai dit de l'enlever...

Samuel prenait le rocher à bras-le-corps, suait à grosses gouttes, faisait tous les efforts possibles, mais en vain. Le milicien se sentait pris au piège de l'ordre qu'il avait donné. Déjà, certains commençaient à regarder de son côté. Or, si un milicien donnait un ordre, le prisonnier devait l'exécuter...

Samuel haletait, s'arc-boutant contre le rocher comme pour pousser une voiture, le corps presque parallèle au sol, ses souliers patinant dans la terre meuble... La pierre ne bougeait pas. Un des chefs militaires s'approcha et sauva la situation en envoyant Samuel ramasser de l'herbe fauchée.

Le soleil tapait fort, nous suions à grosses gouttes et nous avons demandé de l'eau. Nos gardiens voulurent d'abord nous obliger à poursuivre notre travail sans boire, mais notre attitude résolue les impressionna et ils nous apportèrent plusieurs seaux d'eau. Du fait que nous travaillions à l'intérieur des barbelés, ils nous ramenèrent à la circulaire à l'heure du déjeuner. Deux heures plus tard, ils sont revenus nous chercher.

Boitel, malgré sa minceur et son évidente faiblesse physique, résistait assez bien à la fatigue, et nous suivions son rythme, Rino et moi. L'après-midi, j'avais pris la précaution d'emporter un peu de sel parce qu'en transpirant nous en évaporions beaucoup, et qu'il nous fallait le remplacer.

Quand le soleil disparut derrière les montagnes, nous sommes repartis, épuisés, couverts de terre et de boue jusqu'aux oreilles et sans même un peu d'eau pour nous laver. Pour ne pas salir nos grabats, nous avons préféré coucher et dormir à même le sol. Ce que j'ai souffert de ne pouvoir me laver ! C'était un acte si simple, à la portée de l'homme le plus humble et le plus modeste, quelle que fût sa situation, et pourtant c'était pour nous quelque chose d'irréalisable. Le pire moment de ces journées de travail fut dès lors celui du retour, avec l'obligation de rester comme nous étions, empestant la sueur grasse qui recouvrait notre corps.

Les catholiques avaient constitué des groupes qui se réunissaient dans certaines cellules. Les protestants faisaient de même, eux aussi, et se retrouvaient presque toujours au sixième étage, comme pour mieux élever leurs prières vers le Seigneur, mais seulement lorsqu'il n'y avait pas de garde au sommet de la tour centrale. Dès qu'il apparaissait, il nous ordonnait aussitôt de nous disperser. Si les gardiens postés à la grille surprenaient les échos des chants par lesquels nous célébrions le Christ, ils nous faisaient taire, immédiatement. Peu à peu, à mesure que la révolution devenait plus extrémiste, la répression de toute pratique religieuse fut de plus en plus féroce. Mais à l'époque, Castro niait encore être communiste et, en descendant de la Sierra Maestra, il avait arboré lui-même un crucifix qu'il portait suspendu à son cou...

Généralement, nous nous réunissions à l'heure des repas, ce qui, je crois, nous aidait grandement à avaler notre pitance. Nous commentions alors les dernières nouvelles, le dernier ragot arrivé d'une autre circulaire ou apporté par des prisonniers récemment arrivés. Les attentats contre Castro se succédaient. Près de l'aéroport de Varadero, un groupe de miliciens ouvrit le feu de ses canons antiaériens contre un avion où, croyaient-ils, se trouvait Castro. Les trois hommes d'équipage furent tués : le pilote tchèque Martin Klein, le copilote et un capitaine de la Police politique. Au dernier moment, Castro avait décidé de ne pas prendre l'avion, ce qui, une fois de plus, l'avait sauvé. Tous les militaires affectés à cette batterie antiaérienne furent fusillés dans le même village, ce qui devint une habitude dans toute l'île de Cuba. Si les condamnés à mort étaient fusillés dans des forteresses, des casernes ou d'autres lieux qui convenaient mieux à des exécutions capitales, seul un petit nombre de personnes était alors au courant ; les familles elles-mêmes, terrorisées, essayaient de dissimuler qu'on venait de fusiller l'un des leurs pour ne pas attirer sur elles encore plus de persécutions, de représailles et d'hostilités acharnées. L'objectif de la Police politique était de transformer chaque exécution en châtiment exemplaire. Il fallait donc que tous fussent au courant pour se convaincre qu'on fusillait tout opposant à la révolution. Ces exécutions publiques n'avaient qu'un objectif : répandre la terreur dans la population.

Dans le village choisi, on élevait dans le parc central * un mur de sacs de sable et un poteau : on improvisait ainsi un *paredón.* On prévenait les organismes des masses. La Police politique, dont les membres étaient toujours en civil, se chargeait d'ameuter la foule. Ces hommes se répandaient par les rues, invitant tout le monde à assister à l'exécution publique d'un criminel : les comités de défense de la Révolution avaient pour mission d'amener sur place le plus grand nombre possible d'habitants, y compris les enfants. S'abstenir, c'était montrer qu'on était contre le gouvernement, et la police interprétait cette absence comme la preuve de la sympathie qu'on avait pour le condamné à mort. Ces foules s'assemblaient donc sur le lieu du supplice en criant : « *Paredón ! Viva Fidel !* » Beaucoup ne savaient même pas quel était le fusillé ni pourquoi il fallait le tuer. Ce fut le cas d'une femme du village de Santiago de las Vegas, proche de La Havane ; en arrivant au parc central, elle apprit avec horreur qu'elle réclamait la mort de son propre fils.

Le condamné était conduit au parc les mains attachées dans le dos. Un membre de la section régionale du parti prononçait un discours menaçant, dirigé contre tous. Il commençait par une apologie de la révolution et tonnait contre les ennemis du peuple, vendus à l'impérialisme yankee, en insistant sur le fait que la justice révolutionnaire serait implacable contre ceux qui trahi-

* A Cuba, le parc central est la place principale, plantée d'arbres, de la localité. (*N.d.T.*)

raient la classe ouvrière. Puis on procédait à l'exécution en présence de tous.

Lors de la construction du complexe carcéral de l'île des Pins, toutes les cellules avaient été équipées d'une cuvette sanitaire, d'un lavabo et d'une ampoule électrique. Tout cela disparut avec la révolution, et l'on convertit alors en W.-C. et lavabos deux cellules seulement par étage. Presque partout, les cuvettes de W.-C. et de lavabo furent arrachées à mesure que les soldats d'une garnison sans cesse croissante en avaient besoin. Tout l'équipement électrique disparut y compris les douilles des lampes et les interrupteurs. Seule la tour centrale demeura dès lors éclairée de nuit par une lampe de cinq cents ou de mille bougies, qui répandait sur tout le local une lueur blême, sous laquelle le bâtiment circulaire évoquait une arène de courses de taureaux à demi éclairée.

Sans installation sanitaire dans les cellules et sans eau courante, nous devions utiliser nécessairement les services des étages; les cuvettes des W.-C. s'y trouvaient encore, mais s'en servir était indescriptiblement répugnant. Les excréments en débordaient. Les portes ayant disparu elles aussi, rien ne les avait remplacées, aucun rideau n'isolait l'utilisateur ni ne le séparait, même partiellement, de la longue queue de ceux qui attendaient leur tour. Il fallait déféquer dans ces conditions, comme si l'on se trouvait en pleine rue, en plein midi. De plus, le fait de placer les pieds sur le rebord de la cuvette constituait à lui seul un grand danger pour l'intéressé : il lui arrivait sans cesse de glisser d'un pied et de se retrouver enfoncé jusqu'à mi-jambe dans un marécage d'excréments. Et en cas de débordement, certains d'entre nous n'hésitaient pas à se hisser jusqu'à la fenêtre pour s'accrocher aux barreaux et s'arc-bouter contre le mur, les fesses en arrière au-dessus de la cuvette. On avait l'impression de voir des singes. La première fois, je me suis dit que je ne pourrais jamais utiliser cette sorte de lieu d'aisance, si bien que je me suis abstenu d'y aller pendant plusieurs jours. Dans ces circonstances, il me vint l'idée d'attendre les premières heures de l'aube, mais bien d'autres que moi avaient fait le même calcul. En prévision des accidents possibles, il était nécessaire, pour se rendre à cet endroit, de prendre des précautions spéciales : nous nous mettions nus, une serviette autour des reins, sans rien aux pieds, car un dérapage dans la cuvette entraînait obligatoirement la perte de l'un des souliers. Le seul avantage des heures de nuit était l'absence des mouches qui, par milliers et milliers, nous tourmentaient.

A chaque débordement d'excréments, il fallait intervenir avec des pelles et des seaux. Dans toute société ou dans tout groupe humains, il y a toujours des hommes qui acceptent les tâches les plus désagréables. Ceux d'entre nous qui se chargeaient d'évacuer les excréments méritaient une admiration et une reconnaissance sans bornes. Mais que pouvaient-ils faire, sinon les déverser de tous les étages dans la cour intérieure, pour les entasser en un monticule de quatre à cinq mètres de diamètre, sur lequel pullulaient des millions de mouches ? D'en haut, on aurait cru que cette montagne se mouvait, couverte qu'elle était constamment par une carapace d'insectes. Quand on s'approchait, cet essaim se soulevait comme une nuée noire. La puanteur était insupportable et empestait toute la circulaire. Pour nous déplacer, nous recherchions le côté d'où soufflait le vent et où il y avait un peu d'air pur et respirable. Le soir ou à l'heure des repas, si, au hasard d'une saute de vent, cette fétidité déferlait sur nous, il nous arrivait d'en vomir.

Le camion des ordures passait une fois par semaine. On reprenait alors les excréments à la pelle pour en remplir des fûts d'environ deux cents litres. Si ce tas empestait déjà au repos, sa puanteur, quand on l'agitait, devenait intolérable. Le risque de maladies et d'épidémies était grand, et nous prenions toutes les mesures possibles contre leur propagation, spécialement à l'égard de l'hépatite virale que nous transmettaient les mouches. Nous gardions nos assiettes et nos couverts dans des sacs de plastique et nous nous efforcions de ne laisser à leur portée aucun récipient, aucun aliment. Même avec ces précautions, il y avait des épidémies, des morts à la suite de typhoïdes. Les cas de diarrhées, de vomissements et d'infections intestinales étaient fréquents et se succédaient sans arrêt.

CHAPITRE X

# Inspections, brutalités et pillage

A la circulaire 3 les inspections étaient fréquentes : les gardiens recherchaient constamment, mais en vain, le poste de radio des prisonniers. Ils se plaçaient à la sortie, armés de baïonnettes et de chaînes, et quand leurs victimes apparaissaient en se protégeant la tête de leurs mains, c'était sous une pluie de coups. Ce jour-là, un prisonnier tomba et demeura sur place sans bouger, tandis que les autres passaient à côté de lui ou enjambaient en courant son corps inerte. Chacun n'écoutait que sa propre peur. S'arrêter un instant pour aider un compagnon à se relever, c'était s'exposer à des sévices supplémentaires. Dans de telles circonstances, l'instinct de conservation prédomine, et tous continuaient à courir, courir...

Les gardiens criaient comme toujours ; c'était chez eux un mécanisme grâce auquel ils s'enhardissaient, s'excitaient. Il n'est probablement pas simple, même pour des êtres totalement inhumains, de frapper d'autres hommes sans raison valable, sans motif. Ces gardiens étaient mariés, ils avaient des enfants. Certains vivaient dans les petites maisons situées à la sortie du pénitencier. Ils arrivaient sur place, sortant de la chaleur du foyer, engourdis encore de sommeil, et on leur distribuait des baïonnettes, des chaînes et des bâtons pour qu'ils attaquent des hommes avec qui ils n'avaient échangé ni un cri, ni une injure. Que ressentaient-ils donc quand ils voyaient les premiers prisonniers apparaître à la grille, pleins d'effroi, et quand ils devaient lever leur baïonnette et l'abattre sur eux ? Je pense que pour accomplir un tel acte, un être humain doit justifier ce qu'il fait, s'inventer une motivation intérieure, et quand il ne la trouve pas normalement, la rechercher dans une soûlerie de cris et d'insultes. Certes, il existe des criminels-nés, des individus chez qui frapper n'importe qui suscite un plaisir sadique. Après avoir passé la grille, les prisonniers poursuivaient leur course entre deux files de gardiens qui assenaient leurs coups au hasard.

Soudain, j'ai vu un prisonnier de haute taille, de race noire, qui avait revêtu complètement son uniforme. Il portait de petites lunettes rondes aux verres transparents. Un petit banc de bois était lié à son avant-bras gauche, et il tenait de la main droite un éventail avec lequel il se rafraîchissait tranquillement. C'était le Dr Velazco, l'un de nos meilleurs médecins. Il marchait comme il parlait, avec mesure, précisant chaque lettre, chaque syllabe. Il avançait, imperturbable, impassible. De part et d'autre de lui, les prisonniers le dépassaient en courant, mais le Dr Velazco maintenait la même allure ; il donnait l'impression de se promener sereinement dans son jardin par une soirée paisible. C'était un spectacle extraordinaire. Jamais les gardiens n'ont pu l'obliger à se hâter. Habituellement, ils demeuraient stupéfaits à la vue de cet homme qui continuait à marcher lentement. Ce jour-là, lorsque les miliciens des deux files ont enfin réagi, le Dr Velazco était passé. J'ai ressenti alors une admiration profonde pour ce médecin dont tous parlaient avec tendresse et respect. Nous nous sommes connus des années plus tard à la suite d'un transfert interne, nous sommes devenus de grands amis et avons travaillé ensemble à la formation culturelle et à l'orientation des jeunes détenus.

Je me souviens d'une autre inspection qui eut lieu beaucoup plus tard chez nous, à la circulaire 2. Les gardiens s'étaient postés dans les escaliers et nous frappaient sauvagement tandis que nous descendions en courant. Nous étions déjà presque tous au rez-de-chaussée, et il ne restait dans le bâtiment que quelques retardataires, dont le Dr Velazco ; comme toujours, il marchait majestueusement. D'en bas, du rez-de-chaussée, ses amis, nous tous, le suppliions de presser le pas pour éviter d'être frappé. Alors qu'il arrivait à la dernière volée de l'escalier avec l'éventail de carton dont il ne se séparait jamais, les gardiens furieux déchargèrent sur son dos une avalanche de coups de plat de baïonnette. Pas un muscle de son visage ne frémit : on eût dit que ces coups s'abattaient sur un autre que lui. Il s'éleva parmi nous un rugissement d'indignation :

— C'est le médecin... Assez ! Ne frappez plus !

Nous étions tous là, criant. Mais qu'importait aux brutes de la garnison qu'il fût médecin !

Sans se hâter le moins du monde et malgré les coups qui ne cessaient de pleuvoir sur lui, le Dr Velazco atteignait les dernières marches quand l'un des gardiens, qui se trouvait à l'étage, se rejeta en arrière, le haut du corps dans le vide, en se soutenant d'un bras à la rampe, pour lui assener un dernier coup de plat de machette. Nous l'attendions, pleins d'anxiété, au rez-de-chaussée, et nous nous sommes alors approchés de lui. Il nous a assuré, en quelques mots parcimonieux comme toujours, que tout cela n'avait aucune importance. Puis il a recherché un endroit convenable, près de la tour centrale, pour y installer son petit banc et s'asseoir. J'étais sûr que son dos devait cuire atrocement, que sa peau et sa chair n'étaient plus qu'une meurtrissure à la suite de tous les coups de plat d'armes blanches qu'il avait reçus. Mais rien ne semblait pouvoir l'effrayer ni l'émouvoir.

Un soir, on a appelé Boitel pour le transférer à la Cabaña où il devait être jugé une seconde fois. Il risquait d'être condamné à vingt-cinq ans de prison pour la fameuse affaire « Capri », n° 600.

Il nous arrivait fréquemment des prisonniers provenant des autres maisons d'arrêt. C'est à cette époque que l'on commença à éloigner systématiquement les prisonniers de leur famille. Le ministère de l'Intérieur, pour nous rendre plus difficile tout contact avec nos proches et pour empêcher que les portes des prisons ne fussent toujours assiégées de mères et d'épouses, envoyaient les détenus le plus loin possible de leurs foyers. Ceux qui habitaient l'extrémité occidentale de l'île étaient relégués à huit cents ou neuf cents kilomètres de là, dans la province d'Oriente. Pratiquement, leurs proches ne pouvaient plus faire fréquemment de tels déplacements.

Au début de 1961, notre pénitencier modèle vit arriver des guérilleros qui s'étaient soulevés contre Castro et avaient constitué de nombreux foyers d'insurrection dans la chaîne de l'Escambray. C'est par eux que nous avons eu des détails sur la gigantesque opération déclenchée par le gouvernement : plus de soixante mille hommes, dont une majorité de miliciens, participaient à ce qu'ils appelaient « le nettoyage de l'Escambray ».

La répression de la guérilla coûta cher à Castro. Dans *Granma,* l'organe officiel du parti, Raúl Castro, dressant un bilan de ces années de lutte contre les paysans révoltés, dut admettre que l'armée avait perdu plus de cinq cents hommes et que les opérations avaient coûté environ huit cents millions de pesos. Et le frère de Fidel confessa également que les 179 groupes de guérilla avaient compté 3 591 hommes.

Pour dissimuler le fait que les paysans ne voulaient pas de lui, le gouvernement communiste les traitait de « bandits », et avait créé contre eux une force spéciale, dite « bataillons de lutte contre les bandits », connus surtout par les lettres de leur sigle : L.C.B.

Il est intéressant de signaler que c'était la première fois que Cuba connaissait un soulèvement authentiquement paysan, avec des chefs paysans et des troupes paysannes.

Pour parvenir à les exterminer, les L.C.B. fusillaient non seulement les combattants, mais aussi tous ceux qui leur servaient de guides, de courriers et de moyens de communication. Dans cette région, la paysannerie manifestait déjà son désaccord avec le régime de Castro, et ceux qui ne s'engageaient pas activement dans la guérilla coopéraient avec elle sous des formes diverses. Sur ces terres qui sont d'une grande fertilité, il y avait des cultures de bananiers, de tubercules comestibles et de toutes sortes de fruits. Le sol était divisé en parcelles où l'on élevait des porcs et de la volaille. Le gouvernement considéra que les rebelles s'y ravitaillaient. Pour les priver de ce soutien, il imagina un plan de reconcentration des habitants. Toutes les familles vivant dans l'Escambray et sur ses contreforts furent expulsées.

Le jour où commencèrent ces déménagements forcés, des camions de l'I.N.R.A. (Institut national de la réforme agraire) et des Z.I.L. soviétiques de l'armée remplis de soldats s'arrêtèrent devant ces pauvres chaumières. Les habitants n'eurent le droit d'emporter que quelques vêtements et objets personnels. Leurs provisions de fruits, leurs volailles, leurs porcs et les quelques vaches qu'ils possédaient furent confisqués par l'I.N.R.A. Les soldats détruisirent les plantations, mirent le feu aux habitations et empoisonnèrent les puits, appliquant avec une rigueur méticuleuse la politique de la terre brûlée afin d'anéantir toutes les sources de ravitaillement des guérilleros. On sépara immédiatement les hommes des femmes qu'on transféra à La Havane, avec leurs enfants, pour les installer dans les résidences de Miramar, un quartier de luxe, mais où elles furent entassées et cloîtrées comme dans une prison. Un second tri eut lieu : on réquisitionna toutes les femmes encore jeunes pour les envoyer travailler dans les champs, laissant leurs enfants aux soins des plus vieilles.

Cette situation allait se prolonger pendant des années au cours desquelles ces femmes ne virent pas une seule fois leurs maris, leurs frères. Et quant à leurs enfants, dès qu'ils avaient l'âge scolaire, ils devenaient pensionnaires dans des institutions gouvernementales d'enseignement marxiste pour les protéger contre une influence familiale « nocive ».

Les hommes se retrouvèrent dans la péninsule de Guanahacabibes, la région la plus à l'ouest de Cuba et l'une des zones les plus inhospitalières, à des centaines de kilomètres du théâtre de la guerre civile et de leurs familles. Ces paysans ne comparurent jamais devant un tribunal, mais ils n'en furent pas moins prisonniers, menacés de mort s'ils essayaient de s'évader, sans compter les représailles qui s'abattraient sur leurs familles dont ces malheureux ignoraient jusqu'au lieu de détention. Et ils durent se livrer eux aussi à des travaux agricoles tout en construisant les camps de concentration Sandino 1, 2 et 3, qui existent encore aujourd'hui.

Une fois terminés ces trois camps, on leur demanda de créer un petit village où ils pourraient ensuite vivre avec leurs familles. Les autorités leur firent alors savoir qu'ils allaient se rendre à La Havane pour visiter ceux qu'ils aimaient. Ce furent des retrouvailles dramatiques après tant d'années de séparation. Et ils eurent désormais l'autorisation d'échanger une lettre par mois.

— Dès que vous aurez achevé vos maisons, vous pourrez tous y vivre... A vous de jouer maintenant !

Cette promesse des militaires eut pour résultat de stimuler ces hommes qui se mirent à travailler jour et nuit pour faire sortir de terre les blocs d'immeubles où, en effet, leurs femmes et leurs enfants purent enfin s'installer.

Ainsi, bien avant les villages stratégiques des Américains au Vietnam, Fidel Castro fit à Cuba l'expérience du système. Ce premier village s'appela Ciudad Sandino. Ses habitants ne pouvaient se déplacer en dehors des limites de la province, cela pour éviter qu'ils ne tentent de retourner dans leurs montagnes natales. Ce village stratégique existe encore aujourd'hui.

On n'a guère entendu parler à l'étranger de ces déportations, de ces villages construits par les déportés eux-mêmes, ni de la situation terrible de ces familles de paysans où les hommes, toujours prisonniers, sont condamnés aux travaux forcés à vie. Il n'existe aucun écrit, pas un document à ce sujet, absolument rien qui évoque la manière dont ces malheureux ont été dépouillés de tout ce qu'ils possédaient et sur les souffrances qu'ils ont ensuite endurées.

## CHAPITRE XI

# Les « erreurs » d'un dentiste

Le « petit hôpital » de la prison était fort bien équipé. Le cabinet dentaire possédait tout le matériel nécessaire, mais les quatre mille hommes qui se trouvaient alors détenus dans le « Pénitencier modèle », n'avaient pas le droit de l'utiliser. Nous avons eu beau insister auprès des autorités, jamais nous n'avons obtenu l'autorisation de nous rendre chez le dentiste. Nos dents s'abîmaient, et les douleurs commençaient... Les maux de dents peuvent vous rendre fou. Les malheureux, désespérés, s'efforçaient d'arracher eux-mêmes la dent malade avec ce qui leur tombait sous la main, une cuiller, un clou, une vieille pince, du fil de fer. Ils passaient cet instrument de fortune au feu pour l'aseptiser tant bien que mal. Puis ils désinfectaient la plaie avec de l'iode et de la pharmacie de campagne dont nous disposions.

Il y en eut parmi nous qui, sans être dentistes, aidaient leurs compagnons, rendus fous par la douleur, à s'extraire jusqu'à des grosses molaires. Un ancien soldat, de haute taille, blond, à demi chauve, devint une sorte de barbier du genre western américain : il coupait les cheveux et extrayait les dents. Il disait lui-même que les barbiers avaient été les pionniers de l'odontologie. On ne savait comment il s'était procuré une paire de tenailles d'électricien qu'il gardait stérilisée dans un peu d'alcool provenant de la pharmacie de campagne.

Quand l'un de ses clients, qui n'en pouvait plus de douleur, se décidait à recourir à ses soins, il demandait aux plus proches des prisonniers de l'aider en immobilisant le patient afin de l'empêcher de bouger. Il passait un peu d'iode sur la gencive, écartait les jambes comme un lutteur au début d'un match, puis empoignait ses tenailles. En le voyant approcher avec cet outil, nombreux étaient ceux qui se levaient et s'enfuyaient. Si le malade demeurait assis, les aides le maintenaient solidement sur la caisse de bois qui servait de siège. Ces extractions avaient quelque chose d'atrocement bestial. Le patient poussait des gémissements de douleur, se tordait dans tous les sens et restait parfois suspendu en l'air, comme électrisé, maintenu par quatre ou cinq compagnons qui voulaient l'obliger à garder l'immobilité que seule l'anesthésie pouvait procurer.

Un jour, on nous annonça que nous allions bénéficier de soins dentaires à raison de quelques cas par circulaire. Le dentiste, un homme grand, maigre, les cheveux blancs, vieux militant du parti communiste, était le Dr de la Poza. Il portait l'uniforme des médecins militaires, vert olive avec des poches rapportées.

Mais il ne s'agissait que d'extractions, sans aucun plombage ou prothèse, et de CINQ cas tous les QUINZE jours ! Or, il y avait plus de deux cents prisonniers qui souffraient d'au moins une dent à arracher, si bien qu'il aurait fallu quatre années et demie pour que le dentiste pût les recevoir tous. Comment allait-on sélectionner ceux qui passeraient les premiers ? Une seule solution était capable de ne mécontenter personne : le tirage au sort. Cela permit de dresser une liste, qu'on remit aux autorités, de ceux que la chance avait favorisés. En effet, pour qu'un prisonnier pût sortir de nos circulaires, il fallait toute une série de démarches et de paperasses avant d'obtenir finalement le « sauf-conduit » indispensable.

Le Dr de la Poza, le dentiste, reçut les cinq premiers élus. La consultation en elle-même était une forme supplémentaire de répression, mais les patients n'avaient qu'une idée en tête : en terminer avec les horribles souffrances qu'ils enduraient. Juan Antonio fut l'un d'eux. C'était un grand gaillard de six pieds de haut, d'un noir de charbon et avec des dents magnifiques. Seule une molaire inférieure, rongée par la carie, était presque devenue une coque vide. Aussi, quand le Dr de la Poza la lui montra au bout de sa pince en disant « Et voilà », il ressentit un soulagement et un bien-être indicibles. En revenant, il célébra la légèreté de main de ce dentiste si habile qu'il n'avait pas ressenti la moindre douleur. Mais cette même nuit, il se réveilla, ayant plus mal que jamais, pour découvrir que la molaire cariée était à sa place et qu'il lui manquait la dent voisine, parfaitement saine, sans même la plus petite des caries. Sur les cinq malades que le dentiste avait reçus ce jour-là, deux avaient perdu à jamais des dents intactes, mais en gardant en revanche leur dent malade. Et ce ne fut que le début. Beaucoup d'entre nous préférèrent s'extraire les dents eux-mêmes ou recourir à l'aide du barbier, sans anesthésie, ayant au moins la certitude qu'il ne se tromperait pas d'objectif.

Enrique Cepero n'était pas encore arrivé au pénitencier. C'était un étudiant de la faculté d'odontologie, dont les connaissances et l'imagination furent pour nous un recours décisif contre nos maux de dents. Grâce à lui, beaucoup ont pu conserver des dents autrement condamnées. Cepero fabriqua avec les moyens du bord tout un matériel odontologique. Avec des clous limés, après un véritable travail d'orfèvre, il disposa bientôt de fraises qu'il munit ensuite d'un manche en bois. A force de polir et d'arrondir, avec une patience que seul peut avoir un prisonnier, de petits bouts de miroir, il les transforma en de minuscules rétroviseurs qu'il fixa ensuite, avec du plastique fondu et des fils métalliques, à l'extrémité de manches de brosses à dents. Petites cuillers, petites pointes chercheuses, spatules, il fabriqua lui-même tout un équipement rudimentaire. Peu après, il parvint à se procurer clandestinement de la poudre de porcelaine et de l'amalgame dentaire avec la substance agglutinante correspondante, bref tout ce qu'il fallait pour mener à bien des plombages. La poire d'un vaporisateur et la tige métallique d'une sonde lui fournirent l'instrument indispensable pour insuffler de l'air chaud et sécher ainsi l'intérieur de la carie qu'il était en train de soigner.

Cepero m'a eu comme patient. Le fauteuil était une vieille caisse de bois qui avait contenu des conserves de viande russes. Un aide m'a maintenu la tête renversée en arrière. Cepero a commencé par me prévenir que ce n'était pas facile de préparer une carie, c'est-à-dire de l'agrandir et de la nettoyer, pour pouvoir l'obturer, et que l'on courait toujours le risque de briser la dent. J'acceptai ce risque sans hésiter, car sinon j'aurais un jour ou l'autre perdu irrémédiablement cette dent, non sans avoir supporté longtemps des douleurs chaque jour plus redoutables. J'ouvris la bouche, et Cepero se mit au travail, armé d'un petit marteau et de divers instruments. Chaque coup me faisait frémir et, après en avoir reçu quatre ou cinq, j'eus l'impression que Cepero me martelait directement le cerveau. Pour pouvoir travailler la carie à la fraise, il fallait d'abord l'agrandir. Les soins se prolongèrent pendant plusieurs séances, et entre chacune d'elles, pendant des jours, ma tête me semblait résonner encore. Quand il parvint, sans briser la molaire, à élargir un peu l'entrée de la carie, il prit une « fraise », un bout de bois dont l'extrémité était munie d'un clou à la pointe taillée. Il empoigna l'instrument et le remua fortement dans tous les sens pour gratter la partie atteinte. Il avait aussi des fraises en forme de T pour retirer le matériau malade ainsi détaché. La dent que Cepero sauva chez moi était la seconde molaire supérieure gauche. L'amalgame fut si habilement posé que je l'ai toujours gardé, et les dentistes que j'ai consultés depuis ma sortie de prison et à qui j'ai conté les détails de l'opération m'ont tous exprimé leur étonnement.

Les prisonniers doivent beaucoup de reconnaissance à Cepero et à son abnégation, car il travaillait de longues heures pour nous soigner tous. Pendant ce temps, le cabinet dentaire du petit hôpital où se trouvaient l'équipement et le matériel nécessaires gardait ses placards et armoires fermés à clé, tandis que le Dr de la Poza continuait à apparaître jusqu'à trois fois par semaine pour extraire des dents cariées ou saines, selon la tête du client. Ce petit hôpital ne servait finalement que pour les cas considérés comme très graves. Il n'y avait ni jours fixes de consultation, ni analyses, ni examens. Les autorités démantelèrent même une partie de la salle d'opération et enlevèrent également des pièces de l'équipement de radiographie sous le prétexte, avancé par un délégué de la Santé publique, qu'on n'opérait pratiquement jamais, pas plus qu'on n'utilisait les rayons X. C'était supposer que pour tout cas grave, le prisonnier était transporté à l'Hôpital national des détenus dans le pénitencier du Castillo del Príncipe, à La Havane. En réalité, cela n'eut jamais lieu, et beaucoup moururent faute de soins médicaux, à la suite du retard apporté à une amputation ou à un traitement nécessaire, ou encore par manque de médicaments anticoagulants. Ce fut le cas de Cuellar del Rio qui souffrait d'une thrombose à la jambe. On appela le médecin chef, le Dr Agramonte, militant du parti. Un prisonnier médecin lui expliqua qu'il avait immédiatement besoin de telle et telle spécialité. Le Dr Agramonte en prit note et promit de faire le nécessaire. Des heures passèrent, puis des jours. Finalement, le malade mourut. La semaine suivante, le Dr Agramonte reparut, heureux d'avoir reçu de l'avancement. Il expliqua simplement qu'il avait oublié d'apporter le médicament mais qu'il le ferait envoyer le soir même car il en avait quelques flacons. Il feignit la surprise quand on lui répondit que c'était désormais inutile, puisque le malade était mort, précisément parce qu'on n'avait pas pu le soigner, faute de médicament. Or, il le savait déjà : c'était lui qui avait signé, comme médecin chef de l'hôpital, l'acte de décès.

Nous avions oragnisé notre temps libre en créant de petits groupes qui suivaient des cours sous la forme d'entretiens, ce qui rendait l'enseignement plus agréable. Il y avait parmi nous des universitaires des plus hauts rangs, des pédagogues, des professeurs des cycles supérieur, secondaire et primaire, qui couvraient toutes les matières. Nous apprenions à lire aux analphabètes, presque tous des paysans, et nous élevions le niveau scolaire de ceux qui possédaient déjà les rudiments essentiels de la lecture en établissant pour eux, à des horaires fixes, des classes de grammaire, d'arithmétique et de géographie. Il y avait pour les étudiants des universités des séminaires appropriés.

Un après-midi, ce fut l'alerte. Un prisonnier sortait du bâtiment de la direction sous une pluie de coups. C'était Boitel, le crâne rasé, suivi de son bourreau, le fameux Naranjito, armé de son inséparable sabre de cavalerie. Du haut de notre circulaire, nous nous sommes mis à crier notre indignation, mais nos protestations parurent surtout exciter la fureur du gardien chef car il s'acharna de plus belle, à grands coups de plat de sabre, sur les maigres épaules du malheureux. Intervenir dans de telles situations, traiter un gardien de lâche, nous paraissait naturel puisque cela venait du fond du cœur, mais le résultat était toujours contraire à ce que nous souhaitions : le gardien ne se tenait plus de rage, et faisait payer cher à sa victime les insultes des prisonniers qui se trouvaient pour l'instant hors de portée de sa hargne et de ses coups. Nous avons donc appris rapidement à nous taire, malgré la colère et la douleur que suscitaient chez nous ces abus de pouvoir.

Boitel était couvert de bleus et perclus de coups, mais son courage était inébranlable. A l'époque, les autorités avaient désigné un repris de justice pour les châtiments à infliger. Nous l'avions surnommé « Cascarita », ou « Petite Coquille ». Dès le premier jour, Boitel s'était attiré sa colère parce qu'il avait protesté à grands cris en le voyant, aidé de deux autres gardiens, violer un jeune prisonnier. Le viol n'avait rien d'inhabituel, les autorités le savaient et s'en servaient même comme moyen de répression. Si un jeune appelé, affecté à la garnison, montrait par trop d'indiscipline dans le service et s'il était impossible de le dompter par les punitions ordinaires, on le confiait aux prisonniers de droit commun du genre « Cascarita ». On le mettait dans une cellule avec plusieurs criminels endurcis, tandis que, dans la cellule voisine d'où l'on entendait tout, sept ou huit autres appelés, choisis parmi les camarades du puni, l'entendaient se débattre et hurler de douleur alors que les « droits-communs » le violaient l'un après l'autre. Les jeunes soldats revenaient dans leur quartier terrorisés, promettant de ne jamais recommencer à s'élever contre la discipline.

« Cascarita » s'acharna dès lors contre Boitel. Il jetait sur lui des seaux d'eau froide, châtiment courant dans le quartier disciplinaire. Mais Boitel, loin de se laisser intimider, se moquait ouvertement du « caïd » qui faisait trembler tous les détenus. « Cascarita » en vint à menacer Boitel de vider un bidon d'essence dans sa cellule et d'y mettre le feu. Nous l'avons su par un prisonnier de retour à la circulaire 3 après avoir purgé une peine disciplinaire.

Du pénitencier situé près de la côte nord de l'île, on apercevait la mer des Caraïbes et un grand banc de sable appelé l'îlot des Singes pour avoir été dans le passé le lieu de rassemblement des singes destinés à des expériences de laboratoire. Les habitants de l'île des Pins affirmaient que des quadrumanes y vivaient encore. A l'ouest du pénitencier s'élevait la Sierra Caballos. Au sud, une grande plaine servait de terrain de manœuvres pour les soldats et les chars ainsi que de champ de tir. A l'est, c'était une étendue de petites collines et de pinèdes. En plus de la garnison de la prison, plusieurs campements militaires, de miliciens surtout, entouraient le pénitencier. Continuellement, ils entraient dans l'enceinte et en sortaient à leur guise. Ils s'y promenaient comme des touristes en uniforme, s'arrêtaient pour contempler les circulaires où l'on tenait enfermés de terribles contre-révolutionnaires, nous, les prisonniers politiques.

Du cinquième étage, nous avions vue sur plusieurs kilomètres à la ronde. Les exercices de tir se succédaient régulièrement, ce qui permit aux anciens officiers d'artillerie que nous comptions parmi nous de classer et de localiser avec une certaine exactitude les emplacements des batteries les plus proches. Les flammes des canons postés au sommet de la sierra, à environ quatre cents mètres d'altitude, étaient parfaitement visibles. La nuit, de ma cellule qui s'ouvrait dans cette direction, je distinguais un peu plus haut le flamboiement jaunâtre de l'allumette d'un garde qui fumait. Au sud, c'était l'aboiement des canons des chars et le crépitement des mitrailleuses lourdes. Les sillages orange des balles traçantes se croisaient dans l'ombre, rapides comme l'éclair.

Chez certains d'entre nous, ces tirs provoquaient une excitation incoercible. On les entendait lancer en pleine euphorie des cris de joie sans penser que les soldats qui manœuvraient étaient pour eux des ennemis. Il s'agissait surtout d'hommes d'action, de combattants de la guérilla. Ils se rappelaient le fracas des batailles livrées contre les milices communistes, et ils évoquaient avec nostalgie ces moments difficiles faits de privations, d'angoisse, mais aussi de liberté. D'autres, au contraire, étaient alors d'une nervosité extrême, en proie à une anxiété grandissante, et l'on pouvait constater que l'écho de ces tirs était suffisant pour déclencher chez eux un sentiment de malaise.

Deux prisonniers, Nestor Piñango et Armando Rodríguez, aidés par plusieurs techniciens, réussirent à fabriquer un poste récepteur, très rudimentaire, de radio, capable malgré cela de capter des émissions étrangères, et par conséquent, les nouvelles internationales. La situation de l'île et l'emplacement du poste au sixième étage étaient évidemment des facteurs favorables. Ce poste comportait une antenne que l'obscurité et sa situation dissimulaient presque complètement à toute personne de l'extérieur. Pour l'installer, nous avions dévissé une tuile du toit, ce qui permettait de faire passer l'antenne par l'ouverture.

Ce poste fonctionna pendant des années. Piñango et Armando Rodríguez avaient accompli un travail d'une perfection incomparable, tant au point de vue de l'appareil lui-même que des caches qu'ils employaient. Notre équipe de radiotechniciens devait s'adjoindre plus tard les services de Rafael del Pino, ancien ami de Castro. Bien avant la victoire de la révolution, ils avaient partagé au Mexique la même chambre, et Rafael avait entendu Castro exposer longuement la manière dont il s'y prendrait pour instaurer le communisme à Cuba s'il parvenait à vaincre la dictature de Batista. Rafael del Pino, lui, était prêt à se battre pour établir un régime démocratique et non une nouvelle dictature, marxiste celle-là, et il se retira du groupe des révolutionnaires. Castro, mû par la haine terrible qu'il porte à tous ceux qui n'acceptent pas ses idées et s'opposent à lui, ne devait jamais lui pardonner sa défection.

Piñango dissimulait sa radio dans sept ou huit caches différentes. On le voyait parfois sortir avec un petit paquet sous le bras, sans prendre la moindre précaution. Mais il ne s'agissait pas du poste. Ce n'était qu'une manœuvre pour dépister un dénonciateur éventuel. Au même moment, un camarade, avec toutes les précautions nécessaires, faisait disparaître une partie du poste. Je dis une partie, car cet appareil rudimentaire se démontait totalement. Un gardien pouvait tenir dans sa main l'une de ses pièces sans soupçonner un instant que c'était l'un des éléments du poste qu'il recherchait. Nous fabriquions les piles sur place, mais je n'ai jamais connu tous les détails de l'opération. Je sais seulement qu'il nous fallait de temps à autre remplir un flacon d'urine, pour récupérer ainsi une substance chimique indispensable. Plusieurs mines de crayon réunies remplaçaient la petite barre qui se trouve au centre des piles. Un prisonnier employé à l'hôpital fournissait le sulfate de cuivre, autre composant indispensable.

De même, nous écoutions les nouvelles à l'aide d'audiophones fabriqués en prison. De l'appareil sortaient six tubes de plastique qui avaient servi aux injections de sérum sanguin, et que terminait une sorte de petite coquille que nous nous introduisions dans l'oreille. Nous notions les nouvelles en sténographie pour les transcrire sur des feuilles volantes que nous distribuions le matin suivant dans tous les étages.

## CHAPITRE XII

# Au-dessus de la poudrière

Un jour, un incident horrible se produisit au cours d'une visite dans une circulaire. L'une des pièces d'artillerie postées sur la crête des collines fit feu accidentellement, et l'obus arracha la jambe d'une femme qui venait voir son frère prisonnier. Je crois qu'il n'y eut jamais de visite plus tragique que celle-là.

Mais un autre jour allait venir qui allait tous nous bouleverser en mettant fin à beaucoup d'espoirs. Carrión, comme toujours, dormait sur la couchette d'en haut. Il avait un sommeil si lourd qu'on devait le secouer pour le réveiller. Ce matin-là, très tôt, j'entendis des rafales soudaines de mitrailleuses et le grondement des canons. D'un bond, j'arrivai à la fenêtre. Les batteries installées sur la crête des collines avaient déclenché un tir dont on voyait les flammes rougeâtres et orange. Les balles traçantes sillonnaient l'azur du ciel, se dirigeant vers un objectif que je ne pouvais voir.

Je secouai le pied de Carrión, et je me précipitai dans l'escalier pour monter au sixième afin de voir encore mieux ce qui se passait.

Dans la circulaire, l'alarme était générale et une confusion terrible s'ensuivait :

— On nous attaque ! criaient les uns.

— On nous tire dessus ! précisaient les autres.

Mais il était évident que nos circulaires n'étaient pas l'objectif de ce branle-bas de combat.

Au sixième étage, nombreux étaient ceux qui s'étaient rassemblés devant les fenêtres pour regarder au loin, perchés sur des lits ou des bidons ou simplement tout le corps tendu sur la pointe des pieds, agrippés parfois aux barreaux.

A l'est du pénitencier, presque au-dessus de nous, les obus de la D.C.A. explosaient, créant des champignons de fumée noire autour d'un bombardier B-26 qui avançait, semblait-il, lentement. Son fuselage argenté brillait au soleil du matin au milieu d'une escorte d'explosions impuissantes.

Je l'ai vu s'éloigner vers l'embouchure du fleuve Las Casas. Là, une unité de la marine cubaine, la frégate *Baire,* l'accueillit par un tir nourri.

Le pilote s'en aperçut et lança sur elle son avion en piqué en la prenant sous le feu de ses mitrailleuses.

Le cœur battant, j'assistais au combat comme on voit un film de guerre.

La frégate, pour éviter l'attaque, avait aussitôt manœuvré. J'ai vu distinctement un énorme jet d'eau s'élever devant elle : un missile l'avait manquée en tombant bien près de sa proue. Il ne restait au navire qu'à s'éloigner aussi vite que possible.

Alors, le B-26 s'inclina sur la gauche pour amorcer un virage. Les batteries de la crête des collines recommencèrent à l'encadrer de leurs obus, et de nouveau l'avion parut se promener majestueusement entre les explosions qui se multipliaient avec rage tout autour de lui. Ce pilote faisait une véritable démonstration de sang-froid. On eût dit qu'il se moquait du rideau de feu qu'on dirigeait contre son appareil. Après avoir décrit un large cercle, il revenait maintenant sur le navire qui se remit à zigzaguer en tirant sans résultat. Et cette fois, l'avion atteignit sa proie. Dans un tourbillon de fumée noire, un second missile fit sauter la poupe de la frégate.

Déjà, le B-26 reprenait la direction du nord-est.

Tel fut pour nous le début de l'invasion de Cuba, le débarquement de la baie des Cochons. C'était le 17 avril 1961.

Pour les prisonniers, ce fut un événement extraordinaire. Nous étions transportés d'enthousiasme. Immédiatement, nous avons tiré les éléments de notre petite radio de leurs différentes cachettes pour les assembler et nous mettre à l'écoute.

Chacun de nous exposait avec véhémence les idées les plus folles qui lui venaient à l'esprit. Mais soudain, des camions militaires se déployèrent en ordre de combat autour de nos circulaires, et les soldats qu'ils transportaient, des miliciens pour la plupart, se ruèrent vers nos bâtiments en tirant au hasard en direction de nos fenêtres.

Un premier groupe s'immobilisa à la grille. Comme il n'y avait plus aucun prisonnier au rez-de-chaussée, ils engagèrent le canon de leurs mitraillettes entre les barreaux. Plusieurs rafales de balles s'écrasèrent en sifflant sur la tour centrale, rebondissant contre les rampes de fer et toutes ses parties métalliques. Je m'étais jeté à plat ventre, le visage contre le sol, et bien que je n'aie pas eu le temps de regarder mes camarades, je suis certain que tous ont alors fait de même.

Pendant ce temps, d'autres miliciens avaient encerclé complètement notre circulaire. Il se fit ensuite un grand silence. Un officier appela Lorenzo, notre délégué, à la grille. Du sixième étage, nous entendions les hurlements affolés des officiers et les consignes que notre compagnon devait nous transmettre :

— Nous avons reçu l'ordre de tirer sur tous ceux qui se mettront aux fenêtres. Ceux d'entre vous qui ont du linge à sécher dehors doivent le retirer immédiatement. Ils ont trois minutes pour le faire. Passé ces trois minutes, nous ouvrirons le feu à vue. Vous êtes prévenus !

Lorsque Lorenzo revint, nous sommes descendus pour le rencontrer au troisième étage et nous l'avons harcelé de questions pour savoir s'il avait vu ou entendu quelque chose de plus. Tous les prisonniers sont ainsi : ils se demandent s'ils ont bien tout compris, si une phrase, un mot, ne leur ont pas échappé, si un officier n'a pas eu un geste qui pourrait avoir une signification supplémentaire. Mais cette fois, nous n'avons rien obtenu de plus de Lorenzo. Les voix des officiers avaient retenti dans tout notre circulaire, et Lorenzo n'a pas jugé nécessaire de nous répéter leurs ordres.

Dès lors, nous nous sommes trouvés dans une situation extrêmement tendue. Si quelque facétieux, comme il y en a toujours et partout, se montrait un bref instant à une fenêtre, les miliciens lui répondaient par des rafales de mitraillette. Vus d'en haut, ils ressemblaient avec leur nez en l'air à des chiens d'arrêt guettant leur proie, et cette comparaison était d'autant plus frappante que certains d'entre eux portaient des toques dont les oreillettes, n'étant pas attachées sous le menton, retombaient, comme de grandes oreilles pendantes de chien de chasse, de part et d'autre de leur visage. Dans les cellules 46 et 47, celles qui avaient été transformées en W.-C., ce fut bientôt le chaos. Il fallait s'approcher de la fenêtre pour les utiliser, or c'était interdit. Les premiers qui osèrent le tenter ressentirent une des plus grandes peurs de leur vie. Les gardiens tirèrent sur eux sans la moindre hésitation.

Pourtant, c'était encore l'époque où ils se livraient à un certain commerce avec nous. Ils nous apportaient des paquets de cigarettes, des boîtes de lait condensé, du sucre, des biscuits que nos familles achetaient dans un petit marché à l'intérieur même de la prison. Les prix étaient exorbitants. Les gardiens effectuaient eux-mêmes les livraisons en se servant d'un camion de la garnison. Un de nos compagnons, Sánchez, était chargé de recevoir ces paquets à la grille, de les classer, puis d'appeler les destinataires au rez-de-chaussée pour les leur distribuer.

Ce jour-là, après le déjeuner, un camion recouvert d'une bâche, porteur de plusieurs soldats armés et escorté de deux véhicules, s'arrêta devant la grille. Un plaisantin ne put s'empêcher de crier :

— Sánchez, les paquets !

Evidemment, ce n'était pas l'une de ces distributions que nous attendions avec impatience, mais une arrivée de colis qui au fond nous étaient aussi destinés : des caisses de cartouches de dynamite, de fabrication canadienne.

Sous les ordres du commandant William Gálvez, les soldats se mirent à décharger cette terrible cargaison. Un officier fit venir Lorenzo, notre délégué, pour lui donner l'ordre de nous faire tous reculer : nous devions abandonner complètement la partie la plus avancée d'où nous pouvions voir quelque chose, et cela jusqu'à la fin du déchargement.

C'est ainsi que la dynamite fut stockée dans la cave. Dès lors, l'euphorie qui régnait dans notre circulaire depuis l'annonce du débarquement disparut totalement.

Tous s'interrogeaient sur la raison qui avait incité les autorités à faire transporter chez nous cette réserve de dynamite. Pour certains, il s'agissait simplement de mettre ces explosifs dans un endroit sûr, à l'abri des attaques aériennes comme celles de la matinée, car les avions de nos amis ne bombarderaient certainement pas le quartier des circulaires, sachant que nous y étions enfermés.

Mais vers la fin de l'après-midi, la radio clandestine nous fournit une série de premières informations : une bataille se livrait depuis l'aube dans le marécage de Zapata, sur la baie des Cochons. Les télégrammes qui se succédaient étaient très optimistes, et l'euphorie des prisonniers, une fois de plus, ne connut plus de bornes. Certains se mirent à crier leur enthousiasme, à sauter sur place, à s'embrasser, envahis par la joie qu'on peut imaginer chez des hommes dans notre situation.

Les bulletins d'informations se suivirent toute la nuit. Mais dès l'aube, des soldats armés de marteaux pneumatiques nous ramenèrent à une réalité plus proche : ils pénétrèrent dans le tunnel qui faisait communiquer notre tour centrale avec l'extérieur et se mirent à l'œuvre. Ils défonçaient les parois de ciment pour y creuser des trous de mine où prendraient place des charges de dynamite, et désormais, nous savions à quoi on les destinait : à faire sauter notre gigantesque complexe, et nous avec...

Les soldats chargés d'ouvrir les trous de mine étaient accompagnés en effet de techniciens spécialisés dans le maniement des explosifs, et nous avons assisté, impuissants, au déchargement des caisses de détonateurs, des rouleaux de cordon Bickford et de tout le matériel qui provoquerait l'explosion.

Entre-temps, nos camarades du poste récepteur continuaient à faire circuler les communiqués de la presse internationale : pendant deux jours, ils n'allaient prendre aucun repos, dormant à peine.

Aux premières heures du lendemain, Radio Swan, la station qui émettait en espagnol à destination de Cuba, avait lancé un appel à la résistance interne pour qu'elle collabore avec les forces d'invasion :

« Peuple de La Havane, attention! Peuple de La Havane! Vous devez collaborer avec les vaillants patriotes de l'armée de libération. Les centrales électriques doivent cesser de fournir du courant aux rares usines que le régime essaie de faire encore tourner. Aujourd'hui, à 7 h 45, lorsque cette station émettrice en donnera le signal, que chaque foyer allume toutes ses lumières et fasse fonctionner tous ses appareils électriques pour augmenter la charge des génératrices de la centrale. »

D'autres télégrammes nous assuraient que les forces d'invasion, écrasant toute résistance sur leur passage, approchaient triomphalement de La Havane. C'était faux, et les libérateurs seraient vaincus. Dès lors, Castro, qui avait proclamé tant de fois qu'il n'était pas communiste et que la révolution, loin d'être rouge, « était plus verte que les palmes », jeta définitivement le masque qui lui avait permis de tromper une majorité de Cubains : il reconnut ouvertement la vraie nature de sa révolution, celle qu'elle avait eue depuis toujours :

— Cette révolution est une révolution socialiste... et nous la défendrons avec nos fusils...

Et il termina son discours en utilisant une phraséologie communiste qui ne pouvait plus laisser aucun doute sur ses objectifs :

— Vive la classe ouvrière! Vive la paysannerie! Vive les

indigents ! Vive la Révolution socialiste ! La patrie ou la mort ! Nous vaincrons !

Ces phrases démagogiques, nous les avions entendues et nous les entendons encore chez ceux qui sont les vrais tyrans des ouvriers et qui leur promettent la liberté pour mieux les enchaîner. Tout au long de ce discours, une claque préparée d'avance interrompait le dictateur aux moments voulus pour hurler en chœur les consignes du parti :

— Fidel ! Khrouchtchev ! Nous sommes avec vous deux !

Cela se passa le 16 avril 1961, dans le cimetière de Colón, à La Havane, et tandis que Castro menait à grand bruit les funérailles des victimes des bombardements de la veille, six cadavres de Cubains fusillés dans la prison de la Cabaña étaient introduits par une porte dérobée, subrepticement, dans le plus grand silence, sans fleurs ni couronnes ni familles, pour être jetés dans la fosse commune.

Dès le premier assaut du 15, lorsque les B-26 bombardèrent tous les aéroports de l'île, le gouvernement avait déchaîné une répression féroce qui toucha tous ceux que le régime considérait comme des adversaires potentiels. Chiffre incroyable, près de cinq cent mille personnes furent arrêtées sur l'ensemble du territoire. Prêtres, ouvriers, vieillards et femmes, soldats et étudiants, se retrouvèrent pêle-mêle entassés dans des théâtres, des stades, des bâtiments publics, des casernes, des écoles, puisque les prisons étaient déjà surpeuplées.

Dans la cour de la Cabaña, par exemple, les autorités entassèrent des centaines de personnes, y compris des femmes avec leurs enfants. Et comme cela ne suffisait pas, on fit descendre ces malheureux dans les fossés où ils demeurèrent dans une promiscuité effroyable, entourés de mitrailleuses braquées sur eux. Le seul fossé demeuré libre fut celui des exécutions, là où se trouvait le Paredón, le Mur des Fusillés.

Cette rafle énorme, menée presque à l'aveuglette, mit toutefois fin aux activités de centaines de Cubains qui conspiraient contre Castro, et qui, une fois identifiés, furent immédiatement fusillés, sans une ombre de jugement. Mais il y eut aussi, parmi ceux qui furent ainsi arrêtés, des fonctionnaires du gouvernement, et même des membres de la direction de la Banque nationale, qui faisaient partie de l'élite marxiste. Ils étaient en train de déjeuner dans un restaurant. Surpris à table par des miliciens, ils durent rester enfermés pendant deux jours.

Dans les fossés du Castillo del Morro, des milliers de Cubains anonymes demeurèrent, pendant ces deux jours de crise, sans manger ni boire. Finalement, les autorités, pour calmer la soif de ces malheureux, leur firent parvenir un peu d'eau au moyen d'un tuyau d'arrosage.

Des dizaines de personnes moururent ainsi entassées. Des femmes enceintes avortèrent et d'autres mirent leurs bébés au monde, assistées par les femmes les plus proches, au milieu d'une cohue indescriptible. Leur état n'empêchait pas les gardiens de les menacer, de leur dire qu'elles seraient fusillées comme les autres si l'invasion triomphait.

Le théâtre Blanquita, le plus grand de tout Cuba, devint ainsi un gigantesque pénitencier où se pressèrent plus de huit mille personnes. Leur détention arbitraire dans ces véritables camps de concentration dura cinq jours au cours desquels il n'y eut que quatre distributions de vivres.

On ne connaît pas le nombre des meurtres qui se commirent alors dans toute l'île, mais les pelotons d'exécution fonctionnèrent à Pinar del Río, à la base de San Antonio de los Baños, à la Cabaña, au Castillo de San Severino, à Matanzas, La Campana, Camagüey, et dans la province d'Oriente. Les bourreaux ne prirent même pas la peine de mettre les cadavres dans des cercueils, mais dans de simples sacs de plastique.

Au cimetière de Colón à La Havane, un officier de la Police politique et deux soldats, à bord d'une camionnette blanche, recevaient ces sacs et les transportaient dans le secteur sous contrôle militaire, où ils les jetaient à la fosse commune. Un de ces soldats, Juan Hernández, accusé plus tard de conspiration et arrêté, devint l'un de nos compagnons de détention et nous conta en détail ces journées terribles.

Encouragées par la victoire des communistes, les autorités du système carcéral s'en prirent à nous, les prisonniers ; la répression redoubla de violence, et l'on osa enfin nous faire savoir officiellement que la dynamite resterait stockée dans les fondations de nos bâtiments pour nous faire sauter en cas d'une nouvelle tentative d'invasion.

Il se produisit alors un phénomène étrange : de nombreux prisonniers refusèrent de voir la réalité en face ; il y en eut qui allèrent jusqu'à affirmer que ces caisses ne contenaient aucun explosif, et que toute cette histoire n'était qu'une grande farce dans le but de nous terroriser. D'autres, tout en acceptant le fait du dépôt de dynamite, écartaient l'hypothèse que les autorités pensaient vraiment l'utiliser contre nous et considéraient cette affaire comme un instrument de chantage politique.

Un illuminé affirma que, pour ne pas mourir sous l'onde de choc provoquée par l'explosion de la dynamite, il suffisait de mordre fortement un morceau de bois. On vit alors des malheureux qui, pour se tranquilliser, s'accrochaient à n'importe quelle rumeur comme à une planche pourrie, déambuler avec un morceau de bois de la dimension d'un cigare suspendu à leur cou, prêts à le mordre en cas de danger. Et il y eut vers le sixième étage un exode important de prisonniers qui croyaient fermement que plus ils seraient éloignés des fondations, plus ils auraient de chances de s'en sortir sains et saufs.

Et l'on vit apparaître d'autres pendentifs confectionnés en tôle d'aluminium, dans lesquels certains avaient gravé leur nom et leur numéro de prisonnier, pour qu'on pût au moins identifier leur corps.

Vivant sous la hantise d'une explosion éventuelle, il fallait réagir. Nous nous sommes donc adressés aux trois Américains agents de la C.I.A. pour connaître leur opinion. Ils étaient en effet experts en matière d'explosifs et de démolitions, particulièrement Caswell. Ils eurent à leur disposition tous les renseignements nécessaires, y compris des échantillons des explosifs stockés sous nos pieds, des détonateurs, etc., que « El Americanito », le Petit Américain, comme nous appelions Luis Lemus — parvint à prélever au cours d'une série d'opérations compliquées où il lui fallut descendre dans la cave en se glissant dans l'un des petits tunnels verticaux aménagés pour les canalisations.

Les trois spécialistes yankees arrivèrent à la même conclusion : tout était prêt pour nous faire sauter directement dans l'autre monde au moyen d'un double système de détonation, électrique et mécanique. De cette façon, il ne pouvait y avoir de panne possible au moment de la mise à feu. Quant à la quantité d'explosifs accumulés dans les trous de mine, elle était suffisante pour réduire notre bâtiment en miettes, et il en était de même pour les autres circulaires qui avaient subi le même jour que la nôtre une préparation identique.

Les responsables de ces opérations de minage avaient été le commandant García Olivera, chef du corps du génie de l'armée, et un capitaine de la Police politique, connu sous le nom de Mario. Et un groupe de techniciens dirigés par un autre officier, maigre et dégingandé, surnommé « Chanito » ou « L'Indolent », était resté sur place, chargé de réviser chaque jour l'état de cette machine de mort.

Au fond du pavillon des cellules disciplinaires, à quelque deux cent cinquante mètres de nos circulaires, derrière un petit monticule de terre, se trouvait une baraque d'où ces spécialistes, quand ils en recevraient l'ordre, feraient sauter les charges. Des câbles souterrains sous tube plastique reliaient le stock de dynamite à ce poste de commande. L'explosion serait si puissante que ceux qui la déclencheraient mourraient eux aussi, et le pénitencier entier serait transformé en un cratère où tout serait calciné.

Les techniciens de ce groupe passaient habituellement entre les circulaires. Ils en profitaient pour nous faire signe qu'ils allaient appuyer sur le levier de commande des détonateurs, et d'un large geste des deux bras, ils simulaient l'explosion qui nous anéantirait. Je me suis toujours demandé ce que pouvaient ressentir ces hommes, des soldats, qui avaient pour mission d'assassiner six mille de leurs semblables...

Un tel sadisme de leur part révélait leur véritable état : ils étaient déjà devenus, à un certain degré, des malades mentaux. Nous devions apprendre plus tard que deux d'entre eux avaient terminé leur carrière dans un asile d'aliénés réservé au personnel du ministère de l'Intérieur, et où le régime, pour que nul ne pût communiquer avec eux, enfermait tous ceux que les horreurs dont ils furent les acteurs ou les témoins avaient rendus complètement fous.

Un matin, plusieurs camions arrivèrent avec des soldats dont ces techniciens prirent le commandement. Ils se mirent à décharger des caisses qui remplacèrent dans les trous de mine celles du premier arrivage. Il s'agissait d'un échange : nous avions désormais sous nos pieds un explosif bien plus puissant et plus sûr que la dynamite, puisque sa mise à feu est déclenchée par l'explosion d'une charge initiale composée d'un explosif différent. Nous avons vu comment ils remplissaient les quatre étages de la tour centrale d'une tonne de T.N.T., ce qui la transformait en un gigantesque pétard à l'enveloppe de béton. Sa mise à feu produirait un immense dégagement de chaleur, une explosion de mitraille faite de blocs et une onde de choc tels qu'aucun de nous n'en réchapperait.

Ce fut alors que quelques-uns des nôtres, eux aussi experts en explosifs, se réunirent pour organiser des équipes de volontaires et s'opposer ainsi au projet qu'avaient les autorités de nous anéantir.

Seul un très petit nombre de prisonniers a connu l'existence de ces équipes. Le travail qu'elles accomplirent demeura secret, et nous avons ainsi obtenu un silence total sur leurs opérations.

Nous avons d'abord décidé de faire porter tous nos efforts sur un seul objectif : désamorcer les explosifs. Même des délateurs habituels coopérèrent à cette tâche ; ils savaient avec certitude qu'ils sauteraient avec tous les autres, car les communistes ne viendraient certainement pas les sauver au moment de nous supprimer.

Néanmoins, nous avons pris toutes les mesures possibles concernant la sécurité. Nous avons constitué un groupe de compagnons chargés de lire toutes les lettres qu'on nous permettait d'écrire à raison d'une par mois ou d'une tous les quarante-cinq jours. Nous voulions éviter une imprudence qui eût pu faire comprendre à l'extérieur ce que nous avions l'intention d'entreprendre.

« El Americanito », « Le Petit Américain », continuait à explorer notre sous-sol. Il en revint avec quelques morceaux de cordeau Bickford laissés sur place par les soldats, et il nous dessina un plan précis de la disposition des charges.

Dans le système mécanique de mise à feu, ce fut au cordeau Bickford, ou « primaccord » que l'on s'attaqua pour désamorcer l'ensemble. Les prisonniers chargés de cette tâche firent un travail impeccable. Nous avions appris que les pyrotechniciens de l'armée vérifiaient la continuité de ce cordeau en tirant sur chacune de ses extrémités. Si le cordeau se tendait, ils considéraient qu'il était intact et qu'il ne pouvait pas y avoir de coupure à un endroit quelconque.

Ce cordeau fusant se présente sous la forme d'un petit tube souple recouvert de fer comme isolant et qui est rempli de T.N.T. en poudre. Notre équipe de désamorçage l'ouvrait dans sa partie inférieure sur une longueur d'environ cinq centimètres qu'ils vidaient complètement de poudre et nettoyaient à fond. Toujours sur la même longueur, ils plaçaient un tube cylindrique de même diamètre que le cordeau. Il n'y avait plus qu'à raccorder en recousant, et comme le cordeau était posé à même le sol poussiéreux, cette poussière et cette terre servaient à camoufler les cinq centimètres que l'on avait vidés de poudre, si bien qu'il ne restait aucune trace de l'opération. Quand les autorités donneraient l'ordre d'appuyer sur le levier pour tout faire sauter, les détonateurs demeureraient indemnes.

Le système électrique de mise à feu était beaucoup plus

complexe. Le principe fondamental du désamorçage fut l'emploi de dérivations qui détournaient le courant électrique.

Cependant, cette série de mesures, si elles réussissaient, ne retarderaient la catastrophe que de quelques minutes. En constatant que le T.N.T. n'explosait pas, les autorités du pénitencier recourraient à d'autres méthodes pour parvenir à leurs fins. Il leur suffirait par exemple de canonner au hasard une de nos circulaires. Le succès de nos opérations ne pouvait empêcher que chacune d'elles constituât une véritable poudrière.

Aussi, pour ces quelques minutes de répit, nos chefs avaient mis au point un plan d'attaque. Nous nous sommes mis à scier partiellement les barreaux de nos fenêtres, et nous en avons préparé d'autres pour qu'elles s'ouvrent toutes grandes après seulement quelques coups de scie. Nous avons aussi débouché sur à peu près un mètre carré une entrée de canalisations, et nous avons creusé un tunnel qui, passant sous les fondations, aboutissait à quelques mètres de la circulaire. Le moment venu, nous n'aurions qu'à défoncer la terre que nous avions laissée en place à la sortie de ce souterrain.

De plus, en vidant plusieurs cartouches de T.N.T. nous avions fabriqué des grenades dont le détonateur était constitué par quelques têtes d'allumettes.

Le travail accompli par les équipes de notre circulaire était certainement efficace et parfait, mais s'il n'en était pas de même ailleurs, tous nos efforts demeureraient vains. Il suffisait qu'une de ces poudrières sautât pour entraîner toutes les autres dans une gigantesque déflagration.

Enfin, nous avons réussi à faire passer à l'extérieur plusieurs informations sur cette entreprise criminelle du gouvernement communiste, et la presse de Miami publia quelques articles à ce sujet. Ce fut en vain. Toutes les démarches faites par nos familles auprès des organismes internationaux, et spécialement la Commission des droits de l'homme de l'O.N.U. restèrent inutiles. Pas une voix ne s'éleva pour nous défendre. Les hommes d'Etat européens échangeaient des embrassades avec le dictateur cubain et lui fournissaient une aide économique importante. Le gouvernement mexicain, parfaitement au courant de ces faits, préféra se taire, et son ambassade à La Havane devint au contraire l'un des pièges de la police cubaine. En 1966, un de mes compagnons, Reynaldo Aquit, parvint à s'évader de son camp de travail et crut trouver à l'ambassade du Mexique un refuge sûr. Les diplomates mexicains le livrèrent simplement à Castro.

## CHAPITRE XIII

# Opération Représailles

Après l'échec de la baie des Cochons, nos conditions d'internement devinrent plus rigoureuses. Il y eut une diminution sensible de la quantité de nourriture. Nos bassines d'eau graisseuse ne continrent plus que quelques tubercules, pommes de terre, morceaux de courge, etc., fréquemment pourris et d'une saleté repoussante. Par ceux de la circulaire 4 qui travaillaient à la cuisine, nous avons appris que la quantité de légumes — toute notre alimentation — dont ils disposaient pour six mille prisonniers était de cent livres, soit un demi-kilo pour cinquante détenus. C'était tout ce que nous avions à manger en plus du pain. Mais ce dernier ne comportait pas un gramme de graisse, seulement du sel, et pas toujours. Sa structure était caoutchouteuse, et si l'on voulait étirer un morceau quelconque, il s'allongeait d'un bon tiers sans se rompre.

Et nous continuions à trouver dans nos marmites des immondices, des cafards et des rats.

Ce fut pendant les mois qui suivirent l'échec du débarquement qu'un nouveau légume fit partie de notre alimentation, la *guanina.* C'est une graine d'une dimension semblable à celle des lentilles, mais d'un goût atroce : on aurait dit de la terre amère. Je pense qu'on l'utilisait jusque-là, mélangée au fourrage, pour le bétail. De plus, sa valeur nutritive est presque nulle. On ne s'en était jamais servi pour l'alimentation humaine. Mais cela ne comptait guère pour la direction du pénitencier.

Quant à l'eau tiède sucrée que nous avions pour le petit déjeuner, le sucre utilisé était teint en vert et employé également pour le bétail. Les sacs portaient une étiquette où on lisait en anglais : *Not for human consumption.* C'était du déchet de raffinage, ce que les ouvriers balaient et ramassent à la pelle, plein d'impuretés et de balayures.

L'une des recettes culinaires de la prison était un mélange de *guanina* et de farine de maïs, rempli de vers et d'une extrême amertume. Tout ce que l'on considérait, pour une raison quelconque, comme perdu, prenait le chemin des prisons. Le riz lui aussi fourmillait de vers et avait un goût désagréable. Les cuisiniers le faisaient cuire sans aucun lavage préalable. Tout ce qu'on nous donnait manquait de protéines et de vitamines, et nous allions en supporter bientôt les conséquences quand l'avitaminose et d'autres maladies de carence feraient leur apparition.

Un jour, on nous conduisit par groupes de vingt-cinq au service des archives qui était installé au fond du bâtiment 5. Après avoir gravi un escalier, nous sommes arrivés dans une grande salle. Là, on m'a rasé le visage, on m'a prélevé sur la poitrine des touffes de poils, on a rempli plusieurs fiches de mes empreintes digitales. On m'a fait mettre complètement nu, et on m'a examiné le corps sous toutes les coutures, à la recherche des tatouages, des cicatrices ou des marques qui permettraient de m'identifier. Après m'avoir photographié, on m'a donné un numéro matricule, le 26830. Désormais, je n'aurais plus de nom pour l'administration de la prison. Comme tous les autres, je ne serais plus qu'un numéro. Il se produisit alors un incident. Nous devions apposer notre signature au bas d'une carte imprimée, par laquelle nous autorisions la direction du pénitencier à ouvrir et à lire notre correspondance. L'un de nous refusa. On fit appel aux gardiens qui, à force de coups, l'obligèrent à signer. Mais il y eut un autre détenu qu'aucune violence ne parvint à convaincre. Il s'appelait Mitre. C'était un homme tranquille et serein, mais doué d'une volonté indestructible.

Le fait de vivre au-dessus d'un volcan prêt à exploser d'un moment à l'autre devint chez certains une idée fixe qui affecta terriblement leur système nerveux, et l'atmosphère devint telle que quelques-uns glissèrent complètement dans une sorte de folie, en proie à une terreur bestiale.

A deux reprises, nous fûmes réveillés la nuit par le hurlement déchirant d'un détenu qui se jetait dans la cour du haut du sixième étage. L'un d'eux était à l'île des Pins depuis deux ans. L'autre avait fait partie des derniers groupes arrivés de la province d'Oriente. Je me souviens encore de son prénom, Arturo, car j'avais eu l'occasion de converser avec lui à plusieurs reprises. Chaque fois que le groupe des pyrotechniciens commandé par « L'Indolent » pénétrait dans le sous-sol, de nombreux prisonniers faisaient de véritables crises de nerfs :

— Ils sont en bas... Je suis sûr qu'ils viennent pour nous faire sauter !

J'ai entendu cette phrase bien des fois : c'était un vieillard. Deux ou trois cellules nous séparaient. Et il venait à moi, toujours avec cette même plainte. Je m'efforçais de le tranquilliser, mais c'était m'adresser à un insensé torturé par une idée fixe. Il n'entendait rien, il était incapable de raisonner. Ses yeux demeuraient fixés sur le tunnel, et quand il voyait reparaître le groupe qui le terrorisait, il se précipitait vers la fenêtre de service pour vérifier si ces hommes ne se dirigeaient pas vers la baraque où se trouvait le poste de mise à feu.

Des dizaines d'hommes vivaient ainsi dans une inquiétude, une angoisse perpétuelles, dormant à peine, faisant attention au moindre bruit, sursautant quand le silence se prolongeait à l'extérieur car ils pensaient alors que les gardiens avaient reçu l'ordre de se retirer en prévision de l'explosion du T.N.T.

Le mois de juillet vint. Par une nuit où une pluie diluvienne tombait avec un bruit assourdissant, plusieurs camarades, Cheo Guerra, Pedro Carlo Osorio, El Mexicano, Edmundo Amado et encore deux autres, décidèrent de s'évader. Ils découpèrent les barreaux d'une fenêtre qui donnait sur l'hôpital. Les projecteurs étaient aveuglés par un rideau de torrents de pluie. Ils réussirent à descendre jusqu'au sol mais ne purent faire que quelques pas. Un tir intense bien qu'amorti par le crépitement de l'averse donna aussitôt l'alarme, et ils furent capturés sur place. Trempés comme ils l'étaient, ils reçurent d'abord sur le lieu même de leur arrestation un châtiment d'une atroce brutalité. Aveuglés par la rage, les gardiens n'attendirent pas pour se venger d'atteindre le quartier disciplinaire où leurs victimes allaient ensuite demeurer pendant de très longs mois. Ce n'était pas la première fois que Cheo Guerra connaissait les ténèbres de ces cachots, et ce ne serait pas la dernière non plus.

Le lendemain matin, le lieutenant Julio Tarrau, directeur du pénitencier, réunit toute la garnison. Il arborait un pistolet russe Makarof dont, à notre connaissance, il ne s'est jamais servi, mais qui lui prêtait, pensait-il, une valeur supérieure et plus d'autorité :

— Qu'il y ait un fils de putain qui bouge, et je le tue ! Tout le monde au garde-à-vous devant sa cellule !

La garnison qui, pour cette revue particulière, se composait de deux cents hommes, remplissait le rez-de-chaussée. Ceux des premiers rangs étaient armés seulement de baïonnettes et de bâtons ; derrière, les autres portaient un fusil, baïonnette au canon.

Une fois de plus, Tarrau s'adressa à nous :

— Attention ! Tout le monde se déshabille devant sa cellule !

Nous nous sommes déshabillés devant la nôtre, Carrión et moi. Devant la cellule voisine, l'ex-capitaine Tápanes-Tápanes, de la ville de Cárdenas, et son compagnon Chávez ôtèrent eux aussi leurs vêtements.

Au quatrième étage, un prisonnier garda son caleçon. En hurlant, le lieutenant Tarrau lui ordonna de descendre. La tension devint plus aiguë, chargée d'anxiété, insupportable. Des milliers d'yeux suivaient l'homme seul qui descendait lentement l'escalier.

Nous nous posions tous la même interrogation, comme une sorte de prière que personne ne pouvait plus exaucer : « Mais pourquoi donc n'as-tu pas ôté ton caleçon comme tout le monde ? »

Quand il arriva au rez-de-chaussée, ce fut Tarrau lui-même qui l'empoigna, le poussa vers un groupe de soldats qui se ruèrent sur lui. L'homme au caleçon se débattit, mais pendant quelques secondes seulement. Une pluie de coups brisa sa résistance, et ce fut en chancelant, pouvant à peine avancer, le caleçon déjà en loques, qu'il dut gagner le quartier disciplinaire. Quand enfin il arriva, il était complètement nu.

Dans tout notre circulaire s'éleva un murmure de protestation, d'indignation.

Tarrau arma son pistolet, et les gardiens firent jouer la culasse de leurs armes. Ceux qui avaient pris place dans la tour centrale levèrent leurs mitraillettes, visant les prisonniers debout, nus, immobiles, devant leurs cellules.

Le silence se rétablit lentement. Les fusils et les mitraillettes avaient été les plus forts.

J'ai appris ensuite pourquoi cet homme n'avait pas voulu ôter son caleçon : une balle ennemie lui avait arraché complètement la verge et un testicule alors qu'il se battait dans les montagnes contre Batista, au côté de Fidel Castro.

C'était un spectacle impressionnant que de voir ces centaines d'hommes complètement nus au garde-à-vous, en formation parfaite, cette légion digne d'un peintre surréaliste : c'était une scène à la fois si absurde et tellement en dehors de toute réalité que je pourrai jamais l'oublier.

— Ceux du premier étage… Tous en bas !

C'était Tarrau une fois dc plus. Il était le seul à donner des ordres. Il ne se tenait pas de rage. Des prisonniers avaient osé tenter de s'évader ! On lui avait fait ça, à lui, le directeur !

Les prisonniers commencèrent à descendre. On les fit mettre face au mur, à côté des lavoirs, en les bousculant et en les frappant comme toujours, sans raison, au hasard. Puis ce fut le tour de ceux du second étage, du troisième, etc. Nous nous sommes retrouvés tous dans la cour, et les soldats montèrent alors dans nos cellules. Cinq ou six heures plus tard, nous étions toujours debout, au garde-à-vous. Les chevilles et les jambes des plus âgés étaient enflées douloureusement. Il nous était interdit de lever la tête sous peine d'être frappés et conduits au quartier disciplinaire. Ceux qui ne pouvaient résister à la tentation de jeter un coup d'œil vers les étages du haut pour se faire une idée de l'étendue du désastre étaient immédiatement conduits au pavillon disciplinaire à coups de baïonnette et de bâton.

Enfin, nos bourreaux s'en allèrent. Enfin, la grille du poste se referma derrière le dernier soldat, et nous avons pu remonter dans nos cellules. Un flot de prisonniers nus remplit aussitôt les escaliers ; tous se hâtaient pour arriver les premiers, non pas tant pour se rendre compte de ce qu'on leur avait volé ou détruit, que pour se couvrir le corps. Il n'y a rien de plus humiliant pour un homme et qui le mette dans un tel état d'infériorité, face à un ennemi surtout, que de devoir se déshabiller et rester nu.

Les communistes le savent, et c'est pour eux une arme psychologique. La Police politique s'en sert systématiquement dans les interrogatoires : les prisonniers sont nus, sans distinction de sexe. Si l'humiliation et la honte d'un homme sont grandes quand il lui faut comparaître ainsi devant un groupe de policiers, que dire de ce que ressent une femme ? Chez les prisonnières, de nombreux suicides et tentatives de suicide ont lieu pour échapper à cette avanie. Aujourd'hui encore, on emploie à Cuba cette méthode d'interrogatoire pour les prisonnières politiques. On les enferme complètement nues dans des cellules individuelles où elles sont soumises aux visites des hauts fonctionnaires de la Direction des prisons et de la Police politique.

Comme après chaque perquisition, le désordre était indescriptible. Nous avons mis des heures entières pour classer et retrouver ce qui revenait à chacun de nous. Les sangles de nos couchettes étaient coupées, nos vivres mélangés de sel et de détergent. C'est une chose normale après une tentative d'évasion. Les innocents doivent payer comme les coupables. C'est l'un des moyens que les communistes utilisent pour persuader les prisonniers qu'en s'échappant, ils sont de mauvais camarades. Et il y a toujours quelqu'un pour croire un tel mensonge.

C'est après l'échec de Cheo et de ses compagnons que l'administration du pénitencier organisa des rondes autour des circulaires. Elles étaient faites pour chaque bâtiment par un gardien accompagné d'un chien. Nous voyions apparaître le nôtre vers six heures du soir. Le fusil à la bretelle, il déambulait lentement en examinant nos fenêtres. Sa ronde se déroulait en même temps que celle, identique, qui avait lieu au circulaire 3. Finalement, les deux hommes se rencontraient, s'arrêtaient, bavardaient quelques minutes, puis reprenaient ce qui était pour eux une tâche monotone et fastidieuse. Nous allions par la suite tirer parti de l'habitude qu'ils avaient de converser entre eux, presque à heure fixe.

Notre cellule, située au second étage, était le lieu de réunion de notre groupe d'amis, presque tous des étudiants. Nous organisions des colloques intéressants qui nous distrayaient d'une réalité faite de verrous, de grilles et de barreaux. Nous nous récitions des poèmes. Villanueva nous chantait ses dernières chansons et nous nous amusions ensemble des caricatures de Diaz Lanz.

Par groupes successifs, des détenus des autres prisons de Cuba continuaient à affluer à l'île des Pins. Dans l'un des arrivages provenant de la Cabaña, il y eut un certain Benito López, un commerçant arrêté simplement pour avoir déclaré qu'il n'était pas communiste. Il lui avait suffi d'exprimer son mécontentement devant le cours suivi par la révolution et de ne pas participer aux activités obligatoires des masses : le président du comité de défense l'avait dénoncé à la Police politique. Il se retrouvait à l'île des Pins, déconcerté et en proie à une profonde tristesse. L'une des accusations les plus graves portées contre lui était d'avoir envoyé son fils aux Etats-Unis.

Il échoua à notre étage. Sa mélancolie m'émut et j'essayai de le réconforter. Il y avait excès de détenus, jusqu'à quatre hommes par cellule. On l'avait mis dans celle de Celestino Méndez, près de la mienne, mais il devait dormir à même le sol, faute de place, ce qui l'obligeait à se lever très tôt le matin. Je lui proposai de venir dormir sur ma couchette pendant la journée pour pouvoir se reposer. C'est ainsi que commença notre amitié sans qu'aucun de nous pût imaginer qu'un jour des liens familiaux nous uniraient. Je ne sais comment il s'était arrangé pour conserver de petites photos de ses enfants. Le plus jeune était une fille, Martha, qui portait des petites lunettes rondes, et quand je l'ai vue réellement, je ne lui ai rien trouvé d'extraordinaire.

C'était une obsession pour Benito que d'être séparé de sa famille, et il ne cessait de parler d'elle. Pour l'égayer un peu, je reprenais alors, pour plaisanter, la même rengaine :

— Nous sommes à la rue !

Ce refrain d'une chanson, que répétaient sans cesse les prisonniers, était pour nous tous une façon de manifester notre optimisme, et nous n'en manquions pas.

## CHAPITRE XIV

# Préparatifs d'évasion

Après l'échec de la baie des Cochons, j'avais analysé la nouvelle situation politique avec Boitel et Ulises et nous étions arrivés à la même conclusion ; pendant encore de très longues années, le régime communiste demeurerait au pouvoir. Devant une telle perspective, il n'y avait qu'une solution : *essayer de s'évader*. Cette idée, cette illusion, demeure toujours ancrée au fond du cœur de tous les prisonniers, mais c'est une aspiration que tous ne peuvent réaliser, non seulement par manque de courage ou de volonté, mais à cause des nombreux facteurs qui interviennent pour les freiner : leur famille, le peu de chances qu'ils ont de réussir, et celles, trop nombreuses, qu'ils ont de mourir en cas d'échec. Et il y en a qui se résignent simplement à leur sort et qui s'assoient pour attendre les événements. Dans toutes les prisons du monde, ces derniers sont de beaucoup les plus nombreux.

A partir du moment où l'idée de nous évader nous a saisis, nos cerveaux se sont mis à travailler presque constamment, pendant toutes les heures du jour et de la nuit, à ce projet. Chacun de notre côté, nous réfléchissions, analysions, imaginions tous les moyens possibles. Nous en discutions pendant des journées entières. L'un de nous proposait un plan que les deux autres critiquaient dans tous ses détails. Nous avons écarté le découpage classique des barbelés avec de puissantes tenailles dans le but de passer par la brèche ainsi créée. De même, notre évasion ne devait comporter aucune violence qui, en fin de compte, réduirait considérablement nos possibilités de succès. La tactique suivie devait être si simple, si transparente, qu'elle n'éveillerait aucun soupçon.

Pendant cette première phase d'études, c'est moi qui fus chargé de dresser un plan des alentours. Je devais y faire figurer, avec la plus grande précision possible, les routes et les chemins, les accidents de terrain, les postes de garde, et tout ce qui pouvait présenter un intérêt quelconque au moment de notre évasion. Certes, du cinquième étage, nous avions vue sur plusieurs kilomètres à la ronde. Nous avons en plus réussi à obtenir de Tasi, un détenu qui avait été le chaperon des enfants de Batista lors de leurs voyages à l'étranger, une petite lunette d'approche fabriquée sur place avec des verres introduits clandestinement. Sans être très forte, elle rapprochait suffisamment les objets, et nous avons passé de longues heures de jour et de nuit à étudier le terrain. Peu à peu, ma carte s'est remplie de nouveaux détails : les petits campements de miliciens au nord-ouest, la garde cosaque de l'autre côté, entre les pins, que nous n'avons pu découvrir que la nuit, par les flammes d'allumettes et l'incandescence des cigarettes que fumaient les soldats.

De plus, je me familiarisais avec les allées et venues des hommes de la garnison. Nous avons réussi à convaincre le prisonnier de service à la grille de nous confier la montre qu'il avait l'autorisation de garder. Elle nous fut d'une grande aide. J'ai pu alors chronométrer le temps que mettait un soldat pour aller de sa caserne au poste le plus éloigné que nous puissions distinguer, ou à une maison, située à l'est au-delà d'une petite pinède, où un peloton de gardes était dissimulé. Cette maison allait être très importante pour nous : c'est grâce à elle que nous avons pu sortir du pénitencier. On y lavait et repassait les uniformes des gardiens. Nous apercevions de loin de longues ondulations de linge vert olive qui séchait, agité par le vent. Les préparatifs d'une évasion impliquent un redoublement d'activité ; mille détails, dont chacun a sa nécessité, sont réellement indispensables. Un prisonnier de droit commun, qui collaborait avec les politiques, nous apporta une aide précieuse. Nous nous sommes adressés à lui parce que nous avions besoin de contacter l'extérieur. Boitel et Ulises connaissaient en effet des gens en dehors du pénitencier, et ils pourraient nous procurer tout ce dont nous aurions besoin pour fuir. Enfin, la Direction générale des prisons, pour faire preuve de *générosité,* nous accorda le droit de recevoir deux visites par an, l'une en juin et l'autre en septembre. Pour les prisonniers du pénitencier, ce fut un événement majeur, et pour nous trois et nos plans d'évasion, une bénédiction.

Dans notre projet, nous devions sortir du pénitencier habillés en miliciens. L'uniforme se composait d'un pantalon vert olive, d'une chemise bleue, d'un béret noir, d'un ceinturon militaire lui aussi vert olive, et de bottes noires.

Pourquoi ce déguisement en miliciens ? Parce que, comme je l'ai déjà dit, ils entraient et sortaient constamment à leur guise, leurs campements étaient nombreux aux alentours, et on nous confondrait plus facilement avec eux qu'avec les soldats de la garnison.

Les informations dont nous avions besoin nous parvenaient par l'intermédiaire des prisonniers de droit commun. Boitel s'était chargé de ces contacts. Ulises s'occupait des uniformes, moi des gardiens et d'autres détails. Un quatrième détenu, Benjamin Brito, s'était joint à nous : il serait notre guide et notre pilote : marin, il connaissait parfaitement les mers voisines et aussi les marais de l'île où il s'était livré à la chasse au caïman.

Les prisonniers de droit commun nous fournirent une carte assez détaillée de l'île des Pins, avec ses courbes de dénivellation, ses cours d'eau, ses ruisseaux, et ses zones marécageuses.

La montre à la main, je comptais les pas des gardiens pour dresser peu à peu une carte des distances entre un point et un autre, d'une guérite à la caserne, de la caserne à notre circulaire, etc., ainsi que du temps qu'ils mettaient à les parcourir. Les heures de relève de garde avaient elles aussi leur importance, car si l'évasion avait lieu aussitôt après un changement de gardiens, nous risquions qu'il fût encore très éveillé et donc bien plus attentif. Au contraire, lors de sa dernière heure de garde, il ressentirait la fatigue et l'engourdissement de la nuit, et ne penserait guère qu'à la relève, ce qui réduirait considérablement sa faculté d'attention.

Sachant qu'il y avait cinquante mètres de guérite à guérite et prenant cette distance pour base de mes calculs, j'ai noté le temps moyen que mettaient les soldats pour aller de l'une à l'autre. Avec cet étalon, je suis parvenu à mesurer la distance de la caserne à la maison où nos gardiens faisaient laver leur linge, soit environ quatre cents mètres.

Les barbelés étaient tellement surveillés qu'on ne pouvait songer à sortir par là. Il y avait tous les cinquante mètres une guérite équipée d'un projecteur et gardée par une sentinelle armée d'un fusil. Les postes situés aux deux extrémités étaient surélevés et équipés de mitrailleuses. La clotûre faite de mailles d'acier avait été restaurée en 1960. Elle s'érigeait sur une base de béton, profonde et haute, sur laquelle elle était scellée. Elle se terminait en haut par une file de V de métal entre lesquels étaient tendus dix à douze fils de fer barbelés. Après six heures du soir, une jeep tout-terrain décrivait inlassablement des rondes autour du pénitencier, parallèlement à ces barbelés, tandis qu'une autre jeep faisait de même, mais à l'intérieur de la clôture.

Entre-temps, nous nous étions procuré deux lentilles de verre afin d'avoir une lunette plus puissante. Nous avons utilisé du carton pour fabriquer des tubes coulissants, et nous les avons collés avec une pâte tirée des macaronis qu'on nous servait. Nous avons teint l'intérieur des tubes avec de la suie et de la fumée provenant du pétrole que les prisonniers de service à la grille obtenaient des gardiens pour lutter contre les punaises.

Notre longue-vue était démontable, et je prenais la précaution de ne jamais la laisser montée si nous ne nous en servions pas. Ses verres permettaient une vision plus vaste. Nous les cachions de façon fort simple : chaque fois que nous finissions de nous en servir, je les jetais dans un seau rempli d'eau. En cas de perquisition, les gardiens pourraient chercher et chercher sans jamais les découvrir.

Il nous fallait des chemises et des bérets de miliciens. Quant aux pantalons vert olive, nous pouvions teindre les nôtres qui étaient ceux de l'ancienne armée, de couleur kaki. A force d'être lavés et relavés, ces pantalons avaient perdu la lettre P imprimée sur chaque jambe. Le ceinturon militaire faisait partie de notre tenue de prisonnier. Et nous avions déjà les bottes. Il nous manquait des lames pour scier les barreaux, de l'argent aussi, cubain et américain, quelques instruments médicaux pour des soins éventuels, des couteaux, des comprimés ou cachets pour désinfecter l'eau, et bien des choses encore.

Le jour prévu pour les visites arriva enfin. Les douze cents prisonniers que nous étions allaient recevoir leurs familles le même jour et au même endroit, le parc carré entouré d'une haute clôture barbelée que nous connaissions déjà. En 1960, les familles des détenus y étaient venues, mais leur nombre et celui des détenus étaient alors bien inférieurs.

La capitale de l'île des Pins, Nueva Gerona, est située à quelques kilomètres de la prison. La route qui les relie traverse le fleuve Las Casas et aboutit à la porte même du pénitencier. La capacité hôtelière de Nueva Gerona et de ses alentours est très faible : deux petits hôtels et plusieurs maisons d'hôtes, elles aussi de dimensions modestes. Or, environ quatre mille visiteurs étaient arrivés en même temps. Ils couchaient dans les parcs, dans les entrées de maisons, en pleine rue. Dès la tombée de la nuit, tous commencèrent à se diriger à pied, chargés de paquets contenant les aliments autorisés, vers la prison. Ils se groupèrent là devant les portes, formant des queues interminables.

A l'intérieur de notre circulaire, les préparatifs allaient bon train, et ce fut l'occasion pour moi d'apprendre de la part des prisonniers les plus anciens plusieurs procédés étranges. Quand j'entendis l'un de mes voisins déclarer que nous devions repasser notre tenue en vue de la visite, j'ouvris de grands yeux car nous n'avions ni fers à repasser ni électricité. Il m'emmena alors en souriant au quatrième étage où l'un de ses amis était déjà en train de préparer sa tenue. Il se servait d'un broc en aluminium auquel il avait fixé un gros manche en bois. Il introduisait dans le broc du plastique tordu et noué, auquel il mettait le feu. La température de l'aluminium s'élevait tellement qu'il pouvait alors passer sur sa chemise et ses vêtements le fond presque brûlant du broc. Un processus compliqué permettait d'extraire des macaronis de l'amidon pour empeser le linge. On repassait également avec des bouteilles remplies d'eau chaude. Le travail de ces hommes était vraiment admirable et je me suis dit que si c'était la seule façon de paraître élégant aux yeux de nos visiteurs, je n'y arriverais jamais. Je me suis contenté de disposer soigneusement mon pantalon sur la toile de fond de ma couchette, d'étendre sur lui mes couvertures et de dormir sur le tout. Ce mode de repassage était courant parmi les prisonniers.

Les W.-C. étaient encore plus insuffisants que jamais les veilles de visite, et les queues s'allongeaient interminablement devant eux. La tension nerveuse agissait sur l'appareil digestif de nombreux détenus. Même ceux qui n'avaient jamais de problèmes intestinaux en souffraient précisément ces jours-là.

Boitel, Ulises et moi avions préparé trois listes minuscules où nous demandions à nos contacts extérieurs ce qui nous manquait pour nous évader, et où nous expliquions la manière de nous le faire parvenir. Ces trois notes étaient identiques, au cas où nous ne pourrions en faire passer qu'une. Nous demandions également une embarcation pour le jour, l'heure et le lieu que nous indiquerions lors de la prochaine visite. Nous avions chiffré le tout, espérant communiquer verbalement le code à la personne à qui nous remettrions notre message. C'était un mot de cinq lettres que je n'ai jamais oublié car c'est le nom du maître et de l'apôtre de l'indépendance cubaine : MARTI.

Nous nous sommes levés dès l'aube pour faire la queue devant les latrines, puis nous nous sommes rasés et avons tout préparé. Nous avons examiné soigneusement nos vêtements pour les débarrasser des punaises qui avaient pu s'y glisser pendant la nuit. Ces insectes écœurants étaient un fléau que nous ne parvenions pas à éliminer. Elles étaient des millions. Le bâtiment gigantesque et les six étages où nous vivions en étaient remplis. Nous luttions constamment contre cet envahissement. Elles se cachaient dans les endroits les plus imprévus : dans les semelles des souliers, les boucles de nos ceinturons, les coutures de nos vêtements. Dans de nombreuses cellules, les murs avaient perdu leur revêtement de ciment, et la moindre cavité leur servait de repaire. Mais à vrai dire beaucoup de prisonniers ne leur donnaient guère la chasse : ils tombaient d'épuisement le soir sur leur lit, et ne se réveillaient pas même quand des légions de punaises leur suçaient le sang. Une fois rassasiées et engourdies, elles se déplacent si lentement, si difficilement, que les prisonniers, quand ils se retournent dans leur sommeil, les écrasent sous leur poids, et le lendemain matin la toile de leur couchette apparaît couverte de taches de sang. Or le sang humain, une fois aspiré par les punaises, prend une odeur caractéristique, pénétrante, repoussante. Parfois, nous apercevions sur un mur une tache sombre de la dimension d'un œuf. Si nous la touchions, elle se désagrégeait dans tous les sens : des centaines de punaises s'agglomèrent souvent de cette façon.

Pour les combattre, nous avions surtout deux procédés : le pétrole, que nous nous procurions difficilement, ou alors nous lavions nos couchettes à la brosse en frottant longuement les coutures de la toile. Les grabats faits de sacs de jute étaient une calamité pour le prisonnier et un vrai paradis pour les punaises qui disparaissaient sur le tissu foncé où il était presque impossible de les repérer.

Avec une solution d'eau et de détergent, les punaises mouraient immédiatement, à la manière caractéristique des insectes : on les voyait s'étirer, se recroqueviller en décrivant un arc et s'immobiliser définitivement. Se procurer du détergent était chose facile. Après avoir lavé la couchette, on frottait toutes les coutures avec du savon jusqu'à ce qu'elles en soient imprégnées, car les punaises fuient cette odeur. Certains prisonniers, pour éviter que les insectes d'une cellule voisine n'envahissent la leur pendant la nuit, se servaient de savon. Aucune punaise ne franchissait cet obstacle. De vieux paysans utilisaient une autre méthode : des morceaux de tiges ou de nervures de feuilles de tabac dont d'odeur elle aussi met ces insectes en fuite. Enfin, les partisans de l'humour noir prétendaient éprouver du chagrin à tuer ces bêtes nourries de leur sang...

Pendant près de dix ans, toutes les demandes adressées à l'administration pour enfumer toutes les cellules à la fois demeurèrent vaines, si bien que nous avons dû supporter ce fléau en plus de toutes nos souffrances. Je suis allergique et leurs piqûres produisaient sur ma peau de grandes cloques qui ne disparaissaient qu'après plusieurs jours.

# CHAPITRE XV

## Exécutions et réhabilitations

A sept heures du matin, le peloton de gardiens chargé de contrôler ceux qui attendaient des visiteurs arriva devant la grille. Le prisonnier de service nous cria de nous préparer : dans quelques minutes aurait lieu l'appel d'après une liste dressée d'avance.

Déjà, les premiers détenus se présentaient aux soldats. Il fallait se déshabiller complètement. Un gardien examinait vos vêtements, votre linge, couture après couture, le bas des jambes de votre pantalon, les deux doublures de la braguette... Il fouillait l'intérieur des souliers à la recherche d'une note, d'un bout de papier quelconque. Il retournait vos chaussettes. Nous devions lever les bras pour montrer chacune de nos aisselles.

Une fois terminée cette fouille, le prisonnier se rhabillait et se dirigeait vers le parcage. Sept ou huit gardiens jalonnaient la totalité du chemin, mais cette fois nous n'étions pas obligés de courir, terrorisés, sous les coups. Massés près de la grille, tous attendaient leur tour, regardant comment se passait la fouille de ceux qui les précédaient. Si les gardiens m'examinaient de la même façon, me suis-je dit, j'allais m'en tirer sans problème. Mais quand arriva mon tour, je me sentis soudain très nerveux. Pourtant, ma petite note était bien dissimulée, bien à plat, empaquetée dans du plastique scellé à la chaleur si bien qu'on la sentait à peine sous le doigt.

Près de moi, un autre gardien fouillait Ulises. Comme on nous appelait par ordre alphabétique en plus du numéro matricule, Boitel avait été l'un des premiers et était déjà loin. Quand mon gardien me rendit mes vêtements, je respirai librement, enfin soulagé. Cette fouille avait été minutieuse, mais insuffisante :

chacun de nous avait collé sa note derrière ses testicules avec du sparadrap.

Nous nous sommes retrouvés tous dans le parcage dont chaque angle était gardé, à l'extérieur, par des soldats armés de fusils. Notre regard demeurait fixé sur la route par laquelle allaient déboucher ceux que nous attendions. Pendant une grande partie de la nuit, ils étaient restés devant le pénitencier, exposés aux intempéries, sous les arbres des bas-côtés de la route, satisfaisant leurs besoins physiologiques entre les arbustes disséminés çà et là. Enfin apparut cette multitude de visages où chacun de nous recherchait des traits familiers. Un soldat ouvrait la marche, et nul n'avait le droit de s'approcher de lui et encore moins de le dépasser. En vain nos visiteurs voulaient-ils avancer plus vite pour nous rejoindre. Le gardien alors s'arrêtait net, obligeant cette masse humaine à freiner son élan. On le voyait se retourner, gesticuler vers ceux qui le suivaient de trop près. Nous n'entendions pas ses paroles, car cette colonne d'hommes, de femmes et d'enfants était encore si loin. Et il s'est arrêté ainsi cinq ou six fois.

La porte de notre parcage s'ouvrit, et nous nous sommes massés pour recevoir les nôtres. Déjà, ceux qui se reconnaissaient de loin levaient les mains, criaient. Et chaque fois c'était une scène dramatique, déchirante. Les femmes, les enfants s'accrochaient aux prisonniers en sanglotant. Ma mère et ma sœur faisaient partie des premiers groupes. Mon père était resté dehors, de l'autre côté de la clôture, avec tous les hommes, car il leur était interdit d'entrer. Après mon arrestation et les entrefilets parus à ce sujet dans la presse, il avait eu de graves ennuis. Tous, visiteurs et détenus, nous avons dû ensuite rester debout ou assis par terre, sous un soleil implacable, celui du mois de juin qui, sous les Tropiques, est un feu exténuant.

Il n'y avait pas d'eau, et les enfants commencèrent à se plaindre d'avoir soif. Les adultes supportèrent stoïquement cette longue exposition sous un ciel enflammé. Certains s'évanouirent. La visite se termina enfin à trois heures de l'après-midi. Les plus âgées des femmes étaient toutes sur le point de s'écrouler et il fallait les soutenir.

Nos familles ne purent partir immédiatement. Femmes et enfants durent demeurer à l'intérieur de la prison en attendant que nos gardiens nous comptent pour être sûrs qu'aucun prisonnier ne s'était évadé. Les enfants criaient à leurs pères :

— Adieu, papa ! Adieu !

J'ai vu l'un d'eux qui ne voulait pas lâcher le cou de son père et qui le suppliait de ne pas rester, de rentrer avec lui à la maison. Il pleurait sans qu'on pût le consoler. Cette scène pathétique et tant d'autres cessèrent quand les soldats envahirent soudain le parcage pour chasser les visiteurs retardataires aux cris de : « Dehors, dehors tout le monde ! La visite est finie ! Dehors ! »

Une fois la dernière femme et le dernier enfant sortis, les gardiens ont fini de nous compter. En arrivant à notre circulaire, nous avons dû nous déshabiller de nouveau, subir une nouvelle inspection.

Au début, la plupart d'entre nous demeurèrent tête basse, en proie à un profond abattement. Mais bientôt nous avons commencé à nous réunir entre amis pour commenter la visite, les événements tant familiaux que politiques, les dernières nouvelles et rumeurs.

Nous discutions au premier étage, face à la cellule 35, avec Cuco Muñiz, confortablement installés, une jambe au-dessus de la rampe. Nous évoquions la situation dans les différentes prisons de Cuba quand, venant d'en haut, une masse passa derrière nous, nous frôlant presque, si bien que nous avons senti le coup de vent tandis que l'homme allait s'écraser avec un bruit sourd contre le sol. Ce bruit, celui du crâne fracassé sous le choc, je ne l'oublierai jamais. L'homme était tombé juste devant les lavoirs, la tête inclinée sur le côté, une jambe repliée. Lentement, la cervelle commençait à s'écouler par les narines. Jesús López Cuevas s'était suicidé en se lançant du haut du quatrième étage. Muet de stupeur, je demeurai les yeux fixés sur ce cadavre qui gisait seulement trois mètres plus bas.

Un groupe de résistants, faits prisonniers dans la sierra d'Escambray, vivaient dans la circulaire 4. Un après-midi, ils furent convoqués pour être jugés. Le tribunal siégea à l'intérieur du pénitencier, dans la salle de théâtre de la garnison.

Tous ces paysans furent condamnés à mort. Aussitôt, on les transféra dans la province de Las Villas. Ils arrivèrent devant les contreforts de la sierra de l'Escambray, la région où se poursuivait la résistance, juchés sur la plate-forme d'une benne, les mains liées dans le dos et surveillés par une puissante escorte. Deux d'entre eux, Aquilino Cerquera et Macario Quintana, furent séparés des autres et fusillés dans le parc de Trinidad, leur village natal, pour faire régner la terreur dans tous les environs.

La benne poursuivit son voyage en direction de la Campana par des routes qui montaient sans cesse. Un autre prisonnier, lui aussi les menottes aux poings, voyageait à part dans une jeep militaire. Enfin la benne s'arrêta, les gardes en descendirent, l'entourèrent, et se mirent à tirer à la mitraillette et au fusil sur cette masse d'hommes aux mains liées. Une véritable boucherie. Ce spectacle se déroula sous les yeux du détenu qui voyageait en jeep, Cristóbal Airado, l'unique survivant. Ils le laissèrent vivre pour avoir un témoin de cette scène et de ce qui suivit. La fusillade terminée, le conducteur fit basculer la benne, et les cadavres roulèrent au sol les uns sur les autres. L'un des chefs du détachement s'adressa à Cristóbal :

— Tu sais maintenant comment nous traitons ceux qui se dressent contre la révolution !

Ils avaient emmené avec eux Cristóbal Airado dans un but : il ne pourrait s'empêcher de raconter ce qu'il avait vu, tout Cuba serait au courant, car la population elle-même se chargerait de transmettre ce message de terreur.

CHAPITRE XVI

# Les « carrés »

La répression était telle dans tout Cuba et spécialement dans notre pénitencier que nous ne pouvions nous empêcher de penser que notre tentative d'évasion, si elle échouait, serait punie de mort. Nous avons malgré tout continué nos préparatifs. Nous avions pu remettre à nos familles les notes qui contenaient nos instructions. Elles devaient envoyer de l'argent à une adresse dont nous étions convenus avec le prisonnier de droit commun devenu notre ami. Nous demandions aussi des photos de nous, et des livrets militaires de miliciens. Deux semaines après la visite, notre ami nous livra, en utilisant notre moyen habituel de communication par l'une des fenêtres du circulaire, quatre livrets militaires flambant neufs, déjà munis de nos photos. Un vrai travail de professionnel ! Selon ces documents, nous étions tous affectés à l'une des compagnies de miliciens proches du pénitencier. Nos nouveaux noms eux non plus n'étaient pas inventés. Par exemple, je m'appelais Braulio Barceló, du 30e bataillon, cantonné à Los Mangos, un campement voisin. Si j'étais arrêté et si on téléphonait à « mon » bataillon en demandant s'il comptait bien un milicien de ce nom, la réponse serait forcément affirmative.

Un détenu ami et fort habile nous confectionna quatre couteaux au manche de bois, tous d'une excellente finition. D'une grande lame de machette, il avait tiré les quatre lames qu'il nous fallait. Peu à peu, nous nous procurions ce dont nous avions besoin.

Je poursuivais mes observations à la lunette d'approche. J'arrivai à connaître jusqu'aux visages des soldats qui montaient la garde dans les guérites, les postes d'observation et devant la caserne. Avec ma longue-vue, leurs traits m'apparaissaient aussi distinctement que s'ils avaient été à quelques centimètres de mes yeux.

Pour choisir la cellule d'où nous nous évaderions, nous avions fait une étude exhaustive et déterminé ainsi le lieu idéal : nous avons conclu que nous risquions moins d'être repérés si nous partions de la cellule 64 — c'était la nôtre —, mais à un détail près : nous étions au second étage, et il nous fallait utiliser la fenêtre en dessous de la nôtre, au premier, et aucune autre. Car en utilisant l'une des cellules voisines, la 63 ou la 65, nous pouvions être vus de la guérite du fond, à l'ouest, et du poste de garde situé devant la petite caserne.

Vers le milieu d'août, on prévint Boitel qu'un matelas fort épais était arrivé pour lui. Les gardiens l'avaient ouvert de haut en bas, comme ils le faisaient toujours, pour vérifier si le crin qui le remplissait ne contenait pas une lettre ou un objet interdit. Puis ils avaient replié le matelas sur la face qu'ils avaient ouverte pour que le crin n'en sorte pas, et passé une corde tout autour. Ce fut ainsi que parvint à Boitel un matelas d'apparence inoffensive et qu'on eût dit examiné à fond. Les matelas cubains ont sur tout leur pourtour une bordure faite d'une sorte de tresse d'une épaisseur d'environ trois centimètres, et dans cette tresse étaient dissimulées quatre chemises de miliciens. On les avait étirées, tordues, entourées de fil pour les maintenir torsadées. Chacune d'elles était protégée d'une fine couche de crin, et placée telle quelle dans la bordure, deux en haut et deux en bas. La fiancée de Boitel, Carmen Jiménez, avait vécu un temps dans l'île des Pins pour se rendre compte de la façon dont les gardiens examinaient les matelas. Cet examen se faisait toujours en présence des familles pour qu'elles fussent responsables de toute tentative de fraude. Carmen avait assisté ainsi à trois ou quatre inspections et découvert leur point faible. Les gardiens ne sondaient jamais l'épaisse bordure du matelas. Elle repartit alors pour La Havane où elle se mit au travail dans la maison d'un ami. Et ce fut elle-même qui vint le livrer au pénitencier. Si les gardiens s'en étaient aperçus, elle eût été arrêtée sur-le-champ, et pour longtemps.

Nous avons eu de la chance : ce fut le dernier matelas à entrer dans le pénitencier. L'administration en interdit presque aussitôt l'envoi.

Il ne nous manquait plus qu'à teindre les pantalons et les ceinturons.

D'autre part, nous avions commencé à nous entraîner : il fallait acquérir autant d'endurance que possible pour les longues marches que nous projetions de faire. Nous avons mesuré la circonférence des étages, et nous nous sommes astreints à en faire le tour chaque jour, descendant du cinquième au premier et remontant du premier au cinquième, augmentant tous les deux ou trois jours le nombre et la vitesse des circuits. Beaucoup de prisonniers faisaient déjà de même pour prendre un peu d'exercice, si bien que nous ne pouvions éveiller aucun soupçon. Nous sommes arrivés à faire vingt-cinq kilomètres dans la journée, tout cela avec beaucoup de prudence : pendant que je courais, Ulises surveillait les alentours, et vice versa.

Un autre détail pouvait nous trahir une fois que nous serions dehors : la pâleur de notre peau après des mois de privation de soleil. Nous devions lui faire prendre la teinte brune qu'avait le visage des miliciens. Et ce fut loin d'être facile. Nous nous sommes mis à la recherche de chaque occasion de soleil et à nous exposer à ses rayons entre les barreaux de nos fenêtres. Peu à peu, nous sommes arrivés à acquérir un hâle plus normal. Nous avons enfermé nos cachets pour désinfecter l'eau dans un petit sac en plastique, que nous avons dissimulé dans un autre sac plus grand et rempli de farine de maïs grillé.

Ce fut alors qu'un matin, notre délégué nous fit une communication importante : la direction autorisait désormais l'entrée dans le pénitencier de livres et de périodiques... Un murmure général et des exclamations s'élevèrent à un tel point qu'il ne put continuer. Après avoir réclamé un peu de silence, il poursuivit :

— Tous les détenus pourront recevoir trois livres par mois, mais ces livres devront avoir été publiés par la Imprenta Nacional de Cuba. L'entrée de volumes étrangers ou cubains publiés par d'autres éditeurs demeure interdite. De même est autorisée l'entrée des revues et de tout imprimé provenant des pays socialistes ainsi que de nos périodiques nationaux.

Deux semaines plus tard, un camion déchargea devant notre circulaire une masse de livres et de revues, tous et toutes imprimés par la Imprenta Nacional. Il y avait parmi eux quelques œuvres classiques comme *Don Quichotte de la Manche.* Elles dataient du début de la Révolution, alors que Castro et ses séides affirmaient encore qu'ils n'étaient pas communistes. Il n'y avait là, ou presque, que de la propagande marxiste, ou des critiques sévères, partiales et malintentionnées des sociétés du monde libre et des pays démocratiques. Je me rappelle un titre : *Les Principes élémentaires de la philosophie marxiste,* de Georges Politzer, des textes d'économie soviétiques et des romans russes de la période communiste. Les revues de propagande éditées pour l'étranger par les pays de l'Est, Pologne, Hongrie, Roumanie, Bulgarie, etc., faisaient également partie de ce premier lot.

L'objectif de cette autorisation était naturellement de nous inonder de propagande pour finalement nous endoctriner. Les autorités n'ignoraient pas que la majorité des prisonniers politiques était composée de paysans, d'ouvriers, de simples soldats, et que les membres des professions libérales, les étudiants, les universitaires à formation politique, étaient très peu nombreux. Ce matériel de propagande devait provoquer une sorte de confusion dans l'esprit de certains, et nous aurions à lutter contre la pénétration et la manipulation massives que les communistes voulaient obtenir au moyen de cette lecture presque obligatoire.

Au cours d'une de nos discussions, Boitel proposa une solution brutale : brûler tous les textes marxistes. Nous l'avons aussitôt écartée. N'étions-nous pas prisonniers précisément pour défendre un modèle de société où personne n'aurait le droit de brûler les écrits d'une opinion contraire à la nôtre ?

C'était pour le gouvernement de Castro la mise en œuvre, ordonnée par Moscou, d'une nouvelle tactique, celle de la « Réhabilitation Politique ». Le premier objectif était de diminuer la population pénale, et le second, de faire collaborer certains détenus avec la Police politique. C'était annihiler l'esprit de ces prisonniers, faire d'eux des renégats moraux, en échange d'un allégement de la rigueur carcérale. Au début, il y eut des résistances à cette politique d'adoucissement sélectif dans la direction de notre pénitencier, mais Moscou ordonnait, et il fallut obéir.

Le système utilisé pour assurer le succès de la réhabilitation varia selon les prisons. L'un des plus répandus fut celui utilisé à la Cabaña, la création d'un « cours ». Ceux qui y assistaient recevaient des « explications » qu'ils transmettaient aux autres détenus. Ce « cours » n'avait donc pas pour objet celui, très louable, d'élever le niveau de scolarisation des élèves, mais de les transformer en instruments politiques. On leur enseignait la théorie marxiste, on organisait des entretiens en vue de la défense du communisme, et les élèves devaient participer à des activités de soutien à la révolution. Entre-temps, à la Cabaña où on inaugura ce système, des patriotes tombaient toutes les nuits face aux pelotons d'exécution.

Certes, la direction du pénitencier qui suivait cet exemple offrait divers avantages à ceux qui s'inscrivaient à ces cours. Mais aussitôt, la « grogne » de tous les autres détenus et la mise en quarantaine du groupe qui composait avec l'ennemi créaient une atmosphère de combat que porta à son comble l'annonce officielle, par la direction de la Cabaña, du « plan de réhabilitation ».

La Cabaña comptait alors deux cents prisonniers mineurs accusés de délits d'ordre politique. Parmi eux, il y avait beaucoup de fils de patriotes qui avaient pris les armes pour combattre Castro et qui menaient la guérilla dans les montagnes. Ne pouvant mettre la main sur eux, les communistes n'avaient rien trouvé de mieux, en matière de représailles, que d'emprisonner leurs enfants. Il y avait là des garçons de quatorze et quinze ans, mais ces jeunes à peine sortis de l'enfance constituaient un groupe que caractérisait son comportement à l'égard des geôliers. Jamais il n'y eut de détenus plus combatifs, plus prêts à affronter physiquement, à tout moment, les soldats de la garnison qui les attaquaient armés de baïonnettes, de barres de fer et de chaînes. Dans l'histoire de la prison de la Cabaña, la *galera* 13 a inscrit des pages de gloire dont on se souviendra.

Ce furent par exemple ces jeunes garçons de la Cabaña, qui, abandonnant toute prudence, reçurent les « réhabilités » à leur retour du cours sous une pluie d'écorces d'oranges ramassées dans les poubelles des cuisines. C'était une manière juvénile de manifester leur réprobation, leur refus de la politique de réhabilitation, leur désir d'une ségrégation absolue pour tous ceux qui acceptaient de collaborer. Cette avalanche d'écorces d'oranges et d'autres détritus fut à l'origine d'un affrontement entre les deux groupes, puis d'une bataille généralisée qui transforma en une arène sanglante la cour de la prison. Les soldats de garde sur la terrasse tirèrent en l'air et donnèrent l'alarme, et le branle-bas de combat amena toute la garnison à faire irruption dans la cour. Ce fut l'une des répressions les plus sauvages qu'il y ait jamais eues : on compta des dizaines de blessés. Parmi les plus gravement atteints figurèrent Alcides Cruz et Miguel Aceituno, tous deux meurtris et percés de coups de baïonnette.

A la fin de cette première bataille rangée, le chef de la Police politique de la prison, accompagné du directeur, du commandant de la garnison et d'autres hauts fonctionnaires, et suivi par les réhabilités qui avaient subi cette attaque, parcourut tous les bâtiments l'un après l'autre, et obligea les réhabilités à dénoncer ceux qui les avaient « agressés ». Au début, tous refusèrent. Mais à un signal du chef de la Police politique, les gardiens se précipitèrent sur eux, les prirent à la gorge et les brutalisèrent jusqu'au moment où, effrayés, les « réhabilités » se mirent à désigner n'importe qui, mêlant indistinctement coupables et innocents, en majorité des détenus du quartier des mineurs. Tous ceux qui avaient été dénoncés reçurent un nouveau châtiment à coups de pied et de crosse, qui fit encore beaucoup plus de blessés, avec de nombreuses fractures de côtes et de bras.

La première fois que les commissaires politiques se présentèrent chez nous, à l'île des Pins, ils s'approchèrent de la circulaire 4. Leur chef était un militaire d'aspect vénérable, aux cheveux blancs et à l'air bienveillant. Il s'appelait Méndez. Quelques-uns d'entre nous étaient au rez-de-chaussée en train de bavarder, et il nous appela à la grille, mais d'une manière très respectueuse, ce qui nous étonna, car ce n'était pas l'habitude : nous n'étions généralement pas traités de la sorte.

Très vite, un groupe de prisonniers commença à converser avec lui. Entre autres, Vivas.

Vivas, que sa vie précédente avait conduit en Chine où on l'avait photographié aux côtés de Mao Tsé-tong, avait réussi par miracle à garder sur lui, lors de son arrestation et des fouilles qui avaient suivi, le numéro de *China popular* où cette photo avait paru. Il fut tout de suite l'un de ceux avec qui Méndez conversait volontiers.

Quiconque aurait entendu discourir ce commissaire politique sans savoir ce que cachait cette gentillesse, ou qui n'aurait pas été renseigné comme nous sur la nature du communisme, aurait cru que le marxisme était la solution idéale pour l'humanité, le seul moyen de la tirer de ses difficultés. Il nous assurait qu'il était là pour nous aider, pour résoudre nos problèmes et ceux de nos familles. Il nous demandait de ne pas voir en lui un militaire du régime : quant à lui, il nous considérait vraiment comme « ses propres petits-enfants ». Dès lors, il eut son surnom et devint « le grand-père Méndez ». Et les autres commissaires politiques devinrent par dérision nos « grands-pères ».

Vivas passait donc de longs moments à discuter avec grand-père Méndez qui ne comprenait pas que ce prisonnier se divertissait à ses dépens. Un après-midi, Vivas lui montra le numéro de *China popular* où l'on voyait sa fameuse photo avec le dictateur chinois. Cuba et la Chine se trouvaient alors en pleine lune de miel politique. Aussi grand-père Méndez, devant cette photographie, ouvrit-il de grands yeux :

— Mais Vivas, qu'est-ce que tu fais donc ici ?

C'était la question que Vivas attendait. Il baissa la tête le plus bas possible, le menton sur la poitrine, l'air profondément malheureux (c'était un comédien), pour répondre qu'il avait commis une erreur et n'avait plus qu'un désir : que la Révolution lui offre une chance de se consacrer désormais à la culture d'un lopin de terre qu'il possédait, en lui permettant de sortir de cette horrible prison. Le commissaire nota tout de suite cette confession sur le carnet dont il ne se séparait jamais. Les jours qui suivirent, Vivas insista : Méndez ne pouvait-il pas transmettre en haut lieu sa pétition d'aller cultiver son bout de terrain ?

Or, un groupe de plaisantins avait déjà pris l'habitude de se rendre à la grille pour se moquer du commissaire. Par exemple, un certain Caribe lui avait demandé un cerf-volant et une bobine de fil pour le faire voler à une grande hauteur à partir du cinquième étage :

— Ne dites-vous pas que nous sommes vos petits-enfants ?

Et depuis, chaque fois que le commissaire politique passait près du circulaire, Caribe, du haut du cinquième étage, lui criait :

— Mon cerf-volant, pépé, mon cerf-volant !

Un après-midi, le commissaire fit appeler Vivas. De nombreux prisonniers s'amassèrent autour d'eux.

— J'ai pensé à ta requête, mon fils, mais j'ai besoin de quelques renseignements. Tu m'as dit que tu avais un lopin de terre que tu voulais cultiver ? Mais où se trouve-t-il donc ? Ici, dans la province de La Havane ?

— Non, pépé, en Californie, aux Etats-Unis.

Le commissaire politique ouvrit de grands yeux, incapable de proférer un mot, tandis que son visage devenait d'un rouge tomate. Son menton tremblait, et j'ai cru qu'il allait avoir une attaque d'apoplexie. Autour de lui, tous les prisonniers du groupe avaient éclaté de rire. Cette nuit-là, et pour longtemps, Vivas coucha dans une cellule du quartier disciplinaire, le dos meurtri de coups de plat de sabre et de baïonnette. Jamais le grand-père Méndez n'est revenu à la grille pour converser avec les prisonniers.

Vers le milieu de l'année, la direction forma deux petits groupes de condamnés à des peines légères et appartenant à notre circulaire, l'un pour travailler à la cuisine, l'autre pour accomplir des tâches diverses à l'intérieur du cordon de sécurité. Les prisonniers de ce dernier groupe reçurent un jour une carte les autorisant à sortir de la prison et à y entrer pendant les heures de travail, accompagnés de gardiens, pour construire des hangars destinés à l'élevage des poulets et qui s'élèveraient tout près de la sortie du pénitencier.

Les travaux commencèrent. Ces prisonniers sortaient le matin et rentraient au déclin du jour. Ils ne furent l'objet d'aucune pression, d'aucune exigence, jusqu'au matin où les gardiens, au lieu de les conduire aux hangars, les emmenèrent de l'autre côté de la circulaire — pour que tous pussent les voir — et leur ordonnèrent de se livrer au plus indigne et au plus humiliant des travaux : creuser des tranchées dans lesquelles se réfugieraient les soldats communistes en cas d'un nouveau débarquement des nôtres. Au début, ils refusèrent énergiquement. Un peloton de soldats accourut alors, mit une mitrailleuse en position, menaçant de tirer sur eux s'ils ne se mettaient pas à creuser immédiatement. Il y avait dans ce groupe des hommes d'un haut niveau de culture universitaire et politique, des professeurs, des étudiants. Mais celui qui protesta fut un homme de race noire que nous connaissions seulement par son surnom : Caméléon. Il se dirigea vers les soldats du peloton et leur déclara qu'il savait à peine lire et écrire, mais qu'il n'ignorait pas qu'on ne creusait pas de tranchées pour l'ennemi, et qu'ils pouvaient commencer à tirer... D'autres firent front avec lui, et les soldats les ramenèrent au circulaire. Mais le reste demeura sur place et commença à creuser.

Massés aux fenêtres des cellules qui donnaient à l'est, des centaines de leurs camarades les regardaient faire, en silence.

Nous avions décidé de les expulser quand ils reviendraient au circulaire. Mais les autorités avaient prévu notre réaction : les gardiens les emmenèrent dans une grande salle des pavillons disciplinaires, où tout était préparé pour eux. Puis, quelques jours plus tard, ils les transférèrent dans le bâtiment 6, l'un des deux qui étaient rectangulaires. Ce fut à la suite de cette trahison que nous avons stigmatisé tous les « réhabilités » et autres renégats en les traitant de « carrés », par opposition aux circulaires où nous étions enfermés.

Les commissaires politiques se tournèrent alors vers les paysans, les ouvriers, les ex-militaires dont les peines de prison étaient brèves. Le moment était bien choisi, idéal, compte tenu de la conjoncture psychologique : notre moral était très bas après la déroute subie par les nôtres à la baie des Cochons. Le discours des commissaires se fondait déjà sur l'argumentation qu'ils continueraient à employer pendant les vingt années qui suivraient : les Américains du Nord nous avaient oubliés, ils nous avaient trahis, c'étaient eux qui avaient été vaincus à la baie des Cochons, la révolution était consolidée et dès lors indestructible ; ils nous disaient aussi que nos familles manquaient de tout, que nos enfants n'avaient pas toujours de quoi manger. Mais la révolution était généreuse à l'égard de ses ennemis : elle donnait aux détenus une chance de rectifier leur conduite. Avec un repentir sincère, un prisonnier pouvait gagner sa liberté et retourner dans son foyer.

Et pour établir une différence encore plus marquée, telle que ceux qui hésitaient choisiraient d'accepter la réhabilitation, la répression devint chaque jour plus rigoureuse, apportant avec elle un surcroît d'hostilité et d'acharnement, de mauvais traitements physiques et de vexations.

## CHAPITRE XVII

# Martha sous la pluie

Nous étions impatients, très inquiets, parce que le jour de l'évasion approchait. Quand l'idée de s'échapper s'empare de l'esprit d'un prisonnier, elle devient vite une obsession. Il me semblait que l'heure de l'aventure n'arriverait jamais, celle où nous tenterions d'en finir avec le mythe de cette prison où — affirmait-on — la surveillance était si étroite qu'il était impossible de s'enfuir. Nous avions de plus des raisons politiques pour passer à l'action : une importante réunion de l'O.E.A. (Organisation des Etats américains) aurait lieu en octobre à Punta del Este, en Uruguay, et nous voulions nous y présenter pour dénoncer la situation à Cuba et dans ses prisons où les Droits de l'Homme sont constamment bafoués.

J'avais dressé le plan des alentours de la prison, mais spécialement de la région du Sud-Est. C'était la direction que nous avions choisi de prendre pour nous éloigner en évitant les agglomérations et les routes. Nous attendions comme convenu la visite suivante et la réponse de nos contacts du dehors à propos de l'embarcation qui devait nous accueillir à un point de la côte. La visite du mois de septembre devait décider de la date de notre tentative.

Nous ignorions encore que nous avions reçu les lames de scie pour découper les barreaux : elles avaient été dissimulées dans le matelas, mais nous ne nous en étions pas aperçus. Nous avions tout le reste. L'un de nos soucis majeurs était que l'on pouvait découvrir, au cours d'une perquisition, les objets que nous cachions. C'eût été une véritable catastrophe.

Ulises nous proposa bien un jour de partir sans attendre avec ce que nous avions déjà, et de nous débrouiller sur le terrain pour sortir de l'île. Boitel s'y refusa net, et je pensais moi aussi que c'était une action par trop précipitée. Il était préférable de prendre toutes les précautions nécessaires ; pour moi, le succès de l'opération dépendrait avant tout d'un détail qui pouvait nous paraître insignifiant.

Boitel dormait jusqu'à midi et se couchait fort tard. Nous bavardions jusqu'à l'heure autorisée. Nous poursuivions notre conversation quelques minutes seulement, car notre chuchotement gênait nos camarades des cellules voisines.

Un grand nombre d'officiers qui avaient lutté contre Batista puis contre le nouveau tyran qui lui avait succédé avaient échoué à la circulaire 4. Parmi eux se trouvaient le capitaine Regino Machado et une certaine quantité d'hommes qui avaient servi sous ses ordres dans la sierra d'Escambray. Machado jouissait du respect de la majorité des anciens combattants qui le connaissaient, et dont certains, restés plus ou moins fidèles à Castro, faisaient partie de la garnison du pénitencier. L'un d'eux fut de service un matin au poste de garde de la grille. Il reconnut son chef, et ce fut le début de plusieurs contacts. Ce garde porta un message de Machado à un officier, son ancien compagnon d'armes, et un complot prit peu à peu naissance, où se trouvèrent impliqués jusqu'à une vingtaine de militaires de la garnison.

La petite pinède où j'avais découvert une cabane qu'habitaient quelques soldats devint le lieu où se réunissaient les conspirateurs pour communiquer avec Machado et son groupe enfermés dans le circulaire. Cette communication se faisait en morse à l'aide d'un clignotant lumineux fabriqué à partir d'une boîte de conserve, d'une lampe à pétrole et d'un obturateur qui s'ouvrait et se fermait à des rythmes différents pour transmettre un point ou un trait.

La Police politique découvrit le complot et procéda à l'arrestation d'au moins dix-sept conjurés. Plusieurs furent fusillés sur le champ de tir, tout au fond du pénitencier, au-delà des barbelés et d'une pépinière de bananiers. Nous n'avons jamais su leur nombre exact ni leur nom. Ce fut la première exécution qui eut lieu dans cette prison modèle. Mais ce ne fut pas la dernière ; beaucoup ont été fusillés ensuite au même endroit.

Les jours passaient lentement et mon anxiété croissait. Les perquisitions étaient fréquentes, et les mesures répressives de plus en plus rigoureuses. A l'heure de l'appel, il suffisait de s'appuyer de l'épaule contre le mur de la prison, de porter la main à son ceinturon, de se croiser les bras ou de les lever ; aussitôt les gardiens nous faisaient descendre et, sous une pluie de coups, nous jetaient dans un cachot du quartier disciplinaire, où nous demeurions pendant des mois. Le lieutenant Julio Tarrau, le directeur de la prison, y faisait régner un régime de terreur. Ce métis avait milité dans les rangs du parti communiste depuis les années 40, et il ne laissait jamais passer l'occasion de montrer sa haine des prisonniers politiques. Ce fut lui qui nomma pour responsable de l'ordre intérieur un vieux camarade du parti, le lieutenant Bernardo Diaz.

Le jour qui se leva le 5 septembre fut gris et pluvieux. Un cyclone, l'une des perturbations typiques des Caraïbes, s'approchait de Cuba, et depuis quelque temps déjà les averses étaient fréquentes et le vent soufflait. Pour nous quatre, la visite de cette journée allait être d'une importance vitale, mais encore plus pour moi, sans que rien me le fît pressentir puisque j'allais faire la connaissance de celle qui serait ma fiancée et ma femme. Et c'est précisément elle, bien plus que tous les autres contacts établis à l'époque et ensuite, qui parviendrait à me faire sortir de prison, mais vingt-deux ans plus tard...

Il pleuvait à verse, puis le vent de l'est a chassé les nuages bas qui s'amoncelaient sur nous. Nous étions tristes et inquiets en pensant à nos familles qui, depuis le soir précédent, attendaient à l'extérieur, sans avoir un endroit pour s'abriter, et nous avons tous prié pour que le ciel s'améliore. Puis l'horizon se dégagea quelque peu, et un soleil pâle se leva. La joie nous envahit : le ciel s'éclaircissait.

Comme pour la visite antérieure, il y eut un appel, mais par numéros matricules seulement. On nous a ensuite ordonné de nous déshabiller, tous nos vêtements ont été examinés, et on nous a réunis dans le parcage. Le terrain s'était transformé en bourbier. Des mottes de terre se collaient à nos souliers à chaque pas que nous faisions. Au centre, un creux de quatre ou cinq mètres de diamètre s'était rempli d'eau.

Il était presque neuf heures quand nous avons aperçu les premiers groupes de visiteurs. De temps à autre, je levais les yeux vers le ciel où le vent continuait à pousser devant lui les nuages à une allure telle qu'on pouvait espérer qu'il ne pleuvrait pas. Deux heures plus tard, la plus grande partie des visiteurs était avec nous dans cette sorte de parc à bestiaux, mais ainsi que plusieurs autres prisonniers, j'attendais toujours ma famille. Nous devions apprendre par la suite que deux jours plus tôt, alors qu'ils étaient à bord du ferry qui devait les transporter depuis le port de Batabanó, sur la côte de Cuba, pour gagner l'île des Pins, plusieurs visiteurs avaient été obligés d'en redescendre pour céder la place à un contingent de miliciens et à un transport de caisses d'armes diverses.

Le service maritime de l'île des Pins était assuré par des bateaux du gouvernement précédent : *El Piñero,* d'une capacité d'environ trois cents personnes, et *La Isla del Tesoro,* un ferry dont les moteurs, faute de soins techniques appropriés, étaient tombés en panne vers le milieu de 1960, et qui ne se déplaçait qu'avec l'aide d'un remorqueur. Théoriquement, il pouvait prendre cinq cents passagers, mais on en entassait jusqu'à quatorze cents.

Un voyage qu'on évaluait à environ trois heures et demie avec une embarcation de vitesse moyenne, durait quatorze à seize heures avec ce ferry en remorque. Tout dépendait de la force et de la direction du vent.

Nos familles se casaient comme elles pouvaient jusque dans les cales, profitant de l'espace laissé libre par la cargaison. Tant qu'il y avait de la place, on les laissait entrer. Beaucoup faisaient à pied le reste de cette randonnée ; tous arrivaient en se traînant, les chevilles enflées, harassés. Certains emportaient des couvertures qu'ils jetaient sur le sol pour s'y étendre, et il fallait les enjamber pour pouvoir aller et venir. Il n'y avait qu'un cabinet de toilette pour les femmes et un autre pour les hommes, devant lesquels tous attendaient leur tour. Le pont couvert était plein, naturellement, et quand il pleuvait, nombreux étaient ceux qui, ne pouvant s'y abriter, devaient demeurer dehors, trempés, sous la pluie.

J'étais en proie à de sombres pressentiments : il n'y aurait pas de visite pour moi ce jour-là. J'allais et venais, inquiet et tourmenté, quand Benito m'appela : il voulait me présenter sa famille :

— Tenez, voici Armando. Il s'est comporté avec moi comme un véritable fils.

Sa femme et la plus jeune de ses filles, Martha, étaient venues seules. Toutes deux, très émues, me remercièrent. Martha était le nom de la petite fille dont il m'avait montré le portrait quelques semaines plus tôt, mais cette photo devait dater de quelques années, car devant moi, mes yeux étonnés ne voyaient plus une fillette insignifiante porteuse de lunettes, mais une jolie jeune fille d'une quinzaine d'années, élancée, élégante, distinguée, au visage doux et enfantin. Et il y avait dans son regard une telle volonté, un tel mélange de tendresse et de vaillance que j'en fus frappé. Je crois que c'est cela qui me fit d'abord la plus vive impression.

Je leur demandai si elles avaient quelque information sur le sort de ceux et celles qui avaient dû descendre du bateau deux jours plus tôt. Elles me répondirent qu'on leur avait garanti de les transporter d'une façon ou d'une autre, et elles m'invitèrent à rester avec elles jusqu'à l'arrivée de mes parents et de ma sœur.

Toutes les deux avaient pu prendre le premier bateau, le plus petit, et elles avaient fait la queue devant le pénitencier depuis la veille. Une masse de plusieurs milliers de personnes, me dirent-elles, encombrait la route. Il y avait là en majorité des vieillards, des enfants, des femmes souvent enceintes. Quelques autos, échouées sur les bas-côtés, avaient servi de refuge à ceux qui avaient eu la chance extraordinaire de pouvoir les louer. Il y avait bien un service de taxis à Nueva Gerona, mais ils étaient fort peu nombreux et ne pouvaient transporter cinq mille visiteurs. Cet afflux exceptionnel allait faire de cette nuit d'attente un cauchemar, la pire de toute l'histoire de ce bagne, avec la torture des nuées de moustiques qui s'élevaient aussitôt après de violentes averses. Quand une femme voulait satisfaire un besoin physiologique, les autres faisaient cercle autour d'elle, par pudeur, pour la dérober aux regards.

A six heures du matin, l'ordre leur fut donné d'entrer au pénitencier, et ce fut le début de nouvelles queues, cette fois à l'intérieur de l'enceinte. Il y eut une première queue pour faire examiner le petit colis d'aliments autorisés, destinés au prisonnier. Puis une seconde pour la fouille physique, les hommes d'un côté, les femmes de l'autre. Toutes les femmes devaient se déshabiller complètement. Les gardiennes auxiliaires chargées de cette fouille se conduisaient souvent de façon si ignoble qu'il y eut des incidents, spécialement avec l'une d'elles, une certaine Zenaida. Elles ne montraient aucun respect pour l'âge. C'est ainsi que la mère d'Iglesias de la Torre, l'un des pilotes prisonniers, dut elle aussi se dénuder bien qu'elle eût plus de soixante-dix ans, et alors qu'elle était malade et presque aveugle. Ces auxiliaires femmes n'obéissaient pas à des consignes de sécurité, mais à leur haine, à leur passion de faire du mal : quand une visiteuse portait un tampon hygiénique, elles l'obligeaient à l'ôter pour l'ouvrir, sous le prétexte que la malheureuse y avait peut-être dissimulé de l'argent ou de la correspondance.

Puis le ciel recommença à s'obscurcir à partir de l'est où d'énormes nuages apparurent. D'un seul coup, une trombe d'eau terrible nous balaya. Je me mis devant Martha, tournant le dos au vent, pour que les rafales de pluie ne la fouettent pas directement.

C'était tout ce que je pouvais faire. Quelques minutes plus tard, nous étions trempés jusqu'aux os. J'avais déboutonné ma chemise pour en faire un abri, mais c'était là une protection illusoire. Le spectacle de ces femmes et de ces enfants grelottant de froid, les tentatives inutiles des prisonniers pour les abriter de ce déluge et d'un vent déchaîné, avaient quelque chose de si déprimant que je ne l'ai jamais oublié. Après bien des supplications et des tergiversations absurdes, les femmes eurent enfin l'autorisation de traverser la rue pour passer au réfectoire où nous pouvions tous tenir puisqu'il avait été prévu pour servir six mille repas à la fois. La pluie ne cessait pas. Tous les visiteurs, essayant de protéger le petit paquet qui contenait la collation légère qu'ils gardaient pour le déjeuner, se dirigèrent vers le réfectoire. Comment ne pas être rempli de pitié en voyant des femmes âgées trempées par cette pluie d'orage, leurs cheveux blancs, qu'on nous apprend à vénérer dès l'enfance, transformés en longues mèches dégoulinant d'eau, tandis qu'autour d'elles les gardiens hurlaient des ordres inutiles.

Mais ni les hommes ni nous les prisonniers n'avons pu d'abord les suivre. Nous avons dû rester dehors sous des torrents d'eau. Les visiteurs mâles, comme la dernière fois, ne pouvaient quitter la prison qu'une fois terminées toutes les formalités. Quant à nous, les prisonniers, ils nous firent rassembler pour nous compter une fois de plus, toujours sous la pluie. Alors seulement, nous avons pu rejoindre les femmes et les enfants dans le réfectoire.

Et il y eut alors un moment extraordinaire : quand nous sommes entrés, trempés et transis, ce fut sous la longue clameur et sous les applaudissements de ces femmes et de ces enfants. Les gardiens, surpris et furieux, se mirent à crier pour imposer silence et essayèrent de couvrir le bruit des applaudissements en martelant de leurs crosses les tables sur lesquelles ils avaient bondi. On les voyait sauter de l'une à l'autre pour effrayer les femmes et les enfants à force de hurlements et de coups.

J'ai rejoint Benito et sa famille. Je me suis assis en face de Martha à une table étroite. J'ai ôté mes bottes pour les renverser et il en est sorti autant d'eau que de deux vases. L'eau coulait aussi des cheveux de Martha, et son tailleur clair, très simple, lui collait au corps. Même ainsi, elle me paraissait si belle, si radieuse. Elle n'avait pas une ombre de maquillage ; seuls ses sourcils — c'était la première fois que sa mère le lui avait permis, paraît-il — étaient égalisés. Elles m'ont offert de partager leurs sandwiches au jambon qui nous remplissaient la bouche d'eau chaque fois que nous mordions dedans.

La conversation que j'ai eue avec Martha pendant cette première rencontre a été triviale, sans doute, mais elle nous a laissé un souvenir inoubliable. Notre sentiment mutuel de sympathie, né en quelques heures, nous donnait l'impression que nous étions depuis toujours des amis. Elle n'avait que quatorze ans, et moi vingt-quatre, mais c'était précisément sa jeunesse presque enfantine qui m'attira d'abord. Nous avons commencé par bavarder ; je l'interrogeais sur ce qu'elle faisait, ce qu'elle aimait. Je me rappelle qu'elle tenait les bras croisés sur la table et que son front, lentement, s'est abaissé pour reposer sur eux. C'était plus commode, mais la fatigue du voyage et une veille de quarante-huit heures ont fait le reste : elle s'est simplement endormie pendant que son admirateur et futur mari continuait à lui parler... Je me suis levé sans bruit et je me suis approché de l'une des fenêtres garnies de barreaux afin de me sécher un peu sous l'air qui entrait. Le seul résultat a été de me mettre presque aussitôt à grelotter de froid. Je suis retourné à la table. Ma nouvelle amie, ma seule amie, dormait toujours, et je suis resté là à la contempler. Je ressentais en la regardant une grande douceur, une tendresse, que je n'avais jamais connues jusqu'alors.

Quand Martha se réveilla, honteuse et peinée, elle me demanda pardon de s'être endormie, mais je ne fis qu'en rire, et ce fut dans un sourire réciproque que se confirma notre sentiment naissant.

Une demi-heure avant la fin de la visite, ma mère et ma sœur, avec d'autres familles, firent enfin leur entrée. On venait de leur confisquer les paquets qu'elles avaient apportés de si loin pour nous. Ainsi, on les avait fait descendre du navire, empêchées d'arriver à l'heure, et maintenant on leur reprochait leur retard. Nous n'avons eu que quelques minutes de conversation. Leur voyage avait été terrible : elles avaient été entassées avec les autres passagers sur le pont, sous une pluie diluvienne.

Et c'est presque aussitôt qu'un soldat est monté sur une table, criant pour imposer le silence. Nous savions ce que cela signifiait :

— La visite est finie ! Tout le monde s'en va !

Des dizaines de gardiens reprirent son cri en frappant les tables de la crosse de leurs fusils, commençant à séparer les détenus des visiteurs. Cependant, malgré ce vacarme et leurs clameurs, nous continuions à nous dire adieu. Repoussant nos familles d'un côté, un cordon de gardiens armés empêchaient nos proches de nous rejoindre. J'ai vu un enfant de trois ans s'échapper, courir vers son père sur ses petites jambes chancelantes. Un soldat l'arrêta net de la crosse de son fusil. Comme l'enfant s'accrochait à l'arme, l'homme le repoussa en arrière, sans ménagement. La violence augmenta soudain : de vieilles femmes elles aussi durent reculer sous la pression des fusils. Un rugissement d'indignation s'éleva de nos rangs, mais nous avions devant nous une barrière de pointes de baïonnettes dont nos bourreaux n'hésitaient pas à se servir. Et ils en profitèrent pour redoubler de brutalité. Plusieurs d'entre nous furent emmenés immédiatement au cachot, dans le quartier disciplinaire. Et c'est dans l'amertume que se termina cette visite.

# CHAPITRE XVIII

# L'évasion

Une fois de retour dans notre circulaire, nous nous sommes réunis dans ma cellule, Ulises, Boitel, Brito et moi. Boitel avait parlé à travers la clôture avec un homme qui, envoyé par ceux qui devaient nous fournir une barque, était entré avec les visiteurs. Il avait voulu savoir comment nous pensions sortir de cette enceinte. Nos contacts estimaient que c'était impossible. Mais Boitel l'avait rassuré, disant que notre plan était fait et que nous pensions l'exécuter. Toutefois, il était impossible de lui en confier tous les détails.

Tout était d'accord : l'embarcation viendrait nous prendre à l'embouchure du Jucaro, à de nombreux milles au sud-ouest du pénitencier, le 21 octobre, à une heure du matin. Nous serions sur place et l'attendrions deux jours de suite. Nous échangerions les signaux convenus pour nous reconnaître.

En apprenant que notre plan était désormais réalisable, nous avons ressenti une grande joie. Nous ne sommes même pas arrivés à nous intéresser à toutes les informations et rumeurs qui, par dizaines, étaient arrivées au pénitencier avec les visiteurs. Nous avions à peine deux mois à attendre afin de tenter d'obtenir notre liberté par nos propres moyens. A cette pensée, je me sentais déjà de l'autre côté de ces barreaux et de ces grilles. Tant qu'un homme rêve à la liberté et lutte pour l'acquérir, il peut avoir des chaînes aux bras et aux pieds, il ne se sent jamais esclave. Comment pourrait-il en être autrement ?

Avec la petite bouteille de pétrole et le poivre en poudre qui nous serviraient à neutraliser les chiens lancés à notre poursuite, avec les comprimés de teinture vert olive pour transformer nos pantalons, nous étions prêts. Tout le reste était déjà caché le plus convenablement possible. Nos familles ne savaient rien de nos projets. Nous les avions tenues dans l'ignorance à cause de la gravité de l'entreprise et pour leur éviter toute inquiétude. Seule Carmen, la fiancée de Boitel, était au courant. Elle avait été l'organisatrice, l'élément centralisateur de tous nos efforts à l'extérieur. Sa participation avait été décisive. Sans elle, nous n'aurions pu imaginer qu'il était possible de mettre fin au mythe selon lequel il était impossible de s'évader du pénitencier de l'île des Pins.

Nous continuions nos observations. Nous étions quatre maintenant à surveiller les alentours, à nous familiariser avec les endroits où nous devions passer, les allées et venues des soldats de la petite caserne, les heures fixes de leurs déplacements. Ce guet perpétuel nous paraissait parfois fastidieux, mais il nous permettrait, quelques semaines plus tard, de faire ce parcours presque les yeux fermés.

Nous devions d'abord suivre le chemin bordé de grands arbres pour gagner la cabane où les soldats lavaient leurs uniformes. Ceux qui nous verraient croiraient que nous nous rendions à la cabane : nous n'éveillerions aucun soupçon puisque tous le faisaient. A côté de la petite caserne d'où partait ce chemin de terre rougeâtre, il y avait une porte. L'homme de garde à l'entrée de la caserne, face à la rue, se tenait toujours à une dizaine de mètres de cette porte par laquelle jamais un véhicule ne passait. Elle servait seulement aux soldats et aux miliciens qui auraient dû autrement faire un détour de quelques kilomètres avant d'arriver à la cabane. Pour eux, ce raccourci était fort utile.

Un jour, Ulises fut frappé par la disparition totale des miliciens à l'intérieur du pénitencier. Et en effet, nous n'en vîmes pas un seul ce jour-là ni le lendemain. Nous avons d'abord pensé qu'ils étaient consignés, mais un changement dans le mouvement intérieur du quartier ne nous aurait pas échappé. Or, dans le casernement, la vie semblait se dérouler normalement. Nous n'avons pas tardé à apprendre la raison véritable de ce bouleversement : la direction avait interdit aux miliciens l'entrée de la prison.

C'était pour nous une mauvaise nouvelle. Il nous avait été difficile de faire entrer en fraude nos quatre chemises et nos quatre bérets de miliciens. Il n'y avait qu'une solution, teindre les chemises en vert olive pour nous déguiser en soldats. Il fallait aussi fabriquer d'urgence quatre casquettes, ce qui n'était pas difficile puisque l'armée utilisait des casquettes de campagne, d'un type fort simple. Nous avions parmi nous des anciens tailleurs, des selliers et des représentants de bien d'autres métiers. Les casquettes ne posaient donc aucun problème.

L'ordre d'interdire aux miliciens l'entrée du pénitencier s'expliquait pour des raisons de sécurité. La Police politique savait parfaitement que certains miliciens étaient loin de sympathiser avec le régime, et que quelques-uns, parmi eux, étaient même des contre-révolutionnaires. Le libre accès d'une masse de miliciens dans notre prison pouvait être l'occasion de contacts qui permettraient aux détenus non seulement de s'informer sur ce qui se passait réellement, mais aussi de préparer des évasions. Ainsi, sans le savoir, la Police politique bouleversait les plans des quatre prisonniers que nous étions.

Notre combativité n'allait pas s'éteindre pour si peu. Puisque nous devions abandonner le plan de sortir en miliciens, nous avons concentré tous nos efforts sur notre transformation en gardiens. Nous avons eu de la chance : nos comprimés de teinture vert olive nous ont suffi.

En dehors des circulaires, en plus des projecteurs fixes et de ceux qui, installés sur les guérites, balayaient tout le pénitencier d'un jet de lumière blanchâtre, il y avait à quelques mètres de là une guirlande d'ampoules de cinq cents bougies, suspendues à un fil électrique et qui brûlaient jour et nuit. Dès le crépuscule, les projecteurs s'allumaient et les gardiens passaient au peigne fin tout le pénitencier : bâtiments, murs, fenêtres, espaces verts. Nous avions décidé de nous évader quelques minutes avant la tombée du jour pour éviter les projecteurs. Toutefois, nous avions une de ces ampoules face à notre cellule : pour la mettre hors d'état de fonctionner, nous nous servirions d'une sorte de lance-flèches à partir du second étage d'où il était plus facile de l'atteindre.

J'étais de garde un jour que mes trois camarades s'occupaient d'autre chose. Ce que j'aperçus alors me laissa un instant en proie à un profond désarroi : des soldats s'attaquaient à la petite porte par laquelle nous pensions sortir : je les vis creuser des trous, enfoncer des piquets de fer, accrocher un filet de mailles d'acier sous lequel la porte disparut complètement et, avec elle, la possibilité de passer par là pour nous échapper.

C'était une terrible nouvelle que j'ai communiquée aux autres ; aucune ne pouvait être pire. Relever ce nouveau défi était plus que difficile. Néanmoins, nous avons décidé de poursuivre notre effort et de rechercher une solution quelconque.

Il y avait autour de la petite caserne une enceinte faite de poteaux et de plusieurs lignes de fils de fer d'une hauteur totale d'un mètre cinquante. Sur ces fils, les soldats accrochaient leurs chaussettes et leur linge de corps pour les faire sécher. Mais ils continuaient à laver leurs uniformes dans la petite cabane. La condamnation de la porte par laquelle ils passaient auparavant ne les gêna pas longtemps : ils inaugurèrent simplement un nouveau raccourci en soulevant les fils de fer de l'enceinte pour passer de l'autre côté.

Si nous voulions nous évader, il fallait faire comme eux. Mais c'était accroître considérablement les risques de l'entreprise : nous devrions d'abord entrer dans le quartier des soldats, ce qui ne nous semblait guère facile.

Lorsqu'on a passé des mois à préparer une opération de ce type, il est impossible d'accepter de se désister, et à mesure que surgissent des obstacles, on s'acharne à les tourner d'une manière ou d'une autre. Nous nous sommes mis d'accord pour nous évader en utilisant ce nouvel itinéraire, le seul qui nous restait, malgré la difficulté de passer par le casernement. Nous avons concentré toutes nos possibilités d'observation sur l'activité qui s'y déroulait, sur la façon dont allaient et venaient les soldats. La condamnation de la porte donnait plus de liberté de mouvement à l'homme qui montait la garde devant le petit jardin et qui n'avait plus à la surveiller de près. C'était là un facteur favorable pour notre plan, car, des deux entrées du quartier militaire, nous allions pouvoir utiliser celle dont la sentinelle serait le plus éloignée au moment où nous arriverions.

Je crois qu'aucun plan d'évasion n'a eu à vaincre plus de contretemps que le nôtre et n'a eu à subir plus d'interruptions. Les militaires continuaient à renforcer leur système de défense : ils se mirent à défricher le terrain qui s'étendait derrière la caserne. Des bulldozers déracinèrent arbres et arbustes, laissant un espace de plus de cent mètres aussi uni qu'une piste d'aviation. En même temps, ils remplaçaient une partie faible de l'enceinte précédente par une barrière de fils de fer de plus de trois mètres de haut, avec une ligne verticale de barbelés tous les dix centimètres. Le but recherché était de rendre plus difficile toute attaque de l'extérieur. Mais cet obstacle, en ce qui nous concernait, paraissait mettre une fin définitive à notre tentative d'évasion.

Une période d'abattement suivit. Mais nous continuions à scruter anxieusement les alentours, à la recherche d'un endroit, d'un recoin, qui nous offrirait une possibilité de nous enfuir. Et la date de notre évasion ne devait pas dépasser celle fixée pour notre rendez-vous sur la côte.

Un matin, des gardiens munis de pics et de pelles commencèrent à creuser au pied du barrage en fils de fer. J'étais de garde. Que faisaient-ils ? Je ne les ai plus perdus de vue une seule seconde, la lunette d'approche collée à l'œil. La fosse qu'ils creusaient leur montait déjà aux genoux, et ils continuaient à l'approfondir. La terre qu'ils rejetaient formait un tas qui s'élevait lentement. C'était une tranchée, et elle allait passer sous les fils de fer ! Une fois leur travail terminé, ils apportèrent une mitrailleuse qu'ils mirent en place dans la tranchée tandis que d'autres installaient sur le toit de la caserne un puissant projecteur fixe que l'on pouvait allumer d'en bas et qui était braqué sur le terrain qui venait d'être défriché.

L'homme de garde devant la mitrailleuse la surveillait à cinq mètres de distance, assis sur un tabouret placé contre le mur de la caserne.

Une fois de plus, la cabane où les soldats lavaient leurs uniformes allait nous être utile : nous les avons vus employer tranquillement la tranchée comme porte de sortie. Nous avons ressenti une joie indescriptible quand nous avons noté que les gardiens sortaient et rentraient par là pour aller laver leurs uniformes comme pour les ramener.

Il nous restait peu de jours, et nous nous hâtions : il fallait mettre la main à nos derniers préparatifs. Nous avons alors découvert que nos lames de scie étaient lisses et que leurs extrémités manquaient des supports nécessaires pour les fixer à la rainure de la monture. Avec l'anse d'un cube, j'ai fabriqué une monture assez étroite pour passer entre deux barreaux. A l'aide d'une lame de scie, j'ai complété la monture en y pratiquant des rainures, mais il était impossible d'y insérer des lames. Boitel eut l'idée de plier en deux le bout des lames, mais on ne pouvait le faire à froid sans les casser. Avec une petite lampe à pétrole, un tuyau en plastique et beaucoup d'ingéniosité, nous avons réussi à fabriquer un véritable chalumeau grâce auquel je soufflais un mince jet de feu sur la lame d'acier que tenait Boitel, jusqu'à porter son extrémité au rouge. Avec les tenailles qu'employait le barbier pour extraire les dents, des clous et un poinçon, nous sommes parvenus à la plier en deux. Nous n'avions plus qu'à la chauffer de nouveau pour la plonger dans un petit récipient plein d'huile afin de lui redonner la trempe nécessaire. Nous avons préparé ainsi une demi-douzaine de lames.

Ulises, de son côté, teignait nos casquettes qui, soit dit en passant, avaient bien meilleure mine que celles de nos gardiens.

Comme Carrión ne s'évadait pas avec nous, il avait changé de cellule avec Brito, car s'il demeurait dans celle d'où nous nous étions évadés, de terribles représailles s'abattraient sur lui.

Pour scier les barreaux de la fenêtre, nous devions prendre, Boitel et moi, énormément de précautions. Les prisonniers étaient autorisés à faire sécher leur linge en dehors des barreaux jusqu'à cinq heures de l'après-midi. En faisant sécher une serviette de toilette, nous étions à l'abri des regards de l'extérieur. De toute façon, pendant que l'un de nous sciait un barreau, l'autre montait la garde, car nos mouvements pouvaient attirer l'attention d'un garde quelconque. A l'approche de quelqu'un, nous cessions tout travail. Pour prévenir l'éventualité d'une apparition subite d'un gardien dans la tour centrale, nous avons abaissé nos couchettes, et suspendu une autre serviette à leur extrémité tandis que Carrión restait debout dans l'étroit passage du balcon extérieur pour cacher ce qui se passait derrière lui. Il fallait prendre garde non seulement aux gardiens, mais aux indiscrétions qui pouvaient se produire à l'intérieur du circulaire. Nous savions qu'il y avait parmi nous des délateurs qui, s'ils soupçonnaient quelque chose, en feraient immédiatement part aux autorités.

Nous avions trois barreaux à scier. Brito, Boitel et moi pouvions nous glisser dans l'espace laissé libre par deux barreaux. Mais Ulises, le plus gros de nous tous, ne passerait jamais par là. Nous prenions soin de ne pas scier un barreau jusqu'au bout. Nous le laissions en place, fixé par deux points que nous ferions sauter en quelques minutes au tout dernier moment. Par mesure de sécurité, nous remplissions de lames de rasoir les rainures que laissaient nos opérations de sciage. En effet, lorsqu'il y avait perquisition, les gardiens frappaient les barreaux avec une barre de fer qui tirait un son uniforme de la harpe que formait la fenêtre. Si l'un des barreaux était complètement coupé, il se produisait une solution de continuité dans la suite des sons, et tout était découvert. En laissant aux barreaux deux points d'attache et en remplissant les rainures de lames d'acier, rien ne changeait dans leur vibration. Le gardien pouvait les frapper de sa barre de fer, le son demeurait uniforme. Et une fois les lames en place, il suffisait de camoufler l'extérieur de la rainure avec un mélange bien épais à base de pâte dentifrice et de lait en poudre. On égalisait le tout avec la semelle d'un soulier pour salir un peu le barreau et lui donner la patine nécessaire. Ainsi, notre travail était parfaitement dissimulé.

Le prisonnier qui vivait dans la cellule au-dessous de nous, la

64 du premier étage, avait été l'un de ceux qui avaient lutté contre Batista. Nous étions allés le voir, Boitel et moi, et lui avions déclaré clairement que nous avions besoin de son aide pour nous évader. Il n'avait qu'une chose à faire : changer de cellule avec nous, cela sans aucun risque pour lui. Nous lui avions expliqué que s'il nous fallait sauter du second étage, cette chute pouvait être dangereuse. L'idéal pour nous était de partir du premier. Toutefois, il n'y avait eu aucun moyen de le convaincre. Il avait invoqué des prétextes indéfendables. Nous nous étions adressés alors à Gomila, son très grand ami, pour qu'il essaie de le persuader. Tout avait été inutile, et nous avions dû scier les barreaux de la cellule du second. Il avait peur, il craignait des représailles. Il est intéressant de voir que certains hommes sont courageux dans certains cas et pusillanimes dans d'autres. Pour nous, seules les cellules 64 étaient les bonnes. Celle du premier étage nous étant interdite, nous sauterions du second. C'était une augmentation des risques, mais il ne fallait plus perdre de temps, ou nous manquerions notre rendez-vous avec la barque qui nous attendait sur la côte.

Il nous restait à fabriquer avec des assiettes d'aluminium six plaquettes dont se serviraient nos camarades après notre évasion pour remettre les barreaux en place. Elles uniraient les parties de barreau découpées à celles demeurées enfoncées dans le ciment. Ces plaquettes, peintes de la même couleur que les barreaux et fixées avec du fil de fer, seraient invisibles d'en bas pour les gardiens qui feraient leur ronde. Nous ne pouvions laisser ce vide à la fenêtre : il sauterait aux yeux des gardiens qui donneraient l'alarme, et nous n'aurions même pas le temps d'arriver à la petite caserne. Cette opération d'arrière-garde couvrirait notre fuite. Un prisonnier mettrait une serviette à la fenêtre, ce qui était interdit à cette heure. Pendant qu'il discuterait avec le gardien qui lui ordonnerait de l'ôter, Carrión, Vidal et Chaguito profiteraient de ces quelques secondes pour replacer les barreaux.

Notre équipement comprenait aussi des moustiquaires vert olive pour nous couvrir la tête, car les moustiques des régions marécageuses sont capables de provoquer chez n'importe qui de véritables coups de folie ; des gants noirs ; un gilet à plusieurs rangées de poches, que nous porterions sous la chemise. Dans ces poches, nous emporterions des comprimés pour désinfecter l'eau, des barres de chocolat, des médicaments pour les soins d'urgence, des lames de rasoir, des allumettes dans des emballages étanches, un petit miroir pour les signaux, etc. Nous n'aurions aucune difficulté d'itinéraire : nous avions étudié nos cartes à fond, et nous comptions ne pas nous égarer malgré la nuit. Certes, nous n'avions avec nous qu'une petite boussole du genre de celles qu'on porte surtout comme ornement. Mais je connaissais les constellations les plus importantes, de même que Brito qui, pendant de longues années de navigation, avait développé son sens de l'orientation.

Boitel était obsédé par l'idée d'arriver à temps à la conférence de Punta del Este.

## CHAPITRE XIX

# La fin d'un mythe

Nous avons bénéficié de l'appui de tout un groupe d'amis, et cette collaboration nous a été fort utile : sans eux, nous n'aurions jamais pu nous évader. Nous avons longuement discuté ensemble pour mettre au point plusieurs détails. Il était nécessaire que certains, au moment où nous fuirions, montent la garde à des endroits définis d'avance pour être sûrs qu'aucun véhicule n'avançait en direction de la circulaire. Trois de nos compagnons, répartis dans trois étages différents, s'étaient chargés d'observer les alentours et de faire signe à Chaguito, debout à l'entrée de la cellule, que la voie était libre.

Ulises avait fait préparer une grosse corde pour nous permettre de glisser de la fenêtre jusqu'au sol. Cette corde devait être fabriquée à partir des fils des sacs de jute. On réunissait dix ou douze fils pour en faire une fibre unique. Quatre ou cinq fibres tordues nous donneraient une corde qui, bien tissée, serait assez résistante pour supporter le poids d'un homme.

Déjà, nos uniformes étaient teints et repassés, nos casquettes impeccables. Et le soleil se leva enfin sur l'aube du 21 octobre 1961. C'était la date que nous attendions depuis si longtemps. Pour la circulaire voisine, la 3, c'était jour de visite.

Je me suis rendu à la cellule 13 du premier étage. Nous savions que Perdomo et León, qui l'occupaient, étaient en train de scier les barreaux de leur fenêtre avec l'idée de tenter eux aussi de s'échapper bientôt. Au cours de l'après-midi, nous les avons prévenus que nous nous évadions le soir même pour qu'ils aient le temps de faire disparaître leur matériel, leurs lames de scie et de camoufler les barreaux.

J'ai pris congé de Vidal Morales, mon bon ami et mon élève en sculpture sur bois. Puis, après l'appel du soir, ce furent les derniers préparatifs. Si tout se passait bien, on ne découvrirait notre fuite qu'au lever du jour, lors du prochain appel. En nous servant du tire-flèches, nous avons brisé l'ampoule de cinq cents bougies qui éclairait par trop notre cellule.

Dès lors, à partir du moment où nous nous sommes réunis dans notre cellule, tout s'est déroulé avec une précision chronométrique. A une exception près, pourtant : nous nous sommes aperçus que nous n'avions pas notre corde. Carrión courut la chercher. Nous nous sommes habillés et avons rempli nos poches de gilet, fixé avec une bande de caoutchouc un couteau autour d'une de nos jambes, pris nos cigares et allumettes, notre argent cubain — j'avais quelques dollars dans un vieux porte-billets —, nos livrets militaires... La nuit commençait à tomber; déjà le gardien chargé d'effectuer incessamment la ronde autour du circulaire était passé une première fois, l'air de s'ennuyer ferme, fumant un cigare, son chien trottinant à côté de lui.

Avec un morceau de toile imbibé de pétrole, nous nous sommes frotté les aisselles et les parties génitales pour égarer les chiens. Brito et Ulises sauteraient les premiers. Chaguito, à l'entrée de la cellule, donnerait le signal que la voie était libre. Obregón nous couvrirait du côté de l'escalier.

Le gardien, après avoir conversé avec son collègue qui faisait à l'envers le tour de la circulaire 3, s'éloigna.

Nous avons fini d'ôter les trois barreaux. La corde était déjà amarrée. Chaguito nous fit le signe convenu : tout allait bien. Ulises se laissa glisser rapidement au sol, puis Boitel. Au même instant, toutes les lumières s'éteignirent : dans cette extinction subite de tous les feux, je n'ai pas vu que notre corde mal tressée s'était défaite sous le poids de Boitel, ce qui l'avait obligé à se laisser tomber. Le choc avait été rude, et le résultat terrible : deux fêlures du calcanéum, une partie des os du talon. Et quand ce fut mon tour, la corde continua à s'effilocher. Presque aussitôt, je ne serrai plus dans mes mains que quelques fils incapables de me supporter. Précipité moi aussi dans le vide, j'atterris sur un tas de décombres. Je ressentis une douleur horrible au pied droit, mais je me levai immédiatement. Dans un moment de danger, l'homme est capable d'accomplir des actes incroyables, de vaincre la souffrance et de dépasser les limites physiques qui sont normalement les siennes, comme si l'esprit, totalement absorbé par un seul objectif, s'isolait de toutes les autres sensations.

J'ai su plus tard que je m'étais fracturé le calcanéum, le scaphoïde, l'un des os cunéiformes, et que l'astragale, sous la pression des autres os, s'était déplacé. Toutefois, j'arrivais à marcher normalement, sans boiter, et j'ai donc rejoint Boitel qui m'attendait au bord de la route en allumant un cigarillo. Immédiatement nous nous sommes mis en marche.

Nous n'avions pas eu le temps d'échanger un mot quand le sergent « Pinguilla » (« Le Gros »), celui des recensements, sortit de la caserne avec, à l'épaule, une mitrailleuse tchèque. Brito et Ulises, qui avaient une quarantaine de mètres d'avance sur nous, allaient le croiser. Le visage d'Ulises, tout rond, était de ceux qu'on retient, et en effet, le sergent, après avoir dépassé nos deux camarades, s'arrêta net et se retourna. Il se demandait certainement quel était ce soldat qu'il ne reconnaissait pas. Suivirent de longues secondes de tension indescriptible : le visage d'Ulises l'avait-il trahi ? Mais nous nous approchions déjà du sergent, Boitel et moi, tout en bavardant, mais en haussant la voix pour qu'il pût nous entendre :

— T'as vu l' Gros comme il a le feu aux fesses ! Il ne nous attend même pas ! Il veut déjà retourner à La Havane ! Si le capitaine Kindelán nous reçoit maintenant, nous pourrons repartir dès demain de très bonne heure...

Ces paroles ont dû répondre parfaitement aux doutes du sergent et aux questions qu'il se posait. S'il ne nous connaissait pas, c'est que nous étions venus de La Havane pour voir le capitaine Kindelán, le chef de la garnison. Rassuré, il repartit. Nous avons continué à bavarder, Boitel et moi, avec beaucoup de naturel. En saluant « Le Gros », j'ai même dit :

— Bonsoir, sergent, ça va bien ?

— Très bien, mon gars...

Nous avons enfin respiré librement pour la première fois depuis deux minutes interminables... Si cet homme était sorti de l'hôpital seulement trente secondes plus tôt, il nous surprenait en train de descendre... Mais c'était l'un de ces risques qui sont imprévisibles : quelques secondes de différence, et c'est la vie ou la mort d'un homme. Dieu merci, nous nous en étions bien tirés.

La nuit tomba d'un seul coup comme toujours à la latitude de Cuba, sans autre avertissement qu'une pénombre qui cède immédiatement la place à une obscurité totale. Les projecteurs s'allumèrent alors que nous marchions encore vers la caserne. Notre plan était de la longer en passant par les cours latérales, comme faisaient les gardiens qui allaient chercher leur linge suspendu aux fils de fer de l'enceinte ou qui se dirigeaient vers la teinturerie. Nous devions sortir par la tranchée où se trouvait la mitrailleuse et avancer à droite vers les arbustes qui bordaient le terrain défriché. Ces minutes seraient décisives. Il suffisait que le gardien de la mitrailleuse allumât le projecteur du toit pour compromettre notre plan. Mais nous avions observé que ce projecteur ne s'allumait qu'un peu après la nuit tombée.

Nous avons vu Ulises et Brito entrer dans le jardinet comme s'ils allaient chez eux. La sentinelle était à leur gauche. Ils ont obliqué vers la droite et nous les avons perdus de vue dans les ténèbres qui s'épaississaient. Ma jambe me faisait horriblement mal, mais je savais que je ne pouvais pas me permettre de boiter, ne fût-ce qu'un instant, sans courir un risque fatal. Je me rappelais un épisode de la lutte révolutionnaire contre Batista : un étudiant de l'université, qui avait reçu une balle dans la jambe, était entré dans un poste de soins d'urgence sans boiter, sans tituber un instant, évitant ainsi les soupçons des soldats qui montaient la garde. Je me suis dit que si cet étudiant avait pu le faire avec une balle dans la jambe, je pouvais bien marcher droit, étant beaucoup moins atteint que lui. Et c'est ce que j'ai fait. Je me suis redressé et j'ai continué à avancer comme si ma jambe douloureuse ne faisait pas partie de moi. Je me suis recommandé à Dieu qui m'a soutenu tout le long du parcours.

A notre tour, nous avons pénétré, Boitel et moi, dans le petit jardin, discutant toujours normalement, essayant de paraître si naturels que notre présence ne soulèverait aucun soupçon. Le gardien qui était à une quinzaine de mètres n'a vu en nous que deux collègues qui faisaient comme tous les autres.

Nous avons obliqué sur la droite. Une large porte donnait sur les douches, elle était ouverte. Un gardien souvent de garde devant notre circulaire était en train de se laver. On l'appelait « El Chino », « Le Chinois ». Boitel lui cria de loin :

— Hé, Chino, lave-toi bien le ... !

Cette plaisanterie mit fin à notre inquiétude. Nous nous sommes sentis allégés, soulagés.

Nous voici dans la petite cour du fond. Un gardien de grande taille et blond, assis sur le tabouret et le dos appuyé au mur, chantonne une *decima,* l'un de ces airs typiques des paysans cubains. Là, l'herbe haute nous monte presque à mi-jambe. Brito et Ulises sont déjà passés et nous ne pouvons les voir. Nous cherchons la tranchée, mais l'obscurité et les herbes nous gênent. De nouveau, l'angoisse nous prend à la gorge. Je m'en tire en disant à Boitel, très haut, de m'attendre et, tournant le dos au garde absorbé dans sa chanson, je fais semblant d'uriner contre la clôture. Boitel, prenant alors son temps, avance lentement, comme s'il m'attendait, le long des fils de fer, et arrive finalement à la tranchée. Je vois de loin sa silhouette s'immobiliser, se baisser dans l'ombre. Je m'empresse alors de le rejoindre. Mais voici que je trébuche dans quelque chose de dur et de lourd : dissimulés par les herbes, ce sont de gros engrenages en fonte, empilés l'un sur l'autre. Je manque de trébucher une fois de plus sur une seconde pile de roues dentées. Le passage de la tranchée sera atrocement pénible : j'ai tellement mal que je pourrais crier. Tout mon corps ruisselle de sueur froide.

Boitel m'attendait de l'autre côté de la clôture. Nous avons pris aussitôt à droite pour dépasser la maison du lieutenant Antonio, « L'Ombre » comme nous l'appelions à cause de son caractère sournois et répressif. C'est là que nous avons rejoint Ulises et Brito, comme convenu. Les chiens du lieutenant Antonio ont alors fait un peu de tapage, mais nous ne nous sommes pas inquiétés : ceux que nous pouvions craindre étaient les limiers du ministère de l'Intérieur.

Nous nous sommes avancés le long d'une haie d'arbustes oubliés par les bulldozers lors de l'opération de défrichage. Désormais, même si la sentinelle allumait le projecteur du toit, personne ne pouvait plus nous voir. Nous avons fait ainsi plus de cent mètres parallèlement au terrain défriché. Finalement, nous nous sommes retournés pour jeter un dernier regard sur la masse imposante des circulaires. La nôtre, la plus proche de tous, était la plus impressionnante avec ses fenêtres miroitant faiblement sous l'éclairage de la tour centrale. Nous avons vécu là un moment terriblement émouvant, inoubliable. Jamais un prisonnier n'avait encore contemplé les circulaires sous cette perspective. Nous avions mis fin au mythe de l'impossibilité de s'évader de ce pénitencier, nous avions démontré que la forteresse était vulnérable.

Nous nous sommes enfoncés dans le maquis. Là, nous avons fait une petite halte pour brouiller notre piste avec trois petits morceaux de tissu que nous avons arrosés soigneusement de poivre moulu. Lorsque les chiens s'approcheraient pour les flairer de la manière caractéristique qui les fait respirer avec force, leurs narines se rempliraient de cette poudre piquante. En vain éternueraient-ils longuement pour s'en débarrasser : ils auraient complètement perdu l'odorat, et pour longtemps. Nous avons disposé les trois morceaux de tissu à des distances convenables pour égarer totalement nos poursuivants.

A peine avions-nous disparu par la fenêtre que notre arrière-garde s'était mise au travail. Les barreaux reprirent leur place et leur aspect habituels. Certains accessoires comme nos lames de scie, nos comprimés de teinture, firent le bonheur de nos amis qui les utiliseraient plus tard d'une façon ou d'une autre. La mesure la plus importante était d'assurer notre sécurité en empêchant un dénonciateur d'avertir la garnison.

Dans l'une des cellules du premier étage, un prisonnier était fortement soupçonné d'être un traître capable de nous vendre. Vladimir Ramirez et quelques autres montaient la garde devant sa porte. En effet, il nous avait vus descendre. Nos amis l'interceptèrent au moment où il sortait précipitamment de sa cellule. Vladimir l'empêcha de passer en lui menaçant la gorge de la pointe d'un couteau et le repoussa ainsi à l'intérieur. Et il en fut de même avec d'autres que nous soupçonnions également.

Le prisonnier responsable du second étage, en apprenant que nous allions nous évader, avait été horrifié à la pensée des représailles qui allaient s'abattre sur lui. D'un côté, il était tenté d'obéir à son instinct de conservation, et de l'autre, il ne voulait pas trahir le devoir de solidarité qui le liait à nous. Ce fut alors qu'un de nos camarades trouva la solution en lui proposant de le remplacer : ce serait lui qui se présenterait aux gardiens comme responsable de l'étage.

Nous avons entendu très loin des aboiements de chiens. Peut-être était-ce la poursuite qui commençait déjà ? Nous n'avions jamais cru vraiment que notre évasion demeurerait secrète jusqu'à l'appel du lendemain matin. Nous l'avions espéré, certes, mais comme une possibilité peu vraisemblable, car nous savions qu'il y avait des collaborateurs dans notre circulaire.

Nous sommes arrivés à une très forte dénivellation de terrain. Mon pied me faisait de plus en plus mal. Il était enflé, et la pression de la botte ajoutait encore à mes souffrances. Nous nous sommes arrêtés juste le temps de prendre un couteau pour découper le cuir presque jusqu'au cou-de-pied, ce qui m'a soulagé un peu. Nous avons poursuivi notre marche. Nous nous sommes engagés sur une partie de terrain plat, jaunâtre, que la lune baignait d'une lueur laiteuse. Nous avons marché dès lors à découvert, et bien qu'il n'y eût pas de maisons dans le voisinage, nous nous sommes sentis moins protégés en l'absence des arbustes qui nous permettaient de nous dissimuler, car il suffisait qu'un paysan ou qu'un milicien errant nous aperçût pour compromettre tout notre plan.

Nous nous sommes jetés à terre pour observer les alentours. Ce fut Brito qui décida que nous devions traverser en courant cet espace dangereux. Comme cela m'était impossible, Brito me chargea sur son dos et, avec une agilité et une force incroyables qui me stupéfièrent, il parcourut avec moi quelque deux cents mètres. En arrivant de nouveau à la partie boisée, il était aussi frais que s'il n'eût rien porté sur ses épaules. Formé aux durs travaux de la mer, il avait une extraordinaire capacité de résistance.

Nous avons dû traverser une première route, très large, avec de chaque côté un fossé et une clôture de fil de fer pour le bétail. Nous devions prendre toutes les précautions possibles pour ne pas être surpris par l'arrivée inopinée d'un véhicule. En entendant au loin le bruit d'un moteur, nous nous sommes collés encore plus contre le sol, à demi enfouis dans les hautes herbes. Le ronflement du moteur devenait de plus en plus fort. Un camion soviétique passa comme un bolide, soulevant un immense nuage de poussière jaune.

— Allons-y ! Vite !

Tout en parlant, Boitel avait commencé à se glisser sur le dos sous le fil de fer le plus bas de la clôture. Je le suivis avec Ulises et Brito à l'arrière-garde. Nous avons traversé la route en roulant sur nous-mêmes, car on aurait pu nous voir de loin si nous avions été debout. Avant de pénétrer dans une autre pinède, nous avons recommencé à brouiller notre piste avec de petits morceaux de tissu arrosés de poivre moulu. Les aboiements avaient cessé. La nuit suivait son cours, calme et silencieuse. Je marchais aussi vite que les autres en m'appuyant sur une branche droite comme un bâton. Deux fois encore, Brito me chargea sur son dos, malgré mes protestations, pour franchir en courant un espace découvert. J'étais gêné et peiné pour lui, mais il était mû par un admirable esprit de camaraderie et par un optimisme qui nous insufflaient à tous une nouvelle ardeur.

Je me rappelle qu'Ulises, pour m'encourager, m'assurait que je n'avais qu'une simple foulure et qu'il avait terminé une partie de football avec une entorse pire que la mienne. Malgré les dangers de l'entreprise dans laquelle nous nous étions lancés, notre courage et notre moral étaient au beau fixe, et nous nous sentions satisfaits de ce que nous avions réussi à faire jusqu'alors. C'était moi le plus mal en point physiquement, ce qui était logique. Boitel souffrait bien de ses os fêlés dans le talon, mais il pouvait marcher sans soutien, et il fallait un trou dans le sol ou une dépression subite du terrain pour qu'il lui arrivât de chanceler.

Une seconde route. Notre carte nous l'avait signalée ainsi que tous les détails, nécessaires pour nous guider, de l'itinéraire que nous suivions. Nous avons laissé sur notre droite une chaumière rustique au toit fait de palmes. Les chiens nous sentirent et se mirent à aboyer.

La végétation commença à changer et aussitôt apparurent les moustiques, terriblement agressifs et qui formaient de véritables nuages. Nous approchions des marais du Júcaro et donc de son embouchure, notre objectif, puisqu'une embarcation devait nous y attendre à une heure du matin.

Brito, à l'avant-garde, faisait office d'explorateur. Le fleuve n'était plus qu'à quelques mètres devant nous. A notre droite, un chemin de terre aboutissait à un petit pont de bois marqué sur notre carte. Nous devions maintenant obliquer sur notre gauche, vers l'est.

Le paysage changea encore. La végétation était composée de hautes herbes et de petits palmiers aux feuilles hérissées d'épines. Pour éviter un hameau à gauche, nous nous sommes rapprochés de la rivière. Un autre chemin de terre nous a conduits à un second pont. Brito s'est avancé seul. Tout paraissait très calme. On n'entendait que les bruits habituels de la nuit, des bourdonnements d'insectes, le coassement d'une grenouille... L'eau du marais nous montait jusqu'à la cheville. Il faisait froid, et un petit vent commençait à souffler du nord-est avec assez de force. Pour nous, c'était une bénédiction, car il emportait au loin les nuages de moustiques. J'avais perdu un de mes gants je ne savais où, celui de la main gauche. Je m'en étais aperçu avant de disposer notre deuxième piège pour égarer les chiens. Je ne pouvais sortir ma main de la poche, elle était déjà criblée de piqûres de moustiques.

Nous étions là depuis dix minutes, et Brito ne revenait pas. Nous commencions à nous impatienter. Quelle était la raison de ce retard excessif ? Ulises offrit de partir à sa recherche, mais Boitel proposa de l'attendre cinq minutes de plus. Enfin, Brito apparut. Il avait aperçu une embarcation, mais elle avait remonté la rivière sans s'arrêter. Nous étions exactement face au point convenu pour le rendez-vous. Boitel consulta la montre que nous avait laissée le prisonnier de service à la grille : trente minutes d'avance. Dans une demi-heure, pensions-nous, notre barque serait là, et au lever du jour nous serions loin, en pleine mer, à plusieurs milles de la côte, le cap sur Gran Caimán, c'est-à-dire dans une direction que ne pourraient soupçonner nos ennemis qui penseraient que nous voulions gagner Cuba, vers le nord, ou le Mexique à l'ouest.

Nous nous rapprochions le plus possible de la côte. Par moments, le marais s'approfondissait, devenait infranchissable, sa végétation plus dense. Enfin, nous sommes arrivés à l'extrémité de l'estuaire. Boitel demanda à Brito d'aller reconnaître les lieux tout en ne perdant pas de vue la mer, et de revenir aussitôt s'il apercevait notre barque. D'où nous étions, nous voyions parfaitement, droit devant nous, une grande étendue d'eau. Une heure moins dix. Une brise légère soufflait. Aucune embarcation en vue...

Brito revint avec le résultat de ses observations : de l'autre côté de l'estuaire, il y avait bien le campement de miliciens que signalait notre carte, et à notre gauche, d'où il revenait, il n'avait trouvé que le marais et des terrains plantés de mangliers. Mais nous savions qu'un peu plus loin il y avait d'autres campements de miliciens. Nous étions bien au point convenu.

Boitel consultait sa montre, avec impatience. De temps à autre, l'un de nous, par signes, lui demandait l'heure. Il abaissait son gant et nous tendait simplement le poignet pour que nous puissions nous en rendre compte nous-mêmes. Nous n'échangions pas un mot, car le silence de la nuit était tel qu'on pouvait entendre nos voix de très loin.

Descendant la rivière, des bateaux de pêche apparurent. Ils passèrent devant nous avec leurs feux de bord qui montaient et redescendaient au gré des vagues. Mais notre barque restait invisible. Une heure... une heure et demie... deux heures... A trois heures du matin, le découragement s'empara peu à peu de nous. Que s'était-il passé ? Nous nous trouvions au lieu, au jour et à l'heure convenus. Nous ne comprenions pas. Nos contacts savaient que nous serions capturés s'ils n'étaient pas au rendez-vous. Pour nous, c'était presque sûrement la mort...

A six heures du matin, aux premières lueurs du jour et alors que les premiers bruits du campement des miliciens nous parviennent de l'autre rive comme un chuchotement éloigné, nous nous éloignons de la côte. Nos contacts nous avaient assuré que la barque se présenterait deux nuits de suite, au même point et à la même heure. Elle serait sûrement là la nuit suivante. Du moins, c'est ce que nous voulions croire. Dans dix-huit heures, nous serions de nouveau à l'attente, au même endroit.

Dieu nous aiderait-il jusqu'au bout ? Une fois de plus, je m'en suis remis complètement à lui. Au même instant, le soleil teignit d'écarlate quelques nuages perdus dans l'altitude, et un vol de mouettes sillonna le ciel juste au-dessus de nous.

## CHAPITRE XX

# La chasse à l'homme

Ce fut le sergent Pinguilla, celui que nous avions croisé en nous échappant, qui donna l'alarme après l'appel du matin suivant.

Carrión et nos autres amis s'étaient chargés de retirer les plaquettes d'aluminium qui maintenaient en place les barreaux que nous avions sciés et qu'ils jetèrent sur le sol de la cellule. Quand le gros Pinguilla leva la tête pour nous compter comme d'habitude, il aperçut la fenêtre vide et s'arrêta net. Plus de mille paires d'yeux étaient fixées sur lui et le virent sortir en courant et en criant :

— Alerte ! Alerte ! Evasion !

Dix minutes plus tard, le lieutenant « Pomponio » (« Pompon ») arriva sur les lieux. Il étrennait pour la première fois l'uniforme vert olive. Il appela Lorenzo à la grille et ordonna un recensement dit « physique » de tous les prisonniers, c'est-à-dire un véritable appel par leurs noms et non un simple décompte, avec en plus vérification de l'identité de chacun d'eux au moyen de sa fiche personnelle où était collée sa photographie.

A la fin de l'appel, seules demeuraient quatre fiches sans les prisonniers correspondants : les nôtres.

Une fois l'appel terminé, nos gardiens sortirent pour tenter de trouver sous la fenêtre des traces de notre passage. Pomponio s'évertuait plus que les autres, son ventre volumineux l'empêchait presque de se baisser quand il voulait soulever tantôt un caillou, tantôt un brin d'herbe. Bientôt, de tout le circulaire, un millier de voix se mirent à l'encourager en chœur :

— C'est froid ! C'est froid !

ou au contraire :

— Tu brûles ! Tu brûles !

C'est un jeu d'enfants qui n'existe pas seulement à Cuba, et où l'un d'eux doit rechercher un objet que ses camarades ont caché. Les autres le guident par des cris qui vont de « C'est froid » et « C'est glacial » quand il s'en éloigne, à « C'est chaud » et « Tu brûles », quand il s'en approche.

Dans les situations les plus dramatiques, le tempérament cubain reprend toujours le dessus. De plus, et en dépit de toutes les représailles dont on pouvait le menacer, chaque détenu ressentait notre évasion comme une victoire personnelle, un triomphe sur l'ennemi commun. Nous venions de mettre fin au mythe, entretenu par la direction, qu'il était impossible de s'échapper du pénitencier. En réussissant à le faire, nous étions devenus les symboles de la résistance des condamnés politiques et de leur combativité. Nos amis se chargèrent de répandre la nouvelle : nous étions partis pour intervenir à la conférence de Punta del Este et y dénoncer les violations des droits de l'homme commises par le gouvernement communiste cubain et les tortures infligées dans ses prisons aux prisonniers politiques.

Accompagnés de leurs redoutables limiers, les spécialistes de la Police politique avaient déjà commencé à examiner les clôtures, recherchant l'endroit où nous étions sortis. Mais en vain. Tous les fils de fer étaient intacts. Le fameux « cordon de sécurité » n'avait subi aucun dommage. Les postes de garde et les sentinelles des guérites n'avaient rien noté d'anormal, pas plus que les rondes autour de nos bâtiments.

Le lieutenant Tarrau interrogea Lorenzo, le responsable de notre circulaire :

— Comment sont-ils sortis ?

Lorenzo répondit qu'il n'en savait rien. Il appela ensuite le prisonnier qui était responsable de notre étage, c'est-à-dire notre ami Rolando, qui avait assumé ce poste la nuit même de notre évasion. Jouant un effroi qu'il ne ressentait aucunement et pensant que nous avions déjà atteint une côte étrangère, Rolando déclara à Tarrau qu'il avait bien vu quatre militaires descendre de cette fenêtre, et que le lieutenant Paneque et un autre officier les attendaient en jeep dans la petite rue. Les quatre militaires étaient montés dans la jeep qui s'était éloignée aussitôt vers l'immeuble de la direction.

— Je n'ai rien dit parce que j'ai cru que c'était un problème entre gardiens, dit en terminant Rolando.

Cette déclaration fit l'effet d'une bombe. Le lieutenant s'éloigna rapidement pour communiquer à ses supérieurs ce qu'il venait d'apprendre.

Les autorités ne pouvaient que croire cette version de l'événement. Le cordon de sécurité était bien intact. Comment l'évasion aurait-elle réussi sans l'aide interne de quelques militaires dévoyés ? C'était d'une logique simpliste, mais la suspicion générale qui caractérise le système communiste et qui, alimentant la méfiance, transforme en ennemis potentiels vendus au capitalisme jusqu'à vos proches, allait faire le reste : la Police politique prit une mesure radicale : tous les officiers et soldats de service pendant et depuis la nuit antérieure se trouvèrent consignés, avec interdiction de sortir de l'enceinte du pénitencier.

Lorenzo, le responsable du circulaire, les prisonniers de service à la grille, et Rolando qui continuait à affirmer qu'il nous avait vus monter dans une jeep, furent transportés dans le quartier disciplinaire où les attendait un comité de réception. On leur ordonna de se déshabiller et de demeurer complètement nus. Le lieutenant Pomponio, devant le peloton des soldats, tenait à la main un câble électrique tressé qui lui servait de matraque. Il était accompagné de son fils, un garçon de huit ans, qu'il emmenait toujours avec lui pour lui enseigner comment il fallait traiter les ennemis de la Révolution. C'est dans cette atmosphère de barbarie qu'allait être élevé ce pauvre enfant ; à l'âge de douze ans, armé d'un câble électrique, il en savait assez pour frapper déjà les détenus.

Mais Lorenzo, Rolando et les autres refusèrent de se déshabiller. Il fallut que le sergent « Naranjito » intervînt : levant le sabre qu'il portait toujours suspendu à son ceinturon, il donna l'exemple à l'enfant en assenant le premier coup de plat. La résistance ne pouvait se prolonger. Assommés, hébétés par les coups, les prisonniers, une fois nus, se retrouvèrent dans les terribles cellules du quartier disciplinaire.

Nous avions établi notre campement à la lisière même de la partie la plus inhospitalière de l'île. En face de nous s'étendait une plaine de quelques centaines de mètres recouverte d'herbes que nous appelons *caguasos,* dont les feuilles tubulaires sont de la grosseur d'un cigarillo. Cette herbe haute vous monte jusqu'à la ceinture. C'est une région basse et marécageuse, comme d'ailleurs l'endroit où nous étions. Mais autour de nous poussaient des arbres, des palmiers au tronc épais mais hauts d'à peine trois mètres et dont les feuilles hérissées d'épines énormes étaient extrêmement dangereuses puisqu'à la moindre inattention vous

vous retrouviez avec une épine enfoncée dans le visage ou dans un œil.

Il y avait çà et là de petits monticules de terre noire et humide, absolument vierge, fréquentés seulement par les oiseaux et les moustiques. Des arbres nombreux s'élevaient très haut malgré leurs troncs rachitiques, couronnés de feuilles couleur carmin. Les périls du véritable marais, où un bœuf peut s'engloutir, commençaient un peu plus au sud. Il y avait là des sables mouvants où beaucoup de fugitifs avaient perdu la vie sans laisser de traces. Brito était le seul de notre équipe à connaître ce type de terrain grâce à l'expérience qu'il avait acquise pendant de longues années comme chasseur de caïmans, métier dangereux s'il en est et qu'il avait exercé à peine adolescent.

Nous étions là, observant un silence absolu, attendant avec anxiété la nuit dont l'obscurité nous protégerait et où apparaîtrait peut-être notre barque. Nous avons mangé chacun une tablette de chocolat et un morceau de sucre. Nous avons bu de l'eau puisée dans un petit récipient pliable, en plastique, après y avoir laissé fondre pendant une heure quelques comprimés d'Halazone, un désinfectant et purificateur.

Les moustiques nous harcelaient. Ma main gauche, qui n'était plus protégée par un gant, faisait l'objet de leurs attaques implacables. Elle était pleine de boursouflures rougeâtres et j'avais l'impression qu'elle était rongée par le feu. Brito s'éloigna un instant pour grimper à la cime d'un arbre et jeter un regard sur les environs. Tout paraissait tranquille. Vers midi, nous avons entendu au loin le bruit d'un moteur. Ce bruit devint de plus en plus fort, et nous avons aperçu un petit avion volant très bas et qui passa au nord de l'endroit où nous nous cachions.

La chasse à l'homme avait commencé.

Vers le soir, ce fut le bourdonnement caractéristique d'un hélicoptère. Nous nous sommes cachés une fois de plus. Il passa directement au-dessus de nos têtes en frôlant presque la cime des arbres. Mais il était impossible de nous apercevoir à travers la frondaison des arbustes dans laquelle disparaissaient nos uniformes vert olive. Nous avons également entendu quelques rafales de mitrailleuse dont le crépitement était presque complètement étouffé par l'éloignement. Il n'y avait peut-être aucune relation avec notre fuite, avons-nous pensé. Nous avons cru qu'il s'agissait d'exercices militaires, si fréquents sur toute l'île des Pins. Mais nous avions tort. Dès la matinée, les opérations avaient commencé, et à une échelle sans précédent : il fallait nous retrouver à tout prix. C'est seulement bien plus tard que nous devions connaître tous les détails de cette mobilisation.

Comme la veille, les prisonniers de la circulaire 3 avaient la visite de leurs familles. Des milliers de visiteurs se trouvaient donc dans l'île. L'une des premières mesures prises par les autorités fut de les bloquer sur place : personne n'eut le droit de repartir pour Cuba. La troupe assiégea les agglomérations de Nueva Gerona, Santa Fé et Santa Bárbara, puis fouilla les maisons une par une. Les routes en direction du sud furent fermées, sauf pour un trafic militaire contrôlé de près.

Parmi les familles des prisonniers, des gardiens crurent distinguer des complices qu'ils arrêtèrent aussitôt. A Nueva Gerona, les cachots du poste de police se remplirent et il fallut entasser les suspects dans le « parc » de la ville, c'est-à-dire sur sa place principale, et les entourer d'un cordon de soldats armés.

Des patrouilles motorisées parcouraient toutes les routes et tous les chemins où se multiplièrent les barrages. Les bateaux de pêche qui étaient sortis des ports du nord la nuit précédente furent rappelés par radio tandis que des vedettes surveillaient les côtes.

Sur terre, on organisa une recherche minutieuse, un véritable passage au peigne fin de toute l'île, du nord au sud. Nous avons appris ensuite de la bouche même du commandant William Gálvez, qu'en apprenant l'évasion de Boitel, Fidel Castro avait téléphoné au lieutenant Tarrau, commandant en chef du pénitencier, pour le prévenir que si Boitel réussissait à quitter l'île des Pins, ce serait Tarrau lui-même qui accomplirait à sa place les trente-cinq années de détention du prisonnier qu'il avait laissé échapper. Toute l'île fut mise en état d'alerte. Des milliers et des milliers de soldats participèrent à cette battue monstre. On leur avait dit que nous étions armés ; aussi, chaque fois qu'ils arrivaient devant un bosquet où ils pensaient que nous étions cachés, se jetaient-ils à plat ventre pour mettre en batterie leurs mitrailleuses tchèques B-Z, et ils arrosaient de balles, sans sommation, tous les endroits suspects. C'était là la cause des rafales que nous entendions. Ce n'est qu'ensuite qu'ils osaient approcher pour vérifier si nous étions là.

La Police politique fouilla systématiquement tous les petits hôtels et motels des alentours. Carmen, la fiancée de Boitel, se trouvait dans l'un d'eux. Arrêtée, elle fut interrogée longuement par le commandant William Gálvez en personne, qui la menaça d'être jetée en prison si Boitel était parvenu à se réfugier à l'étranger.

Dans l'après-midi déjà, Brito aperçut des soldats qui approchaient de l'endroit où nous nous trouvions. Il n'y avait plus derrière nous que la vaste plaine marécageuse où les *caguasos* nous arrivaient à la ceinture, ainsi qu'un petit bois, celui où nous nous cachions déjà. Nos poursuivants commencèrent à tirer de loin, au hasard, et une pluie de feuilles et de branchages abattus par les projectiles tomba sur nous. Ils tiraient généralement trop haut, et nous restions collés au sol pour nous protéger. Nous nous sommes déplacés vers la droite du demi-cercle que formait le bord du marais, là où poussait une végétation abondante, non sans avoir effacé les empreintes qu'avaient laissées nos corps sur le sol spongieux. Quand les soldats reprendraient leur avance, ils arriveraient forcément devant la partie de terrain sans arbres où il ne poussait plus que ces herbes étranges que nous appelons *caguasos*.

En apercevant le premier soldat, nous nous sommes mis à avancer parallèlement à lui, à l'abri de la végétation. Cette troupe s'était déployée en éventail. Sachant que de l'autre côté de cette frange marécageuse et de la rivière, il y avait le campement de miliciens du Júcaro, ils n'osaient plus tirer comme précédemment. Peut-être pensaient-ils aussi que leurs recherches étaient inutiles : comment aurions-nous choisi de nous cacher précisément aussi près d'un centre important d'ennemis ? C'est ce qui explique sûrement la négligence certaine dont ils faisaient preuve dans leur façon de battre le terrain. Sur notre droite, entre le militaire le plus proche et la végétation, il y avait un vide d'une trentaine de mètres de large qu'ils ne fouillaient pas. Et c'était justement là que nous nous glissions, couverts par un feuillage épais. Nous aurions couru un très grand danger si ces hommes s'étaient complètement déployés et avaient poussé leurs investigations à la totalité du marais. C'est ce qu'ils ne firent pas.

Toutefois, un des derniers s'écarta un peu du reste et se dirigea vers l'endroit où nous étions. Nous entendions le bruit que faisaient ses bottes en écrasant les *caguasos* et en se dégageant de la vase qui les aspirait. Mais il se rapprocha de nouveau de ses camarades, alors qu'il était seulement à quelques mètres de nous. Nous étions sauvés. Cette fois-ci du moins, nous avions échappé à cette battue menée par trop négligemment. Les soldats ne s'étaient même pas avancés jusqu'à l'endroit que nous avions abandonné. Ils avaient obliqué vers le sud, vers le chemin de terre et le petit pont jeté sur la rivière. Nous sommes demeurés sans bouger pendant une trentaine de minutes avant de revenir à notre campement précédent. Personne ne reviendrait plus nous y chercher après ce coup de filet, incomplet sans doute, mais les responsables affirmeraient le contraire à leur supérieur pour qui cette partie de l'île serait visitée à fond. C'était du moins ce que nous pensions...

Ce que nous ignorions, c'est que dans le port de Gerona, un bateau canadien chargeait des oranges amères. Les autorités cubaines, pensant que nous nous étions réfugiés à bord, demandèrent au capitaine l'autorisation de visiter son navire. Le capitaine refusa net. A l'époque, le Canada était pour Cuba un partenaire commercial important, et le gouvernement cubain était trop intéressé au maintien de ces relations pour créer un incident diplomatique.

Mais ce refus du Canadien eut une conséquence favorable pour nous : la Police politique l'interpréta comme la preuve que nous étions à bord.

La nuit vint. Dès onze heures et demie, nous nous sommes retrouvés au point convenu. Le ciel était clair, et des quantités d'étoiles brillaient. Comme la nuit antérieure, quelques bateaux de pêche mouillaient à l'est. Mon pied me faisait horriblement souffrir, l'inflammation l'avait totalement gagné, et le travail et les efforts auxquels je l'avais soumis avaient aggravé son état. La peau de la cheville, là où le choc avait été le plus rude lors de ma chute, était toute violacée. Je m'étais bourré d'aspirine, mais sans calmer ma souffrance. Les deux fêlures que Boitel avait au calcanéum le gênaient de plus en plus. Mais nous ne pouvions pas nous plaindre : jusque-là Dieu nous avait aidés en nous insufflant la force d'âme et le sang-froid de mener à bien l'évasion que nous avions projetée et qui resterait à jamais dans les annales de ce pénitencier. Au fond, tout nous avait réussi. Nous étions vivants et débordants d'optimisme parce que nous vivions encore.

Une heure du matin ; une heure et demie ; deux heures ; trois heures : aucune embarcation. Nous scrutions désespérément l'horizon. Il était vide, vide. Personne n'était venu nous chercher.

L'aube se leva. Nous nous disposions à retourner à notre cachette quand nous avons entendu au loin des cris, puis des coups de feu, et aussitôt des rafales de mitrailleuses lourdes qui provenaient indubitablement de l'embouchure de la rivière. Un grand silence suivit. Quelques minutes plus tard, nous avons perçu un bruit de voix, mais trop lointaines pour pouvoir distinguer ce qui se disait.

Nous sommes restés sur place jusqu'à ce que le ciel commence à s'éclaircir. Nous avons sommeillé par à-coups, mais nous étions épuisés, accablés par la fatigue. Et notre tension d'esprit était devenue insupportable. Le fait que la barque que nous attendions n'ait pas été au rendez-vous prévu pour la seconde nuit nous avait découragés. Boitel proposa alors de nous procurer nous-mêmes une barque. Brito l'appuya : il était un spécialiste de ce genre d'opérations : il s'était emparé à plusieurs reprises d'un bateau des Coopératives des pêcheries de l'Etat pour faire passer plusieurs personnes à l'étranger.

Rien n'était encore perdu.

L'endroit où nous campions nous paraissait sûr après le ratissage manqué des soldats. Pour provisions, nous n'avions que des tablettes de chocolat et du sucre, mais cela nous avait suffi jusqu'alors, du moins au point de vue du nombre nécessaire de calories.

Il était une heure de l'après-midi quand le cargo canadien, ayant fait son plein de bigarades, leva l'ancre et s'engagea dans le canal pour gagner le large. La Police politique, croyant que nous étions cachés à bord, à fond de cale, ordonna une heure plus tard de mettre fin aux recherches dans toute l'île. Cet ordre fut transmis à tous les échelons de la police et de l'armée pour que les troupes rentrent enfin dans leurs casernements et leurs campements.

Le soleil s'abaissait déjà sur l'horizon quand Brito nous prévint qu'un groupe important de soldats avançait droit sur nous, et rapidement. Et en effet, sortant de la région boisée comme la première fois, des dizaines de soldats apparurent. Un homme à cheveux blancs et armé d'un fusil R-2 les précédait. Cette fois-ci, ils se déployèrent parfaitement jusqu'au bord même du marais. Nous avons battu en retraite aussi rapidement que nous le pouvions. Ils étaient déjà presque sur nous. La distance qui nous séparait d'eux était si faible qu'il nous était impossible de répéter la manœuvre de la veille, c'est-à-dire arriver au petit bois avant eux et nous y enterrer.

Nous nous sommes blottis derrière les troncs épais des palmiers aux feuilles pleines d'épines. Ulises était le plus proche de nos poursuivants. Brito se trouvait à ma droite et, un peu derrière lui, Boitel.

Nous avons entendu l'un des soldats proposer à ses camarades :

— Obliquons sur la droite vers le petit pont !

Je me suis mis à prier : mon Dieu, pourvu qu'ils le fassent, qu'ils se détournent de nous. En effet, s'ils continuaient à avancer droit devant eux, ils tomberaient inévitablement sur nous. Comme nous en étions convenus au cas où se présenterait une situation semblable, je m'étais mis à creuser frénétiquement le sol pour y enfouir mon faux livret militaire et mes cartes, certain que mes trois camarades faisaient comme moi.

Ce fut alors qu'une seconde voix s'éleva pour répondre à la première :

— Non ! Le petit pont nous éloigne de l'itinéraire prévu. Continuons tout droit !

Nous étions perdus : droit devant eux, c'était le maquis où nous nous cachions. Quelques mètres encore, et nous serions face à face. Je me suis dit que nous vivions les dernières minutes de notre existence. Je me suis recommandé à Dieu, pour la dernière fois. J'ai pensé à ma famille et, en moins d'un instant, un raz de marée de souvenirs a déferlé dans mon esprit. J'allais mourir là où j'étais, dans ce marais immonde, nauséabond. Et j'ai ressenti une peur atroce, la serre invisible qui vous empoigne l'estomac aussi fort presque qu'un spasme de douleur.

Un cri s'éleva :

— Ne tirez pas ! Nous n'avons pas d'armes !

C'était Ulises. Dès lors, les événements se succédèrent dans une sorte de tourbillon. Claquements de culasses ; cris des hommes qui demandaient à leur chef de s'écarter pour pouvoir tirer sur nous. Une fois de plus, j'ai entendu la voix d'Ulises :

— Ne tirez pas ! Nous n'avons pas d'armes !

Le chef, l'homme aux cheveux blancs qui se tenait entre eux et nous, se retourna sur ses hommes :

— Que personne ne tire... ! C'est un ordre ! C'est moi qui commande ici ! C'est moi qui suis le chef !

La tension qui suivit pendant quelques secondes me parut interminable. J'étais sûr que des rafales de balles allaient s'abattre sur nous.

L'homme aux cheveux blancs, très droit, très calme, continuait à donner ses ordres, insistait : personne ne devait tirer sans son autorisation. Il se retourna un instant vers nous pour nous dire de rester derrière les troncs d'arbres qui nous cachaient et de ne pas nous montrer avant qu'il nous le permette. Il voulait ainsi, expliqua-t-il, éviter toute effusion inutile de sang.

Tout cela n'avait duré que quelques secondes ; déjà, les

soldats, comprenant que nous étions à leur merci et incapables de nous défendre, se calmaient peu à peu. Les cris hystériques de ceux qui suppliaient encore leur chef de s'écarter pour en finir avec nous, devenaient de plus en plus rares. C'est ainsi que nous avons dû la vie à cet homme qui avait su s'imposer à tous par sa sérénité et son courage. Une fois de plus, il nous demanda de ne pas nous montrer tout de suite, et de nouvelles secondes pleines d'angoisse se succédèrent...

— Vous allez sortir maintenant, mais un par un, et les mains croisées sur la nuque.

Ulises se présenta le premier.

— Au second !

Boitel le suivit, puis Brito.

— L'un de nous est blessé à une jambe..., dit Boitel.

Je sortis en boitant. Nous étions là maintenant tous les quatre, les mains derrière la nuque, si las, tellement découragés, entourés d'une centaine d'hommes aux regards terriblement hostiles.

— Nous aurions dû vous tuer ici, tout de suite, dit l'un d'eux en nous menaçant de son fusil.

Tout avait basculé en quelques minutes. Nous étions vivants, et je ne l'aurais jamais cru. Nous en avions parlé comme d'une illusion qu'aucun de nous n'avait le droit de nourrir même dans le recoin le plus secret de son âme. Nous connaissions tellement bien l'ennemi...

Ce qui nous avait sauvé de la mort, c'était l'intervention de cet homme aux cheveux blancs, d'ascendance typiquement espagnole, le commandant de cette troupe. Un peu plus tard, alors que nous étions seuls à pouvoir l'entendre, il nous a murmuré que nous avions eu de la chance ; s'il n'avait pas été là... Il n'a pas achevé sa phrase, mais nous avions compris son sens et sa portée...

Il y eut entre lui et quelques soldats un échange d'ordres et de chuchotements. Deux hommes s'éloignèrent pour prévenir le campement voisin de notre arrestation.

Le vent soufflait avec force, et nous nous sommes mis en marche vers un chemin de terre, entourés de quelques gardes et suivis par le chef.

Je traînais la jambe. Mon pied était de plus en plus enflammé, et autour de la cheville, la chair était devenue noire. Il m'était infiniment douloureux d'avancer sur ce terrain bourbeux où j'enfonçais à chaque pas. Je me suis appuyé à l'épaule de Brito, et nous sommes arrivés là où le sol, fait de terre jaunâtre, s'affermissait. A l'approche de la première clôture que j'ai passée en rampant sur le dos et en soulevant le fil de fer le plus proche, je m'étais aperçu que j'avais encore dans une poche le vieux porte-billets qui contenait mes dollars. Nous n'avions pas encore été fouillés et portions toujours nos couteaux le long de nos jambes, maintenus par une bande de caoutchouc. Comment me débarrasser de cet argent ? Avant d'arriver à la seconde clôture, je me suis dit qu'il fallait profiter de l'herbe haute et du fait que je franchirais la clôture une fois de plus couché sur le dos, pour laisser glisser le porte-billets sur place. C'est ce que j'ai fait. Toutefois, l'un des soldats du groupe qui nous suivait d'assez loin, a aperçu le porte-billets et l'a poussé de la pointe de sa botte, si bien qu'il s'est ouvert et qu'au premier coup de vent, les billets se sont envolés.

— Des dollars ! Des dollars !

Tous s'étaient mis à crier, tous couraient après cet argent détesté et envié. C'était en vain que leur chef s'époumonait pour les rappeler à l'ordre...

De toute façon, les autorités n'ont jamais entendu parler de ces dollars, ni nous non plus...

D'autres soldats nous attendaient sur le chemin de terre. Ils tirèrent quelques coups de feu en l'air, sans doute s'agissait-il d'un signal convenu. Nous nous sommes assis sur un tas de troncs d'arbre dont on faisait des poteaux de clôture. Le bourdonnement d'un moteur d'hélicoptère s'est fait entendre.

L'appareil se pose de l'autre côté des fils de fer. Deux officiers en descendent. Hautains et importants, sans même prendre la peine de saluer ceux qui nous ont capturés, ils s'approchent d'Ulises, le plus proche d'eux, soulèvent et retournent le col de sa chemise pour voir l'étiquette et la marque de fabrique que nous avions oublié d'ôter. L'un d'eux s'adresse à l'autre :

— Regarde ! C'est l'œuvre des traîtres que nous avons parmi nous !

Et il lâche la chemise d'un geste insultant.

— Ce sont ces traîtres qui leur ont donné ces uniformes !

Il se dirige ensuite vers Boitel qu'il connaît évidemment :

— ... Qui vous a livré ces vêtements ?

Boitel le regarde sans répondre, l'obligeant à répéter sa question.

— Un prisonnier de droit commun, très gros, qu'on appelle « Chito » (ce qui veut dire « bouchon », mais aussi « silence »).

A partir de ce moment, ce prisonnier de droit commun inexistant, très gros pour qu'il n'y ait aucune erreur possible, sera pour nous l'homme qui s'était chargé de nous faire parvenir nos uniformes et notre équipement : jamais l'administration ne soupçonnera que tout nous a été envoyé caché dans la bordure d'un matelas.

Les officiers venus par hélicoptère se retirèrent enfin, et presque aussitôt une jeep militaire soviétique arriva sur place. Nous nous sommes installés à l'arrière. Un capitaine conduisait le véhicule ; un autre, assis à côté de lui, était tourné vers nous, nous menaçant de sa mitraillette, prêt à faire feu. Sur les ailes de la jeep, d'autres officiers prirent place tant bien que mal. L'un d'eux arma son pistolet et l'appuya sur le front de Boitel. Je le connaissais. C'était un élément recruté parmi les gangsters, l'un de ceux que le parti communiste, avant de prendre le pouvoir, inscrivait à l'université pendant des années et des années sans que jamais ils passent d'examens, car ils n'avaient pas pour tâche d'étudier, mais de se livrer à l'agitation politique. Des années auparavant, Boitel avait démasqué cet agitateur qui, du fait de la révolution et grâce à elle, était devenu un mirobolant officier de la Police politique. Cet individu, voyant Boitel prisonnier et sans défense, était heureux de pouvoir le maltraiter.

Je savais que Boitel ne dirait pas un mot pour se plaindre, aussi suis-je intervenu : j'ai demandé à cet homme d'écarter son pistolet de la tête de Boitel, car il l'avait armé et tenait le doigt sur la détente : il suffisait d'un coup de frein pour que le coup parte.

— Il n'a qu'à me le dire lui-même ! Qu'il me prie de lui faire la faveur d'ôter mon pistolet, s'il a peur...

Ce fut Boitel qui lui répondit, indigné, furieux presque :

— N'importe où et n'importe quand je serai toujours plus homme que toi, avec ton pistolet et ton uniforme ! Tu n'es qu'un lâche et un misérable !

Le policier repoussa le crâne de Boitel d'un coup du canon de son arme. Aussitôt, Ulises, Brito et moi nous nous sommes mis à protester, et le capitaine a ordonné au lieutenant d'écarter son arme.

Nous avons quitté très vite ces chemins poussiéreux et nous avons pris la grand-route. On voyait d'un côté et de l'autre des soldats qui, l'état d'alerte passé, se rapprochaient des voies de communication. L'hélicoptère survolait la jeep.

Nous sommes entrés à la prison par la porte principale. Nous étions donc de retour dans cet enfer, qui eût pu dire maintenant pour combien d'années. Nous savions qu'ils allaient se venger de nous. Quand, m'appuyant sur Ulises et Brito, j'ai commencé à gravir les marches du perron qui menait aux bureaux de la direction, de nombreux soldats, en haut, s'apprêtaient à nous recevoir. Ma jambe continuait à me faire un mal horrible, mais je devais quand même avoir plus de chance que Sergio Bravo n'en avait eu quelques heures plus tôt.

CHAPITRE XXI

# Le pavillon disciplinaire

Au moment même peut-être où les soldats étaient en train de s'approcher de notre campement du marécage, une inspection du genre représailles avait lieu dans les circulaires. Remplis de rage par notre évasion, les gardiens s'étaient acharnés sur les prisonniers : après avoir placé des sacs de sable et des mitrailleuses braquées sur les portes des immeubles, ils étaient entrés baïonnette au canon, blessant des dizaines de détenus.

Sergio Bravo avait à peine trente ans. C'était un athlète agile et enthousiaste dont la grande préoccupation était de prêcher la parole de Dieu. Ce travail religieux constant nous était d'une grande aide dans notre lutte pour assurer le triomphe de l'amour sur la haine, du Christ sur nos mauvaises passions.

Sergio vivait au cinquième étage de la circulaire 3. Quelque temps auparavant, il avait réussi, en se servant des ruses les plus invraisemblables, à faire rentrer feuille par feuille une Bible minuscule, de la dimension d'un paquet de cigarettes, et il veillait sur elle avec amour. Il avait pu la sauver de toutes les perquisitions en se servant d'une cachette aménagée dans le mur de sa cellule.

Dès qu'éclatèrent les vociférations des gardiens et le vacarme suscité par leurs coups, Sergio, qui se reposait sur son grabat, se leva d'un bond. Le poste de garde était ouvert, et il vit un spectacle qui le frappa d'horreur, une véritable boucherie. Il se précipita dans l'escalier dont il descendit les marches trois par trois quand, arrivé au quatrième étage, il se souvint de sa Bible qu'il avait laissée sous son oreiller, loin de sa cachette habituelle. Les gardiens ne pouvaient manquer de la trouver. Il savait qu'un retard à l'appel lui vaudrait quelques coups de plus, mais peu lui importait. Il lui fallait mettre sa Bible en sûreté. En quelques enjambées puissantes, il rebroussa chemin. Il se retrouva dans sa cellule, le cœur battant, se hâta de bien cacher sa Bible. Il ressentit alors une joie, un réconfort, une sérénité suprêmes. Alors seulement il pensa à lui, à sa situation. Seul dans le couloir, seul dans l'escalier, il réalisa la dernière course de vitesse de sa vie. Déjà, en effet, les gardiens avaient commencé à tirer, et une balle de fusil, comme un coup de hache brutal, lui fracassa les os de la jambe juste au-dessous du genou.

Pendant que je marchais en m'appuyant de mes bras sur les épaules d'Ulises et de Brito, Sergio Bravo fut amputé de la jambe. Il ne recommencerait jamais plus à courir. Nous avons appris par la suite que l'amputation n'était pas nécessaire, mais la réparation des dégâts causés par le projectile eût exigé des médecins militaires un travail supplémentaire. Ils ont préféré mutiler notre Sergio Bravo.

On nous a fait entrer dans le bureau du lieutenant Tarrau. Il était absent, sorti en compagnie du lieutenant Cruz, un vieil ivrogne que j'avais connu enfant dans le port de la Coloma. Il était déjà un militant du parti communiste, et la révolution avait fait de lui le chef de la Police politique de l'île des Pins.

Sur la table de travail du directeur de la prison, nous pouvions voir quatre piles de photos nous représentant, le reste de celles qui avaient été distribuées dans l'île pour qu'on pût nous reconnaître. Nous nous sommes assis tous les quatre sur un canapé. Immédiatement, le lieutenant Paneque fit son entrée. C'était lui qu'un de nos compagnons avait accusé de nous avoir pris en jeep au début de notre évasion. Mais cela, nous ne le savions pas.

Aussi sa gentillesse nous surprit-elle, car c'était l'homme de la répression, des abus, un vrai despote. Il devait penser que nous projetions de l'impliquer dans notre fuite, et son amabilité du moment obéissait au désir de nous en dissuader : il savait que si nous déclarions qu'il nous avait aidés, il se retrouverait inévitablement en prison. Sans cette circonstance extraordinaire, son comportement envers nous eût été bien différent. Il avait peur, peur de ce que nous pouvions dire.

Un flot d'officiers entra en tumulte avec, à sa tête, le commandant William Gálvez, commandant la place de l'île des Pins. Il connaissait Boitel lui aussi. Gálvez était célèbre pour ses excentricités, celle par exemple de se déplacer sur des patins à roulettes en grand uniforme dans les rues de la ville de Matanzas et de se présenter ainsi aux tribunaux révolutionnaires dont il faisait partie en tant qu'accusateur public.

Les détails de notre évasion l'intéressaient énormément. Etant de nature aventurière, il n'arrivait pas à dissimuler son admiration pour ce que nous avions accompli. Mais quand il affirma qu'il était certain qu'un sous-marin de la C.I.A. devait nous recueillir, Boitel le nia. Gálvez se montrant incrédule, il y eut entre les deux hommes un premier choc, Boitel maintenant son point de vue et niant que nous ayons prévu dans notre plan l'aide d'un sous-marin.

— Et alors, comment pensiez-vous sortir de l'île ?

— En nous servant d'une barque.

— Mais pour qui vous prenez-vous ? cria ce commandant insolite.

Il nous considérait vraiment comme incapables de nous procurer une embarcation quelconque.

— Réfléchissez un peu, mon commandant. Etait-ce plus difficile de nous procurer un bateau que de mener à bien ce que nous avons fait jusqu'à ce qu'on nous découvre ?

William Gálvez, surpris, resta longtemps silencieux, regardant fixement Boitel. Puis il se détourna pour murmurer à voix basse :

— Evidemment...

Cela n'empêcha pas la Police politique de répandre partout la petite histoire du sous-marin de la C.I.A., et ce fut cette version des faits que l'on communiqua à Martha González, exilée aux Etats-Unis, mais qui acheta son retour à Cuba en s'engageant à écrire un livre rempli de mensonges et d'inventions, *Bajo palabra* (« Sous parole »), à base de matériaux provenant de la Police politique.

Quand le lieutenant Tarrau, directeur de la prison, fit enfin son entrée dans le bureau, il y eut un grand silence. Il fixa sur nous un regard qui semblait exploser de haine. Il soufflait bruyamment, les ailes de ses narines étaient livides, et l'on pouvait voir qu'il faisait un énorme effort pour se contenir :

— Vous allez apprendre maintenant ce que...

Il laissa sa menace inachevée...

Un grand froid me parcourut la colonne vertébrale. Pour moi, tout cela était un songe, quelque chose d'irréel à force d'être étranger à ce qu'avait été ma vie antérieure. En repassant les événements des derniers jours, je n'arrivais pas à croire que j'en avais été l'un des protagonistes. Jusqu'à mon arrestation, mon existence s'était déroulée de façon conventionnelle, celle d'un homme de mon âge préservé de toute péripétie capable d'attirer l'attention ou dont on pût parler. Et soudain je me voyais là, assommé presque par tout ce qui se passait.

Tarrau, le directeur de ce bagne, ne menaçait jamais pour le plaisir de le faire : il disposait de tout ce qui était nécessaire pour tenir ses promesses.

Il commença lui aussi à nous interroger. Il ne connaissait dans notre groupe que Boitel. Ce fut donc vers lui qu'il dirigea toutes ses accusations, ce fut lui qu'il chargea de toutes les responsabilités. Il nourrissait à son égard une haine particulière, celle que Castro lui avait communiquée. Son regard trahissait sa rancœur : il ne pouvait oublier que Castro l'avait menacé de l'emprisonner si Boitel réussissait à s'enfuir.

La responsabilité de notre évasion, me paraissait-il, devait être partagée entre nous au même titre que notre espoir déçu de conquérir notre liberté. Aussi ai-je pris la parole et déclaré à Tarrau et à Gálvez que Boitel n'était pas le seul responsable, que c'était de ma cellule que nous étions partis, que j'avais scié les barreaux de ma fenêtre. Et Brito et Ulises renchérirent, revendiquant eux aussi la responsabilité de notre évasion.

Boitel souriait, satisfait. Il pouvait être sûr que ses camarades ne le lâcheraient pas.

Pour Tarrau, notre désir de nous évader, légitime chez tout prisonnier, était une offense personnelle, un acte dirigé spécialement contre lui. Et il recommença à nous menacer pour « ce que nous lui avions fait » :

— Vous aurez tous à assumer vos responsabilités. Vous allez tous les quatre pourrir dans des cellules disciplinaires. Vous n'en sortirez jamais, et vous allez vous repentir de ce que vous m'avez fait.

Le lieutenant Paneque, toujours de plus en plus gentil, nous apporta des pichets d'eau fraîche. Puis il donna l'ordre de nous préparer à manger. Les attentions de cet homme me faisaient craindre de violentes représailles dès que nous arriverions dans nos cellules. Je voyais dans ses prévenances l'effet d'une sorte de sadisme : il essayait de nous faire croire que rien ne nous arriverait pour mieux assouvir ensuite son ressentiment.

Nous avons reçu l'ordre de sortir. Nous devions descendre l'escalier jusqu'à l'entrée de la clôture de sécurité. Le commandant William Gálvez et le lieutenant Tarrau marchaient devant nous. Pour m'aider à descendre, le lieutenant Paneque me prit le bras.

— Merci, mon lieutenant, mais je peux m'appuyer sur mes camarades...

Il insista :

— Non, ils sont complètement épuisés.

— C'est que je suis plein de boue partout, je vais salir votre uniforme...

Je cherchais en vain un prétexte. Paneque s'était mis dans la tête de me secourir :

— Ça n'a aucune importance...

Et il m'aida lui-même à descendre les marches.

Que pouvait ressentir cet homme qui, d'une certaine manière, s'imaginait être à notre merci, lui qui était habitué à battre les prisonniers, à les humilier, à les maltraiter? Redouté pour sa cruauté et pour ses abus de pouvoir, il tremblait maintenant à l'idée que l'un de nous, qu'il eût rossé en d'autres circonstances, pouvait l'impliquer dans notre évasion, et il faisait des efforts désespérés pour nous neutraliser, pour nous faire abandonner ce qu'il croyait être notre dessein : l'accuser d'avoir été notre complice. Si nous déclarions qu'il nous avait fait sortir du pénitencier en jeep, rien ne le sauverait de la prison.

Plus de deux cents mètres nous séparaient du quartier disciplinaire. J'étais incapable de les faire à pied. Aussi ai-je eu droit à une jeep. Mais mes trois compagnons durent emprunter la petite route en marchant. Il s'agissait de les montrer; tout le pénitencier devait voir qu'on les avait capturés. Tarrau et Gálvez voulaient jouir de leur triomphe.

Quand la jeep s'arrêta devant le pavillon disciplinaire, le cortège des officiers, avec Boitel, Ulises et Brito, défilait entre les circulaires. En reconnaissant mes compagnons, les prisonniers se mirent à les appeler, à les saluer. Les soldats, furieux de ces démonstrations de solidarité et d'amitié, se mirent à pousser Boitel qui tomba presque, trébuchant à plusieurs reprises.

Cette brutalité déclencha chez les détenus une violente réaction. Souffrant comme nous de notre échec, déçus de constater qu'on nous avait repris, ils se déchargèrent de toute leur hostilité et de toute leur peine en criant, en insultant les gardiens.

Le commandant Gálvez porta la main à sa braguette et fit le geste ignoble de montrer ses testicules aux prisonniers... Une voix se détacha alors de toutes les autres, celle d'Ubaldo Alvárez, dit

« Manino », un des jeunes les plus vaillants du bagne et qui avait été compagnon de Gálvez au cours de la lutte contre Batista :

— William, c'est Manino qui te parle. Tu es un lâche. Entre ici si tu veux me baiser !

On ne peut en douter : oser se nommer de la sorte et traiter de lâche un de ceux qui pouvaient disposer de la vie de tout prisonnier sans même en rendre compte était indiscutablement un acte de courage. Manino était un brave.

Quant au commandant Gálvez, objet dès lors des insultes des prisonniers, on le vit se baisser pour ramasser des pierres au bord de la route et les lancer en direction des fenêtres des circulaires. Quand le cortège arriva à ma hauteur, les vociférations des détenus n'avaient pas encore cessé.

— Il faut qu'un médecin m'examine, ai-je alors dit.

Le commandant Gálvez me regarda, indigné :

— Et il a encore le cynisme de nous réclamer une aide médicale !

Aussitôt, on nous a conduits jusqu'à la première grande salle, celle où se trouvaient les cachots disciplinaires. On les avait vidés complètement pour nous y loger. Il y avait là onze cellules, construites dans cette pièce qui n'avait pas été prévue pour cela. La hauteur du pavillon avait permis d'y aménager des cellules de deux mètres cinquante de haut, dont le plafond était fait de grandes mailles d'acier de la même dimension que celles des clôtures du pénitencier. Il restait entre elles et le plafond du pavillon assez d'espace pour que les gardiens pussent s'y déplacer et maintenir ainsi une surveillance totale des prisonniers.

Une plaque de fer soudée aux barreaux recouvrait la porte, sauf dans un coin, presque au niveau du sol, où une sorte de chatière étroite permettait le passage d'une assiette contenant de la nourriture.

Dans un coin, au centre d'un léger creux, un trou faisait office de latrines. Un morceau de tube recourbé en haut servait d'arrivée d'eau. La clé qui ouvrait l'eau était dehors, et son usage contrôlé par les hommes de garde. La cellule était entièrement vide, le prisonnier couchait à même le sol de granit. Tout le cachot mesurait deux mètres cinquante de long sur deux de large. Je devais ensuite connaître bien des cachots disciplinaires, mais aucun de dimensions plus grandes que ceux de l'île des Pins.

On m'attribua la cellule 1 ; Boitel entra dans la 3 ; la 5 revint à Ulises et la 7 à Brito, c'est-à-dire qu'il y avait une cellule vide entre chacun de nous.

Le lieutenant Paneque, qu'accompagnaient deux gardiens, s'occupa de moi :

— Il faut que vous ôtiez tous vos vêtements. C'est un ordre d'en haut...

Il n'y avait dans son ton rien de son arrogance et de son despotisme habituels. Manifestement, il profitait de chaque occasion pour jouer la comédie de la bonté. C'était une manière de nous demander d'être indulgents à son égard. Il continuait à penser que notre plan d'évasion comportait peut-être l'idée de l'accuser de complicité. Je crois qu'il n'a jamais abordé directement la question avec l'un de nous parce qu'il était toujours accompagné d'autres militaires. Je suis certain qu'il était surveillé de près, et s'il n'était pas déjà en prison, c'était uniquement en tant que membre du parti et dans l'attente de notre interrogatoire.

Assis à même le sol, j'ai commencé à me déshabiller. Les soldats qui nous avaient capturés n'avaient même pas pris la précaution de nous fouiller et je portais encore autour d'une de mes jambes la bande de caoutchouc qui maintenait mon couteau ainsi que, sous ma chemise, le gilet aux poches remplies de flacons de vitamines, de cachets pour purifier l'eau, d'allumettes, etc.

Les gardiens ne m'ont même pas permis de garder mes sous-vêtements, et je suis resté complètement nu dans l'obscurité de ma cellule. Il faisait froid, et je le sentais dans ma chair. Ma jambe continuait à me faire mal et l'enflure ne s'était pas résorbée.

Après le départ des soldats et la fermeture de la grille qui donnait sur le couloir, Boitel nous a appelés pour nous demander le numéro de chacune de nos cellules. Je ne pouvais me tromper puisque c'était la première de toutes. Mais Ulises ne put le dire exactement, il n'avait pas pensé à regarder le numéro peint en caractères noirs sur chacune de nos grilles.

J'ignore combien de temps s'est alors écoulé, une heure peut-être, avant qu'on nous apporte à chacun une assiette remplie de nourriture. Je n'ai jamais oublié ce qu'elle contenait : du riz blanc et de la viande russe de conserve avec des pommes de terre. Rien à voir avec l'alimentation habituelle des détenus des circulaires : c'était probablement ce que les gardiens faisaient préparer pour eux-mêmes. Aussitôt après, chacun de nous a reçu la visite de plusieurs officiers en uniforme qui nous ont ordonné de nous rhabiller parce que nous allions sortir. J'ai dû traverser la cour intérieure en sautillant sur un pied, appuyé d'un côté sur Brito et de l'autre au mur, pour entrer dans une salle garnie de grandes tables sur lesquelles étaient disposées des machines à écrire. Il y avait là des douzaines de soldats qui nous ont laissé passer. Tous les membres de la garnison qui n'étaient pas de service, y compris les officiers, se trouvaient réunis pour nous entendre.

Une femme d'un certain âge était assise avec, devant elle, une machine à écrire. Elle était le juge venu de Nueva Gerona et chargé d'instruire notre cas. A un spectateur non averti, ce spectacle aurait semblé se dérouler conformément à la loi. Mais après l'instruction, il n'y a JAMAIS eu de jugement public. On nous a seulement communiqué un jour la sentence d'un tribunal devant lequel nous n'avions jamais comparu. Nous avons été condamnés à une peine supplémentaire de dix ans de prison pour « infraction à une condamnation et dégâts à la propriété de l'Etat », ce dernier crime étant le fait d'avoir scié les barreaux d'une fenêtre.

Le commandant Gálvez, le chef local de la Police politique, et d'autres officiers en civil venus de La Havane ont commencé à nous poser des questions.

Ceux de la Police politique ont d'abord essayé de nous faire dire comment nous nous étions procuré nos uniformes, les lames de scie et le reste de notre équipement. Nous avons tous répondu que notre fournisseur était un prisonnier de droit commun, très gros, et que nous l'appelions « Chito ». Les policiers savaient déjà que ce personnage n'existait pas, mais il leur a été impossible de tirer de nous une autre réponse.

L'interrogatoire devait se compliquer quand il a été question de la manière dont nous étions sortis du pénitencier. Aucun d'eux ne voulait croire que nous étions simplement passés par la caserne. Cela leur paraissait impossible, et ils n'arrivaient pas à l'accepter. L'un des hauts fonctionnaires en civil de la Police politique a voulu nous intimider :

— Nous savons que des militaires ont collaboré avec vous dans cette tentative d'évasion. Et nous en savons là-dessus plus que vous ne croyez. On vous a aidés à franchir le cordon de sécurité et on vous a laissés dehors, sans que vous ayez couru le moindre risque...

Boitel et moi étions à côté l'un de l'autre, et nous nous sommes regardés. Ce genre d'inventions pouvait nous entraîner dans des situations qui n'avaient pour nous aucun intérêt, et nous n'en voulions pas.

Tous les policiers et militaires qui nous entouraient attendaient impatiemment notre réponse, pendus à nos lèvres, comme hypnotisés par le cours que prenait soudain notre interrogatoire.

Notre réponse demeura la même : nous étions simplement passés par la caserne. La discussion prit alors un tour très vif :

— Tous les détails que vous donnez sur la caserne, la tranchée du fond, vous les connaissez parce que vous avez étudié le terrain du haut de votre circulaire, d'où l'on peut tout voir. Des dizaines de prisonniers seraient capables de nous faire la même description des lieux sans jamais y être allés...

Cette logique du haut fonctionnaire de la Police politique semblait irréfutable à tous les autres.

Ce fut alors qu'en repassant dans mon esprit les difficultés que nous avions rencontrées, je me suis rappelé les piles d'engrenages dissimulées dans les hautes herbes de la cour de la caserne et qui m'avaient fait presque tomber quand j'avais fait semblant d'uriner pour laisser à Boitel le temps de trouver la tranchée. Or, de la circulaire, il était impossible de les apercevoir. C'est ce que j'ai expliqué au fonctionnaire. Il a commencé par me regarder d'un air manifeste de doute, puis a fait signe à l'un de ses compagnons, en civil lui aussi, et tous deux sont alors sortis.

Quand ils sont revenus, tout a changé. Ils s'étaient rendus jusque dans la cour de la caserne, et ils avaient pu constater sur place que les engrenages étaient bien à l'endroit que j'avais indiqué. Alors seulement, ils ont tous accepté de nous croire. Parmi les soldats présents, il y en avait un qui suivait notre récit avec encore plus d'intérêt que les autres. Ce grand garçon tout blond était la sentinelle qui était de garde devant la tranchée et qui chantait à tue-tête des airs paysans au moment où nous étions passés de l'autre côté de la clôture.

Nous devions apprendre par la suite que le lieutenant responsable des perquisitions des circulaires, un personnage que nous appelions « Tarcco » (« L'Ustensile »), toujours prêt à favoriser la répression et les abus de pouvoir, avait été envoyé pour plus de dix ans dans l'une des granges de travaux forcés pour « négligence dans la surveillance des perquisitions ». Il avait été considéré comme coupable d'avoir laissé pénétrer tout ce qui avait contribué à notre évasion. Mais personne n'a jamais su comment nous nous l'étions procuré. Ce livre le révèle pour la première fois depuis vingt ans.

Ils nous ont enfin renvoyés dans nos cachots, et nous avons dû nous mettre complètement nus, définitivement cette fois. En s'en allant, nos gardiens n'ont pas fermé la grille, et ce détail me mit en éveil. Assis tout nu à même le sol, j'ai entendu les voix de plusieurs soldats qui s'approchaient. Je ne sais exactement combien d'entre eux, trois, quatre ou cinq, ont surgi devant ma cellule qui, comme les autres, était restée ouverte. Et j'ai compris : maintenant que le stade de l'interrogatoire et des paperasses était terminé, ces gens venaient nous régler notre compte et nous faire payer notre tentative d'évasion. Comme la lumière de l'ampoule du couloir les éclairait de dos, je ne me suis pas aperçu qu'ils étaient armés de grosses tresses de câbles électriques et de bâtons :

— Allons ! Lève-toi ! On va te faire passer à jamais l'envie de t'enfuir...

J'ai senti que mon estomac se contractait plus que jamais auparavant. Je pouvais à peine respirer, si lourd était le poids qui m'oppressait la poitrine. Je connaissais bien cette réaction physique, celle de la peur. J'avais peur. J'ai eu encore quelques secondes pour prévoir ce qui allait se passer, pleinement conscient de l'horreur de cette réalité.

Déjà, ils avaient commencé à battre mes compagnons. J'ai entendu les chocs secs et sourds des coups sur leurs corps nus, les cris et les injures des gardiens.

— Mais lève-toi donc, pédé..., m'a crié l'un des bourreaux en levant le bras.

Tout s'est passé dès lors dans une sorte de vertige. Je voyais tout tourner autour de moi. J'étais allongé par terre, et ils me battaient. L'un d'eux m'a pris par le bras pour me mettre sur le côté et me frapper plus commodément le dos avec sa torsade de câbles.

A chaque coup, j'avais la sensation qu'un fer rouge me pénétrait dans la chair. Et soudain, j'ai éprouvé la douleur la plus intense, indescriptible dans sa violence, de toute mon existence : l'un des gardiens venait de sauter en l'air pour mieux s'abattre de tout son poids sur ma jambe rouge et tuméfiée.

Cette nuit-là, je n'ai pas pu dormir tant j'ai souffert.

J'avais l'impression que mon dos était en feu, et la souffrance que je ressentais à la jambe était presque insupportable.

C'est ainsi que s'est accomplie la menace que le lieutenant Tarrau avait proférée dans son bureau seulement quelques heures plus tôt.

## CHAPITRE XXII

# La verge Hô Chi Minh

Le lendemain matin, on a soudé nos portes. Le lieutenant Cruz, chef de la Police politique, nous a expliqué que c'était par ordre personnel de Castro et que nous allions rester des années dans ces cachots.

Le médecin militaire était un communiste qui essayait de ressembler à Lénine en portant le même genre de barbiche. Il était de haute taille — plus de six pieds —, corpulent et de peau très blanche. Il s'appelait Lamar. Cet homme toujours revêtu de l'uniforme des médecins n'était qu'un sadique. Ce fut lui qui regarda ma jambe par la rainure pour déclarer ensuite :

— J'espère que ce sera une bonne gangrène... Et ce sera moi qui entrerai ici pour te la couper, ta jambe...

Dès lors, je devais vivre rempli d'angoisse car j'ai vraiment redouté un début d'infection inguérissable. Ma jambe demeurait enflammée et, autour de la cheville et du pied, l'épanchement de sang avait teinté en un noir brillant la peau que l'inflammation avait distendue.

Personne ne pouvait entrer dans le couloir. Nous étions soumis à toutes les enquêtes des organismes de sécurité : ils voulaient arrêter ceux qui avaient pu collaborer avec nous ou nous servir de contacts. Deux prisonniers de la circulaire 3, Oruña et Sierra, vinrent nous rejoindre. Un détenu les avait dénoncés, et les autorités avaient enfin mis la main sur leur petit récepteur de radio. Grâce à eux, nous avons pu nous renseigner sur tout ce qui s'était passé depuis la découverte de notre évasion.

Je ne pouvais plus me mettre debout et, pour me déplacer, je devais me traîner sur les fesses. Et notre situation s'aggrava quand nos gardiens du début furent remplacés par les soldats qui étaient de garde à la caserne le soir où nous nous étions enfuis. Il est impossible de raconter ce que fut l'acharnement de ces hommes, surtout du grand blond qui nous avait laissés passer dans la tranchée et qui nous considérait comme responsables de sa disgrâce.

Ce fut lui qui se procura un récipient de cinq gallons, soit un peu moins de vingt litres, de ceux qu'on utilisait pour le lavage des sols et qui le confia aux prisonniers de droit commun pour qu'ils le remplissent d'urine et d'excréments. Il attendit que cette tinette fût à moitié pleine pour y ajouter de l'eau et monter avec elle sur le dispositif de mailles d'acier qui constituait le plafond de nos cellules.

C'est sur moi qu'il a déversé le premier contenu. Comme je n'arrivais pas à dormir la nuit à cause du froid, je profitais du réchauffement de midi pour somnoler dans l'un des coins de mon cachot, épuisé et n'en pouvant plus de sommeil.

Ce fut une impression subite de froid qui m'éveilla en sursaut pour me retrouver trempé de haut en bas et assis au milieu d'une flaque visqueuse et pestilentielle. Des morceaux d'excréments glissaient lentement de mon crâne sur mon visage et le reste de mon corps. Ma surprise était telle que je ne pus fermer la bouche à temps.

Le soldat était juste au-dessus de moi : à travers les mailles, je voyais les semelles de ses bottes, énormes. Son regard était plein de haine. Il n'a pas dit un seul mot. Moi non plus.

J'ai commencé à ôter de l'index les restes d'excréments accrochés à mes épaules, à mes cuisses, puis je me suis traîné jusqu'au trou qui servait de latrines pour ouvrir le robinet d'eau et me laver. L'eau était fermée. J'ai appelé le gardien. Pas de réponse. J'ai alors appelé Boitel et les autres pour leur dire ce qui venait de m'arriver. Tous ont commencé à crier :

— De l'eau ! De l'eau !

Le gardien qui m'avait arrosé d'urine et d'excréments entra dans le couloir en nous ordonnant de garder le silence. Puis il déclara qu'un ordre venu d'en haut interdisait d'ouvrir l'eau sauf pour que nous puissions boire à l'heure des repas.

Un peu plus tard, un autre militaire porteur d'une clé anglaise apparut pour fermer de toute sa force les vannes qui, de toute façon, étaient dans le couloir et hors de notre portée.

Elles devaient rester fermées pendant plus de trois mois. Pendant tout ce temps nous n'avons pas pu nous laver une seule fois. Mais du haut du plafond de mailles d'acier, nos gardiens continuaient à déverser sur nous des récipients remplis d'urine et d'excréments. Tout cela séchait dans nos cheveux, dans nos poils, sur notre peau. Une puanteur atroce emplissait nos cachots.

Comment pourrait-on concevoir en lisant ou en écoutant le récit d'un détenu ce que furent nos conditions d'existence et l'état dans lequel nous nous trouvions ? Prenons le cas de nos nécessités physiologiques : nous ne pouvions nous soulager que dans le trou ouvert dans un coin de notre cellule. Et il nous était impossible de prendre la plus élémentaire des mesures d'hygiène. Nous n'avions ni eau, ni savon, ni papier, ni un morceau de toile. Pour papier hygiénique, nos doigts. Rien d'autre.

Les cris de Boitel qui discutait avec un garde attirèrent mon attention. J'ignorais ce dont il s'agissait :

— C'est une lâcheté ! Vous êtes des misérables ! C'est parce que vous avez la force pour vous et que vous êtes en uniforme que vous osez le faire !

— Que se passe-t-il, Boitel ? demanda Ulises.

Boitel tenta d'expliquer qu'on l'avait piqué avec un bâton. A vrai dire, je ne l'ai pas bien compris jusqu'à ce qu'apparaisse au-dessus de moi le gardien en question marchant sur les mailles du plafond. Il portait une longue verge de bois dont l'extrémité était taillée au couteau, et j'ai alors saisi immédiatement ce qui s'était passé.

Boitel dormait quand le gardien, sans faire de bruit, l'avait réveillé brutalement en le piquant avec ce bâton.

C'est ainsi que commença la torture des verges Hô Chi Minh, et elle devait nous amener au bord de la folie. Il n'y avait aucun moyen de s'en défendre, car le gardien, debout sur les mailles, dominait la totalité de la cellule et pouvait nous piquer à son gré. La pointe de la verge était émoussée, elle ne pouvait nous blesser, mais le coup faisait mal et l'objectif des gardiens était surtout de nous priver de sommeil.

L'un d'entre eux pourtant ne nous a jamais piqués. Il était de garde tous les trois jours, et nous dormions alors plusieurs heures d'affilée. Dès qu'il était relevé, son remplaçant montait sur les mailles d'acier et le supplice recommençait. Il descendait, mais pour remonter une heure plus tard, et ainsi de suite, chaque fois pour nous réveiller en sursaut.

Nos gardiens continuaient à vider sur nous des tinettes d'urine et d'excréments. L'hiver était rude cette année-là, et ils choisissaient l'heure la plus froide, celle du lever du jour, pour nous arroser d'eau glacée. La sensation était désagréable, certes, mais cela nous permettait de débarrasser le sol de nos cellules des excréments qui s'y incrustaient.

Peu à peu, le trou qui servait à chacun de nous de latrines s'était rempli, bouché, faute d'eau. A la nuit tombante, les cafards commençaient à parcourir le sol et les murs, et leurs cavalcades sur mon corps me réveillaient en sursaut.

Au lever du jour, le sergent de semaine entrait dans le couloir. Il avançait de cellule à cellule, éclairait l'intérieur de chacune d'elles d'un jet de sa lampe de poche pour vérifier si nous étions toujours là. Cela m'étonnait beaucoup de ne pas encore avoir vu le sergent « Pinguilla » (« Le Petit Gros »), celui qui nous avait croisés devant l'hôpital alors que nous nous évadions. Il avait dû depuis se rendre compte que les deux paires de soldats qui étaient passées à côté de lui, en le saluant même, n'étaient autres que les prisonniers dont l'évasion avait suscité un branle-bas de combat général. Si ses supérieurs apprenaient qu'il nous avait vus, que nous lui avions même parlé sans éveiller ses soupçons, ce serait pour lui le début de graves difficultés.

A mon avis, c'était la raison pour laquelle il demeurait invisible : il redoutait notre réaction et ce que nous pouvions lui dire devant un autre gardien.

Aussi ai-je résolu de lui parler à la première occasion. Allongé sur le sol, j'apercevais un bout du couloir et la grille d'entrée. Et enfin, un matin, je l'ai vu entrer. Je l'ai appelé et il s'est immobilisé comme pétrifié. Il était seul, et j'ai insisté à voix basse :

— Je vous en prie, sergent, approchez...

Mon chuchotement était presque inaudible. Entre-temps, je m'étais mis debout derrière la plaque de tôle qui aveuglait la porte, au prix de mille efforts douloureux, et quand il a été assez près de l'autre côté de la grille, j'ai pu murmurer à son oreille :

— Surtout, ne vous en faites pas, sergent. Nous n'avons pas dit que nous vous avons croisé le soir de notre évasion, et nous ne le dirons jamais. Si cela vous préoccupe, vous pouvez être tranquille. Nous n'avons aucun intérêt à vous faire du mal.

Son visage était collé à la rainure de la grille. A la faible lueur de l'ampoule du couloir, j'ai pu voir que ses traits se détendaient :

— Merci, mon petit..., a-t-il dit.

Il est sorti aussitôt, mais pour revenir quelques minutes plus tard. Il faisait un froid de loup ce matin-là, et sous sa grosse capote militaire, il m'apportait une Thermos remplie du chocolat chaud qui était distribué aux postes de garde.

Jamais une boisson ne m'a paru plus exquise et plus stimulante. Si j'avais été riche et possesseur d'un compte en sécurité dans un pays étranger, j'aurais payé plusieurs milliers de dollars pour chaque goutte de ce précieux liquide. Chaque gorgée était un flot de vie qui me remplissait de chaleur, j'avais l'impression que je n'aurais jamais besoin de rien d'autre. Si profonds étaient notre dénuement et notre misère.

— Merci, sergent... Puis-je vous demander, s'il en reste, d'en donner un peu à mes compagnons ?

Il n'y en avait pas assez pour tous, mais désormais, chaque fois que le sergent « Pinguilla » a été de garde, il s'est toujours arrangé pour nous apporter un peu de chocolat chaud.

L'enquête à notre sujet s'acheva, les mesures exceptionnelles de sécurité appliquées dans le quartier pénitentiaire furent levées, et de nouveaux prisonniers remplirent les cellules vides.

Mais la torture des verges Hô Chi Minh se poursuivit, et nous n'arrivions presque pas à dormir, sauf pendant de brefs intervalles, ou alors quand l'aube était déjà très avancée et que notre gardien ne pouvait s'empêcher de somnoler. Nous étions pleins de rancœur, plus parce qu'on ne nous laissait pas dormir qu'à cause de la douleur des piqûres. A cinq heures et demie du matin, l'homme de garde, réveillé, grimpait au-dessus de nous, sur les mailles d'acier. Il se préparait à attendre la relève de six heures, et pour se débarrasser de l'engourdissement de la nuit, il prenait sa verge Hô Chi Minh et s'amusait à nos dépens.

Dès que j'en avais l'occasion, je m'endormais profondément. J'avais de plus en plus de sommeil en retard et une des choses qui me hantaient était de pouvoir enfin dormir, dormir des journées entières. Après la ronde du gardien au-dessus des cellules, je savais que j'allais avoir quelques minutes, quelques heures peut-être, de repos, et je m'enfonçais dans un sommeil profond dont rien ne pouvait me tirer si ce n'est l'aiguillon de la verge.

Ce fut ainsi qu'un jour, le rat a pu entrer dans ma cellule sans me réveiller. Comme dans toutes les prisons, les rats pullulaient, affamés. Ils parvenaient à s'introduire dans nos cachots jusque par les latrines dont la tuyauterie n'était pas bouchée.

L'immobilité de mon corps a dû le rassurer. Toutes les bêtes nuisibles ont un instinct qui les avertit qu'elles peuvent approcher sans danger d'un homme ou d'un animal qui dort. Je ne sais s'il a senti d'abord mes pieds qui étaient les plus proches de la porte, mais il s'est glissé de toute façon jusqu'à mes mains où il s'est mis à me ronger avidement un doigt. J'étais tellement épuisé que je ne me suis pas réveillé. Quelque chose l'a sans doute effrayé momentanément, un mouvement inconscient de ma part peut-être, car il s'est éloigné un instant, mais pour revenir aussitôt à l'attaque. C'est le gardien qui m'a sauvé : le rat était déjà entre mes cuisses, prêt à me dévorer le sexe. Ce gardien a crié, m'a appelé, a piétiné les mailles d'acier pour faire du bruit, horrifié par le spectacle qu'il avait sous les yeux. Le rat a fui, mais je ne me suis réveillé qu'ensuite. C'est alors seulement que j'ai senti que j'avais mal au majeur de la main droite. En deux endroits différents, là où les dents de la bête avaient eu le temps de ronger la chair, il y avait deux blessures saignantes. Et si ce rat a la rage? me suis-je demandé dans un sursaut, complètement réveillé cette fois.

Le gardien était descendu pour s'approcher de la rainure de la grille. Il était encore ému, sous le coup de ce qu'il venait de voir. Je lui ai montré ma main sanglante et je lui ai demandé d'avertir ses chefs qu'un rat m'avait mordu et qu'il était nécessaire de me vacciner contre la rage.

Je ne sais s'il l'a fait. De toute façon, personne n'est venu me voir. Il ne me restait qu'à utiliser le vieux remède des paysans : désinfecter ces blessures sous un jet d'urine. Quelques jours plus tard, une croûte épaisse d'où sortait un peu de pus les recouvrait déjà.

CHAPITRE XXIII

# « Diables » et « planqués »

Valdés était un prisonnier de droit commun qui servait de « mouton » à la garnison, un mouchard expulsé de la circulaire 3 à cause de ses dénonciations. Depuis, il vivait dans les pavillons disciplinaires où il était une sorte de délégué des gardiens, qui le protégeaient. Il avait pour subordonnés d'autres détenus, comme lui de droit commun. Sa tâche était d'assurer la répartition des aliments, le nettoyage des locaux, et d'administrer les punitions : des coups, toujours avec l'assentiment et la protection des matons. Il était de plus homosexuel et participait aux viols des adolescents punis pour une raison quelconque. Totalement analphabète, il était incapable de lire son propre nom. La première fois qu'il était entré dans notre pavillon, il avait piqué Boitel avec une verge Hô Chi Minh, ce qui avait provoqué un scandale parmi nos gardiens : nous étions leurs victimes, ils avaient sur nous un droit exclusif, et ils nous considéraient comme un gibier de choix interdit à des prisonniers comme Valdés.

Fut-ce de sa propre initiative ou suivait-il les ordres du lieutenant Pompon, son protecteur ? je l'ignore encore, mais il nous proposa un jour, avec une insistance déplacée, de faire parvenir un message à nos compagnons du circulaire. Il en avait, nous assurait-il, la possibilité.

Comme il n'en démordait plus, cela commença à nous ennuyer. Un jour, j'ai prévenu Boitel que j'allais quand même remettre un message à Valdés. Il crut que j'avais perdu la raison :

— Tu es fou ! Il va simplement le donner à nos gardiens.

— C'est justement ce que je veux ! Et je te jure qu'il ne nous proposera plus jamais rien.

Lorsque j'ai dit à Valdés que j'allais lui confier une petite note, je l'ai vu sortir comme un bolide et revenir un instant plus tard avec un cahier et un crayon.

Mon message n'était pas long ; le texte était à peu près ce qui suit : « Le porteur de ce mot est un informateur de l'administration pénitentiaire, et le fait qu'il a délivré ce message à l'un de nos gardiens prouve sans contredit possible sa condition de mouchard. »

Soigneusement, j'ai plié la feuille en deux. Je savais que Valdés ne pouvait lire. En le prenant, il m'a redemandé le crayon et le cahier qu'il m'avait remis, mais dont j'avais déjà arraché plusieurs pages du milieu pour les cacher, elles aussi pliées, entre le verrou de ma porte et la plaque de tôle.

Je l'ai vu partir précipitamment pour remettre la note à qui de droit. Je pense que le gardien qui l'a lue n'a pu s'empêcher d'éclater de rire, de le ridiculiser et même de le battre. En tout cas, quand je le revis à l'heure du déjeuner, il était incapable de contrôler son agressivité. C'est sans dissimuler sa rage qu'il me passa mon assiette : elle contenait des macaronis en mauvais état et complètement froids. La première cuillerée que j'ai portée à ma bouche, je l'ai aussitôt recrachée : Valdés avait arrosé ma portion de pétrole, comme d'ailleurs celles de mes compagnons. Les jours suivants, à chaque distribution de nourriture, Valdés a continué à remplir à part nos quatre assiettes, à les exposer dehors aux intempéries pour laisser refroidir les aliments et, au dernier moment, les arroser de pétrole. Comme nos réclamations aux gardiens ne servaient à rien, je me suis finalement adressé au sergent « Pinguilla » et lui ai exposé la situation. Je ne sais pas exactement ce qu'il a fait, mais le pétrole a disparu de notre alimentation quotidienne.

Après plusieurs semaines sans pouvoir me laver, mon corps s'est couvert d'une couche de graisse noirâtre accompagnée de démangeaisons aux aisselles, aux organes sexuels et à la tête, où une éruption de petits boutons durs avait envahi tout le cuir chevelu.

La saleté est le terrain idéal pour les minuscules champignons qui commencèrent à proliférer, d'abord aux pieds, puis aux jambes, aux aines, et ensuite sur tout le corps. C'est aux testicules que les démangeaisons devinrent le plus insupportables.

Nos gardiens ne nous donnaient de l'eau dans une petite boîte de fer-blanc que deux fois par jour, aux heures du déjeuner et du dîner. Pour obtenir un supplément entre les repas ou à d'autres moments, il fallait les appeler et les rappeler, crier, déclencher un véritable scandale. Cela ne réussissait pas toujours, mais nous parvenions parfois à avoir le petit supplément désiré.

Mon grand souci était ne pas attraper d'hépatite virale. Je connaissais les dangers que pouvaient entraîner le manque de toute hygiène, l'accumulation des matières fécales dans le coin où se trouvait la latrine bouchée et d'où des centaines de petits vers visqueux montaient à l'assaut des murs ou rampaient sur le sol du cachot.

Je ne touchais jamais les aliments avec les mains. On nous donnait une cuiller avec l'assiette, mais il fallait rendre les deux. Ulises avait essayé de garder sa cuiller en pensant que les gardiens ne se donneraient pas la peine d'entrer pour la lui reprendre. C'est en effet ce qui se passa : le gardien lui déclara simplement qu'il n'aurait rien à manger tant qu'il ne la rendrait pas, et Ulises dut s'exécuter. Pour le repas suivant, aucun de nous n'eut de cuiller, et il a fallu nous servir de nos doigts.

C'était justement ce que je refusais de faire. Comme je ne voulais pas prendre les macaronis, le pain ou la farine avec des doigts souillés, pleins d'excréments, je soulevais mon assiette par le fond, prenais le bord entre mes lèvres et, par petites secousses, je parvenais à faire basculer son contenu dans ma bouche. Je mangeais donc comme un chien, en plongeant mon museau dans mon assiette. Matériellement, j'étais réduit à un état sous-humain. J'étais devenu plus animal qu'homme. Et seule, mon imagination me sauvait de cette bestialité : je m'inventais des mondes intérieurs que j'enrichissais par une série de procédés étranges : je fermais les yeux, et je voyais apparaître de la lumière, de l'air, j'imaginais des soleils inextinguibles, des horizons que ne pouvait limiter aucun barbelé, des ciels changeants, des étoiles, des fleurs et tous les bruits agréables que j'arrachais à l'oubli : le chant des oiseaux, le fracas des vagues contre les rochers, le bruissement des branches d'un arbre. Dans les ténèbres de ce recoin immonde, il me suffisait de fermer les yeux pour ressusciter le miracle biblique. Je n'avais même pas besoin de dire : « Que la lumière soit ! » Elle était. Elle était là, en moi. Et dans ce monde qui n'était qu'à moi, j'étais hors d'atteinte de mes geôliers, je me sentais libre, je pouvais marcher dans les prés, sur les rivages, j'habitais un univers secret où ma foi religieuse se conjuguait avec mon imagination et mes souvenirs.

A la fin du couloir de notre pavillon s'ouvrait une très grande salle. L'administration s'en servit pour changer le mode d'admission des prisonniers destinés aux circulaires. Les gardiens les y amenaient d'abord pour les isoler totalement, les terroriser, les brutaliser. Puis après quelques mois de ce régime, ils étaient transférés dans une circulaire.

L'arrivée du premier groupe constitua pour nous tout un événement. C'était notre premier contact avec d'anciens compagnons de Cuba. Ils venaient de la prison de la Cabaña et nous apportaient des informations, des nouvelles fraîches. Parmi eux se trouvaient Paco Almoina, ancien président de l'Institut National du Tourisme, fonction qui lui assurait presque rang de ministre. Nous nous connaissions. Nous avions eu affaire l'un à l'autre à propos d'un plan de tourisme national que devait financer la Caisse postale d'épargne, où j'étais fonctionnaire.

Paco avait lutté contre la dictature de Batista, mais il avait été l'un des premiers à découvrir que Castro nous trompait. Sa haute position à l'intérieur du gouvernement ne l'avait pas empêché de recommencer à conspirer contre le nouveau dictateur afin de reconquérir la liberté escamotée par la révolution triomphante. Condamné à mort, il avait attendu l'heure de son exécution pendant de longues semaines, mais sa peine avait été finalement commuée en trente ans de prison.

Dès que nos gardiens s'absentaient, les prisonniers de la grande salle s'entassaient contre la grille pour nous parler. Mon cachot était à peu près à deux mètres d'eux.

Paco m'offrit un tube à demi utilisé de pâte dentifrice mentholée, dont je m'enduisis les aines et les testicules. Sa fraîcheur calma un peu les atroces démangeaisons provoquées par les champignons.

Le rationnement d'eau s'appliquait aussi à eux. On les faisait sortir dans la cour une fois par semaine. Dans le tumulte qui se produisait alors à l'intérieur du couloir, ils parvenaient à s'approcher de nos cellules et à passer des cigarettes à Boitel et à Brito, fumeurs invétérés. J'ai fumé moi aussi jadis, et même beaucoup, jusqu'au jour où j'ai compris que nos geôliers utilisaient les cigarettes qu'ils nous remettaient comme un moyen de manipulation. J'ai alors cessé complètement, me libérant ainsi d'une dépendance que nos gardiens exploitaient sans cesse. J'ai décidé de ne jamais leur donner d'armes qu'ils pussent utiliser ensuite contre moi. Indiscutablement, la cigarette en était une.

J'ai vu plusieurs de mes camarades de prison fumer, au bord du désespoir, des fils de sacs de jute, des morceaux de chiffon, du crin de matelas, des feuilles desséchées provenant de plantes dont ils ignoraient la toxicité. Mais ce qui comptait évidemment, c'était la quantité de nicotine à laquelle leur corps s'était habitué et qui leur manquait : les fumeurs frustrés s'excitaient, devenaient irritables, hostiles. Certains connaissaient un état d'angoisse incontrôlable. D'autres recueillaient tous les mégots pour en utiliser les restes qu'ils roulaient dans n'importe quel bout de papier. Ils vivaient dans l'attente d'un miracle, celui que les gardiens leur faisaient espérer pour le lendemain, mais le lendemain les cigarettes promises n'arrivaient pas. Leurs bourreaux invoquaient tous les prétextes possibles : le camion était en panne, il n'y avait pas encore eu de distribution, mais elle aurait lieu lundi sans faute... Et le lundi, c'était le mardi, et le mardi, le mercredi. Enfin, après une manipulation qui s'étendait chaque fois sur des jours et des jours, les cigarettes arrivaient, et le scandale prenait des proportions invraisemblables. Le fumeur se comportait comme l'enfant à qui l'on donne un jouet. Mais alors le supplice se poursuivait avec les allumettes qui manquaient, et c'était un des soucis lancinants du fumeur. C'est ainsi que naquirent les « diables » : le fumeur prenait des fils de sacs de jute, les tissait pour en faire une mèche la plus longue possible. On mettait le feu à une extrémité, on éteignait aussitôt la flamme, mais le fil continuait à se consumer lentement pendant des heures. On suspendait cette mèche à une grille, et l'on prévenait les fumeurs qu'il y avait du feu disponible à tel endroit. Ce feu se transmettait de mèche en mèche, il ne s'éteignait pas de la journée, et la nuit il y avait toujours pour les insomniaques un « diable » où couvait le feu sacré.

Le besoin de fumer fut à l'origine d'une autre invention. Avec une lame de rasoir, les prisonniers parvenaient à découper les allumettes dans le sens de la longueur. Certains d'eux tiraient quatre allumettes d'une seule, et j'avais appris moi aussi à le faire. A Cuba, c'est du papier paraffiné qui maintient le produit inflammable placé à l'extrémité de la bûchette : on coupait l'allumette entière en deux moitiés et chacune de ces moitiés encore en deux. Certes, le quart d'allumette était bien mince et donnait une flamme minuscule, mais suffisante pour allumer une cigarette.

L'arrivée dans la grande salle du groupe de prisonniers eut pour conséquence une multiplication des visites des fonctionnaires du pénitencier. Certains étaient chargés d'effectuer les deux appels quotidiens. D'autres étaient des commissaires politiques, car ces prisonniers étaient des « planqués », c'est-à-dire qu'ils avaient refusé la réhabilitation politique.

Un après-midi, le lieutenant Pompon, responsable de l'ordre intérieur, prétendit que ces « planqués » devaient crier « garde-à-vous » à son entrée, comme le faisaient les « droits-communs » et les réhabilités. Les « planqués », décidément intraitables, refusèrent. Cet incident devint une affaire grave. Les soldats de la garnison durent intervenir, mais en vain tentèrent-ils de donner satisfaction à Pompon. Les prisonniers furent copieusement rossés, il y eut plusieurs blessés à coups de baïonnette, le tout sans résultat. De nos cellules, nous nous étions mis à insulter les soldats, à les traiter d'assassins et de lâches. Dans une certaine mesure, en soudant les portes de nos cachots, nos geôliers nous avaient mis à l'abri des coups, et si le gardien grimpait sur les mailles d'acier du plafond pour nous piquer avec une verge Hô Chi Minh, nous ne dormions pas et pouvions nous en emparer. Evidemment, cela devait changer.

Dès le lendemain de l'incident, un prisonnier de droit commun apparut, armé d'un chalumeau, pour faire disparaître les points de soudure de nos portes. On les remplaça aussitôt par un cadenas et une barre de fer, le tout fermé au moyen d'un écrou énorme à l'aide d'une clé anglaise. Désormais, nos geôliers pouvaient pénétrer dans nos cachots pour nous importuner.

Ce jour-là, Pompon entra dans la grande salle pour compter les prisonniers. Il était accompagné de son fils, âgé de huit ans. J'ai entendu soudain une clameur. Je me suis traîné jusqu'à la grille et j'ai vu passer un Pompon glapissant, crachotant et qui essayait de se nettoyer le visage avec son mouchoir :

— A moi, la garnison ! Aux armes !

Il était en proie à un véritable accès d'hystérie. Son uniforme vert olive et son visage étaient maculés d'une poudre blanche dont il ne parvenait pas à se débarrasser avec son mouchoir et ses mains nues. Un détenu lui avait lancé un sac de farine grillée qui lui avait éclaté en pleine figure. Lorsque j'ai compris ce qui venait d'arriver, j'ai été terrorisé. Je savais que les représailles allaient être d'une brutalité terrible.

D'un seul coup, des gardes en tenue de combat apparurent dans le couloir, courant comme des démons, avec Pompon à leur tête.

On n'a plus entendu alors que les chocs sourds des baïonnettes et des bâtons qui s'abattaient sur la tête et le dos des prisonniers, et des cris et des malédictions. A la fin de ce débordement de violence, le premier que j'ai vu sortir fut Pompon, très fier de lui, accompagné de son fils qui tenait à la main un morceau de bois. Je n'ai pu m'empêcher de me demander une fois de plus ce que deviendrait plus tard ce pauvre enfant à qui l'on remettait une trique pour frapper des êtres humains à l'âge où il aurait dû jouer au cerf-volant ou à la toupie.

Nous arrivions à la fin décembre quand, un matin, le prisonnier qui occupait la cellule 2 et dont nous n'avions jamais pu tirer un seul mot, se réveilla en imitant le bruit d'une motocyclette. Et il continua ainsi toute la journée. Le lendemain matin, il recommença sa promenade imaginaire, ponctuée d'accélérations d'un moteur inexistant et de bruyants changements de vitesse. Il était devenu complètement fou, mais à vrai dire, le délire de ce malheureux nous rendait fous, nous aussi. La présence d'un dément dans une cellule est pour un condamné le pire des châtiments. Ceux qui dirigent une prison le savent parfaitement, et ils se servent de ces malades pour harceler les détenus, les briser, les torturer.

Aussi les gardiens avaient-ils fait entrer de force un autre fou dans la cellule 11. Un soir, à l'heure de l'appel, le lieutenant de semaine, regardant l'intérieur du cachot, ne put voir le détenu. Il appela le gardien de service et lui ordonna d'ouvrir la porte. Or, le fou s'était caché près d'elle en se collant au mur. Si le lieutenant avait demandé au gardien de monter sur le plafond de mailles, ce dernier aurait aperçu tout de suite le prisonnier, mais l'officier avait peut-être pensé qu'il était plus simple et plus rapide d'entrer dans le cachot pour vérifier si le détenu s'y trouvait ou non. J'ai entendu le grincement de la grille, puis des cris. Le fou avait bondi de sa cachette avec, dans les mains, un énorme paquet d'excréments qu'il avait écrasé sur le visage du lieutenant.

Quand le dément sortit de sa cellule, inerte, tiré par les pieds, gravement blessé ou mort peut-être, nous avons pu voir derrière lui, sur le sol, une longue traînée de sang. Nous avons fait tout ce qui était possible pour savoir s'il se trouvait à l'hôpital, mais il n'y était pas. Plus tard, un gardien nous a assuré qu'il avait été transporté à l'hôpital psychiatrique de La Havane. Mais notre conviction était faite : il était mort — un de plus — à la suite de ses blessures. Nous n'avons jamais su son nom.

Et nous étions toujours nus, et nous avancions vers les mois les plus rigoureux de l'hiver. Un nouveau gardien apparut. Il s'appelait Juan Rivero. Grâce à son sadisme, il devait faire carrière dans ce métier, grimpant de grade en grade et arrivant à être directeur de camps de concentration.

Ulises le connaissait depuis longtemps alors qu'il était garde du corps d'un haut fonctionnaire dans le faubourg de Marianao, à La Havane. Est-ce pour cette raison que Juan Rivero s'est parfaitement comporté avec nous ? Pendant les heures où il était de garde, nous n'avons jamais subi le moindre mauvais traitement.

CHAPITRE XXIV

# La première victoire

Comme ma cellule était proche de la grille du pavillon où se trouvaient Paco Almoina et d'autres amis, mes gardiens me transférèrent dans l'un des cachots les plus éloignés, le numéro 10. Ma jambe était beaucoup moins enflammée. Mais les os fracturés et déplacés s'étaient ressoudés tels quels, et j'avais le pied tordu vers l'intérieur, déformation qui sautait aux yeux. Nous ne cessions jamais, mes compagnons et moi, de réclamer une aide médicale et recevions toujours le même refus.

Les colonies de champignons continuaient à gagner du terrain sur l'ensemble de mon corps, et ma grande peur était qu'elles n'envahissent mes yeux. Pour me soulager, je disposais seulement des applications de pâte dentifrice dont j'ai déjà parlé.

C'est alors que j'ai contracté une infection intestinale accompagnée de fièvre et de diarrhées constantes qui me déshydrataient complètement. L'eau était toujours rationnée, et nous ne nous étions pas lavés depuis des mois. Une crasse noirâtre s'accumulait de plus en plus sur mon corps. J'avais à peine la force de parler, mais mes compagnons se mirent à exiger que l'on me soigne, et cela avec une telle insistance qu'on me transporta finalement à l'hôpital.

A cette époque, c'étaient les médecins prisonniers qui dirigeaient les services les moins importants. Sans eux, aucun soin n'eût été possible.

Le Dr Armando Zaldívar était le chef du service où j'échouai. Ce jeune médecin avait fait ses études en Espagne. Catholique pratiquant, il était revenu à Cuba lors de la victoire de la révolution, mais pour comprendre aussitôt que Castro entraînait le pays vers le communisme, et il n'avait pas hésité à échanger son stéthoscope contre un fusil pour participer à la révolte dans les montagnes de l'Escambray. Capturé et condamné à trente ans de prison, il se trouvait depuis plusieurs mois à l'île des Pins.

Mon aspect impressionna tout le personnel et tous les malades du service. Le premier acte de Zaldívar fut de me faire couper la toison qui, s'accumulant depuis des mois, me recouvrait les oreilles et m'arrivait presque aux épaules. Simultanément on me rasa le visage.

Entre-temps, on m'avait préparé un bain. Je me rappelle que j'ai dû racler la croûte de crasse qui me recouvrait le corps avec la moitié d'une boîte de conserve découpée par le milieu pour en faire une râpe. C'était un spectacle inouï, incroyable : je voyais cette couche d'immondices s'enrouler sur l'arête coupante de la boîte comme une sorte d'écorce.

Pour ce premier bain, il a fallu plusieurs bidons de cinq gallons (environ dix-neuf litres) d'eau. Une fois les cheveux coupés, rasé de près et baigné, ce fut un autre homme qui se retrouva couché dans un lit propre. J'ai eu l'impression d'être en liberté. Sortir d'un pavillon disciplinaire pour entrer à l'hôpital, et même pour reprendre la vie des circulaires, était comme recouvrer la liberté.

A force de sérums et d'antibiotiques, mon infection intestinale disparut. Zaldívar me fit confectionner des sortes d'attelles de bois qui pouvaient me consolider le pied endommagé : sans ce soutien, il m'était impossible d'avancer. En attendant ces attelles, je me suis servi d'une béquille.

Ces nouveaux contacts humains furent pour moi un rétablissement de relations avec le monde, y compris celui qui s'ouvrait au-delà du pénitencier. Le personnel et les prisonniers de l'hôpital constituaient un centre d'informations, du fait que les malades provenaient de tous les édifices.

Grâce à Raúl Lopéz, ex-pilote de l'armée Batista, j'ai pu faire parvenir un message à ma famille. A l'hôpital, tous m'avaient accueilli chaleureusement, affectueusement, en se mettant en quatre pour prévenir mes moindres désirs.

Zaldívar parvint à me faire radiographier le pied. C'est ainsi que j'appris les dégâts provoqués par ma chute, et peut-être aussi par le gardien qui avait sauté de tout son poids sur ma jambe. Les os fracturés s'étaient ressoudés n'importe comment, formant une masse confuse. De plus, je souffrais d'une arthrite post-traumatique et de graves modifications articulaires. Il était impossible de me soigner sur place.

D'ailleurs, la direction du pénitencier multipliait déjà les pressions pour m'enterrer une fois de plus dans un cachot disciplinaire. Afin de me garder quelques jours encore à l'hôpital, Zaldívar eut l'idée de me plâtrer la jambe et de la soulever avec un système de poulies de fer lorsque j'étais couché. Ce fut lui-même qui posa le plâtre depuis le mollet jusqu'à la pointe du pied. Puis une fois le plâtre durci, il le coupa par en dessous avec des ciseaux, pour le transformer en une botte que je pouvais retirer et remettre à mon gré avec toute la rapidité nécessaire. A chaque appel, les gardiens de service me voyaient couché la jambe en l'air et plâtrée. Dès qu'ils repartaient, je me débarrassais de mon plâtre.

Une nuit, le lieutenant Tarrau entra à l'improviste. Il voulait me surprendre, mais comme les lumières de notre salle étaient éteintes et que nous utilisions tous des moustiquaires, il dut s'arrêter, ordonner qu'on allume et demander quel était mon lit, ce qui me donna le temps de remettre ma botte. Il s'arrêta devant moi, souleva la moustiquaire et me regarda longuement avec haine :

— Ainsi tu as réussi à m'échapper... !

Il se tut, remua la tête de haut en bas dans un geste de menace, puis se retira.

Il revint dès lors à plusieurs reprises. Chaque fois, il s'adressait à Zaldívar et lui ordonnait de déclarer officiellement que j'étais guéri ; chaque fois, le médecin refusait net, disant que le lieutenant, s'il désirait remettre la main sur moi, n'avait qu'à en prendre lui-même la responsabilité.

Ce fut alors que Roberto Perdomo échoua à l'hôpital. Au cours d'une perquisition, on avait découvert que les barreaux de sa cellule étaient sciés, et on l'avait immédiatement expédié, ainsi que León, son compagnon de cellule, dans l'un des pavillons disciplinaires les plus éloignés du nôtre et où il y avait trois blocs de cellules par bâtiment.

Perdomo, atteint d'une infection rénale, avait uriné du sang pendant longtemps avant d'être enfin transporté à l'hôpital.

Le fait que nous nous y trouvions tous les deux en même temps inspira des doutes à l'administration pénitentiaire : ces bourreaux virent dans cette simple coïncidence la possibilité d'une conspiration pour mettre au point un nouveau plan d'évasion. C'était la chose la plus absurde du monde, mais ils n'en prirent pas moins de sévères mesures pour nous empêcher de nous évader. Ils voyaient que je ne pouvais marcher sans béquilles ni attelles, et cependant tous les jours, la garnison perquisitionnait notre salle d'hôpital, passant tout en revue de haut en bas. Ces gardiens revenaient inopinément la nuit, la lanterne à la main, pour examiner les barreaux de nos fenêtres, car elles donnaient sur une autre cour intérieure où nous pensions qu'on détenait au secret Húber Matos et quelques-uns de ses anciens officiers. Toutes ces opérations me paraissaient faire partie d'une énorme comédie.

Les soins apportés aux malades ne pouvaient que souffrir de ce remue-ménage continuel. Il y avait dans le service de Zaldívar un patient qui, pour le médecin, présentait des lésions d'origine syphilitique. Or, le résultat des analyses de laboratoire était toujours normal. Zaldívar, tout en étant déconcerté, suivait son intuition de médecin et continuait à douter. C'est alors qu'arriva à l'hôpital le Dr Ibarra, chargé de cours à la faculté de médecine de La Havane sur les maladies de la peau et les complications cutanées de la syphilis. Zaldívar lui présenta le malade, et le professeur diagnostiqua aussitôt qu'il s'agissait de lésions tertiaires d'origine syphilitique. Mais une fois de plus, le résultat d'un nouvel examen fut normal ! Ibarra décida de procéder lui-même à l'analyse : évidemment, le patient était syphilitique. L'assistant chargé du laboratoire était incapable d'effectuer correctement une analyse quelconque. Aussitôt, le service fut mis en état d'alerte : Zaldívar convoqua les sept ou huit malades dont il avait la charge : il nous expliqua qu'il ne pouvait se fier aux examens du laboratoire, et comme nous avions vécu dans l'intimité d'un syphilitique, l'un de nous pouvait avoir contracté sa maladie. Il se voyait donc obligé de recourir à une mesure collective, brutale : nous faire à tous des injections d'antibiotiques, comme si nous étions syphilitiques, puisque toutes nos analyses de laboratoire étaient fausses.

En ce qui me concerne, le traitement antifongique, répété plusieurs fois par jour, donnait des résultats satisfaisants. Une peau neuve et lisse commençait à recouvrir les zones infectées. Pour la première fois depuis des mois, j'ai pu me brosser les gencives et la bouche avec une brosse à dents.

Mais la répression s'était déchaînée contre notre salle, et brusquement la direction décida de nous renvoyer dans nos cellules du quartier de discipline. A tout hasard, mes amis me préparèrent un sac contenant un peu de chocolat et de lait en poudre, du sucre, un flacon d'iode salicylique pour combattre les champignons, une petite boîte de conserve avec une mèche pour faire de la lumière, etc.

Je n'avais qu'à traverser la rue pour regagner mon pavillon disciplinaire, et je l'ai fait en chancelant, soutenu par mes attelles. Les cachots étaient tous occupés, aussi m'a-t-on mis au début avec

Boitel pour continuer à nous isoler des autres détenus. Un prisonnier de droit commun s'empara de mon sac et de son contenu, mais ce fut pour me le rendre le soir même : sinon, le gardien de service me l'aurait confisqué. Mais puisque ces objets se trouvaient en ma possession, les gardiens allaient ensuite considérer que j'avais été autorisé à les conserver.

Nous avons parlé des heures et des heures, Boitel et moi. Sa barbe avait poussé depuis plus de trois mois et lui arrivait à la poitrine, ses cheveux longs lui recouvraient les oreilles. Il avait l'habitude de se coucher tard et de se lever vers le milieu de la matinée, ce qui était le contraire même de mon rythme normal, si bien que le gradé chargé de l'appel me trouvait toujours réveillé.

La direction avait trouvé bon d'inaugurer une nouvelle mesure disciplinaire : lors des recensements quotidiens, tous les détenus devaient se mettre debout à l'intérieur de leurs cellules. Auparavant, le gardien se contentait de voir le prisonnier par les rainures de la porte, sans même l'appeler, puisque l'objectif était simplement de nous compter. Evidemment, il s'agissait d'une vexation à laquelle il fallait résister.

Le premier jour où ils voulurent l'appliquer, Boitel dormait, et j'étais assis sur le sol, le dos appuyé au mur. Le maton s'arrêta et cria :

— Debout là-dedans !

Aucun de nous ne bougea. Il éleva la voix pour renouveler son ordre, mais il comprit rapidement que c'était inutile et disparut.

Toutefois, le lendemain matin, le lieutenant « Pompon », à qui le gardien avait rapporté que les occupants de cette cellule refusaient de se mettre debout, apparut en personne, accompagné d'un soldat. Sans mot dire, ce dernier introduisit le canon de son fusil dans la partie supérieure de la grille, visant ainsi le plafond, et tira un coup de feu. La détonation réveilla Boitel en sursaut, et il se retrouva debout...

Mais cette victoire fut de courte durée. Le lendemain matin, nous étions réveillés, et le coup de feu ne nous surprit pas. Nous avons continué à faire semblant de dormir.

On m'a alors remis dans une cellule où je fus de nouveau seul. Les mois ont recommencé à s'écouler lentement. Peu à peu, cette réclusion émoussait mes sens. Pour communiquer entre nous, nous devions crier, mais c'était là un effort qui nous épuisait. Au hasard des punitions, des dizaines de détenus passaient par le pavillon disciplinaire ; nous étions les seuls à y rester semaine après semaine, mois après mois.

L'inflammation de la jambe avait presque complètement disparu, et la couleur de la peau était redevenue normale. Néanmoins, il m'était toujours impossible de m'appuyer sur elle, et je continuais à me servir de mes bouts de bois pour me déplacer.

La cellule où l'on m'avait relégué, le numéro 9, se trouvait au fond du couloir. Sur l'un de ses murs, un prisonnier avait dessiné un Christ en croix tourmenté par les moustiques. Il avait écrasé une quantité d'insectes pleins de sang et ils étaient restés collés sur place autour de l'image du Christ. Cette croix noire aux couleurs rouge sombre faisait plus d'un mètre vingt de haut, et une émotion profonde m'a saisi quand je l'ai aperçue la première fois.

Ulises était le seul d'entre nous à avoir un compagnon de cellule, un marin du nom de Santiesteban, puni lui aussi depuis des mois. Il semblait bien que la prophétie du lieutenant Tarrau allait s'accomplir : nous allions pourrir pendant des années dans ces basses-fosses avant d'y laisser notre vie. Finalement, nous avons décidé d'entreprendre une grève de la faim et d'exiger ainsi qu'on nous renvoie dans un circulaire. La longueur de ces représailles les rendait intolérables.

Ce fut moi que mes compagnons choisirent comme délégué du mouvement, c'est-à-dire que je devais être le seul à discuter avec les gardiens et l'administration, sans que personne d'autre intervînt. J'ai donc communiqué notre décision à l'officier de service lors de l'appel du matin : je lui ai fait savoir que nous refuserions désormais toute nourriture avant de redevenir des prisonniers normaux.

J'ignorais alors complètement les réactions du corps et de l'esprit d'un gréviste de la faim. Je pensais qu'il était impossible de tenir plus de cinq ou six jours sans se condamner à mort. Nous absorbions uniquement de l'eau. Je demeurais tout le temps sans bouger allongé sur le sol, pour économiser mes forces. Un jour passa ainsi, puis un second...

Le troisième jour, le lieutenant Cruz, le chef de la Police politique de l'île des Pins, vint nous voir. Il voulut s'adresser à Boitel, qui me le renvoya. Il me demanda pourquoi nous refusions de manger, ce qu'il savait déjà parfaitement. Malgré cela, je lui exposai nos raisons, en lui expliquant que notre châtiment dépassait toutes les limites possibles, et que nous refusions de continuer à vivre enfermés chacun dans un cachot disciplinaire.

Je l'ai vu ôter le béret rouge vif qu'il portait ce jour-là pour se gratter le crâne et dire d'un air pensif :

— Voilà deux fois qu'on me fait venir de La Havane pour m'occuper de vous : la première fois quand vous vous êtes évadés, et aujourd'hui à cause de votre petite grève...

Il s'en alla sans un mot de plus.

Le quatrième jour, la sensation d'écœurement que j'avais à l'estomac disparut totalement. Physiquement, je me sentais bien, mais j'étais rempli d'angoisse à l'idée de mourir. Je me considérais comme proche du seuil d'où je ne reviendrais plus. Si l'on m'avait dit qu'il m'arriverait de faire des grèves de la faim qui dureraient dix-neuf, vingt-cinq, trente-six jours et plus, et que Boitel, dix ans plus tard, dépasserait cinquante jours, et qu'Olegario Charlot ne mourrait qu'après soixante-cinq jours de jeûne, je ne l'aurais jamais cru.

Le fait qu'aucun représentant de l'administration ne venait nous voir nous fit alors penser que notre mort n'avait aucune importance pour nos geôliers. Boitel eut l'idée de précipiter les événements et de mettre ainsi à l'épreuve les intentions et le comportement de nos gardiens.

Nous nous sommes mis d'accord : l'un de nous ferait semblant de s'évanouir. Les autres se mettraient à crier, et nous verrions alors ce qui se passerait. Pour donner plus de « réalisme » à cette scène, celui qui s'évanouirait devrait se blesser en tombant. Se frapper soi-même comportait des possibilités d'échec ou de très gros risques, aussi avons-nous pensé qu'Ulises et Santiesteban, les seuls d'entre nous à être ensemble, tireraient au sort celui des deux qui frapperait l'autre. Ce fut Santiesteban : il assena à Ulises un coup de poing sur le front, juste au-dessus de l'arcade sourcilière, et ce fut cette blessure qu'arbora Ulises pour prouver que sa tête avait porté contre le sol quand il s'était évanoui.

Nous avions entre-temps donné l'alerte en poussant des cris assourdissants, repris en chœur par tous les détenus du pavillon, pour réclamer un médecin. Finalement, des gardiens transportèrent Ulises à l'hôpital.

Peu après, le sergent « Naranjito » s'arrêta devant ma cellule, son inséparable sabre de cavalerie suspendu comme toujours à sa ceinture.

Il voulait me parler :

— Valladares ! La circulaire 4 s'est révoltée... ! Les détenus disent que c'est pour vous soutenir, et qu'ils commenceront demain une grève comme la vôtre... Et il en est de même à la circulaire 2...

Cette information, qu'il me donna en nasillant légèrement comme toujours, nous remplit d'optimisme. Quelques jours auparavant, il était déjà venu discuter avec moi au sujet de notre grève, et il avait avoué finalement qu'il considérait comme excessif le temps que nous avions passé dans le quartier disciplinaire.

Ainsi, même Naranjito, ce bourreau modèle de tous les abus de pouvoir et de toutes les tortures, admettait que notre châtiment dépassait les bornes !

Une heure plus tard, nous avons vu apparaître l'infirmier de notre circulaire, López de Leó : il avait pour mission de nous voir en personne et de vérifier notre situation réelle. La direction avait cédé à la pression de nos compagnons des circulaires : ils avaient exigé un rapport sur notre état de santé, mais qui serait l'œuvre non pas d'un membre de la garnison, mais d'un détenu comme eux. C'était la première fois qu'une chose pareille avait lieu à l'île des Pins.

López de León parcourut nos cellules. Ce faisant, il nous apprit que la direction avait déjà communiqué officiellement à notre circulaire que nous sortirions le lendemain même du pavillon disciplinaire.

La victoire de ce premier mouvement de grève inspira à Boitel l'idée d'en organiser un autre, général celui-là, auquel prendraient part tous les détenus du pénitencier, environ six mille hommes à l'époque. Et nous nous sommes mis d'accord sur la façon de le faire.

Le lendemain matin, à la première heure, le Dr Lamar, ce médecin à la barbiche léninienne, apparut dans notre pavillon. Il insista d'abord pour parler à Boitel des conditions auxquelles nous cesserions notre grève. Boitel lui répondit que j'étais le seul habilité à en discuter, et rien de plus. Nous savions que la direction du pénitencier avait déjà donné l'ordre de nous transférer dans les circulaires, mais il paraissait ignorer que nous étions au courant. Ma réponse a été catégorique : nous ne changerions rien à notre comportement tant que nous serions à l'intérieur du quartier disciplinaire. Je l'ai également informé que l'état de Boitel exigeait des soins médicaux immédiats.

Quelques heures plus tard, Boitel entrait à l'hôpital. Notre victoire se précisait.

Quand le soldat chargé de notre transfert vint m'en avertir en me remettant un paquet de linge et un uniforme propres, j'ai ressenti l'une des plus grandes joies de ma vie. Sortir de là était sortir de l'enfer même.

Pour nous empêcher de tramer une autre évasion, les autorités avaient pris soin de nous séparer dans les quatre circulaires, Ulises à la 3, Brito à la 2, Boitel à la 1, et moi dans le bâtiment 4, celui d'où nous nous étions échappés.

Soutenu par mes deux bouts de bois, j'ai jeté un dernier coup d'œil sur le couloir et sur les cellules du pavillon. C'était donc là que j'avais tant souffert, mais j'en sortais avec une idée plus exacte de ma capacité de résistance et convaincu que j'y avais fait une découverte singulière : la souffrance, elle aussi, peut devenir un instrument de lutte.

## CHAPITRE XXV

# Grève générale

Comme j'arrivais à hauteur de la petite route, tout a subitement tourné autour de moi. Deux gardiens m'accompagnaient. Après tant de mois de réclusion sans que mon regard porte au loin, il y avait en moi quelque chose de détraqué : j'avais l'impression que les deux énormes masses des circulaires et les montagnes sur ma gauche se précipitaient sur moi comme par vagues successives.

Je me suis arrêté, fermant les yeux et secouant un peu la tête pour essayer de me débarrasser de cette sensation extraordinaire de vertige.

— Allons, pressons-nous un peu !

Ce gardien ne paraissait pas s'apercevoir que je ne marchais que soutenu par mes deux bouts de bois. De toute façon, je ne pouvais pas avancer plus vite, et c'est ce que je lui ai répondu.

J'ai recommencé ensuite à me traîner, sans prêter la moindre attention à lui ni à ses exhortations, l'ignorant complètement. Les quatre-vingts ou quatre-vingt-dix mètres que j'ai ainsi parcourus devaient rester pour moi un souvenir inoubliable. Je respirais avidement, je me remplissais les poumons d'un air frais chargé de l'arôme des pins, je jouissais profondément de ces retrouvailles avec la lumière du soleil.

Le ciel était intensément bleu et pur, sans un nuage.

Puis quelques détenus m'aperçurent du haut des circulaires dont toutes les fenêtres s'emplirent soudain de visages.

Il y avait un an de cela, j'avais fait ce même trajet, mais à l'envers, portant un uniforme de soldat, pour tenter de m'évader. Ce retour déclenchait en moi une accumulation de souvenirs, d'émotions ressenties au cours de cette soirée mémorable, si proche dans le temps, mais inexplicablement lointaine dans mon esprit. Dans les circulaires, mes compagnons de captivité s'étaient mis à crier, à passer leurs bras à travers les barreaux pour agiter des mouchoirs en signe de reconnaissance affectueuse et de bienvenue.

Nous avons fait un dernier arrêt devant la grille. Mes gardiens tendirent à ceux du circulaire les documents qui confirmaient mon transfert et s'éloignèrent aussitôt.

J'ai entendu le bruit du cadenas qui s'ouvrait, le grincement des lourds verrous et celui des gonds rouillés de la grille alors qu'elle s'ouvrait lentement devant moi.

Le rez-de-chaussée s'était rempli de détenus qui m'attendaient. Quand je suis entré, une ovation assourdissante s'éleva, ponctuée de vivats, pour m'accueillir. Cette réception, ces applaudissements, étaient si sincères, si émouvants, que je n'ai pu réprimer mes larmes.

Ce jour-là, j'ai parlé si longuement que je suis resté tout à fait aphone. Je ne sais combien de fois j'ai dû reprendre mon histoire, conter ce qui m'était arrivé. J'ai dormi provisoirement au cinquième étage, dans la cellule des frères Cruz, mais quelques jours plus tard, on m'a installé définitivement au numéro 35 du même étage, où les conditions étaient bien meilleures et où je n'avais qu'un compagnon, Chaguito, le coureur automobile plusieurs fois champion à Cuba et à l'étranger ; il avait été d'ailleurs l'un de ceux qui avaient surveillé les alentours pendant notre tentative d'évasion.

Les premiers jours, je me suis fait raconter en détail tout ce qui s'était passé pendant mon absence. Les caves étaient toujours bourrées d'explosifs et inspectées périodiquement par les experts en démolition de la Police politique. En ce qui concernait au moins notre circulaire, nous étions sûrs de pouvoir désamorcer la dynamite dès que viendrait le moment décisif. Les détenus continuaient à organiser des groupes de guet, et il serait impossible aux techniciens chargés de nous faire sauter d'entrer dans la zone dangereuse sans être repérés, quelle que soit l'heure du jour ou de la nuit.

L'affaire des livres s'était développée : chaque prisonnier pouvait désormais faire entrer trois livres par mois, il y avait donc maintenant des centaines et des centaines de volumes.

Il était toujours défendu de recevoir des ouvrages qui ne provenaient pas de l'édition communiste Imprensa Nacional de Cuba. Pour tromper cette interdiction, nos familles avaient déployé beaucoup d'ingéniosité et s'étaient transformées en véritables artistes du camouflage. Ainsi, un livre sur le marxisme se métamorphosait après les toutes premières pages en l'étude d'Eudocio Ravines, *América Latina un continente en erupción.*

Nos familles achetaient des publications gouvernementales du même format que les livres qu'elles désiraient nous faire parvenir ; elles n'en gardaient que la couverture, le titre et les premiers feuillets. Il en était de même des revues des pays communistes, *Unión Soviética, Polonia,* etc., qui devenaient des revues occidentales, *L'Express,* le *Time* et autres périodiques. Les contrôleurs étaient généralement des gardiens d'un niveau intellectuel très bas et qui savaient à peine lire. Quand ils apercevaient sur le frontispice la faucille et le marteau ou l'enseigne de la Imprensa Nacional, ils tenaient le contenu pour bon sans aller plus loin. Dans les emballages de carton ondulé qui contenaient les livres autorisés, nous retrouvions des pages de bibles entre les feuilles, décollées puis recollées, du carton.

Il a fallu des années pour que des policiers un peu moins analphabètes procèdent parfois à des sondages sur des livres pris au hasard, ce qui leur fit découvrir quelques-uns de ces stratagèmes.

Je devais m'apercevoir qu'il existait par ailleurs une atmosphère de profond mécontentement même parmi les prisonniers qui paraissaient les plus résignés. Dans tout groupement humain, il y a toujours ceux qui supportent tout, qui se taisent et qui, dans des périodes de violence, se laissent tuer lentement sans avoir même la consolation de protester ou le courage de se révolter. Mais dans les circulaires les détenus les plus soumis commençaient à gronder. Il arrive un moment où le plus doux et le plus domestiqué des hommes s'aperçoit soudain que sa patience est à bout.

La situation était donc extrêmement favorable à une grève générale de la faim dans le but d'obtenir un traitement plus humain, une véritable assistance médicale, un accès au soleil, une alimentation convenable, etc. C'est ce que nous avons fait savoir au responsable de notre circulaire, qui n'était plus Lorenzo. J'avais réuni plusieurs amis pour leur exposer les conclusions que Boitel et moi avions tirées du succès de notre grève dans les cellules disciplinaires. Les communistes, habitués à être ceux qui avaient utilisé comme arme la grève de la faim, ne savaient encore comment lutter contre elle. Avant qu'ils pussent réagir efficacement, nous pouvions gagner la première grande bataille du pénitencier politique.

Dès mon retour, j'avais consacré tout mon temps à convaincre mes compagnons que le moment était propice et que nous ne devions pas le laisser passer. Peu à peu, un groupe formé par les plus combatifs adopta mes idées.

Boitel, quant à lui, se trouvait à la circulaire 1. Pour communiquer, nous avons utilisé deux télégraphistes qui ont construit un dispositif clignotant : il était composé d'une boîte de fer qui avait contenu des biscuits. Une entaille pratiquée dans son fond était munie d'une petite persienne. Un bout de jarretière et du fil de fer composaient un mécanisme qui permettait d'ouvrir et d'obturer la fente en variant les intervalles qui correspondaient ainsi à des points et à des traits. La lumière provenait d'une petite lampe à pétrole placée dans la boîte. Les communications avaient lieu la nuit à partir du cinquième étage.

C'était aussi une période où la nourriture empirait de jour en jour. Cette carence alimentaire affaiblissait les détenus. Et un jour, à midi, les prisonniers chargés de distribuer la nourriture, en sondant le fond des bassines qu'on venait de leur livrer pour le déjeuner, s'aperçurent qu'elles ne contenaient rien d'autre que de l'eau tiède avec, sur le dessus, une légère couche de matière graisseuse : pas le moindre morceau de viande.

Des cris s'élevèrent : les gardiens pouvaient reprendre ce qu'ils appelaient un repas ! Tout était prêt pour une explosion et c'est ainsi que commença la grève, mais avec un élément de violence inattendu : des fenêtres qui donnaient sur la grille d'entrée, des détenus hurlant des insultes passèrent rapidement de la parole aux actes, déchargeant ainsi toute l'hostilité accumulée pendant des mois. Un récipient de verre se fracassa contre le toit du poste de garde. L'un des soldats leva sa mitraillette et fit feu. Les balles ricochèrent contre les barreaux, blessant au cou l'un des frères Rivero et deux autres détenus à la poitrine, légèrement par bonheur.

Au fracas des détonations répondit aussitôt un tir nourri de bouteilles contre la grille. D'autres rafales de mitraillette, tirées du patio, succédèrent à la première. Mais déjà, des morceaux de chiffons enflammés entourant n'importe quel objet un peu lourd s'abattaient de tous les étages et barraient l'entrée du complexe.

Ce fut alors que l'infirmier López de León prit un bidon de quatre litres d'alcool provenant de la petite pharmacie portative, et le précipita du second étage sur l'un de ces foyers d'incendie. L'explosion qui suivit projeta un jet de feu jusqu'à la hauteur du premier étage.

Réellement terrorisés à la pensée qu'à quelques mètres de cette déflagration se trouvaient des tonnes de TNT, les gardiens s'enfuirent, criant que nous étions devenus fous et abandonnant ainsi leur poste.

Cinq minutes plus tard, tout l'état-major de la garnison était réuni devant notre circulaire.

Nous avions déjà commencé à nettoyer l'entrée et à descendre les blessés pour qu'on pût les transporter à l'hôpital. Puis nous avons fait savoir aux officiels que nous entreprenions une grève de la faim, et que nous allions le leur confirmer plus tard par écrit.

Au même moment, c'était jour de visite pour une de nos quatre circulaires, et les détenus et leurs familles réunis à l'intérieur de l'immense réfectoire avaient tous entendu nos cris et les coups de feu.

Avec la rapidité que me permettait ma jambe estropiée, je suis remonté au cinquième étage, dans ma cellule. Là, avec René, Chaguito et d'autres détenus, nous nous sommes hâtés de coudre ensemble quatre draps pour en faire une grande banderole. Nous disposions de quelques heures avant la fin de la visite. En me servant d'un mélange de Mercurochrome, de rouge aseptique et de teinture faite de mines de crayon, le tout délayé dans de l'eau, j'ai dessiné sur cette toile l'inscription suivante :

NOUS FAISONS LA GRÈVE DE LA FAIM,

pour la suspendre avec des cordes devant les fenêtres du cinquième étage. Quand les visiteurs et les détenus sortirent du réfectoire, tous purent la voir. Dès le lendemain, tout Cuba serait au courant de notre révolte.

Et la circulaire 1 se joignit à notre mouvement, puis ce fut le tour de la 2 et d'une partie seulement de la 3, où un groupe de prisonniers qui se trouvaient dans l'île des Pins depuis 1959 refusa de se joindre à notre grève.

Le lendemain, les gardiens nous apportèrent un déjeuner qui paraissait succulent. Comme nous avons refusé de le recevoir, ils l'ont laissé à l'entrée de la grille. Les récipients contenaient du riz sur lequel surnageaient de nombreux morceaux de viande et des piments. Avec ce repas tel que nous n'en avions jamais vu de semblable dans le pénitencier, l'administration croyait pouvoir influencer notre décision et briser notre grève. A part les « jaunes » du circulaire 3, tous les bâtiments ont refusé ce marché.

Les commissaires politiques excitaient les gardiens contre nous. Quand l'un d'eux nous l'apprit en se confiant au détenu de garde à la grille, nous avons aussitôt réagi pour neutraliser cette campagne d'intoxication. J'ai peint une nouvelle inscription, qui s'adressait cette fois aux gardiens, sur une nouvelle banderole :

SOLDAT, MILICIEN, NOUS N'AVONS RIEN CONTRE TOI !
NOUS VOULONS QU'ON NOUS TRAITE EN ÊTRES HUMAINS !

Nous avons placé cette banderole du côté qui donnait sur la caserne, pour que tous les gardiens puissent la voir.

La direction du pénitencier convoqua alors les responsables de tous les bâtiments pour voir le lieutenant Tarrau et les autres hauts fonctionnaires du pénitencier.

Nos délégués en revinrent pour nous faire savoir que la direction leur avait déclaré catégoriquement qu'elle ne céderait sur rien. Nous devions d'abord capituler sans conditions, cesser la grève, et nos délégués seraient alors convoqués de nouveau pour exposer ce dont les détenus avaient vraiment besoin.

Pour répondre à cet ultimatum, nous nous sommes réunis au rez-de-chaussée. Nous sommes tous descendus avec nos lits, nos matelas et nos draps, mettant au premier rang nos malades chroniques et nos vieillards. Et j'ai peint notre réponse sur une troisième banderole suspendue face à la direction et à la circulaire 1 :

NOUS SOMMES DES HOMMES PRÊTS A MOURIR !

Cette décision collective de résister fut prise à l'unanimité, comme si ces milliers d'hommes n'en faisaient plus qu'un. Cependant les communistes continuaient à nous apporter des récipients pleins d'aliments extraordinaires, poulets en sauces odoriférantes, salades, desserts, qu'ils laissaient sur place à l'extérieur, devant la grille, à quelques mètres de nous, puisque nous campions au rez-de-chaussée. Nous pouvions les voir, les respirer, c'était pour nous une véritable torture... Mais nous avons tenu bon.

Cette protestation collective devait s'étendre au-delà des circulaires. Un soir, des officiers apparurent au poste de garde et demandèrent le Dr Valdés Rodríguez, le neurochirurgien : une petite fille, gravement blessée, se trouvait à l'hôpital civil de Nueva Gerona. Pour la sauver, il fallait opérer le cerveau. Valdés Rodríguez n'hésita pas. A son arrivée à l'hôpital, on le fit passer dans une petite salle où le reçurent le directeur du centre hospitalier, quelques hauts fonctionnaires et d'autres médecins. Un dîner succulent l'y attendait pour qu'il pût se restaurer avant d'entrer dans la salle d'opérations. Valdés Rodríguez refusa net.

Ils crurent bon d'insister, mais essuyèrent un second refus catégorique. L'opération dura deux heures. Une fois l'enfant sauvée, le chirurgien repartit pour sa cellule, torturé par la faim.

Pendant ce temps, dans notre circulaire, un certain Tony Lamas, au risque de perdre la vie, avait grimpé de poutre en poutre jusqu'au sommet du cône qui finissait le toit, ce qui exigeait de sa part des nerfs d'acier et un sang-froid extraordinaire. Nous l'avons vu suivre à plus de trente mètres de haut une poutre étroite pour gagner le sommet vers lequel toutes convergeaient comme les rayons d'une roue de bicyclette vers le moyeu. Au-dessous de lui, c'étaient le vide et la mort. Et il était en état de carence alimentaire : le plus léger vertige entraînerait une chute qui se terminerait par son écrasement au sol. Arrivé là-haut, il dut encore se hisser jusqu'à la pointe du cône. Il y avait là une sorte d'œil-de-bœuf par lequel il déploya un drapeau cubain. C'est ainsi qu'il parvint à accomplir la mission qu'il s'était fixée.

Pour nous, cette prouesse eut une importance énorme. Nous y avons vu une victoire, car ce drapeau continua à flotter au-dessus de nous malgré les efforts de la garnison. Aucun gardien n'osa s'aventurer aussi haut. Plusieurs tentèrent l'escalade en profitant des perquisitions, mais ce fut pour renoncer à mi-chemin. Et l'emblème de notre patrie continua à se déployer au-dessus de nos têtes comme pour rappeler que nous étions bien les meilleurs de ses fils. Au cours des mois, les couleurs de ce drapeau de fortune battu par les pluies et par le vent pâlirent peu à peu, puis ce fut au tour du tissu de s'effilocher et de disparaître.

Un autre prisonnier devint fou et grimpa lui aussi au sommet de notre toit dans le but de se lancer dans le vide. Plusieurs heures passèrent dans une tension d'esprit horrible. D'en bas, nous l'implorions de redescendre. Ses amis, réunis au sixième étage, le suppliaient sans cesse, lui rappelaient qu'il avait une famille qui souffrait déjà du fait qu'il était prisonnier, que toutes les valeurs qu'il avait défendues, les valeurs chrétiennes, s'opposaient au suicide. En vain, rien ne pouvait plus le convaincre...

Alors l'un de nous, Rolando de Vera, prit la décision de le rejoindre, de lui parler de près et de le faire renoncer ainsi à son projet. Lorsque cet événement eut lieu, je venais d'être transféré dans la circulaire où se déroulait ce drame. En voulant sauver ce fou, Rolando prenait un risque énorme. Il était impossible de prévoir ce que serait la réaction de cet esprit dérangé.

Des minutes d'attente et d'angoisse indescriptibles se succédèrent. Un silence absolu s'était abattu sur tout le circulaire.

Comme hypnotisés, les détenus tenaient les yeux fixés sur Rolando qui approchait pas à pas, mètre par mètre, de l'endroit où se trouvait le dément.

Arrivé à environ un mètre de lui, Rolando s'arrêta et commença à parler. Ils étaient amis tous les deux. Nous ne pouvions pas entendre ce que Rolando disait, mais nous savions qu'il parlait calmement, à voix basse, affectueusement, essayant de le persuader de renoncer à son projet. Il fit un pas en avant, toujours en parlant, puis un autre, puis un troisième : il était maintenant tout près du fou. Il suffisait d'un mouvement de ce dernier, d'une légère poussée, pour que Rolando fût précipité dans le vide.

Nombreux étaient ceux qui, comme moi, priaient Dieu de les protéger l'un et l'autre. Et le miracle eut lieu. Ils sont redescendus tous les deux.

La grève continuait. Mentalement, nous étions aussi affectés que physiquement par le manque de nourriture. Nous réservions le sérum dont nous disposions dans la pharmacie portative pour les vieillards et les malades dont l'estomac ne pouvait plus supporter l'eau.

Comme il n'y avait rien au rez-de-chaussée pour suspendre les récipients pour les injections intraveineuses, nous avons tendu plusieurs cordes utilisées généralement pour hisser les bidons d'eau jusqu'aux fenêtres des étages, et nous avons pu ainsi soigner directement les malades couchés sur les premières rangées de lits. Tout cela devait avoir un aspect pitoyable.

Le lendemain du refus catégorique que les autorités avaient opposé à nos délégués, la direction les fit appeler de nouveau. Ils eurent une entrevue avec Sanjurjo, alors directeur des Prisons et Etablissements pénitentiaires de Cuba, arrivé d'urgence de La Havane. Il écouta leurs explications sur la grève que nous avions dû commencer. Il n'en essaya pas moins de s'en tirer uniquement avec des promesses. L'attitude de nos représentants demeura si ferme qu'il comprit finalement qu'aucun compromis n'était possible et que, pour éviter des drames imprévisibles, c'était à la direction de céder.

C'est ainsi que se termina la grève : nous avions gagné !

Ce fut une explosion extraordinaire de joie. Cette victoire nous vivifia. Après tant d'outrages, d'ignominies et de misère, notre combativité et notre esprit de résistance sortirent renforcés de cette épreuve.

Notre alimentation s'améliora sous tous les rapports. De plus, les distributions de courrier eurent lieu désormais toutes les semaines, et nous pouvions écrire une lettre tous les quinze jours. La direction prolongea les heures d'ouverture de l'eau, augmenta la quantité des médicaments et porta le nombre des visites à quatre par an. En arrachant ces concessions à la Direction des prisons et établissements pénitentiaires, nous avions remporté un succès sans précédent.

Nous avons imaginé mille explications à cette capitulation si rapide des autorités. Je ne crois pas que le gouvernement ait eu peur de nous ni qu'il ait agi pour des raisons humanitaires absolument contraires et étrangères au marxisme et à son dogme, qui exigent l'extermination de tous les adversaires de sa doctrine. A mon point de vue, les communistes n'étaient pas prêts à affronter un mouvement de grève mené par des milliers et des milliers de prisonniers. C'était la conclusion à laquelle Boitel et moi étions arrivés dans nos cachots disciplinaires : les autorités pénitentiaires avaient immédiatement cédé lorsque l'ensemble des circulaires avait menacé de se joindre à notre grève de la faim.

Devant une telle situation, le gouvernement n'avait su comment réagir, et c'était l'effet de surprise qui nous avait valu cette victoire. Mais nous ignorions que les autorités se préparaient au prochain affrontement, et cette fois la surprise allait jouer en leur faveur.

Les communistes se croient toujours au-dessus des promesses qu'ils font et ne les tiennent par conséquent jamais : quelques semaines plus tard, de nouvelles difficultés surgirent. Par exemple, les distributions de courrier cessèrent brusquement, sans explication. Notre réponse fut immédiate. Nous avons refusé de nous présenter au recensement quotidien jusqu'à ce que nous ayons reçu les lettres déjà arrivées.

1962 fut pour Cuba une année importante, riche en événements. Tout le monde se souvient de la crise déclenchée par l'installation dans l'île des fusées soviétiques, ce qui provoqua presque une troisième guerre mondiale. De plus, la Police politique découvrit un complot militaire à l'échelle nationale, dont le but était de renverser le gouvernement.

Ce complot avait des ramifications dans l'armée de terre, la marine de guerre et aussi dans la police. La réaction du gouvernement fut de répondre à cette conspiration par un véritable bain de sang. Par dizaines, les militaires arrêtés et conduits dans les prisons de la Cabaña et du Castillo del Morro furent fusillés sans jugement, uniquement sur ordre du haut commandement de la Police politique.

La Cabaña connut alors ses nuits les plus horribles.

A la suite de cette conspiration connue dans les prisons cubaines par la date de sa découverte, le 30 août 1962, le gouvernement fit fusiller quatre cent soixante militaires dans toute l'île.

Il est intéressant de signaler que pendant qu'avaient lieu ces exécutions massives à la Cabaña, El Morro et dans les autres prisons, les visites se poursuivirent sans changement : dans l'esprit de Castro, les familles des détenus devaient elles aussi collaborer à la répression en répandant la terreur parmi la population.

Puis Castro, pour empêcher qu'un complot comme celui qui venait d'avoir lieu à l'échelle nationale pût recommencer, eut l'idée de répartir les forces cubaines en trois armées : celles de l'Occident, du Centre et de l'Orient, chacune ayant son propre état-major et étant totalement indépendante. Tout contact entre elles fut dès lors considéré comme un acte de haute trahison dont la mort serait l'unique sanction.

Jusqu'en septembre, nous avons joui de plusieurs mois de tranquillité relative. Puis une perquisition monstre eut lieu dans toutes les circulaires, dont les prisonniers furent transférés dans la grande cour genre parc à bestiaux où avaient lieu auparavant les visites. Dans la circulaire 2, les gardiens découvrirent une cellule, celle de Hector González et de Domingo Sánchez (surnommé par ses amis « La Hache »), dont les barreaux de la fenêtre avaient été sciés.

Plusieurs officiers et un commissaire politique se présentèrent à la porte de la cour et les appelèrent. Tous deux sortirent, « La Hache » le premier et Hector à quelques pas derrière lui. Pendant les perquisitions, les prisonniers demeuraient à l'affût du moindre mouvement suspect. Je regardais donc ce qui se passait, assez distraitement toutefois, car il n'était pas rare que des arrestations et des transferts au quartier disciplinaire eussent alors lieu. Soudain, j'ai vu les officiers et les gardiens se précipiter sur nos deux camarades et les rouer de coups. « La Hache », malgré ses cheveux blancs, était d'une force physique incroyable. Il commença à rendre horion pour horion, imité en cela par son compagnon, et il fallut l'intervention d'une meute de gardiens pour les entraîner, toujours sous une averse de coups, vers le pavillon disciplinaire.

Dès le début de cette agression, les prisonniers des circulaires s'étaient mis à crier et à protester.

Une partie des détenus était déjà de retour dans la circulaire 2, mais les autres, par solidarité envers leurs camarades, s'arrêtèrent net, refusant d'entrer et réclamant le retour de ceux qui venaient d'être arrêtés.

Des renforts de gardiens arrivèrent et pénétrèrent dans la cour pour expulser les protestataires par la force. Ce fut alors entre prisonniers et soldats un véritable combat où ces derniers firent preuve d'une vraie sauvagerie. Impuissants, accrochés à nos grilles, que pouvions-nous faire sinon crier, hurler notre indignation pour influencer les membres de la garnison et tenter de mettre fin à ce massacre ?

Du haut de la circulaire 2, les détenus qui étaient déjà entrés faisaient pleuvoir sur les soldats des assiettes, des bouteilles, tous les objets qui leur tombaient sous la main. La riposte fut une série de salves de mitrailleuse en direction des fenêtres, et il y eut plusieurs blessés, dont deux grièvement, mais aucun mort. De nouveaux renforts de soldats surgissaient, armés de grenades lacrymogènes. Le sergent « Naranjito » les précédait, et ce fut lui qui lança contre la circulaire 1 ces premières grenades soviétiques anti-émeutes, de forme cylindrique, semblables à des boîtes de conserves.

Le soir même, pour continuer à protester contre cette agression sauvage, les détenus de la circulaire 2 décidèrent de refuser les aliments qu'on leur apportait. Au début, ils n'envisageaient pas réellement une grève de la faim ; ils pensaient que leur refus de s'alimenter allait provoquer la venue d'un fonctionnaire de la direction, avec lequel ils pourraient discuter de la situation de leurs deux camarades et obtenir leur retour à la circulaire. Toutefois, encouragés, par la facilité de notre première victoire, nous nous sommes réveillés le lendemain matin en pleine grève de la faim.

Samuel Aguilar fit avec un drap de lit un drapeau cubain que nous avons aussitôt suspendu à la grande fenêtre de l'escalier du cinquième étage. En signe de deuil, un voile de crêpe noir y était attaché.

La journée passa sans qu'il y eût quoi que ce soit de nouveau. Puis la nuit vint. Il ne faisait pas encore jour quand Samuel me réveilla en me secouant. Il portait dans une main notre drapeau plié et était visiblement effrayé. Il me montra la fenêtre :

— Nous sommes encerclés, dit-il enfin.

Je suis descendu de mon lit. Arrivé à la fenêtre, j'ai été frappé de stupeur : sur le chemin que nous appelions la « petite route », se profilait la masse métallique d'un char russe Staline, le canon pointé sur nous. Puis j'ai aperçu un autre char, et deux autres encore un peu plus loin.

Une brume matinale noyait leurs contours et ne permettait pas de voir plus loin. Le char le plus proche paraissait posé sur un nuage qui flottait lui-même sur la chaussée.

— Que dois-je faire de notre drapeau ? me demanda Samuel.

— Remets-le à sa place. Ils n'auront qu'à l'ôter eux-mêmes.

Quand le soleil eut dissipé la brume, nous avons pu voir en entier le gigantesque déploiement de forces concentré contre nous : à l'extérieur du cordon de sécurité avaient pris position quatre mitrailleuses antiaériennes à canons jumelés, plusieurs mortiers ; des troupes continuaient à débarquer des camions et encerclaient complètement nos circulaires. Plusieurs hélicoptères survolaient la prison, sans doute pour diriger d'en haut l'ensemble des opérations qui allaient suivre.

Un char léger s'arrêta entre les circulaires 3 et 4. La tourelle d'un char lourd tournait lentement, le canon demeurant braqué sur les cellules, prêt à faire feu. Il y avait là en tout quelque quinze cents hommes armés, peut-être plus, qui participaient à ce branle-bas de combat.

Un cordon de gardiens entourait chaque circulaire, si proches les uns les autres qu'ils pouvaient se donner la main. Tous les dix-huit ou vingt mètres, il y avait une mitrailleuse lourde sur son trépied. Çà et là, d'autres soldats patrouillaient tenant en laisse des bergers allemands. Partout allaient et venaient des camions et des jeeps, déployant une activité extraordinaire.

Quand l'encerclement des circulaires fut bien au point, nous avons vu apparaître le commandant William Gálvez, Curbalo, Tarrau et divers officiers supérieurs de la Police politique. Ils firent descendre nos délégués pour les avertir que les troupes allaient procéder à une « perquisition pacifique ». Quelle ironie et quel sadisme ! Désormais, cette perquisition spéciale allait garder pour nous ce surnom dérisoire : « La Pacifique ! » Les communistes sont d'un cynisme surprenant dans leurs manipulations du vocabulaire. C'est ainsi que l'un des camps de concentration où les prisonniers politiques sont maintenus au secret, battus et torturés quotidiennement, porte le nom d'« Amérique libre ». Un autre, réservé aux femmes et qui existe encore aujourd'hui, est pour ces prisonnières une nuit ténébreuse, éternelle, ce qui ne l'empêche pas d'avoir pour nom « Nouvelle Aurore ». Et dans la région de Santiago de las Vegas, il existe même un camp pour enfants, « L'Arc-en-Ciel » tout simplement !

La perquisition commença aux premières heures de la matinée par les circulaires 1 et 2. Elle allait durer jusqu'à la nuit. Pendant tout ce temps, nous allions voir une véritable noria de camions charger les quelques objets qui nous appartenaient et s'éloigner avec eux pour toujours.

La nuit qui suivit, les chars légers patrouillèrent autour des circulaires, tandis que les chars lourds demeuraient immobiles. Notre tension d'esprit était si forte qu'aucun de nous ne pouvait dormir en pensant qu'au lever du jour ce serait notre tour.

Le petit déjeuner arriva plus tôt que d'habitude. Dès la veille, des soldats armés de fusils-mitrailleurs B-Z s'étaient installés dans la tour. A elle seule, cette présence était un motif d'inquiétude.

Le soleil n'était pas encore levé mais à l'est la lumière inondait déjà le ciel quand les gardiens ouvrirent la grille du poste de garde. Des soldats se ruèrent dans l'ouverture, casqués et armés de fusils T-2, baïonnette au canon. Serrés les uns contre les autres, ils prirent position contre le mur du rez-de-chaussée, collés à lui, des deux côtés de la grille d'entrée. Puis survint un autre groupe armé seulement de baïonnettes, qui s'aligna face aux soldats. D'autres encore apparurent dans la tour centrale, portant des lance-grenades lacrymogènes.

Une clique d'officiers entra en vociférant, hurlant des ordres et des menaces dans un mégaphone : nous devions nous déshabiller complètement et descendre au rez-de-chaussée tout nus, les mains sur la tête. Déjà les gardiens occupaient les étages, distribuant à droite et à gauche, sans discrimination, des coups de plat de baïonnette.

Arrivés au rez-de-chaussée, nous nous sommes retrouvés acculés entre les deux lavoirs. Malheur à qui baissait les bras, les coups pleuvaient immédiatement sur lui. Dans les étages continuait la chasse aux retardataires que les soldats poursuivaient et frappaient avec hargne. Une fois tous les détenus réunis — nous étions plus de mille — ils nous ont fait placer rangée contre rangée, face à face sur deux rangs, les parties sexuelles des uns écrasées contre celles de leur vis-à-vis. Et à un tumulte de protestations indignées répondirent des représailles sauvages, de nouvelles volées de coups de plat de baïonnette sur le dos et les épaules des derniers arrivés qui formaient les rangs les plus proches de nos bourreaux.

De temps à autre, ils choisissaient un détenu, le soulevaient en l'air à huit ou à dix gardiens, pour le laisser retomber par terre, la bouche contre le sol. Là, ils lui ouvraient les cuisses pour lui défoncer longuement, à loisir, le fondement avec le canon d'un fusil. Une sorte de démence sans précédent s'était emparée de ces tortionnaires. Beaucoup d'entre nous durent boire l'eau sale des mares ; on leur maintenait la tête sous l'eau, jusqu'à ce qu'ils étouffent et avalent le tout.

Nous étions si serrés les uns contre les autres que nous formions une masse compacte. Les détenus des dernières rangées ne pouvaient baisser les bras sans être battus. Je me trouvais heureusement au centre, hors d'atteinte des coups directs des soldats. Là, nous pouvions protéger de nos mains notre sexe pour l'isoler du contact du sexe du camarade d'en face.

Un retardataire descendu en se suspendant de balcon à balcon avait atterri sur nos têtes et sur nos épaules. En vain nous suppliait-il de lui faire une place : cela nous était impossible. Le spectacle grotesque et absurde qu'offrait ce malheureux qui se traînait à quatre pattes au-dessus de nous, implorant qu'on le laisse descendre, m'a laissé une impression inoubliable.

Nous sommes restés ainsi plus de douze heures. Plusieurs d'entre nous se sont évanouis, mais sans pouvoir tomber : ils demeuraient debout inconscients, la tête inclinée sur l'épaule, soutenus par la pression de leurs voisins. D'autres souffraient terriblement du gonflement de leurs jambes.

La perquisition se poursuivait : d'en haut, les soldats jetaient tout ce que nous possédions, sauf les lits. Tout y passait : livres, aliments, savons, cuillers, chaussettes, vêtements de dessous. Ils arrachaient les talons de tous nos souliers, écrasaient et réduisaient en miettes, sous leurs bottes, les lunettes que certains détenus avaient oubliées dans leurs cellules. Et les brosses à dents et tous les récipients que nous avions connurent le même sort.

Jusqu'à maintenant, il n'y a jamais eu, en vingt-cinq ans d'existence que compte l'institution pénitentiaire cubaine, de perquisition semblable à celle-là, et jusqu'en 1982, j'ai assisté aux pires de toutes. Certaines ont été peut-être plus sanglantes, avec des morts par balles ou criblés de coups de baïonnette, mais aucune n'a égalé « La Pacifique » dans cette volonté impitoyable de destruction organisée. Et il ne faut pas oublier que tout était préparé pour nous massacrer à la moindre tentative de révolte.

C'est ce que prouve l'information parue dans l'organe officiel du parti communiste, *Hoy,* une fausse information naturellement ; d'après elle, les prisonniers contre-révolutionnaires de la prison de l'île des Pins s'étaient soulevés pour s'emparer de toute l'île, et cinq cents d'entre eux avaient péri dans cette tentative. La date correspond : 11 septembre 1962. L'organisation de cette perquisition et l'ordre de l'effectuer étaient venues directement du haut commandement de la Police politique, avec l'approbation personnelle de Castro.

Toutes les cellules du rez-de-chaussée furent vidées, et la direction du pénitencier fit savoir qu'elles ne seraient plus occupées jusqu'à nouvel ordre. Cette mesure correspondait à la peur de nous voir défoncer le sol pour arriver aux caves bourrées d'explosifs. Naturellement, les prisonniers délogés durent se répartir dans les étages supérieurs où les conditions d'entassement devinrent insupportables, avec quatre ou cinq prisonniers par cellule.

Nous avons subi une déroute totale. Une fois la réquisition « pacifique » terminée, nous nous sommes mis d'abord à nous occuper de nos blessés à coups de crosse et de baïonnette. Nous avons signalé ceux dont l'état exigeait un transfert immédiat à l'hôpital pour y être soignés, ou examinés à cause des lésions internes dont ils souffraient.

En remontant les escaliers remplis de prisonniers nus, j'ai ressenti un grand découragement. Je pressentais qu'après ce genre de perquisition la répression deviendrait de plus en plus dure. Plus de 90 % de nos objets personnels avaient été détruits ou emportés. La toile de nos matelas et de nos sacs de couchage avait été découpée à coups de baïonnette.

Je n'oublierai jamais le repas qu'on nous a apporté presque à neuf heures du soir : du riz et des haricots noirs. Nous n'avions rien mangé ni bu de la journée, si ce n'est le liquide écœurant que les gardiens avaient déversé sur nous en vidant du haut des étages les récipients qui servaient à tous nos besoins...

Pour manger, j'ai dû employer un morceau de carton. Je n'avais plus d'assiette.

## CHAPITRE XXVI

# L'importance de vivre ?

Désorganisés par la sauvagerie de cette perquisition qui avait aussi bouleversé notre programme d'études, nous pensions uniquement aux moyens d'obtenir un bout de bois ou un clou, du fil pour recoudre la toile de nos lits, et les jours nous paraissaient d'une longueur épuisante et s'écoulaient dans une tension presque insupportable. Ce fut alors qu'un petit groupe d'amis, dont je fis immédiatement partie avec Paco Almoina, René González, Ramiro Machín et plusieurs autres, eut l'idée de créer un club dans la cellule de Paco. Cela semblait insensé, mais nous avons réussi. Nous nous sommes procuré plusieurs sacs de jute lacérés par les gardiens et dédaignés par leurs propriétaires, que nous avons réunis pour faire un tapis de la dimension de la cellule. Nous avons ensuite garni des bidons vides que l'administration avait dû nous livrer pour remplacer notre poterie détruite de bouts de jute et de paille provenant des sacs que nous apportaient peu à peu nos familles. Et enfin, nous avons obtenu quelques suppléments de thé, un article dont les livraisons étaient alors assez régulières. De dix-sept à vingt et une heures, après nous être déchaussés et avoir laissé nos souliers dans le passage, nous nous sommes assis en tailleur sur notre tapis et, entre plusieurs libations de thé, nous avons procédé à la lecture collective de l'un des quelques livres qui avaient échappé aux fureurs destructrices de la perquisition : *L'Importance de vivre,* du célèbre penseur chinois Lin-Yu-Tang. Ce texte avait survécu dissimulé dans la couverture d'un classique de Lénine : *Le Gauchisme, maladie infantile du communisme,* auquel aucun gardien n'avait osé toucher.

A vingt et une heures, dès la sonnerie du clairon, nous nous séparions pour rentrer chacun dans notre cellule.

Inspirés par notre lecture, nous avons baptisé ce temps

consacré à la philosophie chinoise d'un nom approprié : « l'heure du silence éloquent ». J'ai aimé ce livre, et nous avons beaucoup ri ensemble des plaisanteries de ces sages, des critiques profondes de Lao-tseu, ainsi que des observations savoureuses de l'auteur. Ces heures ont été pour nous une oasis de calme dans le maelström de cette période.

Le second livre que nous avons lu était *Le Prince des renards,* et nous avons alors vibré aux aventures du duc Orsini. Nous lisions à haute voix à tour de rôle, et à la fin de chaque épisode, nous attendions avec une impatience enfantine la réunion du lendemain pour connaître la suite des événements.

Pour de très nombreux prisonniers, la déroute de la baie des Cochons, puis la crainte de sauter sur nos caves bourrées d'explosifs s'il se produisait un second débarquement, pour improbable qu'il fût, furent les causes déterminantes de leur découragement et de leur frustration. Dans les montagnes, la guérilla avait été écrasée et seuls subsistaient quelques petits foyers de paysans intrépides qui ne pouvaient menacer sérieusement le régime. Tous ces événements influencèrent la vie du pénitencier, et des centaines de prisonniers choisirent de suivre les cours de « Réhabilitation Politique ». La situation de leur famille pesa également beaucoup sur leur décision. Ils s'étaient lancés dans la lutte en sacrifiant leur foyer, leurs proches, en plus de risquer leur propre vie, le tout pour empêcher que le communisme s'empare de leur patrie. Une fois prisonniers, ils avaient appris que la Police politique s'acharnait contre tous les membres de leur famille : on avait saccagé leurs demeures, réquisitionné parfois jusqu'à leurs meubles, pris tout simplement leur maison quand elle était belle, ce qui était advenu à Martha, ma future épouse, dès que son père avait été arrêté. Et comme les meubles étaient au nom du détenu, Martha avait vu disparaître le récepteur de télévision, le réfrigérateur, le tourne-disque, bref tous les appareils qui manquaient à Cuba. Et le dépôt que la famille avait fait à la Caisse d'épargne avait été confisqué lui aussi.

Cette confiscation de tous les biens des adversaires du régime devait devenir rapidement une mesure légale. Les piquets de réprobation se succédaient devant les logements des familles des détenus, et c'est ce qui s'était passé devant la mienne. Des agents en civil de la Gestapo cubaine organisaient ces manifestations « spontanées », et les familles des contre-révolutionnaires en demeuraient marquées à jamais. La femme et les enfants d'un « traître » étaient renvoyés de leur travail.

Cette marée de haine atteignait jusqu'aux écoliers. Ils revenaient chez eux en pleurant, tourmentés par les insultes de leurs condisciples qui les maintenaient dans une quarantaine favorisée par les membres du corps enseignant, lesquels craignaient de perdre leur place.

Cette répression condamnait tous les parents d'un prisonnier à la misère et à un harcèlement continu. Par exemple, on avait fermé l'arrivée d'eau au second étage où vivait ma famille, si bien que ma mère et ma sœur devaient chercher de l'eau avec des seaux dans la maison d'un autre détenu. Tous les jours, elles subissaient des humiliations et des outrages. Il est arrivé à ma mère de faire longuement la queue avec sa carte de rationnement devant l'établissement où elle était inscrite, mais en la voyant, le milicien qui aidait à la distribution en compagnie de la présidente du Comité de Défense déclarait que l'article que demandait ma mère était épuisé. Elle savait qu'il n'en était rien, mais elle ne pouvait protester. Dès qu'elle s'écartait de la queue, la distribution de l'article auquel elle avait droit et qu'on lui avait refusé reprenait.

Ce martyre des familles des prisonniers politiques allait s'aggravant à mesure que la révolution se radicalisait. Le harcèlement était de tous les instants, comme les insultes, la faim, la terreur. Dans nos prisons, les commissaires politiques exploitaient cette situation, créée pourtant par le régime qu'ils servaient, pour faire pression sur le détenu. On nous convoquait pour nous dépeindre la situation de notre famille. C'était souvent par le commissaire politique lui-même que le prisonnier apprenait la vérité sur cette tragédie, car pour ne pas le désespérer complètement, sa famille était demeurée muette à ce sujet.

L'attitude du commissaire politique était bienveillante, paternelle, comme s'il souffrait lui aussi de cette situation terrible : il évoquait le sort d'une mère malade, privée de médicaments, les jours passés sans nourriture, le fils que dévoyait l'absence d'autorité paternelle. Tout cela pouvait changer si le détenu se départait de son attitude hostile. Il devait penser à sa famille, ne pas être égoïste. La révolution était généreuse et prête à lui offrir une chance... Et le commissaire poursuivait : « Qui aide ta famille? Les Yankees lui envoient-ils de l'argent? Ta famille est abandonnée. Personne ne s'occupe d'elle. On t'a utilisé pour attaquer la révolution, or tu constates maintenant que c'est précisément la révolution qui se préoccupe de ton sort et de celui des tiens. »

Tous ces travaux d'approche étaient le fruit des plans de la Direction générale de la Réhabilitation Politique des prisons et établissements pénitentiaires, et menés à bien par ses sbires. Chacun de ceux qui ont accepté ces propositions ont eu une raison spéciale pour le faire, et c'est pourquoi je n'ai jamais critiqué leur décision. Je savais que beaucoup d'entre eux ne changeraient pas pour cela d'idéal et qu'ils étaient en proie à un terrible conflit intérieur. Aussi n'était-ce que physiquement qu'avait lieu notre séparation, et j'ai compté parmi eux de grands amis que j'ai continué à considérer comme des frères. Nous ne pouvons pas être tous des héros et résister indéfiniment. Plusieurs se sont servis de la réhabilitation comme d'un moyen pour sortir de prison et même reprendre la lutte une fois libres. C'est ce qui arriva du moins à ceux d'entre eux qui, repris, furent fusillés ou redevinrent prisonniers. Mais il est vrai qu'ils n'ont guère été nombreux.

En octobre 1962, nous avons appris immédiatement l'installation à Cuba des fusées soviétiques grâce à notre petit récepteur de radio.

Ce fut le signal d'une grande activité chez nos militaires car, sans aucun doute, Cuba risquait d'être envahie par les Etats-Unis.

Tous les terrains autour des circulaires furent garnis de grands pieux de bois effilés pour empêcher une descente de parachutistes qui voudraient nous libérer. Plusieurs batteries braquèrent leurs canons sur nous, et les techniciens des destructions amorcèrent les explosifs qui devaient nous faire sauter avec les débris de nos circulaires.

Suivirent des jours d'angoisse. Nous suivions les événements de près et savions qu'une guerre nucléaire pouvait éclater. Il est certain que jamais le monde n'avait encore couru un tel danger. Et nous autres, les prisonniers politiques de Cuba, serions les premiers à périr.

Le pays était en état d'alerte, et l'extinction des feux fut appliquée avec toute la rigueur possible. Dès la nuit tombée, le pénitencier demeurait plongé dans les ténèbres ainsi que toutes les installations et dépendances, les demeures des gardiens, etc. Je n'ai jamais vécu de nuits aussi noires. Nous ne pouvions même pas voir nos mains, malgré l'adaptation progressive de notre vue, pendant des heures interminables, à l'obscurité. Pour nous déplacer le long du balcon et nous rendre aux différents services, nous comptions les barreaux de la rampe métallique sur laquelle nous laissions glisser notre main. Il faisait si noir qu'une allumette projetait une lueur qui semblait se répandre dans toute la circulaire.

Nos groupes de guetteurs chargés d'empêcher que nos geôliers pussent, au moment décisif, faire exploser les charges qui remplissaient notre cave ne dormaient presque plus malgré le doublement de leurs effectifs, et l'obscurité totale compliquait leurs observations.

La crise s'acheva fin octobre : Castro, rassuré par Kennedy qui avait promis à Moscou de ne pas envahir Cuba, ordonna presque aussitôt de neutraliser les charges de T.N.T. Puis, quelque temps après, il prit la décision de les retirer complètement, et ce fut la fin du cauchemar qui avait pesé sur nous depuis avril 1961.

Après la « Pacifique », le poids du petit colis familial autorisé fut réduit à sept kilos seulement ; sa fréquence elle aussi diminua : un paquet tous les deux mois. De plus, ces envois ne pouvaient plus contenir de lait en poudre. Ces nouvelles dispositions seraient bientôt remplacées par d'autres.

Au mois de février, il s'était produit une série de transferts intérieurs : je dus m'installer dans les cellules disciplinaires. Benito, mon futur beau-père, se retrouva dans la circulaire 3, Carrión et mes autres amis à la 1.

J'avais commencé à écrire à Martha, clandestinement, par l'intermédiaire d'amis qui avaient accepté le plan de réhabilitation, et qui, recevant plus fréquemment des visites, entretenaient des contacts suivis avec des civils sympathisants.

Le jour où l'administration pénitentiaire commença à construire un bâtiment de plain-pied et de quatre-vingts mètres de long, aucun de nous ne soupçonna ce qui devait suivre. Quelques semaines plus tard, le bruit courut qu'il était destiné aux visites des familles. Comme ses murs s'élevaient dans la cour proche de la circulaire 2, nous avons pensé que nous pourrions enfin rencontrer les nôtres à l'abri du soleil et des intempéries. Quelle naïveté que celle d'un prisonnier !

Une fois terminée la construction, les gardiens divisèrent cette grande salle par deux grillages métalliques distants de cinquante centimètres. A la première visite, ce fut un concert de protestations : détenus et visiteurs étaient séparés par ces grillages et la petitesse de leurs mailles permettait à peine de distinguer le visage aimé. Les enfants effrayés se mirent à pleurer. En vain leur expliquait-on que c'était leur père qui se trouvait de l'autre côté, ils n'arrivaient pas, à travers ces mailles minuscules, à reconnaître les traits de leur papa. Cette mesure d'une cruauté sans bornes empêchait tout contact intime, le baiser à une mère, à une épouse, à un enfant. Nous avons décidé à l'unanimité de ne plus accepter de visites à ces conditions. Pour les détenus qui avaient choisi la Réhabilitation Politique, les visites avaient lieu sans les deux rideaux de mailles de fil de fer. Chaque jour, les différences de traitement entre prisonniers allaient s'accentuant.

Par exemple, l'administration n'appelait pas à la visite qu'ils espéraient tous les aspirants à la Réhabilitation Politique, mais quelques-uns seulement. Tout cela obéissait à une stratégie soigneusement étudiée, mais nous l'ignorions. Et pourtant, s'il est une philosophie qui se trompe sur le comportement humain et sur le fonctionnement de notre esprit, c'est bien le marxisme. Une fois encore, les conséquences de cette politique allaient le démontrer.

Environ un mois après les condamnations infligées aux vaincus de la baie des Cochons, le gouvernement cubain choisit deux cent quatorze d'entre eux et fixa le prix du rachat de chacun à cent mille dollars. On les transféra à l'île des Pins, dans l'une des salles du pavillon disciplinaire. Ils y furent l'objet d'une surveillance spéciale pour qu'ils ne puissent communiquer avec les autres prisonniers du pénitencier.

Castro avait exprimé l'intérêt qu'il portait à cet échange : des hommes contre des tracteurs et des médicaments. Les négociations eurent lieu par l'intermédiaire de Donovan, avocat américain spécialiste des tractations portant sur la libération des prisonniers des pays communistes.

Par une froide matinée de décembre 1962, ces hommes sortirent du pénitencier, vêtus seulement d'un pantalon de couleur sombre et d'une chemisette jaune. La joie que nous causait leur libération s'exprima de façon grandiose : à toutes les fenêtres, les prisonniers agitaient leurs mains, leurs mouchoirs... Cet adieu à ceux qui avaient tenté de libérer Cuba du communisme se teintait d'un espoir insensé : Castro avait accepté ce type de négociation qui pouvait aussi s'appliquer à nous.

Vingt ans plus tard, cette idée d'échange devait encore nous soutenir...

Deux jours après la déroute de la baie des Cochons, les prisonniers faits par les communistes furent transférés à La Havane.

Le capitaine Osmany Cienfuegos, la chemise largement ouverte, les manches retroussées et une mitraillette à la main, hurlait des ordres. Les vaincus entourés par une multitude de gardes attendaient en colonne par deux de partir pour les prisons de la capitale. Quand un camion amorça sa marche arrière dans leur direction, ils ne purent en croire leurs yeux : devaient-ils vraiment monter là-dedans? C'était une caisse destinée au transport des marchandises, une caisse complètement close, qui portait le numéro 319 de la compagnie Expresso International, S.A. récemment confisquée. Par une de ces coïncidences ironiques qui ne se produisent généralement que dans les romans, l'ancien propriétaire de l'entreprise, Mike Padrón, se trouvait parmi ceux qui devaient s'entasser dans ce camion de la mort.

Un milicien, Fernando Vilka, fit l'appel des cent quarante-neuf hommes qui reçurent l'ordre de monter. Il y eut des protestations : ils étaient trop nombreux. D'autre part, rien n'était prévu pour l'aération intérieure, sinon des fentes minuscules et insuffisantes.

Osmany Cienfuegos menaça les récalcitrants de les faire monter à coups de baïonnette, et les soldats du détachement s'approchèrent d'eux...

— Mais nous allons être asphyxiés là-dedans, dit un prisonnier.

— Tant mieux. Nous n'aurons pas à gaspiller des cartouches pour vous fusiller, répondit le capitaine.

Le dernier à monter s'appelait Osvaldo Cruz.

Finalement, avec son chargement d'hommes, la guimbarde prit la direction de l'ouest, de La Havane. A l'intérieur, l'air manqua aussitôt. Désespérément, les prisonniers recherchaient les quelques interstices, les fentes par lesquelles ils croyaient pouvoir aspirer un peu d'air. Cuco Cervantes faisait partie du groupe. Il était asthmatique, et lorsqu'il avait voulu s'engager dans la petite armée des libérateurs, on ne l'avait accepté que sur son insistance. René Silva, pour l'aider, le soulevait, essayant de lui maintenir le nez à hauteur d'une des fissures de la carrosserie.

Bientôt, une chaleur infernale aggrava la situation. Cervantes agonisa d'abord, et René, épuisé à force de le soulever, s'effondra lui aussi sur le cadavre de son compagnon. Quand le camion arriva à destination, neuf des prisonniers étaient morts d'asphyxie : José Ignacio Macías, Santos Gil Ramos, Emilio Quintana, Moisés

Santana, José Viraleyo, Pedro Rojas, René Silva et Cuco Cervantes.

Cette histoire provoqua un tel scandale que le gouvernement cubain, pour calmer les esprits, libéra certains détenus proches parents des prisonniers assassinés, pensant que cette mesure ferait oublier le crime.

Ce fut ainsi qu'Ulises fut libéré. Il ignorait que son frère René était l'un de ces morts, sa famille le lui avait caché pour l'épargner. Il ne pouvait savoir que le transfert qu'on lui annonçait avait les Etats-Unis pour destination et non un autre pénitencier.

René avait débarqué à Cuba pour libérer son pays ; il avait libéré au moins son frère.

Quand Ulises, du poste de garde où l'attendait une jeep, nous salua de la main, le ciel était gris et des rafales de vent froid s'engouffraient en gémissant dans les fenêtres que nous ne pouvions fermer de l'intérieur par ordre de la direction.

L'un de nous, Tomás de Aquino, un vieux Nègre, avait une très forte fièvre. Nous avions demandé l'autorisation de boucher sa fenêtre avec un sac, car sa cellule donnait au nord d'où le vent glacial soufflait avec violence. Lors de la « réquisition pacifique », les soldats, par ordre, avaient brisé et ôté tous les volets.

La fenêtre de don Tomás resta grande ouverte toute la nuit pendant que la tempête se poursuivait. Le matin, lors du recensement, don Tomás n'était plus qu'un cadavre grisâtre. Les médecins prisonniers diagnostiquèrent qu'il était mort de froid.

Et il y eut de nouveaux transferts de circulaire à circulaire. Lénine a dit qu'il faut qu'un prisonnier change continuellement de place, et nos communistes appliquent ce précepte au pied de la lettre. L'objectif est de déstabiliser le détenu. Un transfert l'oblige à renoncer aux plans de tout genre qu'il a pu échafauder, à se retrouver seul, hors du cercle habituel de ses amis. Désorienté psychiquement, il lui faut consacrer toute son énergie à une nouvelle adaptation. Et ces déménagements successifs détruisent naturellement tous les plans d'évasion.

J'ai quitté ma circulaire sans savoir où l'on m'envoyait : c'était à la 1. A l'entrée, on m'a fouillé de nouveau et confisqué la moitié de tout ce que j'avais réussi à rassembler et à emporter.

Des amis me reçurent au rez-de-chaussée pour m'aider à porter mon lit et mes paquets et à me loger quelque part, ce qui était difficile. L'administration avait mis au point un système qui permettait de placer une troisième couchette entre les deux fixées au mur. De plus, en suspendant dans une cellule des hamacs composés de sacs de jute, on pouvait y loger quatre ou cinq détenus.

Heureusement, Boitel et Carrión étaient là, et ce fut une grande joie de nous retrouver ensemble. Boitel était installé au second étage avec Pérez Medina, un de mes amis d'avant mon arrestation. Il était le cousin de Neno, l'homme qui m'avait offert un chapelet avant de se lancer dans un ravin avec le camion plein de soldats communistes qu'on l'obligeait à conduire.

Je me suis retrouvé au 53 du second étage, en compagnie de Wilfredo Noda, l'un des meilleurs poètes de la prison, un homme extraordinaire et loyal.

Nous avions baptisé cette circulaire « des généraux et des docteurs », parodiant ainsi le titre d'un roman célèbre de Carlos Loveira. En effet, la direction y avait concentré tous les intellectuels universitaires, étudiants, dirigeants d'organisations anticastristes, ex-officiers supérieurs des armées de Batista et de Castro, fonctionnaires importants des deux régimes, bref, tous les éléments considérés par les communistes comme dangereux. Le but recherché était évidemment d'éloigner des prisonniers des trois autres circulaires ceux que le gouvernement appelait les « meneurs » et les « idéologues ». La direction du pénitencier pensait que les prisonniers ordinaires, soustraits à l'influence délétère des politiques et des universitaires, accepteraient plus facilement le plan de réhabilitation. Là encore, les communistes se trompaient, et ils continuèrent à le faire pendant des années sans se rendre compte que tout homme a sa conscience, sa propre échelle de valeurs et sa fierté, qui l'obligent à résister sans avoir besoin que d'autres lui indiquent le chemin qu'il devrait suivre.

Au point de vue intellectuel, le temps que j'ai passé dans la circulaire 1 allait être pour moi une sorte d'âge d'or. L'habileté déployée par nos familles pour nous alimenter, malgré les vérifications, en livres défendus, nous permettait de nous constituer une énorme documentation sur l'ensemble du savoir humain. Les feuillets de plusieurs bibles continuaient à nous arriver dissimulés dans des centaines d'emballages en carton ondulé.

A l'aide de tous ces textes, notre activité culturelle s'intensifia. Nous avons réussi à introduire des cours de langues étrangères dont nous faisions des dizaines de copies manuscrites. Comme nous n'avions pas assez de cahiers, dès que l'un d'eux avait assez servi, nous en gommions le texte en nous servant du caoutchouc des semelles de nos souliers de tennis. Nous pouvions ainsi utiliser le même cahier jusqu'à cinq fois de suite.

Notre alimentation était réduite à sa plus simple expression, spécialement depuis le cyclone Flora qui dévasta Cuba en 1963, laissant derrière lui des centaines de morts et ruinant presque complètement la province d'Oriente.

C'est alors que la direction du pénitencier fit appel à notre aide : nous devions nous priver de nos vêtements, de nos couvertures, pour en faire don aux sinistrés ! Certes, de nombreuses familles de détenus vivaient dans les régions atteintes, et nous avons réagi de bon cœur, dans un élan de générosité. Il était impressionnant de voir des prisonniers qui n'arrivaient pas à satisfaire leurs besoins les plus élémentaires offrir le peu qu'ils possédaient : leur unique couverture, une chemisette, des chaussettes , pour soulager le malheur des sinistrés. Cet hiver-là, il fit un froid terrible, et comme presque tous, j'avais fait don de mon unique couverture, remplacée par un sac de jute auquel j'ai cousu des morceaux de nylon, matériau qui retient la chaleur, et je m'en suis servi pour me couvrir pendant la nuit.

Détail incroyable : la direction devait finalement nous communiquer que, pendant trois mois, nous avions fait don de notre déjeuner aux victimes du cyclone. Etrange gouvernement qui doit faire appel à ses prisonniers pour qu'ils réparent les effets d'un désastre !

Voilà pourquoi on nous avait servi à midi de l'eau chaude graisseuse où surnageaient quelques macaronis, ce que nous avions immédiatement surnommé la « soupe aux tubes » !

Le soir, nous avons eu du pain et un peu de farine de riz.

Jamais nous n'avions eu aussi faim. Certains se sont alors consacrés à la chasse aux moineaux très nombreux à l'époque. On éprouvait de la peine à voir des hommes poussés par la faim guetter ces oiseaux pendant des heures, un lance-pierres à la main.

Des chats entraient la nuit dans le circulaire, et les détenus se mirent à fabriquer des pièges pour les attraper. Un morceau de viande de chat devint un mets convoité. La première fois que j'en ai goûté, j'ai pensé que c'était la meilleure de toutes les viandes que j'avais mangées au cours de ma vie.

J'ai déjà dit que le premier pas vers l'abolition de tous mes préjugés alimentaires avait été de m'habituer aux asticots qui recouvraient nos soupes et aux vers mêlés à nos pois et à nos haricots. Je n'ai donc pas eu à me forcer pour manger du chat. Je savais que certains peuples en font l'élevage pour s'en nourrir. Tout cela est au fond une question d'habitude.

Quant aux pigeons qui venaient picorer l'après-midi sous nos fenêtres, je fus de ceux qui ont préparé des pièges pour les attraper : il suffisait d'un fil solide que terminait un grain de maïs auquel était collé un hameçon minuscule confectionné sur place. D'autres se servaient de dispositifs plus compliqués, boucles de ficelle, etc. De toute façon, je n'ai jamais attrapé un seul pigeon avec mon système.

Un groupe de prisonniers pleins d'initiatives eut l'idée de s'attaquer à un gibier plus important, l'un des porcs qu'élevaient les militaires et qui allaient et venaient dans tout le pénitencier. Avec quelques épis de maïs, ils réussirent à attirer un porc et à le prendre au lasso. Ils avaient calculé que l'animal était trop gros pour passer entre les barreaux de la fenêtre. Aussi l'opération fut-elle d'une sauvagerie atroce. L'animal poussait déjà des cris aigus quand on le hissa à hauteur de la fenêtre d'où des mains jaillirent pour lui serrer le museau. Un prisonnier armé d'un couteau l'égorgea aussitôt, un autre déploya sous la bête un emballage de jute pour empêcher que son sang ne ruisselle par terre. Simultanément, d'autres, synchronisant parfaitement leurs mouvements et avec une vitesse incroyable, dépecèrent l'animal pour le faire passer, morceau par morceau, entre les barreaux, et l'amener ainsi à l'intérieur de la cellule.

Ce fut l'époque où la direction commença à lancer vingt à trente convocations par jour : les détenus choisis étaient des dirigeants d'organisations contre-révolutionnaires ou des hommes influents du fait du poste qu'ils avaient occupé ou de leur personnalité.

Ces convocations n'avaient qu'un but : leur offrir la Réhabilitation Politique, toujours avec la même argumentation : la résistance était devenue inutile, ils pouvaient améliorer le sort de leurs familles qui étaient abandonnées, sans aide d'aucune sorte...

Ils devaient signer une déclaration où ils reniaient tous leurs principes et adoptaient le marxisme comme nouvelle raison de vivre.

Ceux qui acceptaient, considérés désormais comme inoffensifs à l'intérieur des circulaires, n'intéressaient plus la direction : elle se consacrait entièrement à un travail démoralisateur de sape parmi les réfractaires. Elle tentait en même temps d'attirer à elle des chefs d'organisations, des détenus dont la décision pourrait influencer les autres et modifier leur attitude.

Le petit groupe des détenus américains savait que Donovan, l'avocat qui était intervenu lors de l'échange des prisonniers de la baie des Cochons, se trouvait à Cuba dans le but de négocier à leur sujet.

L'ambassade suisse, qui s'occupait des intérêts des Etats-Unis à Cuba, leur avait rendu visite pour les tenir au courant de ces tractations.

Un jour, la direction les convoqua tous, sauf Vidal Morales et Rafael del Pino qui demeurèrent seuls avec nous. Tous deux se sentirent très abattus. Ils avaient beau avoir la citoyenneté américaine, ils n'en étaient pas moins cubains, et ils connaissaient Castro et la haine avec laquelle il poursuivait tous ses ennemis.

Un après-midi, alors que Vidal Morales, allongé sur son châlit, méditait tristement, la direction le fit appeler. Il se leva d'un bond et, entouré de ses amis, rassembla rapidement ses hardes. Le directeur du pénitencier, le lieutenant Tarrau, dépité et surpris, lui dit simplement qu'il s'en était fallu de peu...

Un seul citoyen américain resta donc dans notre circulaire, Rafael del Pino, exclu de l'échange par Castro lui-même. C'était le 13 avril 1963 qu'on était venu chercher ses compagnons. Il fit alors remarquer qu'il avait été arrêté un 13 décembre, jugé un 13 mars, et voici qu'un autre 13, le 13 avril, il voyait ses compagnons s'éloigner vers la liberté. 13, ce chiffre n'avait donc pas toujours la même valeur fatidique.

Les Américains partirent pour la Cabaña où on les enferma dans une salle à part. Le 21, Donovan leur annonça qu'ils partaient le lendemain pour les Etats-Unis, en compagnie de deux autres prisonniers, Jack de Saldo et Johnny Spiritu. Mais Spiritu disparut au siège de la Police politique pendant qu'on leur remettait des vêtements civils, et ils ne le revirent jamais.

A dix heures trente, un avion de la Croix-Rouge décolla de l'aéroport international de Rancho Boyeros à destination de la base militaire de Homestead, en Floride.

Quand Kay Burnett, la sympathique hôtesse de l'air, annonça à ses passagers tenaillés par l'émotion qu'ils pouvaient défaire leur ceinture de sécurité, elle avait à la main deux bouteilles de champagne qu'elle déboucha, et Donovan, jetant un regard en arrière vers le littoral cubain qui s'éloignait, put enfin dire :

— Nous survolons maintenant les eaux internationales. Maintenant vous êtes libres !

Tous se mirent à applaudir avec enthousiasme, et bien des yeux se remplirent de larmes.

Le Dr Dean Wyentbales, du service de la Santé publique des Etats-Unis, assisté du Dr Bighinetti, de la Croix-Rouge, examina les Américains libérés. Trois d'entre eux purent enfin respirer, spécialement soulagés. La négociation avait eu lieu surtout pour éviter qu'ils ne tombent entre les mains des Soviétiques. Il s'agissait de Carwell, de Danbrunt et de Taransky — du moins c'étaient alors leurs noms. Tous les trois étaient des agents de la C.I.A., et c'est ainsi qu'ils échappèrent une fois de plus au K.G.B., qui les recherchait depuis des années.

CHAPITRE XXVII

# Le jugement des pilotes

Les mois passaient, et à l'unanimité nous continuions à refuser toute visite tant que nous serions séparés de nos proches par ces rideaux de toile métallique.

Nous nous donnions beaucoup de peine, Martha et moi, pour nous écrire. Nous avions imaginé un mode d'écriture invisible, très élémentaire, mais efficace. L'entrée des cahiers scolaires était autorisée. Suivant mes instructions, Martha se servait d'une encre sympathique facile à confectionner : elle jetait un peu d'amidon de yucca dans de l'eau bouillante pour obtenir une pâte extrêmement légère. La plume laissait derrière elle une trace brillante qui disparaissait rapidement, absorbée par le papier.

Quand je recevais ces cahiers, il me suffisait de verser dans de l'eau quelques gouttes de teinture d'iode. Je trempais dans cette solution un bout d'ouate que je passais sur la page, et les lettres réapparaissaient tout à fait clairement.

Martha devint une véritable experte. Pour pouvoir écrire plus vite sans avoir à tremper sa plume dans le liquide, elle se servit bientôt d'un stylo neuf qui n'avait jamais contenu d'encre et dont elle remplissait le réservoir avec la solution d'amidon.

Tous les deux mois, je recevais ainsi un cahier complètement écrit de sa main. Quelle joie c'était pour moi de déchiffrer chaque page ! J'utilisais la même méthode quand j'avais besoin de lui communiquer quelque chose de secret. Je prenais une grande feuille rayée où je traçais d'abord mon message, puis j'écrivais à l'encre une lettre où je félicitais les autorités du « bon traitement » qu'elles nous dispensaient : Martha la recevait alors à coup sûr.

Comme je ne pouvais pas toujours me procurer d'amidon, Martha devait employer deux méthodes pour me lire. Tantôt, la mienne suffisait, tantôt elle recourait à la chaleur : j'avais alors utilisé de l'eau dans laquelle j'avais dissous un cachet d'aspirine ou de Pahomine, un antispasmodique, ou plus simplement du jus de citron. Et quand je n'avais rien de tout cela, je recourais à ce qui ne me manquait jamais : mon urine.

Cette correspondance avec Martha devint ce qui comptait le plus pour moi. Grâce à elle, nous avons pu nous rejoindre jusqu'à n'être qu'un. Elle n'était plus la toute jeune fille de quinze ans. Elle en avait dix-sept lorsque nous avons commencé à imaginer dans nos lettres, avec ferveur et espoir, l'avenir radieux que nous connaîtrions un jour.

Cette amitié remplissait nos vies de tendresse et de foi. Il nous semblait que nous nous chérissions depuis toujours, comme si nous étions deux êtres qui s'aimaient déjà et que l'on tenait séparés. C'était pour moi un soutien, une assistance, qui m'ont grandement aidé. Je ne lui déclarais pas mes sentiments, pas plus que je n'avais besoin de paroles pour être sûr que quelqu'un, en plus de ma famille, pensait à moi, m'attendait.

Benito, son père, se trouvait lui aussi dans la circulaire 1. Il nous était impossible de partager la même cellule, mais nous étions tous les deux au second étage.

Le cercle de mes amis s'était rapidement développé depuis mon arrivée à cette circulaire. Le soir, nous nous réunissions dans ma cellule pour nous entretenir agréablement de littérature, d'histoire et de philosophie, nos thèmes préférés.

Il y avait parmi ces amis un ex-commandant, Medel, dont la mémoire était prodigieuse. Je l'ai entendu faire aux détenus américains, en anglais, une conférence sur la guerre de Sécession ; d'après eux, ils n'avaient rien entendu dans leur pays d'aussi exhaustif à ce sujet. Il avait combattu dans la Seconde Guerre mondiale comme artilleur à l'arrière d'un B-26, et sa maîtrise du français lui avait valu un avancement inespéré quand une mission militaire française était arrivée à Cuba : il était le seul à l'Etat-major à bien parler cette langue.

Il devait faire partie de la première conspiration contre Fidel Castro. Raúl Castro, qui recherchait sa compagnie, vint le lui reprocher :

— Medel, mais tu as conspiré de façon épouvantable !

— Très modestement, chef, très modestement...

Cette réponse est devenue l'une des anecdotes les plus fréquemment citées de l'histoire de cette conspiration.

Le temps passait avec une rapidité vertigineuse. Je m'étais tracé un plan d'études intensives qui m'occupaient du matin à la tombée de la nuit.

Boitel dormait dans un hamac, et nous avions l'habitude de nous réunir chaque jour dans sa cellule. Nous avons maintes fois analysé la possibilité d'une nouvelle évasion, mais sans jamais trouver de solution convenable.

Au cours de cet été torride, quelques « trombes » de vent balayèrent l'île des Pins. Ce sont de petites tornades, mais parfois extrêmement puissantes. A Cuba, on les appelle aussi « lambeaux de nuages ». L'une d'elles enleva plusieurs planches du toit de notre circulaire, ouvrant ainsi une brèche de trois ou quatre mètres. Manquant de plaques de fibre de ciment d'aussi grandes dimensions, la direction du pénitencier laissa le toit tel quel : elle savait qu'il était pratiquement impossible qu'un prisonnier pût descendre du sixième étage le long du mur extérieur sans être vu par les sentinelles les plus proches.

Le soleil entrait par ce trou dans le toit, et cet endroit devint notre solarium. Chose curieuse, la plupart des prisonniers ne recherchaient pas le soleil. Nous étions seulement un petit groupe à nous y rencontrer chaque jour. L'un d'eux, Agustín Piñera, ancien capitaine et pilote des forces aériennes de Batista, devint ainsi un bon ami. Il avait été victime de la première grande trahison, de l'abus d'autorité de Castro. Cette ignominie avait été dénoncée par la presse mondiale de cette année 1959. Ce fut la fameuse affaire des pilotes : à elle seule, elle aurait dû éclairer l'opinion internationale sur le cours qu'allait suivre la révolution.

Le 1er juin 1959, lors de la fuite de Batista, un groupe de pilotes qui avaient participé dans la Sierra Maestra aux opérations contre les guérilleros de Castro, se réfugia en République dominicaine ou à Miami. Les autres aviateurs, pilotes d'avions de transport, mécaniciens, instructeurs et « rampants », n'avaient aucune raison de fuir et étaient demeurés à leur poste.

Castro lui-même, au cours d'une réunion qu'il eut avec eux, les rassura : il savait que ceux qui avaient attaqué ses troupes avaient tous fui. Et il avait besoin des autres pour laisser tomber sur la Sierra Maestra des jouets destinés aux enfants des paysans. Cette idée, qui n'était pas la sienne, Castro ne la réalisa jamais. Mais quelqu'un l'avait déjà menée à bien le 14 février, en lançant des vêtements et des jouets aux familles paysannes de la Sierra de l'Escambray. C'était le commandant Eloy Gutiérrez Menoyo, héros légendaire dans cette région où il affronta vaillamment les troupes de Batista.

Un jour, tous les pilotes du camp militaire de Columbia, centre des Forces aériennes, furent arrêtés par surprise. Les mécaniciens, apprit-on, témoigneraient contre eux. Un exilé, retour du Mexique, Antonio Sánchez Cejas, fut nommé par Castro lui-même accusateur public.

Le jour où les accusés furent transférés à Santiago de Cuba, la femme de l'un d'eux, qui était enceinte, voulut parler à son mari. Sánchez Cejas la saisit par le bras et la repoussa si violemment qu'elle roula à terre. Comme la mère de cette femme voulait l'aider à se relever, Sánchez Cejas le lui interdit en disant que sa fille devait le faire seule. Malgré ces rebuffades, la malheureuse continuait à insister pour voir son mari. Sánchez Cejas la menaça alors ainsi que sa mère en lui disant que si elles ne s'éloignaient pas de bon gré, elles s'en iraient de force. Elles durent partir. La femme s'était blessée dans sa chute aux jambes et à la bouche.

C'était à un tel individu que Castro avait confié la charge de procureur : c'était sa première affaire judiciaire, et il pensait y faire merveille.

Il désirait aller vite. Il convoqua les familles des pilotes pour leur dire que la peine de mort était le châtiment normal des anciens militaires de Batista, que tous les pilotes seraient fusillés et qu'ils devaient accepter cette sanction.

Les familles s'adressèrent à Monseigneur Pérez Serantes, dont Castro avait demandé l'intervention après l'échec de son attaque sur la caserne Monceda en juillet 1953. Il avait alors réclamé sa protection et obtenu des garanties pour se rendre. Or, au cours de l'assaut, un détachement des soldats de Castro avait fait irruption dans l'hôpital militaire où se trouvaient des convalescents, et plusieurs malades sans défense avaient été poignardés dans leur lit. Certains, qui venaient d'être opérés, étaient encore sous le coup de l'anesthésie, d'où ils passèrent directement à la mort. Grâce à l'intervention de Pérez Sarantes et du prêtre Chabebe, les familles des pilotes obtinrent un ajournement du jugement, ce qui leur laissait le temps de trouver des avocats et d'organiser une défense.

Le président du tribunal constitué pour ce procès était le commandant Peña, chef de la dix-huitième colonne de l'armée rebelle.

Le procureur accusa les pilotes de « génocide », crime qu'aucune loi cubaine ne prévoyait. Et quant aux mécaniciens qui devaient être témoins à charge, ils furent tout simplement accusés au même titre que les pilotes !

Or, l'accusation put seulement établir que, pendant tout le cours de la guerre, les attaques aériennes avaient tué huit personnes. Les témoins à charge furent récusés, ridiculisés, non seulement par la défense, mais du fait de leur illogisme. L'un d'eux prétendait avoir reçu dans le torse cinq balles de mitrailleuse lourde B-26. Ce faux témoin ignorait que le calibre cinquante de ces balles ne lui aurait jamais permis de survivre. Et la défense prouva que ses blessures provenaient d'une décharge de fusil de chasse !

Un second témoin, une femme, affirma qu'elle avait été attaquée par un Seafury, l'un des avions à hélices les plus rapides du monde, ce qui ne l'empêcha pas de reconnaître le pilote, un certain Campbell.

Tous les jours, le procureur discourait à la radio locale pour exciter la population contre les pilotes, qu'il traitait également d'assassins dans les journaux *Sierra Maestra, Revolución,* et *Surco.*

Le 2 mars, à dix-huit heures trente, Félix Peña, président du tribunal, donna lecture du jugement. Le tribunal estimait qu'il devait « absoudre chacun des accusés de ce procès ; il ordonnait en même temps leur libération... ».

La réaction de Sánchez Cejas fut immédiate. Il eut une conversation avec Fidel Castro, qui suivait l'affaire de près. Puis il attaqua violemment à la radio le tribunal et les pilotes, appelant les foules communistes à converger vers Santiago de Cuba pour protester contre les juges.

Castro, de son côté, ordonna au commandant de la place de Santiago de Cuba, le commandant Piñeyro, surnommé « Barbe rousse », également chef de la section américaine du parti communiste, de veiller à ce que les pilotes demeurent prisonniers.

Le capitaine Pepín López, responsable des prisonniers, reçut l'ordre de ne pas les remettre en liberté, en dépit de la sentence du tribunal. Quelques années plus tard, cet officier parvint à s'enfuir à l'étranger en emportant avec lui cet ordre signé.

Le soir même, Fidel Castro utilisa la sixième chaîne de télévision pour s'adresser au peuple.

Il commença par déclarer que le ministère public faisait appel de ce jugement, que le tribunal révolutionnaire avait commis une grave erreur en absolvant ces criminels. La révolution, poursuivit-il après une longue diatribe, ne pouvait tolérer une telle erreur qui portait atteinte à la sécurité des citoyens. Aussi se voyait-il obligé d'intervenir dans cette affaire. La population de Santiago de Cuba ne devait pas s'inquiéter... Un tribunal équitable allait juger de nouveau les coupables en tenant compte des faits...

Evidemment, ces paroles de Castro décidaient d'avance du sort des pilotes. Que la cause eût été déjà régulièrement jugée n'avait aucune importance pour l'ex-avocat Castro. Pour ce type de tyran, les principes du droit ne sont que des balivernes. Mais dans son discours, Castro n'avait pu dissimuler la vraie raison de sa hargne : ces pilotes étaient de jeunes officiers formés aux Etats-Unis. Ils ne le suivraient jamais dans la voie du marxisme, ils deviendraient sûrement ses adversaires. Ces ennemis potentiels étaient dangereux. Quant aux officiers supérieurs, colonels et autres, âgés de plus de soixante ans, Castro ne les craignait pas. Il les renvoya simplement chez eux, trop vieux pour lui nuire.

L'accusation, en évoquant des villes dévastées et des dizaines de cadavres, mentait. Le procureur lui-même n'avait pu trouver que huit morts par attaques aériennes pendant toutes ces années de guerre civile, dont quelques-uns par accident, comme dans le village de Sagua de Tánamo où une caisse de munitions, larguée par erreur, tomba sur la maison d'un paysan où elle fit une victime. On accusa aussi les aviateurs d'avoir détruit ce hameau, mais la défense prouva qu'il avait été incendié par des fantassins, d'abord par des partisans de Batista, puis par ceux de Castro. Quant au bombardement présumé de l'église de Güaynabó, le tribunal avait dû reconnaître qu'il n'y avait jamais eu d'église dans ce village !

Le nouveau tribunal composé de valets du régime et présidé par le commandant Manuel Piñeyro condamna sans hésiter les pilotes à trente ans, et les mécaniciens à dix ans de prison.

Les défenseurs du premier procès, Peña Júsliz et Aristides d'Acosta, furent chassés de l'armée et perdirent leur chaire à l'université d'Oriente, où ils étaient chargés de cours. Le premier retrouva finalement en prison ceux qu'il avait osé défendre. Félix Peña, le président du premier tribunal, et un de ses adjoints, durent offrir leur démission au président de la République.

Quelques jours plus tard, on devait retrouver dans une automobile le cadavre de Félix Peña : il avait été tué d'une balle de calibre 45, logée en plein cœur.

Plusieurs versions circulèrent au sujet de cette mort. Pour les uns, il se serait suicidé de honte devant l'injustice du second procès et à cause de l'humiliation que Castro lui avait infligée devant le pays tout entier. Pour d'autres, il s'agissait d'un assassinat déguisé en suicide. Ce qui est certain, c'est que Fidel et Raúl Castro, tous deux visiblement satisfaits, assistèrent ce soir-là à une partie de base-ball. Ils demeurèrent absents aux obsèques du commandant et n'envoyèrent même pas un mot de condoléances à sa mère.

Devant cette ignominie juridique que fut le double procès des pilotes et ses suites, on peut affirmer que toutes les injustices et les irrégularités commises par la dictature précédente, celle de Batista, ne peuvent se comparer à ce crime de Castro. Ceux qui avaient censuré les outrages faits à la justice par le régime de Batista, mais qui ont accepté ensuite ce déni de tous les droits de l'Homme et l'ont même approuvé, ont perdu à jamais le droit moral de parler au nom de la justice.

J'ai connu ces pilotes. J'ai compté parmi eux de grands amis. Je citerai les noms de Piñera, Estévez, Campbell — un géant d'ébène — des frères Bermúdez. Enfin, je les évoque tous. J'ai bien connu également le Dr Peña Jústiz, ce vaillant avocat dont l'emprisonnement devait causer la mort.

## CHAPITRE XXVIII

# Aux travaux forcés

Ce fut Piñera qui m'apprit à observer les étoiles et m'initia à l'étude de l'astronomie. Pendant les nuit claires, nous montions au sixième étage. Par le trou du toit et par une fenêtre qui donnait à l'est, nous pouvions voir le lever des constellations, Orion, le Grand Chien, le Lion. Peu à peu, j'ai su distinguer les étoiles : Sirius, Rigel et bien d'autres astres firent désormais partie de mon univers.

Certains amis, me voyant devant la fenêtre chercher une de ces étoiles, ont cru que j'allais devenir fou. Pour moi, c'était au contraire une découverte passionnante, et plusieurs détenus suivirent bientôt mon exemple. Fernando López del Toro fut l'un d'eux. Il était revenu clandestinement de Miami pour combattre Castro. Son arrestation avec Vladimir Ramírez et Roberto López Chávez donna lieu à un échange de coups de feu et fut l'un des événements qui firent le plus parler d'eux à La Havane. Fernando et Roberto, amis inséparables, partageaient la même cellule. Tous deux devaient mourir en prison des années plus tard, Fernando en se suicidant, et Roberto à la suite d'une grève de la faim.

Notre alimentation manquait totalement de vitamines et de protéines, la quantité de calories était insuffisante, et nous en supportions les conséquences. Des détenus s'évanouissaient pendant les dénombrements et aussi pendant la journée.

Nous dénoncions constamment cette aggravation de la situation, mais en vain. Le chef des services médicaux était un militaire, Alvárez. Il revenait d'Algérie où il avait fait partie d'une « mission internationaliste », et il avait remplacé son stéthoscope par un pistolet avec lequel il s'amusait à tirer en direction des circulaires. Avec lui, toutes nos démarches demeuraient inutiles.

Un jour, le chef des services médicaux du ministère de

l'Intérieur vint en visite d'inspection. Un médecin, pensions-nous, mais ce n'était pas le cas. Le « docteur » Herrera Sotolonga, communiste espagnol, réfugié à Cuba à la suite de la guerre civile d'Espagne, était là-bas visiteur médical. La solidarité révolutionnaire faisait de lui le chef des services médicaux de toutes les prisons cubaines. Si on ne l'appelait pas « docteur », il ne répondait pas. Evidemment, il n'avait aucune connaissance médicale, mais c'était un « élément de confiance ». Il avait pour mission d'examiner les plus malades d'entre nous. Il prit la décision de les convoquer par groupes pour leur faire faire une analyse de sang.

L'un des détenus qui travaillaient à l'hôpital passa de circulaire en circulaire sans y pénétrer. Pour la prise de sang, nous devions tendre le bras à travers les barreaux de la grille. Les premiers résultats furent effroyables : la moyenne du nombre de nos globules rouges était tombée à trois millions et demi, le chiffre normal étant de cinq millions par millimètre cube, mais dans certains cas il était presque de deux millions. Ces malades incapables de marcher furent transportés d'urgence, en chemise, à l'hôpital.

La direction du pénitentier, alarmée, consulta les autorités supérieures de La Havane. Leur solution fut de mettre fin à ces analyses gênantes. Depuis bientôt deux ans, notre nourriture ne contenait ni protéines ni vitamines. Evidemment, la santé des détenus était terriblement atteinte.

Le petit colis que nous envoyaient nos familles tous les deux mois contenait de la farine de blé, de la farine de maïs grillé ou des bonbons, mais il leur était défendu d'y inclure du lait en poudre ou du chocolat. Je me rappelle que ma mère préparait elle-même de petits blocs qui avaient l'air de bonbons, mais qui se composaient d'œufs déshydratés au soleil et de foie de bœuf, le tout pulvérisé et agglutiné avec du sucre. Le goût laissait certes à désirer, mais je recevais ainsi une certaine quantité de protéines tous les soixante jours, en trompant la surveillance de nos gardiens. D'autre part, Martha avait réussi à se procurer des vitamines dont elle réduisait les cachets en une poudre qu'elle mélangeait à la farine de blé. Je connaissais les conséquences de l'avitaminose, et la combattre était devenu chez moi une sorte d'obsession. Ma préoccupation et mon souci constants étaient simplement de survivre.

Dans le pays, il était impossible d'acquérir des protéines en poudre et tous les aliments déshydratés avaient pratiquement disparu.

A la dénutrition générale des prisonniers, la direction devait pourtant réagir : pour la première fois depuis des années, nos bassines continrent de la viande. C'était de la conserve de chevreau, infecte et puante, dont l'odeur pénétrante remplissait tout le circulaire, mais je l'ai dévorée avec un plaisir extraordinaire, et ce fut un régal inoubliable.

De plus, trois fois par semaine, les cuisiniers ajoutèrent un œuf dur à notre pitance. Et avec l'apparition de concombres en tranches, ce fut le début d'une amélioration : la direction ne pouvait nous permettre d'être anémiés et par trop faibles : nous devions pouvoir supporter les travaux forcés qu'on nous préparait et que nous ne pouvions même pas soupçonner.

Ce fut pendant cette période de transition que Manolo Rey, ex-ministre des Travaux publics du premier gouvernement de Castro, devenu en exil le chef d'un des plus importants mouvements anticastristes, annonça à la radio qu'un nouveau débarquement allait avoir lieu à Cuba. Le 20 mai, de nombreux prisonniers dont j'étais furent transférés de leur circulaire dans deux salles du pavillon disciplinaire ; nous étions là comme otages. Le capitaine Morejón, qui commandait la garnison, nous fit clairement comprendre que nous serions exécutés dès le premier coup de feu. Les deux salles communiquaient par une troisième, plus petite, face aux services, et par une fenêtre haut placée et pourvue de barreaux. Il n'y avait qu'une porte d'entrée où nos gardiens installèrent une mitrailleuse en batterie.

Puisque nous savions qu'il y avait menace d'invasion, il nous fallait à tout prix suivre les événements de près. Certaines des fenêtres de notre salle, placées très haut, donnaient sur la circulaire 3. Nous avons eu l'idée d'établir avec les détenus de ce bâtiment un système de communications optiques.

Je suis monté avec Rogelio Villardefranco, spécialiste expérimenté en matière de télégraphie, sur deux lits que nous avions mis l'un sur l'autre. De là, nous avons fait une quantité de signaux aux détenus de la 3 jusqu'à ce qu'ils nous aperçoivent. Immédiatement, ils ont appelé leurs télégraphistes, et c'est ainsi que le contact s'est établi et que tous les soirs nous avons eu droit à un bulletin d'informations. Villardefranco interprétait les signaux optiques, je consignais ses paroles sur une page de cahier que j'ornais d'un dessin représentant de façon très stylisée un vendeur de journaux qui courait, un paquet d'exemplaires sous le bras. Le titre de ce nouveau quotidien était : *Ahora si!* c'est-à-dire « Allons-y maintenant ! ».

Un jour, un gardien nous aperçut. Le capitaine Morejón entra dans notre salle et nous ordonna de faire silence. Puis, dans un langage fort correct au début, il commença par nous dire qu'il était interdit aux détenus de se mettre aux fenêtres. Mais s'échauffant tout en parlant, il termina son discours par une série de grossières menaces. En se retirant, il nous cria encore de la grille :

— Avis au pédé qui recommencera à se mettre à la fenêtre : j'ai donné l'ordre de tirer et de tuer... Vous êtes avertis !

Mais nous avons poursuivi notre système d'informations non sans prendre des précautions : ces communications nous étaient indispensables.

Pendant que nous étions comme otages dans le pavillon disciplinaire, l'alimentation s'améliora sensiblement.

Ce qui suit paraîtra inconcevable à tous ceux qui n'ont jamais mené une existence semblable à la nôtre : dans la salle voisine, González Rojas, ex-officier supérieur de l'armée de Batista, commença à souffrir terriblement d'une molaire. Comme Cepero, notre dentiste, se trouvait dans notre salle, il le fit appeler. Mais nos gardiens refusèrent.

Il ne restait qu'une solution : mener à bien l'extraction à travers les barreaux de la fenêtre par laquelle communiquaient nos deux salles. Cepero n'avait comme instruments qu'une paire de tenailles et un tournevis que nous avons désinfectés tant bien que mal.

Dans la salle contiguë, les compagnons de Rojas se mirent à plusieurs pour le hisser à hauteur de la fenêtre et l'y maintenir, pendant que, de notre côté, nous faisions de même avec Cepero qui avait ainsi les mains libres. Rojas s'est alors accroché aux barreaux, la bouche grande ouverte et la tête en arrière.

Cepero put alors passer ses tenailles et les refermer sur la molaire à extraire. Quand le dentiste, d'une main ferme, commença à peser sans anesthésie sur la dent, nous avons vu blanchir les articulations des doigts de Rojas : on eût dit que ses mains se soudaient soudain aux barreaux.

Ce fut une extraction impeccable, mais je suis certain qu'aucune opération de ce genre n'a jamais eu lieu dans une prison, du moins dans de telles conditions.

Nous sommes restés là exactement un mois. Le 20 juin, on nous ordonna d'emporter toutes nos affaires, et j'ai quitté la salle du pavillon disciplinaire avec Boitel et Fernando Pruna.

Nous étions cent cinquante à être transférés à la circulaire 3, mais un mois plus tard, il y eut un nouveau transfert, général celui-là. Ce fut une journée épuisante. Des masses de prisonniers, par centaines, passèrent d'une cour à l'autre, d'un bâtiment à un autre bâtiment. Ce fut ainsi que s'achevèrent cette sélection et cette répartition dont j'ai déjà parlé.

De la circulaire 1 où nous étions, nous nous sommes retrouvés réunis dans la 4.

Dès lors, tout était prêt pour appliquer le plan mis au point, à notre insu, par la direction. Ce fut le plus grand excès de violence qu'il y ait jamais eu dans l'île des Pins et qui ne devait être dépassé que des années plus tard, dans la prison aux cellules murées de Boniato.

La mise en train des travaux forcés fut précédée d'une vague de terreur et de répression dont l'objectif était de nous terroriser. La direction du ministère de l'Intérieur avait fait entrer dans ses calculs le meurtre de beaucoup d'entre nous.

Ce plan porta le nom de « Camilo Cienfuegos », l'un des chefs des guérilleros de Castro et militant de la Jeunesse socialiste populaire, c'est-à-dire du Parti communiste cubain d'avant 1944. Mais Camilo Cienfuegos, devenu gênant, avait ensuite disparu mystérieusement au cours d'un vol de la province de Camagüey à La Havane.

Le 9 août 1964, la direction procéda à la formation des premières équipes de forçats dans les bâtiments qui abritaient alors les « planqués », c'est-à-dire les détenus qui refusaient la Réhabilitation Politique.

Sans aucun motif, sans rien qui pût le justifier, la garnison du pénitentier fit irruption dans le bâtiment 6. Les soldats envahirent les étages supérieurs, détruisant tout ce que contenaient les cellules. En moins de cinq minutes, il y avait déjà des dizaines de blessés.

Les gardiens s'encourageaient pour mieux laisser libre cours à leur hargne. Enivrés par la terreur qu'ils inspiraient, ils étaient visiblement heureux de faire du mal.

Le lieutenant Porfirio García, responsable de l'ordre intérieur, dirigeait personnellement la réquisition, baïonnette à la main, frappant au hasard, donnant l'exemple à ses hommes pour qu'ils rivalisent avec lui de brutalité. Ce fut lui qui enfonça sa baïonnette dans l'aine d'Ernesto Díaz Madruga, lui crevant du même coup la vessie. Et comme le malheureux s'effondrait, le sergent Matanzas, l'un de ses acolytes, l'acheva d'un second coup de baïonnette.

Cela ne suffisait pas : ils s'acharnèrent d'abord sur lui à coups de pied, puis le saisirent par les chevilles pour lui faire descendre les escaliers, la tête rebondissant de marche en marche, un flot de sang noirâtre ruisselant de la bouche du cadavre.

Cet assassinat d'Ernesto, la première victime du plan des travaux forcés, devait nous faire comprendre que nous pouvions subir le même sort : il fallait nous convaincre que nos vies n'avaient désormais aucune valeur.

J'étais alors dans la circulaire 4. Déjà, les prisonniers des 1, 2 et 3, et du bâtiment 6, se rendaient au travail. Certains d'entre nous pensaient qu'on allait nous laisser de côté puisque notre circulaire 4 se composait d'intellectuels, de vieillards et de handicapés physiques.

C'est à cette époque qu'un groupe de « réhabilités », pour s'attirer les faveurs de l'ennemi, crut bon de composer et de monter une pièce de théâtre, *La Liberté à trois pas.*

Ceux qui avaient décidé de résister, restés dans les circulaires, y étaient représentés comme des éléments antisociaux, drogués, délinquants et homosexuels, de vrais rebuts de l'humanité comme disaient les communistes dans leur campagne de diffamation.

Naturellement, la pièce justifiait les lâches qui avaient fait le premier pas en acceptant la Réhabilitation Politique puisqu'il était impossible qu'un homme normal pût continuer à vivre parmi nous.

Après une première série de représentations dans le réfectoire du pénitencier où la direction fit venir des détenus d'autres prisons, y compris des femmes, le ministère de l'Intérieur se chargea de faire circuler l'œuvre dans tout le pays, jusque sur les scènes de la capitale comme à la télévision.

La circulaire 4 n'échappa pas aux travaux forcés : le même lieutenant Porfirio García apparut un jour. Il fit faire l'appel du personnel qui devait descendre aussitôt. Les listes faites d'avance nous répartissaient en « blocs » d'environ deux cents détenus chacun. A l'exception de Boitel, qui fit partie du « bloc » des étudiants, tous mes amis furent affectés avec moi au bloc 20.

Nous étions déjà au rez-de-chaussée quand un incident se produisit : du quatrième étage, certains de nos compagnons commencèrent à crier « Assassin ! » au lieutenant Porfirio García qui se retourna aussitôt vers eux, menaçant.

Indiscutablement, cet homme était un assassin. Il avait tué Ernesto Díaz Madruga. Mais l'entendre dire lui fut insupportable. Il fit alors appel à la garnison. Cinq minutes plus tard, les soldats conduits par le capitaine Morejón se pressaient devant la grille du poste de garde comme des chiens enragés.

Les prisonniers entonnèrent alors l'hymne national. Ceux qui se trouvaient déjà au rez-de-chaussée et dont j'étais allaient être les premiers à subir le choc. J'ai eu peur. J'avais à côté de moi Pruna et Carrión, et je leur ai suggéré de nous rapprocher de la tour centrale pour nous mettre un peu à l'abri puisque nous ne pouvions ni quitter le rez-de-chaussée, ni remonter dans les étages, ni nous réfugier à l'intérieur d'un bâtiment.

Le lieutenant Porfirio García étouffait de rage : en effet, les soldats qu'il avait appelés avaient seulement des fusils pour armes et non des baïonnettes, si bien qu'ils n'avaient pas l'autorisation d'entrer.

Et pourtant, les hommes de garde ouvrirent finalement les verrous de la grille. La tension chez nous devint insupportable, nous allions donc être rossés malgré tout. Mais le capitaine Morejón fut le seul à pénétrer dans l'enceinte de notre circulaire. Il attendit la fin de l'hymne national. Avant même qu'il pût parler, une voix s'éleva du quatrième étage, celle de Mario Gavilán :

— Mon capitaine... nous n'avons rien fait d'autre ici que chanter l'hymne national, et aucun Cubain, qu'il soit d'un parti ou de l'autre, ne peut trouver à y redire...

Il y eut quelques secondes d'un silence de mauvais augure et lourd d'appréhension. Pendant un moment, le capitaine Morejón hésita visiblement. Puis on l'entendit prononcer :

— C'est bon...

Et il nous tourna le dos pour ressortir. Ce jour-là, grâce à l'intervention sereine et opportune de Gavilán, nous n'avons pas été battus.

Un journaliste, Rivero Caro, fut l'un des premiers qui décidèrent de refuser tout travail ; il le déclara calmement au fonctionnaire chargé d'organiser les « blocs » et qui nota son nom ainsi que celui d'Alfredo Izaguirre. Ce dernier avait été le plus jeune rédacteur en chef de journal de toute l'Amérique et membre de la Société Interaméricaine de Presse (S.I.P.). Il dirigeait alors le quotidien *El Crisol,* de La Havane, que le gouvernement de Castro devait nationaliser.

Alfredo Izaguirre avait participé à diverses actions dirigées contre le régime de Castro. Il était sorti plusieurs fois clandestinement de Cuba pour y revenir de même dans le but d'organiser un attentat contre Raúl Castro. Il avait eu l'idée de lancer une attaque simulée contre le base de Guantánamo, enclave américaine dans la province d'Oriente, pour faire croire à un acte de vengeance de Castro : les Etats-Unis seraient alors intervenus en force et auraient mis fin à la dictature castriste. Mais les organismes de la Sûreté de l'Etat découvrirent ce complot et arrêtèrent Alfredo. Condamné à mort, il passa des semaines à attendre chaque nuit d'être emmené au petit matin au Mur des Fusillés. Mais Castro, sachant qu'il était membre de la S.I.P., prit finalement le parti de commuer sa peine en trente ans de prison.

La C.I.A., qui avait coordonné les efforts de ces patriotes cubains, avait donné à cette opération le nom de code « Patty ». La Police politique castriste, à son tour, baptisa sa riposte du nom de « Chandelle ».

Ce fut, à cause de son envergure même, l'une des affaires les plus importantes montées contre Castro. Les autorités cubaines en firent un film où elles montèrent en épingle la sagacité des organismes de la Sûreté de l'Etat. Sous le titre de *Patty y Candela* (« Chandelle »), ce film devait passer dans toutes les salles de cinéma de Cuba.

Mais il se produisit un phénomène intéressant : Alfredo, que les spectateurs devaient, selon le régime, haïr puisqu'il avait essayé de détruire la révolution en tant qu'émissaire de la C.I.A. et représentant de la société capitaliste, devint pour la majorité des Cubains le type même du héros et non du traître : eux aussi partageaient ses idées et ses aspirations à la liberté.

C'est ce que je devais avoir l'occasion de constater bien des années plus tard à La Havane, à l'hôpital de la prison du Combiné de l'Est : les infirmières s'intéressaient toutes à Alfredo Izaguirre et désiraient tout savoir à son sujet. Elles ne cachaient pas leur admiration pour lui et pour tout ce qu'il représentait.

La Police politique dut admettre que l'effet produit par ce film ne correspondait pas à ses prévisions et le retira du circuit cinématographique.

Pour revenir à Rivero Caro, il fut le premier à être convoqué après avoir refusé tout travail. Accompagné d'Alberto Muller et de son frère, il fit d'abord la connaissance des cachots disciplinaires. Les deux frères Muller, longuement battus, durent s'incliner et faire par la suite partie d'un « bloc » de travail.

Rivero Caro fut lui aussi supplicié. Ils essayèrent ensuite, pendant quelques jours, de le faire travailler seul aux tranchées parallèles au cordon de sécurité qui entourait les circulaires.

Finalement, ils le mirent au secret dans un cachot disciplinaire. Après presque deux ans, on dut le transférer à la prison de la Cabaña. On voyait encore, sur ses épaules, les traces des coups reçus, des cicatrices semblables à celles laissées par des brûlures.

Alfredo Izaguirre avait calmement décidé, à la suite d'une réflexion dont il me fit part, de ne jamais travailler. Il savait ce qu'il risquait : rester estropié toute sa vie ou mourir sous les coups, mais sa résolution était inébranlable.

Ses gardiens le laissèrent d'abord tranquille dans un cachot disciplinaire pendant deux ou trois jours, espérant qu'il changerait d'avis. Finalement, ils firent venir le lieutenant Porfirio García avec un sergent surnommé « Matanzas » (« Tueries ») et plusieurs gardiens armés de fusils.

De notre circulaire, nous avons vu ce peloton conduire Alfredo au fond de la caserne où se trouvait un fossé qui servait de conduit d'égout. Leur intention était d'obliger Alfredo à détacher et à repousser, avec une simple boîte en fer-blanc, les excréments qui collaient et s'accumulaient sur les bords. Alfredo refusa même de toucher la boîte.

Le lieutenant Porfirio García lui expliqua qu'on ne lui demandait que peu de chose : s'accroupir et gratter deux ou trois fois le bord de la tranchée avec la boîte en question. Cela, lui affirma-t-il, suffirait. C'était pour la direction une question de principe, mais aussi une manœuvre : il s'agissait d'entamer la résistance du rebelle, de lui faire faire un premier faux pas qui équivaudrait à un acte de soumission, de l'obliger ainsi à capituler, à se contredire. Mais nous pouvions voir de notre circulaire qu'Alfredo, sans même se donner la peine de parler, se contentait de secouer la tête : NON.

Ils commencèrent alors par lui écraser la boîte sur la tête, et ce fut sa première blessure, le début d'une série atroce de brutalités : la lame d'une baïonnette se détacha sous le choc en frappant son front, et le sergent « Tueries » resta un instant interdit, n'ayant plus que la poignée à la main. Après ce premier avertissement, le lieutenant Porfirio García recommença à insister, à essayer de convaincre le rebelle qu'il était préférable pour lui de travailler, ne fût-ce qu'une minute seulement…

De loin, nous avons eu l'impression que l'attitude d'Alfredo se faisait encore plus irréductible, mais était-ce possible ? Après l'avoir battu une seconde fois, ils s'arrêtèrent pour reprendre haleine et lui offrir d'être transféré dans une prison de Cuba, ce qui, pour un détenu de l'île des Pins, était une des éventualités les plus souhaitables. Alfredo, le visage en sang, continuait à faire signe que non. En vain firent-ils ainsi alterner les séries de coups et les objurgations et promesses pour briser sa volonté. Tout fut inutile. Il ne leur restait plus qu'à s'acharner sur lui de rage, à le frapper non du plat, mais de la pointe de leurs baïonnettes, à l'assommer de coups de crosse jusqu'à ce qu'il perde connaissance.

Il était encore évanoui et couvert de sang quand ils l'empoignèrent par les pieds et les mains pour le balancer à l'arrière d'une jeep.

Au moment où ils le retirèrent de la jeep pour le jeter tel quel sur le sol d'un cachot disciplinaire, il reprit un peu connaissance. Quelques minutes plus tard apparaissait le Dr Agramonte, le nouveau médecin militaire de la garnison, accompagné d'un autre médecin de petite taille. Ce fut ce dernier qui se pencha sur Alfredo, allongé la bouche contre le sol, pour le soulever difficilement et le soutenir du genou afin de pouvoir le reconnaître. Il examina les coups de baïonnette. La pression artérielle du blessé était nulle. Ils l'ont alors déshabillé complètement en ne lui laissant que ses bottes. Alfredo les entendait, mais il n'avait pas la force de parler.

— Il faut l'enlever tout de suite d'ici, dit le petit médecin au Dr Agramonte, un Noir corpulent et de haute taille.

C'est sur un brancard et complètement recouvert d'un drap d'où seules dépassaient ses bottes qu'Alfredo fit son entrée à l'hôpital. Ceux qui le virent alors crurent qu'il s'agissait d'un mort. Un premier examen montra que les os de son nez étaient brisés et écrasés, et que tout son corps était criblé de plaies. Une blessure, celle d'un coup de baïonnette au pli de la fesse, à la naissance de la cuisse, demeura inaperçue du fait qu'il était couché sur le ventre, et que la plaie était fermée dans cette position.

Alors qu'on l'avait couché normalement sur le dos pour une première injection de sérum, la blessure du pli de la fesse se rouvrit et se mit à saigner. Peu à peu, le sang imbiba le matelas et se répandit goutte à goutte sur le sol. Quand on s'en aperçut, Alfredo était déjà dans le coma, au seuil même de la mort. On parvint à le sauver à force de transfusions qui lui redonnèrent un peu du sang perdu.

Quinze jours plus tard, Alfredo ne pouvait pas se lever de son lit. De grands hématomes lui couvraient le corps. Son visage était enflammé, et l'épanchement de sang dû à la fracture des os du nez dessinait sous ses yeux de grands arcs violacés. C'est dans cet état qu'ils le remirent dans un cachot disciplinaire où il resta dépourvu de toute assistance médicale.

Alfredo Izaguirre fut l'unique prisonnier qui n'accepta jamais, ne fût-ce qu'une seconde, de se plier à l'obligation des travaux forcés. Son nom est inscrit à jamais dans l'histoire de la rébellion des pénitenciers politiques cubains.

CHAPITRE XXIX

# La carrière

Ceux qui faisaient partie du bloc 20 durent descendre pour recevoir des bottes et des vêtements de travail : nous commencerions donc le lendemain.

En effet, le lendemain dès l'aube, l'homme de service à la grille nous réveilla en criant que nous devions nous lever pour le dénombrement. Le ciel était noir sauf à l'est où une lueur très pâle annonçait la venue de l'aurore. On nous a d'abord comptés, puis nous sommes descendus au rez-de-chaussée où nous avons pris le petit déjeuner : un peu d'eau tiède sucrée et un morceau de pain à peine plus grand qu'un œuf.

Nous étions à la fois inquiets et curieux. Sortir de la prison pour travailler dans les environs était un événement important. Les blocs des autres circulaires étaient sortis avant nous, et nous savions par eux que les détenus étaient transportés par camions dans toute l'île, pour semer, récolter des agrumes, fertiliser des pâturages, nettoyer les enclos des chevaux.

On nous ordonna de nous rassembler dehors sur deux rangées. Dans chaque bloc, il y avait un sous-officier et un cabot par équipe, tous armés d'un pistolet avec, suspendue au ceinturon ou à la main, une baïonnette. Le chef de mon équipe était un mulâtre que connaissait Cáceres, l'un des nôtres : tous deux avaient appartenu à la même communauté religieuse, ce qui n'avait pas empêché cet homme de se transformer en un gardien des plus répressifs et sanguinaires. Nous l'avions surnommé « Pedro-la-Maldad » — Pierre-la-Vacherie — car il disait de lui-même, pour expliquer son comportement, qu'il était « toujours dans un état de vacherie »...

Le cabot fit l'appel non pas de nos noms, mais de nos numéros matricules. Une fois cela terminé, le chef du bloc, surnommé

« Escambray », nous ordonna de nous diriger vers l'entrée principale et les camions qui allaient nous transporter jusqu'à notre lieu de travail ainsi que plusieurs centaines de gardiens, dont certains tenant leur chien policier en laisse, à la manière des nazis.

Un troisième dénombrement eut lieu à l'arrière de chaque camion avant que nous y montions. Le convoi s'ébranla : le dernier camion était rempli de gardiens et ils avaient installé sur le toit de la cabine un fusil-mitrailleur B-Z, fabriqué en Tchécoslovaquie, braqué sur nous.

Nous avons pris à gauche vers le village de Nueva Gerona. Avant de franchir Las Casas, une rivière, nous avons suivi la route qui conduit à l'aéroport. Un flot de souvenirs m'a submergé : des années étaient passées depuis que j'avais roulé sur cette route, déjà surveillé par des gardes, mais dans une atmosphère encore plus hostile et plus répressive : pour l'instant nous pouvions au moins regarder au-dehors, ce qui nous était alors interdit.

Nous avons dépassé l'aéroport. A droite, j'ai aperçu des kilomètres et des kilomètres de plantations de manguiers, une idée de Castro lui-même : on avait gaspillé des millions de pesos à la réalisation de ce projet dont le résultat fut désastreux. Le terrain ne se prêtait pas à ce genre de culture, mais aucun ingénieur agronome n'avait osé contredire le dictateur, et il n'y eut qu'un tout petit nombre de manguiers qui donnèrent des fruits.

Il en fut de même avec une autre campagne démentielle : celle de planter dans les villes une sorte de caféier dit *caturra.* Il devait y avoir des caféiers partout, sur les places, sur les terrains en friche et à bâtir, dans les jardins et sur les balcons, et Castro de proclamer que nous allions avoir du café en abondance. Un jour, alors que Castro, en pleine effervescence et possédé par sa nouvelle idée de génie, l'exposait dans le lieu dit *Cordón de la Habana,* devant un groupe de diplomates, un fonctionnaire anglais de l'Organisation mondiale pour l'alimentation et l'agriculture (F.A.O.) lui déclara carrément qu'il ne récolterait jamais un grain de café avec ce type de caféiers. C'était l'opinion d'un spécialiste. Castro, indigné, s'emporta, et la discussion devint si vive que les autres diplomates durent intervenir pour mettre fin à l'incident.

Le spécialiste de la F.A.O. avait raison. Jamais ce type de caféiers ne produisit un seul grain de café. Et l'on enterra l'affaire, considérée dès lors comme taboue. Mais chaque fois que l'Anglais rencontrait à Londres des délégations cubaines, il se faisait un malin plaisir de demander ironiquement des nouvelles des caféiers *caturra,* la grande idée de Castro.

Nos camions entrèrent dans un chemin de terre rouge que bordaient des arbres de taille médiocre. Un civil responsable de la ferme d'Etat nous y attendait. Nos gardiens descendirent et dépassèrent les rangées d'arbres pour former un cercle immense autour de nous.

Notre travail consistait à fertiliser, avec de l'engrais répandu naturellement à la main, des carrés semés d'une herbe fourragère. On nous a alors distribué des sacoches de jute qui portent un nom indien, *jabuco,* et qu'une bretelle permet de suspendre à l'épaule. Des sacs d'engrais étaient empilés le long du champ. C'était notre premier jour de travail, mais ce l'était aussi pour nos gardiens, et le désordre fut tel qu'on ne fit pas grand-chose.

A mesure que nous avancions, le cercle des gardiens se déplaçait lui aussi. Toute la journée, nous sommes restés au centre de ce cercle de fusils, de baïonnettes et de chiens. Le terrain était plat, dénudé : toute tentative d'évasion eût été un suicide.

Dès le premier jour, nous avons pris conscience qu'il nous fallait résister et saboter le travail qu'on nous obligeait à faire. Je me rappelle que nous avons profité de la manière incroyable dont il nous fallait répartir l'engrais : il avait plu les jours précédents, et le terrain détrempé était parsemé de grandes flaques dans lesquelles, en cachette des gardes, nous vidions une partie de nos sacoches : l'engrais se dissolvait dans l'eau sans laisser de traces. Toute une caisse de machettes elle aussi disparut dans les crevasses du sol. Avec l'engrais gaspillé volontairement ce jour-là, on aurait pu fertiliser un terrain vingt à trente fois plus étendu.

Nous sommes rentrés quand le soir tombait, sans incident.

Mais le lendemain, on nous a emmenés plus loin, au lieu dit « El Bobo » (Le Niais), proche de la côte nord de l'île. Notre tâche consistait à nettoyer, à la bêche, le sol des mauvaises herbes qui croissaient aux alentours des manguiers que l'on avait également semés, sur l'ordre de Castro, dans cette région. Nous devions aussi élever autour de chaque arbre un monticule de terre.

Une autre forme de résistance était la lenteur avec laquelle nous avions décidé de travailler. Nos gardiens avaient assigné deux prisonniers à chaque arbre. Gustavo Rodríguez et moi avons même osé prendre délibérément du retard sur le reste de notre groupe. En vain le cabot La Maldad nous ordonnait-il de nous presser, nous avons continué à travailler au même rythme ralenti. Finalement, les gardiens nous ont retirés du groupe pour nous mettre à part.

Pendant presque toute la matinée, nous nous sommes occupés

du même arbre. « Escambray », le chef de notre bloc, alerté par La Maldad, vint nous voir. Il avait déjà la baïonnette au poing et se préparait à nous frapper à coups de plat. Mais Gustavo, le plus proche de lui et aussi le premier à l'apercevoir, lui fit aussitôt face, tenant sa bêche à deux mains dans la position défensive de l'escrime au fusil.

Escambray s'arrêta net.

— Lâche ta bêche ! lui dit-il.

Gustavo ne bougea pas.

— Lâche-la !

— Certainement pas, caporal !

Escambray comprit que Gustavo était décidé à ne pas se laisser battre sans se défendre.

Quelques secondes interminables s'écoulèrent. Les deux hommes, face à face, se mesuraient du regard. « Escambray » avait un pistolet : pourquoi ne s'en servit-il pas ce jour-là ? Je me le demande encore. Il allait se faire remarquer comme l'un des gardiens les plus violents, les plus répressifs du pénitencier. Mais c'était notre second jour de travail, peut-être était-il lui aussi désorienté comme nous l'étions.

Mais tout allait changer dès le lendemain : nous avons fait connaissance avec la carrière.

Là, notre chef était un caporal très grand et maigre, un fils de Haïtiens, noir comme du charbon et qui s'appelait Holé.

Le lieutenant Pompon était là lui aussi, et c'était à lui qu'on avait confié la responsabilité de notre bloc, le 20. En me voyant, il se dirigea droit sur moi et me fit sortir du rang pour me conduire au caporal Holé :

— Voici un de ceux qui se sont évadés avec Boitel. Tu n'as qu'à lui donner la mailloche la plus lourde qu'il y a ici. Et n'oublie pas de dire aux gardes qu'ils ont l'ordre de tirer sur lui pour le tuer dès qu'ils le verront s'approcher de la clôture.

Holé me regardait avec curiosité. Il avait certainement entendu parler de nous.

— Viens avec moi, me dit-il.

Arrivé à la maison des outils, il chercha quelque temps avant de trouver une mailloche de carrier pesant quelque vingt-cinq livres. Je pouvais à peine la soulever pour la mettre à l'épaule. Puis je l'ai suivi le long d'un chemin de terre qui conduisait à la partie de la carrière où travaillaient les détenus. A gauche, une paroi abrupte de granit s'élevait, barrière naturelle qui nous isolait de la mer. Une clôture semi-circulaire faite d'un grillage complétait l'enceinte où se déroulait toute l'activité de la carrière. De cinquante mètres en cinquante mètres, une guérite abritait une sentinelle et une mitrailleuse.

Le processus était simple : une série d'explosions morcelaient la masse de granit en d'énormes blocs qui s'amoncelaient au pied de la falaise avec des fragments de roc plus petits. C'étaient ces derniers que nous devions briser et réduire, à coups de mailloche, en morceaux encore plus petits. Il y avait aussi dans la carrière une sablière et un emplacement réservé à la chaux vive. C'était là le quartier disciplinaire : les prisonniers punis en sortaient presque aveugles avec les pieds et les mains en sang. Un moulin de pierres et un réfectoire complétaient l'installation.

Fernando Pruna avait été le premier à prendre les armes et à se révolter contre Castro dans le massif de la sierra de los Organos, située dans la partie occidentale de l'île. Il avait emmené avec lui Nena, sa fiancée, son futur beau-père et un groupe de compagnons dont un Américain, Austin John.

Dès qu'on les eut repérés, des contingents castristes se lancèrent à leur poursuite avec une telle supériorité numérique qu'après quelques rencontres, tous furent capturés sans trop de difficultés, après une violente échauffourée et un dernier échange de coups de feu.

Condamné à mort, Pruna ne fut toutefois pas exécuté grâce aux interventions pressantes menées auprès de Castro par plusieurs fédérations d'étudiants des universités américaines où il avait étudié. Une telle clémence était encore possible en 1959.

Une année plus tard, le commandant Blanco, qui avait dirigé les opérations contre Pruna et l'avait fait prisonnier, allait le retrouver au pénitencier de l'île des Pins, lui aussi prisonnier et ennemi de Castro. Avec Pruna et l'ex-commandant Blanco, en qui j'avais trouvé un compagnon toujours extraordinaire, je devais faire partie du même groupe de travail dans cette carrière ; chacun de nous était armé d'une mailloche de carrier.

Chaque porteur de mailloche avait un assistant muni d'une longue barre de fer pointue. Le travail d'assistant consistait à introduire cette barre dans les interstices du roc pour aider à le réduire en morceaux. Mon assistant fut Peñita, un ancien pilote de nos forces aériennes.

Comme tous les outils, une mailloche de carrier est un instrument qu'il faut savoir manier. Il n'y avait parmi nous personne capable de le faire. L'un des caporaux de la garnison de la carrière s'approcha de moi en boitant assez bas :

— Tu n'as jamais travaillé la pierre, hein ? me demanda-t-il.

— Non, caporal, jamais.

— Eh bien, il est préférable que tu apprennes. Donne-moi ta mailloche, je vais vous montrer à tous comment il faut s'y prendre. Et ensuite, ne venez pas me dire que vous ne savez pas. Ici, c'est la production qui compte.

Il avait déjà retroussé ses manches, rejeté en arrière l'étui de son pistolet et il empoigna ma mailloche :

— Ouvrez bien les yeux. La première chose que vous devez faire est de repérer la veine de la pierre. Regardez : ici, elle change de couleur. C'est sur cette veine que vous devez frapper...

Et en effet, dans la partie inférieure du bloc de pierre, il y avait deux zones, l'une sombre et l'autre plus claire, toutes deux parfaitement définies.

J'ai vu ensuite comment il levait la mailloche, on eût dit qu'elle ne pesait rien entre ses mains. Puis il a profité de l'élan du rebondissement pour élever de nouveau la masse et la reposer sur son épaule. Deux ou trois coups, et le bloc se fendit sur toute la longueur de la veine. Continuant à frapper, il eut bientôt devant lui un tas de morceaux de la dimension voulue.

Il s'en alla, et je tentai de l'imiter : il valait mieux apprendre, en effet, pour économiser mes forces et ne pas m'épuiser. Au premier coup, je n'ai pas réussi à faire rebondir la mailloche. En la laissant tomber sur la pierre, j'avais serré le manche si fort entre mes deux mains que la vibration produite par le choc était remontée jusque dans mes bras. Je me suis alors rendu compte que je devais desserrer un peu les mains au moment du choc : cela me permettait de profiter de l'élan du rebondissement pour élever de nouveau la mailloche en faisant beaucoup moins d'efforts.

Gustavo, Pruna et Campbell, très forts physiquement, surent rapidement se servir de leur outil. Les blocs énormes qui s'accumulaient en bas de la carrière étaient tous perforés pour pouvoir placer la cartouche de dynamite de telle façon que l'explosion divise le bloc en un très grand nombre de fragments. Ce fut alors que Tony Copado eut l'idée de boucher ces trous de mine avec de la boue.

Lorsque sonna la cloche pour le déjeuner, les artilleurs militaires se dirigèrent vers ces blocs pour placer les charges. Ils s'aperçurent alors que les trous de mine étaient bouchés.

Holé nous rappela aussitôt pour nous menacer dans les termes les plus violents : offenses, insultes, tout y passa. Puis, il jura de nous démolir à force de coups en cas de récidive.

Aucune des mesures de protection dont bénéficient les ouvriers tailleurs de pierre n'était prévue. Nous n'avions ni bottes ni lunettes. Les éclats de roc traversaient nos pantalons comme de véritables projectiles et s'incrustaient dans nos jambes. Le reflet du soleil sur la pierre nous aveuglait et endommageait nos yeux. Aussi les ouvriers des carrières portent-ils tous des lunettes spéciales dans ce genre de travail.

Il nous a fallu plusieurs jours pour apprendre à combiner la mailloche avec la barre de fer. Je me suis retrouvé un jour en équipe avec Gustavo. Quand le caporal approchait, nous nous mettions au travail ; dès qu'il s'éloignait, nous nous reposions. Mais à mesure que le temps passait, nos gardiens allaient imaginer de nouvelles méthodes pour augmenter notre rendement.

« Manzanillo », « Camomille », était le surnom du caporal qui nous avait appris à nous servir de la mailloche. Il se mit bientôt à nous frapper avec un de ses collègues que nous appelions « Perro Prieto » « Chien noir », et cela systématiquement, dans le but de nous terroriser. Dès le matin, les coups pleuvaient. Ils exigeaient de nous un nombre sans cesse croissant de pierres réduites à la dimension voulue ; de même, les détenus qui travaillaient à la sablière durent extraire plus de sable dans leur journée, et pour charger les pierres dans les camions, le rythme devint infernal. Quand les camions arrivaient pour être chargés, nous nous mettions sur deux longues files. Nous formions ainsi deux chaînes ininterrompues pour nous passer les pierres de main en main à partir du lieu où nous les avions brisées. Le premier de la chaîne se baissait, soulevait le morceau de roc et, d'un balancement du corps, le passait au second, et ainsi de suite. De loin, on aurait pu croire que les détenus se livraient à un étrange ballet.

Parfois, les arêtes tranchantes des pierres nous déchiraient les mains, mais la chaîne ne s'arrêtait pas, et le granit blanchâtre se teignait de sang avant d'arriver au camion. Si l'un de nous laissait échapper une pierre et que la chaîne s'interrompait un instant, le cabot accourait, la baïonnette levée, pour battre le coupable. L'inclinaison du corps, le balancement de pendule des bras d'un côté à l'autre, ces mouvements toujours les mêmes nous causaient de fortes douleurs dans le dos. Nous n'avions presque pas le temps de nous relever pour nous étirer et nous soulager un peu. Si les cabots nous surprenaient à le faire, ils nous tombaient dessus à coups de plat de baïonnette :

— Veux-tu te courber... !

La brutalité de ces gardiens augmentait sans cesse. L'un de nous, Eloy Gutiérrez Menoyo fut frappé de telle sorte qu'il perdit l'usage d'une oreille et demeura tout le reste de sa vie sujet à de terribles étourdissements et maux de cœur. Deux ans plus tard, les cicatrices laissées par les coups se voyaient encore. Et au moment où j'écris ces lignes, Eloy se trouve depuis trois ans dans une cellule murée, nu, isolé de tout, sans courrier et sans assistance médicale, parce qu'il refuse toujours la Réhabilitation Politique.

## CHAPITRE XXX

# Le Frère de la Foi

Cinq heures du matin, dénombrement : on exige désormais que nous nous placions devant nos cellules. Puis voici que les chefs de bloc apparaissent, et l'un après l'autre, ils demandent au préposé à la grille d'appeler les blocs dont ils ont la charge. Le préposé à la grille crie le numéro du bloc pour que les détenus qui en font partie descendent aussitôt. Mais tous les chefs de bloc sont pressés, et les numéros se succèdent trop vite. Il est impossible qu'un millier de détenus sortent en même temps, certains ne descendent pas assez vite et les cabots sont déjà furieux. Pour résoudre ce problème, la direction ordonnera que tous les prisonniers, sans exception, soient présents ; à la fin du dénombrement, aucun de nous ne devra se trouver dans l'un des étages, qu'il soit malade et ne puisse se lever.

Le petit déjeuner n'a pas changé, sauf en matière de température : c'est de l'eau sucrée, un peu plus chaude qu'avant toutefois. Si les hommes du bloc qu'on appelle n'ont pas encore pris leur petit déjeuner, on les fait passer devant tous les autres. Ils sortent ensuite en finissant à la hâte de manger leur bout de pain. Il suffit que quelques détenus soient restés dans les étages pour que les responsables des circulaires fassent appel aux soldats de la garnison.

C'est alors que les coups pleuvent sur les coupables. Les soldats sont armés de baïonnettes, de bâtons, de chaînes, pour mieux s'acharner sur ceux qui sont encore dans les étages.

Ces interventions presque quotidiennes de la garnison ont commencé lorsque le capitaine Morejón a déclaré qu'il décernerait lui-même une médaille d'or au détenu qui résisterait un an au régime des travaux forcés, sans venir lui demander à genoux de suivre les cours de la Réhabilitation Politique ! Or, symboliquement, il a déjà perdu son pari, car par amour-propre, par fierté, pour qu'on ne puisse penser qu'ils ont cédé parce que la situation s'aggravait, beaucoup de ceux qui s'étaient déjà inscrits aux cours les ont purement et simplement abandonnés pour redevenir des « planqués » comme nous.

Le plan de Travaux Forcés a donc eu une conséquence qui avait échappé aux « techniciens spécialistes » du comportement humain, recrutés par le ministère de l'Intérieur : tout le pénitencier a acquis d'un seul coup une cohésion monolithique. Devant les agressions, les coups, les harcèlements, les tortures de l'ennemi commun, il s'est produit chez tous les détenus une sensibilisation et une identification totales, comme si chacun de nous ressentait lui-même les coups reçus par tous les autres. Quand l'un de nous est assassiné sur place sur son lieu de travail, c'est notre frère qu'on tue, notre sang qui coule, notre âme qui souffre. Et l'angoisse et l'horreur nous unissent de plus en plus étroitement.

Ces interventions soudaines de la garnison ne sont rien d'autre qu'un instrument supplémentaire de terreur : il s'agit dès le matin de ne pas nous laisser un instant de trêve.

Un jour, alors que le délai que la direction elle-même nous avait imparti pour descendre au rez-de-chaussée n'avait pas encore expiré, deux camions militaires hermétiquement fermés, et qui au début n'ont pas attiré notre attention, se sont arrêtés devant le poste de garde de notre circulaire, et des dizaines de soldats armés de tout ce qui peut servir à frapper se sont rués sur nous... Mais avant même que le premier d'entre eux ait pu sauter de son camion à terre, l'alerte avait déjà été donnée, et des centaines de prisonniers, dont j'étais, avaient pu gagner le rez-de-chaussée quitte à sauter au sol à partir du premier étage.

Les gardes montaient déjà l'escalier qui reliait le rez-de-chaussée au second, et l'on entendait les coups terribles qui s'abattaient sur les retardataires.

Mohamed et Botifol comptaient parmi les compagnons que nous aimions le plus. Le premier avait été incarcéré à la fin de ses études de médecine ; Botifol, originaire de Camagüey où il avait été éleveur de bétail, était détenu en tant que membre du parti Auténtico. Tous les deux se trouvèrent pris au piège dans les étages supérieurs. Ils s'engagèrent dans les escaliers, mais les soldats s'y trouvaient déjà.

Les cris de protestation, de colère, remplissaient tout le circulaire où les soldats se livraient à une véritable boucherie : on eût dit qu'ils cherchaient vraiment à défoncer à coups de chaîne, de baïonnette et de bâton, le crâne et les bras de leurs victimes. Mohamed et Botifol se trouvèrent bloqués au second étage, terrorisés. Ils savaient ce qui les attendait et ne pouvaient l'éviter. Une peur animale s'était emparée d'eux. Ils étaient pourtant fort intelligents, mais leur réaction fut purement atavique : fuir à tout prix, n'importe comment...

Aussi, quand une troupe de soldats fous de rage les aperçut et se précipita sur eux, Mohamed et Botifol n'hésitèrent pas un instant. Ils ne pensèrent même pas qu'ils se trouvaient au second étage. Comme des bêtes affolées, ils se lancèrent dans le vide. Peut-être croyaient-ils vraiment sortir indemnes de cette chute. L'un et l'autre se rompirent les chevilles, et l'on peut dire qu'ils s'en tirèrent à bon compte. Ils auraient pu se tuer, mais Dieu les avait certainement protégés.

C'était un samedi soir : les équipes de prisonniers revenaient vers les circulaires. Des milliers d'hommes, sous la pression des fusils et des baïonnettes qui les menaçaient, revenaient de leurs camps de travaux forcés en longues files silencieuses où régnaient la faim, la sueur et la fatigue. Tous étaient sales; les uns avançaient pieds nus, d'autres portaient sur eux des vêtements qui n'étaient plus que des guenilles. Ils marchaient tous le dos courbé, les épaules basses, comme si toute l'amertume et toute la misère humaines pesaient sur eux. Les routes et les chemins qui menaient au pénitencier de l'île des Pins, comme les allées de la prison elle-même avec leurs hautes clôtures de barbelés, étaient remplis d'interminables colonnes : ces hommes terminaient ainsi, épuisés, une journée de plus passée dans les marécages infestés de moustiques, dans les carrières, dans les plantations d'agrumes qu'ils engraissaient littéralement de leur sang. Notre gigantesque camp de concentration comptait alors plus de six mille prisonniers.

Quelques-uns avaient déjà gagné leur havre, l'intérieur de l'enceinte de leur circulaire. On entendait les cris des cabots chefs d'équipes, qui voulaient nous faire presser le pas. Mais nous étions si las, si mal nourris et comme écrasés sous une fatigue de plusieurs siècles. Nous pouvions seulement avancer lentement, à un pas qui était normal pour nous à la fin d'une dure journée. Tous les jours, c'était la même chose, mois après mois, année après année. Alors, les gardiens assenaient quelques coups de baïonnette ou de bâton sur ceux qui marchaient en tête, et pendant quelques secondes la file paraissait progresser un peu plus vite.

Les quatre équipes du bloc 26 avançaient pesamment le long de la route qui courait parallèlement à notre circulaire. Ces hommes las, exténués, se traînaient plus qu'ils ne marchaient. Ils n'avaient même plus la force de lever les jambes. Mais les gardiens voulaient en finir, presser le pas. La menace à la bouche, ils levaient de temps à autre leurs machettes et leurs baïonnettes. Les prisonniers faisaient un effort, mais insuffisant pour leurs gardes qui souhaitaient aller encore, toujours plus vite, et les coups de plat commencèrent à pleuvoir :

— Pressez-vous, enfants de pute ! entendait-on crier.

Bientôt, ils laissèrent libre cours à leur rancœur, à leur rage. De toutes leurs forces, ils abattaient leurs machettes et leurs baïonnettes sur les dos courbés, et chacun de ces chocs faisait un bruit sourd. Le désordre se mit dans la file quand les gardiens se mêlèrent aux détenus pour mieux les battre. Les hommes de tête firent un dernier effort surhumain pour avancer quand même plus vite, pour fuir. C'est alors qu'un prisonnier qu'un gardien frappait d'un coup de machette se redressa, leva les bras et les yeux au ciel en s'écriant : « Pardonne-leur, Seigneur, ils ne savent pas ce qu'ils font ! »

Pas un geste de douleur chez lui, pas un tremblement dans sa voix : était-ce bien sur son dos, sur sa chair déjà déchirée, que s'abattait une fois de plus la machette ? Les yeux clairs du « Frère de la Foi » étincelaient, et ses bras dressés demandaient au ciel pardon pour son bourreau et pour les nôtres. En cet instant, cet homme m'a paru plus grand que nature : c'était là un acte incroyable, merveilleux, surnaturel. En tombant de sa tête, son chapeau avait découvert ses cheveux blancs. Parmi tous ceux qui le connaissaient, peu nombreux étaient les détenus qui savaient son nom. Il jaillissait de lui une source inépuisable de foi, une foi qu'il réussissait à communiquer à ses compagnons dans les situations les plus difficiles, les plus désespérées : « Il faut avoir beaucoup de foi, mon frère... », répétait-il constamment, et chacun de ses pas laissait derrière lui un sillage d'optimisme et de paix.

Nous ne l'appelions pas Gerardo, mais « Frère de la Foi ». Prédicateur protestant, il avait consacré sa vie à propager la parole de Dieu. Mais il était lui-même un prêche vivant, le meilleur de tous. Quand il était arrivé à la prison de la Cabaña, des milliers de détenus étaient alors comprimés dans ces galeries dépourvues d'espace. On y dormait à même le sol, sous les lits déjà occupés, dans n'importe quel recoin. La peur et la mort hantaient nos nuits dans l'attente des exécutions. Nous ne savions jamais si nous allions revoir le compagnon qui prenait congé de nous pour se présenter devant le tribunal. C'était le temps où les balles des fusils défonçaient continuellement la poitrine des Cubains qui se dressaient contre une dictature athée et esclavagiste. Ces fossés centenaires résonnaient des cris suprêmes de ces braves : « A bas le communisme ! » ou : « Vive Cuba libre ! » Et dans ces moments terribles d'angoisse, notre Frère de la Foi expliquait au prisonnier qu'il était un être privilégié puisque Dieu l'appelait à Son côté. Il avait aidé de nombreux condamnés à affronter la mort avec courage et sérénité. Il allait et venait constamment de groupe en groupe, insufflant à tous sa foi, calmant l'inquiétude de nos âmes. Nombreux furent ceux qu'il aida, qu'il consola.

Tous les jours, à l'ouverture des galeries, il partait à la recherche des malades et, malgré leurs dénégations, il emportait avec lui leur linge sale. Et nous l'avons vu avec un morceau de sac de jute ou de plastique maintenu à la taille par un bout de corde, devant des montagnes de linge, courbant sa haute taille au-dessus des lavoirs, suant à grosses gouttes.

Il nous tirait de nos couchettes pour que nous participions au culte : « Lève-toi, rejeton de lion, le Seigneur t'appelle ! » Comment eût-on pu dire non au Frère de la Foi ? Si l'un de nous lui paraissait pensif, soucieux, il disait : « Ce soir je t'attends pour célébrer le culte... » Et il fallait bien y aller. Ses prêches étaient d'une beauté primitive, et il était doué d'un magnétisme extraordinaire. D'une chaire improvisée faite de vieilles caisses de morue recouvertes d'un drap, tenant à la main une simple croix de bois, le Frère de la Foi nous adressait d'une voix tonnante ses prêches quotidiens. Puis nous entonnions en chœur des hymnes de louanges qu'il recopiait sur du papier à cigarette pour les distribuer aux assistants. Il est arrivé bien des fois que des gardiens aient troublé ces instants de prière à coups de baïonnette et de crosse, mais sans jamais réussir à ébranler son calme.

Quand il était arrivé à l'île des Pins où les prisonniers étaient soumis au régime des travaux forcés, il avait organisé des lectures de la Bible et des chœurs religieux. La possession d'une Bible était un acte subversif. Il a toujours gardé sur lui — nous ne savions comment — une toute petite Bible dont il ne se séparait jamais. Si l'un de nous, fatigué ou malade, traînait derrière les autres ou ne parvenait pas à briser la quantité réglementaire de pierres, le Frère de la Foi surgissait. D'une minceur tout en muscles, il avait une résistance physique incroyable, et il complétait la tâche du prisonnier que nos bourreaux s'apprêtaient déjà à battre. Lorsqu'un de nos gardiens, en passant derrière lui, lui assenait un coup de plat de baïonnette, le Frère de la Foi se redressait comme mû par un ressort, fixait son regard dans les yeux de son assaillant pour lui dire : « Que le Seigneur te pardonne ! »

Nous étions plus de mille détenus dans notre circulaire : nous avons tous ressenti pour cet homme un grand amour et une grande admiration.

A cinq heures du matin, les équipes commençaient à sortir pour se rendre au travail. Avant cette heure, nous devions être rassemblés dans l'énorme cour centrale, un préau entouré de grilles. Parfois, quelques retardataires se trouvaient encore dans les étages. C'était pour la garnison l'occasion d'entrer à l'intérieur de la circulaire et de commencer à battre tous ceux qu'elle découvrait. Et là se dressait le Frère de la Foi. Il nous encourageait, adjurait les retardataires : « Ne tentez pas le diable, mes frères... » Pendant que nous faisions une queue interminable pour recevoir notre « petit déjeuner » — de l'eau tiède sucrée — le Frère de la Foi nous a souvent conté des histoires sacrées tirées de la Bible ; il arrivait aussi à nous faire rire avec ses appréciations personnelles, toujours originales, sur le péché et sur la conduite des hommes.

— N'oubliez pas que j'ai vécu dans le péché et que j'ai connu les tentations, nous disait-il.

Son plus grand souci était de nous empêcher de haïr : il revenait sur ce point dans presque tous ses prêches.

Mon bloc demeura affecté à la carrière où les gardiens devenaient de plus en plus brutaux. L'un d'eux avait l'habitude de parcourir à cheval l'ensemble des chantiers, le lançant parfois au galop pour frapper en passant un prisonnier qui, sous le choc du cheval et d'un coup de plat de machette, roulait à terre tandis que le cavalier s'éloignait en riant, fier de sa victoire.

Pendant la journée, notre circulaire demeurait vide. On eût dit alors une immense arène. Il m'est arrivé, pour un motif quelconque, d'y rester seul pendant que mes camarades s'éloignaient. J'en profitais pour me doucher à mon aise, puis pour étudier à la lumière du jour, collé à la fenêtre.

Pour lire le soir, je m'étais fabriqué une lampe minuscule, et je me procurais le combustible en volant l'essence des camions. Mes amis me disaient que j'allais perdre la vue à force de lire dans de mauvaises conditions, mais peu m'importait : j'ai réussi à me procurer un manuel de géologie, et je profitais de mon travail à la carrière pour ramasser quelques morceaux de roche que j'examinais à mes moments perdus. Parmi les marbres et les granits, on tombait parfois sur quelques particules d'or, mais surtout des pyrites de fer que l'on appelle l'or des sots. Quant à l'or véritable, il se présentait en quantités si infimes qu'il n'était pas exploitable. Toutefois, Campbell gardait dans une boîte à allumettes de tout petits grains d'or dont il pensait un jour faire un anneau qu'il offrirait à sa fiancée.

Nous partions pour la carrière à l'aurore et nous revenions à la nuit tombante, soit douze à quatorze heures de travail par jour. Notre nourriture s'était améliorée, mais n'atteignait pas le minimum indispensable aux hommes soumis à de durs travaux. A midi, elle nous venait des cuisines du pénitencier dans des poubelles galvanisées, celles qui servaient aux ordures. Elles avaient beau être neuves, elles n'étaient jamais lavées proprement, et les restes des repas précédents s'y incrustaient, si bien que la nourriture arrivait déjà fermentée aux blocs qui travaillaient à une heure ou plus de route, et les colonies de bactéries et de microbes étaient la cause de fréquents accès de diarrhée.

Un soir, la direction du pénitencier nous fit savoir que nous pourrions désormais recevoir les visites de nos familles dans le réfectoire sans être séparés d'elles par un double grillage. De plus, les visiteurs pourraient nous apporter désormais un paquet dit « d'aide familiale », composé d'aliments choisis par eux. Enfin les visites auraient lieu approximativement tous les quarante-cinq jours.

Ce fut dans notre circulaire une explosion extraordinaire de joie. Cela faisait des années que nous n'avions pas vu ceux que nous aimions, et cette possibilité allait également être pour nous une source d'illusions nouvelles.

J'ai pensé à mes parents, à ma sœur, à Martha, que je verrais enfin. Après des années de correspondance clandestine, nous étions devenus si proches l'un de l'autre que chacun de nous aspirait à cette rencontre tant espérée.

L'autorisation du paquet d'aide familiale avec des aliments choisis par la famille elle-même était une mesure intelligente de la part des autorités qui se servaient de nous comme esclaves : désormais, nos proches assumeraient ainsi une partie de notre alimentation ! Or, la pénurie régnait dans le pays où il fallait une carte de rationnement pour tous les articles de première nécessité. C'était donc imposer à nos familles un sacrifice supplémentaire. Compte tenu des quantités infimes d'aliments auxquels la carte de rationnement donnait droit, elles s'adresseraient au marché noir où régnaient des prix exorbitants, et elles encourraient ainsi le risque d'être enfermées pour « attentat contre l'économie populaire », une peine de trois à six ans de prison.

Des fouilles périodiques avaient lieu sur les routes dans les autocars et autres véhicules provenant des régions rurales : il suffisait d'avoir avec soi un ou deux kilos de viande pour être appréhendé, et s'il s'agissait d'un membre de la famille d'un détenu, le châtiment était encore pire. C'est ce qui advint au frère de Luis Zúñiga : on perquisitionna chez lui pour vérifier sa correspondance avec son frère prisonnier, et on découvrit une boîte de conserve de vingt saucissons. Le quota distribué officiellement — et ce n'était pas toujours le cas — était d'un saucisson par mois pour deux personnes ! Pour avoir le droit de détenir une boîte entière, il eût fallu qu'une famille de quarante personnes habitât au même endroit. Le frère de Zúñiga, accusé de vol, se justifia en faisant observer que la boîte était espagnole et que c'était un cadeau d'un de ses amis diplomates. Mais s'il n'y avait pas « vol », comme la police l'avait cru, il y avait « accaparement », délit prévu également par la loi révolutionnaire, ce qui permit aux autorités de le jeter en prison.

Les visites organisées par circulaire commencèrent. Enfin arriva le jour que nous attendions depuis plus de deux ans.

On nous a convoqués au réfectoire pour nous enregistrer. Plusieurs pelotons de gardiens nous attendaient. Il nous a fallu subir une fouille des plus vexatoires : nous avons dû nous mettre complètement nus pour qu'ils puissent examiner à part jusqu'à la moindre couture de nos vêtements. On nous a fait ouvrir la bouche, et si un prisonnier avait un dentier, il devait l'ôter. Et l'on a forcé certains d'entre nous à soulever leurs testicules : un gardien se courbait alors pour vérifier si le prisonnier n'avait pas dissimulé derrière eux un petit bout de papier.

C'était une obsession chez eux que cette crainte d'être dénoncés par écrit pour leurs brutalités, il leur fallait éviter tout ce qui pouvait avoir valeur de témoignage à l'étranger. Les détenus ne devaient rien avoir sur eux, sauf leurs vêtements et leur récipient en aluminium, pour rencontrer leurs proches.

Il était à peu près dix heures du matin quand apparurent sur la route nos premiers visiteurs. Dans une atmosphère dramatique, chargée d'une émotion intense, se déroulèrent ces retrouvailles. Nos embrassements étaient remplis d'angoisse, des larmes se mêlaient à notre joie pendant ces premiers instants tant attendus, tant espérés, depuis tant de temps.

Ma famille était là. Mon père fut le seul à laisser échapper une larme. Ma mère et ma sœur se montrèrent plus fortes et exprimèrent leur bonheur en me serrant toutes les deux, en même temps, dans leurs bras.

Il ne pouvait y avoir que trois visiteurs par famille, mais Martha était parvenue à entrer avec un couple ami. Sa présence allait être pour moi un événement inoubliable. Trois ans étaient passés depuis notre première rencontre. L'adolescente qui m'avait fait une telle impression s'était métamorphosée en une belle jeune fille de presque dix-huit ans. Elle avait grandi, elle était plus femme, embellie et plus élégante aussi.

Nous nous sommes d'abord regardés dans les yeux sans prononcer une parole, et je l'ai vue rougir. Depuis ce 5 septembre si lointain, nous savions que nous étions unis pour toujours. Les mots sont superflus quand les âmes communiquent, car tout est dit.

Notre entretien s'est déroulé comme si nos mains étaient jointes et que nous nous trouvions dans un univers merveilleux, créé par l'amour que nous ressentions et que nous partagions. Tout, autour de nous, avait disparu : les gens, le lieu. Il nous semblait être le premier couple d'amoureux du monde, sous un ciel dégagé, bleu, inondé d'une lumière qui ne nous manquerait jamais. Car nous avons continué à vivre sous ce ciel, laissant derrière nous cachots, verrous, angoisse et tristesse.

Mais le lendemain, je me suis trouvé de nouveau dans la carrière pour remarquer immédiatement une aggravation de la situation : à partir de cette visite, la nourriture allait se dégrader : bientôt, nous allions revenir au régime de l'eau graisseuse accompagnée de quelques pommes de terre pourries.

Un jour, le lieutenant Tarrau, toujours directeur du pénitencier, entra avec un groupe de personnages officiels pour inspecter le chantier où une machine taillait des blocs de pierre. C'était justement l'heure où nous recevions notre déjeuner. Prenant sa décision d'un seul coup, Cepero se dirigea avec ce qu'on venait de lui donner vers ces personnages importants. Il s'arrêta face à Tarrau et à tout le groupe, et tendit son assiette remplie d'eau grasse. Il y eut un moment de silence, d'attente. Nous pensions que les gardiens allaient se jeter sur lui, le rouer de coups, l'éloigner de force. Mais il n'y eut rien de tout cela.

La voix de Cepero s'éleva :

— Cette nourriture est insuffisante pour des hommes qui travaillent comme nous. Elle ne nous permet pas de survivre.

Le lieutenant Tarrau, impassible, regarda l'assiette, puis Cepero :

— Nous le savons, c'est pour cela que nous vous la donnons.

Tournant alors le dos, il recommença à s'adresser aux visiteurs officiels et à leur expliquer le fonctionnement de la machine qui fabriquait des blocs aux dimensions voulues.

Pas un jour ne passait sans qu'un prisonnier fût l'objet d'atroces sévices. Lito Riaño reçut ainsi cent coups de plat de baïonnette. Ce sont ses camarades témoins de ce supplice qui les ont comptés.

Le rocher avait usé les souliers qu'on m'avait donnés, et ils s'ouvrirent. J'avais accéléré le processus normal de vieillissement et d'usure en les frottant contre le mur de ma cellule pour les réduire plus rapidement en lambeaux : c'était un véritable travail, long et patient, de prisonnier. Un matin, je les ai montrés au chef de l'équipe. C'est ainsi que j'ai fait partie pendant quelques jours du groupe des détenus autorisés à rester sur place dans le circulaire, et par conséquent exempts de travail à la carrière.

J'ai tiré tout le profit possible de ces jours de repos : le silence presque absolu m'a permis de consacrer tout ce temps à mes études.

## CHAPITRE XXXI

# Le tout-à-l'égout

C'était le début des travaux forcés, et la direction n'avait pas encore pensé à nous faire travailler sans souliers. Du moins, c'est ce que je pensais ce matin-là quand on nous a fait descendre au rez-de-chaussée. Un petit groupe de malades, enveloppés dans leur couverture, grelottant de fièvre ou atteints d'asthme et respirant difficilement, durent néanmoins sortir en plein air et s'aligner hors du bâtiment. Lorsque le militaire qui commandait le circulaire avait fini de surveiller le départ de toutes les équipes, les malades recevaient habituellement l'ordre de rentrer. Et il en était de même pour ceux qui manquaient de souliers comme moi, ou de vêtements. Je profitais de ces moments d'attente pour suivre des yeux le cours de la planète Saturne, visible alors tous les matins. Le bloc 20, dont je faisais partie, sortait le dernier pour prendre le chemin des carrières.

Nous restions à près de quatre-vingts prisonniers, certains en caleçon seulement, d'autres en pantoufles et la majorité pieds nus. Nous savions que le magasin situé en face de nous n'avait encore reçu ni souliers ni vêtements. Quelques malades cédèrent alors leur place à des détenus qui portaient des souliers, car 2 % seulement de la population pénale avaient le droit d'être assez malades pour ne pas se rendre aux camps de travail : s'il y avait trente malades sur mille détenus, ils avaient à choisir eux-mêmes ceux qui pouvaient rester. Les autres, pour mal en point qu'ils fussent, devaient sortir, même en se traînant.

Ce jour-là, je me suis d'abord étonné qu'ils ne nous renvoient pas à l'intérieur, comme d'habitude. C'est alors qu'est arrivé un peloton de gardes avec, à sa tête, Juan Rivero, le préposé aux cellules disciplinaires. Il était de ces militaires auxquels les grades montent à la tête. Il devait arriver à être chef de bloc, puis responsable de l'ordre intérieur et enfin chef d'un camp de concentration.

Il resta un bon moment à nous regarder, puis une fois terminée son inspection, il appela avec un sourire railleur le chef de la circulaire et lui demanda la liste des malades qui étaient demeurés rassemblés en face de nous dans le petit chemin qui conduisait au poste de garde. Il examina la liste puis, de la tête, fit signe que les malades pouvaient rentrer.

Aussitôt survint un deuxième peloton dont les hommes étaient armés de baïonnettes à main. On nous ordonna de nous rassembler en colonne par deux. Dès cet instant, nous avons senti que l'atmosphère se chargeait d'une hostilité certaine. Sur ordre, nous nous sommes mis en marche vers la grande porte du pénitencier, flanqués des deux côtés par les gardes qui avaient tiré leurs baïonnettes et nous en menaçaient déjà en criant. Nous avons dépassé les petites maisons affectées aux militaires et les bâtiments administratifs, puis l'enceinte de barbelés et la porte principale. Nous avons pris tout de suite à droite, vers l'est. D'instant en instant, la violence augmentait. Plusieurs d'entre nous avaient déjà été frappés, et en tête de la colonne, les détenus devaient presser le pas, de plus en plus vite. La majorité d'entre nous peinait, pieds nus, le parcours devenait de plus en plus difficile, et les épines et les cailloux ne nous permettaient pas d'avancer aussi rapidement que nos gardiens chaussés de bottes.

Nous n'avions jamais travaillé dans cette partie de l'île qui nous était donc inconnue. A vrai dire, ce n'était pas tout à fait mon cas : pour préparer notre évasion, je l'avais étudiée de notre circulaire à la lunette d'approche. C'était là, je l'avais découvert, que se trouvait ce que nous appelions la « borne », une tranchée où débouchaient tous les conduits du tout-à-l'égout de la prison, non seulement les eaux de vidange des prisonniers, mais celles de l'ensemble des bâtiments administratifs, des demeures des militaires, des ateliers, de l'hôpital, de la caserne, etc., sans compter les excréments de neuf mille personnes. Quand j'avais étudié la possibilité de nous évader par le réseau d'égouts, j'avais obtenu des renseignements sur cette tranchée. En partant de la cour intérieure du circulaire, un homme pouvait ramper dans le tuyau d'évacuation, mais ce dernier se rétrécissait aussitôt et devenait impraticable. Les constructeurs de la prison avaient prévu qu'un détenu pouvait tenter un jour de s'échapper par là et ils avaient bâti leurs égouts en conséquence.

Nous nous dirigions vers la tranchée, mais je ne pensais pas un instant que c'était là le but de cette étrange randonnée.

Un petit sentier de terre rouge s'ouvrait près d'un bouquet d'arbres ; un autre peloton de gardes armés de fusils, baïonnette au canon, nous apparut brusquement pour se joindre à celui qui nous accompagnait déjà. Cela devenait inquiétant. Les bourrades et les coups continuaient à pleuvoir sur nous. Le lieutenant Juan Rivero marchait en tête avec deux sergents et un militaire sans casquette, mais la qualité de son uniforme nous avait avertis : il s'agissait d'un officier de la Police politique.

Une angoisse insurmontable montait peu à peu en moi, j'étais désormais certain que cette marche allait se terminer très mal. Il n'était pas seulement question de nous faire travailler pieds nus ; cette mobilisation inhabituelle devait dissimuler quelque chose. Comme les chiens de Pavlov, les prisonniers savent comment réagir aux stimulations qu'ils connaissent. Une perquisition était certes terrible, mais nous savions d'avance ce qu'elle était, ce qui pouvait nous arriver individuellement, nous pouvions prévoir ses conséquences. On nous donnerait des coups dans l'escalier, quand nous sortirions du bâtiment, quand nous y rentrerions, et nous nous apprêtions alors à affronter l'orage qui nous menaçait. Mais notre troupe de va-nu-pieds ignorait tout de ce que nos bourreaux avaient imaginé. L'incertitude, une interrogation permanente, s'accompagnent chez un prisonnier d'une angoisse accrue car il prend conscience de son impuissance, du fait qu'il est soumis à la volonté d'hommes qui n'ont aucune considération pour leurs semblables. Dans une dictature, quel que soit son type, les gardiens sont formés par des éléments provenant de la lie des forces répressives, par des brutes dépourvues d'intelligence et d'âme. Et tous ceux qui faisaient partie de notre colonne et qui avançaient à force de coups et de bourrades se faisaient le même raisonnement que moi : il nous était interdit de parler, mais nous savions que nous étions tous en proie à la même appréhension de ce qui nous attendait et dont nous ignorions tout. Beaucoup avaient déjà les pieds en sang, mais qu'importait à nos gardiens ! Une bourrade relançait en avant quiconque ralentissait l'allure.

Nous avons franchi un ruisseau pour nous engager sur un sol rocheux d'où s'élevaient des pins qui bruissaient au-dessus et autour de nous. Çà et là des plaques de rochers affleuraient, pleines des arêtes coupantes que forment des millions de capsules calcaires de foraminifères, ceux que nous appelons « dents de chien » à Cuba. Nous faisions notre possible pour les éviter, mais ces roches étaient de plus en plus nombreuses, et bientôt il nous a été presque impossible de trouver un espace libre. Et c'est ainsi que nous sommes arrivés à une clôture de fils de fer barbelés.

Ce fut le vrai début de nos épreuves.

Les premiers arrivés ont voulu la franchir en écartant simplement les fils de fer pour passer entre eux. Ils en furent empêchés par une avalanche de coups : il fallait sauter par-dessus ! Mais sauter, c'était retomber de l'autre côté les pieds nus sur les roches aux arêtes coupantes. C'était nous blesser cruellement la plante des pieds.

L'un de nous retomba de l'autre côté, mais la souffrance causée par une arête enfoncée dans sa chair lui fit plier les genoux. Quand il se releva, ses genoux étaient sanglants comme ses pieds. Tout prisonnier qui tombait devenait la cible des insultes de nos gardiens qui brandissaient leurs baïonnettes et lui ordonnaient de se relever et de courir. Quand j'ai sauté, j'ai pris appui sur un poteau de la clôture tant pour m'élever en l'air que pour amortir mon contact avec le sol. Mais je n'avais pas calculé que je resterais ainsi très près des barbelés. De plus, ma cheville droite affaiblie par les conséquences de ma chute lors de notre évasion me fit brusquement défaut, mon genou gauche suivit le mouvement et, tournant sur moi-même, je me suis retrouvé projeté contre les barbelés. Ce fut dans mon genou que les pointes pénétrèrent, déchirant mon pantalon et ma chair. Je devais porter toute ma vie les cicatrices de ces blessures. Aussitôt, les gardiens m'obligèrent à courir comme les autres qui tous devaient être aussi terrorisés que moi. Cette terreur, mille idées folles la renforçaient sans cesse : j'ai cru qu'ils allaient nous mitrailler sur place. Comme nous étions en dehors du cordon de sécurité et loin de la prison, ils pourraient prétendre que nous nous étions tous mis à courir pour fuir. Mon pantalon était déjà imbibé du sang qui coulait de mon genou.

Et devant nous, nous avons vu enfin la tranchée à l'air libre du tout-à-l'égout. Elle était remplie d'une fange noirâtre où flottaient des îlots d'excréments avec, au-dessus d'eux, des nuages compacts de mouches vertes. La puanteur caractéristique et les miasmes écœurants des eaux d'égout remplissaient l'atmosphère.

A un ordre de l'officier de la Police politique, les cabots se sont alors occupés de nous. A force de bousculades, en se servant aussi de leurs fusils, ils nous ont obligés à descendre pêle-mêle dans ce fossé immonde. Poussé de face par un gardien, je suis tombé à la renverse si bien que ma bouche et mes yeux se sont emplis de ce liquide nauséabond. A sa partie la plus large, la tranchée mesurait six à huit mètres. Le prétexte de cette torture était de nettoyer le fond de cette canalisation à ciel ouvert pour éviter qu'elle ne s'obstrue. A certains endroits, selon notre taille, nous nous enfoncions dans ce magma puant jusqu'à la poitrine ou jusqu'au menton, mais le fond était si irrégulier et les trous tellement abrupts qu'il suffisait d'un faux pas pour être totalement submergé dans ces immondices. Il nous fallait absolument retirer dans nos mains quelque chose du fond, une pierre, des ordures, n'importe quoi fût-ce un peu de boue, et le déposer au bord de la tranchée, ce qui offrait à nos gardiens l'occasion de recommencer à nous frapper à coups de plat de baïonnette. Nous nous efforcions de tenir la tête et le haut du torse hors de cette bouillie noire, aussi était-ce notre visage et notre cou et nos épaules que nous exposions aux coups, et je voyais le sang couler des blessures et des entailles de nombre de mes compagnons.

C'était un spectacle indescriptible. Si l'un de nous ne plongeait pas suffisamment bas, nos bourreaux le ramenaient à la rive pour mieux le battre. Tant que nous nous tenions au milieu de la tranchée, les coups de baïonnette ne nous atteignaient que difficilement. Aussi certains de nos gardes sont-ils allés chercher des bâtons. D'autres, désireux de participer joyeusement à la répression, nous lapidaient avec des pierres. Nous avons soudain reçu l'ordre d'avancer vers l'endroit où la tranchée se rétrécissait, là où précisément une couche d'excréments recouvrait presque toute la surface, bloquant l'eau qui ne s'écoulait plus que par un canal exigu. Pour avancer, il fallait se frayer un chemin entre les tas de déjections. Chaque fois que nous nous baissions, nous écartions les excréments de nos mains pour dégager un endroit où mettre la tête. Nos cheveux étaient gluants de matière fécale ; nos oreilles, les blessures de nos pieds et celles causées par les baïonnettes, allaient être autant de foyers d'infection et de contamination. Dans leur ivresse morbide, nos gardes se réjouissaient ouvertement des tortures qu'ils nous infligeaient, ils éprouvaient un plaisir manifeste à nous voir plonger la tête dans cette pourriture. Ils ne laissaient pas passer une occasion de nous harceler de la pointe de leurs baïonnettes, de nous enfoncer la tête sous l'eau d'un coup de botte. L'angoisse me tenaillait ; je me suis dit pourtant que rien de pire ne pouvait plus m'arriver, et j'ai prié Dieu de me donner la force de résister. J'avais été frappé plusieurs fois, moi aussi, et mes blessures au genou, irritées par les immondices, me brûlaient.

Nous étions si noirs qu'à quelques mètres de distance nous ne reconnaissions pas un de nos amis. On aurait pu croire qu'on nous avait plongés dans un récipient plein d'encre.

Vers midi, on nous a permis de sortir de la tranchée. J'ai eu l'impression que nous avions surmonté cette épreuve, ce supplice barbare. Nous nous sommes regardés en silence : nous étions là, une petite troupe d'hommes pitoyables, méconnaissables, couverts d'immondices. Le soleil chauffait dur, séchant nos cheveux et nos vêtements pleins d'excréments. Entre-temps, nos gardiens se reposaient. Nous, nous étions en rang, debout, sous le soleil.

Juan Rivero et l'officier de la Police politique se promenaient autour de nous, contemplant leur œuvre avec une satisfaction évidente. Puis il a fallu nous remettre en marche, et nous sommes repartis, les uns en boitant, les autres s'appuyant contre leurs camarades. Rien de tout cela ne me paraissait réel, c'était comme une vision surréaliste, inconcevable. J'avais la gorge desséchée de soif. Quand je me rappelais le bouillonnement du liquide infect que j'avais avalé, l'envie de vomir me prenait et j'avais le désir insensé d'arriver à la circulaire pour me laver, pour apaiser ma soif. Nous étions exténués, presque à la limite de notre résistance physique. Mais je me suis aperçu que nous ne prenions pas le chemin du pénitencier et que nous nous en éloignions au contraire en allant vers la côte. Nous nous sommes arrêtés devant un puits pour prendre de l'eau. D'abord les militaires se sont servis, puis nous avons eu l'autorisation de nous approcher du puits pour boire. Or, malgré la soif qui nous torturait, il s'est passé quelque chose d'extraordinaire : aucun de nous n'a bougé. C'était une réaction totalement spontanée de refus et de mépris. Les gardes ont eu beau insister et même nous apporter un récipient de plusieurs litres d'eau, mais en vain. Pensant alors qu'il pouvait profiter de notre épuisement et de la faim accumulée depuis des mois et des mois pour nous humilier encore davantage, Juan Rivero déclara qu'il allait nous faire apporter notre déjeuner pour que nous le mangions tels que nous étions. Alors, la voix d'un détenu s'éleva :

— Juan Rivero, à bas le communisme !

Il n'avait pas terminé de crier que tous les gardiens se précipitaient sur nous pour nous frapper avec tout l'acharnement possible avant de nous faire repartir au pas accéléré vers une lagune où aboutissait la tranchée du tout-à-l'égout. Ce fut une étape d'une brutalité indescriptible. Nos jambes engourdies par la fatigue et par les heures passées dans une fange ignoble ne nous obéissaient plus. Tomber, c'était devoir se relever sous des coups assenés avec une sauvagerie inouïe. Nous sommes enfin arrivés, en nous traînant presque et après des efforts incroyables, sur la rive de la lagune. Elle n'était plus depuis longtemps qu'un gigantesque marécage d'excréments : le fond parfaitement drainé absorbait l'eau pour ne laisser sur place qu'un dépôt nauséabond de matières fécales. Et il ne s'agissait pas seulement de déjections humaines, mais de celles des cinq cents porcs d'une porcherie voisine dont la puanteur était insupportable. On voyait surnager des amas de coton tachés de sang, les serviettes hygiéniques des femmes des gardiens et des militaires du pénitencier, les compresses et les bandages de l'hôpital, et toutes les immondices possibles. Et des essaims innombrables de mouches recouvraient ce spectacle pétrifiant dans un bourdonnement incessant.

Mario Morfi était l'un de nos compagnons les plus brutalisés ce jour-là. Les bourreaux s'étaient acharnés sur lui, et Juan Rivero lui-même avait plusieurs fois donné l'ordre de le battre sans pitié. Quand il nous a fallu entrer dans ce dépôt de déjections après déjà tant d'heures de souffrances passées dans la tranchée, ses jambes contractées par des crampes atroces ne le portèrent plus. On le vit s'enfoncer lentement dans cette bouillie d'excréments, criant de douleur, implorant ses compagnons pour qu'ils accourent à son secours. Mais les gardiens sont intervenus, éloignant à force de coups les plus proches de lui. Enragés, ils hurlaient qu'il fallait le laisser s'en tirer seul, ils l'accusaient de jouer la comédie pour qu'on le ramène sur la rive.

Parmi toutes les scènes dramatiques dont je me souviens, en est-il une plus horrible ? Je me trouvais à une quinzaine de mètres de Morfi. Nous le regardions, comme hypnotisés, s'enfoncer lentement. Nous entendions le claquement sec des culasses, car nos bourreaux armaient leurs fusils, menaçant de tirer sur tous ceux qui tenteraient de sauver le malheureux. Et il continuait à disparaître peu à peu, d'abord jusqu'aux épaules, puis jusqu'au menton, puis jusqu'au nez. Alors, sans penser au danger, ses compagnons les plus proches se précipitèrent pour porter secours à l'homme qu'on tuait devant eux. Morfi avait déjà perdu connaissance, et seule la partie supérieure de son crâne était encore visible quand Calimano et Kelo, suivis de plusieurs autres, parvinrent à le soulever. Et les gardes n'ont pas tiré, mais pas, comme on pourrait le croire, touchés par un reste de sentiment humain puisqu'ils n'ont pas cessé un instant d'assommer de coups tous les sauveteurs qui arrivaient à leur portée et qui n'en ont pas moins tiré Morfi jusque sur la rive. En dépit des ordres, ils l'ont allongé près d'un camarade dont la jambe s'était ouverte jusqu'à l'os sous les coups assenés par un gardien au corps squelettique que nous appelions « Mosquito » (« Moustique »). Morfi commençait à revenir lentement à lui, mais il n'avait pas encore complètement récupéré quand les gardiens le balancèrent dans le camion qui avait apporté leur repas à nos tortionnaires. L'un de nous, Franco Mira, fait prisonnier à la baie des Cochons et qui devait mourir peu après en prison, obtint enfin l'autorisation d'accompagner les blessés au cas où ils auraient besoin de soins pendant le trajet de retour au circulaire. Mais comme il allait donner un peu d'eau à Morfi, nous avons vu un garde renverser brutalement le récipient en criant :

— Laisse donc crever cet enfant de pute ! Ça fera un peu moins de travail pour nous !

Nous sommes restés encore quelque deux heures à nous débattre dans ce marais de déjections avant de repartir pour la circulaire, à pied. Jamais un trajet ne m'a paru aussi long, aussi pénible. Jamais je n'ai désiré autant me retrouver à l'intérieur du pénitencier, pour dure qu'y fût la vie. Je n'avais qu'une idée en tête : me laver, désinfecter mes blessures : je savais le danger, la menace que peuvent provoquer les eaux d'égout et le contact des excréments : il nous serait impossible d'éviter toute contamination.

L'après-midi touchait à sa fin. Dans nos blessures béantes, dans nos oreilles, dans nos cheveux et nos poils, sur notre visage et sur notre corps, nous sentions sécher notre carapace de merde. Nous allions payer cher ces deux bains dans le tout-à-l'égout par toute une série d'infections aux yeux, de cas d'hépatites et de troubles digestifs. Morfi, dont les yeux avaient baigné longuement dans les déjections, allait souffrir d'une conjonctivite aiguë. Il devait aussi garder de cette aventure une perforation d'un tympan et de graves pertes d'équilibre dues aux lésions de ses deux oreilles internes.

Quand le camion des blessés arriva au circulaire, personne, au début, ne reconnut les trois hommes : tous les détenus présents durent s'approcher d'eux pour scruter leur visage recouvert d'une croûte noire. Et noirs aussi étaient leurs cheveux et leurs vêtements. Ils furent baignés, soignés avec tendresse par tous, et ils purent alors raconter leur histoire.

Nous étions partis depuis douze heures, et personne ne savait encore ce qui nous était arrivé. En un instant, toute la circulaire fut au courant : tous les passages extérieurs se sont alors remplis de détenus à l'attente : tous les prisonniers voulaient assister à notre retour. Quand notre petite troupe d'hommes méconnaissables, épuisés, traînant les pieds dans la poussière, a enfin fait son entrée dans la cour de notre circulaire, tous nos compagnons, d'une seule voix, ont entonné l'hymne national cubain. Nous étions environ quatre-vingts, et une partie d'entre nous n'avaient pas encore passé la grille d'entrée, si bien que nos gardiens, surpris et remplis de rage pour l'accueil que recevaient leurs victimes, ont pu prendre congé de nous en nous assenant une dernière volée de coups. J'étais l'un des derniers, et la pointe d'une baïonnette m'a blessé le poignet gauche alors que j'essayais de parer ce coup au corps.

Chanter l'hymne national méritait des représailles : ils ont immédiatement coupé l'eau pour la rouvrir le lendemain seulement, et nous n'avons donc pas pu satisfaire le seul désir que nous avions : nous laver.

Deux jours après, un camion venu de l'extérieur nous a apporté des souliers qu'on a aussitôt distribués à ceux qui n'en avaient pas. Pour les vêtements de travail, l'administration pénitentiaire avait établi un système de fiches où devait être consigné, avec la date, le détail des vêtements qu'on nous donnait. Ce système avait déjà été appliqué à un autre circulaire, et nous avons constaté qu'une partie des bottes et des vêtements marqués sur les fiches comme distribués aux prisonniers ne leur étaient jamais parvenus.

Aussi avons-nous refusé de signer ces fiches quand on nous les a présentées. Le premier à oser le faire fut Rolando de Vera. Les gardiens le firent descendre dans la cave pour le frapper à loisir, mais il ne céda point. Et il en fut de même avec quatre ou cinq autres détenus. Dès lors, nos gardiens n'insistèrent plus. Mais de toute façon les autorités de La Havane devaient découvrir quelques années plus tard que les cabots chargés de commander les équipes de travail avaient signé les fiches à notre place, volant ainsi des milliers d'articles — bottes, couvertures et vêtements — pour lesquels la population était rationnée et qui atteignaient au marché noir des prix astronomiques.

J'avais repris le chemin de la carrière. Un jour, alors que je cassais des pierres, j'ai été pris d'un grand frisson qui ne cessa plus. Le soleil était pourtant brûlant, mais j'avais froid partout et je ruisselais en même temps de sueur. Et les jours suivants, entre plusieurs accès de frissons semblables, je devais ressentir une fatigue incoercible, telle que je pouvais à peine marcher.

Je ne le savais pas mais, lors de notre randonnée dans le tout-à-l'égout, les piqûres des moustiques m'avaient inoculé le paludisme. Des détenus médecins devaient enfin découvrir que j'avais la rate extrêmement enflée. Ce symptôme et la périodicité des fièvres leur confirmèrent que j'étais vraiment malade du paludisme. Le médecin militaire m'accepta à l'hôpital. Mais l'on y manquait de quinine. Heureusement, l'un des détenus, Alcides Martínez, avait sur lui des cachets contre le paludisme, si bien que j'ai pu commencer à me soigner.

Quelques jours plus tard, je sortais de l'hôpital, mais pour être transféré à la circulaire 2. En arrivant, j'ai demandé à voir Olver Obregón, mon compagnon de combat, et c'est alors que j'ai appris que, par le plus grand des hasards, le détenu qui partageait sa cellule venait de déménager et que sa place était libre. C'était le 84 du quatrième étage. Quelle ne fut pas la surprise d'Olver en me retrouvant installé chez lui !

Ce transfert allait me permettre de renouer avec de vieux amis : Oscar Fernández, Celestino Méndez, et beaucoup d'autres.

Le lendemain, j'ai été incorporé au bloc 16, puis affecté à la pose de clôtures faites de plusieurs rangées de fils de fer. Il s'agissait de diviser une propriété agricole en plusieurs enclos carrés pour y appliquer le système de culture intensive qu'un Français, Voisin, avait recommandé à Castro.

Le travail de notre bloc se déroulait toujours de la même façon : d'abord, mettre en place les gros pieux qui formeraient l'armature de la clôture. Puis venaient les équipes qui creusaient les trous où d'autres planteraient ces pieux. Chaque équipe comptait deux hommes : l'un, à l'aide d'une lourde barre de fer, défonçait le sol que son compagnon, armé d'une petite excavatrice à main, rejetait au loin.

En arrivant, chaque équipe de deux hommes prenait ses outils. Toutes se mettaient ensuite sur une seule rangée pour commencer à travailler ensemble, sans se hâter, en traînant au contraire le plus possible.

Par exemple, personne ne pouvait commencer à creuser un second trou avant que le dernier trou de la file fût terminé.

La résistance passive des détenus, parfaitement organisée, ne cessait pas un instant. Lorsque nous mettions vraiment trop de temps pour achever de creuser un trou à la profondeur voulue, le cabot commençait à s'énerver, puis à nous menacer. Les menaces pouvaient se transformer en une volée de coups de plat de baïonnette qui s'abattaient tout à fait au hasard, sur les épaules des uns et des autres.

A la brigade chargée des creusements de trous succédait celle des planteurs de pieux. Un camion les déchargeait à un endroit donné, et une équipe de prisonniers les plaçait chacun dans un trou.

C'était au tour de la brigade de Yuyo Panettelli et de Pepe Gómez d'entrer en action : il s'agissait pour eux de bien aligner les pieux et de consolider leur assise. Ils apportaient alors, autour de chaque pieu, de la terre et des cailloux qu'ils tassaient pour assurer la solidité de l'ensemble. Mais il fallait que les pieux fussent enfoncés à la même profondeur pour être tous à la même hauteur. Enfin, il fallait vérifier leur alignement : Yuyo grimpait sur le fil de fer qui reliait deux pieux, se faisait une visière d'une main sous prétexte de se protéger les yeux comme un marin qui scruterait l'horizon. Il portait comme nous tous un grand chapeau fait de palmes et des lunettes dont il ne se séparait jamais, aux verres de couleur verdâtre, et l'ensemble lui donnait un aspect fort singulier.

Si un étranger les avait vus tous les deux, lui et Pepe Gómez, en train de se crier : « Un peu plus à gauche... maintenant c'est le pieu suivant qui ressort à droite... » et ainsi de suite, il se serait dit que ces détenus faisaient vraiment preuve de beaucoup de conscience dans leur travail. Mais il n'en était rien : il suffirait de quelques mois de pluie, et toutes ces clôtures s'effondreraient sans cause apparente...

Pour le premier anniversaire de l'assassinat d'Ernesto Díaz Madruga, tous les détenus se sont mis d'accord : nous avons décidé de nous rendre tête nue aux camps de travaux forcés, en signe de deuil.

Cette démonstration silencieuse fut impressionnante. Le spectacle de ces légions d'hommes levant leur tête nue en un hommage muet à la mémoire de notre frère assassiné devait désormais se répéter au lendemain de chaque nouveau meurtre. Nos gardiens apprirent bientôt le sens véritable de cette manifestation, mais ils ne purent jamais l'empêcher. Furieux, ils se vengeaient de leur impuissance en s'acharnant encore plus sur nous pendant que nous peinions dans nos camps de travaux forcés, et en prolongeant de deux ou trois heures notre temps normal de corvées quotidiennes.

## CHAPITRE XXXII

# Un commissaire politique pas comme les autres...

La violence des gardiens et des soldats de la garnison que commandait le capitaine Morejón se soldait tous les jours, dans chacune des quatre circulaires, par des dizaines de blessés.

Les perquisitions se succédaient constamment dans le seul but de nous terroriser. Un cabot, du nom d'Almanza, énucléa un jour de la pointe de sa baïonnette l'un des yeux de Domingo Fernández. Marcané, qui comptait parmi les gardiens les plus hargneux et les plus agressifs, rompit finalement sa baïonnette sur le dos de Rafael Márquez ; il s'excita tellement en frappant qu'il n'arrivait plus à s'arrêter.

Ricardo Vásquez et Israel Abreu — ce dernier avait été mon collègue et ami au ministère des Communications — décidèrent un jour de refuser tout travail et d'entreprendre une grève de la faim. Tous deux furent battus cruellement plusieurs jours de suite.

Un matin, en sortant de la circulaire et alors que nous attendions le dénombrement quotidien, le cabot que nous appelions La Maldad (« La Vacherie ») se mit à frapper Eulogio Cantero. De tous les bâtiments, des voix s'élevèrent, criant que c'en était assez ! La clameur générale rendit le gardien fou furieux, et il continua à s'acharner sur sa victime qui ne bronchait pas, tandis que La Maldad s'agitait et hurlait comme un insensé. Nous avons été des centaines de détenus à compter les coups de plat de baïonnette : cent douze selon les uns, cent vingt selon d'autres.

Le même jour, le cabot dit Escambray, chef du bloc 6, était venu chercher ses prisonniers plus tôt que d'habitude. Tous avaient pu voir qu'il était de mauvaise humeur. En arrivant au camp de travail éloigné de tout village et de toute habitation, il eut une inspiration : il ordonna aux prisonniers qu'entourait un cercle de gardiens armés de baïonnettes de se déshabiller complètement.

Et les détenus de son bloc durent ainsi travailler nus du matin au soir.

« Il y a quelque chose qui ne va pas », devaient se dire les autorités supérieures. La vérité est qu'elles refusaient de comprendre qu'un être humain est quelque chose de plus qu'une machine. Ces gens ne concevaient pas pourquoi les centaines de prisonniers qui, quelque temps auparavant, avaient demandé à suivre les cours de Réhabilitation Politique, refusaient d'y assister depuis que la direction avait institué des travaux forcés qu'aggravait une recrudescence de la répression et des tortures. La conclusion qu'ils tiraient de leur échec était absurde : d'après eux, il fallait nous faire subir encore plus de répression, nous soumettre à une terreur accrue. Tous les détenus, désespérés, accepteraient alors en masse la réhabilitation qu'on leur offrirait. Evidemment, ils ne réussissaient qu'à nous raidir dans notre résistance, dans une attitude toujours plus radicale de refus et de mépris envers un ennemi aussi impitoyable, aussi inhumain.

Un commissaire politique accompagnait chaque bloc dans ses sorties. Un jour, un nouveau venu remplaça le nôtre : il sortait tout droit du dernier concours du ministère de l'Intérieur, qu'il avait passé avec succès.

Leonel Urquiza, c'était son nom, était très jeune, vingt-trois ans, et son allure tranchait avec celle des commissaires précédents. Elevé au sein d'une famille bourgeoise, il était passé par l'université, et il se montra d'emblée désireux d'apprendre. Il voulait spécialement nous connaître, nous, les prisonniers politiques qui représentions, d'après ce qu'on lui avait dit, la lie de la société, la pègre la plus abominable.

Les cours qu'il avait suivis au ministère de l'Intérieur l'avaient prévenu contre nous : les prisonniers politiques étaient des assassins inhumains, vicieux, des exploiteurs capitalistes, des proxénètes et, cela va sans dire, des agents de la C.I.A. yankee.

Tout comme en Russie soviétique pendant les premières années de la révolution bolchevique, le commissaire politique détenait une autorité suprême, et les militaires devaient se conformer à ses décisions et à ses consignes. La première chose que fit le nôtre fut de monter en camion avec nous, fait sans précédent. En effet, les commissaires se déplaçaient toujours avec les gardiens et les soldats de la garnison.

Cela n'était jamais arrivé, et la situation a d'abord été

embarrassante pour nous : nous avions l'habitude de bavarder librement pendant ces transports, de commenter les nouvelles, ce qui était impossible devant lui. Notre premier réflexe a été de protéger l'intimité de notre groupe. Il l'a certainement senti, mais sans réagir à notre silence.

A l'heure du déjeuner, le commissaire partageait traditionnellement le repas des soldats. Celui-ci se joignit à nous. J'appartenais alors à un petit groupe dont faisaient aussi partie Celestino, Carlos Bétancourt, journaliste combatif et très dynamique, le Dr Suárez Mata qui devait mourir peu après faute d'assistance médicale, et Buria, l'un des pilotes. Nous déjeunions toujours ensemble, à l'ombre d'un arbre quand il y en avait un, pour nous protéger d'un soleil torride.

Le nouveau commissaire nous demanda l'autorisation de s'asseoir avec nous, et il le fit dès lors tous les jours. Ce jeune homme était passionné de culture, de philosophie et d'art. Nous avions adopté une attitude qui consistait à ne pas attaquer le régime de front ni de façon virulente, mais à lui montrer en premier lieu que nous n'avions rien de commun avec le portrait qu'on lui avait dressé de nous. Plus tard, il devait nous avouer quelle avait été sa surprise :

— On m'avait dit, avant que je vienne ici, que j'y rencontrerais des criminels, des drogués, des hommes sans foi ni loi, dépourvus d'idéal. Mais cela n'a pas été le cas. Ce que j'ai vu, c'étaient des révolutionnaires qui avaient concouru à la victoire de la révolution, des étudiants, des hommes des professions libérales, des paysans... Vous autres, vous n'êtes pas ce qu'on m'a dit.

Cette déclaration impliquait bien des choses : il s'était rendu compte qu'on l'avait trompé. Dès lors, par cette première brèche, nous avons pu lui faire constater d'autres tromperies.

Pendant les brèves minutes dont nous disposions pour déjeuner, le Dr Suárez Mata abordait souvent des thèmes philosophiques et historiques, que notre commissaire politique écoutait attentivement, avec passion. C'est ainsi qu'il a découvert des idées interdites dans la société qu'il défendait. Il avait toujours sur lui l'organe officiel du parti communiste de Cuba, le périodique *Granma ;* il s'en servait pour nous demander d'exposer notre point de vue. Nous lui montrions que ce journal n'avait pas pour but d'informer, mais d'endoctriner. La nuit, il écoutait les nouvelles des radios étrangères, et il nous en parlait le lendemain. Par les récepteurs clandestins dont nous disposions dans nos circulaires, nous pouvions vérifier que ses informations étaient exactes, et non un piège de la Police politique.

Ce garçon éprouvait pour nous une sympathie manifeste. Il nous recherchait visiblement, il aimait nous parler, nous interroger. Nous l'avions prévenu qu'il devait faire preuve de prudence et surveiller ce qu'il disait devant ses collègues.

Il était chargé de distribuer le courrier, ce qu'il faisait sur notre lieu de travail. Comme témoignage de son respect envers notre groupe, il n'a jamais décacheté notre correspondance, et il m'a même offert de poster mes lettres hors du pénitencier, ce qui était une faveur toute particulière. Cependant, il continuait à se heurter à l'hostilité de nombreux prisonniers parmi les deux cents que comptait notre bloc. Pour des raisons évidentes de sécurité, nous ne pouvions divulguer nos rapports avec lui.

Il nous est arrivé de profiter de l'autorité suprême qu'il détenait pour tout ce qui concernait notre bloc. Quand nous avions vent d'une situation critique ou de quelque menace d'agression, nous l'informions secrètement de ce qui se tramait peut-être : par exemple, quand les chefs d'une équipe éloignaient un prisonnier des autres, nous savions qu'il pouvait être torturé. Généralement, les commissaires politiques faisaient semblant d'être pacifiques et humains mais, dans de nombreux cas, ils dénonçaient eux-mêmes les détenus pour les faire rosser par les gardiens. C'est ce qui advint à Paco Almoina : un commissaire qui le détestait ordonna lui-même de le battre pour opposition au travail forcé.

Un jour, on assigna à notre bloc un travail dans un endroit proche de la côte et qu'on venait de défricher : nous devions y semer une herbe fourragère du nom de *pangola* sur des centaines d'hectares de sable fin et blanchâtre. Les camions ne pouvaient y parvenir, et il nous a fallu utiliser les tranchées récemment ouvertes par les bulldozers. Notre tâche consistait à éparpiller les liasses d'herbes qui servaient de semence. On devait en recouvrir tout le terrain. Puis un tracteur retournerait le sol pour enfouir ces semailles.

Soudain, des nuages ont obscurci le ciel. Ils s'élevaient à l'horizon sous la forme d'énormes cumulus ; la turbulence des courants aériens les tordaient sur eux-mêmes dans leur course à tel point qu'on eût dit un gigantesque bouillonnement. Et ce fut la pluie, une averse impétueuse, torrentielle. Trempés jusqu'aux os, nous nous tenions serrés les uns contre les autres avec, autour de nous, le cordon habituel des gardiens. Il a plu ainsi pendant deux heures.

Le camion qui devait nous apporter notre déjeuner a été bloqué par l'écroulement d'un pont, emporté par les flots démesurément gonflés d'une rivière. Vers quatre heures de l'après-midi, nous avons pris le chemin du retour sans rien dans l'estomac et avec nos vêtements toujours mouillés. De grandes mares d'eau stagnante recouvraient les bas-côtés de la route. Des tracteurs s'y étaient enlisés, enfoncés dans une vase grise. Nous avancions en barbotant dans l'eau qui nous montait jusqu'à mi-jambe ; nos gardiens avaient choisi la partie la meilleure de la route, là où s'était accumulée la terre meuble déplacée par les socs des niveleuses.

Leonel, notre commissaire politique, avançait avec nous. Je me rappelle que j'avais cueilli quelques brins de muguet sylvestre, et je les avais cachés dans la poche de ma chemise pour tenter de les introduire dans la circulaire. Notre épuisement, le fait d'être trempés des pieds à la tête, n'avaient affaibli en rien notre moral de prisonniers, et nous nous sommes mis peu à peu à fredonner, avec enthousiasme, l'hymne des libérateurs de la baie des Cochons. Plus nous chantions, et plus nous nous sentions pleins de vigueur, comme rénovés, et plus nous marchions vite. Bientôt, pour demeurer à notre hauteur, nos gardiens durent presser le pas. Cela dura peut-être cinq minutes jusqu'à ce que le cabot Richard, le chef du bloc, se précipite en tête de notre colonne en criant :

— Halte... ! Halte... !

Ainsi, nos gardiens n'arrivaient plus à nous suivre... !

Or, nous comptions parmi nous beaucoup d'hommes mûrs aux mèches de cheveux déjà grisonnantes, et nous étions depuis longtemps épuisés par les travaux forcés, mal nourris, et nous avions faim, mais il y avait en nous cette énergie et cette force qui naissent du plus profond de l'être et qui n'ont rien de commun avec les calories qu'on peut absorber. Leonel, notre nouveau commissaire, ne put dissimuler son admiration ni s'empêcher de me demander :

— Mais d'où tirez-vous donc cette résistance ? Quelle est cette force qui vous soutient ?

— Nous la tirons de la seule source de force qui soit inépuisable, celle dont nous nous nourrissons : l'AMOUR.

Et tirant de ma poche ma poignée de muguet, j'ai ajouté :

— ... Ces fleurs ont une puissance bien supérieure à celle des baïonnettes : ce muguet a existé avant elles et il continuera à exister quand les baïonnettes auront disparu.

Il m'a regardé longuement et est demeuré ensuite plongé dans une profonde méditation.

Je crois que mon message lui était parvenu.

De toute façon, cette journée allait être décisive pour lui. Une lettre de sa famille l'attendait à son retour au pénitencier. On avait enlevé son père parce qu'il n'avait pas assisté à la journée dominicale de « travail volontaire ». Il avait comparu devant l'« Assemblée des Travailleurs », et on l'avait liquidé. Cette nouvelle allait décider de son sort et de sa vie.

Au cours d'une réunion de tous les commissaires politiques de la prison, il prit position contre les mesures de répression qu'ils projetaient, et il commit l'erreur de nous défendre en partant d'un point de vue purement humain.

Quelques heures plus tard, il recevait l'ordre de ne pas sortir du pénitencier. Mais, consigné comme il l'était, il osa se présenter à notre circulaire et demander au gardien de la grille de me faire descendre. Il me remit alors, dans une petite boîte d'allumettes, un message où il avouait que le système qu'on lui avait enseigné à défendre l'avait déçu, tout comme le travail que comportait son poste de commissaire politique…

Nous ne l'avons jamais revu.

Nous avons appris plus tard qu'on l'avait accusé de faiblesse idéologique et de s'être laissé influencer par l'ennemi. Il était passé en jugement et s'était retrouvé lui aussi en prison. Les années passèrent : un jour Carlos Bétancourt devait le revoir, toujours prisonnier, dans le pénitencier de Guanajay.

Aucun des commissaires politiques qui lui succédèrent dans notre bloc n'a jamais accepté de converser avec l'un des membres du petit groupe qu'avait fréquenté Leonel Urquiza.

Après la disparition de l'unique commissaire politique qui ne fut pas comme les autres, la répression allait encore se durcir. Les blocs furent répartis en deux groupes d'une centaine de détenus chacun, et on nous a donné pour chef « Ventura », un vrai sadique, un fléau non seulement pour nous, les prisonniers, mais aussi pour les camionneurs comme pour les quelques paysans qui avaient conservé des volailles ou un porc. Ventura ne rentrait jamais au pénitencier les mains vides. Il volait aussi bien les troncs d'arbres et les planches de bois que les fruits et les animaux de basse-cour, et il pillait l'Etat comme les particuliers. Tout porc qu'il apercevait devenait pour lui un cochon sauvage, et il l'abattait à coups de feu et l'emportait chez lui. Il réquisitionnait souvent un camion du pénitencier pour transporter ses larcins : il le faisait arrêter devant sa maison, située sur la route du sud, et où aboutissait tout ce qu'il volait.

Il ne se passait pas un seul jour sans que Ventura rossât cruellement l'un de nous. Il disait souvent qu'en cas de changement de régime, il s'en tirerait dans une démocratie avec seulement quelques mois de prison pour avoir frappé des prisonniers !

Par un matin grisâtre et froid, nous étions déjà rassemblés en attendant le premier dénombrement de la journée quand Ventura, après avoir distribué au hasard quelques coups de plat de baïonnette, commença à s'acharner sur Manino. Brusquement, il lui porta à fond un coup de pointe. Manino, agile comme un chat, fit un bond en arrière, et ce réflexe lui sauva la vie. La pointe de l'arme l'avait néanmoins atteint en pleine poitrine, juste à la hauteur du cœur. Quelques centimètres de plus, et Ventura le tuait.

Rapidement, le cabot fit l'appel et nous sommes sortis du circulaire en direction des camions. Déjà, les équipes du bâtiment 5 et quelques détenus de la circulaire 1 se pressaient sur l'esplanade, au milieu des vociférations de toujours : les soldats invectivaient les chauffeurs et les prisonniers qui avançaient lentement, par colonnes, pour monter dans les camions. On entendait parfois un claquement sec, celui d'un coup de plat de baïonnette, ou nous pouvions voir un gardien pousser un détenu en avant d'une main, tandis que de l'autre il tenait une machette ou une trique. Mais c'était cela, la routine de tous les jours, et nous n'accordions à ce tumulte aucune importance. Les coups s'abattaient quelquefois sur notre voisin au moment où nous montions à bord de nos moyens de transport. Ou encore, tout en allant et venant le long des files pour nous compter une fois de plus, le cabot abattait sur l'un de nous sa baïonnette ou son bâton. Toutes ces ignominies ne méritaient même plus un commentaire particulier de notre part. Nous montions dans les camions où nous poursuivions notre conversation comme si rien ne s'était passé, comme si nous acceptions cette réalité infâme.

Puis notre équipe fut affectée au nettoyage des mauvaises herbes dans d'immenses prairies pour chevaux. Dès l'arrivée sur place, nous étions cruellement battus, alignés sur plusieurs rangs et, au commandement, nous devions d'abord lever puis laisser retomber nos pics, bien ensemble, pour déterrer les racines des herbes. Nous travaillions en silence, ce qui n'empêchait pas les cabots de hurler tandis qu'ils abattaient leurs baïonnettes et leurs bâtons sur notre dos et sur nos épaules. Mais nous continuions à résister à notre manière, freinant encore plus le mouvement, si bien qu'un observateur eût pu croire de loin qu'il voyait un film au ralenti.

Un jour, j'ai eu pour voisin Luis Alberto, vingt-cinq ans, totalement terrorisé par certains gardiens qui s'acharnaient sur lui depuis plusieurs semaines :

— Armando...

En entendant mon nom, je l'ai regardé du coin de l'œil : il était à moins de deux mètres de moi. Après avoir retourné d'un coup de pic un tas d'herbes, il s'est approché un petit peu plus :

— ... J'ai besoin que tu m'aides... je n'en peux plus, Armando...

Sa voix tremblait de désespoir. Comme je ne disais rien, il continua :

— ... Donne-moi un coup de pic dans le pied. Ils seront bien obligés de m'envoyer à l'infirmerie, et je serai exempté de camp de travail pendant quelques semaines.

Je me suis rendu compte qu'il était dans un état effroyable de dépression. J'ai essayé de le calmer. Nombre de nos compagnons demandaient aux autres de les blesser pour pouvoir se reposer quelques jours ou quelques semaines, selon la gravité du cas.

— Je t'en prie, calme-toi, Luis Alberto. Nous sommes passés par des situations bien plus pénibles, et nous avons réussi à tenir le coup. Ne te laisse pas aller à un abattement momentané. Rappelle-toi qu'une blessure au pied peut avoir des conséquences qui dureront toute ta vie, et tu es si jeune. Il y a ici des hommes qui pourraient être ton père, et ils serrent les dents et résistent, eux...

Les cris du cabot s'étaient rapprochés, ponctués du bruit sec des coups de plat de baïonnette et de bâton. Nous nous sommes tus et penchés sur notre travail.

Il est passé assez loin derrière nous, et Luis Alberto a recommencé à me supplier.

— La prochaine fois, c'est sur moi qu'il va s'acharner. C'est sûr !

— Allons, travaille, pense à autre chose. Ne te laisse pas dominer par tes nerfs. Nous sommes tous comme toi, tu n'es pas plus faible que les autres. Il s'agit seulement d'avoir du courage. Si les autres tiennent bon, pourquoi ne le ferais-tu pas, toi aussi ?

Une fois de plus, les malédictions du cabot et le bruit des coups s'approchaient de nous, et j'ai fait un effort pour me concentrer sur le rythme de mon travail. J'ai soulevé mon pic. Au moment de le laisser retomber, j'ai entendu à ma gauche, un peu derrière moi, une plainte sourde, comme un râle suivi d'une sorte de sifflement. J'ai vu le pic de Luis Alberto cloué dans son cou-de-pied gauche. La pointe avait traversé les chairs, les os, et ressortait de la semelle de la botte... Luis Alberto était tombé et se tordait de douleur. Il avait lâché le manche du pic dont le fer cloué dans son pied se balançait de façon grotesque de droite et de gauche.

J'ai vu beaucoup de cas semblables à celui de Luis Alberto. Ceux qui perdaient le contrôle d'eux-mêmes jusqu'à recourir à une mutilation volontaire ne le faisaient qu'après un long conflit intérieur. Finalement, la peur des coups et le spectacle démoralisant des assassinats l'emportaient sur la raison et l'instinct de conservation.

Au sixième étage vivait un prisonnier qui aidait ceux qui voulaient se casser le bras. C'était toute une technique : le bourreau déchargeait sur le bras préalablement serré dans des serviettes de toilette et maintenu entre deux morceaux de bois un violent coup de barre bien ajusté, et l'on entendait le craquement amorti de l'os qui se cassait sans que la peau eût été détériorée. Mais il fallait parfois plusieurs coups pour obtenir le résultat recherché. La victime se tordait de douleur, pâlissait, tout son corps ruisselait de sueur froide. Certains s'étaient torturé l'esprit pendant des semaines d'attente en pensant sans cesse à ce moment ; ils s'effondraient alors physiquement, comme s'ils étaient en proie à une léthargie profonde, à cette incapacité de réagir qu'on ressent parfois dans un cauchemar. Ils concevaient ensuite l'atrocité de leur geste et se juraient de ne jamais recommencer. Mais d'autres, au contraire, devaient avoir recours plusieurs fois à ce qui était pour eux un acte de résistance passive.

Devant la répétition de ces cas d'automutilations, l'administration pénitentiaire décida de faire travailler ceux qui avaient seulement un bras cassé. Immédiatement, un détenu du cinquième étage se fit casser le second bras. Le cabot de l'équipe, se sentant joué et ridiculisé, prit la décision que personne n'attendait : emmener le prisonnier au camp de travail bien qu'il ne pût rien faire, pour mieux pouvoir le battre à coups de plat de baïonnette. Mais à l'appel du lendemain matin, il fallut aller chercher le détenu et le porter jusqu'en bas dans une sorte de brouette qui servait au transport des ordures : il s'était cassé lui-même les deux jambes !

Sous les coups, sous la terreur, les vieux traumatismes mentaux de certains se réveillaient, et ils devenaient vraiment fous d'angoisse et d'horreur ! Etre voué au camp de travail, c'était en effet risquer non seulement les coups, mais une infirmité à vie et même la mort. Pour s'y soustraire, beaucoup de malheureux se sont mutilés en se disant aussi que c'était une solution pour demeurer en vie. En dehors des fractures, on pouvait, avec une seringue, s'extraire la synovie du genou, s'injecter du pétrole, se frotter le corps et le visage avec des plantes urticantes qui provoquaient une enflure monstrueuse, ou encore se faire piquer les joues et même le membre par des abeilles ! Certains se grattaient la peau avec une petite bourse de toile remplie de sel humide : il en résultait des plaies horribles que ces désespérés approfondissaient encore pour les empêcher de se cicatriser.

C'était la période où le médecin militaire responsable des circulaires était le Dr Agramonte. Il fallait son approbation pour qu'un prisonnier fût exempté de camp de travail, mais à raison seulement de vingt exemptions par circulaire. Les médecins prisonniers, qui vivaient avec nous, lui signalaient les cas. Mais comment auraient-ils pu choisir eux-mêmes ceux qui devaient rester entre quatre-vingts et cent malades ? La seule solution était de laisser cette responsabilité au médecin militaire, donc au Dr Agramonte.

Il entrait dans le circulaire, s'asseyait à la petite table de la pharmacie. Les malades faisaient la queue à l'extérieur : ils défilaient un à un devant lui, qui ne les regardait même pas et les sélectionnait tout à fait au hasard. Parfois, il se contentait de se moquer de chacun d'eux.

Cela devait mal finir.

Un jour, un malade à la main blessée se présenta à lui. Pour Agramonte, rien ne l'empêchait d'aller travailler comme les autres :

— Ecoute, pour que je te permette de rester ici, tu n'as qu'à t'amputer un doigt, dit-il au blessé qui protestait.

Quelques jours passèrent, puis le prisonnier en question revint à la visite médicale. L'expression de son visage était telle qu'Agramonte eut peur en le voyant entrer. Sans un mot, l'homme lui tendit son poing fermé, l'ouvrit, et laissa tomber sur la petite table, sous les yeux écarquillés du Dr Agramonte, le pouce de l'autre main qu'il avait lui-même amputé.

— Voilà le doigt que vous m'avez demandé.

Le médecin s'était levé, très pâle, ayant perdu totalement son sang-froid ; il se mit à crier comme pris d'hystérie :

— Mais vous êtes tous fous... fous à lier... !

Il criait encore en prenant précipitamment la fuite.

Nous ne l'avons jamais plus revu dans une circulaire. A partir de ce jour-là, il a examiné les malades à l'abri du poste de garde, de l'autre côté de la grille.

## CHAPITRE XXXIII

# Camps de concentration et assassinats

Les pronostics du ministère de l'Intérieur ne se réalisaient pas : un an s'était écoulé, et nous étions loin de réclamer à genoux la Réhabilitation Politique. Nous étions des milliers et des milliers à avoir gagné la médaille d'or promise par le capitaine Morejón à celui qui résisterait à ce régime de privations et de terreur.

Nos bourreaux avaient échoué. Ils crurent alors s'en tirer en déployant une violence accrue, désespérée, qui allait susciter chez nous une volonté encore plus inflexible de révolte. Nous étions de plus en plus convaincus d'être le symbole de la résistance cubaine, une résistance dépourvue de fanatisme, mais faite d'amour de Dieu et de notre foi dans la victoire finale de la liberté.

Je me rappelle un ami nommé Soret, un poète qui nous demanda un jour du rez-de-chaussée de faire un instant silence. Ce fut pour s'adresser à nous d'une voix de stentor, mais qui tremblait d'émotion :

— *Señores,* commença-t-il...

Tous s'étaient tus et le regardaient fixement.

— ... Messieurs, je viens prendre congé de vous... Je vais accepter le plan de Réhabilitation Politique... Je m'en vais là où il y a de simples hommes comme moi. Ceux qui parviennent à résister ici sont des titans !

Ce fut le mot qu'il employa...

Alors les communistes commencèrent à construire dans l'île trois énormes camps de concentration. Quand nous passions devant l'un d'eux, nous pouvions constater l'avance des travaux.

L'idée du gouvernement était de faire évacuer notre pénitencier et de le transformer en musée pour commémorer le séjour que

Fidel Castro y avait fait. Mais ce prisonnier hors série n'avait jamais pénétré dans une des circulaires, il n'avait jamais su ce qu'était une cellule. Il avait vécu dans un secteur de l'hôpital réquisitionné spécialement pour lui, profitant de toutes les commodités possibles : visites quotidiennes, promenades dans la cour et au soleil quand il le voulait, livres, etc.

Des prisonniers réhabilités et quelques détenus de notre circulaire travaillaient à l'un de ces camps : les baraquements aux murs de brique et au toit de Fibrociment étaient entourés de plusieurs clôtures de fils de fer barbelés tendus entre des poteaux de béton dont le haut était recourbé vers l'extérieur. Chaque guérite était équipée d'un projecteur et d'une mitrailleuse. Ces camps occupaient tous une position stratégique dans le but de raccourcir au minimum les déplacements des forçats que nous étions devenus. Mais le gouvernement n'avait pas tenu compte de notre ténacité, et nous allions continuer à en faire preuve.

Le 9 janvier 1966, le lieutenant Tarrau, directeur du pénitencier, convoqua les chefs de tous les blocs. La réunion ne dura que quelques minutes, le temps d'évoquer quelles étaient les causes, à son point de vue, de la résistance des prisonniers à la Réhabilitation Politique. Cet entêtement ne pouvait être brisé que par la crainte : désormais les chefs de bloc avaient les mains libres : ils pouvaient tuer leurs prisonniers et généraliseraient ainsi la terreur.

La nouvelle nous parvint immédiatement, confirmée aussitôt par une recrudescence de brutalités sauvages de la part des gardiens. Les cabots du bloc 18, Luis et Guesternay, se montrèrent peut-être les plus sadiques de tous. Ils allèrent jusqu'à obliger les prisonniers à arracher les racines des mauvaises herbes avec leurs dents et à se remplir ainsi la bouche de terre. Ils n'attendaient qu'un mouvement de révolte pour tirer et tuer. Partout, les gardes des cordons de sécurité faisaient feu à la moindre des protestations. Ceux du bloc 31 tuèrent deux prisonniers, Eddy Alvárez et Dany Crespo. Un chef d'équipe, le cabot Arcia, après avoir blessé d'un coup de baïonnette dans la cuisse notre camarade Julio Ian, agrandit simplement la blessure avec son arme : Julio Ian mourut quelques minutes plus tard, ayant perdu tout son sang.

Autre exemple : un coup de vent fit voler le chapeau de Diosdado Aquit au cours d'un dénombrement. Il demanda à sortir du rang pour le récupérer. « Après le dénombrement », dit le cabot. Et en effet à la fin, il fit signe à Aquit d'aller chercher son chapeau. Aquit ne put faire que trois pas : de l'extrémité de la file, un gardien l'abattit en lui vidant tout son chargeur dans le dos.

Dois-je parler de Roberto López, mon ami ? Las de ces persécutions, il entreprit seul une grève de la faim. Les gardiens l'emmenèrent un jour non à l'hôpital mais dans un cachot disciplinaire pour le priver d'eau. Des cellules voisines, des prisonniers l'ont entendu répondre au capitaine Morejón, qui était venu lui demander ce qu'il désirait :

— Des fleurs quand je serai mort.

Il y avait déjà des semaines que durait sa grève de la faim quand on lui fit subir cette dernière torture. Le manque d'eau aggrava son agonie. Il ne commença à en réclamer, d'ailleurs en vain, qu'à la fin de son martyre. L'un des gardiens entra alors dans son cachot et inonda d'urine le visage, les yeux, la bouche entrouverte du héros :

— Tu veux de l'eau ? Tiens, en voilà !

Roberto López, mon ami, mourut le lendemain.

Mais il y a bien des manières de démoraliser un prisonnier : il y avait en face du pénitencier, de part et d'autre des bureaux, un groupe de maisons réservées aux fonctionnaires et à leurs familles. Dans l'une d'elles vivait un médecin, le Dr Condi, directeur de l'hôpital, avec son épouse, une femme jeune et à l'imagination malade.

Presque tous les soirs, quand son mari se rendait à une réunion quelconque, elle éteignait toutes les lumières de la maison, sauf une, celle de sa chambre à coucher éclairée a giorno et dont elle ouvrait tout grand la fenêtre face à la prison. Elle s'arrêtait alors devant un grand miroir disposé de sorte qu'elle nous tournait le dos. Puis elle commençait à se déshabiller, lentement, pièce par pièce, comme peut le faire une strip-teaseuse professionnelle.

Une fois nue, elle se contemplait longuement dans la glace. Puis elle commençait à se peigner. Elle avait une longue chevelure qui retombait lourdement jusqu'au milieu de son dos et qu'elle lissait dans une série de gestes provoquants. Cette chevelure, elle la soulevait très haut avec le peigne et secouait la tête pour que cette masse de cheveux retombât en cascade. Puis c'était, toujours devant le miroir, une succession de poses terriblement érotiques. Ses mains commençaient à se mouvoir, remontaient et redescendaient le long de ses hanches et de ses seins qu'elle caressait voluptueusement. Soudain, tout son corps se mettait à bouger rythmiquement dans une danse où chaque mouvement était lubricité.

Que pouvait-il se passer dans l'esprit de cette femme qui

savait que des centaines d'hommes, accrochés aux barreaux de leurs fenêtres, la dévoraient des yeux ? Sentait-elle leurs regards lourds de désir franchir l'espace pour arriver jusqu'à elle ? Ces hommes, depuis des années, étaient privés de tout contact sexuel. Rêvait-elle, dans ces séances de luxure, qu'elle devenait leur proie et qu'ils se livraient sur elle à une orgie indescriptible ?

Ce spectacle ne dura que peu de temps : des soldats de la garnison devaient évidemment le découvrir et en rendre compte, et un jour sa fenêtre se referma à jamais sur elle. Le médecin et son épouse exhibitionniste furent transférés ailleurs un peu plus tard.

Plusieurs prisonniers devaient arriver à la conclusion qu'il était préférable de recevoir de suite deux ou trois terribles bastonnades qu'une volée tous les deux jours pendant des mois. Mais sur les milliers de détenus qui ont souffert comme moi dans les camps de travaux forcés, je n'en connais pas plus de sept qui eurent assez de courage pour supporter les conséquences de leur refus de travail. L'un d'eux s'appelait Pilotico. Des années plus tard, tout son dos n'était encore qu'une cicatrice, comme si on lui avait appliqué sur la peau une plaque de fer portée au rouge. A part nous, qui étions au courant, personne ne croyait d'abord qu'il pouvait s'agir de traces de coups.

Boitel lui aussi décida de ne plus travailler. Après avoir été roué sauvagement de coups, il déclara qu'il commençait une grève de la faim, et on le transporta à l'hôpital. Mais ce fut pour demeurer attaché sur son lit, incapable de se défendre, et nourri de force par des gardiens et des prisonniers infirmiers au moyen d'un tuyau de caoutchouc qu'on lui introduisit par le nez et qui descendait jusque dans l'estomac. Il passa ainsi plusieurs mois avant d'être relégué dans un cachot du quartier disciplinaire. Il y retrouva le petit noyau des objecteurs à toute sorte de travail, Izaguirre, Rivero Caro et Nerín, qui croupissaient dans ces ergastules depuis plus d'un an. Quand un prisonnier arrivait, les gardiens l'entouraient, armés de torsades de fils électriques. Ils lui demandaient par dérision ce qu'il préférait : la torsade « mince » ou la « grosse » ? De toute façon, on le battait avec les deux modèles pour terminer par des coups de plat de baïonnette.

Les meurtres étaient courants. Rolando Movales, que nous appelions Paco-Pico, occupait l'un de ces cachots. On l'y avait envoyé à la suite de son attitude rebelle dans son bloc de travail. Un soir, l'un des gardiens ouvrit sa grille et lui ordonna de sortir. Il s'exécuta, croyant recevoir seulement, comme d'habitude, une volée de coups. Mais dans le couloir, à quelques mètres de lui, un second gardien le mit en joue, et l'écho d'une première détonation retentit dans tous les recoins du pavillon, suivi aussitôt par une autre.

En voyant que Paco-Pico, la poitrine percée de deux balles, n'était pas encore mort, le gardien qui avait ouvert la grille, soudain à bout de nerfs, proposa au cabot Arcia, celui qui avait déjà tué Julio Ian, d'appeler l'hôpital.

— Pas encore ! Laisse-le là pour qu'il perde bien son sang, répondit Arcia.

Des minutes s'écoulèrent, puis des heures. Une mare de sang s'agrandit lentement puis sécha sous la poitrine du blessé. Quand arriva le camion des ordures, les gardiens le chargèrent d'abord de tous les détritus, puis ils s'occupèrent de Rolando Movales.

— Il est raide comme un bout de bois, dit l'un d'eux.

Ils l'ont balancé d'en bas dans le camion au-dessus du tas d'ordures, et c'est ainsi que Rolando Movales a été transporté à l'hôpital où l'on a constaté qu'il était mort.

Celestino et Buría me demandèrent de mettre au point un plan d'évasion. Ils étaient au courant de ma tentative et voulaient la renouveler en profitant de mon expérience. Nous nous sauverions à partir d'un des camps de travaux forcés. Ce n'était guère facile, mais pas impossible. Il y aurait une variante dans ce plan par rapport au précédent. Nous n'envisagions pas de sortir immédiatement de l'île, car le risque d'être repris serait alors beaucoup plus grand. Nous ferions semblant de le faire, mais nous resterions cachés jusqu'à ce que s'essouffle la vigilance de nos poursuivants persuadés, au bout d'un certain temps, que nous avions réussi notre coup. Il nous serait alors plus facile de sortir de l'île des Pins.

Nous savions également que les prisonniers de droit commun qui, depuis des années, s'enfuyaient des élevages de bétail ou de leurs autres camps de travail pour se réfugier dans les pinèdes ou les marécages, se rendaient d'eux-mêmes au bout de plusieurs jours, faute de nourriture.

La surveillance et la terreur auxquelles étaient soumis les paysans leur interdisaient d'aider quiconque frappait à leur porte pour demander du secours. Les autorités, dans une telle circonstance, pouvaient donc compter sur leur collaboration.

J'ai prévenu mes compagnons que la seule façon de subsister

n'était pas d'enterrer des provisions dans quelques endroits prévus, mais de nous nourrir de ce que nous trouverions sur place : sauterelles, grenouilles, reptiles et végétaux connus pour être comestibles. J'ai proposé de nous exercer tout de suite en mangeant des insectes. Cette idée, au début, les a choqués. Et tout en l'acceptant, Celestino et Buría ne l'ont pas mise immédiatement en pratique, contrairement à moi.

J'avais lu que dans certaines régions d'Asie, les Orientaux consomment des sauterelles et les trouvent excellentes. Celles de l'île étaient grandes et grasses. Pendant quelque temps, je me suis préparé mentalement, et un matin j'ai mangé ma première sauterelle crue, non sans avoir pris la précaution de lui écraser la tête pour éviter une morsure éventuelle. Pour une première expérience, son goût ne m'a pas paru désagréable.

Après une semaine d'exercices, j'ai mangé tous les matins trente à quarante sauterelles.

Nous étions en train de débarrasser un pâturage d'une plante qu'on appelle « l'herbe d'éléphant » : elle fait plus de six pieds de haut. Comme nous nous rendions tous les matins au même endroit, j'ai étendu quelques sacs de jute sur une partie sablonneuse. Des dizaines de sauterelles se réfugiaient sous mes sacs et ont ainsi constitué mon élevage personnel. J'avais déjà fait de même étant enfant pour les utiliser comme appâts, quand je pêchais la truite. Plusieurs prisonniers pensaient que je n'avais plus ma tête à moi, mais ils m'aidaient quand même. Puis, pendant plusieurs semaines, nous avons semé une plante fourragère dite *pangola*, dont j'ai déjà parlé : nous nous sommes exercés à en manger, Obregón et moi, en sélectionnant les tiges les plus juteuses de ces paquets d'herbe. Nous les mastiquions lentement. Nous avions sûrement l'air de ruminants, mais nous arrivions ainsi à en extraire tout le suc. Nous en plaisantions, Obregón et moi, avec nos camarades de travail : « Voulez-vous être forts comme un taureau ? Ne mangez pas sa viande, mais ce qu'il mange lui-même. » Et beaucoup nous ont alors imités.

Des sauterelles, je suis passé aux lézards et aux grenouilles, et de là aux petits serpents. Pourquoi pas, puisque le « naja », ce reptile de Cuba parent du boa et qui a parfois plusieurs mètres de long, est considéré comme un mets dont la chair est appétissante et exquise ? J'ai également essayé entre autres des tubercules crus, des œufs d'oiseaux. Je me disais que tout ce qui marche, rampe, vole et nage, est sûrement comestible. Ce sont des calories, et j'en avais grand besoin : mon estomac de fer digérait tout.

Je me disais aussi que c'était avant l'évasion qu'il fallait faire ces expériences : en cas d'intolérance et de maladie, je pouvais compter sur l'aide des médecins de ma circulaire. En réalité, je n'en ai jamais eu besoin.

Dans un autre camp, notre travail consistait à couper à la machette une sorte de roseau dont la tige était recouverte d'un duvet extrêmement fin : cette poussière pénétrait partout, particulièrement entre nos vêtements et notre corps, et nous causait d'atroces démangeaisons. Comme nous n'allions pas assez vite, mon compagnon Socarrás et moi, pour charger les camions, le cabot nous envoya couper les roseaux à la machette. Nous étions surveillés par un gardien spécial. C'était un homme aux cheveux jaunes, édenté, qui portait des gants de tissu rouge. Il était armé d'une machette et d'une mitraillette. Il a passé l'après-midi à nous provoquer. Il en voulait surtout à Socarrás. A plusieurs reprises, il lui a ordonné de courir pour avoir une raison de l'abattre, mais nous sommes restés sur place, l'un à côté de l'autre. Et le soir, j'ai prévenu les autres prisonniers qu'il fallait faire attention à ce gardien.

Le lendemain matin, il nous attendait, toujours édenté, et avec ses gants rouges. En cours de route, il nous donna à chacun un coup de plat de baïonnette, et une fois sur notre lieu de travail, il recommença à nous menacer, allant jusqu'à pousser Socarrás dans le dos du canon de sa mitraillette. Cela pouvait être dangereux. Comme convenu, je me suis mis à crier pour alerter nos camarades, et le gardien s'est calmé un peu.

Ce jour-là, il devait être environ dix heures du matin. Nous avions cinq minutes de repos pour avaler un peu de farine de blé grillé provenant des paquets-cadeaux de nos familles. C'est alors que j'ai capturé un petit serpent très répandu à Cuba, le *jubo*. Il faisait environ cinquante centimètres de long ; je le tenais fermement par le cou et sa tête sortait de mon poing. Son corps se tordait frénétiquement autour de mon avant-bras. J'ai déganté ma main droite pour mieux le tenir. Et j'ai dit :

— Maintenant, je vais compléter mon petit déjeuner...

Socarrás crut que je plaisantais :

— Quoi ? Tu veux manger ce *jubo* ?

Très fermement, j'ai répondu :

— Oui !

Notre gardien, du coup, ne m'a plus quitté des yeux. Il s'attendait à tout, sauf à ce qu'il allait voir. Soudain, je me suis introduit la tête du serpent dans ma bouche et, en refermant les mâchoires, d'un coup de dents terrible, je lui ai brisé l'épine dorsale. J'ai achevé de le couper en deux avec mes incisives, tandis que deux petits filets de sang jaillissaient de son corps et m'aspergeaient le visage.

Notre gardien, affolé, était déjà parti en courant et en criant pour alerter le chef du bloc. J'ai alors recraché la tête du serpent et rejeté le corps qui se tordait encore.

Pendant tout le reste de la journée, le gardien n'a plus dit un mot.

Dans la partie centrale de l'île, le terrain se compose de roches ferrugineuses. Même les cailloux sont recouverts d'oxyde de fer. C'est précisément sûr cette région que se déchaînent de terribles orages électriques.

Nous étions en train de couper à la machette les tiges de *pangola* quand le ciel s'est soudain obscurci. Puis un grondement épouvantable a précédé de peu une série de décharges de foudre. La pluie s'est mise à tomber tandis que le tonnerre résonnait, assourdissant, de plus en plus proche.

Puis la foudre s'abattit en zigzag sur les fils de fer d'une clôture, détruisant les uns, courant le long des autres sous la forme terrifiante d'une boule de feu. Nous sursautions tous chaque fois, et l'un des gardiens, épouvanté, a même jeté son fusil loin de lui.

Il y avait à cet endroit une petite chapelle en bois qui paraissait très vieille, mais c'était un monument assez récent à la mémoire du fils de l'ex-propriétaire, Cajigas, qui s'était tué à cet endroit lors d'un accident d'aviation. Il y avait eu dans cette chapelle une statue de sainte Bárbara que les révolutionnaires avaient ôtée et dont il ne restait que le socle. Avant la révolution, la famille du mort et les paysans des alentours venaient souvent avec des fleurs.

C'est là que nous nous sommes aussitôt réfugiés avec Guilio, le chef de notre équipe, un grand jeune homme corpulent. Nous étions dix ou douze à être à l'abri, les autres restant dehors sous les trombes d'eau, faute de place. On pouvait voir que notre cabot était extrêmement nerveux. Ses mains tremblaient, et il les essuyait continuellement avec son mouchoir. De temps à autre, sa lèvre inférieure tremblotait elle aussi. Il était visiblement terrorisé par les éclairs et par la foudre qui s'abattaient toujours autour de nous.

A chaque décharge, un grand courant électrique parcourait

les murs et le sol de la chapelle. Celestino, Márquez et moi, sachant que le cabot nous entendait, avons commencé à bavarder entre nous :

— C'est très dangereux d'avoir toutes nos machettes à l'intérieur de cette baraque : le fer attire la foudre...

A peine l'avions-nous dit que le cabot donnait l'ordre de jeter toutes les machettes dehors, sous la pluie. Mais la foudre ne s'arrêta pas pour cela. Cet orage était vraiment impressionnant. Le cabot, très pâle, n'arrivait pas à dissimuler sa terreur. Pour l'effrayer encore plus, nous avons poursuivi notre conversation :

— Bon, avec les machettes dehors, nous sommes un peu plus en sécurité. Dans cette chapelle, il n'y a rien d'autre qui soit métallique et puisse attirer la foudre.

Celestino protesta :

— Si, il y a encore quelque chose : le pistolet du cabot.

De plus en plus nerveux, ce dernier s'adressa cette fois directement à nous : pensions-nous vraiment que ce pistolet était dangereux ?

— Et comment donc ! dit Márquez. En tant que militaire de carrière, je me rappelle que, dans des situations semblables, on nous donnait toujours l'ordre de nous débarrasser de nos armes, surtout chargées ! A San Antonio de los Baños, à la base militaire, un de mes compagnons n'a pas voulu ôter son pistolet. Eh bien, la foudre, en tombant dessus, l'a totalement carbonisé...

C'en était trop pour le malheureux : arrachant son ceinturon où était suspendu le pistolet dans son étui, il a ouvert la porte pour appeler le chef du bloc et lui lancer le tout en le priant de le lui garder jusqu'à la fin de l'orage.

Mais celui-ci ne s'apaisait pas. A chaque décharge, les murs et le sol de la chapelle étaient comme secoués par un violent courant électrique. Et nous parlions toujours :

— Sais-tu qu'il y a eu ici une statue de sainte Bárbara, celle qui justement protège de la foudre ? Les croyants s'adressent toujours à elle dans une situation semblable. Peut-être est-elle furieuse qu'on ait démoli son temple et qu'elle se venge maintenant à sa façon... ?

Chacune de nos paroles bouleversait l'esprit du cabot : il connaissait certainement la légende de sainte Bárbara, à laquelle ses parents et grands-parents avaient eu souvent recours, devant lui peut-être, pendant son enfance. Mais comme il était membre des Jeunesses communistes, il avait renoncé à ces superstitions, du moins théoriquement...

— Je crois qu'il vaudrait mieux sortir d'ici, dit-il d'une voix hésitante.

Il se montrait de plus en plus agité.

— N'en faites rien, chef. Dehors, c'est encore plus dangereux. Et puis comment l'homme échapperait-il à la colère de la nature et à celle de Dieu quand il les offense...

Au même instant, dans un éclair aveuglant, la foudre tomba juste devant notre porte, emplissant l'air d'une forte odeur de soufre et de fumée.

— Que pouvons-nous faire? ajouta Celestino d'une voix lugubre et résignée. La seule chose qui puisse nous sauver, c'est de nous recommander à Dieu. Rien de plus!

Les éclairs se suivaient, la foudre est tombée près de nous une seconde fois, puis une troisième. Celestino continuait à parler :

— ... Aller dehors, c'est se suicider. Il ne reste plus qu'à prier, si c'est un châtiment de sainte Bárbara. Prions donc, puisqu'il n'y a rien d'autre à faire : « Notre Père qui êtes aux cieux... »

Un autre éclair terrible, la foudre tombe vraiment près de nous. Et nous entendons un balbutiement presque inintelligible, celui de notre cabot, dont la voix se joint aux nôtres jusqu'à la fin du *Pater Noster*.

Détail par détail, notre projet d'évasion se complétait. Nous nous étions procuré une grande carte de presque trois mètres carrés, celle qu'utilisaient les équipes dont la tâche était de diviser le terrain en parcelles destinées à être clôturées. Comme nous ne pouvions ni la garder dans notre cellule ni même la déplier complètement à cause de ses dimensions, nous l'avons découpée en huit parties.

A notre rentrée le soir au pénitencier, les fouilles étaient superficielles, malgré quelques cabots qui s'efforçaient d'empêcher que les prisonniers ne ramènent quelque chose de l'extérieur. Ce qui nous intéressait le plus, c'étaient de petits morceaux de bois avec lesquels nous faisions du feu l'hiver afin de réchauffer notre eau sucrée et notre farine de blé grillé.

Certes, un prisonnier s'exposait à des représailles si on le surprenait en flagrant délit, mais plusieurs cabots fermaient les yeux et nous permettaient de passer nos petits morceaux de bois sur nous, du moment que nous faisions preuve de discrétion. Mais dans d'autres blocs, il ne fallait pas s'y risquer.

Le chef de la circulaire 2 aimait se vanter de son infaillibilité : un prisonnier ne pouvait rien entrer sans qu'il s'en aperçût. C'est ce qu'il a affirmé devant nous au capitaine Morejón alors que l'on nous fouillait au moment de rentrer. Morejón, qui nous connaissait, lui avait dit de bien ouvrir les yeux. Vexé, il avait répondu :

— Aucun prisonnier ne peut passer quoi que ce soit sous mon nez.

— Fais attention, avait dit Morejón, ces gaillards-là sont capables, si tu te relâches un peu, d'entrer devant toi avec un sac entier d'engrais sans que tu t'en rendes compte.

L'autre avait souri d'un air suffisant. En silence, les prisonniers avaient tout écouté et décidé de relever le défi : ils feraient rentrer un sac d'engrais dans le circulaire, coûte que coûte !

Mais chacun de ces sacs pèse cent kilos ! Les équipes chargées des semailles trouvèrent la solution : ils subtilisèrent d'abord le sac dont ils vidèrent complètement l'engrais par une ouverture de quelques centimètres. Ils abandonnèrent le sac vide, dépouillé soigneusement de son étiquette, à l'extérieur de la circulaire. Là intervint l'équipe chargée du nettoyage : elle ramassa le sac abandonné et le déposa au sixième étage.

## CHAPITRE XXXIV

# Retour à la Cabaña

En hiver, nous tremblions de froid. Nous n'avions ni pardessus ni manteau, et nos familles n'avaient pas le droit de nous en faire parvenir. Nous devions nous couvrir de vieux sacs de jute qui provenaient de l'entrepôt. Il n'y en avait pas assez, et nous les tirions au sort si bien que ceux que la chance favorisait étaient les seuls à en bénéficier. Dans les camps de travaux forcés, la pluie nous trempait jusqu'aux os. Nombreux étaient ceux qui ne pouvaient résister aux intempéries, aux marécages, à un labeur anéantissant. Il y avait des cas de tuberculose, de pneumonie, etc. Nos gardiens et les cabots chefs d'équipe étaient bien abrités sous leur cape réglementaire. Nous ne pouvions pas cesser de travailler malgré la pluie, le froid glacial, la boue qui nous montait jusqu'à mi-jambe et les nuées de moustiques qui nous dévoraient. Quand nous arrivions dans un secteur infesté de moustiques, nous savions ce qui nous attendait. Après le dénombrement qui suivait l'arrivée sur notre lieu de travail, il fallait que s'installe autour de nous le cordon de sécurité des gardes. Si le secteur était marécageux, s'il y avait des moustiques, le chef de bloc lançait un ordre, toujours le même :

— Otez vos chemises et laissez-les ici !

Nous étions ainsi obligés de travailler le torse nu pour que les moustiques pussent mieux nous harceler. Pour nous protéger, nous nous munissions secrètement de morceaux de savon soviétique, un savon de ménage d'une puanteur atroce, et nous nous en frottions le corps dès que le chef d'équipe avait le dos tourné. Avec la sueur qui le diluait, ce savon dégageait une écume pâteuse qui recouvrait notre peau ; mais souvent même le savon soviétique n'arrivait pas à nous protéger.

Nous souffrions de paludisme et d'autres maladies inconnues.

Une semelle ouverte faisait de nous la proie de la *nigua*, insecte inconnu en Europe et qui est de la famille du sarcopte de la gale. Cet acarien pénètre sous les ongles des pieds et y forme des kystes infectieux pleins de pus, écœurants, douloureux surtout. Nous tentions de nous en guérir en nous servant d'eau presque bouillante et de pétrole.

Nous connaissions aussi deux sortes de tiques ; les unes, toutes petites, s'enfoncent sous la peau, que ce soit celle des aisselles, des parties sexuelles, du crâne ou des sourcils. Tout comme les tiques de grande taille, elles provoquaient chez certains prisonniers des maladies très graves.

Plusieurs détenus sont demeurés presque aveugles ou ont perdu complètement un œil à la suite d'une sorte de toxoplasmose, maladie causée par les toxoplasmes qui attaquent et détruisent la rétine et même le nerf optique, comme ce fut le cas pour Antonio Domínguez.

De longues files de blessés se formaient, chacun attendant son tour, devant l'infirmerie de secours de chaque circulaire. Ces hommes avaient reçu un coup de pointe de baïonnette ou un coup de crosse de fusil qui leur avait défoncé un os du crâne. On leur bandait la blessure ou la tête, et ils repartaient au travail forcé dès le lendemain matin. Les blessés par balles échouaient à l'hôpital. Parfois un véritable miracle se produisait, comme pour ce détenu que nous appelions « Napoleoncito », et à qui une balle a seulement frôlé l'artère fémorale.

Nous emportions au camp un peu d'ouate et des bandages. C'était l'un de nous qui s'en chargeait. Pour plaisanter, nous l'appelions l'infirmier du bloc. Nous étions autorisés à les employer pour les soins les plus urgents, en cas de blessure, afin d'arrêter la perte de trop de sang, par exemple.

En vain avions-nous fait l'impossible pour que la Commission des droits de l'homme de l'O.N.U. acceptât d'étudier nos plaintes. Nous avons réussi à faire parvenir à cet organisme des informations précises, détaillées, sur les tortures, les assassinats des communistes, leur projet de nous faire sauter avec les explosifs entassés dans les caves des circulaires. Cette commission prestigieuse devient aveugle et sourde dès qu'il s'agit des crimes commis par les communistes, par exemple dans les prisons cubaines.

Et il en était de même alors avec la Croix-Rouge internationale. Toute plainte concernant une violation des droits de l'homme à Cuba est longtemps restée sans réponse : pour la Croix-Rouge internationale, les prisonniers politiques cubains n'existaient pas. *Il n'y en avait pas.* Elle ne pouvait donc pas s'occuper d'eux !

Finalement, après bien des années, la Croix-Rouge nous a découverts ! Ce n'est pas encore le cas des membres de l'O.N.U. Pourtant, ils savent tout : chacun d'eux, individuellement, est au courant des horreurs des prisons cubaines, mais dans leurs assemblées annuelles, ils n'osent pas condamner le régime de Castro. Pourquoi ?

Nous étions alors en train d'étudier la seconde partie de notre plan d'évasion, c'est-à-dire notre départ de l'île vers les bancs de sable les plus proches. Pour y parvenir, nous pensions fabriquer un radeau de troncs de palmiers réunis par des fils de fer. Les palmiers de la région où nous devions nous cacher ont un tronc qui n'est pas très gros et des feuilles grandes comme des éventails.

Nous avons mis au point une méthode extrêmement rapide et silencieuse pour pouvoir couper ces troncs comme avec la meilleure des scies. Dans un polygone abandonné qui avait servi de champ de manœuvre aux chars, nous avons découvert un réseau souterrain de lignes de communication. Il y avait là des milliers de mètres d'un fil d'acier d'une extraordinaire finesse, que nous avons rapporté, enroulé autour de notre taille comme une ceinture, à l'intérieur de notre circulaire.

Ce fil d'acier nous a servi à confectionner un outil de coupe d'une efficacité remarquable. Nous avons commencé par tordre trois ou quatre fils ensemble pour en faire une sorte de tresse semblable à une corde de guitare. A chaque bout, nous avons fixé solidement un morceau de bois de la dimension d'un gros cigare, pour obtenir ainsi deux poignées. En imprimant à cette scie un mouvement de va-et-vient rapide contre un objet quelconque, fût-il en fer, on le coupait sans difficulté. Avec le bois, on avait l'impression de trancher de l'argile tant la résistance était faible. Nous avons fait l'essai de notre outil dans le camp où nous travaillions alors. En moins d'une minute, nous avons scié le tronc d'un palmier, et la coupure était si fine qu'en l'absence d'un souffle de vent qui aurait pu faire bouger les feuilles et déséquilibrer le haut de l'arbre, ce palmier est resté en place comme s'il était toujours d'une seule pièce.

Un jour, le prisonnier préposé à la grille, tenant une liste à la main, nous a demandé à tous d'observer le silence. Sur le moment, je n'ai pas eu la moindre idée de ce que cela allait signifier pour moi. Je l'ai entendu crier mon nom et celui de beaucoup d'autres, dont les plus proches de mes amis — Pruna, Celestino, etc. Et immédiatement après, ce fut l'ordre de nous réunir dans la cour avec tous nos objets personnels, sauf le lit. Il s'agissait donc d'un nouveau transfert.

Mais ce transfert présentait quelque chose d'anormal. Dans le personnel qui avait apporté ces listes, nous ne reconnaissions aucun gradé habituel. L'heure non plus n'était pas celle d'un déménagement interne. Nous avons pensé au camp de concentration de Valle de los Indios, au sud de l'île : la rumeur courait déjà que les détenus les plus combatifs y seraient internés.

Nous sommes partis accompagnés de toutes les marques d'amitié possibles de la part de nos camarades qui restaient. Le nom de Burla n'avait pas été prononcé : une fois de plus, un transfert inattendu nous dispersait et mettait fin à un plan d'évasion. On nous a d'abord rassemblés dans un local proche de la centrale électrique, où l'on nous a fouillés en ne nous laissant qu'une partie infime du peu que nous avions emporté.

Nous avions vu des camions arriver. Entre-temps, Boitel était sorti de l'hôpital et nous avait rejoints avec plusieurs détenus provenant des cachots disciplinaires, entre autres Izaguirre, Rivero et Nerín.

Mais notre destination n'était pas l'un des nouveaux camps de concentration du sud de l'île, et du coup nos spéculations ont pris un tour résolument optimiste : le président Johnson avait demandé à Castro de libérer des prisonniers politiques lors de l'exode de Camarioca, ce port de la province de Natanzas, situé sur la côte nord, où les exilés cubains de Miami étaient venus chercher leurs familles.

Nos camions ont pris la petite route qui suivait la clôture de barbelés de l'est. A toutes les fenêtres du pénitencier, les prisonniers agitaient des mouchoirs, tendaient vers nous leurs mains, criaient de joie. Sans doute nous croyaient-ils libérés nous aussi. Nous étions cent cinquante, tous choisis spécialement. Jamais il n'y avait eu de départ comme le nôtre, sauf celui des vaincus de la baie des Cochons lors de leur échange contre des articles de première nécessité.

En arrivant au pont jeté sur la rivière Las Casas, nos camions ont pris la route à droite qui débouchait sur le quai d'embarquement. Des mesures de sécurité extraordinaires avaient été prises. Toutes les issues étaient gardées militairement par des véhicules qui patrouillaient, et nous pouvions voir des soldats armés de fusils-mitrailleurs installés sur tous les toits.

Le ferry nous attendait. Au dernier moment, une jeep a surgi. Elle avait à son bord l'ex-commandant Húber Matos, et Cruz, condamné avec lui.

Cela aussi était exceptionnel : pour la première fois, Matos sortait de sa mise au secret et voyait d'autres prisonniers, ce qui semblait confirmer l'éventualité d'un échange. Le gouvernement cubain avait réuni dans cette poignée de détenus les plus représentatifs d'entre nous ou ceux qui s'étaient fait remarquer pour une raison quelconque. La présence d'Húber Matos encourageait toutes ces rumeurs puisqu'il s'agissait de l'homme le plus isolé et le plus célèbre de toutes les prisons castristes.

Une fois à bord, on nous a fait asseoir dans le salon du ferry. De mon siège, près de la poupe, je voyais à travers une fenêtre une mitrailleuse pointée sur nous. La totalité du pont était occupée par des militaires. Les seuls à être en civil étaient les agents de la Police politique. Húber n'était pas avec nous : il était descendu au deuxième pont où on l'avait fait asseoir sur une chaise à côté de Cruz, son compagnon.

J'ai déjà dit que ce ferry ne pouvait naviguer sans être halé par un remorqueur, puisqu'on ne pouvait réparer sa machinerie. C'est ainsi qu'il effectuait le service entre l'île des Pins et Batabanó, un port situé au sud de la province de La Havane. Lorsque nous sommes sortis de l'estuaire, une chaloupe est venue se placer à bâbord pour nous escorter. Un canon de 20 mm débarrassé de sa housse avait été installé à la proue, ainsi qu'une mitrailleuse sur le toit du poste de timonerie. Il faisait chaud et les marins avaient les pieds et le torse nus. Le soleil, un globe énorme et rouge, s'approchait déjà de l'horizon, teignant la mer de pourpre.

Cette soirée était d'une beauté impressionnante. Derrière nous, les sommets des montagnes de l'île des Pins s'arrondissaient comme des dos de dinosaures, et l'on distinguait entre eux un foyer de petites lumières, celles du pénitencier, ainsi que les cylindres des circulaires qui s'estompaient peu à peu dans une brume grise.

Pour nous qui venions de quitter notre prison, la voir de loin était quelque chose de surprenant. Le soleil disparut enfin dans la mer et nous sommes demeurés plongés dans nos pensées, écoutant le clapotis des vagues dans un silence qu'aucune voix humaine ne troublait.

Moi aussi, j'ai pensé que nous allions peut-être être échangés. J'étais victime des rumeurs constantes que les autorités favorisaient d'ailleurs. C'est ainsi qu'elles ont maintenu pendant plus de vingt ans une espérance toujours trompée. C'est encore leur méthode : insuffler l'espoir pour mieux désespérer ensuite. Ces changements brusques provoquent de profondes dépressions dont le but est de détruire les réserves psychiques du prisonnier. Ces hauts et ces bas creusent chez un homme des traces profondes de confusion et d'angoisse.

Mais pour l'instant nous étions comme emportés par un événement qui échappait à toutes nos spéculations : nous quittions l'île des Pins !

J'étais assis sur le même banc que Pruna et Luis Pozo. Un peu plus loin se trouvait Boitel que je n'avais pas vu depuis plus d'un an. Il était entouré d'amis. Dès qu'il a été seul, je me suis approché de lui et nous avons commenté tout ce qui s'était passé d'important depuis notre dernière rencontre. Il avait beaucoup minci, mais il était toujours plein de cette énergie et de cet enthousiasme qu'il communiquait à tous.

La traversée dura à peu près douze heures. Le jour se levait quand nous sommes arrivés à Batabanó. Les mesures de sécurité étaient encore plus importantes qu'à l'île des Pins. Les toits des entrepôts et les entrées de rues étaient hérissés de mitrailleuses. Par petits paquets de huit à dix hommes, nous sommes passés entre deux files de plusieurs dizaines de militaires.

Des autobus anglais Leyland nous attendaient. La banquette du fond était occupée par six gardiens armés de mitrailleuses tchèques. Après nous, quatre à cinq gardiens sont encore montés pour prendre place près du chauffeur, leurs armes braquées sur nous. Face à la sortie de secours, d'autres se sont mis en position. Tout cela n'avait qu'un but : nous dissuader de tenter de fuir. Avaient-ils vraiment si peur de nous ? Notre cortège, cinq ou six autobus et plusieurs jeeps d'où l'on criait des ordres à nos chauffeurs, s'est mis lentement en route.

L'idée d'un échange ne nous avait pas encore abandonnés : dans à peu près une heure, nous serions enfin renseignés sur notre sort.

Quand les autobus et leur escorte des deux polices, métropolitaine et politique, se sont engagés dans la Via Monumental, vers la prison de la Cabaña, notre échange a commencé à nous paraître improbable. Comme nous le craignions, nous avons obliqué vers la sombre forteresse, il n'y a plus eu de doute possible, et nous avons aussitôt été en proie à d'autres préoccupations et à d'autres soucis.

Pourtant, ce retour de l'île des Pins à la Cabaña n'avait-il pas été l'un de nos plus grands désirs chaque fois que nous partions pour ces camps de travaux forcés, d'où nous ne savions jamais si nous en reviendrions vivants ?

L'accueil de la garnison de la Cabaña, que commandait alors un officier de race noire, nous a donné une impression de terrible agressivité.

Nous avons franchi à pied le fossé du célèbre « paredón », ce mur des fusillés avec ses sacs de sable et le poteau vermoulu auquel des milliers de Cubains avaient déjà été attachés avant de mourir, « l'abattoir de Castro », disait le peuple.

On nous a conduits dans la grande salle où les prisonniers recevaient leurs visiteurs ; elle était divisée au centre par un double grillage, comme celui que nous avions réussi à faire supprimer à l'île des Pins. De nombreux gardiens nous attendaient avec, parmi eux, quelques femmes soldats. Nous avons dû nous déshabiller en leur présence sous la menace des cris et des baïonnettes. Ces femmes examinaient notre nudité avec insolence.

Un de nos camarades était un mulâtre dont la verge était d'une dimension tellement exagérée que nous en plaisantions. L'une de ces femmes s'en aperçut et avertit toutes les autres qui se mirent à railler le malheureux.

A la fin de la fouille, il ne nous restait qu'un jeu de dessous, une paire de chaussettes, un broc, et un minimum d'articles de toilette. Tout le reste avait disparu.

Quand nous sommes entrés dans la cour, des applaudissements ont crépité, venant de toutes les *galeras.* Avec admiration, tous les détenus de la Cabaña nous saluaient. On savait dans toutes les prisons ce qu'était le bagne de l'île des Pins et l'héroïque résistance que les prisonniers opposaient aux plans du gouvernement.

Nous avons été affectés à la *galera* 7, la dernière de toutes, la plus petite, la plus sombre, la plus lugubre, la plus isolée aussi, celle où était relégué un groupe d'ex-militaires condamnés à mort. La place était prévue pour quatre-vingts hommes déjà à l'étroit : nous étions deux cent vingt-cinq. Les tours de quatre ou cinq couchettes superposées touchaient presque le plafond. Au centre demeurait un couloir qui permettait seulement le passage d'une personne à la fois. On ne pouvait entrer qu'en se mettant de côté dans l'espace qui séparait deux tours de couchettes.

L'heure du déjeuner, fixée à neuf heures du matin, était déjà passée. Le petit déjeuner, de l'eau tiède sucrée et du pain, était à quatre heures du matin. A deux heures de l'après-midi, c'était enfin le repas principal. Ensuite, nous devions rester l'estomac vide jusqu'à l'aurore suivante. Nous devions vite découvrir que jamais nous n'avions mangé aussi peu et aussi mal. Jamais les autorités n'avaient montré autant leur volonté d'employer ce régime comme un instrument de répression.

La famine qui régnait à la Cabaña était indiscutablement plus atroce encore qu'à l'île des Pins.

A deux heures de l'après-midi, on nous a enfin menés au réfectoire, une installation de fortune dans la cour avec de grandes tables sous un toit de plaques de Fibrociment. A toutes les grilles des *galeras* s'empressaient d'anciens compagnons de captivité qui voulaient nous saluer.

A la grille de la *galera* 12, j'ai aperçu Bernardo Alvarez. Comme je levais la main pour lui rendre son geste, l'un des gardiens s'est précipité sur moi pour m'assener sur le bras un coup de plat de baïonnette. Il était interdit de faire un signe vers nos amis, interdit encore plus de leur parler. Les gardiens ont fait sortir les coupables des rangs, toujours à coups de baïonnette, pour prendre leur nom et les priver de visites. Mais tous se sont mis à donner des noms imaginaires ou célèbres : Léonard de Vinci, Albert Einstein, etc, que ces gardiens notaient soigneusement. Par la suite, nous n'avons jamais entendu parler de cet incident...

Ce repas est resté gravé dans ma mémoire : trois cuillerées à soupe de riz avec quelques os de poulet. Pas le moindre morceau de viande. Quand je dis trois cuillerées, je n'exagère pas, je les ai comptées : il y en avait trois, exactement. Plus un peu de pain.

Un gardien, montre en main, a compté deux minutes. C'était le temps accordé aux prisonniers pour qu'ils mangent. Ils devaient alors se lever, qu'ils aient fini ou non. C'était trop de temps pour le riz, certes, mais il nous était interdit d'emporter notre morceau de pain. Beaucoup d'entre nous ne le savaient pas encore, et on le leur a confisqué alors qu'ils le tenaient à la main. Tout avait été calculé pour que nous ressentions à chaque instant la pression de la faim, mais on peut se demander ce que pouvait leur faire que nous gardions notre pain pour plus tard ?

Une fois de retour sur ma couchette, j'ai longuement réfléchi à la situation. Beaucoup d'entre nous s'indignaient déjà. Ce que voulaient nos gardiens, c'était nous démoraliser, nous humilier, nous réduire par la faim. J'ai donc décidé que, dès le lendemain, je m'imposerais une mesure d'autodiscipline qui exercerait et renforcerait ma volonté.

Mais dès la soirée, le vent se mit à souffler en rafales, et une pluie torrentielle précéda une de ces perturbations tropicales qui prennent la forme d'un cyclone ; le lendemain, comme il continuait à pleuvoir, nous n'avons eu ni déjeuner, ni repas principal. Lorsque la nuit a commencé à tomber, le ciel s'est éclairci, et un peloton de gardiens et plusieurs officiers se sont arrêtés devant notre grille. Ils voulaient nous faire sortir et nous compter. Il a fallu d'abord, avant de sortir, nous mettre en colonne par deux, et une fois la grille ouverte, nous avons quitté la galerie au pas redoublé entre deux files de gardiens. Et presque aussitôt, à coups de bâton, de baïonnette et de barre de fer, ils nous ont attaqués pour nous forcer à courir au pas de gymnastique.

Se mettre à courir dans cette cour comme ils le voulaient était une humiliation que nous ne pouvions accepter, aussi ont-ils redoublé de coups, au hasard, sans aucune discrimination.

Barrant l'entrée de la galerie, il y avait un muret d'une trentaine de centimètres de haut pour repousser l'eau qui, à chaque pluie, inondait cette partie de la cour. Il fallait sauter pardessus en sortant et en entrant, cela sous une averse de coups. Malheur à qui trébuchait et tombait : les gardiens s'acharnaient sur lui et le rouaient de coups.

Cette course au pas de gymnastique allait devenir pour l'administration, après notre premier refus, une question de principe, mais c'était le cas pour nous aussi. Notre résistance allait nous coûter bien des séances de bastonnades et autres coups. Il y avait deux dénombrements par jour, au lever et au coucher du soleil. Eugenio de Sosa, dont la couchette était proche de la grille d'entrée, était chargé de nous prévenir quand les officiers responsables du dénombrement apparaissaient au poste de garde. C'était également lui qui donnait l'alarme quand la troupe des gardiens arrivait pour effectuer une fouille générale.

Le fait de savoir que nous allions être battus à la sortie et à l'entrée de la galerie suscitait chez tous une tension d'esprit continuelle.

Nous avons eu bientôt l'impression que la faim nous tenaillait l'estomac, nous le collait à la colonne vertébrale. Les prisonniers redoublaient d'astuce pour tromper la surveillance des gardiens et emporter leur morceau de pain. Par exemple, ils le fourraient dans leur soulier, sous leur pied, l'aplatissaient de tout le poids de leur corps et passaient ainsi devant les matons. Certes, ce morceau de pain était bien petit, caoutchouteux, élastique, si bien que des détenus arrivaient à le dissimuler sous leurs testicules. Vers neuf heures du soir, alors que le vide de notre estomac commençait à nous torturer, nous recouvrions ce minuscule morceau de pain de sel, le seul condiment qu'on ne nous refusait pas, et nous le mangions salé à l'extrême pour ensuite noyer notre faim à grand renfort d'eau.

J'ai rapidement mis en pratique ma décision de ne pas me laisser manipuler par cette carence alimentaire organisée. Quand j'étais assis devant mes trois cuillerées à soupe de riz, j'en mangeais deux et écartais la troisième. Celestino et Pruna me disaient que j'étais devenu fou. Je répondais que c'était une manière de mettre à l'épreuve ma force de caractère. Si l'on me donnait le lendemain seulement deux cuillerées, je n'en mangerais qu'une.

Pour moi, c'était comme une victoire que je remportais sur le système. Et en effet, dès lors les rations qu'on nous donnait, insuffisantes pour les autres, furent abondantes pour moi.

Certains jours, on nous donnait de la farine de maïs transformée en instrument de torture. On nous la servait bouillante. A peine avions-nous le temps d'avaler une cuillerée que les deux minutes étaient passées : nous devions nous lever et sortir du réfectoire l'estomac vide.

J'ai aussitôt résolu le problème. Comme nous pouvions avoir avec nous notre récipient, pot ou broc, rempli d'eau, j'arrosais simplement cette farine bouillante, mélangeais, et mangeais tout ou partie de cette sorte de soupe.

Il y avait dans le poste de secours, ou infirmerie et pharmacie, un fauteuil dentaire et un dentiste. Mais ce dernier n'existait pas pour nous : il avait reçu l'ordre de ne donner aucun soin au prisonnier qui souffrait d'une carie. Il ne travaillait que pour nos gardiens.

Le directeur de ce poste de secours était un médecin de quatre-vingt-deux ans, un nommé Blanco. Il avait été expulsé de l'Ordre des Médecins, il y avait des années de cela, avant la révolution. Parmi tous les avortements qu'il pratiquait illégalement, l'un d'eux avait mal tourné et la femme était morte.

Naturellement, la révolution l'avait réhabilité. Toujours vêtu de vert olive, il portait une casquette qui lui donnait l'air d'un contrôleur de train. Un bout de mégot éteint, toujours le même semblait-il, pendillait au coin de sa bouche. Il apparaissait de temps à autre à l'infirmerie pour signer quelques paperasses.

Le véritable maître des lieux était l'homme qui s'y trouvait à demeure, un vieux gardien maigre et susceptible, le visage piqueté de petite vérole, et qui s'appelait Fundora. Il allait être le héros d'une histoire qui fait partie du florilège des prisons communistes.

Un de nos camarades, Carlos, avait une molaire cariée. Mais comment la faire plomber ? Le vieux Fundora était le seul à pouvoir enfreindre le règlement. Or, d'autres détenus avaient déjà essayé de toucher cet individu grossier, despotique et infatué de son pouvoir, et ils avaient échoué.

Carlos s'entoura d'abord de renseignements précis au sujet de ce cerbère : il avait été teinturier avant de devenir en 1959 fonctionnaire du ministère de l'Intérieur en tant que gardien de prison. Il s'était fait confectionner une blouse blanche semblable à celle des médecins, et il allait et venait dans l'infirmerie, regardant tout, surveillant les médecins prisonniers et critiquant toutes leurs interventions. Ce petit vieux était arrivé à les terroriser ; il suspendait à son gré leur droit d'examiner un malade et pouvait même les envoyer au cachot disciplinaire.

Nous pouvions nous présenter à l'infirmerie deux fois par semaine. Nous recevions un cachet d'aspirine ou un sirop pour le rhume, ou encore quelques comprimés pour l'asthme. Un jour, Carlos, prétextant un accès d'asthme, reçut un flacon de sirop et quelques comprimés d'aminophylline. Il se dirigea aussitôt vers Fundora qui se tenait près de la porte d'entrée, et il se mit au garde-à-vous devant lui :

— Je vous demande pardon, docteur. Me permettez-vous de vous consulter un petit instant ?

Le visage du vieillard s'illumina. Comment sa fatuité lui aurait-elle permis de supposer que Carlos se moquait de lui ? Fait sans précédent, un prisonnier l'appelait docteur : cela le comblait de joie. S'éclaircissant la voix qu'il avait très rauque, il demanda à Carlos ce qu'il désirait.

J'étais présent, et il a fallu que je tourne le dos pour dissimuler mon envie de rire.

— Voyez-vous, docteur, ce petit médecin qui est assis à la

dernière table m'a donné comme médicaments ce sirop et des comprimés pour mon asthme, mais j'ai l'impression qu'il n'a pas beaucoup d'expérience... franchement, il ne m'inspire pas tellement confiance. C'est pourquoi je m'adresse à vous : pouvez-vous me faire la faveur de me dire comment il faut que je prenne ces médicaments, au cas où vous jugeriez qu'ils me conviennent.

— Voyons cela...

Fundora, qui avait déjà pris la bouteille de sirop, l'examina, réfléchissant longuement :

— ... Eh bien, vous allez en prendre une cuillerée en vous couchant, et si vous avez le matin l'impression d'étouffer, prenez-en encore une autre.

Carlos le remercia et sortit. Le surlendemain, il reparut :

— Vous ne savez pas le bien que m'a fait le traitement que vous m'avez indiqué. Grâce à vous, j'ai pu enfin dormir, et d'un bon sommeil... Je savais que vous aviez plus d'expérience que ce médecin-là, et il n'y a personne ici qui s'y connaisse autant que vous en matière de médicaments.

A mesure qu'il parlait, Carlos avait l'impression que le vieux gardien se gonflait de vanité. Aussi poursuivit-il :

— ... Voilà des années que je fréquente cette infirmerie, mais vraiment elle n'a jamais fonctionné comme maintenant. Depuis que vous la dirigez, les choses se sont bien améliorées. On voit que vous êtes un homme habitué à commander et que vous savez vous faire respecter. Ici, on voit tout de suite qu'il y a de l'ordre et de la discipline.

C'en était trop pour ce pauvre gardien : s'il avait continué à se taire, il aurait éclaté de suffisance. Aussi répondit-il en souriant, heureux et fier de lui :

— Eh bien, la vérité est que j'ai toujours été comme ça. Moi, j'aime les choses bien faites, et ceux qui travaillent avec moi n'ont qu'à s'incliner.

Ce genre de conversations se poursuivit encore quelques jours. Et Fundora s'enflait de plus en plus. Pukis vint l'après-midi où Carlos avait décidé de lancer à fond son attaque pour arriver à ses fins.

Quand Fundora lui demanda, comme d'habitude, s'il avait passé une bonne nuit, Carlos, le visage creusé par l'angoisse, lui répondit que, hélas, il n'avait presque pas fermé l'œil.

— Quoi ? Vous n'aviez plus de sirop pour votre asthme ?

— Mais si ! Seulement j'ai une dent avec une carie et j'ai eu tellement mal... J'ai bien fait une demande pour qu'on me la plombe si c'était possible, mais on m'a répondu qu'il fallait l'autorisation du ministère. Pensez donc ! Comment pourrais-je m'adresser au ministère, moi ?

— Quoi ? Quel est l'idiot qui vous a raconté ça ? Et moi, je ne compte pas, alors ? Qu'est-ce que c'est que cette histoire de ministère ! Ici, c'est moi qui commande.

Il appela le dentiste, un détenu qui adulait les gardiens jusqu'à être ivre d'humiliations :

— ... Soignez la dent cariée de ce prisonnier !

Et comme le dentiste le regardait, hébété, ne comprenant pas ce qui arrivait :

— ... Et alors ? Vous n'avez pas entendu ?

## CHAPITRE XXXV

# La lutte contre l'uniforme bleu

Le soir où eut lieu ce dénombrement est resté pour moi inoubliable. Cela a commencé par les coups qui se sont abattus sur nous quand nous sommes sortis. Candedo, qui se hâtait à côté de moi, a trébuché en sautant le muret, mais j'ai pu tendre la main pour qu'il s'y accroche. Néanmoins, nous avions pris un retard de quelques secondes, et les matons en ont profité pour nous rosser sans pitié. De cette période, j'ai gardé comme souvenir, pour toute ma vie, des traces de coups sur le cuir chevelu...

Les matons avaient reçu l'ordre de nous faire courir aussi longtemps que nous serions dans la cour. Mais nous avions décidé de ne pas nous prêter à cette humiliation.

Les gardiens de la cour, assistés de plusieurs officiers, se sont précipités sur les premiers à sortir pour les diriger, à coups de plat de baïonnette et en courant, vers le poste de garde. La plupart d'entre nous se trouvaient encore à l'intérieur. Le lieutenant responsable de l'ordre ferma soudain la grille de notre *galera,* isolant ainsi les quelque trente-cinq prisonniers déjà dehors et dont malheureusement je faisais partie. Dès lors, entre nous et les gardiens, ce fut un affrontement général. Toledo, que nous avions surnommé « Muñeca » (« Poupée »), se trouvait devant la galerie de l'infirmerie. Il était petit, mais d'un courage inouï : à lui seul, il tenait tête à cinq ou six gardiens qui l'avaient acculé entre le mur et un énorme réservoir d'eau. Le lieutenant Lirbano, après avoir échangé avec lui quelques coups de poing, préféra battre honteusement en retraite : la Poupée était une vraie machine à donner des coups.

Les frères Bayolo eux aussi étaient engagés dans une lutte sans merci contre d'autres gardes. Castroverde arracha à un pupitre une planche de bois et s'en servit pour contre-attaquer avec succès. Déjà, la sirène d'alarme retentissait, alertant l'ensemble de la garnison, et du haut des toits, les hommes de garde tiraient en l'air des rafales de mitrailleuse pour confirmer l'urgence des secours.

Ricardo, le dos à la grille du poste de garde, se défendait contre un mulâtre de grande taille et vigoureux qui essayait de le piquer de sa baïonnette ; jusqu'alors Ricardo avait esquivé tous les coups, de pointe ou de plat, ou les avait parés avec ses avant-bras. Finalement, voyant son sang ruisseler d'une blessure au poignet, Ricardo, aveuglé par la colère, bondit sur son adversaire et lui assena une telle droite au creux de l'estomac que le mulâtre, ouvrant les bras pour respirer, recula en chancelant contre le mur, lâchant du même coup son arme.

Le tonnerre de clameurs qui s'élevait maintenant de toutes les galeries ne cessait pas plus que les hululements ininterrompus de la sirène. Et soudain les renforts de la garnison firent irruption par le poste de garde.

Orozco, ancien officier de l'armée cubaine et qui était revenu clandestinement d'exil, tenta de lutter contre la panique qui s'empara de nous. Il se mit à nous crier des ordres : nous devions nous retirer vers notre *galera*, mais pas à pas, sans courir. Ancien militaire, il savait l'importance qu'il y a à ne pas fuir en désordre. Et nous avons en effet commencé à battre en retraite avec Orozco, le dernier de nous tous, criant toujours : « Ne courez pas ! » A côté de lui, Pepe Márquez reculait pas à pas, lui aussi. Quant à moi, je tremblais de peur. Et en arrivant devant la *galera* 8, la crainte des coups, une panique folle, l'ont emporté sur ma raison, et je me suis retrouvé parmi ceux qui couraient déjà.

C'était s'offrir un à un à la violence des matons qui maintenant remplissaient la cour. Certains n'avaient pas pris le temps de se chausser ou de passer leur chemise, mais chacun d'eux brandissait une arme quelconque faite pour frapper, faire mal, blesser. A leur tête, un officier de la Police politique avançait, vêtu impeccablement.

Sous cette averse de coups de chaîne, de coups de pointe et de plat de baïonnette, nous n'avons plus été bientôt qu'un tas d'hommes terrorisés, acculés dans un des coins de la cour, dans l'angle placé juste devant notre galerie, sans défense contre ceux qui s'acharnaient d'autant plus sur nous.

L'officier de la Police politique mit fin à ce massacre. Après une harangue sur la puissance et l'invincibilité de la révolution, il nous a accompagnés jusqu'aux cachots disciplinaires.

On nous a mis tous ensemble dans l'un d'eux. Nous étions tellement serrés que les gardes ont pu difficilement fermer la grille. Il nous était impossible de bouger, de nous asseoir, et nous sommes restés debout toute la nuit tandis que nos chevilles et nos pieds enflaient douloureusement.

La nuit a passé sans sommeil. Nous pensions que l'on nous répartirait le lendemain dans les cellules voisines qui étaient vides. Nous nous trompions : nous sommes restés dans cette position deux jours et demi...

A la Cabaña aussi, l'eau était rationnée. Il fallait faire la queue pour obtenir la quantité réglementaire : un litre par jour et par prisonnier pour boire et pour nous laver.

C'était un soldat qui surveillait la répartition de l'eau dont un autre contrôlait de l'extérieur le débit total. Deux fois par semaine, nous recevions quelques baquets supplémentaires pour nous laver à fond. Dans la cour, de grandes poubelles remplies d'ordures devenaient de plus en plus nombreuses. Sous elles et autour d'elle, c'était un foisonnement de déchets et de vers. Attirés par la pourriture et une odeur nauséabonde, des milliers de mouches tourbillonnaient partout. Quand il y avait du vent, des feuilles de papier hygiénique déjà utilisées voletaient çà et là dans la cour. Dans les *galeras*, l'entassement était tel que nous ne pouvions descendre de nos couchettes. Les voûtes étaient parsemées de grandes taches d'humidité couleur vert-de-gris, où perlaient des gouttes d'eau.

A la saison des pluies, la situation s'aggravait : les gouttes tombaient sur les couchettes supérieures. Avec des bouts de plastique, nous avons fabriqué des canalisations qui détournaient ces suintements vers les murs où l'eau, en ruisselant, gagnait le sol.

J'ai dit qu'il y avait avec nous un groupe d'ex-militaires de Batista. Condamnés à mort, ils attendaient leur exécution depuis 1959.

Or, au cours de la nuit du 29 janvier 1967, après huit années de prison, des gardiens surgirent, tirèrent de sa couchette Elizardo Necolardes et le fusillèrent. Ce fut la stupeur chez ces condamnés qui s'imaginèrent que c'était le début des exécutions. On apprit ensuite qu'au cours d'un voyage de Castro dans la province d'Oriente, un de ses vieux amis lui avait rappelé devant le public qui l'acclamait que Necolardes, ancien personnage politique partisan de Batista, était toujours en vie. Castro se retourna vers l'un de ses aides de camp et, à voix haute, donna l'ordre de le fusiller immédiatement.

Pendant l'hiver, nous tremblions de froid, faute de vêtements appropriés : proche de la mer, la prison de la Cabaña est exposée à tous les vents froids qui soufflent du nord et qui s'engouffrent dans les *galeras.* A l'intérieur, le thermomètre descendait souvent à trois ou quatre degrés, parfois à moins.

Enfin, j'ai réussi à me procurer un sac de jute que j'ai fourré de morceaux de mousse de plastique, et j'en ai cousu les bords avec beaucoup de soin pour éviter que les punaises, fort nombreuses dans notre galerie, ne pénètrent à l'intérieur et ne s'y cachent.

Les visites avaient lieu alors tous les trois mois, et prisonniers et visiteurs étaient séparés par deux toiles métalliques, comme celles que l'administration avait voulu imposer à l'île des Pins. Puni comme beaucoup d'autres, je n'ai pas pu voir ma famille pendant six mois. Nous avions droit à une lettre par trimestre. La correspondance servait également d'instrument de manipulation. Parfois, les gardiens avertissaient un prisonnier qu'ils avaient deux lettres pour lui, l'une de sa mère et l'autre de sa femme, et ils lui laissaient le choix. Quand on m'a remis ma première lettre, je ne l'ai pas lue immédiatement, de même que les suivantes. Je les déposais sur ma couchette pour ne les lire que le lendemain. J'ai continué ainsi à exercer ma volonté, sachant que j'en aurais de plus en plus besoin.

Un jour, nous avons appris qu'on démantelait le pénitencier de l'île des Pins, et nous avons salué cette nouvelle avec joie. C'était au début du mois de mars. Avec notre départ, l'administration du pénitencier avait pensé décapiter la résistance et se débarrasser de ses dirigeants ou « petites têtes », comme nous appelaient les communistes à la Cabaña.

A l'île des Pins, l'administration avait alors déclenché l'offensive finale : assassinats, mutilations, blessures, tous les moyens avaient été bons pour réduire la résistance de ces héros qui ont tout supporté avec stoïcisme. Les autorités ont décidé alors de supprimer ce pénitencier, mais il fallait en même temps imposer à tous la Réhabilitation Politique.

Obligé de recourir à un nouveau plan, le gouvernement ordonna de disséminer les détenus de l'île des Pins dans toutes les prisons de grande sécurité et dans tous les camps de concentration, aussi loin que possible de leur famille et dans des régions à l'écart de tout. En déstabilisant émotivement le détenu, le gouvernement croyait isoler et détruire un à un tous les centres de résistance.

Quand le prisonnier arrivait à destination, on lui remettait un nouvel uniforme de couleur bleue, celui que portaient les condamnés de droit commun et les réhabilités. Ceux qui le refusaient étaient battus sans cesse par des « gorilles » du ministère de l'Intérieur, spécialisés dans les arts martiaux.

Tout cela se fit en quelques semaines.

Le lieutenant Tarrau, directeur du pénitencier, avait bien mérité de Castro par sa violence et les tortures infligées aux détenus, sans compter les assassinats dont il s'était rendu coupable... Aussi Castro le nomma-t-il lui-même membre du Comité central du Parti communiste avec le grade de commandant, et il devint simultanément chef de l'Instruction Politique au ministère de l'Intérieur ! Il était le digne représentant de la conscience morale de l'élite révolutionnaire. Il incarnait vraiment les normes qu'un communiste assigne à son comportement.

Mais Tarrau avait pris goût à l'alcool et aux toutes jeunes femmes. Le vieux satyre fit un jour scandale dans le quartier luxueux de Miramar : alors qu'il se baignait nu dans la piscine de sa maison, plusieurs filles, qui se baignaient nues avec lui, se retrouvèrent ainsi, complètement ivres, en pleine rue. Il était impossible d'étouffer l'affaire, la Police politique, pour des raisons évidentes, parvint malgré tout à faire le silence autour d'elle. Tarrau reçut simplement un conseil : tout scandale était incompatible avec la position qu'il occupait ; désormais, ses bacchanales devraient se dérouler à huis clos avec toute la discrétion nécessaire.

Mais le commandant Tarrau ne pouvait s'empêcher de parcourir les rues de La Havane dans son Alfa Romeo, un présent spécial de Castro, avec toute une cour de filles. Un dernier scandale avec une mineure mit fin à la patience de Castro : la conduite de son protégé nuisait à l'image du parti. Expulsé du Comité central, cassé de son grade dans l'armée, destitué de ses fonctions de chef de l'Instruction politique au ministère de l'Intérieur, il se retrouva en train de semer l'herbe à bestiaux dite *pangola* dans la province de Camagüey.

Efigenio Amajeiras, le premier chef mirobolant que Castro donna à sa police, connut le même sort. Il était par trop amateur de marijuana et de partouzes. Le régime dut se débarrasser de lui à la suite d'une affaire où se trouvèrent mêlés par dizaines de très hauts fonctionnaires qui n'avaient pas su montrer la discrétion indispensable dans leurs « divertissements ». Parmi eux se trouvait le représentant actuel de Cuba aux Nations Unies, Raúl Roa, qui s'en tira à temps. Quant à Amajeiras, tout comme Tarrau, on l'envoya semer de la *pangola.*

Une fois Tarrau éliminé, sa succession revint à un homme terrible au nez aplati et à la voix nasillarde, Edmigio González, dit « El Ñato » ou « Le Camus ». Directeur d'une prison à Pinar del Río, il en avait fait son fief. Comme les prisonniers politiques qui s'y trouvaient refusaient de mettre l'uniforme bleu des détenus de droit commun, il ordonna d'élever un muret de cinquante centimètres devant chacune des grilles de la galerie qu'ils occupaient, et que les gardiens inondèrent aussitôt avec des lances d'incendie :

— S'ils ne s'habillent pas maintenant, je cesse de m'appeler El Ñato, avait-il dit.

Mais les prisonniers résistèrent pendant deux semaines, réfugiés dans les couchettes supérieures, sans pouvoir descendre, vivant pratiquement dans une piscine. Comme les latrines et les urinoirs se trouvaient sous le niveau de l'eau, il était impossible de les utiliser, et quand les prisonniers devaient se soulager, leurs matières fécales flottaient autour d'eux.

Dans tous les camps de concentration où l'on voulait obliger les détenus à porter l'uniforme bleu, plusieurs d'entre eux organisèrent une résistance intrépide. Leur exemple fut si contagieux qu'on dut les séparer des autres et les envoyer dans des prisons dites « fermées », où ils demeurèrent au secret, sans aucune communication avec l'extérieur, subissant toutes les représailles imaginables.

A la Cabaña, le changement eut lieu sans violences de la part des gardiens. Mais ceux qui comme moi refusèrent de se vêtir en « droits-communs » durent livrer tous les objets personnels qu'ils possédaient ainsi que l'uniforme kaki qu'ils avaient porté jusqu'alors, avant d'être transférés dans des *galeras* totalement vides. Cet événement eut lieu pendant les derniers jours du mois de juillet 1967.

Dans notre *galera*, nous étions plus de trois cents. Pour dormir, il n'y avait pas assez de place par terre. Nous nous couchions donc à tour de rôle en nous collant les uns contre les autres ; une trentaine d'entre nous devaient rester debout près de l'entrée.

Le groupe des prisonniers de la Cabaña, dont je faisais partie, fut le dernier à avoir porté jusqu'au bout l'uniforme kaki.

Quelques jours plus tard, l'organe officiel du parti communiste, *Granma*, parut avec des photos des « circulaires » de l'île des Pins ; pour tout commentaire, il affirmait que tous les détenus contre-révolutionnaires se trouvaient désormais dans des « fermes de réhabilitation » disséminées sur toute l'île. Il signalait en plus que seul un tout petit groupe de récalcitrants avait été réparti dans des prisons « fermées ».

Le gouvernement avait pour but de nous faire revêtir l'uniforme bleu avant de nous diluer dans la masse gigantesque des prisonniers de droit commun qui étaient alors plus de cent mille ! On prétendait nous faire disparaître en tant que prisonniers politiques en nous confondant avec des délinquants.

La question de la « « Réhabilitation Politique » importait peu : parmi ceux qui portaient par force l'uniforme bleu, des milliers maintenaient une attitude combative, mais leur transfert dans les camps de concentration que les communistes appelaient par euphémisme des « fermes » avait facilité un mensonge que complétait le port de l'uniforme bleu.

Quelques jours plus tard, les autorités pénitentiaires engagèrent une offensive massive d'offres avantageuses : si les derniers rebelles acceptaient de s'habiller, ils seraient envoyés dans des prisons proches de la résidence de leur famille, leurs procès seraient révisés dans le sens d'une diminution de peine, ils pourraient être placés dans des fermes où ils auraient des permissions de quarante-huit heures pour se rendre chez eux.

Les jours passèrent, et beaucoup d'entre nous, jugeant qu'il n'y avait pas d'autre solution, acceptèrent l'uniforme bleu. Sitôt habillés, on les faisait sortir de la Cabaña. On leur demandait aussi de parler à leurs amis et de les convaincre de l'inutilité de leur résistance. Mais la plupart des prisonniers récemment habillés de bleu malgré eux refusèrent de se prêter à cette campagne déshonorante de prosélytisme.

Peu à peu, le nombre des irréductibles se stabilisa. Ceux qui cédèrent aux pressions le firent presque tous au cours des premières semaines. Ce fut le cas d'Alfredo Carrión.

Il n'avait pas renoncé à s'évader, et il se persuada que toutes ces nouvelles mesures faciliteraient la réalisation de son projet. Beaucoup de ceux qui avaient accepté l'uniforme bleu se retrouvaient au camp de concentration de Melena Dos. Carrión parvint à s'y faire envoyer et se porta volontaire pour travailler au-dehors. Avec Lino López Quintana, il mit au point un plan qui, d'après eux, avait de grandes chances de réussir.

Les prisonniers se rendaient au travail dans une charrette que tirait un tracteur. Les gardiens les suivaient en camion.

Pendant des semaines, Carrión et Lino étudièrent le trajet ainsi que le tracé des champs de canne à sucre et de tous les chemins de traverse qui les quadrillaient. Ils constatèrent qu'à un certain virage, le tracteur soulevait un nuage de poussière qui dissimulait la charrette aux yeux des gardiens.

Ce fut à ce moment précis et dans ce nuage de poussière rougeâtre qui supprimait toute visibilité, que Carrión et Lino bondirent de la charrette. Cachés dans les hautes herbes, ils virent passer devant eux le camion des gardiens. Puis ils s'enfoncèrent dans les plantations de canne à sucre.

Au premier appel qui eut lieu quand les prisonniers sortirent de la charrette, les gardiens s'aperçurent de leur fuite. Immédiatement, ils donnèrent l'alarme, et des camions remplis de soldats se dispersèrent en éventail par tous les chemins pour encercler et quadriller complètement une énorme étendue de terrain. Des postes de garde s'installèrent à tous les croisements, et des renforts de plusieurs dizaines de miliciens arrivèrent de Melena del Sur, le village le plus proche. La battue commença aussitôt au milieu des cris des hommes et des aboiements des chiens.

Carrión et Lino avaient décidé de se séparer et de s'enfuir chacun de son côté, pensant ainsi avoir plus de chances d'égarer leurs poursuivants. Mais chacun des champs de canne à sucre était déjà encerclé et transformé en un piège mortel qui fourmillait de gardiens.

Carrión était parvenu à sortir d'un premier champ et à passer dans le second avant l'arrivée des soldats dans le chemin qui servait de démarcation entre les deux. Il croyait pouvoir continuer à faire de même et traverser ainsi plusieurs chemins. Mais au second déjà, un milicien embusqué derrière un groupe d'arbustes le vit sortir du champ de canne à sucre avec précaution, regardant de tous les côtés. Il ne pouvait apercevoir le milicien qui, caché dans l'épaisseur des buissons, stabilisait tranquillement le canon de son fusil R-2 dans l'enfourchure de deux branches, visait en prenant son temps et tirait comme à l'exercice.

Carrión, atteint à une jambe, se laissa tomber et ne bougea plus. Sa grande intelligence lui permettait de savoir que l'homme qui l'avait touché allait de nouveau tirer au moindre de ses gestes. La seule chance qu'il avait de rester vivant était de faire le mort. Il entendit des pas qui s'approchaient, le craquement des cannes sèches écrasées sous les bottes, puis ce fut le silence : l'homme s'était arrêté derrière lui. Toujours sans bouger, Carrión parla : « Ne tirez pas, je suis blessé... » Il put encore entendre le début d'une série de coups de feu. Les balles tirées à bout portant le traversèrent de part en part.

Le soir même, dans un bar de Melena del Sur, le milicien connu par son surnom « Jagüey » (un arbre de Cuba), allait se vanter, devant un auditoire de copains, de la manière dont il avait supprimé de plusieurs balles dans le dos ce contre-révolutionnaire évadé et qui, blessé et étendu par terre, le suppliait de ne pas tirer :

— Voyez-vous ça ! Moi qui ne rêvais que d'étrenner mon R-2 !

Lino lui aussi fut repris, puis roué de coups. Il était cousin du commandant Sergio del Valle, alors ministre de l'Intérieur, aujourd'hui ministre de la Santé publique et toujours l'un des grands patrons du parti.

Or, Lino devait disparaître. La police expliqua à sa famille qu'il avait sauté sur une mine en tentant de gagner la base américaine de Guantánamo. Mais pourquoi refusa-t-on de rendre son corps à ses proches ? La disparition de Lino est demeurée bien mystérieuse.

La famille de Carrión eut plus de chance : elle apprit la nouvelle de sa mort par un télégramme du ministère de l'Intérieur.

La seule explication officielle fut tardive : il aurait tenté d'attaquer la garnison de la prison !

La famille reçut aussi l'autorisation d'assister à l'enterrement de Carrión. Elle pourrait voir le cadavre une heure avant sa mise en terre. Mais la Police politique avait entre-temps occupé le local dont la porte était défendue par des gardiens. Un officier appela Hilda, la mère de Carrión, et Margarita, sa fiancée, pour leur signifier que toute pleurnicherie était interdite et que si l'on entendait un seul sanglot, les gardiens enlèveraient immédiatement le cadavre. Personne ne put voir le corps traversé de balles. Un soldat debout près du cercueil s'opposait à toute approche.

Cette dernière rencontre ne dura pas une heure. Cinquante minutes plus tard, on avait déjà chargé le cercueil dans un corbillard automobile. Un métis de haute taille, vêtu de la gabardine vert olive de la Police politique, s'assit à côté du chauffeur. Un autre véhicule plein de militaires s'ébranla derrière le corbillard.

Au cimetière de Colón, la mise en terre fut rapide. Parmi la douzaine ou la quinzaine de personnes qui s'étaient rassemblées, nul n'eut le droit de prononcer une parole d'adieu. Dès que la dalle eut rebouché la fosse, toutes les personnes présentes durent s'en aller. Les femmes insistèrent en vain pour prier un instant. Elles furent repoussées, menacées.

Un soldat demeura sur place pour monter la garde. Martha, ma future épouse, et la fiancée d'Oscar Fuentes, un prisonnier ami de Carrión, se cachèrent dans la chapelle du cimetière. De là, elles voyaient la tombe où l'on avait déposé le mort. Elles restèrent là quelque temps à surveiller le gardien. Quand elles s'en allèrent à la tombée de la nuit, il était toujours là.

Nombreux étaient ceux qui n'avaient pu résister et nous avaient quittés. Désormais, nous pouvions nous allonger par terre pour dormir, il y avait même de l'espace en trop.

Cette année-là, les vents froids se levèrent plus tôt que d'habitude. Leurs rafales balayaient les galeries, glaçant nos corps dévêtus.

Le prisonnier trouve à se débrouiller là où tout semble manquer. Quelques-uns d'entre nous parvinrent à se procurer, par ceux qui nous apportaient à manger, un morceau de carton ou de papier noirci et graisseux provenant de la cuisine. Ils s'en enveloppaient les jambes ou le plaçaient entre le sol et leur corps tremblant de froid.

Les autorités pénitentiaires nous firent alors subir des fouilles quotidiennes, le soir, pour rechercher les morceaux de carton et de papier et tout ce qui pouvait nous protéger du froid.

Le responsable de l'ordre intérieur déclara un soir que le froid nous obligerait vite à revêtir l'uniforme bleu. Pour des hommes comme lui, il ne faisait aucun doute que nous ne résisterions pas à l'hiver et que nous accepterions de nous habiller. Devant nous, tous se réjouissaient à l'avance de notre capitulation. Nos gardiens ne manquaient jamais de nous harceler de leurs commentaires :

— On va voir ce qu'ils vont faire quand il fera froid !

Et en effet le froid vint. Quand on nous avait ôté nos vêtements, nous nous étions retrouvés entassés dans trois *galeras* tandis que d'autres — quatre ou cinq — demeuraient vides. Pendant l'été, nous y avions souffert d'une chaleur tropicale. Avec la venue de l'hiver, pour que nous sentions encore davantage le froid, on nous a répartis dans toutes les galeries jusqu'alors vides.

Dès lors, il nous a été impossible de dormir. Le vent soufflait toute la nuit. Je me rappelle qu'avec l'aide d'un ami qui avait accepté le plan de réhabilitation et travaillait à l'infirmerie, j'ai pu me procurer un rouleau de papier hygiénique. J'ai eu alors l'idée de m'entourer le corps, comme une momie, de bandelettes. Le bien-être que peut procurer dans des circonstances semblables une couche de papier aussi léger est vraiment incroyable. J'ai eu l'impression de porter un pantalon et un tricot de laine. Mais cela ne devait durer que deux nuits : mon papier disparut lors d'une fouille.

L'administration militaire nous convoquait au hasard pour nous proposer, si nous nous habillions, plusieurs marchés. On nous affirmait mensongèrement que les stocks de notre ancien uniforme étaient épuisés, qu'on n'en fabriquerait jamais plus, et que c'était là l'unique raison de ce changement qui n'avait donc aucune implication politique. Mais nos interlocuteurs eux-mêmes n'avaient guère l'air de croire ce qu'ils disaient.

Le directeur de la prison de La Havane était alors le lieutenant Justo Hernández de Medina. Dès son arrivée, il avait fait preuve de beaucoup de diplomatie. Il avait en outre de nouvelles instructions du ministère : les coups devaient disparaître de l'arsenal des moyens de répression. Il manifesta ouvertement qu'il était opposé à toute torture et qu'il considérait qu'aucun prisonnier ne devait souffrir physiquement. Mais pourquoi n'était-il jamais question des autres Droits de l'Homme : l'isolement total, la privation de visites, de correspondance et de livres, de cette politique de nous laisser sans vêtements dormir à même le sol, de nous sous-alimenter et de nous soumettre à tous les supplices psychiques ? Tout cela était donc moralement autorisé à son point de vue.

L'une de ses premières innovations fut de convoquer un à un les prisonniers et de s'intéresser aux raisons de leur refus de l'uniforme bleu ; il insistait fort intelligemment. Il m'assura une fois que la révolution avait remporté de grands succès, et il m'invita même à me rendre à La Havane pour constater sur place les améliorations qui avaient eu lieu dans certains domaines.

— Voyez-vous, lieutenant, ai-je alors répondu, supposons que vous ayez atteint un niveau de vie supérieur à celui de n'importe quel pays capitaliste où pourtant il y a abondance de tout, je resterais toujours un dissident parce que mon opposition est d'ordre idéologique et non d'ordre purement matériel. Je m'oppose à vous parce que les communistes ont tué la liberté et non à cause de la carence de nombreux articles de consommation. Voilà pourquoi les « gains » de la révolution ne m'intéressent pas.

Le ministère de l'Intérieur recourait à tous les moyens pour nous faire accepter son uniforme bleu. Aussi la situation s'améliora-t-elle notablement dans les camps de concentration où l'on transférait les prisonniers qui acceptaient de s'habiller en détenus de droit commun. Il y eut comme une pause dans la répression. Les visites devinrent plus fréquentes, et il y eut même plusieurs mises en liberté. Mais tout cela n'était qu'un leurre pour faire cesser les dernières résistances. Ils nous faisaient visiter par d'anciens prisonniers de la Cabaña qui nous décrivaient la vie agréable qu'ils menaient en comparaison de nous, qui mourions de faim et de froid.

Par l'intermédiaire des détenus qui travaillaient à l'infirmerie, j'avais réussi à communiquer avec Martha, mais sporadiquement. Ma surprise fut grande quand, un matin, le directeur me convoqua pour m'annoncer que Martha était à l'entrée de la prison avec des familles de prisonniers, et qu'elle avait pris la tête de ceux qui protestaient contre les mesures du ministère de l'Intérieur. Il me prévint qu'elle serait emprisonnée si elle recommençait : je n'avais qu'à trouver un moyen de la mettre en garde.

J'ai appris plus tard ce qui s'était réellement passé. On avait dit, à la radio sans doute, que chacun des prisonniers pouvait recevoir une couverture et des dessous de laine. Toutes nos familles, qui se rendaient compte de ce que nous souffrions par le froid, s'étaient présentées dès le lendemain à la porte de la prison avec des dessous chauds. Les gardiens, qui n'étaient pas prévenus, avaient fait appel au directeur. Ce dernier refusa net de laisser entrer le moindre vêtement. Martha avait alors discuté, pour être accusée aussitôt d'être une « meneuse » et menacée de prison... Puis le directeur m'avait convoqué pour m'apprendre qu'elle risquait d'être incarcérée.

Notre nourriture diminua encore. Pour le déjeuner, nous n'avions qu'un bouillon de farine de maïs et une feuille, une feuille unique, de laitue par personne. Le nombre des cas de conjonctivite et autres maladies dues à l'avitaminose augmentait sans cesse.

Nous avons réussi à nous procurer les listes des aliments que nous recevions théoriquement en tant que prisonniers. Ces menus étaient préparés par la direction du pénitencier et affichés dans la cuisine. Par exemple, chaque menu comprenait de la viande, des pâtes, de la salade, du pain et de la confiture, alors qu'on nous donnait seulement ce nauséabond bouillon de farine, un peu de pain et une feuille minuscule de laitue.

Quiconque serait arrivé à l'improviste dans la cuisine et aurait consulté ces menus fantômes aurait pensé que personne dans le pays n'était nourri aussi bien que nous, les prisonniers.

Que se passait-il en réalité ? Que devenaient toutes ces victuailles qu'on nous distribuait officiellement et que nous ne recevions jamais ?

Eh bien, elles allaient tout droit à la cuisine des gardiens, et s'il en restait, ces derniers se les partageaient pour les emporter chez eux. Le vol, a dit Castro dans un discours au Comité central, était devenu une « institution » qui minait les fondations de la révolution ; dans les prisons, c'était une pratique courante. Les chefs volaient directement, dans le magasin, des caisses entières de conserves russes de viande, de graisse, de confitures, etc. Aucune prison n'a échappé à cette dégradation morale.

Au pénitencier de Boniato, par exemple, j'ai pu voir, depuis ma cellule dont la fenêtre s'ouvrait du côté de la cuisine, un certain sergent surnommé « Buena Gente » (« Bonne Gens ») remplir aux trois quarts de conserves, de poissons, d'oignons, etc. un récipient en fer-blanc de cinq gallons (soit environ vingt litres), puis recouvrir le tout de déchets destinés, disait-il, à l'alimentation de ses cochons. J'ai pu assister tous les soirs, sans exception, à ce spectacle.

## CHAPITRE XXXVI

# Nus

Plus l'hiver avançait, plus il était rigoureux. On enregistre à Cuba des températures de 1 à 2 degrés au-dessus de zéro. Ce froid, qui nous empêchait de dormir, n'a pas suffi pour briser notre résistance.

Les autorités du pénitencier ont dû imaginer d'autres méthodes. Elles sont nées dans la prison dite « du 5/2 », à Pinar del Río, domaine du féroce « El Ñato ».

Les prisonniers étaient complètement nus. Quand on les faisait sortir pour nettoyer les couloirs, certains, par pudeur, s'étaient confectionné avec du papier et un bout de fil une sorte de pagne. Mais tous les quatre ou cinq jours, même ces pagnes disparaissaient au cours d'une fouille.

Pour les obliger à céder, on les sépara pour les répartir un à un dans des cellules où se trouvaient déjà cinq ou six prisonniers de droit commun, des criminels de la pire espèce, endurcis et avilis par des années de prison. Il régnait parmi eux un climat de violence inouï tel que la seule loi était celle du plus fort.

En mettant chez eux un prisonnier politique, les gardiens n'oubliaient pas de dire à ces criminels qu'ils pouvaient faire de lui, sans avoir aucun ennui, tout ce qu'ils voulaient : c'était une invitation directe au viol collectif, pratique courante chez eux.

Mais là encore, l'administration pénitentiaire allait subir un nouvel échec. La majorité des prisonniers de droit commun avaient acquis peu à peu du respect, de l'admiration même, pour ces détenus politiques, à cause de leur attitude vis-à-vis des gardiens et du système.

Dans toute l'histoire des prisons cubaines, il n'y a eu qu'un seul cas où les prisonniers de droit commun se sont joints aux gardiens pour frapper un groupe des nôtres. Cela se passa dans la prison de Guanajay. Après quelques années, tous les délinquants qui avaient pris parti contre nous ont été éliminés un à un par d'autres détenus de droit commun. Mis au courant de cet événement, ils ont voulu eux-mêmes châtier ces traîtres sans que nous ayons à intervenir.

Un matin, on appela certains d'entre nous. L'officier de la Police politique qui vint les chercher accompagné de plusieurs gardiens de la prison prévint le responsable de la *galera* qu'il n'avait pas à garder leur déjeuner : ces prisonniers ne reviendraient pas.

Le soir, cinq détenus de plus nous quittèrent ainsi, et nous avons appris que ces prélèvements avaient également lieu dans la plupart des *galeras*.

Nous ne pouvions nous expliquer ces transferts, et nous ne soupçonnions pas quelle pouvait être leur cause. Cinq minutes après le départ de nos camarades, nous entendions le bruit du « panier à salade » qui assurait le transport des prisonniers. Après cela, nous étions réduits à des commentaires sur les bruits qui couraient, propagés par les gardiens : ces prisonniers revêtaient de force l'uniforme bleu, ou étaient transférés sur un îlot sablonneux de la côte sud. Là, ils devaient se procurer eux-mêmes leur nourriture, vivre exposés à toutes les intempéries et en proie aux attaques de nuées de moustiques. D'autres rumeurs prétendaient qu'on les avait envoyés en Union soviétique.

Entre-temps, les prélèvements de prisonniers se succédaient...

Un jour, ce fut mon tour et celui de Silvio Martínez, qu'on appela en même temps que moi.

Nous étions tourmentés par une incertitude que toutes les questions que nous nous posions avaient exacerbée jour après jour.

Dans un coin de la cour, deux coiffeurs nous tondirent le crânc à la machine sauf, sur le front, une touffe ridicule de cheveux. L'air était glacé et l'absence de vêtements me donnait la chair de poule. Nous sommes sortis par le poste de garde, escortés de gardiens armés de fusils, baïonnette au canon. Nous sommes entrés dans la cour qui avait autrefois servi aux visites. Quelques minutes s'écoulèrent, puis nos gardes nous firent signe de nous mettre en marche.

Nous marchions l'un à côté de l'autre, mais un gardien nous a ordonné d'avancer en file indienne. Si l'on avait pris alors une photo de nous tels que nous étions alors, sans vêtements, marchant entre deux gardiens armés de fusils, baïonnette au canon, cette image aurait bouleversé tout le monde civilisé. Mais il n'est pas facile de photographier l'intérieur d'une prison communiste.

Des deux côtés de la route pavée, il y a deux siècles, par des esclaves, il y avait tous les dix ou quinze pas un soldat au garde-à-vous, portant le casque de guerre et armé d'un fusil baïonnette au canon.

Je m'obligeais à réfléchir, mon cerveau travaillait à toute vitesse, et l'angoisse me tenaillait : je ne savais rien de ce qui nous attendait, et je craignais vraiment le pire.

Nous étions le 5 octobre 1967. Ce matin-là, tout était gris, le ciel, la terre, l'air.

Déjà nous nous approchions des bâtiments de la direction. Une porte s'est ouverte, et le directeur en est sorti. Il a dit à l'un de nos gardes de faire entrer Silvio dans le local de gauche, et moi dans celui de droite. En entrant, d'un seul coup d'œil, j'ai embrassé tous les détails de la pièce : un petit bureau avec des brochures de propagande marxiste et, sur une caisse de bois, des uniformes bleus ; une porte condamnée par des planches croisées et de derrière laquelle, me suis-je dit, on m'espionnait. Une autre caisse renversée et, dans un coin, d'autres uniformes mêlés à des brochures, m'ont fait croire qu'une lutte sérieuse venait de se dérouler à cet endroit même.

Dès lors, j'ai été certain que des gardiens allaient faire irruption pour me soûler de coups et m'obliger à m'habiller, car les rumeurs qui couraient faisaient aussi état de cette possibilité. Mais je m'y étais préparé mentalement et resterais donc insensible à l'effet de surprise.

Je croyais être surveillé à travers les fissures des planches de la porte, et j'ai donc simulé une indifférence et un calme que j'étais loin de ressentir. Je me suis assis sur une chaise et j'ai feuilleté une brochure. Jamais je n'ai su ce qu'elle contenait. Comme toujours au moment du danger, j'ai recommandé mon âme à Dieu avec toute la ferveur dont je suis capable, et j'ai senti monter en moi comme une vague de tiédeur qui me réconfortait et m'emplissait du courage nécessaire pour supporter tout ce qui pouvait arriver.

J'ai d'abord entendu un bruit de voix, puis la porte s'est ouverte. J'ai vu ma mère et Martha que l'on poussait vraiment à l'intérieur de la pièce. J'aurais voulu que la terre s'ouvre et m'engloutisse. Ma première réaction a été de cacher ma nudité en embrassant ma mère. Notre idylle, à Martha et à moi, était quelque chose de merveilleux. Elle était ma fiancée de cœur et d'esprit. Cette bande de canailles de communistes, en m'exposant comme je l'étais, nu, devant elle, commettaient une ignominie inqualifiable.

Derrière elles deux étaient entrés le directeur, un lieutenant qui s'appelait Lemus et qui était également le chef des Etablissements pénitentiaires et des Prisons, et un capitaine de la Police Politique, un certain Ayala, un homme de haute taille et aux cheveux blancs. Ils m'ont tendu un uniforme bleu : si je le revêtais, m'ont-ils dit, j'aurais l'autorisation de rentrer dans ma famille pendant quelques heures. Ils voulaient exploiter ma surprise, ma pudeur, ma honte de me trouver devant ma mère et Martha dans des conditions aussi dégradantes.

Alors, je les ai traités de maîtres chanteurs dépourvus de tout sentiment moral. Non, je ne m'habillerais pas de bleu ! J'ai ordonné à ma mère et à Martha de s'en aller immédiatement et de demander à tous mes proches de ne plus venir me voir. Je les ai suppliées de ne pas se prêter aux manœuvres de ces geôliers. Et en effet, elles avaient reçu un télégramme qui les prévenait que je pourrais bénéficier de leur visite si elles se présentaient à l'entrée de la prison.

Je les ai embrassées toutes les deux, et elles sont sorties. Je les avais vues à peine quelques instants, mais cette apparition subite de ma mère et de ma fiancée avait acquis pour moi une durée éternelle. Le lieutenant Lemus, jouant l'indignation, m'a demandé en criant quel avantage j'espérais tirer en m'entêtant dans cette attitude de rebelle.

— Je n'espère rien, lieutenant, j'agis simplement de la manière que j'estime correcte.

— Mensonge ! Ce que vous croyez tous, c'est qu'en refusant de vous habiller, le gouvernement vous échangera et que vous gagnerez ainsi les Etats-Unis.

— Ce que vous pensez ne m'intéresse pas, lieutenant.

— Emmenez-le ! Nous allons voir s'il va s'habiller ou non !

Des gardiens m'ont fait sortir de la petite salle, traverser la rue et entrer dans une autre pièce où il y avait un tapis matelassé de judo. Là se trouvaient plusieurs de ceux qui avaient disparu depuis le début de cette opération.

Eux aussi, ils avaient subi la même épreuve que moi !

Mais d'autres n'avaient pas résisté à ce choc moral et avaient accepté l'uniforme bleu.

Il y eut par exemple le cas d'un prisonnier dont le dossier mentionnait le nom d'une jeune fille qui n'entretenait avec lui que des relations amicales. Cela n'empêcha pas l'administration pénitentiaire de la faire entrer dans une pièce où le prisonnier était nu. C'est un genre d'humiliation qui bouleverse terriblement celui qui la subit, et notre groupe de « récalcitrants » — c'était notre appellation officielle — s'était inexorablement réduit.

Je me suis assis avec mes compagnons sur le tapis de judo. Dans un coin, il y avait un tas de chaises l'une sur l'autre et quelques caisses vides. On avait arrangé rapidement le local pour notre usage, mais il faisait partie du secteur des bureaux. Il y avait un couloir au bout duquel un maton montait la garde en nous tournant le dos. A côté de lui, une porte faisait grand bruit chaque fois qu'on la refermait.

Je me suis intéressé tout de suite à cette porte et au bureau sur lequel elle s'ouvrait car, à en croire mes camarades, des militaires y entraient une ou deux fois par jour. Cette porte devait être facile à forcer. Deux ou trois d'entre nous ont formé un petit groupe qui s'est installé devant les toilettes comme si chacun attendait son tour. Si le gardien se retournait, il ne verrait qu'eux. Puis l'un de nous a ouvert assez violemment la porte des toilettes tandis que je pesais de tout mon poids sur celle du bureau, si bien que les deux bruits se sont confondus.

Je suis entré rapidement. Il y avait plusieurs tables de travail avec des tiroirs que j'ai commencé à fouiller. J'ai découvert des publications étrangères provenant de diverses ambassades et que nous n'avions pas le droit de recevoir. Je me rappelle que l'une d'elles parlait d'une fille de Staline qui avait fui l'Union soviétique. Mais la plus intéressante de mes trouvailles fut une série de circulaires d'orientation destinées aux commissaires politiques et où il était question de saper le moral des prisonniers réfractaires en se servant de leurs familles.

On y parlait aussi de nous, ce groupe de prisonniers contre-révolutionnaires contre lesquels tous les moyens de pression avaient échoué !

Plusieurs brochures passionnantes complétaient mon butin quand, à un signal convenu, j'ai regagné notre pièce. Nous avons pris toutes les précautions nécessaires pour pouvoir lire tout ce que j'avais rapporté. D'autres se sont alors enhardis et ont été à leur tour chercher dans le bureau voisin jusqu'à des livres.

Mais le lendemain déjà, on nous a transférés dans une salle plus spacieuse pour accueillir des nouveaux venus qui, comme nous, avaient résisté à toutes les épreuves. Je me suis aperçu que le mur du fond nous séparait d'une cour qui était le lieu de rencontre des réhabilités. J'avais plusieurs amis parmi eux, et voyant que ce mur était une simple paroi de briques, je me suis mis à y creuser un trou avec le manche de ma cuiller. Quelques heures plus tard, au premier coup d'œil que j'ai jeté par ce trou qui, dans sa partie la plus étroite, était de la grosseur d'une cigarette, j'ai aperçu Ronald Lipper, un Canadien ; libéré quelques années plus tard, il devait écrire un livre sur ses années de prison. Grâce à lui, j'ai pu faire passer une petite note à Martha.

Deux jours plus tard, on nous a fait sortir dans la grande cour où les gardiens ont procédé à l'appel d'une cinquantaine de noms, dont le mien.

J'ai donc fait partie des premiers détenus à voyager nus par toute l'île de Cuba. Personne n'a pu nous voir. Nous étions bouclés dans les quatre cellules d'un « panier à salade », tous terriblement épuisés, et nous avons parcouru ainsi près de neuf cents kilomètres en urinant et en déféquant dans des récipients de fer-blanc, sans sortir de notre prison roulante. De nouveaux gardiens nous attendaient à l'arrivée. Nous avons été fouillés dans la première salle que nous avons traversée, celle des visites. Nous avons dû échanger nos souliers contre des bottes rustiques. De là, nous sommes passés au pavillon n° 2, notre lieu de destination. C'était un bâtiment rectangulaire avec vingt cellules de chaque côté d'un couloir. Ces cellules étaient ouvertes, si bien que nous pouvions aller et venir jusqu'à la grille d'entrée. Il faisait beaucoup plus froid qu'à La Havane, peut-être à cause de la situation du pénitencier bâti au fond d'une vallée. Ces cellules n'avaient ni lit ni paillasse, et nous avons dormi à même le sol. Je me suis retrouvé dans un cachot avec Bernardo Alvarez.

Cette même nuit, nous avons appris par des prisonniers de droit commun qu'un autre groupe de « politiques » était à l'isolement dans le petit hôpital. Comme nous, ils avaient refusé de porter l'uniforme bleu. Ils étaient une vingtaine, et on les avait logés avec des tuberculeux et autres contagieux. Il y avait là également des condamnés à mort qui attendaient de jour en jour d'être appelés pour faire la connaissance du « paredón », ou mur des fusillés.

Les cellules du petit hôpital étaient assez grandes, mais on avait bouché leur entrée de plaques de métal et il n'y avait au fond qu'une fenêtre grillagée. Les autorités avaient promis à ces prisonniers de leur donner au moins des dessous pour couvrir leur nudité ainsi que des couvertures contre le froid. Mais ils en étaient toujours au stade des promesses, et depuis des mois ils dormaient à même le sol de granit.

Le 13 novembre, alors qu'un vent glacé entrait en rafales par les fenêtres grillagées, le lieutenant Jauto, responsable de l'ordre intérieur, vint donner aux prisonniers une réponse définitive à leurs réclamations constantes concernant les dessous et les couvertures qu'on leur avait promis :

— Si vous ne voulez pas avoir froid, acceptez l'uniforme bleu, et si cet uniforme vous déplaît, vous pouvez faire une grève de la faim...

Et il avait tourné les talons.

Le lendemain, les prisonniers, qui avaient décidé de relever le défi, ont commencé par renvoyer l'eau sucrée qu'on leur apportait pour le petit déjeuner. Quelques heures plus tard, le lieutenant Jauto est apparu : il a fait ouvrir la grille et a ordonné aux gardiens d'ôter les récipients où les prisonniers gardaient leur eau :

— Vous voulez faire la grève de la faim. A votre gré ! Mais moi, je vous ferai faire celle de la soif !

Trois jours après cette menace insolente, le lieutenant Povadera, directeur provincial des Etablissements Pénitentiaires et des Prisons et délégué du ministre de l'Intérieur, vint en personne menacer les « récalcitrants » et les prévenir que s'ils ne changeaient pas d'attitude et continuaient à refuser l'uniforme, on préparerait simplement leurs cercueils, car on avait décidé de les laisser mourir de faim. Il insista sur le fait que le ministère de l'Intérieur ne reconnaissait qu'une seule catégorie de prisonniers, celle des délinquants, qui tous devaient revêtir l'uniforme bleu.

Le même jour, à six heures du soir, des gardiens vinrent chercher certains d'entre eux. Troadio fut le premier à sortir. Il était très affaibli, n'ayant ni mangé ni bu depuis plusieurs jours ; et ses lèvres étaient déshydratées, crevassées. Les grévistes s'étaient mis d'accord pour le cas où ils seraient dispersés : chacun d'eux serait libre de choisir le comportement qui lui semblerait opportun.

Morales, Peña et quelques autres étaient restés dans les cellules du petit hôpital. Après cinq jours de grève, un médecin prisonnier de droit commun, Rodríguez, chargé d'inspecter l'état des cachots, avertit Castillo, le chef militaire du petit hôpital, quc chacun de ces prisonniers pouvait être, d'un moment à l'autre, victime d'une complication mortelle.

Le soir même, plusieurs gardiens firent irruption dans ces cellules et emmenèrent les détenus de force à l'infirmerie.

Là, on les attacha sur leur lit pour les immobiliser et introduire malgré eux du sérum dans les veines de leurs bras. Dès lors, tous les jours, ils durent subir cette méthode d'hydratation.

Il y eut un changement de directeur. Le lieutenant García, vieux militant du parti communiste et l'un de ses chefs, vint trouver les grévistes et leur promit, s'ils acceptaient de se nourrir, de leur distribuer le lendemain des vêtements et des couvertures. La grève durait depuis dix-sept jours. Les prisonniers acceptèrent, mais à la condition de reprendre la grève si l'administration ne tenait pas sa promesse.

Mais le lieutenant García n'avait qu'une parole. Ils lui demandèrent quel avait été le sort de ceux qu'on avait cherchés en premier. Rien ne s'opposait désormais à leur retour, puisque le conflit était réglé. Mais le nouveau directeur répondit que ce groupe, en changeant de prison, avait agi plus intelligemment qu'eux, puisqu'ils avaient accepté de s'habiller...

— Et pour que vous puissiez constater par vous-mêmes à quel point tout va bien pour eux, je vais les faire revenir ici demain même. Vous pourrez parler avec eux, et vous vous rendrez compte de la bêtise et de l'inutilité de votre résistance. Le ministère a décidé un changement d'uniformes, c'est son droit, et vous devez l'accepter.

Le lendemain, ils ont comparu devant la direction. Il y avait là J. Vásquez, Argeciras, Pavón et d'autres de leurs anciens camarades, tous provenant du camp de concentration « Tres Macíos ». Le récit de ce qu'ils avaient vécu là-bas était épouvantable. Mais il manquait trois d'entre eux : ces trois-là résistaient donc encore, mais pas pour longtemps : eux aussi devaient se résigner assez rapidement et revêtir l'uniforme bleu.

Ce fut à peu près à la même époque que Rivero, Guevara Trujillo et huit autres anciens combattants faits prisonniers à la baie des Cochons sont arrivés à Boniato. Et nous aussi, provenant de la Cabaña, notre petit groupe s'est retrouvé à Boniato presque en même temps, le 27 février.

Les prisonniers du petit hôpital ont appris notre arrivée par Artemio Rodríguez, le médecin prisonnier, qui ajouta que nous étions nus nous aussi. Il savait ce qu'il faisait : sur nos compagnons d'infortune, isolés dans les pires cellules du petit hôpital, cette nouvelle a fait une impression profonde : notre présence était pour eux un encouragement. Il est tout à fait différent de résister dans la solitude ou en tout petit groupe, et de savoir qu'on n'est plus seul, que d'autres, plus nombreux, vous soutiennent moralement. Peu importe que les uns et les autres ne puissent communiquer ; il suffit d'avoir l'assurance que l'on mène tous le même combat dans la même prison. C'est comme s'il vous poussait soudain des racines secrètes qui s'enfonceraient sous terre pour y rejoindre celles des autres, dans un acte suprême de solidarité.

L'administration continuait à utiliser le groupe du petit hôpital comme des cobayes. Elle aussi a fait venir sur place les familles de ces irréductibles pour les forcer à s'habiller en bleu. Ils ont entendu leurs mères, leurs épouses, leurs enfants, les supplier d'accepter cet uniforme, parce que tous et toutes craignaient de les voir tomber malades, mourir peut-être... Naturellement, avant cette visite inopinée, des instructeurs qualifiés faisaient à ces familles un petit discours politique. Ils affirmaient que si les prisonniers s'habillaient, leurs conditions de vie s'amélioreraient aussitôt, ils faisaient miroiter un espoir de mise en liberté. Puis ils passaient aux menaces : la révolution ne tolère plus que des prisonniers croient pouvoir discuter avec elle à partir d'une position de force, et ce qui les attend sera la pire des solutions. Et les familles tremblaient, sachant bien que rien n'arrêterait les autorités, et que la vie d'un prisonnier, pour elles, comptait fort peu...

Ces visites pathétiques, ponctuées de supplications et de larmes, se déroulaient en quelques minutes, toujours en présence des militaires. Quand ils s'apercevaient que le prisonnier demeurait inébranlable, ils renvoyaient sa famille, immédiatement. Evidemment, certains se laissaient fléchir, acceptaient l'uniforme. Et les rebelles du petit hôpital étaient de moins en moins nombreux.

Alors, on les a enfermés dans les cellules aménagées sous l'escalier de la direction. Mais, dès la nuit venue, les gardiens sont venus les chercher et les ont fait monter dans un de ces « paniers à salade » qui, avec leur intérieur séparé en cellules, sont des prisons roulantes. Ils étaient treize. Le lieutenant García est monté dans le véhicule et a dévisagé longuement les prisonniers, un à un. Sur un signe de lui, les gardiens ont fait descendre Nápoles pour laisser monter Morales, resté dans une cellule. Il avait un jour discuté avec le lieutenant qui, dès lors, ne pouvait plus cacher la haine que ce détenu lui inspirait. Sachant ce qui allait arriver à ces hommes, García voulait que Morales en fît partie.

Le « panier à salade » a pris la route qui conduit au village de Bayamo, puis celle de Manzanillo, au sud de la province. Vers minuit, ils sont arrivés au camp de concentration de San Ramón. Le véhicule s'est arrêté et les prisonniers en sont descendus. Ils étaient en dehors du camp, éclairés par la lumière rougeâtre de torches dont le pétrole flambait sous le vent et que tenaient une trentaine de gardiens armés de fusils. Le chef de la troupe était un lieutenant nommé Beci, un Nègre de petite taille et maigre, réputé dans tout le secteur pour sa cruauté et les mauvais traitements qu'il aimait faire subir aux prisonniers. Quand on voulait terroriser un prisonnier, il suffisait de le menacer de l'envoyer à Beci.

Tout le groupe a pris un sentier qui serpentait parmi les bruyères. Les détenus voyaient de loin les projecteurs des postes de garde et les lumières des baraques. Un des prisonniers, Rivero, a cru pouvoir tourner la tête pour regarder le camp. Un des gardes, à toute volée, l'a giflé.

Ils ont commencé à gravir un coteau dont la pente s'est interrompue brusquement : dans un renfoncement, il y avait des sortes de niches, six cellules minuscules et si basses qu'on ne pouvait y tenir debout. Les détenus se sont rangés à côté d'elles, le visage tourné contre le mur de terre. Les torches à la mèche enfumée projetaient des lueurs mouvantes et sinistres sur toute cette scène.

Ils étaient trois officiers, le lieutenant Beci, le responsable de l'ordre intérieur et un agent de la Police politique. Ils ont appelé le premier prisonnier, Nieves.

— Déshabille-toi complètement ! A poil !

Nieves a dit non.

A tour de rôle, ils ont appelé Peña, Alcides, Rivero. Eux aussi ont refusé d'ôter leurs dessous. Alors, sur un ordre de l'officier de la Police politique, les gardiens se sont rués sur eux, leur ont arraché de force chemisette et caleçon. Puis ils les ont enfermés à six dans une des cellules.

Ils manquaient de place pour s'allonger tous, et quelques-uns sont demeurés assis, les jambes repliées, dans une obscurité totale. Au lever du jour, un gardien leur a apporté un morceau de pain et un peu d'eau tiède à peine sucrée : leur petit déjeuner.

Des prisonniers de droit commun occupaient les autres cellules, ces niches si inhumaines que le règlement intérieur de la prison s'opposait à ce qu'un prisonnier y séjournât plus d'une semaine.

Le lendemain, à midi, les gardiens ont appelé Nieves. Ils l'ont fait mettre debout dans une mare de vase, devant les cellules. L'officier de la Police politique de la nuit précédente lui a demandé s'il acceptait de revêtir l'uniforme bleu, et comme Nieves refusait, les gardes l'ont battu jusqu'à ce qu'il s'écroule dans la boue. Ils l'en ont retiré en le traînant pour lui faire réintégrer sa cellule.

Puis ce fut le tour de Rivero, puis celui des autres, un à un, Peña passant le dernier. Après les avoir assommés à coups de tuyau de caoutchouc et de plat de baïonnette, les gardiens les ont enfermés dans les cellules où se trouvaient déjà les condamnés de droit commun.

Le système qui consistait à mélanger les prisonniers politiques pour essayer de briser leur résistance à ceux de droit commun a été fort utilisé au début de la révolution. Ce contact permanent avec des criminels aggrave encore la situation du détenu politique. C'est vivre dans un climat permanent de méfiance et de danger, car les autorités ne manquent pas d'encourager ces hommes avilis et redoutables en leur promettant une impunité absolue, quelles que soient les atrocités qu'ils commettent.

Devant cette situation, nos six camarades décidèrent de commencer une grève de la faim, non sans expliquer à leurs codétenus que cette action n'était nullement dirigée contre eux. Ces délinquants devaient même aider au succès de cette grève en dramatisant à tel point l'état physique de leurs compagnons de cellule, que quelques jours plus tard, les autorités ont cédé et les ont remis dans le premier cachot. Alors seulement ils ont mis fin à leur grève puisque son objectif était atteint.

En revanche, on réduisit leurs rations alimentaires à tel point que, pendant tout leur séjour dans ces basses-fosses, on ne leur donna qu'une fois un œuf dur. Alcides, voyant que les autres laissaient la coquille de leurs œufs, les mangea toutes.

Soixante jours passèrent ainsi. Puis un soir ils entendirent un tumulte de cris et d'insultes. La porte du couloir s'ouvrit et l'obscurité leur permit seulement de distinguer un groupe de gardiens qui passèrent devant eux, traînant par terre un homme qu'ils enfermèrent dans la cellule voisine. Ils se retirèrent aussitôt, mais, malgré les appels des prisonniers, le nouveau venu demeura muet.

Au point du jour, Alcides appela de nouveau l'inconnu. Ce

n'était autre que Napoleoncito, notre « Petit Napoléon ». Les gardiens l'avaient traîné depuis le « panier à salade » jusqu'à sa cellule ; il était couvert de boue et son corps n'était qu'une plaie. Par lui, les prisonniers apprirent ce qui se passait dans le camp de concentration des « Tres Macíos », où les détenus étaient enfermés hors du camp, dans des cachots semblables aux leurs, enfoncés dans la terre.

Napoleoncito, Morales, Balbuena et leurs compagnons avaient été dépouillés de leurs dessous ; ils avaient dû les abandonner sous les coups. En pleine nuit, une vingtaine de gardiens les avaient entraînés nus, à travers un champ de bruyère jusqu'à ces horribles « tiroirs », nom que nous donnions à ces cellules à cause de leur forme. Ces cachots ont été les plus atroces de toute l'histoire des prisons cubaines. Alcides, par exemple, n'a jamais pu s'allonger dans l'un d'eux : il était trop grand et trop fort pour y entrer complètement, et ses épaules étaient comprimées entre les deux murs. Cet in pace avait environ un mètre cinquante de long et une cinquantaine de centimètres de large, avec le trou habituel pour déféquer.

Les compagnons de Napoleoncito occupaient deux cellules contiguës. Devant eux, il y avait un petit couloir avec une porte de zinc. Le sol légèrement incliné montait vers le mur du fond.

Là, ils n'avaient pas de pain pour le petit déjeuner, mais deux tout petits biscuits ; pour déjeuner, de la soupe et le soir de la farine de maïs amère, celle qu'on donne aux bestiaux, si bien que Morales a eu une attaque de diarrhée mêlée de sang après quelques jours. Le gardien qui leur apportait leur nourriture et à qui ils en avaient référé s'était contenté toujours de leur donner la même réponse : « Si vous voulez des soins médicaux, vous n'avez qu'à vous habiller comme les autres. »

Ils passaient accroupis leurs journées et leurs nuits, et bientôt l'œdème gonfla leurs jambes. Morales fut le premier à en souffrir, puis tous : leurs extrémités inférieures étaient devenues si enflées et la peau si tendue qu'elle paraissait prête à craquer.

Le trou aménagé pour leurs besoins physiologiques se trouvait vers le fond du tiroir. Pour que l'un de ceux qui en étaient éloignés pussent l'utiliser, tous devaient bouger ensemble, comme une masse compacte. Afin de réduire le plus possible cet inconvénient, le dernier à se servir du trou restait au-dessus de lui jusqu'à l'arrivée du prochain utilisateur. Ils s'encourageaient en disant que la situation ne pouvait être pire. Ils se trompaient : le trou s'est bouché, et les excréments, en débordant, se sont répandus sur le sol en pente du cachot-tiroir.

Devaient-ils entreprendre une grève de la faim ? Ils en ont discuté, mais la majorité a estimé qu'il était préférable d'attendre un peu pour prouver à la direction du pénitencier qu'ils étaient capables de résister à tout, quelque dégradantes et inhumaines que fussent leurs conditions de vie.

Au lieu de déféquer dans le trou, ils se sont mis à repousser leurs déjections dans le petit couloir où elles se sont peu à peu accumulées. Ils se sont arrangés aussi pour uriner hors du « tiroir ». L'atmosphère devint partout d'une puanteur telle que leurs gardiens, qui pourtant ne restaient que fort peu à l'intérieur, étaient pris de malaise et vomissaient. Des centaines de vers avaient envahi tous les recoins du bâtiment, sortant du trou bouché par les excréments, comme des déjections du couloir.

Pour sauver Morales, il a fallu malgré tout entreprendre une grève de la faim. Les autorités cédèrent, mais l'infirmier se montra tellement incompétent qu'après s'y être repris à sept fois pour trouver la veine du bras, il a administré aussi vite que possible, en quelques secondes, les mille centilitres du sérum qui devait couler goutte à goutte. Comme Morales, à la suite de ce crime, était à demi paralysé, on en profita pour le vêtir de force. Morales, aidé par un détenu de la cellule où on l'avait transféré, parvint à se débarrasser de la chemisette et du pantalon et à les jeter à travers la grille, dans le couloir.

Tous les détenus des « tiroirs », qui avaient décidé de temporiser, se sont alors joints à la grève. Mais les autorités du pénitencier n'étaient pas disposées à céder. Le premier que les gardiens sont venus chercher a été Nieves. Ils l'ont traîné par terre dans la boue et à travers les herbages jusqu'à l'un des postes du camp, où, après l'avoir attaché à un lit de fer, ils ont voulu le nourrir au sérum. Nieves a réussi à se dégager et à lancer le récipient contre le sol où il s'est fracassé en mille morceaux. Ils n'ont pu que le battre jusqu'à ce qu'il perde connaissance : il en était à plusieurs semaines de sa grève de la faim.

Et Napoleoncito a poursuivi son terrible récit : c'est toujours dans la boue que les gardiens ont traîné Rivero et Alfredo Peña. Mais la direction avait changé de méthode : pendant les premiers jours, plusieurs gardiens, après avoir couché le prisonnier sur le dos à même la terre de l'herbage l'avaient immobilisé, l'un d'eux, par-derrière, lui avait maintenu la tête entre les genoux, puis, de toutes ses forces, lui avait appuyé un bâton juste sous le nez.

Impossible de résister à la douleur : le prisonnier ouvrait la bouche, et avalait bon gré mal gré tout un pichet de bouillon.

Mais à force de répéter tous les jours le coup du bâton, les tortionnaires ont tellement endommagé le nez de leur victime qu'un second changement a eu lieu. Une cuiller faisant levier a remplacé le bâton. Il suffisait de boucher le nez du malheureux pour qu'il ouvre la bouche afin de respirer. Avec une ou deux cuillers introduite entre les dents, les tortionnaires faisaient levier vers le haut. Le bouillon coulait directement dans la gorge, sans difficulté. Si le prisonnier résistait, il y avait seulement quelques dents cassées et des blessures plus ou moins graves aux lèvres et aux gencives.

Ils ont résisté six mois.

Alors, les autorités pénitentiaires se sont rendu compte que l'homme n'est pas un animal et que rien ne briserait la résistance de ces héros. Fallait-il continuer à les alimenter de force ? Mais quelques-uns se mettaient les doigts dans la gorge pour vomir le bouillon et se vider ainsi l'estomac. La fermeté de ce petit groupe d'hommes a épargné toute cette série d'épreuves au gros des prisonniers rebelles. S'ils avaient faibli, accepté l'uniforme bleu, nos bourreaux nous auraient infligé à tous le même traitement.

Les tiroirs des camps de concentration de « Tres Macíos » et « San Ramón » faisaient partie d'un plan expérimental minutieusement mis au point par le gouvernement de Castro, un plan atroce qui devait être appliqué à tous ceux qui refusaient l'uniforme bleu des droits-communs. Ce qui a été vraiment héroïque chez ceux qui en ont été les victimes, Napoleoncito et ses compagnons, c'est qu'ils ont compris que tout dépendait de leur attitude : leurs camarades allaient-ils tous subir le régime des tiroirs, ou non ? Cet esprit de solidarité et de sacrifice a eu une autre conséquence : ils nous a remplis, nous, les autres rebelles, de la force nécessaire pour continuer à résister.

## CHAPITRE XXXVII

# Le pénitencier de Boniato

Le pénitencier de Boniato se compose de cinq longs bâtiments de deux étages, avec, de chaque côté, quatre ailes contenant une seule salle. Entre chaque section, une cour intérieure est entourée d'une haute muraille surmontée de barbelés. Ces bâtiments sont reliés les uns aux autres par un grand couloir central au grillage en acier.

Quand le soir tombait, nous avions droit à un spectacle incroyable, celui des rats et des chouettes, ces dernières étant d'une race très commune à Cuba. Nos cours se remplissaient de centaines d'énormes rats, si nombreux qu'il fallait le voir pour le croire. Je pense qu'ils étaient cent à cent cinquante par cour. En plein jour, quelques dizaines seulement osaient s'aventurer entre les fissures terreuses du sol et sur les petites taches d'herbe de la cour. Rien ne les empêchait de proliférer, sinon les chouettes qui, chaque nuit, en faisaient une grande consommation. Dans cette prison, l'usage des raticides était inconnu. Au contraire, au fond de la cuisine, des monceaux de détritus constituaient pour ces rongeurs des réserves inépuisables d'aliments. Les rebords des trottoirs étaient creusés de terriers de rats.

Les chouettes, avec des chuintements de joie, se précipitaient sur eux et les enlevaient dans leurs serres jusqu'au bord des toits où elles les mettaient en pièces pour les déguster. De nos fenêtres, nous contemplions attentivement cette monstrueuse partie de chasse.

Quelques jours après notre arrivée, l'officier responsable de l'ordre intérieur, accompagné de plusieurs gardiens, est entré dans notre section et s'est dirigé vers l'extrémité du local, une salle qui avait servi de réfectoire dans d'autres temps. C'est là qu'il nous a réunis. Mais quand il a voulu parler, les mots, brusquement, lui ont manqué :

— Eh bien... je... je...

Il s'est arrêté pour reprendre son souffle, et nous avons entendu la phrase unique qu'il ait jamais pu articuler :

— ... Eh bien, il y a beaucoup d'air ici, et l'air est bon pour l'organe...

Il voulait dire la voix. Nous nous sommes regardés en réprimant notre envie d'éclater de rire.

Après un silence prolongé, il a répété la même phrase. Alors, nous nous sommes tous mis à l'applaudir, ce qui l'a tiré d'embarras. Cette démonstration de joie a manifestement fait son bonheur. Ce pauvre homme était presque analphabète. Nous l'avons vu gonfler le torse, fier de lui. Telle fut la fin, tout aussi éloquente que le début, de sa harangue.

Ce jour-là, nous l'avons baptisé « L'Organe », et ce nom lui est resté.

Un autre jour, le directeur est venu nous rendre visite avec un officier de la Police politique. Ils ne nous ont même pas salués en entrant. Indiscutablement, ils se sentaient imbus d'un pouvoir absolu qu'ils ne pouvaient ni ne voulaient dissimuler. Eux aussi se sont dirigés vers l'ancien réfectoire, et ils ont attendu là quelque temps, dans l'espoir qu'un de nous s'approcherait d'eux. C'était là une marque de mépris dont ils avaient sans doute l'habitude de se servir.

Mais nous étions rompus à ce genre d'exercices. Dès le début, personne ne les avait regardés et personne ne s'est approché d'eux. García, le directeur, a dû demander le responsable de notre section. Perdomo, le prisonnier politique que nous avions choisi pour être notre porte-parole auprès des militaires, a fait quelques pas en avant et s'est présenté. L'officier de la Police politique a aussitôt pris la parole :

— Une disposition du ministère de l'Intérieur prévoit que vous revêtiez tous l'uniforme bleu. Dans le cas contraire, vous aurez à supporter les conséquences de votre refus.

— Lieutenant, nous ne sommes ni des délinquants ni des prisonniers en cours de réhabilitation. Les conventions internationales sur le traitement des prisonniers ont été approuvées et signées par le gouvernement cubain, et elles prévoient qu'on ne peut obliger les détenus politiques à porter un uniforme quelconque, et encore moins celui des criminels. Ici, aucun de nous ne portera cet uniforme.

— Vous n'êtes pas des prisonniers politiques, mais des contre-révolutionnaires. Cela, c'est pour commencer ! Et c'est nous qui commandons à Cuba et nous ne tolérons pas que quelqu'un s'oppose à nous par la force. Ou bien vous vous habillez, ou bien la rigueur de la révolution va s'abattre sur vous. Nous ne permettrons plus un seul acte d'indiscipline. Maintenant, vous savez ce qui vous reste à faire. Les uniformes sont ici, dehors.

— Aucun de nous ne revêtira cet uniforme, lieutenant...

— C'est ce que nous allons voir...

L'officier de la Police politique essayait en vain de contenir sa rage. Son rictus, une sorte de grimace, lui conférait un aspect étrange. Suivi du directeur, il ne lui restait plus qu'à revenir sur ses pas, vers la grille.

Une demi-heure plus tard, plusieurs pelotons de gardiens apparurent dans le couloir qui reliait les bâtiments. Nous les avons vus prendre position très près de notre section. Ils étaient tous armés pour un combat de près, avec des machettes, des chaînes, des bâtons, des barres de fer et des baïonnettes. Les derniers arrivés portaient des fusils.

Dès que nous avions aperçu le premier peloton, nous avions tenu une assemblée éclair. Nous y avions décidé de ne pas nous laisser battre impunément. Nous étions las de supporter des coups sans les rendre. Nous empêcherions les gardiens d'entrer chez nous par la force.

Ils tenaient les yeux fixés sur nos cellules, si bien que nous ne pouvions nous tromper : ils s'apprêtaient à se ruer sur nous. C'est alors que l'officier de la Police politique est apparu. Il s'est adressé à eux, mais nous ne pouvions entendre ses paroles. De toute façon, il était furieux et gesticulait, plein de haine. Une fois son discours terminé, les gardiens se sont approchés de notre grille pour l'ouvrir. C'est alors qu'ils se sont trouvés devant une masse humaine qui leur barrait le chemin. Nous aussi nous nous étions armés avec tout ce qui nous tombait sous la main : les bâtons pour récurer le sol, des souliers, des balais.

Et la bataille a commencé. A coups de chaîne et de bâton, les gardiens essayaient d'ouvrir une brèche pour pénétrer chez nous, nous disperser et nous avoir à leur merci. Mais la grille n'avait guère plus d'un mètre de large, et il nous était possible de les empêcher de passer. Au premier rang, Onofre, les frères Bayolo, Ortiz, l'homme que nous avions surnommé « Le Pacifique », Perdomo, se servaient des bâtons à récurer le sol pour repousser les assaillants. Les gardiens, habitués à frapper sans qu'on ose leur répondre, restaient interdits devant notre réaction.

En vain les officiers criaient-ils pour les encourager. Derrière eux, les gardiens armés de fusils ne pouvaient rien contre nous, sinon en tuant d'abord quelques-uns de leurs camarades, avant de nous faire reculer et d'entrer à notre suite. Evidemment, ils n'avaient pas encore d'instructions pour appliquer des mesures aussi extrêmes.

Dans le feu de l'action, deux d'entre nous, Santiago Bayolo et Le Pacifique, s'avancèrent imprudemment dehors et furent assez gravement blessés. La vie de Bayolo ne tint qu'à un fil quand un coup de pointe de baïonnette l'atteignit profondément dans la région inguinale. Et une chaîne de fer fendit le crâne du Pacifique, provoquant un flot de sang d'autant plus rouge que sa peau était noire comme du jais.

Le bâtiment d'en face était occupé par des prisonniers de droit commun qui observaient le combat et qui bientôt se mirent à pousser des cris d'admiration et d'encouragement. Habitués comme nous à vivre dans la terreur, ils assistaient à un spectacle insolite et se sentaient forcément solidaires de la résistance que nous opposions à nos geôliers. Par représailles, une partie de la garnison se précipita à l'intérieur de leur section pour rétablir le silence à force de coups.

Finalement, nos gardiens se sont retirés, mais ils emmenaient deux des nôtres. Et l'ardeur de la lutte a aussitôt fait place à l'anxiété : nous attendions à tout moment le retour des vaincus.

Nous avons donc organisé un tour de garde pour la nuit. Malgré tout, nous avons à peine dormi, pensant qu'ils allaient revenir à la charge, inopinément, avec des grenades lacrymogènes et fumigènes. Mais le jour s'est levé sans incident et vers le milieu de la matinée, on est venu nous avertir officiellement que nous allions être transférés.

Accompagnés d'un fort contingent de gardiens, nous avons gagné le bâtiment 1 dans une atmosphère tendue et de mauvais augure. On nous a ôté nos souliers et nos cuillers avant de nous enfermer dans de grandes cellules où nous nous sommes retrouvés à vingt prisonniers dans un espace prévu pour six. J'étais dans la première de toutes.

Un groupe d'officiers et de soldats a envahi simultanément nos escaliers et nos couloirs, et nous avons aperçu, débordant d'activité, le lieutenant de la Police politique qui était à l'origine des événements.

Ces cellules n'avaient aucune installation sanitaire et leurs fenêtres étaient condamnées. Les douches et les autres services collectifs se trouvaient à la sortie de la section, mais ils étaient tous hors d'état de fonctionner, et un réservoir en ciment avait été construit sur l'un des côtés pour notre approvisionnement d'eau. Désormais, quand l'un de nous voulait aller aux W.-C., il lui fallait faire appel au gardien.

La salle qui se trouvait en face de la nôtre fut vidée de ses occupants : l'isolement faisait donc partie de notre cure.

Quand vint l'heure de dormir, nous avons constaté qu'il n'y avait de la place sur le sol que pour dix, et même en nous plaçant le mieux possible, il ne restait pas un centimètre de libre entre nos corps. Il a fallu ranger nos brocs d'aluminium près de la grille, faute de place à côté de nous.

Nous avons donc dormi à tour de rôle. Ceux qui restaient debout se rassemblaient dans un coin où ils ne pouvaient presque pas bouger. Le lendemain matin, Alberto a été transféré dans une autre cellule où il y avait seulement dix-sept prisonniers.

La première nuit, je n'ai pas dormi un seul instant, et je crois que la plupart de mes compagnons ont été dans mon cas. Le granit du sol était si froid qu'on eût dit de la glace.

A côté de moi s'étaient allongés Kike Fernández et Ramonín Quesada, ex-commandant de l'armée révolutionnaire, qui avait combattu Batista ; devant moi, pieds contre pieds, un autre ex-commandant, Ramón Güin, lui aussi un révolutionnaire du début, était couché. Au moment où j'écris ces lignes, Güin est toujours prisonnier comme tant d'autres anciens compagnons de lutte de Fidel Castro.

C'était une véritable odyssée que d'aller aux W.-C. Il fallait pour commencer appeler le soldat du poste de garde. Un paravent de carton, de l'autre côté de la grille, nous empêchait de voir ce qui se passait à l'extérieur. Généralement, le gardien faisait semblant de ne pas entendre. C'était particulièrement le cas des soldats originaires de la province d'Oriente, les plus profiteurs et les plus tyranniques de tous ; leurs sentiments régionalistes étaient exacerbés par la propagande des communistes, et ils étaient prévenus contre leurs compatriotes de la capitale. Ils considéraient qu'ils ne devaient jamais répondre au premier appel d'un prisonnier, ni même à ceux qui suivaient. Il fallait s'égosiller au moins six fois pour attirer leur attention : une manière comme une autre de montrer leur autorité.

Avec les fortes coliques et les diarrhées que connaissaient

constamment les prisonniers, certains d'entre nous ne pouvaient attendre le gardien, avec toutes les conséquences que cela impliquait.

Cette mauvaise volonté que les gardiens opposaient à nos appels, la façon méprisante avec laquelle ils ne daignaient même pas nous répondre étaient une des humiliations constantes que nous devions subir. Alors, nous avons réagi en secouant nos grilles, en frappant sur leurs barreaux, tous en même temps ! Rien peut-être n'irritait davantage nos gardiens. Dans cette prison de Boniato, faire résonner les grilles était considéré précisément comme un délit très grave, mais il était impossible de nous en empêcher, car les barreaux nous offraient une bonne prise pour les secouer de toute notre force. Dès que commençait ce vacarme, les gardiens accouraient. Cette protestation est devenue presque aussitôt une de nos armes défensives contre leur malveillance.

Nous étions environ une centaine. Le matin, dès que nous nous levions, le gardien venait ouvrir les cellules en commençant par la première, celle où je me trouvais, et nous nous rendions ensemble devant le réservoir. Nous étions autorisés à nous laver la figure seulement. Pour le reste du corps, c'était une fois par semaine et à tour de rôle.

Mais bientôt la direction changea ce règlement : le matin, les prisonniers ne purent plus se rendre en groupe au point d'eau, mais seulement un à un. C'était une provocation indéniable. Un gardien, qui naturellement ne se hâtait jamais, ne mettait pas moins de cinq minutes pour aller chercher un prisonnier dans sa cellule, l'accompagner aux latrines, attendre qu'il eût fini, pour l'enfermer de nouveau. C'est-à-dire qu'avec une centaine de prisonniers, l'opération durait de huit à neuf heures.

Logiquement, nous devions réagir. Nous avons commencé par uriner dans le couloir. Ceux qui ne pouvaient pas se retenir déféquaient dans la cellule, puis projetaient leurs excréments dans le couloir.

Quelques jours plus tard, ce couloir offrait un aspect repoussant, avec une odeur si nauséabonde que les matons ont commencé par s'irriter chaque fois qu'ils étaient obligés de le parcourir en entier lors de leurs dénombrements quotidiens. Mais il leur fallait choisir : supporter le résultat des nouvelles dispositions ou les modifier. Le dégoût que reflétaient leurs visages et la puanteur dont ils se plaignaient étaient nos alliés et nous encourageaient à tenir bon.

Un jour, un de nos gardiens glissa en voulant sauter par-dessus une traînée d'urine et s'affala dans les déjections, ce qui déclencha chez ses collègues un mouvement de protestation et accéléra la solution de nos problèmes. Les gardiens déclarèrent qu'ils ne rentreraient plus dans notre section si elle n'était pas nettoyée. Le lieutenant responsable de l'ordre intérieur, rien moins que notre célèbre Organe, est venu parlementer avec nous. Mes camarades m'ont chargé de régler l'affaire. J'ai pris pour assistants Ramonín Quesada et Alberto Bayolo.

Naturellement, dès que L'Organe a ouvert la bouche, il a dit des insanités. Il aimait les mots sonores dont il ignorait le sens et venait sans doute d'entendre le mot « resplendir » avec lequel il voulut nous impressionner :

— Alors, il resplendit de vous que nous devons solutionner cette affaire...

Ramonín ne put se contenir et éclata de rire. J'ai réussi à garder mon sérieux, je ne sais encore comment. Mais, en effet, nous avons pu régler l'affaire. L'Organe a été d'accord pour que nous nous rendions en groupe au point d'eau et pour placer dans le couloir, devant les cellules, des bidons en fer-blanc d'environ vingt litres pour nos urines. Nous urinions dans une petite boîte de conserve que nous vidions ensuite, à travers la grille, dans le grand bidon.

Cette mesure a beaucoup amélioré notre sort, surtout la nuit : avant, chaque fois que l'un de nous devait uriner, il lui fallait appeler un gardien, et ses cris réveillaient tous ses camarades.

Sur le monde extérieur, nous n'avions que peu d'informations. La fenêtre des lavabos et W.-C. était aveuglée par des planches clouées sur le chambranle. Mais une petite rainure m'a permis un jour d'apercevoir, avec quelle joie, un prisonnier grand ami de mon futur beau-père et également le mien, Jésus, qui se promenait en profitant un peu du soleil.

Quand l'un des gardiens ouvrait une cellule, il pensait que toutes les fenêtres étaient hermétiquement closes. Il fermait la grille principale et nous laissait dans le couloir, ce qui m'a permis d'appeler ce jour-là Jésus quand, en le voyant s'approcher, j'ai calculé qu'il était juste sous la fenêtre. A mon premier appel, il n'est pas arrivé à savoir qui l'appelait et d'où venait la voix. Mais la seconde fois, nous nous sommes parfaitement entendus. C'était un homme agile, résolu et disposé à nous rendre tous les services possibles. Je lui ai expliqué comment il pouvait venir un peu à notre aide.

Le lendemain, j'ai effilé un des morceaux de couverture dont nous nous servions pour le nettoyage du sol, et j'ai fixé au bout d'un fil, pour lui donner du poids, une petite boule de savon. Puis nous nous sommes mis à plusieurs afin d'écarter légèrement une des planches de la fenêtre, pendant que nos camarades faisaient le guet pour que le gardien ne puisse nous surprendre.

Jésus attendait sous la fenêtre comme convenu. Il a attaché au bout de mon fil un petit paquet contenant ce que je lui avais demandé et, très vite, j'ai tiré le fil et récupéré le tout. Pour moi, c'était un véritable trésor : une recharge de stylo à bille, deux feuilles de papier fin et une longueur de fil fort. Surpris en flagrant délit, Jésus risquait un long séjour en cachot de discipline après une terrible punition corporelle. C'était un homme d'un grand courage personnel, d'âge mûr, mais dont l'esprit de décision était supérieur à celui de bien des jeunes.

Le jour suivant, je lui ai remis une lettre pour Martha. Une fois de plus, j'avais réussi à briser l'isolement dans lequel on voulait me confiner. Vraiment, je me suis senti très satisfait.

Dans ce pavillon, nous n'occupions qu'une partie des cellules. Celles d'en face demeuraient vides, et des rideaux de sacs de jute, mis en place par les gardiens, nous empêchaient de regarder à l'extérieur. En effet, notre bâtiment, le 1, donnait directement sur les dépendances de la direction.

Enrique Cepero conçut un plan d'évasion. C'était une entreprise difficile dans notre situation misérable, alors que nous étions réellement dépourvus de tout. Ce qu'il fallait d'abord dans ce cas, c'était se procurer des vêtements. Mais grâce à l'habileté extraordinaire d'un tailleur qui faisait partie de notre groupe, Mario Díaz, les deux futurs évadés ont triomphé de cette première difficulté : avec des couvertures et des draps, il a réussi à confectionner deux jeux de vêtements.

Dans cette action spectaculaire, Pepe Fernández allait être le compagnon de Cepero.

Le premier stade de l'évasion se déroula parfaitement. Les deux hommes ont gagné les cellules d'en face à la suite d'un subterfuge génial, réalisé quelques jours plus tôt : nous étions parvenus à remplacer la chaîne qui fermait la grille de notre cellule par une autre dont un chaînon était brisé.

Cepero et Fernández sont descendus d'une fenêtre dont ils avaient coupé les barreaux. Mais ils ne devaient pas aller beaucoup plus loin. Surpris par des gardiens, ils se sont retrouvés chacun dans un cachot disciplinaire.

Par la suite, Cepero devait essayer de s'évader, cette fois de la prison de Guanajay où on l’avait transféré. Fidèle à sa méthode, il portait alors un uniforme militaire qu’il avait lui-même confectionné. Mais à quelques mètres de la sortie, un des gardiens le reconnut et, là encore, il fut repris.

Un soir, Jauto, le chef des commissaires politiques, me convoqua. C’était pour m’apprendre que mon père avait été arrêté et condamné à vingt ans de prison. Il ajouta que si je revêtais l’uniforme bleu, je pourrais le voir dans le camp de concentration de Manacas, dans la province de Las Villas, après avoir rendu visite à ma famille à La Havane.

Cette nouvelle m’a consterné. Je n’avais jamais pensé que mon père pût être arrêté. J’ai pourtant répondu immédiatement au chef des commissaires politiques que son offre ne m’intéressait pas et que, quelle que fût la raison invoquée, je ne porterais jamais l’uniforme des « droits-communs ».

Je n’ai su que des années plus tard ce qui était arrivé à mon père. Il avait un ami, un certain Roberto Herrera, qui avait été arrêté pour avoir conspiré contre l’Etat. Alors qu’Herrera était emprisonné à la Cabaña, mon père s’était occupé de sa famille qu’il avait fait venir de Las Villas à La Havane, se comportant ainsi avec lui plus comme un frère que comme un ami. Mais Herrera devait plus tard accepter la réhabilitation, et pour prouver sa bonne foi en collaborant avec la Police politique, il avait dénoncé mon père pour avoir conspiré avec lui en 1960. Emprisonné à son tour, mon père devait être profondément blessé par cette trahison d’un homme qu’il croyait être son ami.

Cette nouvelle m’a énormément préoccupé : c’était une souffrance supplémentaire qui s’ajoutait aux difficultés de mon existence. Cela signifiait surtout que ma famille allait sans doute connaître la misère et les persécutions. Ma mère et ma sœur restaient seules, sans défense, encore plus suspectes puisque mon père, en plus de moi, était désormais en prison pour crime politique.

C’était la pire de toutes les mauvaises nouvelles reçues depuis le début de mes années de détention. Je déplorais aussi le sort de mon père, déjà âgé et malade. Mais que pouvais-je faire, sinon supporter courageusement ce nouveau coup dur, et même me servir de ce malheur pour affermir davantage encore les fondements de ma foi ? Cette épreuve était un nouveau défi à ma force de résistance. Néanmoins, j’ai réfléchi longtemps, analysé à fond mon comportement : ma rébellion avait-elle une telle valeur ? Je n'avais qu'à déclarer que j'acceptais l'uniforme bleu, et dès le lendemain je partais pour La Havane, et le jour suivant je tiendrais dans mes bras ma mère et ma sœur. Sans aucun doute possible, j'adoucirais ainsi le chagrin que leur causait l'emprisonnement de mon père. Quel soulagement n'allais-je pas leur apporter ! Et Martha ? Serait-elle capable de comprendre cette situation, de l'accepter ? J'en étais sûr. Elle accepterait le fait, mais au fond d'elle-même le comprendrait-elle ? Dès le premier jour, je l'avais préparée à ne jamais me voir changer de conduite, je le lui avais manifesté clairement, en lui expliquant ce que je faisais, et quelles étaient mes raisons d'agir ainsi. De ma part, un tel changement subit de comportement lui semblerait peut-être une inconséquence...

Naturellement, le gouvernement a dispersé dans toutes les prisons et dans tous les camps de concentration du pays les groupes de ceux qui refusaient avec obstination de porter l'uniforme bleu. Camagüey, Holguín, Manzanillo, Pinar del Rio, Guanajay, Castillo del Príncipe, la Cabaña et tant d'autres, ont vu nos souffrances.

Mais avant d'être séparés de force, nous nous étions tous mis d'accord : aucune solution ne serait possible tant que nos bourreaux ne nous réuniraient pas tous ensemble à La Havane. Cette décision réduisait à néant les efforts du ministère de l'Intérieur dont l'objectif était de nous affaiblir en désagrégeant notre groupe pour agir isolément sur chacun de nous.

Dans beaucoup de prisons, les coups ont constitué l'ossature du système répressif qui devait nous obliger à porter cet uniforme. Ces brutalités s'accompagnaient de séjours interminables dans des culs-de-basse-fosse dont les murs et le sol enduits d'un asphalte mal solidifié, gluant, a laissé des marques gravées pour toujours sur nos corps de prisonniers.

Le grand chef des Etablissements pénitentiaires et des Prisons, le capitaine Medardo Lemus, devait participer personnellement, entouré de nombreux gardiens, aux bastonnades des détenus dans le Castillo de San Severino et dans le camp de concentration d'Agüica, province de Matanzas. Ce fut dans ce camp que García Plasencia, un prisonnier, frappa d'un coup de poing en plein visage le capitaine Lemus avant d'être complètement assommé par ses acolytes. Au moment où j'écris ces lignes,

García Plasencia est toujours en prison après plus de vingt ans de captivité.

Tous les gouvernements et tous les organismes internationaux ont alors connu l'existence à Cuba de prisonniers réduits à une stricte nudité, mais ils ne se sont pas donné la peine de répondre à nos dénonciations. Amnesty International a gardé à ce sujet un silence significatif : elle avait alors pour président Sean McBride, titulaire du prix Lénine de la Paix. Comme tout le monde le sait, cette distinction est attribuée par le Soviet suprême de l'U.R.S.S. à ceux qui défendent les intérêts de l'Union soviétique, sa politique étrangère et ses conceptions idéologiques. C'est ce même McBride qui, dix ans plus tard, présidait en juillet 1978 une conférence sur les Droits de l'Homme, organisée au Venezuela pour dénoncer les violations dont ces droits faisaient l'objet en Amérique latine. D'une façon correcte et extrêmement courtoise, il a salué ma femme qui participait à la conférence. Il est vrai qu'il ignorait alors qui elle était. Mais quand Martha a commencé son discours et que McBride l'a entendue affirmer que ces mêmes droits étaient violés à Cuba, il a perdu d'un coup son vernis d'homme bien élevé pour se mettre à hurler dans une véritable attaque d'hystérie et interdire à ma femme de continuer à parler. Comme elle essayait malgré tout de le faire, on l'a vu frapper violemment son pupitre de la main, à la Khrouchtchev, pour empêcher qu'on l'entende, tandis qu'il criait dans le micro aux interprètes chargés des traductions simultanées qu'il leur *interdisait* de traduire les paroles de Martha ! Devant une assistance consternée, il est parvenu à réduire Martha au silence. Le lendemain, le quotidien vénézuélien *Ultimas Noticias* titrait sur toute la largeur de la première page :

VIOLATION DES DROITS DE L'HOMME
A LA CONFÉRENCE DES DROITS DE L'HOMME

et le reste de la presse écrite a commenté et critiqué durement cet incident.

M. McBride avait refusé d'entendre dire que l'on torturait et tuait des êtres humains, hommes et femmes, à Cuba. Qu'eût pensé le Soviet suprême de l'U.R.S.S. si le docile McBride, dans un sursaut d'indépendance, avait laissé parler un témoin oculaire de ces crimes, comme l'a été ma femme ? Peut-être lui aurait-on retiré sa médaille du prix Lénine de la Paix et supprimé ses collaborations à Radio Moscou ?

Plusieurs mois passèrent ainsi, et le gouvernement de Castro dut finalement reconnaître que notre position, loin d'être affaiblie par le départ de ceux dont la conviction était insuffisante pour tenir jusqu'au bout, sortait renforcée de ce conflit. Certes, le résultat était quand même favorable au régime : une majorité des prisonniers politiques avait accepté l'humiliation de porter l'uniforme bleu.

Ces considérations gouvernementales furent sûrement à l'origine d'un nouveau transfert, toujours dans les « paniers à salade » compartimentés en cellules. Mais c'était cette fois en direction de La Havane. Le ministère avait donné l'ordre de nous réunir tous à la Cabaña.

Quelques instants avant de quitter Boniato, un soldat s'est approché de nous ; après avoir jeté de tous les côtés un regard méfiant et s'être assuré que les autres gardiens ne l'entendaient pas, il nous a averti dans un chuchotement qu'on allait nous accorder ce que nous voulions : le droit de porter notre uniforme du début.

Si c'était vrai, nous avions quand même, faibles et démunis de tout, remporté une victoire.

Le manque absolu de confort pendant plus de douze heures de route ne parvint pas à assombrir ce voyage de retour à La Havane. Près de la capitale et de nos familles, même si nous ne pouvions les voir, nous ressentions presque physiquement la proximité de cette grande source d'informations.

A Camagüey, un autre « panier à salade » se joignit au nôtre. Il transportait des prisonniers nus provenant d'une de nos nombreuses prisons.

En arrivant au guichet de la Cabaña, nous avons reçu chacun un caleçon et une serviette de toilette. La majorité des résistants était déjà sur place, il ne manquait plus que nous et un groupe venant du camp de concentration San Ramón. Il y a eu fort peu d'agressivité de la part des militaires, et c'est avec beaucoup de joie que nous avons retrouvé d'anciens compagnons de captivité. On nous a conduits à la *galera* 13, non sans nous annoncer la visite du ministre de l'Intérieur, le commandant Sergio del Valle, l'un des hommes de confiance de Castro.

Et en effet, il est venu.

A peine était-il entré avec son entourage de gardes du corps qu'il a pris la parole. L'affaire de l'uniforme était terminée, a-t-il déclaré, et on allait nous redonner celui qu'on nous avait ôté puisque nous le désirions. Il a ajouté qu'on ne prendrait aucune mesure contre ceux qui refuseraient de le revêtir, et que ces réfractaires auraient les même droits que les autres prisonniers.

Mais pour beaucoup d'entre nous, ces paroles mielleuses sonnaient faux, et nous nous sommes demandé ce que cachait cette hypocrisie. Pourquoi nous avait-on alors maintenus pendant plus d'un an dans des prisons atroces, sans vêtements, en nous frappant et nous torturant physiquement et moralement ? Pourquoi nous montrait-on subitement tant d'intérêt ? Pour quelle raison désirait-on tellement que nous acceptions l'uniforme dont on nous avait privé ? Cette offre valait donc la peine d'être analysée, étudiée à fond. Et il y avait bien d'autres points à régler, par exemple le régime des visites, la correspondance, l'assistance médicale, les conditions générales de vie, etc. Avant d'accepter ces vêtements, nous devions prendre le temps de réfléchir. Il était déjà arrivé tant de choses...

Boitel fut l'un des promoteurs de cette nouvelle résistance. Mais la majorité d'entre nous se déclara d'accord pour accepter immédiatement cette offre. Nous sommes restés environ deux cent cinquante à vouloir voir d'abord quelle allait être cette nouvelle stratégie communiste.

Le ministre de l'Intérieur avait déclaré que ceux qui refuseraient de se mettre en uniforme pourraient demeurer avec ceux qui accepteraient. Premier manquement à la parole donnée : quelques jours plus tard, les deux cent cinquante prisonniers réfractaires, dont j'étais, furent séparés des autres et répartis dans les *galeras* 12 et 13.

Mais nous avions eu gain de cause sur d'autres points. Par exemple, on nous a fixé immédiatement des jours de visite. Et nous avons eu le droit de faire confectionner des bermudas ou des shorts, et nous nous sommes fait envoyer des pull-overs blancs pour recevoir nos familles.

L'immense salle des visites a été divisée par des cloisons en dix ou douze compartiments où nous avons pu nous isoler relativement avec nos proches parents.

La première rencontre avec nos familles a été pour nous une joie immense, ineffable.

Ma mère, ma sœur et Martha m'ont mis au courant de tout ce qui était arrivé ces derniers temps. Après des mois et des mois de séparation, notre désir de tout savoir et de tout dire en quelques minutes seulement s'accompagnait d'une angoisse qui nous bouleversait. J'avais l'expérience de ce vertige où l'on oubliait tant de choses que je dressais auparavant, dans le calme, une liste des points qui m'intéressaient par priorité. J'utilisais la double doublure, cette sorte de poche secrète de mon caleçon de sport, pour cacher cette liste, et je m'en suis également servi plus tard pour faire entrer et sortir ma correspondance clandestine. La vigilance des autorités avait alors diminué.

Nous avions aussi la permission de demeurer au soleil dans la cour pendant plusieurs heures, et le traitement que nous subissions de la part des gardiens s'était considérablement adouci. Tout cela, évidemment, faisait partie d'une stratégie à long terme : abolir les différences entre ceux qui portaient l'uniforme et nous autres, qui l'avions refusé, pour nous convaincre en fin de compte de faire comme eux. C'était là un point essentiel du nouveau plan de destruction de notre esprit de prisonniers politiques.

Les événements allaient bientôt prouver que notre méfiance était justifiée.

## CHAPITRE XXXVIII

# Martha est arrêtée : notre mariage

De nouveau, nos conditions de vie commencèrent à se détériorer. Les promesses d'une assistance médicale convenable restaient lettre morte, les prisonniers atteints de folie demeuraient parmi nous au lieu d'être transférés dans des locaux appropriés, et on ne nous remettait plus les lettres reçues à notre nom. Nous avons dû rendre nos repas sans y toucher parce qu'il manquait trente à quarante rations. Comme nous n'avons pas voulu répartir nous-mêmes une nourriture insuffisante, nous sommes restés sans manger. Et nous avons tous décidé de commencer une grève de la faim, que nous portions l'uniforme jaune ou non comme notre groupe d'irréductibles.

Pour bien montrer notre fermeté aux autorités, nous avons retiré de l'intérieur de nos galeries la totalité de nos petites réserves alimentaires : un peu de sucre, de la farine de blé et quelques biscuits, tout cela provenant des colis familiaux que nous étions autorisés à recevoir, à raison d'un tous les quatre-vingt-dix jours. Nous avons disposé nos petits paquets en bon ordre devant nos *galeras*. Nous ne prendrions que de l'eau, et il était bon que nos gardiens en fussent convaincus.

Malgré le souvenir traumatisant de la dernière grève de la faim qu'il y avait eu à l'île des Pins, nous étions décidés cette fois à aller jusqu'à la victoire, et cette disposition mentale est un facteur extrêmement important dans une telle épreuve de force.

Les deux premiers jours, il n'y eut aucun incident, aucun changement notable. Mais le troisième jour, la direction retira tous les prisonniers réhabilités qui transportaient les bassines de la cuisine aux galeries, pour les remplacer par des gardiens. Et nous avons vu apparaître devant nos galeries des récipients et de grandes casseroles remplis d'aliments appétissants que nous n'avions jamais vus auparavant. Nous avions l'expérience de cette vieille tactique, qui n'a pu briser notre volonté de résister.

Une semaine a passé ainsi. Puis un soir le lieutenant Lemus, le responsable des Pénitenciers et des Prisons, a surgi dans la cour, accompagné de plusieurs officiers. Il avait à la main une liste de vingt-cinq noms, ceux des prisonniers considérés comme les instigateurs et les dirigeants de notre grève. Il y avait parmi eux les ex-commandants révolutionnaires Húber Matos, Eloy Gutiérrez Menoyo, César Páez. Il y avait aussi Bernardo Alvarez, les frères Bayolo, Lauro Blanco, etc. Je faisais partie du groupe.

Ils nous ont d'abord conduits au poste de garde où nous sommes entrés, Húber Matos et moi, les derniers. Tout semblait indiquer que nous allions sortir de la cour, mais il y a eu contrordre et nous sommes revenus sur nos pas jusqu'à la *galera* 18, la dernière de toutes, vide et complètement isolée. C'est là qu'on nous a laissés.

Dès le lendemain, une délégation d'officiers du Service des Pénitenciers et Prisons est arrivée sur place pour discuter avec nous de la situation. Ils ont commencé par déclarer qu'ils ne feraient aucune concession à nos demandes, et qu'ils refusaient toute pression de notre part. Nous avons répondu que nous ne demandions rien, sinon l'accomplissement des promesses qu'on nous avait faites : assistance médicale, visites mensuelles, assez de nourriture pour tous, sorties quotidiennes dans la cour pour prendre un peu d'air et de soleil.

La direction du pénitencier avait cru, en nous séparant du reste des prisonniers, qu'elle pouvait mettre fin à la grève. Elle s'était imaginée que nous en étions les dirigeants. Elle se trompait.

Pendant de longues heures, la délégation a discuté avec trois des nôtres, Tony Lamas, César Páez et Húber Matos. Ces officiers sont revenus à la charge plusieurs jours de suite. Ils faisaient tout leur possible pour prolonger chaque fois leur visite afin de créer chez les autres grévistes un mouvement de suspicion à notre égard. Leur but évident était de nous diviser. Mais à mesure que les jours passaient sans le moindre progrès, les autorités ont commencé à comprendre que nous étions déterminés à aller jusqu'au bout de cette grève, et que nous la poursuivrions jusqu'à ses conséquences les plus extrêmes.

Il s'est alors passé plusieurs événements dignes d'être mentionnés, comme la réponse qu'a faite à la direction le Dr Micó Urrutia, un vieillard de près de soixante-dix ans. Après trois semaines de jeûne, son aspect était cadavérique comme celui des survivants des camps de concentration nazis. La direction lui a alors proposé de le libérer immédiatement s'il changeait d'attitude...

— Je n'abandonne pas mes compagnons quand ils se trouvent dans une situation difficile..., a-t-il dit.

Parmi les malades — et il y en avait de gravement atteints — aucun n'a accepté de cesser sa grève. Aldo Cabrera avait eu deux infarctus ; le corps de Fernández Gámez s'est couvert de squames ; Luis Lara s'est mis à vomir tout le temps sans pouvoir retenir une seule goutte de l'eau qu'il s'efforçait d'avaler. Comme lui, il y a eu parmi nous plusieurs hommes pour qui cette grève s'était transformée en un double supplice.

Et les gardiens continuaient à déposer devant notre grille ces grandes casseroles d'où s'échappaient les fumets les plus appétissants. Mais la tentation n'existait plus pour nous.

Martha a été la première à apprendre ce qui se passait par un mot que j'ai réussi à lui faire transmettre, et elle a aussitôt répandu la nouvelle à de nombreuses familles de prisonniers : deux jours plus tard, elles ont commencé à se présenter à l'entrée du pénitencier, décidées à attendre sur place des informations sur ce qui se passait réellement et sur notre état.

D'autres faisaient le siège des bureaux du ministère de l'Intérieur. Les fonctionnaires leur donnaient toujours la même réponse : aucune solution n'était envisageable tant que nous continuerions à faire pression sur les autorités.

A la deuxième semaine de grève, quand les gardiens sont intervenus pour empêcher les familles de rester devant l'entrée du pénitencier, les mères, les femmes, les sœurs des grévistes se sont installées sur le chemin de terre qui relie la Cabaña au château del Morro. Ces femmes demeuraient toute la journée sous le soleil ou sous la pluie. Les hommes n'avaient pu venir avec elles, sachant qu'on les aurait aussitôt emprisonnés.

Vers la mi-octobre, ces femmes, de plus en plus inquiètes et torturées par l'incertitude, ont décidé de s'adresser à la secrétaire de Castro, Celia Sánchez, pour lui demander d'intervenir en notre faveur. Elles ont quitté les abords de la prison par petits groupes pour ne pas attirer l'attention et se réunir dans la 23ᵉ rue, dans le quartier de Vedado. De là, elles devaient gagner la 19ᵉ rue où vivait Celia Sánchez. Quelques passants étonnés leur ont demandé ce qui se passait. Leurs explications ont déclenché une fuite générale des passants terrifiés qui se sont enfermés chez eux, certains criant même qu'il n'y avait qu'une chose à faire, souhaiter que tous ces grévistes de la faim meurent pour de bon !

Dans la rue L, une jeep militaire survint, et ses occupants conseillèrent aux manifestantes de rentrer chez elles, car elles n'arriveraient à rien en agissant de la sorte. Elles continuèrent néanmoins à avancer. Cette marche ne ressemblait guère à une manifestation classique avec banderoles et consignes hurlées en chœur à pleine voix. Il n'y avait là qu'un groupe assez important de femmes qui avançaient ensemble, dans le plus grand silence.

Alors, dans un déchaînement de hululements de sirènes surgirent de partout des voitures de patrouille qui bloquèrent toutes les rues. Les policiers bondirent hors des voitures comme dans une chasse à de dangereux criminels. Ils s'attaquaient sans pitié à toutes ces femmes, poussant violemment les vieilles à l'intérieur des voitures, giflant à tour de bras les plus jeunes qui résistaient.

Martha et une autre femme avaient réussi à s'enfuir, mais en regardant en arrière, ma fiancée aperçut son amie Inès del Valle, l'épouse de Raúl, en lutte avec un policier : il l'avait prise aux poignets, et elle se débattait tandis qu'il l'entraînait de force vers une voiture. Martha, obéissant à son amitié et à une impulsion de solidarité, ne voulut pas la laisser seule. Elle revint sur ses pas en courant pour monter dans la même voiture. Au siège de la Police Nationale Révolutionnaire, rues Cuba et Chacón, toutes les femmes prises pendant la rafle attendirent quelque temps, assises sur des bancs de ciment.

Le capitaine Justo Hernández, le chef de cette glorieuse expédition, avait été directeur de la Cabaña ; il avait eu alors une altercation avec Martha et l'avait menacée de l'emprisonner. Il faisait pour l'instant une véritable crise de nerfs, criant et tempêtant, les accusant toutes d'être des agentes de la C.I.A. !

Entre-temps, d'autres voitures, de la Police politique cette fois, étaient arrivées pour emmener ces dangereuses manifestantes au siège principal de leur police, l'ex-villa Maristas, la Lubianka cubaine. Inès, qui redoutait la rancune que le capitaine Hernández pouvait avoir contre Martha, a tenté de la cacher en se mettant devant elle. Mais au moment où elles montaient toutes deux en voiture, Hernández découvrit Martha.

— Mais quel beau coup de filet ! Eh bien, c'est maintenant que tu vas pourrir en prison !

Au siège de la Police politique, on a commencé par les

dépouiller de tous les objets qu'elles portaient sur elles. Martha fut même privée de ses lunettes, malgré ses protestations :

— Ici, elles ne te serviront à rien. Il n'y a rien à voir !

Elles sont passées une par une dans une petite salle où des femmes policiers les ont déshabillées complètement pour les soumettre à une fouille humiliante avant de les emmener au service des archives où on les a photographiées et fichées. Puis on les a réparties dans plusieurs cellules.

Un lieutenant est venu chercher Martha pour la conduire par un labyrinthe de couloirs jusque dans l'un des bureaux. Un officier métis d'une cinquantaine d'années entreprit de l'interroger. Il voulait savoir qui avait organisé cette manifestation vers le domicile de Celia Sánchez, ainsi que ses causes.

Martha répondit que des membres de sa famille allaient mourir dans une grève de la faim provoquée par les autorités qui privaient les prisonniers de ce qui était strictement essentiel à leur survie.

L'officier déclara que ce mouvement était dirigé et payé par la C.I.A., et qu'il avait été organisé à l'étranger. Martha ne put s'empêcher de sourire, ce que son interrogateur prit fort mal. Il demanda ensuite pourquoi elle ne nous avait pas proposé, à son père et à moi, de suivre les cours de réhabilitation politique. N'était-ce pas la solution idéale ? La révolution, juste et humaine, donnait à ceux qui avaient voulu la détruire la chance unique de s'intégrer dans la société socialiste. Mais Martha se montra inébranlable : ni pour son père ni pour moi ni pour elle, la réhabilitation politique ne pouvait être une solution : nous ne renierions jamais Dieu, quelles que puissent être les conséquences de notre refus.

— Eh bien, vous allez disposer de beaucoup de temps pour réfléchir à tout cela...

Ce furent les dernières paroles de l'officier. Dès lors, Martha a pensé qu'elle allait connaître de longues années de prison.

On l'a reconduite dans sa cellule. Longtemps après, la porte s'est de nouveau ouverte : on lui apportait de quoi manger dans une assiette mais elle n'a pas voulu y toucher.

On est revenu la chercher un peu plus tard. Elle ne savait plus depuis combien de temps elle était là ni si c'était le jour ou la nuit. Une fois de plus, elle a suivi ce qui lui a paru être un dédale de couloirs interminables, d'escaliers qu'il fallait monter, descendre et remonter. On l'a fait entrer dans un autre bureau où l'attendait un deuxième officier de police, jeune et de haute taille celui-là.

Loin de l'accuser sottement d'être une agente de la C.I.A., il s'est montré aimable. Il a commencé par lui parler de la guerre du Vietnam et des enfants que massacraient les Américains du Nord. Si elle était chrétienne, comme elle le prétendait, comment n'était-elle pas indignée par les crimes monstrueux que commettaient les yankees ?

Martha lui a fait remarquer que les communistes cubains accusaient les Américains du Nord de tous les maux du monde, mais qu'ils ne parlaient jamais des victimes des communistes nord-vietnamiens qui avaient envahi le Vietnam du sud. Et elle a ajouté que ceux qui mouraient dans les guerres étaient de pauvres gens, tandis que les responsables demeuraient commodément assis derrière leur bureau.

Le jeune officier s'est alors étendu sur les bontés d'une révolution capable d'aider un contre-révolutionnaire à s'intégrer au sein de la société nouvelle. Il est allé jusqu'à affirmer que la révolution avait mis fin aux tortures dans les prisons. Martha lui a alors ri au nez, mais le jeune homme, avec une fausse ingénuité, a déclaré qu'il ne comprenait pas la raison de ce rire. Il a ensuite essayé avec beaucoup de subtilité de savoir si l'idée de se rendre chez Celia Sánchez leur avait été inspirée par les prisonniers eux-mêmes. Puis vint le chantage final : si elle et ses compagnes n'avouaient pas, elles pouvaient passer de longues années en prison…

Une fois de retour dans la solitude de sa cellule plongée dans une obscurité constante, Martha a pensé à Inès et à Josefina, la mère de Nacer, dont le sort la préoccupait. Le temps passait sans qu'elle pût le mesurer. Une fois de plus, on est venu la chercher pour refaire un long parcours par des couloirs et des escaliers déserts. Brusquement, elle s'est retrouvée dans une salle avec toutes les autres héroïnes de cette aventure. Elles ont alors dû entendre un long discours où les menaces succédaient aux accusations, jusqu'à la déclaration finale : pour cette fois, les autorités passaient l'éponge sur la faute qu'elles avaient commise.

Entre-temps, la Police politique avait téléphoné à Josefa, la mère de Martha, pour lui ordonner de se rendre à tel coin de rue et de ne plus en bouger. Martha et Inès, relâchées alors que le jour se levait, se sont hâtées de rejoindre, comme on le leur avait indiqué, l'endroit où Josefa les attendait. Les trois femmes se sont embrassées longuement en pleurant.

Le lendemain, vingt et unième jour de notre grève, ce fut la victoire.

Notre fermeté inébranlable avait forcé les autorités à capituler en reconnaissant que nos réclamations étaient justifiées.

Les gardiens ont ouvert toutes grandes nos portes, mais nous avons été bien peu à pouvoir sortir à l'air libre, dans la cour, en nous embrassant de joie. Beaucoup d'entre nous ne pouvaient même plus rester debout, et il a fallu que des ambulances les transfèrent à la prison du Castillo del Príncipe, où se trouve l'Hôpital National des Prisonniers. Pour les cas moins graves, les détenus ont reçu sur place des soins et des injections de sérum, les dix ou douze lits de l'infirmerie étant occupés. Nous avons assisté à un va-et-vient constant de médecins et d'infirmiers.

Au moment où nous retournions dans notre *galera*, Eloy et moi, nous avons été interceptés par le directeur de la prison, le lieutenant Cosme, et le responsable des Pénitenciers et Prisons. Ils nous ont prévenus que nous ne pouvions pas retourner dans la *galera* d'où nous venions de sortir, car elle était réservée à un groupe spécial de la nouvelle classification du ministère de l'Intérieur... Evidemment, on voulait simplement nous isoler de nos compagnons de lutte.

Pendant les premiers jours qui suivirent, notre alimentation s'est composée de bouillons et de purées, et nos familles ont pu ensuite nous rendre une première visite. Mon bon ami, le Dr Otto García, prisonnier lui aussi et employé à l'infirmerie, a découvert sur ma poitrine un collier de taches sombres suspectes : j'étais atteint de pellagre, une maladie de carence.

Notre nourriture s'était améliorée, et nous nous sommes remis peu à peu. Toutefois, les fous continuaient à manquer de l'assistance psychiatrique que nous réclamions pour eux. Quelques cas étaient à l'étude en vue d'un transfert vers un hôpital approprié. Il y avait parmi eux Rafael Socorro, un étudiant devenu fou de terreur sous le régime des travaux forcés de l'île des Pins.

Húber Matos, qui se levait le premier de nous tous, découvrit un jour le corps du malheureux. Socorro s'était pendu au haut de la grille en se servant des bandes du drap qu'il avait déchiré.

Húber appela Tony Lamas et Atilano. A eux trois, ils ont décroché le corps déjà inerte du pauvre fou pendant que d'autres prisonniers appelaient à grands cris les gardiens pour qu'ils ouvrent la grille. Tony a transporté Socorro dans ses bras jusqu'à l'infirmerie. Mais il était déjà mort. C'était le 14 février 1969, la Saint-Valentin, la fête des amoureux. Dehors, la mère et la fiancée de Socorro, en compagnie de Martha et d'autres familles, attendaient l'autorisation d'entrer et de nous voir à l'occasion de cette fête que tous observent à Cuba. Quand le corbillard est sorti, la fiancée de Socorro ne s'est pas doutée qu'il transportait le cadavre de l'homme qu'elle aimait.

Lénine a affirmé que la morale communiste était subordonnée aux intérêts de la lutte des classes, et que s'il était nécessaire de se traîner dans la boue pour atteindre ses objectifs, un communiste ne devait pas hésiter à le faire. En d'autres termes, les communistes n'ont pas de morale. La devise « la fin justifie les moyens » est une réalité marxiste. Aussi se sont-ils toujours sentis incapables d'une résistance telle que la nôtre. Ils ont souffert et souffrent d'un complexe d'infériorité à notre égard, devant notre capacité de supporter le pire pendant des années et des années. Ils n'ont jamais compris et ne comprendront jamais notre résistance.

— Quelle est donc cette force qui vous soutient ? m'ont-ils parfois demandé.

Les autorités du pénitencier savaient parfaitement ce qui arrivait aux prisonniers qui tentaient de les tromper en faisant semblant de renoncer à leurs convictions et en acceptant le plan de réhabilitation. Elles savaient par expérience qu'au bout d'un certain temps, le comédien assume le rôle qu'il joue en vertu d'un phénomène psychologique que les spécialistes nomment la dissonance — ou discordance — cognitive.

Si un homme est obligé de mentir constamment en reniant les valeurs qui sont les piliers de son être, l'humiliation terrible qu'il subit deviendra chaque jour de plus en plus insupportable, et pour l'éviter, pour la digérer, il sera insensiblement amené à accepter le point de vue de son bourreau. Et c'est ce qui est arrivé à beaucoup de ceux qui ont accepté la réhabilitation politique. Et chose curieuse, c'est un processus relativement fréquent chez ceux qui ont le plus haut niveau intellectuel : médecins, étudiants, etc.

Ce fut également le cas des prisonniers américains en Corée, et c'est celui de bien des victimes de séquestration pour des raisons politiques. C'est le « syndrome suédois », que l'on a vu se répéter mille fois dans les fameux procès de Moscou et de Prague.

Nous n'avons pas été dupes de la trêve qui a suivi notre grève de la faim, mais j'en ai profité, avec quelques autres, pour demander à la direction du ministère de l'Intérieur l'autorisation de me marier. Nous avons pensé que le moment était propice, compte tenu de la tactique de conciliation qu'appliquait alors le gouvernement. Le père de Martha, comme moi, désirait depuis longtemps qu'elle parte de Cuba pour vivre à l'étranger avec ses frères. C'était indispensable pour elle après avoir été arrêtée et fichée par la Police politique.

Après bien des discussions avec nous, Martha, qui avait pris la décision de rester à Cuba, a accepté de partir. En 1965, le gouvernement avait approuvé des milliers de demandes de départ pour les Etats-Unis dans ce qu'on a appelé les « vols de la Liberté ». Depuis quatre ans déjà, elle aurait pu s'en aller.

Un matin, dans le bureau de la prison, nous avons elle et moi signé les documents qui nous unissaient légalement. Pour nous, cet acte n'avait aucune valeur spirituelle. Nous ne nous sentirions mari et femme et nous ne le serions vraiment qu'après avoir été unis devant Dieu.

Nous étions ce jour-là deux couples, et, concession spéciale, nous avons pu rester ensemble, Martha et moi, quinze minutes dans la grande salle des visites, sous la surveillance des gardiens. Mais désormais, quand Martha quitterait Cuba, elle le ferait en tant que mon épouse légale. Nous avions discuté de tout ce qu'elle pourrait faire d'utile à l'étranger pour hâter ma libération. Nous avons dressé tout un plan pour déclencher la campagne d'opinion qui obligerait Castro à me libérer. Martha avait toutes les qualités nécessaires pour mener à bien toutes ces démarches : son activité était inlassable.

Elle allait répondre, et au-delà, à tous les espoirs que je mettais en elle.

CHAPITRE XXXIX

# Un envoyé du… Vatican

Au mois d'avril 1969, Boitel et un petit groupe de prisonniers ont repris leur grève de la faim. On les a transférés à l'Hôpital Militaire, dans la salle qui dépend de la Police politique. Boitel tenait bon depuis plusieurs semaines sans s'alimenter si bien que son organisme, affaibli par ses grèves antérieures et des années de mauvais traitements, devenait peu à peu incapable de réagir. Près de lui, Carmelo Cuadra se tordait de souffrance et se plaignait de son ventre. Pour bénéficier de l'assistance médicale, ils devaient d'abord cesser leur grève, mais ils ont continué à tenir bon. Trois jours plus tard, Carmelo mourait d'une complication hépatique. Du coup, les autorités ont encore une fois cédé et ont fait soigner·les autres grévistes.

En effet, à mesure que les mois passaient, l'administration rognait de plus en plus sur les conquêtes dues à notre dernière grande protestation, et il a fallu de nouveau que nous nous mettions tous en grève avec une seule exigence, celle d'être traités avec humanité. Immédiatement, la direction du pénitencier nous a isolés des autres prisonniers, allant jusqu'à vider la *galera* voisine avec laquelle nous étions arrivés à communiquer par des trous aménagés dans les murs épais qui nous séparaient.

Certains visiteurs des prisonniers de la *galera* 34, qui portaient l'uniforme bleu, leur avaient passé plusieurs lettres pour nous. Nous avions essayé plusieurs fois de les récupérer, mais sans y parvenir.

Depuis déjà deux semaines, nous étions en grève. Tous les jours, nous continuions à voir arriver devant nous des bassines d'aliments de choix, dans le but comme chaque fois de briser notre volonté et de nous faire interrompre notre jeûne.

Les gardiens qui s'occupaient de ce service ouvraient alors les portes de toutes les *galeras*. Eloy Gutiérrez Menoyo, l'ex-chef des guérilleros, Machín et moi, nous avons eu l'idée de profiter de cette circonstance : nous avons mis au point un plan qui nous permettrait de nous emparer d'un petit paquet de lettres qui nous attendait dans la *galera* 14. Nous savions que des gardiens, embusqués dans la galerie de la pharmacie et derrière les réservoirs d'eau, n'attendaient qu'un mouvement de notre part pour fondre sur nous et s'emparer de cette correspondance clandestine, dont ils soupçonnaient l'existence.

Un jour, nous avons quand même tenté ce coup de force : Raúl Fernández est sorti de la galerie 15 et, en faisant l'idiot, il a lancé le petit paquet de lettres à Eloy. Ce dernier l'a attrapé au vol comme un ballon de rugby et au moment où les gardiens, réagissant enfin, se précipitaient vers lui, il me l'a jeté, comme pour s'amuser, en le faisant passer entre ses jambes. Et sans perdre de temps, à mon tour, je l'ai envoyé à Machín qui l'a relancé à l'intérieur de notre galerie ! Toute l'opération avait été si rapide que les gardiens étaient restés presque sur place, déconcertés : devant eux et à leur nez, nous avions escamoté les lettres dont ils soupçonnaient l'existence ! Furieux, ils ont empoigné Eloy, l'ont collé contre le mur, les baïonnettes de leurs A.K. lui égratignant le cou. A l'intérieur, les lettres, déjà dispersées, avaient disparu. Les gardiens ne les retrouveraient jamais, et ils le savaient bien. Naturellement, après deux semaines de grève de la faim, cet effort nous avait complètement épuisés.

Les haut-parleurs de la cour nous transmettaient constamment les exhortations des autorités, toutes destinées à saper notre moral : après cette grève, nous resterions impuissants ; la dénutrition allait nous affaiblir à jamais le cerveau ; notre corps se nourrissait de ses propres réserves, ce qui réduisait à jamais les dimensions de notre cœur, de notre foie, de nos testicules, etc. Ces avertissements s'accompagnaient de messages dramatiques de nos familles qui se pressaient, désespérées, aux portes de la prison.

Le quinzième jour, la direction nous a divisés en deux groupes : je faisais partie du plus petit qui fut transféré brutalement à la *galera* 23, dans le secteur militaire du pénitencier, après une fouille qui s'est déroulée sans égard pour le fait que nous n'avions rien mangé depuis deux semaines et que nous n'en pouvions plus. Les gardiens ont pu nous battre, nous frapper à leur gré...

Nous avions un petit poste de radio que nous avions fait entrer clandestinement, et nous savions ainsi que le monde entier était au courant de notre grève et tenait les yeux fixés sur nous. Et pourtant, les efforts de nos familles auprès de la Commission des Droits de l'Homme de l'O.N.U. pour qu'elle intervînt en notre faveur sont une fois de plus restés inutiles.

Au cours de la fouille, les gardiens ont découvert notre petit poste et nous sommes restés privés de toute information provenant de notre unique espoir, le monde extérieur.

Trois semaines ont passé, puis quatre. C'était trop. Les désertions ont commencé. Tous les jours, nous recevions la visite d'officiers supérieurs des grades les plus élevés. Dans la cour, la résistance commençait à se désagréger. Et nous sommes arrivés au trentième jour de jeûne, trente jours en absorbant seulement de l'eau.

C'est alors que la direction a convoqué Loredo, un prêtre catholique. Monseigneur Azcárate, évêque de La Havane, avait obtenu l'autorisation de lui rendre une visite particulière. Lors de cette entrevue insolite, qui a eu lieu à l'écart sur un banc du petit parc du secteur militaire, Monseigneur Azcárate a déclaré à Loredo que notre protestation était une sottise, que nous n'obtiendrions rien en la poursuivant, que l'étranger ne savait même pas que nous faisions une grève de la faim. Azcárate mentait sciemment : avant la saisie de notre petit poste, nous avions pu constater tout le contraire en écoutant les radios étrangères qui donnaient à leur public des nouvelles de notre révolte. La visite d'Azcárate n'avait qu'un but, nous démoraliser.

Que s'était-il donc passé ?

Dès le triomphe de Castro, le clergé catholique avait suivi très attentivement l'évolution de la révolution cubaine. Quand il s'était rendu compte qu'elle s'engageait dans un chemin qui menait tout droit au marxisme, les prêtres avaient pris position contre Castro et, du haut de leurs chaires, ils avaient mis leurs fidèles en garde contre le danger qui les menaçait. Le 8 mai 1960, tous les évêques cubains avaient signé une pastorale condamnant le communisme.

En réponse, le gouvernement de Castro avait nationalisé toutes les écoles catholiques ou protestantes, supprimant ainsi la totalité de l'enseignement religieux.

Le 26 juin 1961, le paquebot *Marqués de Comillas* avait débarqué dans le port de la Coruña, en Espagne, plusieurs centaines de prêtres et de religieuses catholiques expulsés de Cuba. Le 17 septembre de la même année, Castro recommençait et expulsait un nouveau groupe de cent trente six prêtres catholiques. Il faut croire que l'agressivité du gouvernement cubain a eu une influence décisive sur l'Eglise Catholique cubaine, car elle fit alors une soudaine volte-face de cent quatre-vingts degrés quant à son attitude à l'égard du marxisme. Le maître d'œuvre de ces relations nouvelles — une véritable collaboration — fut Monseigneur César Zacchi, ambassadeur du Vatican à Cuba, qui l'inaugura en déclarant que Cuba, païenne avant la révolution, devenait enfin croyante avec le communisme !

La jeunesse, dans un défi au régime, remplissait plus que jamais les églises. Elle refusait de s'engager dans les milices gouvernementales et de coopérer avec Castro. Ce fut alors qu'apparut une lettre pastorale signée par la majorité des évêques cubains, un document honteux auquel plusieurs d'entre eux avaient refusé d'apposer leur signature. On y condamnait le blocus américain, on y appelait le peuple de Cuba à travailler d'arrache-pied à aider la révolution qui luttait pour faire sortir le pays de son sous-développement. La misère et la pénurie étaient dues, d'après cette pastorale, non pas au système communiste, mais au blocus yankee.

Avec les Comités de Défense de la Révolution, la Police politique organisa en secret de véritables claques qui se sont rendues dans toutes les églises pour applaudir cette diatribe. Naturellement, les autorités cubaines avaient connu d'avance le contenu de cette lettre, ce qui n'était pas le cas des prêtres ordinaires : ils l'avaient reçue sous enveloppe scellée avec ordre de ne la décacheter qu'au moment où ils monteraient en chaire lors de la grand-messe de ce dimanche. Il leur fut donc impossible de préparer une défense quelconque ; pour les fidèles, la surprise devait être totale. La collaboration des dirigeants de l'Eglise Catholique avec Castro était désormais un fait évident.

Comment les jeunes catholiques auraient-ils pu accorder quelque crédit à ce qu'ils ont entendu lire, ce matin-là, du haut des chaires, dans des temples sacrés pour eux ? Des exclamations d'indignation et des discussions violentes éclatèrent aussitôt dans certaines églises, comme dans celle de Guanabacoa où la grand-messe se termina par une mêlée à coups de poing entre les croyants authentiques et les militants communistes infiltrés parmi eux.

Certains prêtres réagirent comme le père Chaurrondo qui, dans son église de l'Immaculée Conception de La Havane, rue San Lázaro, s'interrompit net dès le début de sa lecture pour déclarer à haute voix qu'une telle pastorale ne valait pas la peine d'être lue.

Puis des photographies ont montré le nonce du Vatican aux

côtés de Castro au cours de fêtes et de réunions où ce grand dignitaire de l'Eglise faisait des déclarations enthousiastes en faveur du régime. Dans l'une d'elles, il a demandé aux jeunes gens de s'engager dans les milices communistes pour défendre la révolution contre une agression de l'ennemi. Mais quel était donc cet ennemi, sinon les Cubains anticommunistes qui avaient pu fuir à l'étranger et préparaient le débarquement qui pouvait renverser le tyran, comme le demandaient à Dieu tous ces jeunes qui remplissaient les églises ? La plus belle de toutes ces déclarations a eu pour auteur Monseigneur Zacchi : il a garanti aux fidèles que Castro était un homme profondément acquis aux *valeurs chrétiennes.* Le tyran ne venait-il pas de lui offrir un autocar neuf pour transporter les séminaristes vers les champs où ils travaillaient « volontairement » pour aider la révolution ?

Il existait alors ce qu'on appelait la « Ceinture de La Havane ». C'était une frange agricole qui entourait la capitale et où l'on semait, sur l'ordre et les indications de Castro, des milliers d'arbres fruitiers, de caféiers et de légumes avec lesquels on espérait approvisionner la population de la ville. Le dictateur y envoyait, comme dans d'autres camps semblables, ceux qui demandaient à quitter Cuba et qui devaient ainsi travailler dans des condition humiliantes et inhumaines.

Tous les samedis et dimanches, le gouvernement mobilisait des dizaines de milliers de personnes pour les faire participer de force à ces travaux. Le peuple s'est mis à haïr le nom même de la « Ceinture de La Havane », où il devait se livrer à un labeur d'esclave.

Monseigneur Zacchi devait même y accompagner Castro. Il s'est alors fait photographier la pioche à la main, et a déclaré que la « Ceinture de La Havane » était « la démonstration de l'enthousiasme d'un peuple » !

Après son arrestation dans son église de San Francisco, le prêtre Miguel Angel Loredo avait été l'objet de représailles particulièrement acharnées. On l'avait envoyé dans un camp de travaux forcés de l'île des Pins. Il y avait travaillé aux carrières, cassant à longueur de journée des pierres à coups de mailloche.

Un matin, ses gardiens le séparèrent des autres et le déshabillèrent pour mieux le frapper de leurs baïonnettes et de leurs bâtons : son visage, son dos, ses bras et ses jambes n'étaient plus qu'un énorme bleu. Ils le ramenèrent au pénitencier sans connaissance, saignant de la bouche et du nez.

La nouvelle de cette agression brutale avait déclenché une indignation générale. Les prisonniers aimaient beaucoup Loredo et, le même jour, par tous les moyens clandestins dont ils disposaient, ils avaient averti la famille du prêtre de ce qui était arrivé. Cet événement devint une affaire nationale et déborda même de nos frontières.

Carlos Rafael Rodríguez, l'un des chefs communistes, convoqua Monseigneur César Zacchi au ministères des Relations Extérieures. Ils eurent une conversation en privé qui dura une heure, comme l'a confirmé María Julia del Valle, une future exilée, alors fonctionnaire, qui reçut elle-même le nonce du pape et le vit sortir.

Le vendredi suivant, dans la revue officielle *Bohemia* parut une déclaration vraiment tirée par les cheveux de Monseigneur Zacchi. Evoquant l'affaire Loredo, il affirmait que la révolution avait été très généreuse envers ce prêtre, qu'il se portait fort bien, qu'il n'avait jamais été en prison mais qu'il se consacrait dans une ferme à la « culture pacifique » des radis et des laitues.

Cette déclaration officielle du nonce du Vatican travestissait la vérité. Au même moment, Loredo était encore incapable de se lever de son lit à la suite des coups qu'il avait reçus. Echange de bons procédés : le 14 décembre 1967, Castro assista en tant qu'invité d'honneur, à la consécration épiscopale de Monseigneur Zacchi. Et les attentions du dictateur ne devaient pas s'arrêter là : quelques mois plus tard, quand Castro se fit livrer plusieurs Alfa Romeo pour son usage personnel et celui de sa suite, il en commanda une de plus et en fit don à Monseigneur Zacchi.

Après les expulsions de ses prêtres et l'arrivée de Zacchi, jamais l'Eglise Catholique n'a osé élever la voix pour dénoncer les crimes et les tortures du gouvernement cubain ni pour réclamer que cessent les exécutions. A l'époque, l'Eglise Catholique n'a pas été seulement l'Eglise du silence, mais celle de la complicité.

Aussi la visite de Monseigneur Azcárate, dont le seul but était de nous démoraliser, ne nous a pas autrement surpris. Il ignorait que, quelques jours auparavant, nous écoutions encore la radio étrangère et il a cru pouvoir mentir impunément.

Trois semaines s'étaient écoulées depuis le début de notre grève quand un groupe de personnages fit son entrée dans notre galerie. A sa tête se trouvait le commandant Eduardo Suñol.

— Je suis le commandant Suñol, déclara-t-il pompeusement,

et je viens vous dire de la part de Fidel que nous ne vous céderons pas, que vous allez donc mourir, et qu'il est bon que vous le sachiez.

Pepín Varona était couché sur un lit de sangles devant la porte. Il était très pâle et son corps squelettique. Il s'est levé lentement et s'est dirigé vers Suñol :

— Vous avez fini ?

— Oui, j'ai fini !

Alors, avec mépris, Pepín a fait un bruit sonore de la bouche et s'est mis à applaudir...

Le visage du commandant Suñol est devenu rouge vif à tel point que j'ai cru qu'il allait avoir une attaque d'apoplexie, car il était habitué à inspirer la terreur, et sa seule présence faisait baisser les yeux de tous.

— Il faudra que tu meures ici, a-t-il pu dire seulement avant de sortir avec toute sa suite.

Mais Pepín n'est pas mort. Celui que le destin devait frapper le premier et d'une manière restée mystérieuse a été le commandant Suñol. Quelques mois après, on l'a découvert dans sa voiture, tué d'une balle dans la tête.

Lorsque l'un de nous cessait la grève, un militaire prévenait sa famille qui attendait au-dehors.

En arrivant un matin à la porte de la prison, Martha fut abordée par l'un des parents présents : il avait cru entendre citer mon nom. Martha s'adressa à un lieutenant pour qu'il recherche mon nom sur la liste. Le lieutenant appela le commissaire politique Patterson :

— Comment s'appelle le détenu ?

— Armando Valladares, répondit Martha.

— Valladares ! — d'un geste rageur, le commissaire avait refermé le cahier — non, celui-là ne cessera pas de faire la grève. Il se laissera mourir sur place. C'est l'un des meneurs !

Trente-cinq jours de grève : il était désormais difficile de maintenir le moral des prisonniers. Seule une minorité était encore persuadée qu'il nous suffisait de résister trois ou quatre jours de plus pour gagner cette bataille. Le plus grand nombre pensait autrement. Il fallait quand même présenter un front unique : nous sommes tous arrivés à la conclusion : mettre fin à la grève, tous ensemble, plutôt qu'assister à des désertions qui devenaient inévitables.

C'est ce que nous avons fait le lendemain, trente-sixième jour de grève. Le responsable des Pénitenciers et Prisons est venu nous voir, accompagné d'un capitaine, l'un de ceux qui s'étaient échappés de Bolivie après l'échec de Che Guevara dans ce pays. Sur un ton menaçant, il déclara à Eloy Gutiérrez Menoyo :

— Avec cette grève, vous vouliez atteindre des objectifs de propagande, diffamer la révolution pour que tout le monde sache ce qui se passe ici. Il va falloir que vous en subissiez les conséquences...

Et en effet, l'acharnement répressif des gardiens n'allait plus avoir de bornes. Ils se sont débarrassés à l'hôpital El Príncipe de ceux qui étaient vraiment en danger de mort. Les autres, comme moi, sont restés emprisonnés. Pendant trois ou quatre jours, on nous a donné du bouillon de légumes, mais nous avons dû ensuite nous contenter d'une pitance encore pire qu'avant. Aucun médicament, aucune vitamine pour nous aider à récupérer un peu de forces après trente-six jours de jeûne total. Certains d'entre nous, comme Federico Hernández, atteints de lésions cérébrales, n'ont jamais été soignés et ils sont demeurés infirmes tout le reste de leur vie.

Nous avons demandé en vain au Dr Batista, le médecin militaire, un jeune métis du type despote, de se pencher sur nos malades. J'ai fait appel à sa conscience de médecin qui devait prévaloir sur toute autre considération. Il m'a répondu qu'il était d'abord communiste, ensuite militaire, et en troisième lieu médecin.

Quelques jours plus tard, j'ai fait partie du groupe de prisonniers mis au secret dans la galerie 34.

Une bonne nouvelle quand même : mon beau-père, après avoir accompli sa peine de neuf ans de prison, fut remis en liberté.

Pour nous, qui demeurions toujours sans vêtements, la répression allait être terrible. On a commencé par nous transférer, une fois de plus, à la prison de Boniato.

C'était le début d'un des chapitres les plus atroces, par sa violence, par l'intensité des tortures, par le nombre des morts, de l'histoire des pénitenciers politiques cubains.

Nous allions vivre le cauchemar des « cellules murées ».

## CHAPITRE XL

# La prison nazie des Caraïbes

De toutes les prisons et tous les camps de concentration de Cuba, le pénitencier de Boniato, à l'extrémité est de l'île, est le plus répressif. Peut-être y a-t-il eu une époque où certains détenus y ont connu des conditions normales. Mais les prisonniers politiques provenant des provinces occidentales et que le gouvernement y a transférés savent que cet enfer a existé, et que d'ailleurs il existe encore aujourd'hui. Même les détenus originaires des provinces de l'Est ont toujours essayé, malgré la proximité de leurs familles, de se faire domicilier légalement à La Havane, parce qu'aucun d'eux ne voulait risquer d'être enfoui au fond de cette géhenne.

Boniato demeure l'installation favorite des communistes cubains quand ils veulent procéder, sur un groupe de prisonniers, à des expériences biologiques et psychiques, ou simplement les mettre au secret, les battre et les torturer impunément. Caché au fond d'une vallée, entouré de camps militaires, éloigné des villages et des routes, c'est le lieu idéal pour ce genre d'expérimentations. Personne ne peut entendre les plaintes des torturés ni les rafales de mitrailleuses. Les derniers cris des mourants se perdent eux aussi dans la solitude de cette succession de monts et de collines. Et les familles des victimes sont loin, si loin, à mille kilomètres de là. Et quand après une pérégrination interminable et épuisante, un parent arrive aux abords de l'institution pénitentiaire où souffre l'un des siens, c'est pour recevoir l'ordre de retourner là d'où il vient. La mise au secret est l'un des objectifs qu'aucune autre prison n'a su atteindre avec une telle perfection.

Pour nous, le voyage vers Boniato a été le pire de tous. La capacité des voitures à cellules était alors, en les serrant au maximum, de vingt-deux prisonniers. Nous étions vingt-six quand nous nous sommes retrouvés à l'intérieur, poussés en avant à coups de crosse de fusil.

Nous étions quatre dans un de ces cachots roulants prévus pour trois détenus assis. Je me suis tassé tant bien que mal sous la banquette de bois en me faisant une place entre les jambes des autres. Cahoté, je me suis malgré tout endormi jusqu'à ce qu'un de nos camarades, Piloto, incommodé par l'odeur de l'essence et sujet au mal de la route, commence à vomir. L'unique récipient que nous avions était mon pot en aluminium, et je le lui ai tendu.

A Santa Clara, trois cents kilomètres plus loin, on nous a distribué, pour uriner, une boîte de conserve vide par cachot. De nouveau, je me suis couché sous la banquette. A chaque coup de frein trop brusque, à chaque franchissement d'ornière, un peu d'urine sautait hors de la boîte et nous éclaboussait les jambes. Piloto était toujours aussi malade, et nous n'avions rien pour calmer ses nausées.

L'un de nos paniers à salade est tombé en panne en arrivant à Camagüey, avec, pour conséquence, vingt-quatre heures de retard et de fatigue supplémentaires. Enfin, notre caravane a fait halte à l'entrée de la prison de Boniato. Au moment où la porte s'est ouverte, j'ai eu le temps d'apercevoir une immense affiche où figurait une devise fort en vogue à l'époque : « Cuba, premier territoire libre de l'Amérique ! »

Deuxième halte, définitive celle-là, au fond de la prison. Là, on nous a fait descendre et on nous a conduits au bâtiment 5. Devant la section « C », notre destination , j'ai profité du tumulte causé par les prisonniers et les gardiens pour passer à Enrique Díaz Correa, arrivé avant moi et déjà à l'intérieur, un petit paquet que j'avais caché et qui contenait une plume, une photo minuscule de Martha, quelques morceaux de papier très fin et un petit flacon d'encre fabriquée en prison. Sans cette précaution, j'aurais tout perdu dans la fouille qui a suivi, car j'ai été déshabillé et examiné complètement jusque derrière la bourse des testicules.

Un cercle de visages hostiles et de fusils baïonnette au canon ne nous a pas quittés un instant. Mais notre arrivée s'est déroulée sans brutalités. Ce soir-là, on nous a distribué dans des boîtes vides de conserve de viande russe trois cuillerées de macaronis bouillis avec un morceau de pain. Nous étions le 11 février 1970.

Cette date, c'est celle où nous avons commencé à subir un plan d'extermination et d'expérimentation biologique et psychologique qui est le plus brutal, le plus impitoyable et le plus inhumain de tous ceux qu'a connus le monde occidental depuis les crimes des nazis. Un système totalitaire de cruauté mentale, d'acharnement et de tortures.

Boniato et ses cellules murées demeureront à jamais un témoignage atroce contre ce régime, la preuve que Fidel Castro a supplicié, condamné à la folie, assassiné ses prisonniers politiques. On pourrait éliminer toutes les autres violations des droits de l'Homme dont il s'est rendu coupable, ce qui s'est passé à Boniato suffirait à faire du régime qu'il a instauré le plus cruel et le plus dégradant de tous ceux qu'a connus le continent américain.

Nous avons passé la nuit enfermés dans quarante cellules. Pour aller aux W.-C., il fallait appeler le gardien. Chose curieuse, il n'y a pas eu de dénombrement ce soir-là. J'ai dormi sur une paillasse défoncée faite d'un sac de jute.

Le matin, les gardiens ont fait irruption dans le couloir en hurlant et en nous traitant de fils de pute. Je savais ce que cela voulait dire : ce genre de bourreaux ont toujours besoin de s'exciter pour se donner du courage, de s'enivrer d'abord du vacarme assourdissant de leurs armes — barres de fer introduites dans un tuyau de caoutchouc (pour ne pas endommager la peau), bâtons, torsades de fils électriques, chaînes et baïonnettes — avec lesquelles ils frappaient les murs et les grilles.

Sans aucune justification ni même un prétexte, ouvrant méthodiquement une cellule après en avoir fini avec les occupants de la précédente, ils se jetaient sur nous. La première cellule était celle de Martín Pérez. Je m'en souviens à cause de sa grosse voix : maître de lui jusqu'au bout, il a continué à maudire les communistes sans qu'il lui échappe une seule grossièreté. J'ai voulu m'approcher de la grille pour voir, un coup de chaîne m'a rejeté en arrière ; l'homme m'avait raté de peu le visage, son but évident.

Je les ai entendus ouvrir la cellule 3, la 4, la 5. A mesure qu'ils approchaient, je me sentais pris d'un tremblement intérieur qui contractait tous mes muscles, me gênait pour respirer. La peur, le sentiment de mon impuissance et la colère se mêlaient en moi tandis que j'entendais de plus en plus distinctement le bruit des coups qui s'abattaient sur les dos nus et sur les crânes de mes camarades, les halètements d'une lutte désespérée mais si brève, la chute du corps sur le sol. J'attendais mon tour dans une sorte d'aliénation de moi, d'anéantissement, de destruction de mon être. Avant même que les matons n'entrent dans leur cellule, certains de mes compagnons d'infortune ne pouvaient plus se retenir, à bout de résistance nerveuse, ils commençaient à pousser des cris dont l'hystérie accroissait encore l'horreur de ce moment.

Le premier gardien qui a ouvert la grille de mon cachot était armé d'une baïonnette. Derrière lui, trois autres se bousculaient dans l'encadrement de la porte. J'ai seulement eu le temps de voir que l'un d'eux avait une chaîne à la main. Pour pouvoir lever le bras et nous frapper, mon compagnon et moi, ils ont dû nous repousser dans le fond de la cellule ; ils étaient néanmoins presque collés à nous, et avec la résistance opiniâtre que nous leur opposions, ils manquaient presque d'espace pour se servir de leurs baïonnettes et de leurs chaînes.

Nous nous efforcions de ne pas nous séparer, sachant que le danger était encore plus grand. Malheureusement, je suis tombé. Un coup de pied en pleine figure m'a ouvert une blessure profonde à la lèvre inférieure. Quand j'ai repris connaissance, mon visage tourné contre le sol baignait dans une mare de sang. Mon compagnon de cellule saignait du nez et avait le poignet fracturé. Il y eut plusieurs blessés graves. Le sergent « Buena Gente » (« Bonne Gens ») avait défoncé la pommette d'un des frères Graiño. Le coup avait été si violent que la victime avait craché plusieurs de ses molaires et que l'épanchement sanguin couvrait tout ce côté du visage. Pechiguita, un paysan de Pinar del Río, eut besoin de douze points de suture pour refermer une blessure au cuir chevelu.

Nous avons tous été battus, sans exception, méthodiquement, cellule après cellule.

Aux bourreaux ont succédé des officiers et un médecin militaire qui nous ont examinés. Ils ont rassemblé les blessés, et un infirmier qui poussait un petit chariot de médicaments a recousu et bandé les blessures. A chaque blessé, ils ont répété ironiquement la même phrase :

— Osez donc dire qu'on vous prive de soins médicaux !

En réintégrant nos cellules, nous avons pensé que c'était pour attendre une prochaine rossée.

Mon corps était couvert de plaques bleues. J'avais le visage enflé et sanglant. Je ne pouvais presque pas me tenir debout tant j'avais mal partout : roué de coups de bâton, j'avais la peau lacérée en une quantité d'endroits. Mais ce qui m'avait affecté plus encore que les coups, c'était l'attente qui les avait précédés et dont je conservais un souvenir plus horrible que mes blessures. J'ai envié mille fois les prisonniers de la première cellule : les matons entraient, frappaient, mais sans que les prisonniers endurent d'abord la torture mentale de l'attente, une attente insupportable, capable de me détruire nerveusement.

L'un des blessés les plus atteints après cette première vague de brutalités était Odilo Alonso, un Espagnol émigré à Cuba vers la fin des années 50. Lorsque Castro avait confisqué la propriété rurale où il travaillait, on lui avait conseillé de repartir pour l'Espagne. Il aurait pu le faire, mais il avait répondu que Cuba lui avait ouvert les bras comme à un fils et que son devoir était de lutter pour la liberté du pays. Il avait pris un fusil et rejoint dans les montagnes de l'Escambray les guérilleros qui combattaient le communisme. Fait prisonnier, il avait été condamné à vingt ans de prison. Chrétien idéaliste et généreux, il avait refusé le plan de réhabilitation. Jusqu'à son dernier jour, il devait observer une attitude intransigeante face à ses geôliers.

Le soir même, nos bourreaux sont revenus, et le cauchemar du matin a recommencé : la lente ouverture des cellules l'une après l'autre, les coups, et encore plus de blessés.

Nous avons réussi à communiquer en criant avec les autres sections du bâtiment : nous avons ainsi échangé le nom de nos blessés les plus graves.

Le lendemain matin, Odilo Alonso avait la tête monstrueusement enflée. Je n'avais jamais vu une telle inflammation. L'enflure avait gagné le crâne entier, au-delà des oreilles ; on eût dit qu'il portait une coiffe.

Après trois jours de violences, à raison de deux séances matin et soir, certains d'entre nous ne pouvaient se tenir debout. Martín Pérez et de Vera pissaient le sang, d'autres n'arrivaient presque plus à ouvrir leurs yeux meurtris et pochés. Mais qu'importait à nos tortionnaires : aucun de nous, même dans ces conditions, n'échappait aux coups.

Le sergent Buena Gente, dont le vrai nom était Ismael, appartenait au parti communiste. Il portait une moustache tombante à la Pancho Villa. Quand les gardiens se lançaient à l'assaut pour nous battre, il ne s'arrêtait pas d'acclamer le communisme. « Vive le communisme » était chez lui une sorte de cri de guerre. Il demandait aux autres de lui laisser les blessés pour qu'il puisse les frapper sur leurs bandages : comme ça, expliquait-il, « ils ne peuvent pas prouver qu'on les a frappés deux fois ».

Un autre sergent frappait lui aussi les blessés, mais en disant au contraire :

— Comme ça, on te coudra deux fois.

A la suite des coups qu'on lui avait portés à la tête, l'état d'Odilo s'est aggravé. Du pus sanguinolent a commencé à suinter de ses oreilles, et son visage lui aussi s'est enflammé. Enfin, quand ils ont vu qu'il ne pouvait plus se tenir debout, ils l'ont transporté à l'hôpital.

Les blessés les plus graves n'avaient droit à aucun médicament, même pas à un cachet d'aspirine. Notre section était un vase clos d'où aucun prisonnier ne sortait jamais à moins d'être en danger de mort. Ils n'avaient nullement l'intention de nous tuer rapidement, c'eût été trop de générosité de la part de nos bourreaux.

Ils avaient toujours le même objectif : nous torturer et nous inspirer une telle terreur que nous accepterions leur plan de réhabilitation politique. Pour atteindre leur but, ils avaient envisagé froidement une lente et inexorable désintégration : nous amener au seuil même de la mort et nous y maintenir sans que nous puissions ni le franchir ni reculer. Tout était préparé avec un sadisme méticuleux, à tel point qu'avant notre départ de La Havane, on nous avait vaccinés contre le tétanos. Ils pouvaient désormais nous blesser à coups de baïonnette ou de machette, nous faire éclater le cuir chevelu avec leurs chaînes, nous étions incapables de contracter cette maladie.

Notre attitude en tant que groupe a alors été analysée dans la revue *Moncada,* organe officiel du ministère de l'Intérieur. C'est Medardo Lemus lui-même, le responsable des Pénitenciers et Prisons, qui a écrit cet article. Il avouait que notre résistance retardait les plans du gouvernement qui voulait appliquer à tous les prisonniers les méthodes de la réhabilitation politique, et que cette attitude de révolte et d'indiscipline à l'égard des dispositions pénitentiaires était un mauvais exemple pour les autres détenus. Il fallait donc nous séparer du reste de la population carcérale. Certes, notre comportement était devenu un défi à toutes les méthodes soviétiques dont le but est de briser la force morale du prisonnier.

Nombreux ont été ceux qui n'ont pu résister aux assauts, deux fois par jour, de nos bourreaux, à la terreur, aux tortures psychiques. Finalement, ils se sont habillés comme les autres. Ces désertions étaient douloureuses pour nous, comme si on nous arrachait un morceau de nous-mêmes. Je me sentais diminué chaque fois que l'un des nôtres s'en allait. Des années de terreur, de privations et le même rêve de liberté nous avaient tellement unis.

Qu'il est difficile de mesurer la capacité de résistance d'un être humain ! Les mêmes hommes qui avaient fait le coup de feu contre la dictature castriste dans les montagnes de la guérilla ou dans les villes, qui avaient accompli des missions périlleuses en sortant de Cuba et en y entrant clandestinement, qui avaient multiplié les preuves de leur valeur et de leur héroïsme, ont été incapables, une fois désarmés, de résister longtemps à la terreur, à la mise au secret, à une réclusion solitaire. Ils ont cédé. Mais, en fin de compte, c'était préférable pour nous : notre noyau s'est durci à chacun des départs.

De jour en jour, notre corps maigrissait, nos forces diminuaient, nos jambes ne nous soutenaient presque plus, mais un ciment intérieur se solidifiait en chacun de nous, et nous sentions une force indestructible se lever des replis les plus profonds de notre cerveau et de notre âme. Chaque coup de baïonnette, chaque vexation, chaque ignominie, chaque plaie, ne faisait que fortifier notre foi.

Dans les cachots de la direction du pénitencier, ceux qui avaient été aménagés sous les escaliers, cinq prisonniers politiques ont tenu ainsi presque un an. Ces jeunes gens étaient revenus clandestinement dans notre pays en débarquant sur les côtes de la province d'Oriente.

Un lieutenant de la Police politique, qu'on appelait « El Pinto » (« La Cuite »), avait été l'ami d'un des prisonniers. Il s'est servi de cette amitié pour les tromper tous en leur faisant croire qu'il allait les aider à s'évader. Il n'y a eu qu'un détenu pour flairer le piège et ne pas y tomber. Le lieutenant leur avait fourni tout le matériel nécessaire pour ouvrir leurs cachots. Une fois dehors, ils ne sont même pas arrivés à la première clôture de sécurité : les gardiens les attendaient derrière le petit hôpital. D'un seul coup, tous les projecteurs se sont allumés et des rafales de mitraillettes ont abattu trois d'entre eux. Le quatrième, qui marchait un peu à l'écart dans une zone d'ombre, a pu se cacher derrière un tas de sable, criant qu'il se rendait. Les gardiens lui ont dit d'avancer les mains croisées au haut du crâne. Quand il est arrivé dans la zone éclairée, les gardiens ont ouvert le feu avec leurs mitraillettes. Ainsi furent assassinés le 19 mars 1971 Amado Rodríguez, Raúl Valmaseda, Mario Fernández et Rafael Pena.

Tous les soirs, à la nuit tombante, la voix retentissante de Gerardo, ce prédicateur protestant que nous appelions le Frère de la Foi, s'élevait dans les couloirs de notre prison, nous appelant tous à la prière : « Lève-toi, fils de lion, lève-toi et marche, car le Seigneur t'attend ! » Et tous ceux qui le pouvaient se rendaient à son appel, toujours le même.

En vain la direction communiste s'est-elle efforcée d'interdire toute pratique religieuse. On interrompait nos prières, on nous ordonnait de nous taire, et notre résistance était l'occasion d'une ration supplémentaire de coups.

La première fois, nous étions en train de célébrer le culte quand, cellule après cellule, les gardiens nous ont battus à mort, semblait-il. Mais à peine sortaient-ils d'un cachot que ceux qu'ils venaient de frapper recommençaient à chanter avec le reste des prisonniers. Il s'est alors passé quelque chose d'impressionnant : nos bourreaux, alors qu'ils distribuaient leurs coups, se sont soudain déplacés dans une dimension qui nous a paru autre que celle où nous, les prisonniers, priions et chantions. J'ai vu dans la cellule d'en face des matons rouer de coups de pied deux prisonniers tombés à terre. Mais à peine étaient-ils sortis que ceux qu'ils venaient de battre ont recommencé à rendre témoignage à Dieu tandis que ceux qui chantaient auparavant dans la cellule voisine se taisaient sous les coups pendant quelques instants pour, à peine leurs bourreaux sortis, joindre leur louange au Seigneur à celle de tous les autres. Et par-dessus ce tumulte, la voix du Frère de la Foi scandait : « Gloria, Gloria, Alleluia ! »

Une nuit, un autre prédicateur protestant, le frère Rivero, lisait une petite Bible introduite en fraude malgré la vigilance des gardiens. Absorbé par sa lecture, il a eu un moment d'inattention, ce qui a permis de le prendre sur le fait. La découverte d'un dépôt d'armes n'aurait pas bouleversé davantage les communistes que celle de ce petit livre ! Cinq minutes plus tard, le directeur de la prison, le chef de la Police politique et un groupe d'officiers étaient réunis devant la cellule de Rivero, un vieux Nègre tout bonté, tendresse et douceur envers nous, intraitable et rebelle vis-à-vis de ses ennemis. Ils sont entrés pour le frapper à coups de plat de sabre de cavalerie. Par le couloir, le claquement de la lourde lame d'acier sur le dos nu et vénérable du frère Rivero arrivait jusqu'à nous. Je ne me rappelle plus combien de coups ils lui ont assenés pour le punir de son crime : peut-être quinze, peut-être vingt, peut-être plus, impossible de le dire ! Pleins de haine et de rage, ils ont déchiré devant lui la Bible en tout petits morceaux avant de s'en aller, laissant le vieillard avec son dos mis à vif.

Ma cellule donnait sur la boulangerie, si bien que j'ai pu contacter un prisonnier qui travaillait au four. Dépourvu de papier, j'ai eu l'idée d'utiliser celui de mes cigarettes. J'ai écrit une toute petite note pour Martha, et je l'ai cachée dans un morceau de mie de pain. Pour mieux la dissimuler, j'en avais fait une petite boule. Profitant du moment où le prisonnier se trouvait sur la rampe de la boulangerie et où les alentours étaient vides, j'ai lancé ma mie de pain à travers les barreaux. Elle a roulé sur le petit chemin presque jusqu'à ses pieds. Sans même se pencher, il l'a ramassée entre ses orteils et s'est aussitôt rechaussé. La semaine suivante, ma petite note est sortie du pénitencier, cachée dans l'appareil dentaire de ce nouvel ami. Elle est ainsi arrivée jusqu'à Martha qui a réussi à la faire sortir du pays comme témoignage de la manière dont on y traitait les prisonniers.

C'est dans le bâtiment 4 qu'ils ont commencé à transformer les cellules. Ils en faisaient devant nous les in pace les plus inhumains et les plus atroces qui ont jamais existé, à l'exception des « cellules-tiroirs » des camps de concentration « Tres Macíos » et « San Ramón ».

Jour après jour, nous avons vu progresser la construction. Nous avons souffert d'avance en imaginant ce que serait notre vie dans ces tombes. Nous évitions d'en parler entre nous. Nous les regardions seulement avec une angoisse croissante, sans aucun commentaire.

Le 6 janvier, nous avons quitté le pavillon 5 pour gagner les cellules murées, nos tombes. C'était un sinistre cadeau pour la fête des Rois, ce jour de joie que les petits enfants de Cuba ne célèbrent pas parce qu'il a été supprimé par les communistes. Notre nouvelle prison ressemblait à une crypte avec vingt niches de chaque côté. Tout l'état-major du pénitencier a assisté à notre défilé. Ces huiles ont pu longuement contempler leur œuvre, nos corps faméliques, nos os à fleur de peau. Certains traînaient la jambe, d'autres ne marchaient qu'avec l'aide d'un camarade. Ceux qui poussaient les chaises roulantes des invalides en profitaient pour s'y appuyer autant qu'ils le pouvaient. Nous étions des ruines humaines... et le pire n'avait pas encore commencé ! Mais je crois qu'il y avait dans tous nos yeux une vie incroyablement ardente, une flamme, un désir, une décision inébranlable : celle de ne pas céder. Extérieurement, ces yeux étaient tout ce qui vivait encore chez nous. Mais nous portions au-dedans de nous-mêmes un monde de soleils et d'étoiles, de lumière et de couleurs, une énergie spirituelle dont nos geôliers n'avaient pu et ne pourraient jamais nous priver.

Nos cellules-tombes avaient dix pieds (trois mètres) de long et quatre pieds et demi (un mètre trente-cinq) de large. Dans un coin, un trou faisait fonction de W.-C. ; au-dessus, presque collé au plafond, un tuyau recourbé pour l'arrivée d'eau. Du dehors, le garde de service, installé dans son poste, disposait des deux clés nécessaires pour ouvrir ou fermer à son gré les arrivées d'eau d'un côté ou de l'autre du couloir.

Quand le génie militaire avait terminé la construction de ces « tombes » du pénitencier de Boniato, l'administration avait voulu étudier leurs effets sur des délinquants de droit commun. Ils y ont enfermé les caïds, les terreurs, ceux qui avaient derrière eux des années de réclusion. Et ces criminels endurcis, pour sortir de là, se sont ouvert les veines des poignets, ont avalé des clous, des morceaux de cuiller. Ils préféraient avoir le ventre ouvert plutôt que de rester là. Celui qui a résisté le plus longtemps a tenu bon trois mois seulement.

Ces « tombes » ont été construites spécialement pour nous, les prisonniers politiques cubains. Après leurs échecs antérieurs, c'est en elles que les autorités ont mis leur confiance pour parvenir à leurs fins. Dans l'esprit de leurs inventeurs, ces cellules murées devaient réussir là où les travaux forcés de l'île des Pins, avec leurs marécages, leurs carrières, leurs semailles, avec leurs tortures, leurs mutilations et leurs assassinats, n'avaient pas réussi.

Aujourd'hui, en écrivant ces Mémoires, comment ne penserais-je pas aux centaines d'hommes qui furent mes compagnons et qui se trouvent toujours dans cet enfer, dans des conditions pires encore ? Il y a deux ans, pour les isoler encore plus, l'administration pénitentiaire a eu l'idée d'élever de chaque côté de ce bâtiment un grand mur, puis de réunir ces deux murs par un treillis de fils de fer qui passe au-dessus du toit, si bien que toute la construction se trouve en cage. Les couloirs sont surveillés par des circuits clos de télévision.

Les dirigeants des prisons cubaines pouvaient être satisfaits. Tous les directeurs des camps de concentration de la province et des pénitenciers étaient venus nous voir inaugurer ce chef-d'œuvre. Contents d'eux-mêmes, ils riaient avec la fierté de philanthropes qui se félicitent de l'hôpital ou de l'école qu'ils ont créés. Il y avait de l'ironie et du persiflage dans le ton des voix qui nous parvenaient, comme s'ils savouraient d'avance leur triomphe sur nous. Enfin, les « emmurages », comme ils disaient, étaient devenus réalité ! Pour en arriver là, les constructeurs avaient utilisé toute l'expérience accumulée par les Soviétiques, les Tchèques, les Hongrois et les communistes allemands en matière de tortures et d'anéantissement de la personne humaine. Tout ce qu'il y avait de mieux dans les appareils répressifs de l'Europe de l'Est était réuni dans cette grande œuvre. Les médecins et les psychologues des pays communistes, y compris ceux de Cuba, avaient apporté leur concours scientifique à l'élaboration des régimes alimentaires, au calcul des calories, à la création de situations déstabilisantes, à la manière de susciter les maladies de carence les plus pénibles, etc.

Certains officiers ne nous ont pas caché que les plus « durs » des prisonniers de droit commun n'avaient pu résister à la réclusion dans ces tombes, et qu'avant six mois nous implorerions notre pardon à genoux... Puis ils nous ont poussés à l'intérieur des cellules. Le bruit des cadenas et des verrous a été étouffé par le fracas assourdissant des lourdes portes de fer qui se sont refermées derrière nous, pour combien de temps, hélas... Plusieurs d'entre nous n'allaient jamais sortir vivants de ce sombre lieu.

Le matin, le soleil surchauffait la plaque de fer qui bouchait ma fenêtre, laquelle donnait à l'est. La cellule devenait alors une sorte de four où je ruisselais de sueur à n'en plus pouvoir. Cette transpiration surabondante, accompagnée de l'émulsion graisseuse de nos pores, remplissait cet espace clos et cette obscurité perpétuelle où vivaient deux hommes d'une puanteur fétide rappelant celle du poisson pourri.

L'après-midi, à mesure qu'avançait le soleil, c'étaient les plaques du devant qui dégageaient une chaleur de chauffe. Nous avons passé des semaines entières sans nous laver. Les matons, assis dans leur poste de garde, ouvraient l'eau à leur gré ou sur un ordre supérieur. Ils le faisaient sans se déranger, à n'importe quelle heure, de derrière leur bureau, en actionnant les deux robinets de commande. En été, ils attendaient que les plaques de fer fussent brûlantes; en hiver, c'était à la première heure frissonnante du jour. Du couloir, ils nous criaient que nous avions cinq minutes pour nous laver. Quand ils calculaient que nous avions le corps couvert de savon, ils fermaient l'eau. Devant la clameur d'indignation qui s'élevait, ils s'en allaient tranquillement à la cuisine pour bavarder avec les gardiens de l'autre bâtiment. Le savon séchait sur notre corps, formant une sorte d'emplâtre pâteux qui distendait notre peau et poissait nos poils et nos cheveux. Les nerfs à fleur de peau, nous ne cessions plus de réclamer de l'eau en criant, ce qui était une torture de plus. Dans cet enfer, tout avait été prévu pour saper peu à peu notre équilibre mental, pour réaliser ainsi l'objectif final de nos geôliers.

Il était interdit d'avoir un récipient quelconque pour faire une provision d'eau, mais seulement une boîte en fer-blanc d'un quart de litre. Peu de jours après notre arrivée, le trou-latrine de notre cachot s'est bouché, et la petite cavité qui l'entourait s'est d'abord remplie d'urine, d'excréments et d'un liquide pestilentiel. Puis ce liquide pourri où nageaient des morceaux d'excréments a débordé, recouvrant lentement le sol de la cellule. Nous avons fait l'impossible, Pipín et moi, pour déboucher le trou. Nous y enfonçions le bras aussi profondément que nous le pouvions, nous avons employé nos cuillers pour le curer. Tout était inutile. Et nos démarches ne donnaient aucun résultat. Quand les gardiens ouvraient l'eau, nous devions nous tenir debout sous le tuyau, au-dessus de ce trou où grouillaient déjà les vers. L'eau tombait directement au centre de cette flaque infecte, nous éclaboussant, éclaboussant les murs. Nous avons dès lors vécu dans une latrine dont le relent insupportable s'incrustait dans nos fosses nasales. C'était comme si nous avions constamment un bouchon de merde dans chaque narine.

Pour manger, nous prenions notre boîte de conserve dans la paume de la main, comme toujours dans des cas pareils, et nous faisions l'impossible pour ne pas toucher les aliments de nos doigts et éviter ainsi quelque maladie contagieuse. Nous n'utilisions pas non plus notre cuiller, nous nous versions tant bien que mal, directement dans la bouche comme si c'était du liquide, ce qu'on nous avait apporté pour nous nourrir. Le menu était toujours le même : macaronis bouillis, vermicelle, pain... pain, vermicelle, macaronis bouillis.

Une nuit, ils sont venus chercher quatre des nôtres qu'ils ont mis dans d'autres cellules, et des nouveaux venus sont entrés dans les cachots devenus vides. Quand le bruit des verrous et des cadenas a cessé et que les gardiens se sont retirés, nous avons tenté de correspondre avec ces prisonniers pour savoir qui ils étaient. Mais en vain les a-t-on appelés des cellules voisines, ils n'ont pas répondu. Nous avons insisté en anglais, en français, pensant qu'il s'agissait peut-être d'étrangers. Rien. Le silence toujours. Alors, nous nous sommes rendormis. Dès le lendemain matin, nous essaierions une fois de plus d'établir un contact avec les nouveaux venus. Peut-être avaient-ils peur, peut-être venaient-ils d'être emprisonnés ?

Un cri horrible nous a réveillés en sursaut. L'écho le répercutait longuement dans ces couloirs où le moindre bruit se prolongeait indéfiniment. Et immédiatement nous avons entendu, stupéfaits d'abord, une explosion de rires à gorge déployée, de cris, de phrases incohérentes...

Ils avaient mis des fous dans ces cachots ! Avec l'arrivée de ces infortunés, nous allions avoir bien d'autres réveils de ce genre. Il s'agissait de deux prisonniers de droit commun, perdus sans rémission dans les ténèbres d'un esprit qui n'avait pas résisté à l'incarcération. L'arrivée de ces pauvres fous faisait partie du plan de nos bourreaux : ils voulaient à tout prix nous déséquilibrer. Dès lors, nous avons passé des nuits entières sans pouvoir fermer l'œil. Ces cris, ces glapissements, étaient bouleversants. Ils dormaient le jour, comme beaucoup de déments, pour bouger et se mettre à hurler la nuit comme des bêtes, sans nous laisser dormir.

Tous les deux ou trois jours, il y avait perquisition. L'unique objectif de ces fouilles était de maintenir les prisonniers dans l'angoisse. Il en était de même de la surveillance exercée par nos gardiens : la réalité de la répression devait constamment peser sur nous. Dès que les soldats entraient dans le bâtiment, nos matons s'affairaient, ouvraient tous les cadenas, nous faisaient mettre debout près de la porte, tandis que se déroulait la perquisition. Comme les soldats fouillaient plusieurs cellules à la fois, nous profitions de la seule occasion que nous avions d'apercevoir nos camarades des cachots voisins. Ensuite venait la fouille corporelle, et nous réintégrions nos cellules non sans qu'on ait vérifié qui nous étions : ils se servaient pour cela de la photo de notre fiche individuelle.

Chaque couloir ou section avait un bureau particulier où figuraient nos fiches, nos photos et tous les renseignements concernant notre identité et le numéro de notre cellule. Ces photos avaient été prises avant de nous emmurer dans cette sorte de crypte. Un des nôtres, toujours dynamique et rebelle, Alfredo Fernández Gámez, avait refusé de se laisser photographier. Après l'avoir roué de coups jusqu'à le défigurer, ils l'avaient malgré tout photographié ! Ces fiches individuelles permettaient un contrôle permanent des détenus. Un gardien savait exactement qui se trouvait dans la cellule qu'il surveillait, et certains d'entre nous faisaient l'objet d'une vigilance spéciale.

Une nuit, un prisonnier est arrivé : il devait être jugé à Santiago de Cuba. Des rumeurs avaient couru concernant les graves incidents qui avaient eu lieu dans le camp de concentration de Manacas, ce qui explique notre surprise quand nous avons appris qu'il en venait. Ce camp était connu dans tout le pays par la dureté de ses cachots et l'agressivité de ses gardiens et de son directeur Abraham Claro.

Deux semaines plus tard, vers le milieu de l'après-midi, un véhicule-prison s'est approché des portes du camp. Derrière se hâtait un groupe de militaires et de miliciens. Tous se sont arrêtés devant la porte intérieure de la seconde clôture, et le directeur de notre pénitencier, le lieutenant Claro est monté seul dans le panier à salade. Les prisonniers qui travaillaient aux champs dans le voisinage ont pu entendre la discussion violente qui, à l'intérieur du véhicule, opposait le lieutenant à plusieurs de ces détenus.

Quand Claro est descendu de la voiture, son visage était congestionné de colère. Il a claqué derrière lui la portière et s'est dirigé vers le bâtiment de la garnison. Nos prisonniers en ont profité pour communiquer à grands cris avec les nouveaux venus. Ces derniers leur ont demandé de ne pas intervenir dans cette affaire, car le directeur, furieux, leur avait déclaré qu'il était capable de tout et prêt à en assumer toutes les responsabilités.

Ils s'étaient rendus coupables d'entreprendre une grève de la faim pour protester contre les coups et les mauvais traitements qu'ils subissaient dans la prison de Santa Clara. On les envoyait ici pour les obliger à cesser leur grève.

Mais déjà des dizaines de gardiens armés de fusils et de mitraillettes accouraient au pas de charge. Un peloton a envahi le véhicule : à coups de crosse ils voulaient en faire descendre les prisonniers, mais ces derniers ont résisté.

Par solidarité, indigné aussi par la brutalité des gardiens, le groupe de nos camarades s'est mis à crier en leur reprochant leur violence. C'est alors que le lieutenant Claro a ordonné à ses hommes de tirer sur eux. A la première décharge, plusieurs prisonniers se sont écroulés : Oriol Acosta, le crâne défoncé par une balle, fut tué sur le coup. En tant que célèbre dirigeant syndical de l'industrie du sucre, il s'était élevé contre la dictature marxiste de Castro et avait repoussé toutes les flatteries et toutes les propositions de trahir la cause des travailleurs.

Ce crime, loin de frapper de terreur les prisonniers sans défense, les a remplis de rage : ramassant toutes les pierres et tous les objets qu'ils pouvaient trouver par terre, ils se sont mis à bombarder les gardiens tout en se précipitant vers l'endroit où se trouvaient le lieutenant Claro et d'autres officiers.

Dès lors, les gardiens, craignant de blesser leurs chefs, ont cessé de tirer, mais ils n'en ont pas moins attaqué les révoltés à la baïonnette et à coups de crosse, faisant des dizaines de blessés dont Viamonte, Turiño et Borges Rodríguez. Ce dernier, en plus des coups déjà reçus, devait être atteint de plus de dix balles de mitraillette.

Finalement, la force l'emporta. Les mains croisées sur le crâne, assourdis par les cris et les menaces, les prisonniers cessèrent le combat. Avec ses vitres brisées et la carrosserie bosselée par de nombreux impacts de balles, le véhicule-prison repartit avec quatre détenus politiques pour une destination inconnue.

Et des mois ont passé.

Un jour, un capitaine de la Police politique nous a rendu visite. Tous ces « spécialistes » ne comprenaient rien à notre résistance, qui les stupéfiait. Il venait pour faire pression sur nous, une fois de plus.

Nos gardiens nous avaient fait sortir de nos cellules pour la fouille. Nous étions nus, le dos collé au mur près de notre porte, quand il est entré. Son visage était inexpressif, il ne marchait pas normalement, mais tendait la jambe et faisait résonner ses talons comme dans un défilé d'infanterie. Il s'est arrêté au milieu du pavillon, les mains croisées dans le dos, pour déclarer que la révolution, irritée par notre attitude, ne pouvait plus la supporter, et que si nous ne changions pas de comportement, on serait forcé de prendre contre nous des mesures énergiques.

Il a poursuivi en disant que la révolution nous avait offert un moyen de sortir d'ici, sans haine et sans esprit de vengeance. Mais nous n'avions pas accepté. Si nous nous entêtions, le haut commandement du ministère de l'Intérieur avait pris de nouvelles dispositions et dressé de nouveaux plans que l'on mettrait à exécution. Jusqu'alors, ils s'étaient montrés extrêmement tolérants envers nous, mais nous avions tout fait pour épuiser leur patience :

— La révolution ne voudrait pas déverser sur vous toute sa rigueur, mais si vous nous y obligez, vous ne redeviendrez jamais des hommes. Nous ne vous tuerons pas, mais nous ferons de chacun de vous une guenille !...

Et il a ajouté en sortant :

— ... Ne l'oubliez pas...

Ses paroles devaient être plus que de simples menaces.

## CHAPITRE XLI

# Expériences biologiques et premières victimes

J'ai déjà dit que notre régime avait été étudié pour provoquer chez nous des maladies de carence et de graves perturbations de notre métabolisme. Notre alimentation se composait uniquement d'hydrates de carbone et d'un bouillon graisseux, le tout strictement mesuré et pesé. La farine de maïs, un mélange de riz et de pâtes bouillis constituaient la base de chacun de nos repas.

Nous avons calculé que nous recevions moins de mille calories par jour. Les résultats de cette insuffisance alimentaire et de cette carence de protéines et de vitamines ne se sont pas fait attendre. Nous avons commencé par maigrir, de jour en jour, d'heure en heure. La faim nous rongeait l'estomac. C'est à cette époque que je me suis mis à rêver de tables surabondantes, de banquets somptueux. J'étais obsédé par la faim. Mais, à cette faim torturante, aucun de nous pourtant n'a cédé.

Et les mois passaient, monotones, sans rien qui pût nous permettre de distinguer l'un de l'autre.

Le scorbut est une maladie de carence devenue peu fréquente de nos jours. Elle est produite par le manque de vitamine C et se manifeste par l'apparition de petits grains de couleur sombre sur les jambes et sur les cuisses. Des plaques bleues surgissent elles aussi, comme des marques de coups. Les gencives s'enflamment, rougissent, saignent au plus léger contact. Les dents se déchaussent et tombent, et après des troubles de toutes sortes, le malade meurt.

Nous avons connu rapidement nos premiers cas de scorbut. Tous les jours, nous signalions à nos gardiens que notre peau se constellait de « petits grains » noirs. Ceux d'entre nous qui étaient au courant de l'évolution de cette maladie renseignaient les autres sur les premiers symptômes. Les autorités étaient prévenues et nous réclamions des soins médicaux. Plusieurs jours ont passé avant qu'apparaissent des médecins militaires. Ils ont examiné quelques cas, prélevé des échantillons de sang et d'urine, enregistré notre tension artérielle, noté notre temps de coagulation sanguine, puis ils ont disparu. Ils sont revenus mais cette fois avec des médecins des pays communistes, soviétiques et tchèques, qui nous palpaient, nous grattaient les taches de la peau, prenaient et prenaient des notes, et s'en allaient sans nous soigner.

Je me rappelle avoir aperçu Pepín González Saura au cours d'une fouille. Les petites taches noires et les « bleus », symptômes indéniables du scorbut, lui avaient envahi les jambes et les cuisses. L'un des cas les plus graves a été celui d'Arnaldo Arroyo. Toutes ses gencives étaient enflammées ; il suffisait de les presser légèrement avec le pouce pour qu'elles saignent abondamment. Il a ainsi perdu de nombreuses dents : elles sont tombées d'elles-mêmes, sans douleur, de leurs alvéoles.

Piloto, le camarade qui avait vomi dans mon récipient pendant le voyage, avait simplement éternué : aussitôt, deux jets de sang ont jailli de ses narines, si fragiles étaient devenus ses vaisseaux capillaires. Devant la répétition de cas semblables, les médecins se sont enfin décidés à contrôler ces manifestations flagrantes du scorbut. Il ne fallait surtout pas que l'un de nous meure... pas encore du moins. Il a suffi, pour que nous guérissions, de nous donner deux fois par jour de la citronnade corsée d'acide citrique en poudre.

Un de nos camarades, Estebita, agrémentait nos soirées en nous contant des films dont il se souvenait avec une précision extraordinaire. Il était petit et menu, mais avait une voix si forte qu'il lui suffisait de se placer debout face à la plaque de fer qui murait sa cellule pour qu'on pût l'entendre dans tout le pavillon dès qu'il commençait à parler. Il est vrai que l'acoustique de ce local complètement clos et équipé de portes de fer était excellente. Estebita savait donner à ses récits une extraordinaire richesse de détails et un intérêt tel qu'aujourd'hui encore ma mémoire confond les films que j'ai réellement vus et ceux qu'il nous a racontés.

L'administration n'avait pas abandonné sa prétention de nous endoctriner ; nous étions donc l'objet d'un vrai service de presse : organes officiels du parti et des Jeunesses communistes. Nous avions chargé José Carreño, un journaliste emprisonné lui aussi, d'en assurer la réception et la distribution. Chaque prisonnier avait son tour, car il y avait seulement pour nous tous dix à douze exemplaires de chaque journal. Nous lui avions confié un travail peut-être plus important : lire les nouvelles et résumer avec un commentaire explicatif les passages où tout était propagande, mensonge et endoctrinement. C'était une tâche quotidienne pleine d'abnégation de la part de cet authentique professionnel amoureux de son métier. Elle nous a été extrêmement utile, car il y avait parmi nous des paysans, des ouvriers, des gens peu politisés que la propagande ennemie aurait pu toucher et convaincre sur certains points. Grâce à Carreño, cela n'est jamais arrivé.

Ma volonté de survivre devenait de plus en plus ferme. Elle était arrivée à se convertir en une détermination de tous les instants qui maintenait mon cerveau dans une activité constante. Malgré ma faiblesse, je m'allongeais sur le sol pour mouvoir tout mon corps membre par membre, et je faisais des exercices de concentration tirés du yoga pour activer ma circulation sanguine.

Je savais que la pénombre pouvait m'endommager la vue, ce qui me préoccupait énormément. Dans la plaque de fer qui aveuglait la fenêtre, il y avait trois trous où je pouvais faire passer le petit doigt, mais non le pouce : c'était cela, la bouche d'aération de notre cellule. Le soir, je collais mon visage à cette plaque dès qu'elle s'était assez refroidie, et j'approchais d'un des trous tantôt un œil, tantôt l'autre, pour regarder en direction du bleu du ciel et du vert des collines. Je répétais tous les jours ces exercices et je crois qu'ils m'ont aidé à me conserver la vue. De nombreux prisonniers ont eu les yeux abîmés par ces années passées dans les ténèbres.

Mais rien n'était visible du côté du couloir. Alors, je collais l'oreille à la plaque de fer pour tenter d'entendre quelque chose, par exemple si les gardiens approchaient...

Il y avait un espace d'un demi-pouce (environ un centimètre vingt-cinq) — peut-être moins — entre la grille de la porte et le sol. En nous écrasant la bouche contre le ciment à un mètre de distance de cette fente, nous arrivions à voir un tout petit peu du couloir. C'est dans cette position que j'ai essayé de profiter de la petite nappe de lumière qui provenait des ampoules électriques du couloir et qui passait sous la grille, pour écrire mes premières notes, mes premières pensées.

Pour surprendre nos conversations, nos gardiens se glissaient continuellement, à pas de loup, le long des murs du couloir ; des membres de la Police politique les remplaçaient parfois. Nous le savions ; aussi, pour nous parler de cellule à cellule, utilisions-nous un mélange d'anglais, de français et d'espagnol, enrichi de mots que nous avions inventés de toutes pièces. C'était un sabir que nos gardiens étaient incapables de comprendre.

Nous ne pouvions voir ceux qui allaient et venaient dans le couloir ; nous entendions seulement des bruits de pas, nous apercevions une ombre fugitive qui passait devant la rainure des charnières de la porte.

La distribution des coups n'avait plus lieu à heure fixe. Il y avait parfois une série de jours calmes, puis c'était l'irruption soudaine, à n'importe quelle heure du jour ou de la nuit. Nous ne connaissions pas de repos réel. Le moindre bruit nous réveillait en sursaut, croyant que les soldats de la garnison étaient dehors. Nous préférions le système précédent : deux fois par jour lors des dénombrements ; on savait alors qu'entre les raclées, nous avions quelques heures de paix.

Il nous arrivait également d'entendre une cavalcade furieuse dans les escaliers et les couloirs : une troupe d'hommes les parcouraient, frappant nos portes de l'arme qu'ils portaient, secouant nos cadenas en passant, criant au geôlier :

— Allons, ouvre-moi cette cellule !

Puis c'était le silence : ils n'étaient pas entrés. Ils étaient partis, nous laissant seuls, sous pression, le temps que se résorbe notre poussée d'adrénaline et que se bloquent les mécanismes que déclenche l'attente d'une agression physique. Mais ils pouvaient alors revenir pour nous battre sans merci, si bien que je demeurais chaque fois tendu, attendant dans l'angoisse leur retour éventuel.

Ces brutes étaient de simples instruments. Les méthodes de leurs maîtres dépassaient leur compréhension, et ils protestaient contre ces ordres qui les tiraient pour rien du bien-être de leur caserne. Ils étaient donc les premiers à réclamer qu'on ouvrît nos cellules pour pouvoir nous rouer de coups.

Ceux qui comprenaient parfaitement les raisons de ce harcèlement continuel et ses conséquences étaient les psychologues du Département d'évaluation psychique de la Police politique. Ils avaient mis au point et dirigeaient un plan ambitieux et criminel d'expériences où nous jouions un rôle de cobayes. Le gouvernement cubain se fiait à eux pour nous briser et nous faire accepter l'endoctrinement marxiste destiné à tout le pays.

C'était le dernier recours de Fidel Castro. Si nous résistions à tant de violences physiques et psychologiques, il ne lui resterait plus qu'une solution : l'assassinat.

C'est ce qu'avait conclu Medardo Lemus, le responsable national des Pénitenciers et Prisons, dans une émission télévisée reproduite le 17 mai 1969 dans le périodique *Granma*. Un des participants à l'émission lui avait demandé quelles mesures il faudrait prendre à l'égard des prisonniers contre-révolutionnaires qui refuseraient la « réhabilitation ». Il avait répondu :

— Il faut en finir avec eux.

Et il avait insisté en réclamant pour nous la « peine capitale ».

Toute capacité de résistance a une limite, et on nous y amenait jour après jour, heure après heure. On nous détruisait physiquement et psychiquement, lentement, inexorablement.

Nous étions périodiquement soumis à des interrogatoires qui permettaient à ces gens d'apprécier les résultats de leur expérience. Ils insistaient pour que nous leur disions quelles étaient les heures où nous nous sentions le mieux, ou le plus mal, ce qui nous gênait, ce que nous rêvions. Pensions-nous fréquemment à notre famille ?

Ceux qui menaient ces interrogatoires ne portaient pas l'uniforme militaire, mais la blouse blanche des médecins. Ils se montraient courtois, aimables, se disaient disposés à améliorer tant soit peu notre sort. Ce qui les intéressait, c'étaient nos réponses qu'ils notaient soigneusement dans leurs carnets et sur leurs graphiques.

On nous faisait régulièrement des prises de sang. Nous ne pouvions pas refuser : on nous les aurait faites de force avec une ration de coups en supplément.

L'absence de vitamines devait provoquer une réapparition des cas de pellagre. Je savais à quoi m'en tenir avec cette maladie que j'avais déjà eue et qui se manifestait chez moi par une poussée de taches brunâtres formant un collier des épaules à la poitrine. Chez d'autres, par exemple Fernando Gámez, des excoriations recouvraient la peau.

Pendant plusieurs semaines, on ajoutait à nos aliments du sel en telle quantité que cela nous brûlait la gorge. Puis on le supprimait complètement. C'était une façon de dérégler totalement notre métabolisme. L'état des détenus atteints de troubles rénaux et d'hypertension empirait aussitôt.

Les protéines manquaient elles aussi, ce qui a provoqué chez beaucoup des œdèmes nutritionnels. Les chevilles étaient les premières à enfler, puis les jambes, les cuisses, les testicules, l'abdomen, le visage. Les « médecins » se souciaient uniquement des œdèmes qui montaient plus haut que la ceinture, vers le visage. Ils savaient que si l'œdème attaque les poumons, le cerveau et les viscères, les complications sont alors mortelles. Dans les cas graves, le malade partait pour le petit hôpital, local spécial lui aussi aveuglé de plaques de fer avec mise au secret. Plusieurs médecins et psychologues l'accueillaient, le pesaient, et exerçaient sur lui, dès son arrivée, une surveillance rigoureuse. Les interrogatoires commençaient aussitôt : ils portaient plus sur la détérioration mentale que sur nos maux physiques. Cette détérioration faisait l'objet d'une étude approfondie : quand avait-elle commencé ? Et comment ? A combien la chiffrions-nous ?

Ils multipliaient les analyses de tout genre, mesuraient et pesaient nos aliments, nos excréments, notre urine, prenaient notre température et notre tension artérielle environ toutes les quatre heures. Ces investigations s'étendaient sur quatre ou cinq jours au bout desquels ils administraient au malade des doses massives de diurétiques telles que le patient, obligé de se lever constamment pour uriner, n'arrivait plus à dormir. On nous gonflait et dégonflait à volonté, comme des ballons.

L'un des cas les plus graves a été celui de Carreño. Il avait fallu le transférer complètement nu à l'hôpital parce que ses cuisses ne rentraient plus dans le plus énorme des caleçons. On me servait mon déjeuner et ma porte était ouverte quand il est passé sur un brancard. Tout était si enflé chez lui, le visage, les jambes, les testicules, si monstrueux, que je ne l'ai presque pas reconnu. Je suis resté interdit, frappé d'horreur, comme hypnotisé. Le prisonnier de droit commun qui assurait le service des repas n'avait pas le droit de lever la tête de peur qu'il ne voie nos visages tels qu'ils étaient. Il est donc resté incliné, courbé vers le sol, tenant sa louche de farine de maïs à la main et attendant que je bouge. Il a fallu que le gardien, en criant, me tire de ma torpeur pour que je tende mon écuelle.

Quant à Carreño, sous l'effet des diurétiques, il a uriné pendant cinq jours tout le liquide que retenaient ses tissus, perdant ainsi près de vingt-cinq kilos.

Chez moi, l'œdème a commencé par les chevilles. De là, il a gagné les cuisses et les parties génitales. Il me suffisait d'appuyer doucement le doigt sur ma jambe pendant vingt ou trente secondes pour y produire un creux, comme si mes muscles s'étaient transformés en pâte à modeler. Puis, lentement, le liquide chassé reprenait sa place et le creux disparaissait. En maintenant plus longtemps la pression du doigt le creux pouvait atteindre jusqu'à un pouce (deux centimètres et demi) de profondeur. Parfois, quand les gardiens ouvraient les portes pour un dénombrement, les détenus leur exhibaient ces marques et ces bourreaux, malgré eux, se taisaient, impressionnés.

Moi aussi, j'ai fait la connaissance du petit hôpital quand l'inflammation a gagné l'abdomen. En arrivant, je pesais soixante kilos. Après avoir subi tout le processus des analyses et des interrogatoires, j'ai pris des diurétiques qui ont éliminé les litres d'eau que j'avais en trop et je n'en ai plus pesé que quarante-sept. J'avais perdu treize kilos en cinq jours ! Avant d'être arrêté, mon poids normal était de soixante-sept kilos et demi.

Il ne me restait plus que les os et la peau quand j'ai réintégré ma tombe dans le pavillon des cellules murées. Deux soldats ont dû me soutenir pour m'y rendre car je ne pouvais plus marcher droit. Dès lors, j'ai éprouvé des difficultés à me tenir debout, et je me heurtais souvent aux murs de mon cachot. J'avais une sensation intense de picotements, et des crampes dans mes jambes qui ne me soutenaient plus.

J'ai commencé à perdre la mémoire et à souffrir d'une terrible confusion mentale. J'étais incapable de coordonner certains de mes mouvements et je ne trouvais plus mes mots quand je voulais m'exprimer.

Je suis tombé dans un état de profonde dépression. Au moindre bruit, je m'alarmais, mon cœur battait à se rompre, et ses battements résonnaient en moi comme un martèlement incessant. Je ressentais une peur inexplicable, puisque la cause m'en échappait, car elle était bien autre chose qu'une simple crainte des coups. Je me sentais tellement faible, je n'arrivais plus à bien dormir. Alors, au moment où j'avais l'impression que l'angoisse allait finir par m'écraser, je recourais à Dieu. Blotti dans un coin de mon obscure basse-fosse, je fermais les yeux et, en priant, j'allais à Sa rencontre. Peu à peu, une sensation de sérénité apaisait les remous de mon naufrage, j'étais réconforté, débordant d'une foi renouvelée. Je me suis toujours adressé à Lui quand j'ai eu besoin d'un soutien et de paix, et Il me les a toujours accordés. Je me suis retrouvé plein de courage au début de chaque journée, décidé à poursuivre ce dur chemin, confiant en une victoire finale.

Il y a toujours eu parmi nos gardiens des hommes qui sympathisaient avec notre cause. Le service militaire obligatoire affectait au ministère de l'Intérieur des jeunes gens qui méprisaient le système. Il n'était pas facile de leur inspirer confiance, formés comme ils l'étaient dès l'enfance dans un régime dont la structure répressive repose sur la délation, et qui concède au mouchard les honneurs dus seulement au héros. J'ai donc employé toute ma ténacité à approcher certains d'entre eux, à abolir lentement leur méfiance. J'ai alors réussi à briser, grâce à eux, ma mise au secret et mon isolement en envoyant quelques lettres à Martha et en recevant ses réponses. L'un d'eux m'a même aidé à faire sortir de Cuba ma première dénonciation sur ce qui se passait dans nos « tombes » de Boniato. Je l'avais écrite dans la marge du quotidien officiel du parti, le *Granma.* Cette dénonciation a été publiée dans la presse des pays étrangers.

Plusieurs de mes compagnons ont tenté eux aussi de gagner l'amitié de ces jeunes gardiens, et ils ont pu parfois le faire. Ce succès dépendait toujours d'un travail de patience qui s'étendait sur des semaines et sur des mois. On n'obtenait pas leur collaboration par des promesses de cadeaux ou d'argent que nos familles leur remettraient plus tard, mais par une exaltation des idéaux que tout garçon de cet âge porte en lui. C'est pour des raisons de conscience et de dignité personnelle qu'ils accordaient généreusement leur aide à des hommes qui avaient tout sacrifié à l'espoir de vivre dans une société libre et non sous une dictature féroce. Ma méthode consistait à leur montrer toute l'indignité que comportait pour eux le fait de collaborer à ce régime de tortures. Je leur demandais comment ils pouvaient dormir tranquillement après une journée passée dans cette atmosphère atroce, comment ils pouvaient embrasser leurs parents, leurs enfants s'ils en avaient, après avoir vu de leurs yeux la manière dont on nous torturait, dont on nous frappait. Et peu à peu naissait en eux la honte de soutenir, même en apparence, un régime comme celui-là.

— Mais que puis-je faire, moi ? disaient-ils un jour.

— Beaucoup. Il ne s'agit pas pour toi de conspirer activement et constamment contre le régime. Mais tu peux apporter une aide quelconque, qui sera pour toi dépourvue d'importance, dérisoire, mais qui peut sauver la vie de ceux qui sont ici.

Dès lors, je pouvais demander d'expédier une lettre, et c'était le début d'une collaboration.

Pour des raisons évidentes de sécurité, pour protéger ceux qui m'ont apporté un soutien aussi précieux, je ne peux aujourd'hui fournir plus de détails ni dévoiler les techniques que nous avons mises au point pour faire entrer et sortir notre correspondance. Je ne dirai rien non plus des mesures de prudence par lesquelles nous nous assurions qu'il ne s'agissait pas d'un agent de la Police politique infiltré parmi nous. En effet, beaucoup de prisonniers recourent encore aux mêmes moyens.

Et les semaines passent, et chaque jour apporte sa charge de nouvelles rigueurs à notre réclusion. J'ai de plus en plus fréquemment des nausées, des diarrhées. Nos cheveux tombent par plaques. Ma bouche s'est couverte de plaies brûlantes comme des braises. Mes lèvres desséchées ne sont plus qu'une suite de crevasses. Le plus gravement atteint de nous tous est Jorge Portuondo. Et nous verrons bientôt apparaître dans ce milieu où tout favorisait leur prolifération les terribles fongosités qui rongent les recoins les plus humides et les plus secrets de notre corps.

Et voici que j'éprouve tellement de douleur à avaler quoi que ce soit que je n'ose presque plus le faire.

Parmi nous, certains sont devenus complètement fous. Ils gémissent et appellent leurs parents, ceux qu'ils aiment, ou ils se laissent aller à des crises de pleurs et de rires. D'autres crient comme si les communistes approchaient pour nous rouer de coups, mais ce n'est qu'une illusion de leur pauvre esprit perturbé. Nous le savons, mais chaque fois nous nous réveillons en sursaut, nous demandant dans notre angoisse : « Et si c'était vrai ? »

Et puis j'ai une première crise d'asthme, suivie par d'autres. J'étouffe... mais je n'ai droit à aucun médicament, même pas à un pulvérisateur qui m'aiderait peut-être à respirer.

Pepín Saura, René et plusieurs autres souffrent d'asthme, eux aussi, et ils se trouvent dans la même situation que moi. C'est désespérant de les entendre râler, asphyxiés par l'obstruction de leurs bronches qui ne laissent rien pénétrer de l'air qu'ils recherchent en vain avec de grands sifflements dans la gorge.

Lorsque je suis moi-même en proie à une crise, j'essaie de garder mon calme et de respirer lentement, mais malgré toutes mes bonnes résolutions, quelle sensation atroce que celle qu'on va mourir faute d'air ! C'est une sorte d'affolement qui vous prend...

Aujourd'hui encore, après tant d'années, je me rappelle cette terreur que je ressentais alors, celle d'un cauchemar... Mais non, ce cauchemar a été réel. Je souffre et souffrirai toujours d'emphysème pulmonaire, faute d'élasticité des tissus devenus fibreux. On nous a refusé toute assistance médicale, et les pétitions des autres prisonniers pour que les asthmatiques fussent soignés à chacune de leurs crises sont demeurées inutiles.

Mais les communistes devaient trouver une autre forme de torture : nous transporter au petit hôpital, nous faire subir un électrocardiogramme, et nous déclarer ensuite avec toute la gravité possible que nous souffrions d'une très dangereuse affection cardiaque. Après nous avoir bien effrayés, on nous offrait le salut : des soins appropriés et immédiats, la sortie de ce trou « où vous risquez de mourir à tout moment » à la suite d'une attaque ; tout cela en échange d'une simple acceptation de la Réhabilitation Politique...

Le capitaine de la Police politique qui nous avait annoncé qu'on ferait de chacun de nous une « guenille » ne nous avait pas menti. L'administration pénitentiaire poursuivait méticuleusement son dessein. Nous ressemblions à des spectres. Nous étions squelettiques, comme ces survivants, sauvés à temps des camps de concentration nazis, qui avaient perdu quinze, vingt, et jusqu'à trente kilos de leur poids normal. Certains d'entre nous enflaient monstrueusement, au contraire ; d'autres n'arrivaient plus à se lever.

Périodiquement, les médecins passaient dans nos cellules : vérification de la température, de la pression artérielle, du nombre des pulsations ; examen des muqueuses des yeux et de la bouche ; puis quelques questions en supplément.

Notre nourriture n'avait pas changé : farine de maïs, pâtes, mélange de riz et de vermicelle, bouillon graisseux, pain, tout cela en quantité insuffisante et avec un nombre de calories qui ne couvrait pas la moitié des besoins réels de notre organisme.

Un jour, Estebita a cessé de nous conter ses histoires et ses films. Les semaines précédentes, son organisme affaibli depuis longtemps s'était brusquement effondré. Il n'arrivait même plus à s'asseoir sur son séant. Nous avons signalé aux responsables des dénombrements l'état grave de notre camarade. En vain.

Le 4 février 1972, à l'aube, Estebita était mort. Trois jours plus tard, ce fut le tour d'brahim Torres, notre cher « Pire », comme nous l'appelions tous. Tous deux n'avaient pu supporter ces expériences qui portaient sans doute sur notre résistance physique et morale. Nous avons appris bien après que lorsque la famille d'Estebita s'est présentée à la direction de la prison pour réclamer son corps et lui assurer une sépulture chrétienne, les autorités pénitentiaires, jouant l'indignation, ont allégué que ce détenu était mort sans avoir réglé sa dette envers la révolution, soit vingt ans de prison, et que, par conséquent, son cadavre appartenait à l'Etat ! La famille, jetée littéralement à la porte, ne sait encore aujourd'hui ce que les bourreaux d'Estebita ont fait de son cadavre. Un prisonnier de droit commun, le Dr Mastrapa, nous a révélé par la suite que nos médecins communistes avaient attribué les décès de ces prisonniers politiques à la faiblesse de leur organisme.

Mais ces deux morts ont servi d'avertissement : ceux qui dirigeaient les expériences de ce plan d'anéantissement moral se sont aperçus que les plus gravement atteints de leurs prisonniers politiques allaient leur échapper en mourant un à un, ce qui n'était pas prévu. Ils ont décidé de ne pas courir le risque que comporterait un tel échec et de faire en sorte que ces deux morts ne soient pas le début d'une série, gênante pour eux, de décès.

Cinq jours plus tard, on a commencé par nous administrer une cuillerée de sucre en poudre ! Puis des fruits et un œuf dur ont été incorporés à nos menus. Ce changement d'alimentation était destiné à élever le niveau de nos moyens de résistance, mais dans une certaine mesure seulement, comme le prouvait la rigueur du contrôle des quantités de chaque produit.

Enfin, Martha parvint à sortir de Cuba, accompagnée de ses parents. Elle allait faire connaître à l'étranger ma situation et celle des autres prisonniers politiques. Peut-être réussirions-nous, grâce à elle, à sensibiliser l'opinion publique mondiale en lui révélant, sans contredit possible, les horreurs de l'univers carcéral castriste.

Tout comme l'a fait Staline en Union soviétique, Castro a toujours nié qu'il y ait à Cuba des camps de concentration, des prisonniers politiques. Les prisons cubaines, d'après lui, ne connaissaient ni la torture ni le crime organisé.

Martha avait toutes les qualités nécessaires pour nous aider à rétablir la vérité, et elle allait le faire.

Dans une des lettres qu'elle a alors réussi à me faire parvenir, elle m'avait prévenu que le gouvernement l'avait obligée à travailler pour lui depuis plusieurs mois : quand un Cubain demandait à sortir du pays, il était considéré comme un traître à la révolution. On le chassait du poste qu'il occupait pour le transférer le plus loin possible de son foyer, au fin fond de la brousse, où il devait se livrer à des travaux agricoles.

Pendant parfois six ou sept mois, il lui était impossible de revoir sa famille. En effet, il était éloigné d'elle de quelque huit cents ou neuf cents kilomètres, il n'avait qu'un jour de repos par semaine, et il ne disposait donc pas du temps nécessaire pour un tel voyage aller et retour. Les hommes vivaient parqués dans des baraques immondes, dépourvues d'installations sanitaires convenables. Les femmes n'échappaient pas à ce genre de persécutions.

Cette épreuve pouvait durer deux ou trois ans et parfois, au dernier moment, les autorités refusaient au malheureux l'autorisation de quitter le pays comme elles le lui avaient promis.

Mais cette situation provoquait de tels scandales dans la presse étrangère que le gouvernement cubain avait été obligé de lâcher du lest et d'adoucir les conditions de ces travaux forcés pour les candidats à l'émigration.

Martha avait été simplement placée dans une marbrerie où elle travaillait toute la journée. Elle y est restée jusqu'à son départ pour les Etats-Unis.

Après la mort d'Estebita et de « Pire », l'administration a continué à améliorer notre nourriture. Grâce à l'augmentation du nombre des calories et à l'apport de fruits et d'œufs durs, nos organismes faméliques ont repris quelque peu de forces. Combien de temps cela allait-il durer ? J'estimais quant à moi que ces jours de répit étaient comptés, et je ne gaspillais rien de ce qu'on nous donnait, pensant seulement à accumuler des réserves pour une période moins faste. Je dévorais les coquilles de mes œufs pour le calcium qu'elles pouvaient contenir, ainsi que les écorces et peaux de tous les fruits : bananes, citrons, oranges, mangues. Si l'on nous donnait une laitue avec ses racines, ces dernières me servaient aussi de nourriture. Je m'étais mis dans la tête de profiter au maximum de cette période d'accalmie pour récupérer le plus de forces possible.

Et un jour, nous jugeant sans doute en meilleure condition physique, l'administration pénitentiaire nous a annoncé qu'on allait nous permettre de rester un peu au soleil. La chose nous a paru si paradoxale, si inconcevable, que nous ne l'avons pas crue. Mais nous nous trompions. Nos gardiens ont ouvert toutes les cellules, et pour la première fois depuis des années, nous nous sommes retrouvés dans le couloir. L'émotion était à son comble. Les amis qui se retrouvaient s'embrassaient, pleurant de joie.

Certains étaient si émaciés, si cadavériques, qu'avec la blancheur typique de leur peau, on aurait pu croire qu'ils étaient morts si leurs pupilles n'avaient eu un éclat aussi lumineux. Leurs yeux vivaient encore au fond de leurs orbites creuses, leurs pommettes saillaient, ils avaient la peau collée aux os. J'ai remarqué que les dents de Roberto Alonso s'étaient déplacées et qu'Arroyo en avait perdu quelques-unes. Il m'arrivait d'avoir les yeux remplis de larmes en regardant ces pauvres gens, et puis je me suis aperçu que ceux qui venaient à moi pour me saluer me dévisageaient eux aussi avec pitié. Je n'avais pas compris jusqu'alors que je devais avoir le même aspect qu'eux...

Lors de cette première sortie, tous nos camarades n'ont pas pu profiter du soleil. Certains avaient perdu le sens de l'équilibre pour avoir été enfermés pendant des années dans leur « tombe », une minuscule cellule dont tous les orifices, porte et fenêtre, étaient aveuglés par des plaques de fer. Ils étaient devenus incapables de marcher en ligne droite. On les voyait zigzaguer comme s'ils étaient ivres, chanceler d'un mur du couloir à l'autre.

Ce phénomène était dû au fait que nous avions manqué pendant des mois et des mois de ligne d'horizon et qu'il nous fallait refaire l'apprentissage de la perspective. Moi-même, je titubais un peu en marchant et j'ai descendu l'escalier en m'appuyant au mur et avec toutes les précautions qu'on voit chez un vieillard de quatre-vingts ans.

Cette reprise de contact avec l'air, la lumière du soleil, le ciel, a été inoubliable, mais physiquement douloureuse pour beaucoup d'entre nous : nos yeux habitués depuis si longtemps à une pénombre perpétuelle demeuraient éblouis, douloureux et nous devions les fermer. Mais ce choc a été moins gênant pour moi que pour beaucoup d'autres parce que je m'étais tant soit peu habitué à la lumière en regardant dehors par les trous de la plaque qui aveuglait ma fenêtre.

Le ciel était bleu ce matin-là. Je suis arrivé au centre de la cour, et le soleil était tiède. Mais quand j'ai levé les yeux vers les hautes collines qui entourent le pénitencier, il m'a semblé qu'elles basculaient soudain dans ma direction, comme si elles se mettaient en mouvement. J'ai eu l'impression de vagues de pierres gigantesques qui se précipitaient sur moi, à croire qu'elles allaient m'écraser. Je connaissais d'ailleurs ce phénomène : je l'avais subi lorsque j'étais sorti des cellules disciplinaires de l'île des Pins.

J'ai dû m'asseoir sur l'herbe et fermer les yeux : tout tournait autour de moi et j'ai ressenti une forte nausée. A quelques pas de moi, Martín Pérez, qui était en train de marcher, a porté la main à son front et s'est effondré très doucement sur l'herbe en perdant connaissance. Et puis d'autres ont fait comme lui, un à un. Décidément, nous nous tirions assez mal de ce contact soudain de l'air et du soleil. Le soir même, Martín Pérez a commencé à uriner de gros caillots de sang noir. Nous avons immédiatement appelé le gardien de service. Nous pensions qu'il avait besoin de soins, mais la nouvelle politique de l'administration n'allait pas si loin : sauf en cas de danger de mort, nous devions, pour être admis au petit hôpital, mettre fin à notre résistance.

En avril 1972, lors d'un appel on a désigné cinquante détenus, dont j'étais, pour partir immédiatement. Dehors, les voitures à cellules nous attendaient déjà. Nous supposions qu'on allait nous transférer dans les camps de concentration « Tres Macios » ou « San Ramón », c'est-à-dire dans les cellules dites « tiroirs » que nous connaissions déjà.

Nous nous trompions encore une fois. Notre voyage a duré plus de vingt heures, pour se terminer à la Cabaña. Notre retour dans ce pénitencier marquait un nouvel échec de Fidel Castro. Un an plus tôt, les autorités avaient vidé la Cabaña en tant que prison et annoncé à grands coups de grosse caisse et de cymbales que la Cabaña serait désormais l'académie « Capitán San Luis », en l'honneur de ce héros de la révolution dont la prouesse la plus évidente avait été de torturer les prisonniers politiques, ce qu'il faisait chaque fois qu'il était ivre.

On nous a conduits dans une *galera* du secteur militaire, celle où nous avions mené notre grève de trente-six jours. Elle faisait suite à celle qui servait de cuisine militaire et toutes deux se trouvaient à trois mètres au-dessous du niveau du sol. Une petite fenêtre placée très haut donnait sur un petit chemin. Nous apercevions ainsi les bottes des soldats quand ils passaient devant elle.

On nous a mis à cinquante dans un endroit qui mesurait à peine seize mètres de long sur six de large.

Nombreux étaient les gardiens qui nous connaissaient. En nous voyant, ils nous ont entourés et contemplés avec stupeur. Je pesais alors tout juste cinquante kilos. On ne pouvait se tromper à l'expression de plusieurs d'entre eux : notre aspect les impressionnait fortement.

L'un d'eux n'a pu se maîtriser et a demandé :

— D'où venez-vous... ?

Et en effet ils ne le savaient pas. Quand des prisonniers sont transférés ailleurs, personne ne renseigne les simples gardiens sur ce qu'ils deviennent.

Dès le lendemain matin, les problèmes ont commencé à se poser. Nous nous sommes réveillés en toussant. La *galera* était pleine de fumée. En effet, la cheminée de la cuisine militaire fonctionnait mal, et une grande partie de la fumée passait chez nous par la petite fenêtre qui, en plus, était équipée d'un aspirateur d'air.

Le combustible utilisé par les cuisiniers était du mazout. Il a suffi de deux ou trois jours pour que tout, dans notre galerie, soit recouvert de poussière noire. Que nous le voulions ou non, nous étions obligés de respirer cette fumée. Si nous introduisions un bout de tissu blanc dans nos fosses nasales, il en ressortait plein de suie, et nos crachats du matin eux aussi étaient charbonneux.

Immédiatement, nous avons envoyé une lettre à la direction du pénitencier pour l'informer que les résidus de la combustion d'un produit pétrolier suscitent sûrement des troubles respiratoires et qu'ils sont en outre cancérigènes, si bien que nous ne pouvions pas rester plus longtemps dans cette *galera*. C'était vivre à l'intérieur d'une cheminée, et en effet, c'était la fonction que remplissait notre galerie par rapport à la cuisine.

Le lieutenant Lirbano, directeur de la prison, nous a répondu qu'il avait communiqué notre pétition au ministère de l'Intérieur, parce qu'il ne pouvait nous changer de *galera* sans ordre ministériel, et cela bien que beaucoup fussent vides.

Les semaines ont passé sans solution. La fumée et la suie desséchaient nos muqueuses de la bouche et du nez, nous irritaient les yeux, et nous nous sentions tous comme engourdis. En nous couvrant d'un mouchoir la bouche et le nez, nous nous efforcions de lutter contre les effets de cette intoxication.

Notre état physique était si déplorable que certains gardiens avaient pitié de nous. L'un d'eux, quand il était de garde, cachait dans le fond de son sac à pain des aliments qu'il nous distribuait, en particulier du poisson et des conserves de viande qu'il volait à la cuisine militaire, au risque de se faire prendre et de se retrouver lui-même en prison.

CHAPITRE XLII

# La mort de Boitel

Alors que nous soutenions une lutte constante à la Cabaña, Pedro Luis Boitel agonisait dans la prison du Príncipe del Castillo à la suite d'une grève de la faim pour protester contre le traitement inhumain dont il était l'objet. On le sut à l'étranger. Toutes les personnalités et organisations cubaines en exil adressèrent des appels désespérés à la Commission des Droits de l'Homme de l'O.N.U. et à la Croix-Rouge Internationale. Il s'agissait de sauver la vie de Boitel. L'O.N.U. garda le silence. Un silence complice.

Ses compagnons s'adressèrent à la direction du pénitencier, qui leur envoya un sergent, adjoint du lieutenant Valdés, chef de la Police politique. Quand cet homme souleva le drap et vit ce qui restait de Boitel, il ouvrit des yeux hagards, fit un pas en arrière et sortit précipitamment pour en rendre compte.

Il avait eu devant les yeux un squelette impressionnant recouvert de peau et qui n'émettait plus que quelques plaintes.

Le lieutenant Valdés apparut aussitôt. Lui aussi souleva le drap et son visage se contracta malgré l'effort qu'il fit pour se dominer. On lui demanda de faire transporter Boitel à l'hôpital. Après avoir regardé une dernière fois Boitel, Valdés répondit qu'il ne pouvait rien faire, qu'il lui fallait d'abord consulter le ministère. Il ajouta toutefois que le gouvernement ne céderait à aucune pression, que Boitel avait lassé tout le monde avec ses grèves, et que si c'était à lui, Valdés, de décider, il le laisserait mourir sans plus.

Le lendemain, des gardiens transférèrent Boitel dans une petite salle où il était seul. Du haut de leurs fenêtres, des prisonniers observèrent la scène. Le responsable des Pénitenciers et des Prisons, le lieutenant Lemus, ordonna de placer un paravent devant la grille. Avant de s'en aller avec sa suite, il dit simplement :

— Quand il aura cessé de respirer, prévenez-moi...

Toute la nuit, les prisonniers de la salle voisine se relayèrent à la fenêtre pour surveiller ce qui se passait. Aux premières lueurs de l'aube, ils entendirent le mourant demander à boire. Puis des heures passèrent. Ainsi mourut Pedro Luis Boitel, un héros, le 24 mai 1972, après cinquante-trois jours de grève de la faim.

Quelques jours plus tard, un certain lieutenant Abad, de la Police politique et d'ascendance libanaise, se présenta chez la mère de Boitel. Il la trouva en train de lire la Bible. A la tête d'un groupe d'hommes armés, il avait poussé brutalement la porte entrouverte. Il s'ensuivit une série de scènes atroces qui ne peuvent se dérouler que dans une dictature communiste. La mère de Boitel, laissée dans l'incertitude sur le sort de son fils, dont elle pressentait la mort, courut à la prison d'où les gardiens la repoussèrent brutalement. Comme elle insistait, on ne trouva rien de mieux que de l'arrêter et de la transférer à la fameuse Villa Maristas, la Lubianka cubaine. Là, le lieutenant Abad apparut de nouveau pour déclarer qu'il devait maintenant lui « annoncer officiellement » la mort de son fils ! Au cours de la scène qui suivit, sans aucun égard pour la douleur de cette mère, il la repoussa même plusieurs fois, violemment, sur le canapé d'où elle voulait se lever, la menaçant en outre de la faire emprisonner définitivement. Comme il était à bout d'arguments, il en vint à la gifler. Finalement, il la fit enfermer dans un cachot d'où elle ne ressortit qu'en pleine nuit. Une voiture de patrouille la ramena jusqu'à chez elle. Mais ce fut pour y retrouver un policier en civil. Dès le lendemain, des membres du Comité de Défense de la Révolution vinrent « spontanément » lui rendre visite pour la menacer, car elle continuait de troubler l'ordre public par ses pleurs et ses plaintes. Son téléphone était coupé, si bien qu'elle ne pouvait plus communiquer avec ses proches.

Puis des policiers reparurent le surlendemain pour l'informer de l'endroit où l'on avait enterré son fils.

Le 30 mai, accompagnée de quelques mères et parentes de prisonniers, elle se mit en route pour porter quelques fleurs sur la tombe de Pedro Luis. A peine étaient-elles entrées dans le cimetière, toutes tenant un chapelet à la main, qu'un groupe de femmes mystérieusement prévenues, armées de bâtons entourés de papier journal, se jetèrent sur elles en les insultant et en leur interdisant même de prier.

Toutes ces mégères étaient en civil, mais certaines d'entre elles étaient connues en ville : c'étaient des gardiennes de la prison de femmes.

Quelques semaines plus tard, chez Alfredo Mesa, fonctionnaire du ministère de l'Intérieur, qui avait réuni des amis en vue d'une partie de chasse, Medardo Lemus, le responsable des Pénitenciers et Prisons, devait déclarer, en chargeant son fusil, que Fidel Castro lui-même avait donné l'ordre de « liquider Boitel pour qu'il cesse de faire ses conneries »...

La fumée nous intoxiquait de plus en plus fortement. Des troubles respiratoires se déclarèrent chez ceux qui n'en avaient jamais eu auparavant. Nous toussions tous et souffrions de maux de tête.

Au cours d'une restructuration des ministères, la surveillance médicale des prisons échut subitement du ministère de l'Intérieur à celui de la Santé publique. Cette situation ne devait durer que quelques mois. Comment la Police politique aurait-elle permis que ses prisonniers lui échappent dès qu'ils seraient malades ?

Toutefois, ce fut pendant ces jours de litige qu'une commission du ministère de la Santé publique, notre nouveau maître, fit une tournée d'inspection. Prévenus par nous, ses membres, tous des civils, prélevèrent des échantillons de l'air qui nous empoisonnait et décrétèrent qu'il était « irrespirable ». Mais nous allions attendre encore de longs mois avant qu'on nous transfère ailleurs.

Toujours à la même époque, nous avons appris que le ministère de l'Intérieur, convaincu que les prisonniers politiques de la prison de Guanajay n'accepteraient jamais la réhabilitation, mettait en œuvre de nouvelles mesures répressives dans le but de les humilier et de les obliger à se révolter, ce qui justifierait une série de représailles impitoyables.

On devait le constater lors de la visite du mois de septembre. Alors que leurs familles attendaient déjà dehors, les gardiens demandèrent soudain aux prisonniers de se dénuder totalement pour subir une fouille humiliante au milieu d'un cercle de matons hilares. Ces prisonniers étaient habitués à ôter seulement leur pantalon et leur chemisette et à rester en caleçon.

De plus, ils arrivaient généralement tous ensemble à la fouille. Or, cette fois-ci, on les fit passer par groupes de trois. Une fois sur place, les trois premiers détenus constatèrent qu'une trentaine de gardiens les attendaient au lieu de quatre ou cinq, comme d'habitude.

Les trois hommes refusèrent de se dénuder complètement : dans de telles conditions, déclarèrent-ils, ils préféraient renoncer à la visite de leurs proches. L'officier, qui n'attendait que cela, répondit que, visite ou non, ils se mettraient nus de toute façon. Devant un nouveau refus, les gardiens se précipitèrent sur eux pour déchirer leurs vêtements. Avec les trois prisonniers qui suivirent, la même scène se répéta. Mais alors les détenus des bâtiments se mirent à crier et à secouer et frapper leurs grilles. Dehors, les familles entendirent s'élever ce vacarme inattendu auquel les gardiens ajoutèrent bientôt leurs malédictions et des insultes ignobles, tout en s'acharnant sur les détenus.

Une fois la visite suspendue, la tension générale allait s'aggraver pendant toute la journée.

A la nuit tombante, des centaines de gardiens armés de fusils avec baïonnette au canon et de grenades lacrymogènes, entrèrent dans la cour. Medardo Lemus, le responsable des Pénitenciers et Prisons, les commandait. Ils entourèrent les bâtiments D et E pour en faire sortir les prisonniers par petits groupes qu'ils emmenaient l'un après l'autre jusqu'à la salle des visites, où les attendait une partie de la garnison. Là, après les avoir forcés à se mettre nus en les frappant sans pitié, les gardiens continuèrent à s'acharner sur ces victimes impuissantes. Si l'une d'elles tombait à terre, ils l'achevaient à coups de bottes. Plusieurs prisonniers, traînés sur le sol, aboutirent dans les cachots disciplinaires qui se remplirent rapidement et où les attendaient d'autres tortionnaires. Au petit matin, des voitures cellulaires arrivèrent. On fit alors sortir des deux bâtiments le reste des prisonniers qu'on emmena dans la salle des visites.

Là, une cinquantaine de gardiens étaient armés de triques de caoutchouc, de chaînes, de barres de fer et de baïonnettes. Alfredo Mustelier fut l'un des premiers à s'effondrer, le crâne fracassé. Miguel Cantón eut plusieurs côtes fracturées. Ramón Cueto eut lui aussi des côtes fracturées en plus du visage défoncé à coups de pied. Osvaldo Fernández se retrouva avec une blessure à la tête et un pied cassé. Reboredo fut blessé grièvement : il perdit connaissance. Il avait au visage un tel épanchement de sang qu'il ne pouvait plus ouvrir les yeux. Il y eut en tout une vingtaine de détenus grièvement blessés, et ils ne reçurent des soins que deux jours plus tard, quand ils furent transférés à l'Hôpital des

Prisonniers du Castillo del Príncipe. Les blessés légers, avec le reste du personnel, partirent pour la Cabaña.

Collés à notre soupirail, nous les avons vus défiler dans le petit chemin du fond, boitant bas à la suite des coups reçus, s'appuyant miséricordieusement les uns sur les autres, entourés d'un cordon de gardiens armés de baïonnettes.

Cet épisode, l'un des plus sanglants de tous, est resté célèbre dans les prisons politiques cubaines sous le nom de « septembre noir ».

Ces événements ne sont pas un fait isolé, particulier à la prison de Guanajay. Ils ont fait partie de la politique répressive adoptée par le gouvernement dans tout le pays. Dans la prison de 5 1/2, à Pinar del Río, non seulement il y eut des blessés, mais des morts par balles en décembre 1972. A Lázaro del Martín, un prisonnier politique mourut pris dans les barbelés. L'O.N.U., parfaitement au courant de cette vague d'atrocités et de terreur, a gardé le silence, comme d'habitude. A l'époque, officiellement, il n'y avait pas de prisonniers politiques à Cuba !

Un délégué du ministère, le lieutenant Ramiro Abreu, aujourd'hui chef du département Amérique centrale au Comité central du parti communiste, visitait périodiquement les prisonniers pour réviser leurs dossiers. Il m'a confié une fois qu'il avait étudié le mien, et que si j'étais passé en jugement deux ou trois ans plus tard, la peine maximale que le tribunal m'aurait infligée pour m'être opposé à la révolution n'eût pas dépassé six ans de prison.

— Et alors, pourquoi m'a-t-on condamné à trente ans ?

— Parce qu'au cours de ces premières années, la contre-révolution était très puissante et menaçait de nous détruire. Nous avons dû nous défendre, faire preuve d'énergie. Nous savons que nous avons commis des excès, et c'est le cas pour vous.

— Si vous admettez que vous avez été injustes à mon égard et que ma condamnation est excessive puisque me voici en prison depuis treize ans, pourquoi ne réparez-vous pas cette iniquité en me remettant en liberté ?

— A cause de votre attitude de rebelle. Acceptez le plan de réhabilitation, et vous êtes libre dans quelques mois.

Après plusieurs années, d'autres hauts fonctionnaires m'ont tenu le même raisonnement. Ils admettaient qu'on m'avait foulé aux pieds, injustement, mais ils exigeaient néanmoins que je leur demande pardon en me courbant devant eux pour passer sous le joug. Jamais ils n'y arriveraient, jamais !

A la suite d'une infection aux reins, mon visage et mes

chevilles se sont mis à enfler et j'ai eu une forte fièvre. Consulter un médecin était difficile, et nous n'avions à notre disposition qu'un infirmier militaire. J'ai dû écrire une dizaine de lettres adressées au ministère, au directeur de la prison, à la Direction Provinciale, bref, à tous les fonctionnaires dont dépendait mon cas ! Je pense que cette politique de la goutte d'eau qui use la pierre du fonctionnariat donne parfois des résultats. Après tout, je ne perdais rien en insistant, ne disposais-je pas d'un excès de temps libre ? Et en effet, un médecin est venu, m'a examiné, m'a ordonné des antibiotiques qui ont calmé mes douleurs pendant quelques jours. Mais j'avais besoin de soins différents, administrés par un spécialiste. Je me suis mis soudain à uriner du sang.

Un après-midi, le lieutenant Abreu est entré dans notre local. Après lui avoir exposé mon cas, j'ai uriné devant lui dans un récipient vide de sérum. Puis je le lui ai montré : l'urine était rouge de sang. Deux jours plus tard, trois gardiens armés de mitraillettes m'ont conduit à l'Hôpital Calixto García. Je souffrais d'une néphrite aiguë. Au cours de l'examen général que j'ai subi, on devait découvrir en plus une polynévropathie avec, pour symptômes, l'absence de certains réflexes et des troubles de locomotion auxquels je n'avais jamais accordé d'importance.

Le 30 mai 1973, mon anniversaire, on nous a enfin fait sortir de notre galerie-cheminée pour nous emmener dans la deuxième cour, celle des Prisonniers politiques.

Nous avons enfin eu de l'air non vicié et aussi un peu plus d'espace à la galerie 12. De même, nous avons eu l'autorisation de prendre un peu de soleil trois fois par semaine. Mais pour notre groupe, la direction maintenait l'interdiction de recevoir des visites et des paquets familiaux.

Quelques semaines plus tard, nous avons appris que notre cher compagnon García Cuevas était mort le 23 juin 1973, à la suite d'une grève de la faim, après une longue agonie. Le 7 juin, dans la prison de l'hôpital du Castillo del Príncipe, on avait refusé un ballon d'oxygène à Luis Núñez qui était en train de s'asphyxier au cours d'une forte attaque d'asthme. Les autres prisonniers appelèrent l'officier de garde et lui expliquèrent que le cas était grave, que le prisonnier agonisait déjà... L'officier répondit qu'il fallait attendre le médecin, lequel venait le lendemain. Le lendemain matin, Luis était mort.

Quelque temps auparavant, sans que nous connaissions tous les détails de cette nouvelle tactique, le gouvernement avait commencé à distribuer des peines supplémentaires de prison aux détenus qui n'acceptaient pas de changer d'attitude et de se plier aux exigences des autorités.

Un an avant la fin de la peine d'un prisonnier, la direction du pénitencier le convoquait et exigeait qu'il s'inscrive dans une brigade du ministère de l'Intérieur où il respecterait la discipline et les mesures instituées par la Direction des Pénitenciers et Prisons. Si le prisonnier acceptait, il devait revêtir l'uniforme bleu des délinquants. On le transférait alors dans un « front de travail » où on le parquait dans des baraques, dans la promiscuité des criminels de droit commun avec lesquels il était dès lors totalement confondu.

S'il n'acceptait pas de renier ses convictions, on convertissait par exemple sa sentence de six ans de prison en huit, dix et même treize ans de détention, comme il advint à Julio Rodríguez Lamelas.

Pour se justifier, les autorités préparaient parfois une parodie de jugement. Mais souvent, comme pour René Ramos et tant d'autres, cette nouvelle sentence venait d'un tribunal fantôme qu'ils n'avaient jamais vu.

Peu à peu, les rebelles qui n'acceptèrent pas ces nouvelles conditions gouvernementales purent se compter par dizaines. Tous les ans, ils subissaient une nouvelle extension de leur peine qui, de cette façon, devenait une condamnation à perpétuité. Il était désormais impossible de rêver au jour où l'on serait libre. Or tous les prisonniers rêvent à ce jour, le plus important de tous ceux qu'ils passent en prison. C'est comme une illusion que l'on garde au plus profond de soi-même, un espoir bien lointain quand on est condamné à vingt ans ou plus d'incarcération. Mais c'est tout de même un espoir. La nouvelle disposition l'anéantissait.

Le ministère de l'Intérieur, après nous avoir infligé toutes les tortures, des violences physiques et morales qui touchaient également nos familles, devant reconnaître qu'il était incapable de nous faire agenouiller devant nos bourreaux, avait imaginé que seuls seraient un jour libres ceux qui se courberaient quand même devant lui. Il n'y avait ni appel possible, ni aucune démarche légale capable de modifier un tel abus de pouvoir. La « justice révolutionnaire » a aboli tous les principes juridiques reconnus internationalement. Pour les communistes, il ne s'agit d'ailleurs que de « principes archaïques du droit bourgeois »...

## CHAPITRE XLIII

# Une grève imposée

Par l'intermédiaire de quelques visiteurs, j'ai rétabli toute une correspondance clandestine avec Martha. Et j'ai reçu une première lettre d'elle, écrite très fin, microscopiquement, sur du papier genre pelure.

Elle était très abattue. Elle n'était partie de Cuba que poussée par moi et mue par l'idée qu'elle arriverait à me faire sortir de prison. Elle avouait qu'elle se sentait inutile. A Cuba, elle avait pu au moins se retrouver de l'autre côté des murs et des fossés qui nous séparaient, mais en partageant avec moi le même ciel, la même terre...

Comme je la comprenais ! A moi aussi notre éloignement me pesait. Mais j'étais plus tranquille en la sachant à l'abri de la répression communiste.

Une de mes dénonciations avait franchi tous les obstacles, et elle avait été publiée à l'étranger, révélant ce qui se passait au fond de nos prisons.

Sur de petits morceaux d'un papier extrêmement fin qui me parvenait clandestinement, j'écrivais désormais à Martha plusieurs fois par semaine. Je pliais soigneusement ces bouts de papier en forme d'accordéon, ce qui tient le moins de place. Je les entourais de plastique et dissimulais le tout dans la double doublure de mon caleçon. Jamais je ne me séparais de ces petites missives. Je dormais avec elles. Même en me baignant je les portais sur moi au cas où les gardiens déclencheraient une perquisition inattendue dans notre galerie.

Pour envoyer à Martha des informations, des dénonciations ou des instructions, j'expédiais plusieurs copies pour augmenter le nombre des possibilités de succès, car s'il était difficile d'éviter les réquisitions et les fouilles, ça l'était encore plus de faire sortir du pays quelque chose d'écrit. Nous utilisions les adresses d'amis en Europe ou en Amérique latine. Sachant que la plus grande concentration d'exilés cubains se trouvait aux Etats-Unis, la correspondance vers ce pays était parfois détruite, et il en était de même de celle qui arrivait d'Amérique du Nord.

Il fallait choisir : ou bien garder ces bouts de papier dans des endroits considérés comme sûrs, crevasses dans le mur, doublures d'oreillers, lits, etc., ou bien les porter constamment sur soi, comme je préférais le faire. Je pouvais ainsi les protéger jusqu'au dernier moment. Aussi tremblais-je à chaque perquisition de peur qu'on ne découvre mon jeu...

Dans notre cour de la prison de la Cabaña, il y avait aussi des centaines de réhabilités, tous très jeunes et arrêtés pour des délits politiques. Dans une autre cour sans contact avec la nôtre puisqu'elle faisait partie d'un secteur différent, il y avait quelque huit cents jeunes du Service Militaire Obligatoire, enfermés pour des fautes purement militaires.

Pendant le temps que nous passions à l'air libre, nous arrivions à parler de loin avec ces détenus auxquels on interdisait d'approcher de notre grille. Les autorités jugeaient que notre rébellion était un exemple nocif et contagieux.

Peut-être est-il intéressant de signaler ici quelques traits caractéristiques de cette jeunesse. Certains, âgés de seize ans, nés et formés dans le sein de la révolution, étaient néanmoins opposés au système. Tout en ayant accepté le plan de réhabilitation, ces adolescents gardaient au fond d'eux-mêmes un esprit de combativité virulente contre le régime. Dès l'âge de raison, ils avaient appris l'art de feindre, comme tant de millions d'autres Cubains. On les emmenait à une manifestation de masse sur la Place Rouge de la Révolution pour écouter les criailleries de Castro. Ils applaudissaient en chœur, mais en se dispersant, ils incendiaient un dépôt ou peignaient partout des inscriptions : « A bas le communisme ! »

Ils éprouvaient pour nous, les vieux prisonniers politiques, un respect et une admiration sans limites, ils risquaient tout pour nous aider : leur sécurité personnelle, leur droit aux visites, l'existence de leurs proches. Ils furent pour nous de grands et fidèles collaborateurs, des assistants précieux : grâce à eux, nous avons bénéficié d'un vrai réseau d'informations, qui couvrait l'ensemble du pénitencier.

En quelques semaines, la surveillance des gardiens devint moins sévère, et ces jeunes s'approchèrent de nous. Certains purent même entrer dans notre galerie en ôtant simplement leur uniforme et en restant en caleçon. J'ai beaucoup parlé avec eux, je les interrogeais sur tout ce qui se passait dans la rue. Tout m'intéressait chez eux : le milieu d'où ils provenaient, leur famille, les raisons qui leur faisaient récuser le système, leurs expériences, leurs désirs, leurs critères concernant l'avenir de notre pays. Dès que je le pouvais, je passais tout mon temps avec eux, car ils me fournissaient une information précieuse, celle de leurs propres vies, que je m'efforçais de classer dans ma mémoire.

J'ai fait à la connaissance de Lachi. Il avait essayé plusieurs fois de quitter le pays pour rejoindre ses parents et sa sœur qui vivaient aux Etats-Unis. Quand ils étaient partis de Cuba, il avait été retenu parce qu'il avait l'âge du service militaire. Mais ils lui avaient aussi interdit d'émigrer une fois son service accompli. Dès lors, il n'avait plus pensé qu'à cela. Il s'était lancé dans les eaux du golfe sur une chambre à air de camion, gonflée et protégée par une toile de voile. Tout son bagage consistait en une bouteille d'eau et quelques biscuits. Mais à trente milles de la côte cubaine, un bateau soviétique l'avait recueilli, presque moribond.

Constamment, de forts contingents de prisonniers sortaient de la Cabaña pour les « fronts de travail ». En 1973, la province de La Havane, avec ses deux millions d'habitants, comptait une population pénale de quarante-huit mille prisonniers, y compris les politiques. Ils étaient répartis entre les « prisons fermées », du genre la Cabaña, Guanajay, les camps de concentration comme Melena 1 et 2, et les « fronts ouverts », six pour la province, où d'énormes quantités de forçats construisaient des crèmeries, des bâtiments, des écoles et des routes. Les nombreux touristes et invités du gouvernement, dont un grand pourcentage d'intellectuels, ne pouvaient soupçonner que les ouvriers qu'ils apercevaient construisant une route étaient finalement des esclaves.

Grâce aux visiteurs des détenus vêtus de l'uniforme jaune et des réhabilités en uniforme bleu, je continue à envoyer et à recevoir des lettres. J'écris avec frénésie, j'indique à Martha comment elle doit exposer notre cas aux organismes internationaux, aux gouvernements, à la presse.

La propagande de Castro et de ses porte-parole étouffe dans le monde entier les cris de nos martyrs, les clameurs des victimes. A l'extérieur du pays, la majorité des gens voit en Cuba une sorte de paradis terrestre créé de toutes pièces par la révolution !

La grande presse, à force de déformer la réalité cubaine, cautionne le tyran, et les gouvernements des pays capitalistes d'Europe lui prodiguent un soutien diplomatique, commercial, une aide financière généreuse, gratuite même comme dans le cas de celle de la Suède.

L'Internationale Socialiste elle aussi apporte sa caution aux crimes du despote, et vingt-cinq ans plus tard, elle continuera à le faire sans même rougir de honte.

Toutes les accusations portées devant les organismes internationaux et particulièrement devant la Commission des droits de l'homme des Nations Unies sont boycottées et refoulées par les pays communistes et les partisans de Castro, et les centaines de documents et toutes les informations qui établissent de manière irréfutable les tortures, les crimes et les violations des Droits de l'Homme commis chaque jour, à chaque instant, par le régime communiste de Castro, aboutissent simplement dans les corbeilles à papier de ces grandes administrations.

Silence, partout règne un silence complice. La botte qui écrase notre nuque est communiste, mais le pied qui la chausse et la guide est celui du monde capitaliste.

Quelle tristesse, quel désespoir que de constater cette indifférence de la part de ceux qui devraient se sentir solidaires de notre sacrifice ! Comment ne pas s'indigner devant cette chape de silence douloureux, déprimant, qui dissimule sciemment la barbarie et les atrocités des prisons cubaines, et que maintiennent hermétiquement sur nous les mains qui auraient dû se lever pour condamner les criminels.

Je ne me résigne pas, mais j'ai compris que nous ne pouvons rien attendre du monde libre, qu'il n'est disposé à entendre des voix indignées et accusatrices que lorsqu'elles condamnent les dictatures de droite. Je sais désormais toute la difficulté qu'il y aura à créer un mouvement d'opinion suffisamment puissant pour que l'on fasse quelque chose en faveur de notre liberté, de la Liberté. Mais j'ai confiance malgré tout en Martha, en mes amis de l'extérieur, et Dieu nous aidera, j'en suis sûr. Oui, je réussirai ! Et j'ai alors pensé qu'il me faudrait aussi révéler l'injustice de mon emprisonnement, malgré le risque personnel que j'assumerais : mes bourreaux pouvaient me tuer. Mais je parlerais de moi, si c'était nécessaire.

Ces jours-là, un nouveau commissaire politique est arrivé. Il s'est montré fort intéressé par nous autres, qui ne portions pas d'uniforme. Il s'appelait Carasa.

Un après-midi, alors que j'étais dans la cour devant la grille du poste de garde, en train de converser avec des amis, ce commissaire est apparu. Voulant plaisanter, il m'a passé un bras autour des épaules en disant :

— Que penseront tes amis en voyant un commissaire en uniforme te serrer dans ses bras ?

Il me fallait répondre, et bien. A mon tour, je lui ai passé un bras autour des épaules en disant :

— Et que dirait l'un de tes chefs s'il arrivait à l'improviste et te voyait dans les bras d'un contre-révolutionnaire ?

Son sourire s'est figé. Il s'est dégagé et a reculé, manifestement effrayé.

Tous mes compagnons et moi avons éclaté de rire. J'ai poursuivi :

— ... Rappelle-toi que chez nous autres chaque homme est un engagé volontaire, alors que chez vous tout concourt à créer une méfiance constante entre vous-mêmes. Castro affirme qu'aucun révolutionnaire ne peut être l'ami d'un contre-révolutionnaire. Nous autres, nous pouvons parler constamment, à n'importe quelle heure, avec n'importe quel militaire, sans suciter le moindre soupçon chez nos camarades. Mais cela, aucun de vous ne peut le faire, et tu le sais parfaitement...

Carasa devait rester très peu de temps à son poste. Il a été transféré ailleurs, et nous avons appris quelques mois plus tard qu'il avait été congédié des services du ministère de l'Intérieur.

Lorsque les gardiens ouvraient les portes pour que les prisonniers sortent dans la cour, certains d'entre nous, dont j'étais, arrivaient à déjouer leur surveillance et à se mêler à d'autres détenus.

C'est ainsi que j'ai fait la connaissance de Pierre Golendorf, un intellectuel français. Marxiste, il était venu à Cuba afin de travailler pour le gouvernement castriste. Mais il s'était vite rendu compte de l'imposture des cocoricos cubains en matière d'« acquis » de la révolution. L'île entière lui était apparue comme une gigantesque exploitation de l'époque coloniale, avec Castro pour propriétaire négrier. Et il osa le lui dire, le lui écrire même. Et dans ses lettres à ses amis, il ne cachait rien du mensonge qu'était cette révolution, sans soupçonner que la Police politique surveillait de près sa correspondance.

Accusé, comme tous les dissidents cubains, d'être un agent de la C.I.A., il avait été mis au secret et longuement interrogé.

Le procureur avait demandé pour le punir de son crime vingt-cinq ans de prison. Mais un haut fonctionnaire de la Police politique était venu le prévenir qu'il n'avait pas à s'inquiéter, qu'il serait condamné à une peine bien inférieure, et qu'il n'aurait même pas à la purger. Ce policier de haut rang ne l'avait pas trompé. Sur dix ans de prison ferme, Pierre Golendorf ne devait finalement faire que trois ans et deux mois : c'était la peine décidée avant jugement au plus profond du siège de la Lubianka cubaine, et depuis un quart de siècle, c'est la méthode employée pour les procès politiques, comme dans tous les pays communistes : les tribunaux ne font que communiquer au « coupable » la sentence choisie en dehors d'eux.

Mes compagnons nourrissaient à l'égard de Pierre Golendorf une certaine hostilité à cause de ses antécédents. Il était membre du Parti communiste français. En ce qui me concerne, je n'ai jamais été choqué par des opinions différentes des miennes, et nos conversations m'intéressaient énormément. N'étions-nous pas du même côté des grilles, lui et moi ?

Tout a commencé un après-midi, alors que Pierre Golendorf lavait l'un de ses uniformes dans un lavoir de la cour. Je me suis assis à côté de lui et l'ai interrogé sur les circonstances qui l'avaient amené à être prisonnier comme nous. Les critères de cet étranger, ses conceptions de la réalité cubaine, étaient très importants, me semblait-il, comme provenant d'un point de vue différent du nôtre :

— Tu vois bien, Pierre, ce que le communisme a fait de mon pays. La dictature de Batista a été remplacée par une autre plus atroce, plus cruelle et plus répressive. Te voici accusé d'être un agent de la C.I.A. et condamné à dix ans de prison pour avoir écrit ce que tu avais sous les yeux. Cette nouvelle tyrannie est plus implacable que l'ancienne.

Je lui ai alors raconté que, sous Batista, les communistes avaient participé au gouvernement. Carlos Rafael Rodríguez, aujourd'hui vice-président sous Castro, a été l'un des ministres de Batista ! Et Blas Roca et Lázaro Peña, de bons communistes, ont joui des bénéfices de la dictature Batista, même quand ils se sont exilés...

Sa surprise était grande, mais je ne faisais que confirmer son opinion, et il l'a avoué :

— J'ai constaté amèrement qu'ici bien des choses diffèrent de ce que j'avais imaginé. J'ai cru que la révolution cubaine était l'idéal socialiste qui restituerait au peuple sa liberté. Je suis arrivé ici plein d'enthousiasme, plein d'admiration pour ce processus historique, prêt à lui donner le meilleur de moi-même, mais je me suis heurté à un bureaucratisme implacable, à une nouvelle classe toute-puissante qui a éliminé la totalité des libertés, et à une désorganisation ruineuse dont on fait presque un dogme. Le pays est gouverné comme une caserne, par un dictateur implacable qui se sert d'une phraséologie révolutionnaire pour tromper des idéalistes comme moi.

— Et le plus dramatique dans cette tromperie, mon pauvre Pierre, c'est qu'elle nous interdit, à nous autres Cubains, de faire connaître au monde la vérité sur nos prisons, sur nos camps de concentration, sur ces tortures et sur ces crimes...

— Je ne le sais que trop, Valladares... La majorité de la gauche européenne est pleine de bienveillance à l'égard de Castro, et elle est prête à accepter de sa part des faits répréhensibles en les qualifiant d'actes de légitime défense de la révolution !

— Il n'existe pas de « bonne » dictature. Pour terribles et injustifiables que soient celles de droite, les régimes totalitaires de gauche ont versé beaucoup plus de sang. Disons que les premières coupent un bras, mais que les autres vous amputent des quatre membres, et de plus vous triturent le cerveau en faisant de vous un imbécile. Staline et Mao, à eux seuls, ont tué plus de cent vingt millions d'êtres humains. Et leurs disciples, comme Castro, continueront à le faire parce que c'est pour eux la seule façon de se maintenir au pouvoir.

C'est ainsi que nous sommes devenus de grands amis, Pierre Golendorf et moi. Et quand nous ne pouvions nous rejoindre dans la cour, nous nous écrivions.

Au mois de juin 1974, nouveau transfert, cette fois de tous les prisonniers, dans la cour n° 1, d'où étaient partis les jeunes soldats détenus pour des délits d'ordre militaire.

On nous a attribué la plus réduite et la plus lugubre de toutes les *galeras*. Elle était infestée de punaises et de poux. De petites stalactites provoquées par l'évaporation de l'eau qui filtrait, pendaient du plafond ovale de cette basse-fosse. Les grilles du fond avaient été renforcées par des dizaines de croisillons de barres de fer soudées transversalement, et qui constituaient un véritable réseau : dans les espaces restés libres, on pouvait à peine introduire la pointe d'un doigt. Les portes donnant sur les W.-C. avaient été arrachées.

Naturellement, ce transfert faisait partie d'un nouveau plan destiné à briser notre résistance. A huit heures du soir, nous n'avions ni mangé ni bu de la journée. Avant de nous conduire au réfectoire, on nous a fait part des nouvelles consignes : par exemple, interdiction de porter des aliments aux malades qui ne pouvaient se lever. D'autres dispositions avaient pour but de rendre la vie plus difficile à ceux qui, comme nous, étaient vêtus seulement d'un caleçon. La direction avait pensé qu'à cette heure tardive, épuisés par ce changement, par la faim et par la soif, nous allions céder sur tout. Au contraire, nous avons tous refusé de nous rendre au réfectoire dans ces conditions.

Deux jours passèrent ainsi.

Le troisième jour, des gardiens casqués et armés de fusils ont occupé les terrasses pour y mettre des mitrailleuses en batterie, et le lieutenant Lemus, responsable du service des Pénitenciers et Prisons, a fait son entrée dans notre cour avec sa suite. Tout en allant et venant, il a déclaré que si nous ne nous rendions pas le lendemain au réfectoire, il considérerait que tous les prisonniers de cette cour faisaient la grève de la faim, et qu'il irait jusqu'au bout de sa décision.

Notre groupe était celui que haïssaient le plus nos geôliers à cause du comportement rebelle et de l'indiscipline dont nous faisions preuve. C'est donc sur nous qu'ils allaient s'acharner spécialement.

Du fait que nous n'étions pas habillés, on nous servait depuis toujours notre nourriture dans les *galeras*. La direction profitait de ce changement pour exiger que nous abandonnions notre position de prisonniers politiques et pour nous placer dans une situation telle que notre défaite équivaudrait à accepter la réhabilitation et ses conséquences.

Certains de nos compagnons, qui avaient revêtu l'uniforme jaune, voulaient partager notre sort, mais nous leur avons expliqué qu'il n'en était pas question. Nous devions lutter seuls.

Il n'y eut qu'un seul déserteur dans notre groupe. Il demanda piteusement aux gardiens de le protéger, ce qu'ils firent immédiatement en le transférant à la pharmacie où la police l'entoura d'attentions spéciales pendant que ses compagnons se préparaient à agoniser. Comme nous désirions manger, nos amis, trompant la surveillance des matons du réfectoire, ont pu emporter des vivres qu'ils nous jetaient par la fenêtre. Ce manège dura plusieurs jours pendant lesquels nous nous sommes réparti quinze œufs et dix pains (pour quarante hommes). Puis un gardien prit position devant notre fenêtre.

Le quatrième jour, nouveau transfert : les matons nous emmènent hors du secteur des prisonniers. Ils nous dépouillent de nos objets personnels : brosses à dents, pots, savon, médicaments et même aérosols contre l'asthme. Dans la galerie voisine se trouvent Húber Matos, Eloy, César Páez, Lauro Blanco et plusieurs autres. Nous nous sommes immédiatement mis en rapport avec eux pour leur exposer ce qui se passait. Tony Lamas a commencé à perforer le mur de pierre qui faisait près de deux mètres d'épaisseur. Ces coups secs, amortis par la couverture qui entourait la petite barre de fer, n'attiraient guère l'attention dans le secteur militaire où nous étions relégués. Le lendemain, le trou était fait.

Nous avions entrepris nous-mêmes beaucoup de grèves. Celle-ci nous était imposée par l'administration. Nous étions prêts à manger, mais sans céder sur aucun point concernant notre état de prisonniers politiques.

Soudain, après deux semaines, il m'a été impossible de marcher. Des années de mauvais traitements, une série de maladies de carence et la polynévrite dont je souffrais étaient autant de facteurs de la désagrégation rapide de mon état physique. Mais si mon corps me manquait, mon esprit de résistance se renforçait d'autant plus. Je savais que je pouvais mourir, mais cette possibilité ne m'effrayait pas. Pour moi, la mort n'est pas une fin, mais le début de la vie réelle.

Vingt jours de grève. Le capitaine O'Farrill, l'homme coresponsable de la mort de Boitel, apparaît. Notre aspect le déprime visiblement : nous sommes sales, barbus, squelettiques.

— Pourquoi faites-vous une grève de la faim ?

Les communistes ne changeront jamais : la transformation systématique de la vérité est devenue chez eux une seconde nature. Ceux-ci refusent de nous nourrir à moins que nous ne leur cédions sur tous les points, et ne voilà-t-il pas qu'avec un cynisme inouï, l'un d'eux nous pose cette question !

— Nous ne faisons pas de grève de la faim, et vous le savez. Tous les jours, à tous les repas, nous demandons à manger. Vous en doutez ? Eh bien, ordonnez qu'on nous apporte notre repas, et nous le mangerons devant vous...

C'était Paco qui avait répondu pour nous tous. Le capitaine ne pouvait que reprendre les accusations ridicules dont se servaient les communistes :

— C'est ce que vous prétendez ; mais nous savons, nous, que tout cela est organisé de l'étranger pour discréditer la révolution. Il y a ici des agents de la C.I.A., comme Nacer et Chenequene...

Nous l'ignorions, mais à l'étranger, on était déjà au courant de notre étrange situation, et pour nos geôliers la seule interprétation possible de ces fuites était un complot de la C.I.A.

Immédiatement, des gardiens emmenèrent Nacer, Chenequene, Paco et quelques autres, vers un cachot particulier.

Mais entre-temps, on avait soumis nos familles à des pressions sans précédent. A l'entrée de la prison, les mères et les épouses faisaient le siège du poste de garde pour avoir de nos nouvelles.

Après trente jours de cette grève imposée, l'administration a eu l'idée de répandre parmi ces pauvres femmes le bruit que plusieurs d'entre nous étaient morts, mais naturellement sans indiquer de noms. Je crois que cette tactique a été la plus cruelle, la plus communiste, qui ait jamais été utilisée contre nos proches. Des scènes pathétiques se déroulèrent alors chaque fois qu'on venait annoncer à ces femmes la mort d'un gréviste, toujours anonyme. Et soudain, des mères eurent une réaction à laquelle les psychologues de service ne s'attendaient pas : elles entreprirent elles aussi une grève de la faim, affirmant qu'elles ne mangeraient plus tant que leurs enfants seraient privés de nourriture. Parmi les premières à engager cette nouvelle lutte figurait Josefina, la mère de Nacer. La mienne fit bientôt de même, puis beaucoup d'autres.

Pour briser notre résistance, les autorités ont alors insisté auprès d'elles pour qu'elles nous écrivent en nous suppliant de cesser cette grève. Les geôliers leur affirmaient que c'était la seule façon de nous empêcher de mourir. Et comme il était question de l'existence de leurs enfants, nos mères n'ont pas hésité à nous écrire. C'est ainsi que j'ai reçu une lettre de la mienne : elle m'apprenait qu'elle aussi s'était mise en grève et qu'elle mourrait bientôt si je m'entêtais dans mon attitude.

Cette lettre fut pour moi un coup terrible. L'organisme de ma mère avait vieilli prématurément à la suite de tant de chagrins et de la terreur continuelle dans laquelle elle vivait. Elle ne pourrait pas résister longtemps à cette nouvelle épreuve. « Et si elle meurt... », me suis-je demandé.

Plusieurs de mes compagnons avaient reçu des nouvelles semblables, mais seulement quand leur mère était déjà morte ou agonisante. Chaque fois, c'était le même marchandage : on leur offrait de passer quelques minutes auprès du lit de la moribonde ou de son cercueil, mais seulement s'ils battaient leur coulpe, s'ils abandonnaient leur opposition au régime et acceptaient la réhabilitation politique. La plupart d'entre nous, malgré leur immense douleur, tenaient bon.

J'ai passé deux nuits sans dormir. J'imaginais ma mère dans un état grave. Et pendant la journée je vivais dans une angoisse continuelle. Mes idées valaient-elles que je leur sacrifie ma propre mère, elle qui ne vivait que dans l'espoir du jour où je reviendrais près d'elle ? Quelle serait ma vie future si je sortais sain et sauf de cette épreuve, mais que ma mère en mourait ? Serais-je vraiment capable de supporter ce nouveau coup du sort ? Quelle torture que celle de ces jours et de ces nuits...

Il me suffisait de faire appeler le commissaire politique et de lui dire que j'acceptais son offre. Immédiatement, tout changeait. Mais c'était une capitulation totale, inconditionnelle. Evidemment, je sauvais ma mère, je me sauvais moi-même, et tout serait plus agréable. Mais comment échapperais-je alors à ma conscience, au juge que j'étais de moi-même, à cet être que je portais en moi et qui me reprocherait toujours d'avoir agi contrairement à mes idées, aux critères, aux valeurs de ma vie, même si je ne le faisais qu'à cause de ma tendresse pour ma mère, de ma douleur et de mon angoisse pour elle ?

Les visites des hauts fonctionnaires se succédaient. Après ceux du service de Lemus, ce fut la Police politique et un médecin militaire, Torres Prieto, qui nous examina l'un après l'autre. A ceux qui souffraient de vomissements incoercibles et d'autres complications, il promettait un soulagement immédiat s'ils renonçaient à leur attitude.

Nous continuions tous les jours à réclamer de la nourriture, nous répétions que nous désirions manger. Depuis le 24 juin, nos geôliers nous laissaient mourir de faim, le mois de juillet venait de s'achever et nous étions au début d'août.

Alors, d'un seul coup, nos geôliers ont compris que nous maintiendrions notre décision jusqu'à la mort. A n'importe quel moment, nous pouvions commencer à mourir. Alors seulement, sous cette pression plus forte que celle qu'ils exerçaient sur nous, ils ont dû retirer leur ignoble marché, rapporter la mesure la plus inhumaine prise jusqu'alors dans les prisons de Castro.

Mais nous ne nous sommes pas fait d'illusion : cette retraite n'était qu'une manœuvre de plus de nos communistes.

## CHAPITRE XLIV

# Le fauteuil roulant

C'est sur des brancards que la majorité d'entre nous est revenue dans notre *galera*. Et tout de suite, plusieurs médecins sont venus nous examiner. Le diagnostic qu'ils ont porté sur mon cas comme sur celui de cinq de mes compagnons fut des plus alarmants. Mes réflexes avaient disparu, je souffrais, précisa le médecin, d'une paraplégie d'origine carentielle. Les petits muscles de mes jambes étaient devenus une sorte de masse gélatineuse, et ceux de mes membres supérieurs n'assuraient plus totalement leurs fonctions.

Pour ces médecins, mes cinq compagnons et moi devions être immédiatement transférés à l'hôpital dans un service de rééducation physique.

Mon sang était pâteux, à tel point qu'on a eu des difficultés à m'administrer du sérum.

Il a fallu reprendre notre alimentation à la base, avec de petites doses d'eau sucrée, toujours sous perfusion de sérum. Le troisième jour, nous avons eu droit à du lait froid ; le quatrième, à du bouillon. Mais sans cesser les perfusions pour cela.

Je pensais qu'après quelque temps je commencerais à pouvoir sentir mes jambes et à les remuer. Au cours de mes grèves précédentes, j'avais vu beaucoup de cas comme le mien, mais je me rappelais que certains camarades, comme Liuva del Toro et Pascacio, n'avaient jamais pu quitter leur fauteuil roulant. La seule idée que je pouvais moi aussi rester invalide me remplissait d'horreur.

Le cinquième jour, toute la direction du service des Pénitenciers et Prisons est entrée dans notre galerie. Avec une hostilité manifeste, ils ont appelé Paco pour lui signifier que ceux qui pouvaient marcher devraient désormais se rendre au réfectoire et se plier à toutes les dispositions réglementaires. C'était une bombe qui nous tombait dessus.

Paco protesta :

— Mais c'est revenir à la situation qui a provoqué ce qui vient de se passer. Et vous nous avez assuré vous-mêmes que vous ne mettriez aucune condition politique au fait de nous nourrir. Et c'est vous qui nous avez ramenés ici.

— Nous n'avons rien dit de semblable. Nous n'avons rien promis.

Ils faisaient de nouveau volte-face. Ils avaient bien calculé leur sale coup. Nous avions tant souffert dans cette agonie de plus d'un mois et demi sans manger, nos réserves s'étaient tellement consumées dans cette lutte, qu'ils pensaient, après cette tricherie, l'emporter facilement sur nous, faire de nous ce qu'ils voulaient sans que nous puissions leur résister. Et certes, nous n'avions plus aucune force physique, mais nous gardions au fond de nous cette endurance spirituelle qu'un marxiste, ignorant de la condition véritable et de l'essence de l'être humain, ne peut soupçonner.

Le murmure d'indignation qui s'éleva de nos grabats aurait dû leur dessiller les yeux, mais c'est avec insolence qu'ils réagirent :

— Si cela ne vous plaît pas, vous savez déjà ce qui va se passer. C'est à vous de choisir. Que ceux qui n'acceptent pas les dispositions du ministère reprennent leur grève ! Allons, debout ! Décidez-vous !

Et la stupeur se peignit sur leur visage : parmi nous tous sauf deux étaient d'accord pour reprendre la grève. Nos geôliers n'avaient pas prévu cette réaction à leur chantage.

Nilo Muiño, membre de la Direction des Pénitenciers et Prisons, se pencha sur moi et, d'un geste rageur, m'arracha la canule de ma veine. Un flot de sang jaillit à la suite de l'aiguille. Et il en a été de même pour mes compagnons.

On m'a ensuite jeté sur un brancard, entre deux gardiens. Nouveau transfert. La cour était pleine d'hommes casqués et armés de fusils et de mitraillettes : ils avaient donc peur de la colère du reste du pénitencier.

Avant d'arriver à notre nouvelle destination, plusieurs officiers, dont le Dr Torres Prieto, ont arrêté mon brancard. Le médecin a insisté une dernière fois pour me faire revenir sur ma décision. Sinon, je resterais à jamais un invalide. Et les officiers qui l'accompagnaient joignaient leur supplication à la sienne, ce qui m'a fort étonné.

Je ne savais pas qu'Amnesty International, après tant d'années de silence, venait de s'intéresser à mon cas, tandis qu'ils étaient déjà au courant...

Notre retour s'est accompagné de toutes les humiliations possibles : ils m'ont déposé au milieu de la petite rue de la direction. C'est là qu'a eu lieu une fouille où ils nous ont dépouillés une fois de plus de tout ce que nous pouvions encore avoir. En me mettant complètement nu, ils ont découvert un journal que j'avais tenu pendant la grève et des lettres de Martha. Ils m'ont ensuite tondu les cheveux de façon ridicule. Notre nouvelle *galera* était écœurante, avec des grabats immondes et puants, avec partout des punaises et des poux...

Le soir même, tous ces officiels sont revenus, la menace à la bouche, mais manifestement désemparés.

Il leur a fallu cinq jours pour se rendre compte, une fois de plus, que nous ne leur céderions pas. Le sixième jour, le 12 août 1974, le cinquantième jour de la grève que nos bourreaux nous imposaient, ils ont annulé toutes les mesures punitives dirigées contre nous. Pour masquer cette défaite, Valdés, le chef de la Police politique, nous a déclaré que la révolution devait secouer tout le temps le cocotier parce qu'il en tombait toujours quelques capitalistes... C'était sa définition du chantage par la faim dont nous avions été les victimes pendant quarante-six jours.

Alors, nous avons engagé aussitôt une nouvelle lutte, celle pour les soins médicaux. Une commission de médecins de l'Institut Neurologique de La Havane nous a fait subir des examens rigoureux. Leur diagnostic était le même pour tous ceux qui étaient invalides comme moi : paraplégie d'ordre nutritionnel. Nous ne pouvions être soignés que dans un hôpital spécialisé. Mais la Police politique ne l'entendait pas de cette façon. Le combat que j'allais soutenir devait durer encore des années : je ne demandais pourtant qu'une chose : être soigné. J'ai commencé à bombarder de lettres le ministère de l'Intérieur, les chefs de la révolution, le Comité central du parti communiste et je ne sais combien d'autres fonctionnaires.

Nous n'avions pas de fauteuils roulants, et nous devions chacun nous traîner sur une caisse de bois, transformés en véritables culs-de-jatte. J'étais donc deux fois prisonnier. Allongé sur mon grabat, je me prenais les jambes avec les mains et faisais jouer toutes les articulations pour éviter une ankylose totale. Non, je ne resterais pas invalide à jamais ! Mes amis m'ont également aidé en me faisant faire des mouvements et en me massant. Evidemment, cela ne me suffisait pas ; en revanche, Napoleoncito, qui lui non plus ne pouvait marcher au début, récupérait peu à peu l'usage de ses membres. Nous étions encore six à demeurer inertes. Une semaine plus tard, le 19 août, nos geôliers mirent fin à la cure de bouillon et de purée, et ce fut de nouveau le menu normal à base de macaronis bouillis et de « spam », que les détenus du pénitencier avaient baptisé le « vomi de chien ». C'était une spécialité hollandaise de la firme Homburg : une pâte de viande molle avec une quantité énorme de graisse et d'amidon, dans des boîtes de conserve de mille huit cents grammes.

A la Cabaña se trouvait emprisonné justement un Hollandais, Paul Redeker, accusé d'être un agent de la C.I.A., alors qu'il était fonctionnaire de son gouvernement, mais détaché à La Havane. Nous avons appris par lui que ce produit ne convenait pas à l'alimentation humaine : il avait été fabriqué avec des déchets sur la demande du gouvernement cubain. Redeker connaissait parfaitement les détails de cette négociation parce qu'il y avait participé. Les Hollandais avaient pensé que les Cubains mélangeraient cette pâture avec d'autres aliments pour bestiaux. On ne trouvait pas le « spam » dans le public : les communistes l'avaient donc acheté spécialement pour leurs cent mille prisonniers.

Entre-temps, le Dr Humberto Medrano, président du Comité pour la divulgation des mauvais traitements infligés aux prisonniers politiques cubains, réussissait, grâce à la S.I.P. (Société interaméricaine de presse) qui lui céda son temps de parole, à se présenter à Genève à la Commission des Droits de l'Homme, pour dénoncer les souffrances que des êtres humains subissaient dans les prisons de Fidel Castro. Il remit au secrétariat de la sous-commission une documentation qui établissait sans contredit possible les horreurs des bagnes politiques cubains : des listes énormes de suppliciés, de mutilés, d'assassinés, et des lettres de prisonniers sorties clandestinement du pays, et la révélation de l'existence des camps de concentration avec leur emplacement exact dans l'île.

Cet exposé s'appuyait également sur des informations de la Commission Internationale des Juristes, de la Commission Interaméricaine des Droits de l'homme de l'O.E.A., d'Amnesty International, et sur d'autres enquêtes réalisées par des organismes prestigieux. Le Dr Medrano put ainsi évoquer le traitement dégradant subi par les prisonniers politiques, les coups, la privation de nourriture, de visites et de correspondance, la prolongation injustifiée des condamnations...

Mais comme il lisait un rapport sur les assassinats dans les camps de travaux forcés de l'île des Pins, le délégué soviétique, Sergueï Smirnov, l'interrompit en glapissant : tout cela, affirmait-il, n'était que mensonges ! Le Dr Medrano lui répondit que chacun de ces faits était prouvé. Le Soviétique insista : non seulement il fallait ôter la parole au Dr Medrano, mais supprimer ce rapport du compte rendu de la séance ! A la fin de la polémique qui suivit, le Dr Medrano, laissant de côté la liste des assassinats, parla du pénitencier politique réservé aux femmes, lesquelles y subissaient un traitement encore plus cruel et plus inhumain que les hommes.

Une seconde fois, la tempête se déchaîna. Le délégué soviétique, affolé, s'époumonait :

— Camarade président... Camarade président... ce n'est pas le lieu qui convient à ce genre d'exposés politiques, et cette intervention doit se terminer...

Le délégué cubain, Hernán Santa Cruz, se joignit à Smirnov pour exiger que l'on coupât définitivement la parole au Dr Medrano. Certains délégués étaient partisans de lui concéder encore cinq minutes, d'autres deux seulement. Ce fut alors que la voix du Dr Medrano se fit retentissante :

— Monsieur le Président, nous demandons que ce soit quinze minutes de plus, une pour chacune des années pendant lesquelles de cruelles injustices ont frappé le peuple et les prisonniers politiques de Cuba.

Le président était un Roumain. Il accorda cinq minutes.

Le Dr Medrano demanda que la documentation qu'il présentait fût distribuée officiellement, et qu'une commission spéciale fût chargée d'étudier et d'analyser cette énorme quantité de preuves concernant les violations constantes par Cuba des Droits de l'Homme, le génocide idéologique et les tortures qui y sévissent.

Mais, comme le 12 mai 1972 quand il s'était agi de sauver la vie de Boitel, l'O.N.U., une fois de plus, a gardé le silence. La commission d'enquête indispensable n'a pas été constituée, la documentation du Dr Medrano, loin de circuler, a disparu mystérieusement. Tout cela s'est passé au mois d'août 1974. Pendant ce temps-là, Castro continuait à fusiller ceux qui s'opposaient à lui ; dans toutes les prisons, les tortures d'hommes et de femmes suivaient leur cours habituel ; et mieux encore, la Cuba marxiste de Fidel Castro posait officiellement sa candidature pour occuper un secrétariat à l'O.N.U., celui, justement, de la Commission des Droits de l'Homme ! Le siècle qui vient se demandera si tout cela a été possible !

A la même époque, on ne nous remettait notre correspondance qu'une fois tous les trois mois, on continuait à nous refuser les soins essentiels que réclamait notre état.

Je n'ai jamais pu savoir exactement comment, lors de la nomination d'un nouveau vaguemestre militaire, ce dernier m'a apporté un après-midi un paquet de cartes postales, toutes pour moi. C'était quelque chose d'extraordinaire, d'inouï : toutes ces cartes provenaient d'Amnesty International : de Suède, d'Allemagne, du Canada, de Hollande... C'est ainsi que j'ai su qu'il y avait dans le monde entier des hommes et des femmes qui connaissaient notre situation et plus spécialement mon cas.

Evidemment, le nouveau vaguemestre s'était trompé. Il avait vu quelque part à la direction ce paquet de cartes et avait pensé qu'il fallait me les remettre. Dès le lendemain, à la première heure, le lieutenant Ochoa est apparu et m'a demandé de lui rendre ces cartes, juste le temps d'y apposer le tampon *Autorisé.* A-t-il vraiment pensé que j'allais le croire ? Je lui ai répondu que je les avais déjà distribuées à tous mes camarades des seize *galeras* existantes.

Les assassinats se poursuivaient.

Rodríguez Mosquera était un asthmatique chronique, de ceux qui ne passent jamais sans crise un jour ou une nuit. Comme les médicaments habituels se montraient impuissants lors d'une attaque plus grave, nous avons prévenu d'urgence la direction du pénitencier.

Le .Dr Valero était un prisonnier de droit commun qui jouissait de la confiance de la direction ; il vint l'examiner. C'était un personnage plus qu'autoritaire, despotique, et qui éprouvait un profond mépris pour les prisonniers politiques. Il déclara qu'il n'y avait là rien de grave. Pour Mosquera, qui connaissait parfaitement son cas, ce médecin mentait. Il en avisa le Dr Torres Prieto qui, en représailles, lui fit retirer ses broncho-dilatateurs. Le 26 septembre, Rodríguez Mosquera mourut au cours d'une crise d'asphyxie.

Trois jours plus tard, il y eut un autre meurtre : après avoir demandé pendant des semaines qu'on s'occupât de lui, Victoriano Santamaría mourut à la suite de la perforation de son ulcère, sans avoir reçu le moindre soin.

Je continuais à écrire au ministre de l'Intérieur, à son adjoint, au directeur de la Croix-Rouge. Quand j'ai appris que le lieutenant Romero, l'un des commissaires politiques, celui que tout le monde appelait « Petit Carnet » — il en portait toujours un sous le bras, dans lequel il notait tout — était le secrétaire de la cellule du parti communiste à la Cabaña, je lui ai demandé de passer. Je lui ai déclaré que je désirais lui remettre personnellement, en tant que la plus grande autorité du parti dans cette prison, une lettre à transmettre à la Direction provinciale. Je l'ai vu sursauter : qu'est-ce que c'était que cette histoire ? Un prisonnier contre-révolutionnaire qui s'adressait au parti ? Voilà qui sortait de son horizon politique ! Il m'a demandé ce qui se passait, et m'a ensuite promis de s'occuper de mon affaire. Naturellement, je n'ai pas cessé pour cela de remuer ciel et terre. Tous les jours, je remettais trois ou quatre lettres à l'officier chargé du dénombrement.

Enfin, le 4 novembre, on m'a transporté chez un neurologue, le Dr Joaquín García. Après un examen prolongé et une série de tests musculaires, il m'a remis un certificat m'autorisant à entrer dans un hôpital de rééducation physique. Je souffrais d'une « polynévrite carentielle aiguë, syndrome de carence et paraplégie flaccide ». Il signalait en plus qu'aucune guérison n'était possible sans un traitement intensif.

Mais la Police politique ne pouvait se contenter de ce diagnostic. Il a fallu que je voie un autre médecin en qui les communistes avaient entière confiance, le Dr Luis Díaz, chef du service de médecine physique à La Havane. Le diagnostic fut le même avec, en plus, une atrophie des muscles des jambes et un déficit de ceux des bras. Le 3 janvier 1975, il recommandait de me faire entrer sans plus de retard à l'hôpital, sinon mes lésions pouvaient devenir irréversibles.

Grâce à des personnes amies à l'intérieur de la prison, j'ai pu faire tirer des photocopies de tous ces certificats, et je les ai fait parvenir à Martha, hors du pays. Bien m'en a pris : je m'en suis servi plus tard pour prouver que le gouvernement cubain mentait à mon sujet.

Dans notre *galera*, les portes des services (W.-C., ordures) manquaient toujours. Nous nous servions de vieux sacs de jute pourris et rapiécés. Les mouches constituaient un fléau qui ne nous laissait aucun repos, sauf la nuit. Elles se posaient partout en grappes noires que nous brûlions avec du papier enflammé. Mais le lendemain matin, elles arrivaient du dépôt d'ordures qui se trouvait à cent mètres seulement. Il y avait là toutes sortes d'insectes, jusqu'à des mille-pattes.

Dans l'infirmerie-pharmacie, lorsque l'on administrait une

perfusion de sérum à un patient, les mouches envahissaient tout, récipient et tuyauterie. Il n'y avait pas d'installation sanitaire convenable, sinon une antique baignoire qui se vidait dans un bidon ; quand ce dernier était plein, l'eau se répandait partout. Les W.-C. se bouchaient souvent, les excréments débordaient, et il fallait recueillir le plus gros avec des boîtes de conserve vides et balayer le reste. L'odeur était constamment fétide, insupportable. Il a fallu ouvrir le sol de la cour pour désengorger les tuyauteries d'évacuation, retirer des brouettes de terre et de saletés dans une atmosphère pleine de mouches et de vers qui se fourraient dans les yeux, dans la bouche... Nous avons souffert d'une recrudescence de diarrhées, et Carreño, Eguiliort, Llerena et plusieurs autres ont contracté des hépatites aiguës.

Nous n'avions qu'un litre d'eau par jour pour boire et pour tous nos autres besoins. Aussi, quand il pleuvait, tendions-nous un drap entre deux bâtons hors de la fenêtre pour recueillir toute la pluie possible. Du drap, nous la faisions couler par un repli dans un récipient que nous gardions soigneusement.

Nous autres, les invalides, nous continuions à nous traîner dans nos caisses de bois avec l'aide de nos compagnons. Rien n'était plus déprimant que cette impuissance. Obtenir un fauteuil roulant constituait une course d'obstacles bureaucratiques qui pouvait durer des années. Nous ne pouvions pas attendre aussi longtemps.

Un soir, je me suis adressé à Menchaca. Il était communiste, mais il parlait clair et net, et il ne promettait rien qu'il ne pût tenir. C'était, dans cet appareil répressif, l'un des rares personnages qui observait une attitude de respect envers les prisonniers. Avec moi, il s'est toujours comporté correctement, sans rages subites ni abus. Il y avait en lui une qualité humaine que je n'ai rencontrée que bien peu de fois chez un fonctionnaire du gouvernement cubain.

Il était administrateur des services de médecine de la prison. Je lui ai expliqué que nous avions besoin de fauteuils roulants, que j'avais à l'étranger des amis qui pouvaient nous les envoyer. Enfin, je ne lui ai pas caché que si nous n'avions pas satisfaction dans une semaine, je m'adresserais clandestinement à Amnesty International, qui me les ferait parvenir.

Les temps avaient changé, les communistes savaient que l'étranger commençait à être au courant de leurs crimes. Quelques jours plus tard, nous avions nos six fauteuils. Cela signifiait que nous étions désormais libérés de l'obligation de rester constamment prostrés sur notre grabat. C'était pour moi le début d'une très grande épreuve de volonté, un défi jeté à mon caractère débordant d'activité, à mon besoin constant de mouvement. Dès lors, je me suis trouvé lié à mon fauteuil devenu partie intégrante de mon corps, sa prolongation.

En février 1975, ma mère fut convoquée. Elle fut reçue par le Dr Torres Prieto et le lieutenant Ginebra, chef des commissaires politiques. Ils la prévinrent que je pouvais mourir à n'importe quel moment et que je ne pourrais jamais plus marcher, car j'étais atteint de lésions irréversibles. Puis ils essayèrent de la convaincre de m'écrire pour me supplier d'accepter la réhabilitation politique. Ils lui promirent que, dans ce cas, je serais libre quelques mois plus tard.

C'est la seule réponse que ma mère a obtenue à toutes ses lettres, à toutes les démarches qu'elle faisait auprès des dirigeants de la révolution pour que l'on me soigne enfin comme je devais l'être.

Les seize *galeras* de cette cour abritaient quelque quinze cents prisonniers. L'eau a commencé à manquer et il a fallu recourir à des camions-citernes dont les gros tuyaux traversaient la cour pour arriver jusqu'à nous. Pendant deux jours de suite, il n'y a pas eu de distribution d'eau, même pour boire.

Le lieutenant Emilio Bastos, un mulâtre de plus d'un mètre quatre-vingts de haut et qui pesait plus de cent kilos, était alors directeur. L'une de ses prouesses les plus éclatantes fut de frapper à coups de pied, après l'avoir envoyé au sol, un vieil Américain, Frank Emmick, affaibli par des années de prison et deux infarctus. Quant au lieutenant Emilio, comme nous réclamions de l'eau, il nous a répondu que si nous en voulions, nous n'avions qu'à aller la chercher au diable.

Cette situation, ces provocations, rendaient encore plus pesante une atmosphère déjà irrespirable. Il y avait un prisonnier, Servando, que les matons haïssaient à cause de son attitude constante de révolte et de son intrépidité devant eux.

Or, le lieutenant Mauricio, le chef militaire de la cour, menaça Servando de lui faire administrer un électrochoc, méthode qu'il avait commencé à employer depuis trois mois avec certains prisonniers, et qui allait devenir trois ans plus tard un moyen de répression courant, comme en Russie soviétique.

D'un seul coup, tous les détenus soutinrent massivement

Servando. Mais l'après-midi les gardiens interrompirent le repas et enfermèrent tous les prisonniers dans leurs galeries respectives. Puis la garnison fit son entrée dans la cour. Les hommes étaient armés de fusils et de baïonnettes, mais ils portaient aussi des masques à gaz et des grenades lacrymogènes. Ils avaient pour chef le commandant Cabales.

Ils prirent position devant la *galera* où se trouvait Servando dont ils exigèrent la reddition. Mais alors que les pourparlers étaient en cours, le commandant donna l'ordre de lancer à l'intérieur des grenades lacrymogènes. Cet espace clos, dépourvu de toute ventilation, devint aussitôt un enfer de fumée, de toux et de larmes. Mieux encore, les gardiens donnèrent l'assaut. Les prisonniers tentèrent de résister et furent roués de coups.

Dans les autres *galeras,* dès l'explosion de la première grenade, les détenus avaient entonné notre hymne national, lançant en même temps aux gardiens toutes les insultes qui leur venaient à l'esprit avant de se mettre à les bombarder avec les objets qui leur tombaient sous la main. Les matons se réfugièrent en hâte entre les portes, hors de notre ligne de tir. Et alors il se passa quelque chose de tout à fait inhabituel. Les réhabilités qui occupaient les *galeras* d'en face intervinrent, et une pluie de flacons de verre, de chaussures, de bâtons, s'abattit d'un seul coup sur les soldats. Pour les protéger, ceux qui avaient pris position sur la terrasse tirèrent de brèves rafales de mitrailleuses vers les grilles derrière lesquelles s'étaient massés les réhabilités pour les forcer à s'éloigner d'elles. Il y eut plusieurs blessés parmi eux.

Toussant, trébuchant, les yeux rougis et larmoyants, les gardiens firent alors sortir à coups de crosse et à coups de pied les prisonniers de la *galera* 5, dont plusieurs furent gravement blessés. Bruno Salas, Curiel, Juan Machado et quelques autres, brûlés par les explosions des grenades, durent être transportés à l'infirmerie d'un autre secteur pour y recevoir des soins. Servando et deux de ses compagnons furent conduits aux cachots disciplinaires.

Le lendemain, la garnison poursuivit sa tactique de provocations en créant de nouvelles difficultés. Le lieutenant Mauricio prit coup sur coup des mesures de répression telles que les prisonniers furent privés de nourriture jusqu'à onze heures et demie du soir. Cette série ininterrompue de défis semblait avoir pour objet de mesurer jusqu'à quel point les prisonniers accepteraient d'être maltraités sans répliquer.

A l'heure du repas principal, le lieutenant Mauricio, accompagné d'une demi-douzaine de gardiens, entra dans la cour où il commença à se promener de long en large, défiant les prisonniers, les fixant agressivement alors qu'ils faisaient la queue devant le réfectoire.

Puis les gardiens du réfectoire refusèrent de servir quatre ou cinq détenus sous le prétexte que le premier bouton de leur chemisette n'était pas boutonné, et voulurent les renvoyer sans manger. Ceux-ci refusèrent de s'en aller. Aussitôt le lieutenant Mauricio donna l'ordre de les attaquer en montrant l'exemple. Il fut le premier à lever sa baïonnette et à l'abattre sur les prisonniers.

Il s'ensuivit une scène horrible. Un gardien du nom de Borroto attaqua Edouardo Capote, ancien instituteur et compagnon de lutte de Fidel Castro. De plusieurs coups de machette, il lui sectionna d'abord les muscles et les tendons de la main gauche, puis il lui coupa quatre doigts de la main droite, qui tombèrent à terre. Enfin, il s'acharna longuement sur la tête, les épaules et les bras du malheureux...

De notre *galera*, nous avions tout vu, et nous avons commencé à secouer les grilles pour les arracher, mais en vain.

Du haut des terrasses, les gardiens tirèrent au hasard. En quelques minutes, la cour se remplit d'officiers de haut grade. A l'infirmerie, tout manquait pour soigner Capote, qui perdait son sang, et il n'y avait pas d'ambulance pour le transporter. Enfin, on en trouva une. Le lendemain matin, en balayant la cour, les prisonniers de corvée retrouvèrent parmi les ordures quelque chose de noir : un des doigts de Capote.

Plusieurs jours passèrent. Un des membres de la famille de Capote apprit ce qui lui était arrivé. Consterné, il se précipita chez un de leurs cousins communs, René Anillo Capote, premier vice-ministre des Relations extérieures du gouvernement de Castro. Mal lui en prit : indigné, le ministre bondit de son fauteuil pour hurler que cette histoire n'était qu'une calomnie dont le but était de discréditer la révolution : dans les prisons cubaines, affirma-t-il avec force, on n'avait jamais maltraité un prisonnier...

Demetrio Rodríguez travaillait au poste de secours infirmerie-pharmacie. Tous aimaient ce prisonnier qui avait derrière lui dix ans d'incarcération. Il avait demandé une révision de sa condamnation parce qu'il se considérait comme innocent des crimes dont on l'avait accusé. Le jour où on l'appela au bureau avec ses affaires personnelles, nous l'avons tous félicité en pensant qu'on allait le remettre en liberté. On avait convoqué en même temps que lui Rafael Escalona. Le 29 mars 1975, tous deux ont été fusillés. Personne n'a jamais su pourquoi.

Ainsi, quinze ans après la révolution, les exécutions anonymes se poursuivaient. Sans passer par une prison, sans être jugés, des hommes sans nom étaient conduits directement au *paredón.* Il faudra bien qu'on connaisse, un jour, les chiffres de ces fusillades clandestines.

Un nuit, quatre ou cinq automobiles s'arrêtèrent devant le fossé du *paredón.* Du fond de notre galerie, nous avons tout vu parfaitement. Plusieurs officiers sont descendus des voitures. Puis, quelques minutes plus tard est arrivée une seconde caravane d'une dizaine d'automobiles. Et j'ai aperçu distinctement, à la lumière des projecteurs, un homme bâillonné, les mains attachées dans le dos.

Cette quantité de véhicules officiels et ce rassemblement de hauts personnages intéressés à assister à l'exécution d'un seul homme avaient de quoi nous surprendre. Quelle pouvait être la relation entre tout ce monde et ce condamné à mort ?

Ils sont tous restés après le coup de grâce jusqu'à la mise en bière du cadavre, comme s'ils voulaient être sûrs que l'homme était bien mort et qu'ils ne le reverraient jamais. Cette exécution a eu lieu dans la nuit du 29 juillet 1975.

Nous avons été témoins de nombreuses mises à mort de cette sorte. Il y en a eu également beaucoup dans les fossés du château de San Severino, forteresse devenue prison de la province de Matanzas, ainsi que sur le Mont de Santiago de Cuba, dans la province d'Oriente.

Dans notre prison de la Cabaña, il y avait cinq prisonnières politiques. A cause de leur comportement indomptable, elles avaient été mises au secret non pas à l'intérieur, mais à l'extérieur, de l'autre côté de l'antique pont-levis de la forteresse, dans un bâtiment plein de caisses de munitions.

Je me rappelle, en frissonnant encore, qu'un jour, alors que j'étais en train de réparer avec Pepín Saura une des roues de mon fauteuil, nous avons entendu, avec une netteté épouvantable, des cris qui sortaient des fossés :

— Assassins !... Ils nous battent ! Ils nous battent !

C'était une voix de femme, une voix jeune, d'enfant presque. Un grand frémissement m'a secoué tout le corps. Jusqu'alors, ces douves centenaires résonnaient toujours dans mon esprit des voix viriles qui saluaient le moment de mourir en criant : « Vive Cuba libre ! A bas le communisme ! » Mais l'appel de cette jeune femme inconnue était bien autre chose.

Je savais que l'on battait les prisonnières, qu'on les enterrait vivantes dans des cellules murées, que Lydia Pérez, par exemple, était morte en couches avec le fils qu'elle portait en elle, saignée à blanc faute de transfusion : « On ne donne pas son sang à une contre-révolutionnaire », lui a-t-on dit. Elle est morte dans un cul-de-basse-fosse ignoble, sans aucun soin médical. Son mari, détenu dans une autre prison, s'est suicidé en apprenant comment elle était morte. Oui, je savais que ces femmes étaient mises au secret, qu'au cours de fouilles atroces, il se trouvait des hommes pour leur arracher leurs vêtements, pour les laisser nues sur le sol, assommées à coups de bâton, et ne reprenant leurs sens que sous des jets d'eau glacée.

Mais entendre ce cri fut autre chose. Ainsi, on battait ces femmes à seulement quelques mètres de nous, nous étions donc *présents,* et nous ne pouvions rien faire.

Une de ces prisonnières était médecin : Ana Lázara Rodríguez. Elle aussi a été battue. Nous nous sommes rencontrés neuf ans plus tard, libres enfin tous les deux. Elle m'a raconté comment des officiers de la Police politique et d'autres militaires étaient venus leur ordonner, une fois de plus, d'accepter la réhabilitation. Leur réponse nette et énergique les avait tellement irrités qu'ils s'étaient jetés sur elles à coups de poing.

Ce jour-là, en entendant ces cris de femmes, de toutes les galeries, les prisonniers se sont mis à crier à leurs gardiens : « Assassins... ! Lâches... » Alors, le soir même, toute la garnison a fait irruption dans la cour, en tenue de combat, et on nous a donné cinq minutes pour rassembler nos affaires : une fois encore, on nous transférait ailleurs...

## CHAPITRE XLV

# « Si, ils savent ce qu'ils font »

Retour à Boniato.

La chaleur dans le sud de la province d'Oriente est la plus torride de toute l'île. Et comme la prison de Boniato est située au fond d'une vallée, elle se transforme l'été en un véritable four. Ses murs étaient tapissés d'affiches en l'honneur du premier congrès du parti communiste cubain, qui se tiendrait en septembre.

Le mois d'août s'achevait, et Laureano souffrait depuis longtemps d'un mal de dents qui allait s'aggravant. Une carie énorme avait rongé tout l'intérieur de la molaire dont il ne restait presque qu'une sorte de coque évidée. Nous avions signalé son cas au chef du bâtiment et aux autres officiers de service pour les dénombrements, mais toujours sans résultat. On ne lui avait même pas apporté un cachet d'aspirine.

Laureano ne dormait plus pendant ces longues nuits suffocantes. Peu à peu, la douleur venait à bout de son courage, et il se désespérait. Il demanda à voir le lieutenant qui commandait les commissaires politiques pour lui exposer son cas. Le lieutenant lui répondit seulement qu'il lui fallait d'abord changer d'attitude s'il voulait des soins quelconques. Et il ajouta que des rebelles comme nous savaient fort bien qu'ils n'avaient aucun droit à l'assistance médicale.

Désespéré, Laureano s'arracha lui-même cette molaire avec une cuiller et un clou rouillé. Ce fut une opération atroce. Non seulement les gencives se trouvèrent affreusement déchirées, mais des parties de la dent demeurèrent comme soudées à l'os, et l'infection qui se déclara envahit toute la mâchoire.

Une fois de plus, on appela l'officier de garde, qui promit une piqûre immédiate pour apaiser la douleur et la venue d'un médecin dès le lendemain.

Naturellement, Laureano attendit en vain la piqûre calmante.

Le prisonnier de droit commun qui servait le petit déjeuner connaissait parfaitement, bien qu'on lui eût interdit de lever les yeux sur nous, chacun des occupants de nos cellules. Nous avions établi avec lui un moyen de tromper la surveillance de nos gardiens. Dans un pain, on pouvait dissimuler un morceau de papier bien plié. C'est ainsi que nous avons appris que la nuit précédente le colonel Irvin Ruiz, chef provincial de la Sûreté de l'Etat — et qui des années plus tard, lors du remplacement de Sergio del Valle, ministre de l'Intérieur, allait être dégradé ainsi que plusieurs officiers de haut rang — avait passé plusieurs heures à conférer avec le commandement et que les postes de garde étaient renforcés.

Pendant ce temps, les heures passaient et personne ne venait chercher Laureano dont la fièvre avait augmenté et qu'une septicémie menaçait d'emporter.

Alors, quand on nous a apporté le déjeuner, nous l'avons refusé. Le lieutenant Elio, le commandant du bâtiment, vint nous demander pourquoi nous refusions de manger : nous lui avons rappelé que personne n'était venu pour Laureano, dont l'état était grave.

— Vous connaissez nos conditions. Tant qu'il maintiendra son attitude de rebelle, nous ne pourrons lui accorder des soins médicaux. Ce sont des ordres venus d'en haut...

Puis un de nos compagnons, Juan González, notre porte-parole auprès des gardiens, eut confirmation de ce nouveau refus de nos geôliers. Nous pensions tous à la mort de José Ramón Castillo, le dernier de la longue liste de ceux qui, faute d'assistance médicale, avaient laissé leur dernier souffle au fond d'une des tombes qu'étaient nos cellules murées.

Notre réaction ne pouvait être que la seule qui fût à notre portée : frapper les plaques de fer qui aveuglaient nos portes avec nos cuillers de zinc, nos assiettes et nos pots de métal. Une pauvre réponse, témoignage de notre impuissance et de notre douleur.

Il y avait justement une visite familiale pour les réhabilités. Le directeur de la prison dut la suspendre sous le prétexte que les prisonniers contre-révolutionnaires s'étaient mutinés et que nous avions pris notre bâtiment d'assaut en blessant plusieurs gardiens.

Et aussitôt, dès que les familles des réhabilités se furent retirées, toute la garnison, en tenue de combat, se mit en marche vers notre bâtiment.

Nous ne pouvions rien voir, mais dans le premier pavillon, les prisonniers en uniforme jaune, dont les cellules n'étaient pas murées, les aperçurent et bloquèrent l'entrée du couloir avec leurs réservoirs d'eau.

Déjà, les gardiens montaient l'escalier et allaient déboucher à hauteur du poste de garde. Mais, bien abrités derrière leurs réservoirs, les détenus les accueillirent par une pluie de bouteilles et de flacons de verre. Furieux, les gardiens protestèrent par des rafales de mitraillettes qui crevèrent les réservoirs de mille trous d'où l'eau commença à jaillir avec force. Les assaillants durent recourir à trois grenades fumigènes pour que les prisonniers asphyxiés abandonnent leur abri. Aussitôt, les gardiens recommencèrent à tirer, mais cette fois à vue. Sur les deux blessés qui s'écroulèrent, l'un fut gravement atteint. Santiesteban, en rampant, parvint à le traîner jusqu'à une cellule où il continua à perdre son sang.

Enfin, les gardiens arrivèrent au couloir de nos cellules murées. Ils se mirent à les ouvrir. A mesure que les détenus sortaient, les gardiens les repoussaient à coups de crosse et de baïonnette vers l'extrémité du couloir.

Acculés dans ce coin, assommés, impuissants, les détenus titubaient déjà. Il restait encore quelques cellules à ouvrir quand soudain, comme pour protéger des malheureux, un grand squelette aux cheveux blancs et aux yeux fulgurants se dressa entre eux et leurs agresseurs. Ouvrant les bras comme sur la barre transversale de la croix, levant la tête vers le ciel invisible, il commença à prier de sa voix tonnante : « Pardonne-leur, Seigneur, ils ne savent pas ce qu'ils font... »

Le Frère de la Foi n'eut pas le temps de terminer sa phrase. En le voyant se dresser devant ses hommes, le lieutenant Raúl Pérez de la Rosa leur avait ordonné de se retirer pour lui laisser le champ libre. Puis, calmement, il tira une rafale de son fusil-mitrailleur A.K. Le choc des balles, comme un violent coup de sabre, trancha presque le cou du Frère de la Foi qui s'écroula, mort. Enrique Díaz Correa, qui se trouvait à côté de lui, essaya de soutenir le corps ensanglanté de notre saint ; le lieutenant Raúl Pérez vida sur lui le reste de son chargeur.

Enrique reçut neuf balles dans le corps.

Ce qui se passa ensuite fut une véritable boucherie, organisée, systématique. Le lieutenant Carranza, de la Police politique, imité par d'autres gardiens, déchargea lui aussi son arme dans le tas de prisonniers massés au fond du couloir. Plus d'une vingtaine d'hommes s'effondrèrent, dont Robert Martín Pérez, le scrotum traversé par un projectile, Onofre Pérez, Rolando García, etc.

Le lieutenant Figueroa appuya le canon de son pistolet Makarov sur le crâne d'Evelio Díaz :

— Crève, pédé... !

Il appuya en vain sur la détente, son arme s'était enrayée. Jurant, Figueroa empoigna son pistolet par le canon pour en frapper le crâne d'Evelio à coups de crosse.

Ceux qui étaient restés dans leur cellule furent simplement assommés sur place, sans distinction. Liuva del Toro et Pascacio furent jetés à bas de leur fauteuil roulant, traînés par les chevilles jusqu'en bas des escaliers, leur tête rebondissant comme un ballon sur chacune des marches.

Empoignant leur fusil par le canon, s'en servant comme des battes de base-ball, les gardiens précipitaient à bas des escaliers les détenus complètement nus. C'est l'un de ces coups de crosse qui atteignit Posada et le projeta à plat ventre contre le sol, la base du crâne fracturée, ce que nous n'avons découvert que plus tard.

Aucun prisonnier ne devait se tirer indemne de cette orgie de sang et d'horreur.

Nus, acculés dans un coin comme des bêtes terrorisées, entourés d'un cercle de pointes menaçantes et aiguës de baïonnettes, une vingtaine de blessés par balles, à l'arme blanche ou assommés, se sont retrouvés au rez-de-chaussée.

Entre-temps, en haut, dans les cellules, des gardiens détruisaient tout, jusqu'à nos sous-vêtements.

Nous avons attendu une heure l'arrivée des brancards.

Ils ont alors descendu les corps du Frère de la Foi et d'Enrique Díaz Correa, et ils les ont posés dans le couloir qui relie les deux bâtiments et que ferment des grillages de mailles d'acier.

Les yeux clairs du Frère de la Foi sont maintenant grand ouverts sur l'éternité, comme deux blocs de cristal durci et opaque. Sa bouche elle aussi est ouverte. A côté de lui, Enrique pousse soudain un gémissement presque imperceptible. En dépit de ses neuf balles dans le corps, il ne mourra pas, il vivra non sans avoir subi une série d'opérations où on lui retirera divers organes et une partie de l'intestin.

Il a commencé alors à pleuvoir, et la pluie poussée par le vent, pénétrant à travers les mailles du grillage, s'est accumulée peu à peu des deux côtés des corps dans le creux créé par leur poids dans la toile du brancard. Lentement, cette eau s'est mêlée au sang et, devenue rougeâtre, elle s'est mise à s'écouler sur le sol en une minuscule rigole.

Cela s'est passé le 1er septembre 1975, année du premier congrès du Parti communiste cubain.

Deux jours après, nous avons vu des matons déguisés en prisonniers simuler une attaque contre d'autres gardiens. Des cinéastes étaient sur place, eux aussi, pour filmer ces scènes qui devaient justifier, le cas échéant, les crimes impardonnables qu'il était impossible de nier.

La mort du Frère de la Foi s'était déjà répandue comme une traînée de poudre dans tout Cuba et allait toucher l'étranger. Ainsi, ses dernières paroles avant de mourir avaient été celles du Christ sur la croix : « Pardonne-leur, Seigneur, ils ne savent pas ce qu'ils font. » Et, suivant son exemple, nous avons tous, une fois séché le sang de nos blessures, engagé une lutte à l'intérieur de nous-mêmes pour être dignes de lui et parvenir à ce qui est presque impossible, mais si beau : pouvoir pardonner à son ennemi.

Mais il n'y a rien d'impossible à Dieu, pas plus qu'à ceux qui le cherchent de tout leur cœur puisqu'ils l'ont déjà trouvé. Plus la haine de mes geôliers était féroce, plus mon cœur s'est empli de cette foi qui m'inspirait la force de tout supporter. Ce n'était pas là du masochisme ou du conformisme, mais une attitude pleine de joie, de liberté et de paix intérieures, car le Christ ne m'a jamais quitté par tous ces labyrinthes d'horreur et de mort.

Je devais méditer et réfléchir beaucoup à l'assassinat du Frère de la Foi, l'un des hommes que j'ai le plus admirés de toute ma vie. Et quelque chose me trouble encore : la phrase du Christ lui a été inspirée par le fait que Ses bourreaux ne savaient vraiment pas ce qu'ils faisaient en tuant le Fils de l'Homme. Mais nos bourreaux le savaient, Seigneur... Et pourtant, cela ne doit pas infirmer notre capacité de pardonner.

J'ai réussi à faire passer à Martha une lettre dénonçant ce qui venait d'avoir lieu à Boniato. Le Dr Medrano et un groupe d'exilés l'ont fait parvenir à l'O.N.U. Mais les responsables de cette institution sont de ces aveugles et de ces sourds d'autant plus aveugles et sourds qu'ils le sont volontairement, car ils se refusent à voir et à entendre dès qu'il s'agit de crimes commis par la dictature castriste contre ses prisonniers politiques. Ils n'ont même pas accusé réception de la lettre.

Est-il possible, Seigneur, qu'ils ne sachent pas ce qu'ils font ?

Nouveau transfert, retour à la Cabaña, cour 2, *galera* 16, là où s'est pendu Bitongo le jour des amoureux, à la Saint-Valentin. Mais la grille qui nous permettait avant d'avancer dans le petit couloir extérieur grillagé, lequel nous permettait de voir la cour, de lever les yeux au ciel, est maintenant fermée.

Les gardiens nous ont déclaré que nous serions beaucoup mieux : les transformations effectuées convenaient à notre mode de vie : la *galera* avait été peinte, aménagée, désinfectée.

C'était la nuit quand nous sommes entrés. On ne voyait presque rien dans la pénombre. Cela faisait des années que j'avais vécu dans cette galerie, la plus grande de toutes. Nous nous sommes installés comme nous l'avons pu pour passer la nuit. Mais nous n'avons pas fermé l'œil à cause des punaises. Dès l'aube, j'ai dû me hisser dans mon fauteuil roulant et attendre assis le lever du jour. Nos prédécesseurs étaient des prisonniers de droit commun, et pendant toutes mes années de détention, je n'avais jamais rien vu d'aussi écœurant. Les murs étaient entièrement recouverts d'une couche faite de millions de punaises et de poux énormes, d'un type inconnu en Europe, dont la piqûre transmet toutes sortes de maladies.

Les latrines, de simples trous dans le sol, étaient repoussantes. Au-dessus et autour du trou, les murs semblaient remuer : c'était une masse grouillante d'asticots au dos brillant, qui se tordaient continuellement.

C'est à cette époque que mes lettres ont eu un premier effet. On m'a transporté à l'hôpital pour me faire une ponction lombaire et analyser ma moelle épinière. En voyant apparaître le lieutenant Abreu, délégué du ministère de l'Intérieur, j'ai compris que mon transfert à l'hôpital et cette entrevue faisaient partie du même plan. Quelques mots de lui ont éloigné mes gardes. Il m'a dit que la révolution savait que je ne pouvais pas travailler, et que je pouvais être remis en liberté dans les soixante-douze heures si je déclarais oralement, sans avoir à signer aucun document, que j'acceptais la réhabilitation politique :

— Personne ne le saura, a-t-il ajouté, car nous savons très bien qu'il y a certains engagements entre les prisonniers...

— Mais moi, je le saurai. Et cela est suffisant pour moi...

Et comme il insistait avec une extrême courtoisie, j'ai coupé court, très poliment moi aussi :

— Une liberté sous conditions n'a pas d'intérêt pour moi... Mais je vous remercie de celui que vous me portez...

On m'a aussitôt transporté dans la salle réservée à la Police politique à l'hôpital militaire. C'est là que les prisonniers malades continuent à subir l'isolement total et les tortures psychologiques de la villa Marista. Ceux dont l'enquête se poursuit sont soumis à un système de répression exceptionnel. C'est là qu'un capitaine m'a expliqué qu'on ne me mettrait pas dans un hôpital parce qu'on savait de source sûre que mes amis projetaient de m'enlever, ce qui était complètement absurde.

Les neurologues qui m'examinent portent sur moi le même diagnostic que tous les médecins précédents, et comme ils ne peuvent pas me donner les soins indispensables, ils me renvoient simplement à la Cabaña. Là, le lieutenant Ginebra me communique qu'on est disposé à me permettre l'accès à un hôpital spécialisé, mais qu'il faut que j'accepte la réhabilitation : le ministère me garantit qu'en moins de trois mois je serai mis en liberté. Encore une fois, je refuse :

— Je n'ai pas l'intention d'accepter la réhabilitation, lieutenant, mais en tant qu'être humain, j'ai droit inconditionnellement à des soins médicaux.

— C'est notre dernière proposition, Valladares. Pensez-y.

Ce refus accompagné d'une menace à peine voilée met fin à tous les faibles espoirs que je pouvais encore avoir quant aux soins qui m'étaient indispensables.

Israel, un de mes compagnons invalide comme moi, se faisait soigner avec des massages par Cáceres, notre camarade.

Je continuais quant à moi à faire bouger mes articulations. Dans mon fauteuil, j'arrivais à faire une série d'exercices pour lesquels je m'aidais des bras, qui reprenaient de la force. Mais si ces mouvements empêchaient l'atrophie de progresser, aucune amélioration n'était possible sans d'autres soins.

Je me suis construit une poulie suspendue à la couchette du dessus. Je l'ai fabriquée avec des bandes de toile que je plaçais sous mes chevilles. En tirant sur les cordes avec mes mains, je hissais mes jambes et les redescendais.

Mes muscles demeuraient mous, sans aucune tonicité. Cette vie dans un fauteuil roulant allait pourtant me révéler un nouvel horizon. Mes impressions, mes états d'âme, mon impuissance à gravir quelques marches dont un enfant se jouait en riant, m'ont tellement touché qu'un jour je les ai exprimés en vers qui ont bientôt constitué toute une collection.

Je les ai montrés à mon ami Alfredo Izaguirre, et je lui ai

confié que j'allais essayer de les faire sortir clandestinement de Cuba et de les faire publier à l'étranger.

— Si tu publies cela à l'étranger, les communistes vont te fusiller dans le dos et dans le fauteuil roulant où tu es assis.

— S'ils le font, que ce soit dans le dos ou de face, c'est la même chose.

Dès lors, je me suis acharné pour que ces poèmes parviennent à l'étranger. Sur vingt-cinq copies, une seulement est arrivée jusqu'à Martha grâce à mon excellent ami Agustín Piñera.

*De mon fauteuil roulant,* publié et traduit dans plusieurs langues, allait être un succès de librairie.

Ce fut ce livre qui me fit connaître dans de nombreux pays du monde et qui contribua à lézarder le mur de silence et d'indifférence qui désespérait les prisonniers politiques cubains. Ce fut Martha qui parvint à faire publier la première édition avec l'aide d'amis de l'étranger.

Je savais que je risquais ma vie en faisant paraître ce livre, mais il était nécessaire de donner l'exemple. Bien d'autres étaient morts sous la torture, et ils n'avaient laissé derrière eux d'autre message que celui de leur mort et de leur révolte contre leurs assassins. Je voulais que le mien fût clair et net, indestructible. Si je mourais, mes vers resteraient. Ils accuseraient de façon permanente la barbarie et les crimes de l'institution carcérale cubaine, quelque chose qui durerait plus que la simple mémoire humaine, si sujette à s'opacifier avec le temps.

La poésie s'est convertie en arme de combat. Les tyrans ont toujours exécré et haï les poètes parce qu'ils sont une voix qui s'élève pour dénoncer toutes les infamies.

J'avais rêvé un jour qu'il poussait des ailes à mon fauteuil roulant, et ce songe était devenu réalité.

Une série de circonstances souvent inattendues ont toutes convergé pour jouer en ma faveur. Après avoir mené à bien une enquête aussi méticuleuse que toujours, Amnesty International m'avait adopté comme « prisonnier d'opinion » et avait désigné plusieurs groupes en Allemagne de l'Ouest, en Hollande, en Suède, qui lutteraient désormais pour ma libération.

Par la correspondance clandestine que j'entretenais avec Martha, j'étais au courant de l'activité que déployaient ces membres d'Amnesty. Un gardien collaborait lui aussi avec moi et me renseignait sur les lettres qui, par centaines, arrivaient à mon adresse. Et parfois l'administration pénitentiaire elle-même me les remettait lorsqu'elles ne portaient aucun signe distinctif et étaient rédigées dans une langue étrangère. Je peux affirmer que cette clameur muette, venue de l'étranger, a contribué grandement à faire reculer les autorités communistes tentées de m'éliminer physiquement, de façon violente, comme tant d'autres détenus. L'adoption par Amnesty International constitue dans un tel cas une sorte de protection. Les complices de Fidel Castro savaient désormais que, dans le monde entier, il y avait des gens au courant de ma situation.

Le groupe 110, de Suède, a accompli un travail extraordinaire, et c'est à ces Suédois que je dois en grande partie d'avoir été remis en liberté.

Jour après jour, Martha progressait : mon cas et celui de mes compagnons était de plus en plus connu et, dans la presse mondiale, un nombre croissant d'articles évoquait notre cas.

Odilo Alonso Fernández, un Espagnol, avait été séparé de nous pour être transféré au pénitencier de Pinar del Río. Il revint au mois d'octobre, terriblement diminué. A la suite des coups qu'il avait reçus, plusieurs lésions cérébrales avaient provoqué chez lui des troubles d'équilibre. Il ne pouvait plus marcher sans s'appuyer au mur ni rapprocher les deux jambes sans tomber, si bien qu'il avançait les jambes écartées et en zigzaguant comme un homme ivre.

Plusieurs semaines après son retour parmi nous, la direction le convoqua. Nous l'avons vu traverser difficilement la cour entre deux gardiens, sans autres vêtements qu'un short et une chemisette sous les rafales d'un vent froid qui soulevait des tourbillons de papiers sales. A la direction, on l'a fait asseoir dans une petite salle. Et, à sa grande surprise, il a vu entrer, après le sergent Acosta, l'ambassadeur d'Espagne, don Enrique Suárez de Puga, le consul et un autre fonctionnaire.

Pour le diplomate espagnol, cette rencontre devait être dramatique, et il est certain qu'il ne l'oubliera jamais. Odilo lui conta les tortures qu'il avait subies : comment le sang lui avait jailli par les oreilles dont les tympans étaient restés crevés et infectés, comment alors qu'il était tombé par terre on lui avait fracturé à coups de pied la clavicule gauche, comment on l'avait privé de toute assistance médicale. L'ambassadeur et sa suite l'écoutaient, consternés, mais ils avaient déjà reçu clandestinement des informations sur le cas de leur compatriote.

Puis, au risque de contrarier les autorités, l'ambassadeur

tendit la main à Odilo et le fit marcher. Il put alors constater avec horreur qu'on ne lui avait pas menti.

Les communistes n'avaient pas délégué pour le recevoir un haut fonctionnaire cubain ni même le directeur de la prison, mais un simple sergent, Acosta, ancien coupeur de canne à sucre, capable tout juste de faire le planton et de distribuer aux prisonniers du savon. Il avait été soigneusement choisi entre tous pour sa grossièreté et sa bêtise, ce qui était de la part des communistes une marque certaine de mépris, une gifle aux usages internationaux les plus respectables. Et quand la visite prit fin, comme l'ambassadeur esquissait le geste de remettre à Odilo les quelques objets qu'il lui avait apportés, le gros sergent qui jusque-là n'avait pas dit un mot, les mains croisées sur son ventre, se contenta de faire non de la tête, souriant et fier de lui. Pour sûr, ses amis n'allaient pas en croire leurs oreilles quand il leur raconterait comment il avait humilié, sur ordre, cet ambassadeur d'un pays capitaliste.

L'ambassadeur insista. Il voulait au moins remettre à Odilo des médicaments et des vêtements. Le sergent récita alors la leçon qu'on lui avait serinée : à cause de l'attitude politique du prisonnier, il était strictement interdit de lui remettre quoi que ce fût. Même le médecin que l'ambassadeur voulait envoyer au détenu ne pourrait le voir, pour la même raison.

Ainsi, pour la première fois, un diplomate étranger était le témoin, dans une prison cubaine, d'une grave violation des droits de l'Homme, et cette violation lui était confirmée par le fonctionnaire de service ! On peut se demander ce que fit ensuite l'ambassadeur d'Espagne. La réponse est *rien*. Je pense quant à moi que si cette scène s'était déroulée dans le Chili de Pinochet, l'affaire aurait été portée devant les Nations unies, et l'ambassadeur aurait tout conté à la presse. Par milliers, les dénonciations se seraient abattues sur le petit dictateur sud-américain. Mais il s'agissait de Cuba et du dictateur Castro. Sans piper, l'ambassadeur d'Espagne est reparti, en ayant toutefois obtenu du sergent Acosta l'autorisation de laisser au prisonnier un petit paquet de cigarettes Kent, que le sergent devait d'ailleurs s'approprier quelques minutes plus tard, car les communistes considèrent les cigarettes américaines comme des objets précieux.

## CHAPITRE XLVI

# Le Combinat de l'Est

Janvier 1977 : le gouvernement cubain inaugure une nouvelle prison, le « Combinat de l'Est », et nous y sommes transférés quelque temps après. Comme le combinat est prévu pour treize mille cinq cents prisonniers, le gouvernement annonce fièrement, une fois de plus, que l'antique forteresse-prison de la Cabaña sera fermée pour qu'on puisse la restaurer et la transformer en musée. Mais pour la troisième fois, deux ans plus tard, la Cabaña redeviendra un pénitencier, car le nombre des prisonniers aura augmenté au-delà de toutes les prévisions.

La nouvelle prison du Combinat de l'Est est un ensemble gigantesque qui comporte des ateliers et des usines, dont l'une produit des cloisons et des toits préfabriqués.

Il y a un hôpital. Castro le visita une fois terminée la construction du gros œuvre. Après l'avoir examiné attentivement, le dictateur déclara que ce bâtiment devait avoir trois étages et non deux. Personne n'osa lui expliquer que c'était impossible parce que les fondations ne le permettraient pas. Immédiatement, on s'attaqua à ce troisième étage et on le termina dans un délai record. Mais peu après toute l'aile du fond s'enfonça spectaculairement de douze centimètres dans le sol, et tous les murs commencèrent à se lézarder.

C'est dans cet hôpital que j'ai été enfermé avec deux de mes camarades invalides comme moi, Israel et Pedro, dans un réduit aménagé à l'extrémité d'une salle. Il était si exigu que nous pouvions à peine bouger dans nos fauteuils roulants.

Il y avait devant nous un tout petit couloir, qui ajoutait un peu d'espace à celui, insuffisant, dont nous disposions, jusqu'au moment où le lieutenant Armando Valdés, chef de la Police politique, nous en a interdit l'accès en alléguant des raisons de sécurité.

Le reste de nos compagnons s'installa dans les bâtiments face à l'hôpital, si bien qu'il m'était facile de communiquer avec eux.

Ce qui s'est passé dans cet hôpital pourrait faire l'objet d'un autre livre que celui-ci.

Pour la première fois, nous étions en contact avec des femmes. Il y avait là plusieurs dizaines d'infirmières soigneusement sélectionnées par la Police politique et presque toutes mariées à des officiers militants du parti communiste.

Le directeur était le Dr Domingo Campos, un mulâtre scandaleux, grossier de manières et d'un comportement terriblement abusif avec les malades. Je lui ai expliqué je ne sais combien de fois qu'il était illogique de nous enfermer pour nous empêcher de sortir dans le petit couloir. Tous nos compagnons y étaient autorisés, sauf nous, qui étions en fauteuil roulant.

Ce fut alors que Teresa Colunga devint infirmière-chef. C'était une internationaliste qui avait accompli des missions révolutionnaires dans plusieurs pays, mais elle était sensible et humaine. Un après-midi, une tournée d'inspection l'amena dans notre trou. Elle avait dû faire ouvrir trois grilles pour nous atteindre ! Je souffrais d'une crise d'asthme.

— Il faut que vous sortiez dans le couloir pour prendre un peu d'air, m'a-t-elle dit.

Je lui ai expliqué la situation.

— Ici, c'est moi l'infirmière-chef. Sortez sous ma responsabilité.

Le lendemain, en présence du psychiatre le Dr Jésús Edreira, le lieutenant Valdés réprimanda sévèrement Teresa, et on nous renferma aussitôt dans notre cachot. Peu après, accusée d'être trop humanitaire vis-à-vis des détenus, elle fut renvoyée de l'hôpital.

Il y eut aussi Isabel, extrêmement belle, de grands yeux verts et des cheveux très noirs. Elle était mariée à un haut fonctionnaire du ministère de l'Intérieur. Elle avait la haute main sur le service où je me trouvais. Cette femme avait en plus de sa beauté un comportement humain, celui qu'on attend d'une véritable infirmière. Mais quand une nouvelle arrivait du ministère de l'Intérieur, Ana Karelia, la nouvelle infirmière-chef, une Négresse au corps sculptural et au visage horrible, lui lisait l'article suivant du règlement intérieur :

— « Ici, vous devez oublier tout ce que vous avez appris. Ces patients sont différents. Vous ne leur parlerez que si c'est strictement indispensable. Vous ne pouvez leur apporter aucun soutien sentimental d'aucune sorte, parce que c'est ainsi qu'en a décidé la direction. S'ils vous saluent et vous demandent comment vous allez, vous ne devez pas leur répondre afin de n'avoir avec eux aucun lien d'amitié. Vous savez maintenant ce que vous avez à faire. »

Toutes les semaines, à mesure que les mois passaient, on annonçait l'inauguration d'une salle d'opération et d'une salle de physiothérapie pourvues de tout l'équipement nécessaire. Il n'y avait pour l'instant ni laboratoire ni matériel de radiographie. On avait construit un bâtiment, mais ce n'était pas encore un hôpital.

Un jour d'avril, à quinze heures, on m'a avisé que j'allais être examiné, et on m'a fait sortir de la salle. En effet, cinq ou six médecins de diverses spécialités m'attendaient. Le Dr Campos, le mulâtre directeur de l'hôpital, qui croyait qu'on allait me rendre la liberté, s'est montré du coup fort aimable avec moi. L'examen a duré deux jours. On m'a emmené à l'Hôpital Naval, au service de médecine militaire, pour me faire un électro-encéphalogramme. Le matériel était extrêmement moderne. Rien de semblable n'existait encore à Cuba, mais il était réservé exclusivement aux militaires.

J'ai appris plus tard que le commandant adjoint du ministère de l'Intérieur attendait ces résultats avec impatience : cet examen était dû en effet à l'arrivée d'une commission de parlementaires européens invités par le gouvernement cubain. Certains d'entre eux étaient membres d'Amnesty International, et la première chose qu'ils firent en descendant d'avion fut de s'intéresser à mon état de santé et de demander à me voir.

Pour la première fois, le gouvernement cubain était obligé de répondre à des questions précises à mon sujet. Ces parlementaires étaient sur place, et il était impossible de tergiverser.

Au lieu d'un état médical de ma santé, la réponse fut un long plaidoyer où l'on pouvait lire : « Il fut condamné à trente ans de prison pour avoir dressé, de concert avec d'autres individus, un plan de soulèvement armé contre l'Etat et pour avoir accompli des actes de sabotage, des attentats personnels contre les dirigeants de la révolution, des actes de terrorisme… » et mille autres délits tous très graves. Ce « rapport médical » disait que j'observais « une position récalcitrante depuis seize ans à l'intérieur de la prison » et que j'incitais les autres prisonniers à suivre mon exemple.

On pouvait lire également : « Il a participé à plusieurs grèves de la faim, qui ont provoqué chez lui une paralysie récupérable des membres inférieurs et supérieurs, conséquence d'un polynévrite par déficit nutritionnel. » Cette infirmité, expliquait le rapport, limite « apparemment totalement les mouvements des extrémités inférieures ».

Ils admettaient donc la maladie, mais ajoutaient qu'elle n'était pas si grave qu'on le disait, parce que, d'après les informations qu'ils détenaient, cette gravité était de la simulation et je pouvais très bien marcher.

Quand ce rapport du gouvernement cubain arriva à l'étranger, ma femme eut de quoi répondre de façon décisive, irréfutable, avec les photocopies des diagnostics que j'avais réussi à faire passer à l'étranger, en prévoyant que nous en aurions un jour besoin.

Bien que dactylographié sur du papier à en-tête du ministère de la Santé Publique, ce rapport était évidemment rédigé par le seul service qui avait accès aux documents carcéraux, celui de la Police politique. Habitués à prendre des décisions autoritaires et sans appel, les policiers avaient oublié qu'en médecine les mots employés dans un diagnostic décrivent la maladie elle-même, et que quand il est question de polynévrite carentielle, de parésie, de paraplégie, etc., on ne peut en même temps prétendre que le malade qui en souffre marche parfaitement. C'est comme si l'on admettait d'une part qu'un homme est muet, pour affirmer d'autre part que, d'après certaines informations, il parle quand même !

La présentation par Martha des photocopies des diagnostics ridiculisa la Police politique qui, prise en flagrant délit de mensonge, réagit avec une rage impuissante. A l'hôpital Calixto García, les infirmières et tous ceux qui m'avaient approché furent soumis à de longs interrogatoires, et la police saisit tous les documents qui me concernaient, mais un peu tard... Et le personnel de l'hôpital de la prison subit une enquête identique.

Quelques mois plus tard, un commandant devait s'adresser à moi sur un ton fort aimable, jouant l'indifférence :

— Eh bien, Valladares, cette histoire de photocopies est terminée depuis assez longtemps... La vérité est que vous avez été beaucoup plus intelligent que la Sûreté de l'Etat...

Il essayait de flatter ma vanité...

— ... Mais, entre nous, comment avez-vous réussi à faire sortir ces photocopies ?

Je me suis donné le luxe de me faire longuement prier avant de lui murmurer à voix basse :

— Tout à fait entre nous, ce fut le lieutenant Valdés, le chef de la Sûreté de la Cabaña, qui a photographié les documents.

Il s'est retourné brusquement, un éclair de rage dans les yeux. Puis il a pris le parti d'en rire :

— Vraiment, je mérite cette réponse pour être aussi bête...

Mais à deux heures de l'après-midi, il y a eu une perquisition au cours de laquelle les matons ont détruit jusqu'à nos souliers et emporté nos brosses à dents, nos cuillers, nos crayons et nos livres. J'ai alors pensé que le commandant n'avait pas goûté du tout ma plaisanterie, comme d'ailleurs je l'avais supposé.

On n'en finissait pas de terminer cette prison : il manquait toujours des bâtiments, entre autres celui, gigantesque, des locaux disciplinaires, situé au fond du complexe. Il devait mesurer presque cent mètres sur trente. Un étage seulement était prévu, sans fenêtres, mais monté comme la plupart des installations du combinat sur des colonnes de béton et d'acier qui l'isoleraient du sol. Il comporterait quatre-vingt-dix-neuf cellules pour isolement total, conçues dans l'esprit le plus répressif imaginable.

Les communistes lui avaient trouvé un nom ronflant dérivé du français : *Disciplinaria.* Nous autres l'avions baptisé le « Bâtiment des droits de l'homme ». C'était la construction qui avait pris le plus de retard, aussi fit-on appel aux hauts fonctionnaires du ministère de l'Intérieur pour l'achever dans les plus brefs délais. Nous avons vu alors défiler le général Enio Leyva, premier vice-ministre, les colonels O'Ferrill et Medardo Lemus, notre vieille connaissance, qui venait d'être promu à ce grade, et deux douzaines de commandants et capitaines.

Finalement, le Bâtiment des droits de l'homme fut inauguré. Une semaine plus tard, ses quatre-vingt-dix-neuf cellules étaient toutes occupées par des prisonniers politiques et de droit commun ainsi que par des condamnés à mort qui partaient de là pour les fossés de la Cabaña, le lieu favori des exécutions.

Aux visiteurs étrangers, la plupart venant de pays communistes, la direction affirmait que ce bâtiment était le magasin central. Et c'est ce qu'on leur raconte encore aujourd'hui.

Nous avons vu apparaître dans les divers scénarios de l'hôpital deux nouveaux personnages de comédie : Manuel Blanco Fernández, colonel de la Police politique, ex-employé d'une compagnie pétrolière américaine qui avait eu ses bureaux à La Havane. C'était un petit vieux très bas sur pattes et très gras, au ventre volumineux et au visage empourpré surmonté de quelques mèches blanchâtres. On l'appelait « Maño », un nom d'amitié qui signifie

« petit frère », et c'était un vrai satyre, toujours derrière les infirmières de l'hôpital.

Le second portrait un pseudonyme : Adrian. C'était un métis au visage de Chinois, maigre, et quelques jours avaient suffi pour que nous le baptisions le « Capitaine Mensonge » : et il était aussi répressif que menteur.

Un jour, il nous a raconté à Izaguirre et à moi qu'à l'âge de douze ans, il attaquait seul, au couteau, les voitures de police de Batista dont les occupants étaient armés de pistolets et de mitraillettes. D'après lui, il avait abandonné ses études de médecine alors qu'il était en quatrième année, mais une semaine plus tard, oubliant ce qu'il avait dit, il avait fait des études de juriste ou d'ingénieur. De même, il avait piloté des avions d'observation et des sous-marins individuels. Il avait aussi parcouru le monde entier en accomplissant maintes missions périlleuses du style James Bond, alors qu'il travaillait à la fois pour la Sûreté cubaine et le K.G.B. soviétique.

Je lui ai demandé une fois, pour mieux le prendre au piège, s'il connaissait le Pakistan, la Lettonie, Andorre et d'autres pays lointains. Oui, naturellement, répondait-il chaque fois. D'un air innocent, j'ai ajouté le nom de l'Atlantide, « cette île dans l'Atlantique en face de l'Espagne ». Il est resté un instant pensif, cherchant certainement dans ses nombreux souvenirs, avant de répondre :

— Ah oui, mais seulement peu de temps, pour une escale technique...

J'ai fait un effort surhumain pour ne pas lui éclater de rire au nez.

Mais ces deux personnages, qui travaillaient ensemble, furent bientôt les plus méprisés et les plus haïs de tous nos geôliers, tant par les prisonniers que par les infirmières et même par certains gardiens. Ils étaient tous deux des bêtes vicieuses, traumatisées, frustrées, l'exemple parfait du policier de l'Etat communiste. Ils avaient pour cela plus que toutes les « qualités » requises. Ils renvoyèrent de leur service de nombreux employés, des infirmières surtout, parce qu'elles avaient repoussé leurs avances, toujours sous le prétexte qu'elles nous témoignaient trop d'amitié. Un jour, ils se sont même présentés chez moi, pour prévenir les membres de ma famille que la haute direction du ministère leur avait donné l'ordre de préparer le départ du pays de tous mes proches... On ne pouvait plus en douter : l'activité d'Amnesty International, mon livre dont on venait de tirer une seconde édition, et l'intérêt que me portaient dans le monde entier des intellectuels et des hommes politiques commençaient à préoccuper les autorités cubaines. Je me trouvais en quelque sorte hors d'atteinte de leurs serres : elles n'osaient plus me tuer parce que j'étais déjà trop connu. Profitant de ma situation, je multipliais mes accusations par écrit et préparais un nouveau livre.

C'est alors qu'une amie que ma famille avait beaucoup aidée, Sandra Estévez, fut recrutée, sans que nous le sachions, par la Police politique. Nous nous servions justement d'elle pour recueillir dans différents points de la ville les lettres destinées à ma mère.

Mais un jour le capitaine Adrian, qui voulait paraître renseigné sur tout et ne pouvait se taire, m'annonça qu'on allait peut-être me transférer dans un hôpital de réhabilitation, mais que je ne pourrais y recevoir aucune visite, même pas celle d'Alicia, ajouta-t-il en souriant d'un air entendu. Or, Alicia était un nom de code que j'avais utilisé dans ma dernière lettre à ma mère. En le mentionnant, notre capitaine Mensonge, par vanité, trahissait son informatrice.

J'ai immédiatement prévenu ma famille que Sandra travaillait pour la Police politique. Dès lors, nous l'avons désormais utilisée pour désinformer ses maîtres. J'ai inventé une « grande opération » : un ami imaginaire devait venir à Cuba pour livrer à Sandra un appareil photo Minolta. Elle devrait prendre des photos de la prison et plusieurs documents et mener à bien certaines tâches que je lui indiquerais.

Ils étaient tellement maladroits que le capitaine Mensonge accompagnait ouvertement Sandra dans une voiture de couleur jaune quand elle allait chercher mes lettres. Même sans la bévue du capitaine, j'aurais découvert la trahison de Sandra quand une de mes « boîtes à lettres » l'a aperçue un jour à côté du capitaine.

Je leur ai fait croire que j'avais terminé un autre livre dont le manuscrit se trouvait dans une certaine maison. Sandra devrait chercher ce manuscrit quand mon ami imaginaire serait à Cuba. Je les envoyais chercher des lettres à des adresses inexistantes ou chez des révolutionnaires dont je relevais les noms et les adresses dans les journaux. Pendant des mois, je les ai tenus en haleine en les faisant courir dans toute la capitale.

Le jour où j'ai jugé que ma famille devait se débarrasser d'elle, je lui ai tendu un piège. Ma sœur lui a fait croire qu'elle avait dissimulé une lettre pour Martha derrière un tableau du salon. Dès l'après-midi, le capitaine Mensonge faisait irruption dans notre maison et allait droit au tableau... Deux jours plus tard, lorsque Sandra est revenue, ma famille l'a durement attaquée jusqu'au moment où, démoralisée, elle s'est effondrée au cours d'une crise de larmes et a demandé pardon : le capitaine Mensonge l'avait recrutée de force en la menaçant de la jeter en prison et d'envoyer Gianni, son fils, à l'école « Camilitos », un internat militaire.

Comme ma mère était surveillée, je faisais parvenir ma correspondance à une dame qui n'avait aucun lien avec un prisonnier quelconque, mais qui nous connaissait depuis de nombreuses années. Je m'étais assuré en plus la collaboration de plusieurs membres du personnel de l'hôpital ; leurs fonctions leur permettaient d'entrer et de sortir à leur guise. La haine et les sévices dont j'étais l'objet inspiraient à beaucoup de l'admiration, de la sympathie, de la compassion et le désir de m'aider. Je leur offrais le moyen de défier un gouvernement tyrannique. Quand je leur disais que nous n'avions pas reçu de visites depuis sept ans et qu'on nous interdisait également de correspondre avec nos proches, certains employés ne pouvaient que s'indigner et m'offraient spontanément de transmettre une lettre à ma famille.

J'avais un jour illustré le carnet où une infirmière notait nos températures, et toutes les autres ont voulu que je fasse de même avec le leur. En dépit des interdictions, elles nous rendaient visite à Israel, à Pedro et à moi pour discuter avec nous. La Police politique le découvrit un jour, et le capitaine Mensonge convoqua tout le personnel de l'hôpital pour expliquer que nous nous livrions à un travail de pénétration idéologique, et que notre cellule était consignée pour tout le monde.

Et pourtant certaines de ces femmes continuèrent à braver toutes les interdictions. Après des semaines et des semaines de soins quotidiens, des liens d'amitié s'étaient créés entre Isabel, la belle infirmière aux yeux verts, et moi. Pour assurer son service, elle devait pénétrer dans notre antre, on ne pouvait le lui interdire. Lorsqu'un gardien entrait à l'improviste, elle se contentait de prendre, en silence, notre température.

Le colonel Blanco Fernández avait remarqué Isabel et la poursuivait de ses assiduités. Peu lui importait qu'elle fût mariée à l'un de ses subordonnés, un camarade du parti. Il voulait l'obliger à sortir avec lui, il l'invitait à danser. Un après-midi, je me suis aperçu qu'elle était préoccupée. Je l'ai interrogée. L'impertinence du colonel l'avait poussée à bout. Elle a terminé sa confidence en me disant :

— Cet homme ne se rend pas compte qu'il pourrait être mon père, et il ne m'arrive même pas à l'épaule...

Et c'était vrai. Les aspirations du petit colonel étaient vraiment disproportionnées.

Pendant ce temps, Martha était arrivée en juillet à Caracas, début d'une longue pérégrination qui lui ferait parcourir le monde entier pour m'aider à sortir de prison. Elle y avait été reçue par le Dr Tebelio Rodríguez qui allait la présenter au public vénézuélien dans un célèbre programme de télévision. Il lui ferait également connaître le député José Rodríguez, qui serait l'un des champions les plus importants de la lutte pour ma libération. Il avait déjà rédigé une lettre à Castro, dans laquelle, appuyé par la majorité des membres du Congrès, il réclamait ma mise en liberté.

Rómulo Betancourt, ancien président du Venezuela, s'était joint lui aussi à la campagne de Martha, ainsi que tous les partis démocratiques, toute la presse et toutes les institutions vénézuéliennes.

De là, Martha passa au Costa Rica, où elle poursuivit son travail avec succès.

Les groupes d'Amnesty International, avec en tête celui de Per Rasmussen en Suède, redoublaient eux aussi d'efforts.

Des parlementaires du Canada se sont soudain joints aux pétitions, de plus en plus internationales, qui réclamaient ma libération.

Cette campagne, boule de neige au début, allait devenir une avalanche. Castro tempêtait et jurait qu'il ne me libérerait jamais tant qu'elle durerait, et les émissaires de la Police politique me transmettaient ses menaces. Je lui ai répondu publiquement par une lettre que j'ai fait parvenir à Martha : « Il faut que tu conserves l'offensive. S'ils te disent qu'ils vont me fusiller et que tu ne peux l'empêcher qu'en t'arrêtant et en cessant de les attaquer, ne leur cède pas, pour rien et pour personne au monde. »

Ces jours-là, un événement endeuilla le pénitencier. J'ai déjà parlé de Rafael del Pino, ami de Castro avec lequel il avait préparé au Mexique son débarquement à Cuba, et à qui le futur dictateur avait exposé un jour son plan de communiser son pays. Déçu, Rafael l'avait alors abandonné, ce que Castro ne lui avait jamais pardonné.

A tel point qu'après dix ans de prison, et alors qu'il venait de subir une opération qui le condamnait à porter sur lui un sac de caoutchouc pour recueillir ses urines, Rafael del Pino vit un jour apparaître à l'Hôpital Militaire Castro lui-même, un gros cigare à la bouche, avec sa suite. Le dictateur regarda longuement, en hochant la tête, celui qui avait été son meilleur ami dans les jours difficiles :

— C'est ainsi que je voulais te voir, Rafael del Pino... Oui, ainsi...

Rafael del Pino était fréquemment hospitalisé. Le dernier transfert s'est mystérieusement terminé. Inexplicablement, on l'avait isolé dans une cellule disciplinaire. Dans les cellules voisines se trouvaient Zúniga et d'autres détenus politiques. Dans la nuit du 21 au 22 août 1977, ils entendirent dans le couloir des éclats de voix de nombreuses personnes. Le matin, le 22 août 1977, on découvrit Rafael del Pino pendu aux barreaux de son cachot au moyen d'un drap. Mais personne n'a jamais vu son cadavre ; le ministère de l'Intérieur a simplement refusé de livrer le corps à la famille.

Dans notre réduit, la chaleur était insoutenable : les murs préfabriqués avaient une armature de fer que le soleil chauffait plusieurs heures de suite. On ne pouvait les toucher, on eût dit les parois d'un four.

Nous transpirions à grosses gouttes, et pour résister à cette chaleur infernale, nous nous mettions le plus loin possible de ces murs, ou nous nous réfugiions dans les toilettes. Quand nous lavions notre linge de corps, il suffisait de le suspendre à nos lits, là où ils touchaient le mur, pour qu'il sèche en quelques minutes. Je savais que tout cela était dirigé surtout contre moi, mes deux compagnons en souffraient, eux aussi, ce qui me peinait profondément. Mais tous deux ont supporté stoïquement leur part d'un châtiment qui m'était destiné.

Et de nouveau j'ai fait savoir à l'étranger la situation dans laquelle nous nous trouvions, et le gouvernement communiste cubain a reçu des centaines de lettres exigeant qu'on nous traite avec humanité. Cette clameur était si puissante qu'un après-midi le commandant militaire de l'hôpital fit ouvrir nos grilles.

Nous avions remporté une nouvelle victoire sur la toute-puissante Police politique. Elle venait renforcer chez moi l'assurance que si l'on réussissait à porter au niveau voulu cette campagne internationale auprès de l'opinion publique, Castro devrait un jour, de bon ou de mauvais gré, me remettre en liberté.

Le temps allait me donner raison.

CHAPITRE XLVII

# Transfert à l'hôpital orthopédique

Pendant des mois, nous mettions de côté, Israel et moi, tout ce qui était nécessaire à la confection d'un petit arbre de Noël. Nous gardions des ampoules d'injections, des petits bouts de papier et de cellophane, tout ce qui était coloré et brillant depuis l'emballage d'un médicament jusqu'à une vieille brosse à dents ou un petit couvercle de plastique.

Israel, avec du coton, a fabriqué de petits personnages, et j'ai décoré des coquilles d'œufs et des flacons d'antibiotiques.

La nuit du 14 décembre, nous n'avons pas dormi. L'ingénieur Conde et Angelito, avec un manche de balai et du fil de fer, ont fabriqué un arbre de Noël qu'ils ont habillé de bandes de papier. Avec tous les ornements que nous avons ajoutés, il nous a paru magnifique. Des fleurs de carton peintes en rouge vif complétaient la décoration.

Lorsque la direction a appris que nous avions un petit arbre de Noël, il s'est ensuivi un véritable branle-bas de combat. Avant que le directeur, le Dr Campos, puisse l'interdire, de nombreuses personnes ont défilé pour le voir. Il y a eu des infirmières qui n'ont pu retenir leurs larmes en se rappelant soudain les Noëls de leur enfance, abolis par Castro.

Rita, une infirmière, s'est exclamée dans son émotion :

— C'est l'arbre de Noël le plus joli que j'aie vu de ma vie.

Il faut dire qu'à Cuba l'arbre de Noël est interdit et considéré comme l'un des symboles de l'obscurantisme de la bourgeoisie !

Les gardiens ont voulu que je le détruise. J'ai protesté, disant que ce petit arbre représentait ma croyance personnelle, et que nous avions mis tant d'amour et de tendresse à le confectionner que nous n'allions pas le détruire. L'après-midi, le chef de la Police politique, le lieutenant Paéz-Paéz, et d'autres officiers vinrent nous menacer : si nous ne nous débarrassions pas de cet arbre, Israel et moi, nous serions accusés d'avoir utilisé du coton de l'Etat. Finalement, ce sont eux qui ont dû l'emporter, avec beaucoup de précautions, sur une moto, en direction du pénitencier.

Ils ont vraiment ouvert une enquête pour déterminer nos responsabilités. Qui nous avait remis ce manche à balai, ces bouts de fil de fer, le coton, etc. ? La Police politique a interrogé les infirmières, les médecins, les prisonniers de droit commun employés à l'hôpital, elle a même déclaré officiellement que notre service était en état de siège jusqu'à la fin des recherches.

Mais dans le cœur de chacun de nous, il était resté un petit arbre de Noël éternel, et dont aucun pouvoir ne pouvait nous priver.

Quelques jours plus tard, Human Rights, une association de Washington qui allait jouer un rôle important dans ma libération, parvint à obtenir la signature de quarante-neuf sénateurs américains sur une lettre qui demandait à Castro la liberté d'Húber Matos, d'Angel Cuadra et la mienne.

Un jour, les gardiens me demandèrent d'emprunter mon fauteuil roulant pour transporter un malade, ce qui me sembla normal. Mais la seconde fois, ils me prévinrent qu'il s'agissait d'un bien collectif, et dès lors j'ai dû rester allongé pendant des heures sur mon lit. J'ai aussitôt demandé un autre fauteuil roulant à Amnesty International. La Croix-Rouge hollandaise le remit à un bateau cubain qui le livra dans les locaux de la Croix-Rouge à La Havane, comme je l'ai appris une semaine plus tard par une personne amie.

Et je me suis mis à le réclamer. Mais le capitaine Mensonge lui aussi s'intéressait à mon fauteuil. Avec une effronterie inouïe, il vint lui-même m'assurer que le fauteuil n'était jamais arrivé à Cuba. Je lui ai fait alors une description de l'endroit où il se trouvait, avec tous les détails les plus précis. Ma mère, la destinatrice, était déjà allée plusieurs fois le réclamer, mais on avait invoqué jusqu'alors n'importe quel prétexte pour l'éconduire.

Un jour, un individu se présenta chez elle pour lui dire qu'au cours d'une conversation que j'avais eue avec lui, j'avais renoncé à ce fauteuil dont je faisais don au ministère de l'Intérieur, et qu'elle n'avait plus qu'à signer le document qu'il lui tendait... Ma mère refusa, et l'émissaire du capitaine Mensonge dut se retirer sur cet échec.

Alors, le capitaine lui-même vint la menacer : si elle réclamait une fois de plus ce fauteuil, la Sûreté de l'Etat considérerait cette démarche comme une activité contre-révolutionnaire, et elle ne pourrait jamais quitter le pays...

Et la Police politique revint à la charge : si elle écrivait à Martha de cesser de lutter pour ma libération, nous nous retrouverions tous aux Etats-Unis au mois de décembre ! Ma mère, vieille et toujours pleine d'espoir, tomba dans le piège. Mais je m'étais mis d'accord avec Martha pour qu'elle ne tînt aucun compte d'une communication écrite ou orale lui demandant de suspendre la campagne en cours. Elle ne le ferait que si je le lui demandais en personne. Un coup de téléphone ne suffirait pas, car on peut contrefaire une voix comme une écriture.

L'erreur de ma mère n'a donc servi à rien aux policiers. Ils se sont donc retournés contre moi : alors qu'ils allaient donner une solution favorable à mon affaire, la campagne déclenchée à l'étranger et les activités de ma femme leur interdisaient de faire ce geste. Ma réponse fut une nouvelle série d'accusations envoyées à Amnesty International et à la presse mondiale. De même, le manuscrit de mon second livre parvint à sortir du pays. Avec les communistes, se taire est une erreur, céder un seul centimètre de terrain est fatal.

Ils revinrent chez ma mère. Ils lui offrirent de quitter seule le pays pour arrêter cette campagne. N'était-elle pas ma mère, ayant par conséquent plus d'autorité pour régler mes affaires que ma femme qui ne s'intéressait plus à ma liberté, heureuse de voyager dans le monde entier en menant, à mes dépens, une vie de luxe ? Six mois après la fin de la campagne, je pourrais sortir de Cuba avec tout le reste de ma famille... Mais je savais que la boule de neige grandissait, grandissait. Le temps jouait en ma faveur.

Nous étions quatre prisonniers dont les livres avaient été publiés à l'étranger, Sales, Ernesto Díaz, Cuadra et moi. Les policiers s'énervaient. Un soir, ils emmenèrent les trois autres écrivains au siège de la Police politique pour les menacer : ils n'allaient pas laisser se constituer dans le monde un front composé d'intellectuels ennemis ! Ernesto leur répliqua que nous n'avions aucune autorisation à leur demander pour publier ce que nous écrivions. Et sur place, dans une de ces cellules terriblement aliénantes, il composa toute une collection de nouveaux poèmes qui furent édités plus tard.

Ils avaient donc tout essayé, sans résultat. Le capitaine Mensonge, au cours d'une de ses visites à l'hôpital, tira de sa poche les demandes d'émigration faites par ma famille. Logiquement, elles devaient se trouver dans le service d'immigration. Le capitaine Mensonge me déclara que, par ordre du haut commandement de la Sûreté de l'Etat, c'était la police qui s'occupait désormais de la totalité de l'affaire. Cela voulait dire que les membres de ma famille étaient des otages et que leur départ dépendait de ma conduite.

Le soir même, j'ai écrit à Martha pour qu'elle dénonce ce chantage. Rien ne pouvait arrêter désormais la boule de neige.

Un soir, plusieurs colonels vinrent me prévenir que j'allais être transféré dans un hôpital spécialisé. C'était le début d'un dialogue honteux entre le gouvernement de Castro et des Cubains de l'étranger organisés en un comité et qui allaient devenir les instruments et les agents de la Police politique.

C'est le moment où le ministère de l'Intérieur procède à des transferts correspondant à de nouvelles classifications : on met tous les étrangers dans des locaux séparés des nôtres : c'est le cas des Américains du Nord, des Anglais, des Boliviens, et de l'Espagnol Eloy Gutiérrez Menoyo, le vieux guérillero, ce qui n'empêchera pas Castro, des années plus tard pour tenter de légitimer les tortures subies par ce prisonnier, de répondre au gouvernement socialiste espagnol, nouvellement arrivé au pouvoir et qui réclame la libération de son ressortissant, qu'il n'était pas espagnol.

Ce sont toujours les mêmes abus de pouvoir, les mêmes atrocités. Tony Cuesta avait combattu Batista. Et puis, comme tant d'autres, il s'était soulevé contre le nouveau tyran, pire que le premier. Il avait fui Cuba pour organiser à l'étranger les « Commandos L », chargés de harceler les côtes cubaines et d'organiser des opérations d'infiltration.

Au cours d'un de ces débarquements, il est découvert.

Sa puissante chaloupe parvient à s'éloigner sous le feu des batteries côtières, et il évite pendant plusieurs heures les « Komsomols » soviétiques qui le poursuivent. Finalement, les mitrailleuses russes incendient sa chaloupe, tuent et blessent tous ses compagnons. Tony Cuesta décide de sauter avec son embarcation. Il arrache la goupille d'une grenade et, sans la lâcher, plonge sa main dans la réserve de combustible. Il a encore un moment de conscience : il sent qu'on le retire de l'eau en le tirant par les cheveux. Il ne s'est vraiment réveillé à l'Hôpital Naval qu'après plusieurs semaines, dans un lit trop court pour son mètre quatre-vingt-huit. Tout son corps porte les traces noires de l'explosion, et des éclats de grenade l'ont aussi atteint aux yeux. Il ne voit rien. Il est aveugle.

Dès qu'il a repris connaissance, on l'a interrogé. Ce qui intéresse la Police politique, ce sont les renseignements qu'il détient. Voilà pourquoi on l'a repêché. Un ophtalmologiste, sur sa demande, l'examine et déclare qu'il faut opérer immédiatement ses yeux. La Police politique s'y oppose. C'est ainsi que Tony sera aveugle et manchot. Ce géant plein de joie et d'optimisme a été pour nous un exemple des plus admirables, des plus édifiants. Cet aveugle portait en lui une lumière qui rayonnait sur tous ses compagnons.

Il se trouve actuellement à l'hôpital. On l'a placé là, provisoirement, car on va le libérer avec le premier petit groupe de malades que Castro envoie aux Etats-Unis comme « preuve de sa bonne volonté ». Le premier à être libéré sera le poète Miguel Sales. Lui aussi bénéficie d'une campagne de presse à l'étranger où il est extrêmement connu.

Le capitaine Mensonge n'admet pas qu'il est en train de perdre la partie. Il passe son temps à visiter les domiciles de tous ceux qui connaissent ma famille pour les mettre en garde : ils ne peuvent avoir aucun contact avec moi ni se rendre chez mes proches. Il ajoute chaque fois que la Sûreté n'ignore pas qu'ils m'ont servi de boîtes aux lettres, qu'ils seront arrêtés s'ils recommencent. Il fait de même avec les familles des prisonniers qui sont les plus proches de moi.

Je soupçonne avec raison qu'un mouchard lui a communiqué ces noms et ces adresses. A la Cabaña déjà, il y avait un détenu qui ne me quittait pas des yeux, et la police a visité des boîtes aux lettres de cette époque alors que je ne les utilise plus. Le mouchard s'est trahi quand, avant que je quitte la Cabaña, les gardiens se sont précipités un jour sur moi pour découdre le siège de mon fauteuil où j'avais justement caché des lettres et des photocopies de journaux étrangers et de documents. Je sais qui m'a vu le faire. D'autres que moi soupçonnent cet homme. Mais nous ne pouvons pas le démasquer.

Cette offensive de menaces et de terreur a pour but de supprimer tous les moyens dont je dispose pour envoyer ou recevoir de la correspondance. On pourrait me mettre au secret, mais le moment politique n'est plus aussi propice. Il reste à mes geôliers les menaces et l'ostracisme dont est victime ma famille.

Un groupe de hauts dignitaires visita l'hôpital un après-midi avec, à sa tête, le général Enyo Leyva, premier vice-ministre de l'Intérieur, et derrière lui une suite impressionnante. Il demanda à me voir, et le capitaine Mensonge vint me chercher dans ma cellule.

Visiblement, le général est ivre. Son goût de l'alcool et certaines faiblesses idéologiques seront bientôt la cause de sa chute, et on l'enverra dans la province de Pinar del Río participer aux travaux agricoles. Il me salue en souriant et me tutoie d'emblée :

— Il me semble que ton livre, Valladares, exagère sur pas mal de choses...

Je lui réponds en souriant, moi aussi :

— Ce n'est pas mon livre, général... C'est *notre* livre.

— Comment cela, notre livre ? Je ne comprends pas.

— Mais si, général, c'est vous autres qui m'avez fourni le sujet. Moi, je n'ai fait que l'écrire.

Il se met à rire, et en désignant d'un geste les officiers qui l'accompagnent :

— La vérité est que tous ceux-là sont des « bouffe-merde », puisque tu as réussi à escamoter tout un livre sous leur propre nez et à berner toutes leurs perquisitions. Cela fait combien de temps que tu n'as pas reçu de visites ?

— Huit ans, général.

— Bon, je vais donner l'ordre qu'on t'accorde une visite. Tu vois que nous te traitons bien. Maintenant, tu ne pourras plus dire que nous te battons ou que nous te torturons. Et de plus, nous allons te transférer dans un hôpital où on te soignera. Pourquoi n'écris-tu pas un livre où tu raconteras tout cela ?

— Je le ferai, général, dès que les chefs de la révolution en auront écrit un où ils raconteront comment nous avons été battus, torturés, assassinés dans les camps de travaux forcés de l'île des Pins et dans la prison de Boniato.

Sans s'émouvoir, le général répond que tout cela est arrivé il y a bien des années à cause des déficiences des cadres politiques de la révolution. Puis, ôtant sa casquette, il me dit :

— Regarde-moi. J'ai deux ans de moins que toi, et pourtant tu as l'air beaucoup plus jeune que moi. Cela prouve que nous ne t'avons pas traité si mal.

— Dans l'aspect physique d'un individu, sa satisfaction

intérieure compte pour beaucoup, général. Vous ne dormez sûrement pas avec la tranquillité d'esprit et la bonne conscience qui sont les miennes...

C'est là que se termine la conversation. Le général ne sourit plus. Il me regarde pendant quelques secondes avec des yeux injectés de sang et une expression indéchiffrable. Puis, en s'éloignant, il dit quelques mots à un colonel, l'un de ses aides de camp.

Quelques jours plus tard, en octobre, le capitaine Mensonge est venu me chercher pour ce transfert tant de fois annoncé.

— Il s'en va à l'hôpital Julito Díaz, a-t-il déclaré à mes compagnons de salle.

Je me suis retourné un instant vers Izaguirre et les autres :

— Ce qui veut dire que j'entre dans n'importe quel autre hôpital, sauf celui-là.

Et en effet, on m'a conduit à l'hôpital orthopédique du Vedado.

On avait préparé pour moi une chambre aux fenêtres aveuglées par des planches de bois. Ma porte était constamment fermée, consignée à tous, gardée par une sentinelle armée d'une mitraillette. Seule l'infirmière-chef, en qui les autorités avaient entière confiance, était autorisée à entrer. Son mari était un commandant du ministère de l'Intérieur. Mais en dépit de tous ces calculs, cette infirmière elle aussi sera touchée par ma situation, et quand ses supérieurs s'en rendront compte, ils me changeront aussitôt d'hôpital tandis qu'elle sera durement réprimandée. Le capitaine Mensonge l'interrogera longuement et la menacera du pire au cas où elle aurait avec moi de nouveaux contacts.

Me voici maintenant à l'hôpital Frank País.

Entre-temps, le gouvernement cubain a libéré vingt-huit détenus politiques malades et estropiés, qui comptaient plus de vingt ans d'incarcération. Chose curieuse, Fidel Castro a laissé passer ce moment propice pour me libérer puisque moi aussi j'étais invalide. L'eût-il fait que j'aurais été simplement l'un des bénéficiaires de cette mesure de clémence, rien d'autre, et mon cas n'aurait jamais atteint la notoriété qui sera bientôt la sienne. Je me serais retrouvé avec Martha dans un coin quelconque du monde où j'aurais essayé d'organiser ma nouvelle vie. Mais les colonels de la Police politique, aveuglés par la haine qu'ils me portaient, ne se sont pas rendu compte de l'intérêt que mon état et ma situation suscitaient dans le monde. En s'opposant à ma libération, ils ont été mes meilleurs agents publicitaires, les plus utiles de tous, puisqu'ils prouvaient ainsi la véracité de mes accusations.

Dans ce nouvel hôpital, tout change d'abord. J'ai pour moi une chambre avec une table pour la physiothérapie, des appareils de bascule et des bassins pour les massages sous l'eau. Je reçois les soins d'un technicien, Luis Manuel, militant des Jeunesses communistes, sous la surveillance du directeur, le Dr Alvarez Cambra et de l'infirmière-chef Esperanza Ortiz, tous deux membres du Comité central du parti.

J'ai le droit de parler à tout le monde, de sortir dans les jardins et de rester au soleil. Puis j'ai la visite de ma mère et de ma sœur. J'ai alors cru sincèrement qu'on allait me libérer. J'ai communiqué à mes amis d'Amnesty International que mes conditions de vie s'étaient grandement améliorées.

Un jour, le colonel Carlos, l'un des chefs de l'hôpital, m'a signalé avec plaisir que mon nom avait disparu de la liste prioritaire d'Amnesty International, et il ne m'a pas caché que le gouvernement cubain était fort gêné par tout ce que disait de lui cet organisme prestigieux.

Je me sentais mieux, faisais des progrès. J'ai voulu mettre mon technicien à l'épreuve : était-il un informateur de la Police politique ? J'ai profité d'un moment où nous étions seuls pour lui confier que j'avais appris par la radio étrangère que ma femme allait être reçue par Manley, Premier ministre de la Jamaïque.

Dès le lendemain, le capitaine Mensonge faisait irruption dans ma chambre pour me dire que la visite de ma femme à Manley ne m'aiderait en rien. Mon technicien était bien un informateur.

Entre-temps, la troisième édition de mon livre venait de paraître, le Pen Club français me nommait membre d'honneur de sa section. La boule de neige grandissait, grandissait.

Le nouveau président du Venezuela, Herrera Campins, inclut ma mise en liberté dans le programme de ses conversations avec La Havane, et il demande à son ambassadeur à Cuba de rendre visite à ma famille. Castro, acculé, répond, par l'intermédiaire du député vénézuélien José Rodríguez Iturbe, que je ne sortirai pas de Cuba tant que je ne pourrai pas marcher ! Ainsi, j'étais le seul Cubain à ne pouvoir quitter son pays en fauteuil roulant !

L'organisation américaine Human Rights parvient à rassembler les signatures de plusieurs dizaines de membres de la Chambre des représentants sur une lettre adressée à Castro et où ils demandent ma libération. En Europe, des comités se fondent dans le même but.

Dans sa rage, Castro déclare à un groupe de parlementaires vénézuéliens que je ne serai jamais remis en liberté tant que durera cette campagne de presse en ma faveur. Ce qui ne l'empêche pas de vouloir négocier en sous-main : l'ambassade de Cuba au Venezuela donne rendez-vous à Martha en la prévenant que, si elle en fait la demande, je serai remis en liberté. Martha se rend donc à Caracas, mais pas seule, chez le consul général de Cuba, Amado Soto. Notre grand ami José Rodríguez Iturbe, député et alors président de la Commision des Relations Extérieures du Sénat vénézuélien, l'accompagne.

Qui sait les illusions que s'est faites l'ambassadeur de Cuba, Norberto Hernández, en voyant apparaître notre ami, alors que les relations entre les deux pays étaient plutôt tendues ? Il s'est avancé la main tendue avec un large sourire :

— A quoi dois-je l'honneur de votre visite, docteur ?

— Ma visite n'est pas officielle, mais officieuse. J'accompagne madame Valladares.

Le sourire de l'ambassadeur de Castro s'est figé.

La conversation de Martha avec le consul Soto a été brève. Il a proposé à Martha de démentir par écrit tout ce qui s'était dit à mon sujet, et d'interdire en même temps à tous les organismes internationaux, aux journalistes et aux intellectuels, d'évoquer désormais mon cas. En échange, le gouvernement cubain promettait de m'accorder la liberté quelques semaines plus tard.

Le refus de Martha a été clair et net.

Ma santé s'améliorait rapidement. J'arrivais à me mettre debout lorsque mes genoux étaient soutenus par une armature de fer qui les empêchait de se plier. Je pouvais également me soutenir entre deux barres parallèles.

Le soir, toujours accompagné d'un gardien, je sortais dans les jardins et conversais avec d'autres malades. J'ai fait ainsi la connaissance de deux adolescentes, Alicia et Maria Luisa, qui souffraient des séquelles d'une poliomyélite et qui m'ont apporté beaucoup de joie et de tendresse pendant le temps passé dans cet hôpital. J'ai confectionné pour elles un cadeau subversif à Cuba, un arbre de Noël miniature, et je le leur ai livré dans une petite boîte qu'elles ont ouverte en cachette dans leur chambre.

Je bénéficiais d'attentions spéciales. La salle où je me trouvais était réservée aux étrangers et aux sportifs. Il y avait là des sandinistes convalescents, des Angolais, des Yéménites, etc., et des professionnels du sport. Ils étaient les seuls à recevoir du yogourt, des aliments comme du beurre. Seuls les étrangers et les sportifs bénéficiaient de l'air conditionné, ce qui n'était pas le cas du reste des malades, à l'exception des enfants.

C'est alors que j'ai été presque asphyxié par une crise d'asthme. Il n'y avait pas de salle d'urgences dans cet hôpital, et mon état était très grave. On m'a transporté à l'Hôpital Militaire. J'avais avec moi un gardien et une infirmière qui, pendant tout le trajet, m'a aidé à respirer en exerçant des pressions régulières sur mon thorax. Il a fallu presque me ressusciter à l'aide d'un appareil respiratoire à oxygène « Mark 8 » et à force d'injections de divers médicaments dans les veines.

Lorsque nous sommes revenus à l'hôpital Frank País, l'infirmière a été admonestée parce qu'elle m'avait accompagné dans l'ambulance. En vain a-t-elle essayé de se défendre en expliquant qu'elle avait obéi seulement à des raisons humanitaires, et que mon état l'exigeait. Le Dr Humberto Barrera, secrétaire de la cellule du parti, a répondu :

— De toute façon, s'il était mort, on n'aurait pas perdu grand-chose !

Egarés par vingt ans de propagande, les communistes avaient pensé que personne n'oserait s'approcher du « prisonnier ». Peu à peu, au contraire, j'ai vu se former autour de moi un cercle de véritables admirateurs et de sympathisants, composé de malades, d'infirmières, d'employés de l'hôpital et d'enfants pour lesquels je faisais des dessins.

L'anti-héros devenait peu à peu un héros. C'en était trop. Le capitaine Mensonge, dans la salle des enfants, prévint les mères qu'on me gardait en prison parce que je dynamitais les garderies de bébés! Personne ne l'a cru.

Pour faire cesser cette situation dangereuse, on m'a isolé dans une chambre près du bureau du directeur. Nous partagions la même salle de bains. J'étais ainsi au secret et sous contrôle. Mais les fenêtres du second étage, où j'étais, donnaient sur les jardins, et les infirmières, les malades et les employés continuaient à me saluer de loin, tandis que les enfants m'appelaient en criant mon nom.

Le 2 mars 1970, une assemblée générale eut lieu à cause de ce scandale dans la salle de théâtre de l'hôpital. Un dirigeant du parti, Enrique Orero, attaqua durement et menaça ceux et celles qui n'avaient pas honte de me saluer.

Et comme Alicia, ma petite amie péruvienne, continuait tous les après-midi à lever la main pour me dire bonjour de son fauteuil roulant, Esperanza Ortiz, l'infirmière-chef, crut l'en empêcher en lui rappelant que j'étais un criminel.

— Je n'ai jamais connu quelqu'un d'aussi gentil, répliqua l'adolescente, et je continuerai à lui dire bonjour...

Le lendemain, on lui notifia qu'elle devait quitter l'hôpital sur-le-champ et aviser ses parents au Pérou. Elle avait commis un crime « d'ingratitude envers la révolution ». Et le directeur, Alvarez Cambra, vint la voir dans sa chambre pour la menacer au cas où elle parlerait de moi à l'étranger.

A la douane, des membres de la Police politique l'attendaient. Ils voulurent la fouiller, mais je lui avais fait la leçon : elle s'y opposa en exigeant la présence d'un fonctionnaire de son ambassade. C'est ainsi que Martha reçut rapidement la lettre que j'avais confiée à Alicia.

Même les infirmières n'eurent plus le droit de monter au second étage où j'étais enfermé. Tous les jours, le gardien m'apportait une série d'enveloppes avec les cachets que je devais prendre aux heures indiquées sur une fiche en carton. On avait monté un ballon d'oxygène dans ma chambre de même que plusieurs ampoules. Quand une crise d'asthme menaçait, je devais briser une ampoule, préparer l'aérosol, etc.

Les personnes qui avaient reçu l'autorisation de me rendre visite furent arrêtées par la Police politique, interrogées et terrorisées.

Pendant des mois, ma mère n'eut plus le droit de me rendre visite. Comme je devais à tout prix continuer mon traitement, j'ai également eu dans ma chambre mes barres parallèles et ma table pour physiothérapie. Mon technicien disparut, remplacé par une jolie fille, militante des Jeunesses communistes. De même, le capitaine Mensonge fut lui aussi remplacé.

Puis ma famille eut l'autorisation de quitter Cuba, mais alors qu'elle avait ses billets d'avion et son numéro de vol, on lui fit savoir que cette autorisation était suspendue. Quelques jours plus tard, le colonel Carlos et le remplaçant du capitaine Mensonge m'avertirent qu'elle pourrait quitter le pays si j'écrivais une lettre reniant mes amis de l'étranger et où je leur interdirais, à eux et à tous — personnes privées, journaux et organismes —, de parler de moi ou de mes œuvres littéraires.

Je leur ai fait savoir calmement que je n'écrirais jamais une lettre semblable.

— Dans ce cas, votre famille ne sortira jamais du pays, a grondé le colonel.

Après plusieurs mois, ma mère et ma sœur ont eu de nouveau l'autorisation de me rendre visite.

Mais j'avais un gardien qui se vantait de la manière dont il avait rossé les prisonniers des camps de travaux forcés. Et quant à ma mère et ma sœur, il refusa tout simplement de les laisser monter. Ma sœur lui répondit qu'elles avaient l'autorisation nécessaire et que c'était l'heure de la visite. Insultées d'abord, puis frappées, les deux femmes durent s'en aller. Mais cette scène avait eu des témoins : une délégation étrangère présidée par une Philippine, Stefanía Abdaba Lim, sous-secrétaire générale des Nations unies, qui se trouvait sur place en tant que représentante de la Commission pour l'Année Internationale de l'Enfance. Si l'un des membres de cette délégation lit ce livre, il se rappellera certainement qu'il a vu deux femmes brutalisées dans le vestibule de l'hôpital Frank País, à La Havane, le 9 mai 1979.

Entre-temps, le gouvernement cubain avait libéré plus de deux mille prisonniers politiques avec quelques centaines de condamnés de droit commun. Ceux qui restaient, déclara-t-il faussement, étaient des terroristes. Dès lors, il pouvait revenir à ses méthodes habituelles. Une nouvelle vague de répression déferla sur toutes les prisons du pays. Cent prisonniers politiques furent transférés dans les cellules murées, ces « tombes » de Boniato.

Mais le pays bougeait. A une radio clandestine, un certain colonel David appelait les jeunes à une lutte active. Sur les murs de La Havane, des affiches surgirent contre le communisme et contre Castro.

Dans la province de Pinar del Río, neuf entrepôts brûlèrent avec leurs stocks de tabac. A La Havane, des incendies ravagèrent des usines et des cinémas, et les murs de la capitale s'ornèrent de pamphlets et d'inscriptions. Aussitôt, il y eut des centaines d'arrestations. Quelques mois plus tard, à mon retour en prison, je devais faire la connaissance d'un grand nombre de ces jeunes. La répression fut horrible. Dans les pénitenciers, les coups bientôt ne suffirent pas : en une seule nuit, les pelotons d'exécution fusillèrent six jeunes gens au *paredón* de la Cabaña.

A Paris, un congrès d'intellectuels me nomme président d'honneur, et mon bon ami Pierre Golendorf, ancien prisonnier de Castro, fonde en France un comité pour ma libération, dont font immédiatement partie des hommes prestigieux tels Fernando Arrabal, Bernard-Henri Lévy, Eugène Ionesco, Yves Montand et beaucoup d'autres.

Mes amis vénézuéliens intensifient leur lutte. Dans les conversations dont le but est d'améliorer les relations entre les deux pays, les Vénézuéliens maintiennent ma mise en liberté parmi leurs revendications. Carlos Rafael Rodríguez, ancien ministre de Batista et maintenant ministre de Castro, s'en plaint amèrement à l'ambassadeur vénézuélien qui lui annonce l'arrivée à La Havane d'une délégation vénézuélienne :

— Le Dr Rodríguez Iturbe en fait-il partie ? demande le Cubain.

— Certainement, répond l'ambassadeur, pourquoi ?

— Parce que cet homme, au lieu de s'occuper des affaires qui intéressent nos deux pays, ne fait que demander dès le moment où il arrive : « Et le poète Valladares... Et le poète Valladares ? » J'en ai par-dessus la tête du poète Valladares !

L'ambassadeur sourit et rappelle au Cubain qu'en effet le Venezuela s'intéresse à moi.

— Pourquoi ne le mettez-vous pas en liberté ? Vous liquiderez ainsi cette affaire désagréable ? ajoute-t-il.

Carlos Rafael Rodríguez fait non de la tête :

— Valladares est l'un des prisonniers de Fidel, et il n'y a que Fidel qui puisse prendre cette décision.

En attendant, pas un jour ne se passe sans que je fasse mes exercices. La physiothérapie commence à donner des résultats. Dans trois ou quatre mois, je pourrai marcher sans aucun appareil de soutien.

Mais mon second livre *Le Cœur avec lequel je vis* paraît en mars 1980. C'est un volume où j'ai mêlé des témoignages, des récits, des poèmes et des documents. Je me doute de l'effet qu'il va produire chez les colonels de la Police politique : une vraie crise d'hystérie. Le morceau était trop gros pour que les autorités le digèrent paisiblement. Un soir, le colonel « Maño » fait irruption dans ma chambre, accompagné de six ou huit officiers, dont l'un prend sans arrêt des photos. Maño ne se tient plus de rage :

— Allez ! En prison !

Sa lèvre inférieure, pendante, tremble de colère. Je le

comprends si bien : il voudrait me frapper, mais il a certainement reçu l'ordre de ne pas le faire. Et il lui faut obéir.

Je fais un geste pour m'approcher de la petite table et y prendre mes affaires personnelles, mais le colonel s'interpose :

— Ne touchez à rien !

— Et mes chaussettes, et mon linge de corps, et mes articles de toilette...

— On les remettra à votre famille.

Ils ne me permettent même pas d'emporter ma brosse à dents.

Pour descendre l'escalier, deux officiers me portent avec beaucoup de précautions dans mon fauteuil roulant, pendant que notre photographe continue à officier.

Le colonel « Maño » et le capitaine Léster restent dans ma chambre pour s'emparer d'un précieux butin constitué par des articles rares à Cuba : lames de rasoir Gillette, chaussettes, dessous de corps, pull-overs — dont certains neufs —, eau de Cologne, mouchoirs, plumes, etc. que des diplomates amis avaient apportés à ma mère de la part de Martha.

Les officiers qui me raccompagnent en prison sont gentils : ils m'offrent des cigarettes mais ne disent mot, par ordre, pendant tout le trajet. Durant presque une heure, la voiture semble tourner en rond dans La Havane, jusqu'à ce que la radio transmette un signal convenu. Aussitôt, à toute vitesse, nous prenons la direction du Combinat de l'Est.

Là, je retrouve l'officier-photographe de l'hôpital. Ma chambre est au fond du petit couloir de la salle « C ». En plus de mes barres parallèles et de la table de physiothérapie, j'aperçois le fauteuil roulant hollandais envoyé par Amnesty International. Naturellement, l'officier me photographie près de lui. Je me dis qu'après des années de litige, devant mes réclamations et les interventions incessantes de l'étranger, les communistes, une fois de plus, ont cédé.

Dès que je suis seul, mes compagnons de salle s'approchent de la grille qui me sépare d'eux, et nous avons une longue conversation. Puis je retourne essayer mon nouveau fauteuil. Je m'aperçois alors que les pneus sont dégonflés et que je n'ai pas de pompe. Ce qu'ils voulaient, c'était prendre des photos de moi à côté du fauteuil hollandais, mais je ne peux pas l'utiliser...

J'allais avoir une autre mauvaise surprise : le lendemain, le directeur de l'hôpital m'apprend que le colonel Blanco Fernández a supprimé mon traitement habituel de physiothérapie. La guerre continue : les photos vont permettre aux communistes d'affirmer que je refuse de faire les exercices qui peuvent me guérir. Leur acharnement ne m'étonne pas.

Ce fut alors que la présomption de Castro allait une fois de plus le ridiculiser : un groupe de Cubains, employant la force, s'était réfugié à l'ambassade du Pérou. Il crut que, s'il retirait les forces de police massées autour de toutes les ambassades des pays libres, seul un tout petit nombre d'individus sans feu ni lieu en profiteraient pour tenter de sortir de Cuba. Depuis longtemps, Castro était en proie à des crises de paranoïa. N'était-il pas allé jusqu'à accuser la C.I.A. de diriger les cyclones qui ravageaient Cuba, comme de bombarder l'île de champignons qui attaquent les cultures de tabac et de canne à sucre ? Après avoir pris cette nouvelle mesure, il allait assister, frappé de stupeur, à une tentative d'exode : en quelques heures, plus de dix mille Cubains habitant la capitale avaient pris d'assaut l'ambassade du Pérou, et cinq mille humbles paysans venus trop tard des alentours avec leur femme et leurs enfants, portant tous leurs biens dans un sac jeté sur l'épaule, campaient désespérément autour du bâtiment, faute de place à l'intérieur !

Castro allait subir un échec encore plus cuisant. Il crut se débarrasser d'un petit nombre de mécontents en invitant les Cubains exilés à venir chercher eux-mêmes, dans le port de Mariel, leurs parents désireux d'émigrer. Après le départ de cent quarante mille Cubains, il dut arrêter l'hémorragie : il restait plus de six cent mille autres « mauvais patriotes » sur les listes d'attente !

Parmi les premiers à s'embarquer se trouvaient des prisonniers de droit commun, qui permettraient à Castro de prétendre que seuls les délinquants refusaient le bonheur marxiste ! Il avait même fait forger de faux documents présentant des criminels emprisonnés jusqu'à leur départ comme sortant de l'ambassade du Pérou.

De ma fenêtre, je voyais la cour du bâtiment 2. J'ai donc assisté au rassemblement des prisonniers de droit commun, et j'ai entendu les lieutenants Calzada et Salcines inviter ceux qui désiraient partir pour les Etats-Unis à se mettre sur un rang. Nombreux furent ceux qui décidèrent de profiter de l'aubaine. D'autres renonçaient, sachant qu'ils abandonneraient pour toujours leur famille, mais surtout parce qu'ils craignaient de tomber dans un piège. Quand la méfiance prédominait, les gardiens, à grand renfort de coups, constituaient eux-mêmes une file de « volontaires » : il fallait déshonorer les résistants et décourager à l'avenir les Etats-Unis. Mais parmi les délinquants partis ainsi de force, certains devaient rapidement tenter leur chance dans de fragiles embarcations pour aller chercher clandestinement leur femme, leurs enfants et les ramener de même aux Etats-Unis. J'ai connu à l'hôpital plusieurs de ces malheureux pris sur le fait. Un an plus tard, le gouvernement cubain, dans une mesure d'ensemble, devait les ramener en haute mer et les abandonner sur de mauvais rafiots pour rejoindre, sans leurs familles naturellement, les Etats-Unis. Une vingtaine d'entre eux se sont noyés.

Carmen López était l'une de nos meilleures infirmières. La cellule du parti communiste de l'hôpital avait organisé une séance de propagande où tous devaient condamner unanimement ceux qui voulaient émigrer. J'ai entendu Carmen crier, d'une voix aiguë qui dominait toutes les autres :

— Qu'ils partent ! Qu'ils partent !

Pourquoi crie-t-elle ainsi ? me suis-je demandé, étonné... Je savais qu'elle n'aimait guère le système.

Mais le lendemain même, le Dr Margollez l'a découverte dans le port de Mariel attendant son tour d'embarquer sur le bateau en partance pour les Etats-Unis. Il l'a dénoncée à la Police politique, qui l'a fait sortir de la file et a annulé l'autorisation d'émigrer qu'elle s'était procurée en cachette, Dieu sait comment.

Dans un hôpital de Californie, Thomas White est convalescent : on l'a opéré d'un cancer à l'estomac. Dès qu'il est seul, il se lève et, emportant son appareil de transfusion de sérum, fait les cent pas dans sa chambre. Il s'entraîne.

Il demande à quitter l'hôpital, les médecins refusent, mais il sait que bientôt ce sera le jour de sa dernière mission sur Cuba. Alors, il s'échappe. Avec son pilote Melvin Lee, un ancien du Vietnam, il s'envole pour laisser tomber sur Cuba sa dernière cargaison : il ne s'agit pas de bombes, mais de feuilles volantes chrétiennes. C'est la parole du Seigneur et sa prédication d'amour que Tom White répand sur les campagnes cubaines.

Un orage les force à descendre près d'un village du sud de la province d'Oriente, et ils sont faits prisonniers.

Après un long interrogatoire, ces dangereux ennemis sont

condamnés à vingt-quatre ans de prison pour « propagande religieuse ».

Lorsque j'apprends qu'ils se trouvent comme moi au Combinat de l'Est, j'écris à Tom White pour le remercier de ses efforts dignes d'un vrai chrétien. Il fait en effet partie de l'organisation « Le Christ parle au monde communiste », qui ne recule devant aucun danger pour mener à bien sa tâche d'évangélisation.

Tom me connaissait déjà par la presse des Etats-Unis, puis par les autres prisonniers. Après avoir reçu ma lettre, il a multiplié les démarches pour être transféré dans la salle au bout de laquelle se trouvait la chambre où j'étais enfermé. Je dormais déjà quand il est venu frapper à ma grille.

Thomas White est l'un des êtres humains qui m'a fait la plus forte impression par sa simplicité, sa façon chrétienne de vivre, la grandeur et la bonté de son cœur, son courage dans les moments difficiles. C'est le jeune Américain typique, de haute taille, mince, avec des yeux bleus derrière des lunettes. Il avait alors trente et un ans, avait épousé une Portoricaine et était le père de deux charmants enfants.

Quelques jours nous ont suffi pour nous sentir unis par une grande et profonde amitié. Nous passions notre temps à converser. Il avait une habileté et un sang-froid extraordinaires pour se faufiler au premier étage où il y avait consultation pour les malades d'autres prisons et pour recueillir les correspondances clandestines. Avec un sourire moqueur, il me disait :

— N'oublie pas que mon travail est précisément de m'infiltrer...

Quand je me suis procuré un appareil photographique, c'est Tom White qui a pris des photos du local où j'étais enfermé. Un prisonnier de droit commun nous a surpris, dénoncés, et la Police politique a fait irruption dans ma chambre où elle a découvert seulement des rouleaux de pellicule vierge, mais non l'appareil qu'un médecin avait subtilisé et qu'il m'a rendu après la perquisition, craignant à son tour d'être fouillé. Dès lors, des personnes amies l'ont caché dans la salle de bains des gardiens ! Les autorités ont mis l'hôpital en état de siège et renforcé les postes de garde, faisant fouiller minutieusement tous ceux qui entraient et sortaient. Les policiers se répandaient partout, accompagnés de leurs chiens.

Ils n'auraient rien découvert si un prisonnier de droit commun, Hernán, qui collaborait avec eux, n'était monté sur la terrasse et n'avait aperçu d'en haut l'appareil suspendu à l'extérieur de la bouche d'aération de la salle de bains réservée à nos geôliers.

Il leur fallait surtout le rouleau de pellicule. La police appliqua dès lors des mesures exceptionnelles : mettre complètement nus hommes et femmes au cours des fouilles, etc. Tom White devait réussir à passer au travers des mailles du filet et à faire sortir le rouleau qui parvint à Martha. C'est ainsi que furent publiées mes premières photographies en fauteuil roulant.

J'avais porté là un coup terrible à la Police politique, mais elle avait les moyens de me le rendre au centuple. Je le savais, mais j'étais satisfait : je venais de prouver à ces sbires, une fois de plus, qu'ils n'étaient pas infaillibles.

## CHAPITRE XLVIII

# Robertico

Une fois de plus, j'ai réussi à briser le secret auquel on voulait me condamner. Par des amis, j'ai pu faire savoir à Martha ce qui m'arrivait, et elle a transmis ma lettre au groupe d'Amnesty International qui travaillait pour ma libération.

En France, Eduardo Manet parvint à faire réciter, dans une œuvre théâtrale, l'un des poèmes de mon premier livre qui avait trait à la prison de Boniato. Des défenseurs de Castro, encore dupes de la révolution cubaine, se refusèrent à croire ce qu'ils entendaient, tant cela leur parut horrible et monstrueux.

Le Pen Club français me décerna le prix « Liberté ». Entretemps, en Suède, Britt Arenander, secrétaire du Pen Club suédois et dont l'aide me fut précieuse, fit connaître mon cas au public dans un livre intitulé justement *Fallet Valladares* (« Le Cas Valladares »). A son tour, Le Pen Club suédois me nomma membre d'honneur.

La haine rageuse des colonels de la Police politique leur fit alors commettre une erreur de plus. Ils se précipitèrent tête baissée dans de nouvelles représailles à mon égard, prêtant ainsi le flanc à d'autres accusations.

Je me trouvais à l'Hôpital National des Prisonniers, où arrivaient des détenus de toutes les prisons. Celle de la Cabaña contenait de nouveaux prisonniers politiques, ceux qui peignaient sur les murs des graffitis anticastristes ou qui se livraient à des sabotages, ou encore les innocents qu'on accusait de « diversionnisme idéologique », presque tous des professeurs qui s'opposaient aux violations continuelles des Droits de l'Homme. Il y avait parmi eux le professeur Ricardo Bofill qui, deux ans plus tard, allait être le protagoniste et la victime d'événements que connaîtrait alors le monde entier. Il avait accompli sa peine de prison. La

Sorbonne l'invita à donner à Paris une série de cours de sociologie. Le gouvernement cubain lui refusa l'autorisation de sortir du pays. La Police politique apprit qu'il s'était réfugié à l'ambassade de France, dont elle fit aussitôt le siège. Tout parut s'arranger : le vice-président de Cuba, Carlos Rafael Rodríguez, assura à l'ambassadeur de France, Pierre Decamps, que Bofill avait l'autorisation de quitter le pays. *Il mentait.*

Deux journalistes français, Renaud Delourme et Dominique Nasplèzes, arrivent alors à Cuba. Ils sont arrêtés alors qu'ils se présentent chez Bofill, interrogés pendant neuf jours, puis expulsés. Bofill lui-même disparaît. On apprend seulement ensuite qu'il a été accusé d'avoir conversé avec des journalistes étrangers « sans l'autorisation du gouvernement », et qu'il a été condamné en grand secret à douze ans de prison.

Les dissidents au marxisme se multiplient : Elizardo Sánchez, Enrique et Marta Hernández se réfugient à l'ambassade du Pérou d'où ils auraient peut-être pu partir pour l'exil, mais ils ont la naïveté de se fier au sauf-conduit que le gouvernement de Castro leur fait remettre. Dès qu'ils mettent le pied hors de l'ambassade, on les arrête. Marta prend la direction de la terrible prison des femmes, et son mari celle de la Cabaña.

Une fois par semaine, des prisonniers de la Cabaña viennent à l'hôpital. Je ne donnerai aucun détail sur l'aide qu'ils m'ont prodiguée et sur le fonctionnement de leur réseau, car mes compagnons emprisonnés continuent à s'en servir pour communiquer sporadiquement avec l'extérieur.

Dans les prisons, c'est une période de violence généralisée. Pendant plus de vingt jours, le colonel Pacheco prive les détenus de toute nourriture pour les obliger à se plier à des mesures inhumaines. Les cellules disciplinaires connaissent une recrudescence de brutalités.

Sur ces cachots un certain Sardiñas fait régner la terreur. C'est un grand Nègre corpulent et borgne. La taie grise qui lui couvre entièrement la pupille lui donne un air grotesque. Sa férocité est insatiable. Le 6 août 1980, il tue à force de coups Celso Oliveras Blanco, un prisonnier de droit commun. Quand les geôliers transportent son cadavre à l'infirmerie-pharmacie, on constate que son corps est couvert d'hématomes et que d'un côté, l'ensemble des côtes a été défoncé. Et pourtant, une nuit où je tremblerai de fièvre, c'est ce gardien qui voudra m'obtenir une couverture, et c'est son supérieur, le lieutenant Castillo, qui le lui interdira...

Dans la salle F se meurt Bernardo Carmona, lui aussi

prisonnier de droit commun. A coups de pied, Frank, dit « Brise-les-Os », le terrible interrogateur de la D.T.I. (Direction Technique des Investigations), lui a crevé le foie. Le 13 du même mois, on découvrira dans la cellule 2201 du bâtiment 2 que cinq dégénérés sexuels tiennent sequestré depuis quatre jours un adolescent de seize ans qu'ils violent à tour de rôle. Ils l'avaient attaché à plat ventre sur un lit pour pouvoir le prendre à leur guise. Ce garçon, Abel López, était prisonnier depuis seulement vingt-deux jours et il vivait depuis deux semaines dans cette cellule, terrorisé. Un autre adolescent, entendant dire qu'il serait la victime suivante, s'est mis à hurler pour forcer la garnison à intervenir. On a transporté Abel López à l'hôpital, il avait de graves déchirures au rectum. Julio Camacho Aguilera, neveu de l'actuel secrétaire du parti communiste de La Havane, a eu le même sort. Pendant qu'ils le violaient, ses compagnons, prisonniers de droit commun, se sont amusés à lui brûler le dos avec des gouttes de Nylon fondu au feu.

Indiscutablement, cette nouvelle vague de violence est presque sans précédent.

Or, c'est précisément pendant ces mêmes jours que se tient à Caracas, au Venezuela, un congrès sur les conditions carcérales. Tous ont pu entendre les deux délégués cubains, Marchante et Dorticós Torrado, ex-président de Cuba et alors ministre de la Justice, affirmer que dans leur pays on traite les détenus de façon humaine et scientifique. (Dorticós Torrado devait plus tard se tirer une balle dans la tête « parce qu'il avait mal au dos », selon l'explication de Castro lui-même.)

Un soir, je devais recevoir dans ma chambre une visite insolite, celle du Dr Alvarez Cambra. Il voulait simplement que je démente officiellement le fait que le colonel Blanco Fernández avait interdit de me donner les soins médicaux dont j'avais besoin. Il désirait que je présente cette interruption comme venant de moi. J'ai refusé carrément. Ce n'était qu'une manœuvre de plus pour justifier formellement les mensonges et les machinations du colonel Blanco Fernández.

Même les étrangers n'étaient pas à l'abri de cette folie répressive. Terence Stanley Child était anglais. Il était prisonnier à Cuba depuis déjà quelques mois quand il apprit qu'Edward Heath, ex-Premier ministre et chef de la gauche du Labour, désireux de se mettre dans les bonnes grâces de Castro, allait visiter La Havane.

Il lui écrivit une lettre où il dénonçait les brutalités et les tortures qu'il subissait. Dans sa naïveté, il remit la lettre au lieutenant Salcines.

On le conduisit immédiatement dans une cellule disciplinaire où Sardiñas lui administra une première correction en guise d'avertissement. D'autres suivirent. Stanley fut terrorisé. Quand on le ramena dans son bâtiment, il tremblait de fièvre, et l'on découvrit qu'il souffrait d'une congestion pulmonaire qu'il n'avait pas auparavant. J'ai fait sa connaissance à l'hôpital.

Le chef de sa section, le lieutenant Calzada, lui aussi très corpulent, le battit de nouveau, continuant à le frapper à coups de pied alors qu'il était à terre. Ensuite, il le menaça de recommencer. Il lui avait également ôté ses livres et les photos de sa femme et de ses parents. D'après Stanley, l'ambassadeur de Grande-Bretagne, à qui il s'était adressé, était demeuré sourd à toutes ses plaintes, et muet.

La terreur que lui inspirait le lieutenant Calzada devint une hantise, et il fit une véritable dépression nerveuse. Un jour, le lieutenant le menaça une fois de trop : Stanley décida de se suicider. Il écrivit deux lettres : l'une qu'il mit dans le livre d'un ami qui vivait dans une autre cellule ; et l'autre qu'il laissa sur sa couchette pour égarer les recherches des gardiens. Leur texte était identique : il ne pouvait plus supporter les tortures.

On le découvrit pendu à la grille de sa cellule. Après avoir lu sa lettre, on se hâta de rapporter dans sa cellule ses livres et les photos de ses proches, comme si on ne les lui avait jamais pris... et on photographia soigneusement ce mensonge.

Dans la matinée du 28 janvier 1981, on emporta son cadavre dans la camionnette qui livrait le pain. C'était l'anniversaire de l'apôtre cubain José Martí, qui a dit : « Assister calmement à un crime, c'est le commettre. » Peut-être M. Edward Heath l'ignore-t-il ?

Pour absurde que cela paraisse, le lieutenant Calzada réunit le lendemain les détenus étrangers pour leur annoncer que quiconque « se suiciderait ferait cinq années de prison en plus ».

Le 8 février de la même année, un groupe d'officiers fit irruption dans ma chambre : je devais les accompagner pour avoir, prétendaient-ils, une conversation avec le directeur de l'hôpital. Comme je refusais, le lieutenant Sanabria se jeta sur moi en me tordant un bras derrière le dos. Devant leurs menaces, je les ai suivis. Je devais découvrir en revenant que des caméras bien dissimulées m'avaient filmé à partir du moment où j'avais quitté la salle.

Deux jours plus tard, le samedi 7, ces cinéastes, sans se cacher cette fois, revinrent avec leurs caméras et de puissants projecteurs, ce qui me fit penser qu'ils avaient raté leurs premières prises de vues. Des gardiens m'avaient déjà fait sortir du petit couloir quand j'ai aperçu les caméras braquées sur moi. J'ai voulu faire demi-tour. Le lieutenant Calzada a remis mon fauteuil roulant dans la direction des cinéastes. J'ai résisté. Il m'a alors assené un tel coup sur la nuque que j'ai perdu connaissance.

Mes compagnons m'ont raconté ensuite que, d'après les médecins, mon pouls battait alors à cent soixante pulsations à la minute. Au lieu de m'allonger sur mon lit, ils m'ont ramené dans la salle pour m'appliquer un masque respiratoire et me faire une injection intraveineuse.

Un des officiers de la Police politique voulut m'obliger, sans doute à cause des cinéastes, à ouvrir les yeux et à redresser la tête. Après plusieurs essais infructueux, il empoigna un spot, arracha la serviette que j'avais autour du cou et cria à l'assistance :

— Vous allez voir comment il va lever la tête...

J'ai senti une chaleur insupportable qui approchait, de plus en plus brûlante. Je n'ai pensé qu'à une chose : « Mon Dieu, aidez-moi. » Et je me suis répété que ce feu qui me brûlait était froid, un morceau de glace. « C'est du froid, du froid... » J'ai vraiment fait un effort surhumain pour tromper mes sens... Je ne sais combien de minutes — des siècles pour moi — ce supplice a duré. Brusquement, furieux de se sentir ridiculisé devant tant de monde, il m'a frappé le cou avec le spot si brûlant que ma peau est demeurée collée à la bordure de métal. Epuisé psychiquement, je n'ai pas bougé.

— Enlevez-moi ce fils de pute, a-t-il dit.

C'est la dernière chose que j'ai entendue tandis que je voyais comme dans un rêve les bottes de ceux qui m'accompagnaient dans ma chambre sur mon fauteuil roulant où j'étais toujours effondré, la tête basse et dodelinante.

Le lendemain, le médecin chef a examiné ma blessure, une brûlure du premier degré, a-t-il dit.

Un certain commandant Guido devait, quelques mois plus tard, m'expliquer tranquillement la thèse communiste : ces brûlures ne constituaient pas un acte de torture parce que l'officier n'avait pas eu l'intention de me brûler, mais de m'obliger à lever la tête ; d'autre part, une brûlure du premier degré ne pouvait être considérée comme une torture. Au troisième degré, c'eût été différent... Et encore ! Il n'y a torture, affirma-t-il, que lorsqu'il y a intention de torture. Pauvre dialectique communiste !

Le 14 mars, le nouveau directeur, le colonel Edmigio Castillo, à la tête d'un déploiement de forces impressionnant, ordonne que les prisonniers politiques porteurs de cet uniforme jaune obtenu des années plus tôt après tant de luttes et de morts le quittent définitivement et acceptent, avec l'uniforme bleu, la réhabilitation. Au petit groupe de ceux dont j'étais, qui avaient refusé le port de tout uniforme comme incompatible avec le statut de prisonnier politique, il ordonne de tout ôter : nos chemisettes, nos pull-overs, jusqu'à nos draps : tous les détenus politiques sont maintenant en caleçon, comme au temps de notre grande lutte. Les représailles suivent : plus de médicaments d'urgence pour les malades chroniques. Dans les cellules disciplinaires, Roberto Montenegro a le nez écrasé et un œil crevé. Mario Chanes, ex-commandant et ami de Castro, qui avait avec lui donné l'assaut à la caserne Moncada pour être emprisonné comme lui, puis qui l'avait accompagné lors du débarquement de Granma, est lui aussi cruellement battu et jeté dans un cachot disciplinaire.

Les civils n'échappent pas aux brutalités : après une visite, une mère, désespérée d'abandonner son fils et en proie à une véritable crise de nerfs, se met à courir vers le bâtiment où on a ramené son « petit », comme elle l'appelle. Il n'y avait qu'à la prendre gentiment par le bras, la conduire peut-être à l'hôpital où on l'aurait calmée. Le sergent Medina, un homme fort comme un taureau avec une tête carrée dépourvue de cou et qui repose directement sur ses épaules, court après elle.

Elle n'entend rien. Prise d'hystérie, elle répète seulement :

— Mon petit... mon petit...

Le sergent tombe sur elle à coups de poing jusqu'à ce qu'elle s'abatte, sans connaissance.

Un rugissement d'indignation s'élève des édifices. De loin, le fils bouleversé a vu toute cette scène. Il s'élance contre la grille du bâtiment, se jette sur les gardes qui accourent. Que peut-il contre tous ? Lui aussi est roué de coups, lui aussi roule par terre, évanoui.

C'est toujours le sergent Medina qui, l'après-midi du 2 avril, entre violemment dans ma cellule pour perquisitionner. Il me soulève avec mon fauteuil roulant et me jette contre un mur...

— Toi, je vais t'attraper et t'écraser contre le sol !

Il en était tout à fait capable. Cette perquisition avait pour but de s'emparer de tout ce que j'avais reconstitué de personnel, spécialement mes travaux littéraires.

Cinq jours plus tard, le lieutenant Castillo m'enlève de l'hôpital et me voici dans une cellule du pavillon disciplinaire. On ne peut plus en douter : une fois de plus, on croit venir à bout de moi avec une escalade graduée de représailles.

Ce bâtiment a trois couloirs. Il n'y a des cellules que d'un côté seulement et, pour y arriver, il faut d'abord ouvrir une porte de bois qui donne sur une sorte de petit vestibule que l'on suit jusqu'à la grille de la cellule. Un œil-de-bœuf à claire-voie donne sur le toit, plus bas, du vestibule. A l'intérieur de la cellule, une plate-forme de ciment sert de lit. Mon fauteuil roulant occupe toute la place libre. Au fond, au niveau du sol, le trou de la fosse d'aisances. Mais, après deux jours on me donnera une caisse de bois trouée pour chaise percée. La nuit, l'obscurité est totale et le soir des nuées de moustiques entrent par la claire-voie. Impossible alors de dormir.

Mon couloir est celui des condamnés à mort, soixante-sept hommes qui attendent d'être fusillés, accusés de délits de droit commun et d'ordre politique. Quand je sortirai de là après plusieurs mois, il en restera treize qui seront exécutés plus tard.

Des prisonniers de droit commun nous apportent à manger et nettoient les locaux. Ma sociabilité et le plaisir que j'éprouve à parler avec eux me gagnent très vite l'amitié et le respect de beaucoup d'entre eux qui n'étaient pas encore nés quand on m'a jeté en prison. Il s'est même créé une sorte de concurrence entre ceux qui m'ont transporté jusqu'au pavillon disciplinaire. Nous avons organisé un groupe de jeunes répartis par bâtiments et par étages, et ils nous aident à expédier et à recevoir notre correspondance, des livres, des périodiques, des informations. Nous apprenons par eux ce qui se passe dans les autres prisons, le nom des détenus qui entrent dans la nôtre, les commentaires de nos gardiens, etc.

Dans cette cellule, j'ai passé ma seconde nuit et beaucoup d'autres assis dans mon fauteuil roulant. Je ne peux pas dormir sur la plate-forme de ciment, où mon infirmité me gêne. J'ai fréquemment des attaques d'asthme ; j'ai demandé, en vain, des médicaments. Finalement, ces jours et ces nuits passés dans un fauteuil roulant, toussant tout le temps, m'ont vaincu. Ah ! si je pouvais étendre mon corps épuisé, fût-ce sur une de ces planches de clous utilisées par les fakirs...

C'est alors qu'un nouveau groupe de prisonniers est apparu :

ils avaient commis un grand délit : porter les cheveux longs. A Cuba, quiconque ne respecte pas la norme du régime aboutit automatiquement en prison.

D'autres ont refusé de couper l'étiquette de leurs blue-jeans (les « gracieux » ou les « pantalons de vachers », comme on les appelle à Cuba) : il existe en effet un décret de mai 1981, lequel interdit aux Cubains de circuler dans la rue avec un « pantalon de vacher » qui porte une étiquette étrangère (comme de porter un sac publicitaire d'une firme qui n'est pas cubaine).

C'est que le blue-jean a été à l'origine d'un phénomène social. Les Cubains exilés autorisés à rendre visite à leurs parents bloqués à Cuba ont apporté comme cadeaux des quantités de blue-jeans, et les jeunes qui les portaient se sont mis à se regrouper : c'était pour eux un moyen de s'identifier, un symbole de refus du système. Les jeunes du parti obéissent en effet aux orientations publiées dans les périodiques communistes et selon lesquelles aucun jeune ne doit utiliser de vêtements de coupe capitaliste. Le faire est considéré comme une faiblesse idéologique.

Raúl Castro n'a pas manqué de prononcer un discours sur ce qu'il a appelé « les préciosités de la société capitaliste ».

Au premier Congrès National de l'Education et de la Culture, il a dit « que la révolution doit orienter une politique conséquente par rapport à la mode, [politique] qui neutralise ou empêche l'entrée des tendances de la mode originaires des pays capitalistes développés, et dont la base économique mercantile et idéologique doit être prise en compte, car lorsque nous l'acceptons sans discrimination elle devient un facteur de dépendance culturelle ».

Une autre conclusion spécifiait qu' « il est nécessaire de combattre directement les aberrations extravagantes pour les éliminer ».

Et il est intéressant de savoir que depuis 1967, il existe à Cuba un organisme d'Etat, le Bureau de la mode, qui décide de la manière d'habiller les Cubains...

Les jeunes détenus chargés du nettoyage des locaux m'ont fourni des journaux avec lesquels je me protège un peu des moustiques. Je continue à dormir mal. Une nuit, j'ai aperçu deux petites taches verdâtres, brillantes : les yeux d'un rat. J'ai sursauté : je me suis rappelé avec terreur qu'à l'île des Pins un rat m'avait rongé les doigts d'une main.

Ces rats des égouts sont grands. Ils entrent dans les cellules par la tuyauterie des latrines que leur diamètre de quatre pouces, ou dix centimètres, transforme en véritable autoroute à rats.

Rien n'angoisse plus le prisonnier d'une cellule plongée dans l'obscurité que les rats, ces bêtes silencieuses, toujours affamées, toujours à l'affût. On ne peut s'abîmer dans un sommeil réparateur, on sursaute constamment, croyant qu'ils sont prêts à mordre. Quand ils sont plusieurs, ils s'encouragent mutuellement et passent à l'attaque. Pour les empêcher d'entrer, j'enfonce la pointe de mes souliers dans le trou des cabinets. Je me sens plus tranquille depuis que je le fais, presque heureux. Un avantage obtenu dans une situation difficile procure toujours un soulagement, une joie.

Généralement, parmi les prisonniers qui exercent un travail dans les cellules disciplinaires, il y a toujours un mouchard. Aussi faut-il ne rechercher chez eux aucun contact, mais attendre qu'il se déclare lui-même et vienne du dehors. Et il ne faut pas désespérer si l'on tombe malgré ces précautions sur un mouchard. C'est un jeune condamné de droit commun qui m'a mis en rapport avec Eduardo Delgado, un étudiant en médecine qui, avec Raudel Rodríguez, de la Faculté de Mathématiques, avait décidé de fonder une organisation capable de changer l'ordre politique et social imposé à Cuba par les communistes. Tous deux sont nés alors que Castro était déjà au pouvoir. Elevés dans la doctrine marxiste, membres des Jeunesses communistes, ils ont l'un et l'autre vingt et un ans. Condamnés à mort, ils attendent le résultat de leur appel. C'est-à-dire que leur vie dépend du président du Conseil d'Etat, Castro lui-même, qui naturellement les fera fusiller, comme tous les autres...

Ils m'ont fait avoir un crayon et du papier, et nous avons commencé à correspondre clandestinement. J'ai appris par eux que Ramón Ramudo, un Suisse d'origine espagnole, se trouve lui aussi prisonnier, accusé d'être un agent de la C.I.A. Je lui ai écrit aussitôt. Il me connaissait déjà à travers la presse européenne.

Les jours s'écoulent, tous identiques, et cette monotonie n'est rompue que par le départ des prisonniers pour le *paredón.*

Dans ce pavillon continue à régner une violence aberrante. Quotidiennement, on roue de coups les prisonniers sur l'ordre du lieutenant Méjías ; il les fait sortir dans la petite salle de l'entrée. De ma cellule, à quatre mètres d'eux, j'écoute en frissonnant le claquement sourd des coups de plat de baïonnette et de machette déchargés avec acharnement sur le corps de ces malheureux.

Un jour, à la tombée du soir, j'ai entendu des plaintes venant d'une cellule proche de la mienne. Une toute petite voix d'enfant disait :

— Faites-moi sortir... Faites-moi sortir... je veux voir ma maman... !

J'ai cru d'abord que mes sens affaiblis me jouaient un mauvais tour. Je ne pouvais concevoir qu'on ait enfermé un enfant dans un de ces culs-de-basse-fosse. Mais sur un ton plaintif, la voix continuait à répéter : « Faites-moi sortir... Faites-moi sortir... je veux voir ma maman... »

J'ai ressenti comme une douleur au fond de moi. C'était horrible, il y avait donc vraiment un enfant dans ce cachot. Quelques jours plus tard, j'ai su toute l'histoire.

Cet enfant avait douze ans.

Trois ou quatre mois plus tôt, il se promenait seul dans la rue. Il voit une automobile arrêtée le long du trottoir. Elle est ouverte et, sur le siège avant, il voit un magnifique pistolet. Il le prend et, pour s'amuser, vise vers le ciel un adversaire imaginaire. L'arme était chargée et le coup part. L'imprudent qui a laissé sa voiture ouverte et un pistolet chargé sur son siège est un commandant du ministère de l'Intérieur, un policier par conséquent. En entendant la détonation, il sort en hâte, aperçoit Robertico qui est resté paralysé d'effroi. Il lui arrache le pistolet, le gifle et l'amène à un poste de police.

Il a douze ans, mais on le condamne à rester en prison jusqu'à sa majorité et le voici au Combinat de l'Est, où on le met dans un pavillon où sont enfermés des criminels de la pire espèce car, à Cuba, on mélange tous les détenus, faute de les classer par catégories. Il est immédiatement violé et il échoue à l'hôpital à la suite de blessures graves et d'hémorragies. Pour pouvoir le condamner plus aisément, son dossier portait la mention « homosexuel », et on l'a traité comme tel.

Je crois qu'il existe dans l'Histoire peu d'exemples d'une répression aussi violente que celle du gouvernement cubain en matière d'homosexualité. Les homosexuels sont poursuivis, traqués. La révolution s'est acharnée contre eux. On a arrêté des hommes seulement pour leur façon de marcher, pour porter un pantalon trop étroit, pour s'être poudré le visage.

On les a envoyés dans la province de Camagüey où ils se sont retrouvés par milliers dans des camps de concentration avec ceux qui s'opposaient, fût-ce moralement, à la révolution : Témoins de Jéhovah, Adventistes du Septième Jour, mais aussi avec des prêtres catholiques comme Monseigneur Alfredo Petit Vergel, aujourd'hui recteur du séminaire San Carlos et San Ambrosio. De même, l'archevêque actuel de La Havane, Monseigneur Jaime Ortega Alamino, a connu ces camps dits Unités militaires d'aide à la production ou U.M.A.P. Tous les prêtres catholiques sans exception ont connu ces camps de travaux forcés. Les évêques ont accepté de les soumettre, par groupes de cinq, au travail obligatoire...

Tous les citoyens dont le comportement n'était pas conforme aux normes de la nouvelle société ont été jetés dans ces horribles camps de l'U.M.A.P. Beaucoup ont été torturés, mutilés, assassinés. J'ai connu des Témoins de Jéhovah qui ont été attachés, complètement nus, à un poteau, et fouettés. Quand ils ont été transférés à l'île des Pins, j'ai vu les zébrures violacées de leur dos.

Une campagne de pression à l'étranger, à laquelle participèrent Jean-Paul Sartre, Gian-Giacomo Feltrinelli, Carlos Franqui et tant d'autres, obligea finalement Castro à démanteler les camps de travaux forcés de l'U.M.A.P.

Alors, les homosexuels furent dispersés dans toutes les prisons du pays, pour être confinés dans des sections spéciales. J'ai constaté moi-même l'existence de ces sections lorsque j'étais au Castillo del Príncipe, à Boniato, au Combinat de l'Est. Et elles existent encore dans toutes les prisons de Cuba parce que l'Etat communiste n'a jamais cessé de persécuter les homosexuels.

Le pauvre petit Robertico ne l'était pas. On l'a pourtant mis dans l'une de ces sections où la répression, les humiliations, les railleries sur une sexualité divergente, sont atroces.

Robertico était si petit, si menu de corps, qu'il passait entre les barreaux des grilles. Un soir, il en a profité pour essayer de voir un programme de dessins animés à la télévision des gardiens. Ce sont ces derniers qui l'ont découvert et l'ont jeté dans une cellule disciplinaire. On l'en sortait trois fois par semaine pour soigner par des injections une blennorragie anale. Un gardien m'a avoué qu'il n'avait même pas de duvet au pubis...

Et comme il avait peur dans l'obscurité, chaque soir, lorsque la nuit tombait, il suppliait qu'on le fît sortir de là pour l'emmener chez sa mère. Dans tout le pavillon, il se faisait alors un silence impressionnant. Je suis sûr que les hommes qui se trouvaient dans ces cellules, pour endurcis qu'ils aient été par des années de prison et les violences subies, ont senti leur cœur s'émouvoir en pensant peut-être à leur mère, à leurs propres fils dont le sort, sous une dictature communiste, peut, à douze ans, être celui de Robertico.

Aussi, la nuit où les gardiens, énervés sans doute par les

plaintes de cet enfant et par ses supplications et ses appels à sa mère, entrèrent dans son cachot pour le battre, un rugissement effrayant s'éleva de toutes les cellules. Le lieutenant Mejías dut ensuite leur interdire de le frapper à coups de baïonnette et de chaîne, parce qu'il était très petit. Il a ajouté qu'ils pouvaient le faire, mais avec des cordes tressées...

Puis, après plusieurs semaines, le lieutenant Mejías m'apprit qu'un tribunal m'avait jugé et condamné en mon absence (!) pour mes écrits et mes poésies, et que je resterais dans une cellule disciplinaire pendant un temps indéterminé.

J'avais réussi à organiser un réseau de communication avec mes compagnons par l'intermédiaire d'un groupe de prisonniers de droit commun. Pourtant le bâtiment disciplinaire était totalement isolé du reste du pénitencier. Grâce à un détenu provisoirement au secret, j'ai fait parvenir mes instructions à l'extérieur.

Il me manquait encore un endroit où mon réseau pourrait laisser et recueillir la correspondance, et nous avons choisi le dépôt d'ordures. De cette manière, tous les après-midi, en allant vider les poubelles, les jeunes détenus expédiaient et recevaient notre courrier.

On continuait à fusiller des prisonniers, aussi bien politiques que de droit commun. Les trois frères García Marín qui avaient occupé le siège du Vatican à La Havane en décembre 1980 pour arriver à sortir du pays, ont été fusillés. Les survivants de ce plan m'ont affirmé que les forces spéciales de la Police politique, se faisant passer pour une délégation du Vatican, sont entrées dans la nonciature avec la complicité de la hiérarchie catholique pour s'emparer par la force des réfugiés. Ces malheureux n'ont rien soupçonné : on leur avait annoncé la visite d'une délégation papale et ils ont accueilli avec confiance les policiers déguisés en prêtres, et qui étaient d'ailleurs arrivés à bord d'une voiture de la nonciature.

La mère des trois fusillés a été condamnée à vingt-cinq ans de prison. Elle est actuellement incarcérée avec onze membres de sa famille !

Sardiñas, le gardien borgne, battit un soir un prisonnier à tel point que Rodolfo Alonso, qui n'avait que vingt et un ans et était condamné à mort pour tentative de sabotage, ne put le supporter et intervint. Lui aussi fut battu, jeté au sol et roué de coups de pied. Il avait un compagnon de son âge, Abilio González. Tous deux avaient été surpris alors qu'ils essayaient d'incendier des autobus. En guise de représailles, sa femme et ses deux enfants en bas âge avaient été expulsés brutalement de chez eux et s'étaient retrouvés dans la rue.

Le 13 juin 1981, quelqu'un m'a appelé de la petite salle près de la sortie. C'était Rodolfo :

— Valladares, mon frère, nous nous en allons...

Surpris, je lui ai demandé :

— Où cela ?

— Au *paredón*. Ils sont venus nous chercher...

Ma gorge s'est serrée. Après vingt ans passés dans tant de prisons, je croyais que je n'aurais jamais plus à supporter le moment atroce où il faut prendre congé d'un compagnon qu'on va assassiner.

La voix de Rodolfo était calme, sereine, ferme.

Il a répété une phrase que je leur avais écrite à tous dans une lettre où j'essayais de les aider à envisager la mort :

— « Nous laissons les pages de la vie pour entrer dans celles de l'Histoire... »

Et il m'a chargé d'embrasser plusieurs compagnons dont il avait fait la connaissance justement dans ces cellules disciplinaires. Que pouvais-je dire, sinon :

— Adieu, Rodolfo. Que Dieu soit avec toi, ne crains rien et sois courageux jusqu'au bout !

Emilio Reloba lui aussi avait fait partie de ce groupe. On les a tous fusillés cette nuit-là.

Un matin, un prisonnier de droit commun est entré au pavillon disciplinaire pour avoir crié : « A bas Fidel ! » Dès son arrivée, les gardiens se sont jetés sur lui pour le battre jusqu'à ce qu'il crie : « Vive Fidel ! »

Mais il avait beau crier ce qu'on lui ordonnait, ils le battaient d'autant plus et ne se sont arrêtés que lorsqu'il était inconscient. Le lendemain matin, ces mêmes gardiens — ils étaient quatre ou cinq — ont recommencé le même jeu.

— Alors, c'est toi qui as crié hier : « A bas Fidel ! » Maintenant, tu vas crier : « Vive Fidel ! »

Et ils l'ont battu de nouveau en dépit de ses « Vive Fidel ! » qu'ils prétendaient ne pas entendre. Je me suis alors souvenu qu'en 1959, sous le régime de Batista, six gardiens avaient été fusillés pour avoir fait exactement la même chose avec des prisonniers. En tant de temps, seul le nom du dictateur avait changé : ces gardiens avaient forcé des révolutionnaires arrêtés à crier : « Vive Batista ! »

Tous les jours, il y avait huit à dix séances de coups. Aussi avons-nous baptisé ce pavillon le « Palais des cris ».

Quand Juan Serrano, un gardien originaire de Guane, un village de la province de Pinar del Río, prenait son service, on aurait coupé au couteau le silence qui se faisait. Sa menace était toujours la même :

— Le premier qui respire, je l'ouvre en deux de haut en bas comme une morue...

Et on n'entendait plus une respiration. Mais Juan Serrano, complètement déséquilibré par la violence de cet univers carcéral, ne pouvait pas s'empêcher de frapper. Il lui fallait sa dose de sadisme comme à un drogué sa dose d'héroïne. Quand il était en état de manque, il ouvrait une cellule et emmenait le prisonnier dans la petite salle où était affiché en grand le règlement du pavillon disciplinaire.

— Lis-moi ça à haute voix, disait-il au malheureux qui, sachant à quoi s'en tenir, commençait à lire. ... Plus fort ! Je t'ai dit de lire à haute voix !

Criant lui-même, il s'étourdissait de bruit, s'échauffait, se gonflait de colère et de force :

— ... Mais parle plus fort, nom de Dieu !

Et il rouait de coups sa victime qui le plus souvent demandait grâce.

Il y avait beaucoup de cas Serrano parmi les gardiens, tous de véritables malades qui ne pouvaient plus vivre sans le plaisir de cogner autour d'eux.

C'étaient Eduardo et Raudel qui me remettaient mon courrier, deux jeunes gens extraordinaires. Condamnés à mort, ils savaient que chaque exécution les rapprochait inexorablement de leur dernière heure.

« Mourir pour la patrie est seulement comparable à vivre pour elle », m'a écrit un jour Eduardo. Et pour ces jeunes, en effet, vivre était une torture, celle d'attendre une exécution qui pouvait avoir lieu dès le lendemain. Ils mourraient pour la patrie comme ils avaient vécu pour elle. Eduardo m'avait demandé d'écrire à sa mère quand je sortirais de ces cellules pour lui dire ce qu'avaient été ses derniers moments. Les dernières lettres qu'il a lui-même écrites sont peut-être celles que Ramudo a réussi à faire parvenir en Suède.

Notre réseau de communications, assuré par les jeunes prisonniers de droit commun, fonctionnait bien. Quand Martha faisait une déclaration, ils l'écoutaient sur leur récepteur clandestin et me la transmettaient.

Cela devait susciter, une fois de plus, une série de mesures sans précédent. Au cours d'une perquisition, on a confisqué mon crayon. Puis, pour la première fois, un menuisier a mis un verrou à cadenas à la porte de bois du couloir. Et j'ai eu droit à un gardien spécial qui portait les clés suspendues à son cou par un cordon.

J'avais réussi à dissimuler une lame de rasoir et une feuille de papier tirée d'un bloc d'ordonnances médicales. Avec un éclat de bois découpé dans la planche de mon fauteuil roulant et que j'avais aiguisé, et du sang que j'exprimais goutte à goutte de la coupure que je m'étais faite au doigt, j'ai écrit un poème qui, malgré ma mise au secret, est parvenu à Martha. Ce fut la dernière chose que j'ai écrite en prison. Il allait être traduit en plusieurs langues et publié dans divers pays :

*Ils m'ont tout ôté*
*les plumes*
*les crayons*
*l'encre*
*parce qu'ils ne veulent pas*
*que j'écrive*
*et ils m'ont précipité*
*dans ce cachot disciplinaire*
*mais ils n'étoufferont pas ma révolte.*
*Ils m'ont tout ôté*
*ou plutôt presque tout*
*car il me reste le sourire*
*la fierté de sentir en moi un homme libre*
*et dans l'âme un jardin*
*qui fleurit éternellement.*
*Ils m'ont tout ôté*
*les plumes*
*les crayons*
*mais il me reste l'encre de la vie*
*— mon propre sang —*
*et c'est avec elle que j'écris encore ces vers.*

Enfin, le commandant Guido — gros et ventru comme un lutteur japonais de sumo —, le lieutenant Mejías et d'autres officiers sont entrés un jour dans ma cellule pour me dire que je devais rassembler mes affaires et que j'allais être transféré, j'ai cru un instant que c'était la fin de mon temps de punition. Mais Guido a ajouté aussitôt avec une hostilité manifeste :

— Nous allons voir maintenant si vous recommencez à écrire...

J'ai alors soupçonné que je n'étais pas au bout de mes peines. Et je ne me suis pas trompé.

## CHAPITRE XLIX

# Au secret, pour la dernière fois

En arrivant à l'hôpital, je me suis aperçu qu'il n'y avait personne. Indiscutablement, ils avaient enfermé tout le monde à cause de moi, y compris les infirmières et les employés. Les couloirs du rez-de-chaussée étaient vides. Là où il y avait eu jadis l'ascenseur, il n'y avait qu'une grille : depuis cinq ans, la machinerie bureaucratique oubliait d'inscrire dans ses crédits la réparation de l'ascenseur demandée en 1976. Il fallait monter et descendre les malades, récemment opérés, par l'escalier, sur des brancards, au prix de mille manœuvres. Et c'est ainsi qu'on a dû me hisser, marche par marche, sur mon fauteuil roulant. En arrivant au second étage, ils ont tourné à gauche, vers la salle F. Elle était complètement vidée. Au bout, il y avait un réduit d'environ quatre mètres carrés. Il avait été repeint dans un blanc brillant, murs et plafond. Ce dernier était comme recouvert de dix grands tubes au néon de plus d'un mètre de long chacun. Un lit et une petite table de chevet constituaient tout le mobilier.

Le gros Guido souriait, ses yeux brillaient de plaisir devant le résultat des efforts de tous ces spécialistes en matière de répression. J'allais passer là plus d'un an, les pires mois que j'ai vécus dans toutes mes prisons en matière de torture psychique. Mais curieusement, c'est le genre inédit, inhumain, de cette incarcération, qui a accéléré la course de la boule de neige, devenue cette fois une véritable avalanche, que fut la campagne pour ma libération. L'aberration, l'acharnement et la haine de mes geôliers, m'ont été finalement d'une grande aide.

La Police politique a en effet entrepris une contre-campagne féroce de calomnies destinées à me discréditer. Elle a voulu me faire passer pour un assassin, un bourreau de la police secrète de Batista, tout en cachant soigneusement que j'avais été fonctionnaire dans le gouvernement révolutionnaire. Or, dans la presse de cette époque, jamais on ne trouve trace d'accusations semblables : d'ailleurs, si j'avais été un bourreau de Batista, il est évident que Castro m'aurait fait fusiller comme tant d'autres sur lesquels ne pesaient que de simples soupçons.

Cette campagne de diffamation, typique de tous les régimes marxistes, et qui se déchaîne invariablement contre ceux qui s'opposent à ce genre de dictatures, a été coordonnée par l'Institut Cubain de l'Amitié entre les Peuples (I.C.A.P.), dirigé par le commandant René Rodríguez, celui-là même qui est aujourd'hui accusé devant les tribunaux des Etats-Unis comme étant l'un des responsables de l'introduction de drogues diverses dans ce pays.

Cette opération a commencé par un piège insolite : on a autorisé un journaliste à venir me voir dans ma cellule de prisonnier mis au secret ! A partir du moment où je l'ai vu arriver, accompagné stupidement par les officiers auteurs de la répression, j'ai su que cette démarche faisait partie du plan ourdi contre moi. Dès le début, j'ai refusé de lui parler et je lui ai défendu de me photographier. Pendant plus d'une heure, ils ont tout fait pour me convaincre. Pendant ce temps, mon cerveau travaillait au maximum de sa capacité. Il s'agissait manifestement d'une canaillerie communiste de plus, et ces gens-là pouvaient m'attribuer des déclarations que je n'aurais jamais faites. Je leur ai soudain offert de leur écrire une lettre et des vers. Ils ont tous accepté. De mon côté, je voulais que ceux qui liraient cette lettre comprennent immédiatement que ce journaliste ne m'inspirait qu'une profonde méfiance. Cette lettre commençait en effet comme suit :

*Vous m'avez demandé une interview pour votre revue. J'ai préféré écrire : tout jugement, tout commentaire ou toute interprétation de ce qui a été dit ici sera, si cela ne figure pas dans cette lettre, le fait du journaliste. Cette lettre ne comporte aucune rayure, aucune biffure, et elle doit être publiée intégralement.*

J'étais sûr que la parution d'une infamie quelconque contre moi provoquerait une réponse tranchante et indignée de mes amis à l'étranger.

Je ne m'étais pas trompé : l'article du journaliste présentait le fac-similé d'un document (reproduit en p. 496), grossièrement falsifié, de la police de Batista : la couleur de mes yeux, par exemple, était fausse : ils sont réellement noirs et non bruns. Il en était de même de ma date de naissance totalement différente. Et le truquage sautait aux yeux avec mes mensurations : on les donnait en système métrique, alors qu'avant la révolution, sur tous les documents officiels, la taille des Cubains était toujours donnée en pieds et en pouces, et le poids en livres et non en kilogrammes !

Peu après, en 1981, dans son bulletin d'information n° 3, l'I.C.A.P. a inclus (et distribue toujours) une brochure signée par un certain Luis Adrián Betancourt, éditée par le service d'information de cet institut et intitulée *Desde la silla del engaño* (« De la chaise [ou fauteuil] de la tromperie »), dont l'objet était « d'informer comme il se doit les amis de Cuba à l'extérieur » sur l'affaire Valladares. Dans cette brochure, il y avait plusieurs contradictions avec les renseignements donnés sur le document falsifié de la police. Alors que ce dernier prétendait que je me suis engagé dans la police secrète de Batista en mai 1958, on lit à la page 3 de la brochure que c'est en octobre 1957, ce qui est impossible puisque je n'avais pas encore l'âge requis. Dans les publications postérieures à ma sortie de prison, lorsque j'ai pu révéler ces mensonges, le côté droit du document a été rogné pour qu'on ne voie plus la fausse date !

Lorsque je dis que les grands promoteurs de la campagne d'opinion qui s'est alors développée en ma faveur ont été — bien malgré eux, sûrement — les colonels de la Police politique de Castro et Castro lui-même, je n'exagère pas. Leur propagande contre moi s'est retournée contre eux comme un boomerang. Cette police, insensible dans sa grossière ignorance du cœur humain, est habituée depuis toujours à mépriser son propre peuple lequel, bâillonné par la terreur, ne peut élever la voix contre l'injustice. Ces policiers ignoraient qu'il n'en est pas de même dans les pays où règne la liberté et qu'il s'y trouve des hommes qui s'émeuvent devant un cas comme le mien. Ils se sont trompés lourdement en maintenant un être humain qui venait de passer vingt années en prison pour délit d'opinion, désormais rivé à son fauteuil roulant dans des conditions inhumaines et dégradantes, au secret le plus absolu, sans qu'il puisse se défendre contre ceux qui l'accusaient d'avoir été un criminel, un bourreau, un agent de la C.I.A., etc.

Ils ne pouvaient prévoir la réaction que déchaînerait un simple article diffamatoire. En France, le Comité pour la défense de Valladares, sur l'initiative de Fernando Arrabal, publia un manifeste signé par André de Waas (prix Nobel), Jorge Semprún, Ionesco, Bernard-Henri Lévy, Yves Montand, Pierre Golendorf, Philippe Sollers, Pierre Emmanuel et bien d'autres personnalités.

En Espagne, le *Diario 16* de Madrid, dans son supplément

Mod. 1. B.N.D.S.7
O. Gral. Nº

REPUBLICA DE CUBA
MINISTERIO DE DEFENSA NACIONAL

DAC

| | | | |
|---|---|---|---|
| | | 3 | 4 |
| 1 | 2 | 2 | 2 |

TARJETA Nº 23.412
EXP. DAC. Nº 22.253
Nombre: Armando F. V ares Pérez
Grado: Vgte. #2747 .Cat.) DC
Natural de: Pina Río
Cutis: Blanc gro — Fecha de Nac. 30-5-936
Ojos: Pa — Talla 1.72 Cms. Peso 55 Kg.
Do — G. Sang. A (INT) — Rh —
Of. Médico
No consta
o en: La Habana — Fecha 30 May 1958

Anverso y reverso del carnet que acreditaba a Armando Valladares como miembro de la policía de Batista. Fue extendido en mayo de 1958.

INFORMACION

NSTITUTO CUBANO DE AMISTAD CON LOS PUEBLOS
7 NO. 301 - TELF. 32-2521 - CIUDAD DE LA HABANA - CUBA

No. 3 1981

¿ UN LUCHADOR CONTRA BATISTA ?

La generación de Armando Valladares vivió una fase histórica gloriosa y difícil. Al decir martiano, propia para elegir entre yugos o estrellas. Valladares, como jóven, también eligió y en octubre de 1957 ingresó en la policía batistia-

ICAP

3

*En haut, document d'identité falsifié cherchant à prouver que je suis entré dans la police de Batista le 30 mai 1958.*

*En bas, page de la brochure* Informacion, *affirmant que j'y suis entré en octobre 1957.*

MINISTERIO DE JUSTICIA | 048872 | 00945

REGISTRO DEL ESTADO CIVIL

CERTIFICACION DE NACIMIENTO

☐ EXENTA

☒ GRAVADA

ABONADOS LOS DERECHOS QUE ESTABLECE LA LEY 1264 DE 14 DE ENERO DE 1974

PARA SER UTILIZADA EN:

PARA SURTIR EFECTO EN:

☒ CUBA ☐ OTROS PAISES

DATOS DE LA INSCRIPCION

| TOMO | FOLIO | FECHA DEL ASIENTO | | | REGISTRO DEL ESTADO CIVIL DE |
|---|---|---|---|---|---|
| | | DIA | MES | AÑO | |
| 57 | 65 | 10 | 6 | 1937 | Pinar del Rio. |

NOMBRE (S) Y APELLIDOS

Armando Fernando Valladares Pérez.

| LUGAR DE NACIMIENTO | SEXO | FECHA DE NACIMIENTO | | |
|---|---|---|---|---|
| | | DIA | MES | AÑO |
| Sanatorio la Colonia Española Ciudad. | M | 30 | 5 | 1937 |

NOMBRE (S) Y APELLIDOS DEL PADRE

Armando Valladares Mesa.

NATURAL DE

Pinar del Rio.

NOMBRE (S) Y APELLIDOS DE LA MADRE

Mariana Pérez Barceló.

NATURAL DE

San luis.

ABUELOS PATERNOS

Nieves y Juana.

ABUELOS MATERNOS

José y Belarmina.

INSCRIPCION PRACTICADA EN VIRTUD DE:

OBSERVACIONES:

C E R T I F I C A C I O N

Encargado del Registro del Estado Civil de Pinar del Rio.

CERTIFICA Que los anteriores datos concuerdan fielmente con los que aparecen en [...] inscripción a que se hace referencia

Pinar del Rio, 18 de 1 [...] 1983

CONFECCIONADO POR: TAI

CONFRONTADO POR: TAI

[...] ENCARGADO DEL REGISTRO

MJ-RC-21-1

ICEGRAF 1201 [...] 5556 100 000 H 6-82

*Photocopie de mon véritable acte de naisssance.*

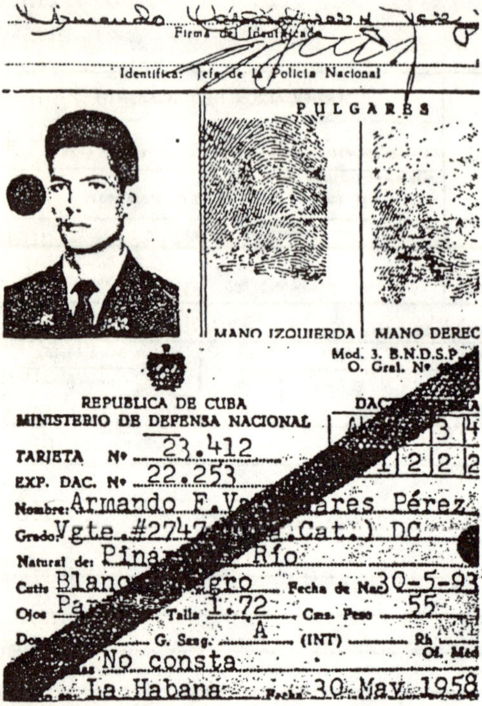


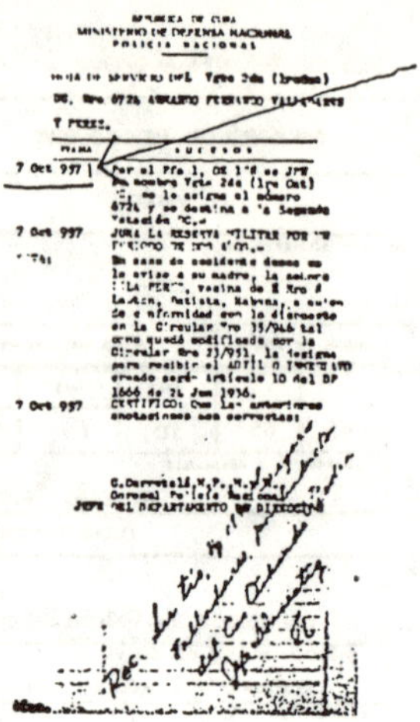


[2]

*Identifikationspapirer for politimanden Valladares. Valladares benægtede og benægter stadigvæk at have været indrulleret i Batistas politikorps. Ved at hævde, at han var poet, fik han status som samvittighedsfange i de vestlige medier.*

nere fik mulighed for et job i kommunikationsministeriet.

I december 1960 blev en Armando Fernado Valladares, sammen med en række andre, anholdt i et hus i Marianao i Øst-Havanna af statssikkerhedsstyrker, som havde lagt et net ud for at fange en gruppe kontrarevolutionære, som var anført af en *Oliver Obregon*, ex-sergent i Batista's hær. Man kunne nu spørge: hvad lavede en 'digter' i en sådan sammensværgelse? Var han gruppens 'ideolog'? Eller var han måske ansvarlig for propagandaen?

Nej, på ingen måde. Obregon's bande, som Valladares tilhørte, gav sig af med terrorisme. De fyldte små cigaretæsker med geleagtige eksplosiver og anbragte dem på offentlige steder, ligesom de fremstillede dynamitpatroner fyldt med små spidser, der fik samme funktion som Shrapnell-ladninger – en slags fragmentationsbomber.

Den perverse ide at skjule eksplosiver i cigaretuier, som endda let kunne tiltrække sig børns opmærksomhed, minder desværre om andre terrormetoder, som den nordamerikanske imperialisme senere benyttede under den grusomme krig mod det vietamesiske folk, og som blev anvendt af Israel under overfaldet på Libanon.

De statssikkerhedsembedsmænd, der deltog i anti-terroristiske operationer mod den pågældende gruppe, erindrer ikke 'digteren Valladares' eller nogen intellektuel, der skulle være involveret i den sammensværgelse, som bl. a. fabrikerede sit sprængstof i et hjørnehus, kendt som en vin-bodega ved navn *Alfonso el Chino*. "Det drejede sig om tidligere militær- eller politifolk", sagde en af dem, som i dag er pensioneret. "CIA leverede eksplosiverne, og de påtog sig at anbringe dem, hvor de kunne gøre størst skade". Det vides med sikkerhed i dag, at CIA dengang udviklede et intenst program for at ødelægge Cuba, og kort efter kom jo også invasionen i Svinebugten.

**Dømt for terrorisme.**

Terror, sabotage, skader, dynamit var de ord, som gik igen og igen under retssagen mod gruppens medlemmer i 1961, og der var som sagt heller ingen tvivl om oprindelsesstedet for det materiale, såsom geleagtig eksplosiv C-3, som kom fra CIAs lagre. Hvorfra stammer den løgn, at Valladares kom i



1. *Ma date de naissance est fausse : je ne suis pas né en 1936.*

2. *Contradiction : le document qui figure en haut à droite dit : « Il est entré (dans la police de Batista) le 7 octobre 1957. » L'autre document (fausse carte policière) indique une date différente : le 30 mai 1958.*

*« Souviens-Toi, Seigneur,*
*de ceux qui font le bien*
*dans tes saintes églises*
*et de ceux qui se souviennent des pauvres.*
*Sur nous tous envoie tes miséricordes. »*

Prière d'intercession
au cours de la liturgie
de saint Jean Chrysostome

Messe à « Notre-Dame du Sourire »,
église attribuée à Mgr Georges Vernade,
chorévêque du patriarcat de Bkerké (Liban).

Œuvre d'Orient
20, rue du Regard - 75006 Paris - CCP 346 52 W Paris

Imp. INDICA Paris

*Disidencias*, demanda à tous ceux qui le voulaient de se joindre à la protestation publique contre les diffamations du gouvernement cubain en envoyant leur signature au journal. Des centaines de personnes et d'intellectuels tels Octavio Paz, Camilo José Cela, Mario Vargas Llosa, Ernesto Sábato, et des quantités d'autres, pendant des semaines, envoyèrent leur adhésion au *Diario 16,* qui contribua pour beaucoup à ma libération.

Le Pen Club français, dans une lettre remise en personne à l'ambassadeur de Castro à Paris, après avoir affirmé qu'il avait des informations sûres sur les tortures que je subissais, le mettait en garde : « Nous attendrons votre réponse avant d'informer l'opinion publique, Amnesty International, la Commission des Droits de l'Homme du Conseil de l'Europe et toutes les organisations internationales avec qui nous sommes en rapport. »

Les effets de cette réaction internationale atteignirent les Etats-Unis. Leur ambassadrice à l'O.N.U., l'extraordinaire et inégalable Jeanne Kirkpatrick, exposa devant cette assemblée la situation dans laquelle je me trouvais.

Je ne pouvais répondre, j'étais totalement sans défense ; je ne connaissais même pas les documents fabriqués que publiait le gouvernement de Castro, mais d'autres que moi, indignés par des calomnies évidentes, ont donc assumé ma défense.

En Occident, est-il encore une personne qui ignore que la falsification des documents est une pratique courante des pays communistes ? Le commandant Stanislas Levchenko, du K.G.B., l'a expliqué de façon détaillée après être passé à l'Ouest. On a découvert une douzaine de falsifications de lettres et de documents officiels du gouvernement américain, entre autres une communication apocryphe d'Alexander Haig — commandant suprême des forces alliées en Europe — que les communistes prétendaient adressée à Joseph Luns, secrétaire général de l'O.T.A.N. Un autre faux des Soviets mettait en cause le roi d'Espagne. Il y a bien d'autres exemples de ces odieuses machinations. Celui de la campagne, organisée et orchestrée par l'Allemagne communiste contre Heinrich Lübke, alors président de la République fédérale d'Allemagne, accusé par la chaîne allemande de télévision qui avait la plus grande audience, d'avoir collaboré avec les nazis en aidant à construire des camps de concentration. Naturellement, c'était faux.

Un exemple plus récent est celui de l'envoi, fin 1984, d'une lettre à des firmes de l'Allemagne de l'Ouest, sur papier officiel, avec en-tête, du ministère du Commerce des Etats-Unis : on y exigeait des informations détaillées sur les produits qu'elles exportaient vers les pays de l'Est. Cette lettre, qui insinuait que ces entreprises collaboraient avec les communistes, était un faux. Son objectif ne pouvait être que de créer une atmosphère de méfiance et d'hostilité envers les Etats-Unis.

Les Soviétiques couvrent cette pratique sous l'appellation AKTIVNYYE MEROPRIYATIVA (« Mesures actives »). Parmi ces « mesures actives », les campagnes dans les médias, fondées sur des documents fabriqués ou falsifiés, jouent un rôle important. La Police politique de Castro a voulu copier ses maîtres moscovites, mais si maladroitement que ce faux évident a provoqué un immense mouvement d'intérêt et d'indignation.

Restaient les représailles : puisque le gouvernement communiste cubain ne pouvait plus me tuer carrément sans provoquer un scandale, il allait s'acharner contre moi, me torturer avec les moyens les plus sophistiqués dont il disposait. Ma famille elle aussi malheureusement, allait être victime de cette ignoble rancœur.

Quand je me suis retrouvé seul dans cette petite chambre, je ne pouvais même pas soupçonner le temps que j'allais y passer ni les conditions de vie que me réservaient mes bourreaux.

La grille de l'entrée donnait sur un couloir dont les fenêtres avaient été aveuglées par des planches de bois, ce qui m'empêchait d'apercevoir ne serait-ce qu'un filet de lumière. La salle était complètement vide, ce qui m'ôtait la possibilité de communiquer avec d'autres prisonniers. De plus, il n'y avait pas une seule fenêtre et la douche était dans mon réduit. J'ai ouvert le robinet : pas une goutte d'eau. J'ai appelé le gardien pour lui demander de l'ouvrir : je connaissais l'hôpital et savais que l'administration pouvait ouvrir et fermer l'eau par secteurs. Le gardien m'a répondu qu'il pouvait seulement informer l'officier commandant la « garde spéciale ». J'ai appris ainsi que ceux qui me surveilleraient appartenaient à une formation spéciale. Je n'aurais donc de rapports qu'avec un gardien provenant de cette unité...

En examinant le mur, je me suis aperçu qu'il n'y avait pas d'interrupteur électrique. J'ai rappelé le gardien et lui ai demandé de fermer la lumière, car je désirais dormir.

— On ne peut pas la fermer, a-t-il répondu.

J'ai insisté : il n'est pas possible de dormir avec dix tubes luminescents allumés jour et nuit au-dessus de sa tête.

— Je regrette, mais ce sont des ordres d'en haut et je ne peux pas les éteindre.

J'ai compris : en effet, il n'y a de sommeil réparateur que dans une obscurité totale ou dans la pénombre. Il est prouvé qu'on arrive à dormir sous une lumière éblouissante, mais sans connaître de véritable repos. C'était leur but : je ne devais plus pouvoir me reposer réellement.

Dans ma chambre, la chaleur était insupportable : le mur du fond était chauffé non seulement par le soleil, mais par la cuisine de l'hôpital située juste au-dessous ; les grands fourneaux à mazout, allumés dès le matin, chauffaient aussi le sol de ma pièce transformée en enfer. Et nous étions en plein été !

Les fenêtres du couloir face à moi étaient condamnées, comme je l'ai déjà dit, par des planches, ce qui n'empêchait pas les moustiques d'entrer par celles, ouvertes, de la salle.

Pendant ma première nuit, j'ai dormi par à-coups : j'avais cru reposer tranquillement sur ce matelas, mais une fois couché, je ne pouvais ouvrir les yeux parce que l'éclat des dix tubes luminescents était aussi blessant qu'un coup de poignard. Je ne pouvais pas non plus regarder les murs dont la blancheur m'aveuglait.

Le matin, pas de petit déjeuner. Je l'ai demandé au gardien qui m'a expliqué qu'il lui était défendu de sortir de la salle et qu'il fallait attendre l'arrivée de quelqu'un d'autre. J'ai répété que je n'avais pas d'eau, pas de récipient, pas de savon, pas de papier hygiénique, pas de brosse à dents, pas de pâte dentifrice, etc.

Par les bruits qui provenaient de la cuisine, j'ai su qu'il était approximativement quatre heures du matin, l'heure à laquelle les cuisiniers arrivaient pour commencer leur travail. Avec le jour brutal, artificiel, permanent, qui régnait dans mon réduit, je manquais de tout indice visuel qui m'aurait permis de savoir s'il faisait clair ou non à l'extérieur.

Je n'avais de l'eau qu'au moment des repas et j'ai réclamé en vain un récipient pour en garder un peu. Jamais je n'avais transpiré autant de ma vie : mon drap était trempé, tout comme le matelas. On ne m'avait pas donné de savon, on n'ouvrait pas l'eau de la douche pour que je puisse me laver. Je n'avais pas non plus de papier hygiénique.

Je suis resté deux semaines dans ces conditions humiliantes. Enfin, j'ai reçu la visite du commandant Guido. Il savait parfaitement ce qui se passait, mais j'ai joué le jeu qui consistait à l'en informer moi-même. Dans un geste magnanime, il a ordonné au gardien de m'apporter du savon, un tube de pâte dentifrice, un récipient d'un litre pour l'eau, et il m'a promis de donner des instructions pour que le chef de la garde spéciale m'ouvre la douche une fois par jour. A son tour, il jouait le jeu : c'était à lui de donner les bonnes nouvelles, c'était lui qui pouvait me concéder un morceau de savon et l'autorisation de me laver. Il était le maître absolu de ma vie et de mes biens...

— Vous voyez, Valladares, tout s'arrange...

Il dissimulait mal son ironie.

— On le dirait, commandant, mais j'aimerais savoir quelle est la cause de cet emprisonnement exceptionnel. Un tel secret s'applique généralement à ceux qu'on vient d'arrêter, pendant le temps de leur interrogatoire.

— Vous le savez bien, Valladares. Nous devons prendre des mesures radicales pour que vous ne continuiez pas à envoyer à l'étranger de fausses accusations, prétendre par exemple que nous vous traitons de façon inhumaine. Ici, vous ne pourrez plus continuer à écrire. Voilà pourquoi vous êtes à l'isolement. Et vous êtes le seul responsable de la situation où vous êtes.

— Vous voulez dire que, si je suis cloué à un fauteuil roulant et enfermé ici, c'est de ma faute ?

Il fit semblant de ne pas saisir le sarcasme :

— Mais oui, parce que vous refusez de vous plier aux dispositions disciplinaires qui sont en vigueur dans tout établissement pénitentiaire, non seulement ici, mais aussi dans les prisons des pays capitalistes. Et c'est chez eux qu'elles sont vraiment inhumaines, parce qu'elles ont pour unique objet de châtier.

— Mais la discipline dans les prisons des pays libres n'a pas pour objet de forcer le prisonnier à renoncer à ses idées et à ses croyances et à adopter celles de ses geôliers, comme c'est le cas à Cuba ! De plus, dans les pays libres, il n'y a pas de prisonniers politiques parce qu'on n'y poursuit personne pour ses idées, on n'emprisonne pas quelqu'un parce qu'il n'est pas d'accord avec le gouvernement, comme c'est le cas pour tant de prisonniers, dont je suis.

— Vous vous trompez, Valladares, dans les pays capitalistes il y a des milliers de prisonniers politiques. Aux Etats-Unis, les prisons sont pleines de Portoricains, de ressortissants d'Amérique latine, et de Noirs. La société inhumaine et spoliatrice qui les marginalise, les discrimine et viole systématiquement leurs droits les oblige à devenir des délinquants ! Ces hommes sont de véritables prisonniers politiques, parce qu'ils s'opposent à la société injuste qu'ils voudraient changer. Vous, non. Vous avez essayé d'empêcher les conquêtes du prolétariat et ses aspirations.

— Il semble que les aspirations de ce prolétariat ne concordent pas avec celles de votre dictature marxiste, car l'énorme majorité des prisonniers politiques est constituée d'ouvriers et de paysans, d'hommes venant de très humbles foyers. Ce sont ceux-là qui ont conspiré, qui ont pris les armes contre vous dans les montagnes, et qui résistent encore.

— Oui, mais trompés par la propagande et les mensonges de l'impérialisme, qui les utilise comme instruments de sa politique d'agression contre la révolution.

Et vraiment, le commandant Guido émettait ses arguments éculés avec une telle flamme que n'importe qui aurait pu croire qu'il était de bonne foi. Mais pas moi.

Deux semaines passèrent, et ils commencèrent une nouvelle politique : un matin, une heure seulement après le petit déjeuner, je vis apparaître le déjeuner, et le dîner, ou repas principal, suivit deux heures après...

J'ai compris tout de suite : j'ai demandé au gardien quelle était l'heure ; il m'a répondu huit heures du soir. Certes, je ne connaissais pas l'heure exacte, mais j'étais certain qu'il mentait sur ordre. De la cuisine du dessous montait encore le vacarme des chaudrons et des récipients. Or, il cessait à cinq heures de l'après-midi. Mes geôliers appliquaient leur plan de démolition d'un homme : ils voulaient me faire perdre la notion du temps. J'ai dès lors consacré toute mon intelligence à gagner aussi cette partie. On utilise cette méthode dans les cellules de la Police politique : non seulement on enferme les prisonniers dans des caves où ils n'entendent jamais un bruit de l'extérieur, ce qui les prive de tout repère, mais on mêle à leurs aliments des drogues pour les faire dormir un jour entier. Puis, en pleine nuit, on les réveille en leur apportant le petit déjeuner.

J'allais être plus difficile à déséquilibrer psychiquement : je ne voyais rien, mais je pouvais entendre les bruits de l'extérieur ; ils ont bientôt pris pour moi un sens concret, celui d'une mesure du temps. J'ai profité alors des observations précises que j'avais faites, par habitude des prisons, de tout le mouvement de l'hôpital, avant d'être jeté dans les cellules disciplinaires.

Tous les jours sauf le dimanche, à dix heures du matin le camion du magasin central apportait l'approvisionnement du lendemain. Il s'arrêtait précisément sous les fenêtres aveuglées qui faisaient face à mon cachot, et le conducteur, dès qu'il arrivait, donnait deux ou trois coups prolongés de klaxon pour avertir les prisonniers qui devaient décharger les sacs de vivres.

De même, l'administration, à cause de moi, ne pouvait faire taire les haut-parleurs situés sur tous les miradors et au sommet des bâtiments du pénitencier : elle en avait besoin pour imposer le silence à dix heures du soir et pour réveiller tout le monde à cinq heures et demie du matin. J'ai dès lors vécu en tendant l'oreille au moindre bruit, aux conversations des gardiens et des prisonniers à l'étage inférieur. Ces prisonniers savaient que je me trouvais au-dessus d'eux, mais ils ne pouvaient rien me crier car le chef cuisinier, un prisonnier de droit commun, que tous appelaient « Pury », collaborait avec la Police politique qui l'avait placé au bon endroit pour être au courant de tous les ragots. Il dormait même dans ce local !

Un officier de la garde spéciale nous apportait nos repas, à moi et à mon gardien. C'est ce dernier qui prenait le tout. Il refermait soigneusement la porte d'entrée, puis se dirigeait vers le fond de la salle et me remettait mon plateau. Depuis le premier jour, je lui demandais alors l'heure. Bientôt, ces gardiens personnels ont reçu l'ordre de ne plus prendre de montre avec eux, ce qui ne m'a pas empêché de continuer à leur demander l'heure. Le gardien de service me répondait qu'il ne savait pas. Mais au bout d'un certain temps, ils se sont rendu compte que c'était vraiment bête. Il y a eu changement d'ordre : avant d'entrer, ils modifiaient l'heure qu'indiquait leur montre. Dès la première fois, je m'en suis aperçu. J'ai continué à demander l'heure, et si celle qu'ils me donnaient était par exemple en avance, je jouais l'idiot et ne manquais pas de dire : « Mais comme le temps passe ! Je croyais qu'il était plus tôt que cela... »

Et ils étaient contents d'eux et convaincus de m'avoir bien trompé.

Et peu à peu, comme je m'y attendais, la répression s'est accentuée dans tous les domaines de cette incarcération. Ils ont commencé à ne plus changer mes draps huileux et nauséabonds de sueur, et toutes mes réclamations sont restées vaines. L'état du matelas était à donner des haut-le-cœur. Le temps d'ouverture de la douche diminuait progressivement. On ne balayait pas ma chambre pendant plusieurs semaines...

Je me sentais pris dans un piège qui se refermait lentement sur moi. Le matin, en me réveillant, je souffrais de plus en plus de l'épuisement causé par un éclairage continu et excessif. Je ne pouvais pas m'empêcher de froncer les sourcils et de tenir les yeux à demi clos. Je n'avais aucun moyen d'échapper à l'éclat aveuglant des dix tubes placés au-dessus de moi. Pourtant, en roulant mes chaussettes très bas autour de mon front, j'obtenais une sorte de visière qui me protégeait un peu les yeux. Mais je les ôtais précipitamment dès que j'entendais les pas du gardien. D'ailleurs, je distinguais son ombre, projetée par les ampoules du couloir, quand il se dirigeait vers moi.

Tous les matins, dès que j'entrouvrais les yeux, je passais un long moment à me récapituler le jour, le mois et l'année où nous étions. Certains détenus ont l'habitude de tracer de petits traits sur le mur ou recourent à un autre type d'aide-mémoire. Mais si on les change de cellule, il arrive qu'ils se trompent dans leur compte. Ces marques, je les gravais là où les geôliers ne pouvaient me les prendre : dans mon esprit. Et le soir, je préparais le jour suivant en me répétant : « Demain, ce sera tel jour, telle date, de telle année » sans oublier le jour de mon arrivée à l'hôpital.

J'ai alors eu la visite du Dr Roberto Puente, sous-directeur de l'hôpital et lieutenant du ministère de l'Intérieur, qui m'a déclaré d'emblée qu'il revenait d'une mission internationale au Salvador. Mais il le disait avec tant de suffisance que j'en ai douté : il aimait tant se donner de l'importance.

Cet homme était l'un des bourreaux les plus sadiques que j'ai connus en prison. Il était plein de complexes et de méchanceté. Son manque d'humanité et de sens moral était inconcevable. Sous prétexte d'économiser des médicaments et de servir ainsi la révolution, il avait supprimé le traitement de centaines de malades. Il renvoyait dans des cachots insalubres des prisonniers qui crachaient le sang. Il a jeté à la porte de l'hôpital Eugenio Silva et Juan González (Silva souffrait d'un très grave ulcère) uniquement parce qu'ils refusaient le plan de réhabilitation du gouvernement.

Le but de sa visite était évidemment de juger de mon état d'âme et de l'effet du « traitement ». Je me rappelle que je lui ai demandé le jour et la date où nous étions. Je les connaissais, mais il m'a aussitôt posé la question que j'attendais :

— Vous ne savez pas quel jour nous sommes aujourd'hui ?

— Je l'ignore depuis longtemps, docteur...

Je l'ai vu sourire, fort satisfait, et il m'a dit une date fausse de quatre jours en trop.

Je lui ai parlé ensuite de la lumière et de ses effets qu'il connaissait comme médecin. Il a répondu que cela ne pouvait me faire de mal, et que lui dormait toujours la lumière allumée.

J'ai pris un air grave :

— Vous savez, docteur, que la révolution a ouvert une campagne pour que nous économisions tous l'électricité, et qu'il faut allumer le moins de lampes possible. Ne craignez-vous pas qu'on vous accuse un jour d'être un contre-révolutionnaire à cause de ce gaspillage de lumière ?

Le Dr Puente était un cynique. Il n'y avait pas d'autre solution que recourir à l'ironie et se moquer de lui.

Et les semaines passaient. Les perquisitions périodiques de la Police politique avaient pour but d'éviter que je puisse arriver, d'une façon quelconque, à me procurer du papier, quelque chose qui pouvait me permettre d'écrire. Mes gardiens changeaient fréquemment, bien que triés sur le volet, pour que nos rapports quotidiens ne dégénèrent pas en relations plus intimes. L'un d'eux, touché en me voyant enfermé dans ces conditions, me demanda un soir la cause de cette réclusion. Ces gardiens qui devaient passer vingt-quatre heures dans une chambre proche de la mienne et d'où ils ne pouvaient sortir ne serait-ce qu'une minute, s'ennuyaient ferme, et certains s'approchaient pour bavarder avec moi. Le garçon dont je parle était l'un d'eux. Quand j'ai eu fini de lui raconter mon histoire, j'ai pu noter une expression de peine et d'étonnement sur son visage.

— On m'a dit que vous étiez un criminel, que vous aviez l'intention de dynamiter les centres d'enfants, que vous vouliez les tuer...

— C'est pour vous empêcher de vous approcher de moi.

— La Sûreté dit aussi qu'il est absolument défendu de vous parler.

— Evidemment, parce qu'alors il arrive ce qui a lieu entre nous : je peux exposer ma vérité et, en comparant les deux versions, vous pouvez arriver à vos propres conclusions. C'est ce que la Sûreté ne veut pas : voilà pourquoi elle prétend que je suis un assassin.

Comme tant d'autres que j'ai connus dans mes prisons, cet homme était bon, mais d'une bonté limitée par la terreur. A partir de ce soir-là, j'ai eu beaucoup d'autres entretiens avec lui.

Je ne sais encore pourquoi le gros Guido a eu l'idée de me faire porter un quotidien tous les trois jours pour me retirer ce privilège après un mois.

Puis, un matin, j'ai entendu dans la salle un martèlement et un bruit de briques que l'on posait. Je ne voyais rien, mais j'ai appris que des prisonniers élevaient deux parois qui sépareraient ma pièce et celle qui précédait du reste de la salle. Ce travail a duré deux jours, et je me suis alors trouvé plus isolé que ne l'a jamais été un prisonnier. Quelques jours plus tard, j'ai entendu une série d'autres bruits comme d'objets en fer, de planches qu'on assemblait, qu'on vissait : c'étaient les barres parallèles, les tables, les appareils de rééducation et de thermothérapie, bref tout ce qui était nécessaire pour un traitement.

Le Dr Roberto Puente est venu avec un officier de la Police politique, aide de camp du commandant Guido, mais tout son contraire : maigre comme tout avec un front bombé et disproportionné. Il s'appelait Beltrán, était jeune, très correct et de rapports agréables. Il avait douze ans quand on m'avait arrêté. C'est le Dr Puente qui a pris le premier la parole :

— Votre salle particulière de physiothérapie est maintenant prête. C'est pour que vous compreniez que la révolution, en dehors de toute considération politique, considère l'homme comme un être humain, cela au-dessus de toutes les différences...

— En effet, docteur... mes conditions de vie et mon isolement, cette lumière perpétuelle, l'humiliation quotidienne, la privation des choses les plus élémentaires dont a besoin un être humain, confirment ce que vous venez de me dire...

Le visage du Dr Puente est devenu écarlate. Le jeune lieutenant est venu à son aide en parlant tout doucement :

— Non, Valladares, votre situation actuelle ne vient pas de nous, mais de vous-même qui nous avez obligés à prendre des mesures préventives. Et vous avez de la chance d'être dans une prison communiste où l'on respecte l'intégrité physique d'un prisonnier. Dans un pays capitaliste, on vous aurait tué ou battu comme plâtre...

— Mais j'ai été battu comme plâtre, lieutenant. Quoi ? Vous ne connaissez pas l'histoire des camps de travaux forcés, ni celle de la prison de Boniato ? Et ce n'est pourtant pas une prison capitaliste...

Et je me suis mis à rire de bon cœur.

C'est ce genre de réponses qui les exaspère. Le communiste préfère qu'on lui réplique de façon irréfléchie, exaltée. Qu'on lui dise la vérité calmement en le regardant en face lui est insupportable, si bien que ces deux communistes, se sentant incapables de me réfuter, ont pris le parti de s'en aller.

Ainsi, mes geôliers en venaient à m'accorder l'assistance

médicale qu'ils m'avaient supprimée. Cela m'a paru un peu étrange. C'était sur un ordre du colonel Blanco Fernández au directeur de l'hôpital qu'on avait interrompu ce traitement, mais j'étais sûr que, dans ses rapports à ses chefs, il avait rejeté sur moi la cause de cet arrêt.

Le lendemain, le commandant Guido, son aide de camp le lieutenant Beltrán et un autre officier apparurent. Ils arboraient le nouvel uniforme de la Police politique : tissu de haute qualité, coupe différente de celle de tous les autres services : il allait suffire de quelques mois pour que le peuple cubain voie en lui un symbole de terreur.

— Eh bien, Valladares, comme personne ne parle plus de vous, comme votre femme Martha n'apparaît plus dans les journaux et que personne ne lui offre désormais un microphone pour ses déclarations — il appuyait sur chaque mot — nous avons décidé de reprendre votre traitement de physiothérapie. Si nous avons tant retardé ce moment, c'est parce que nous ne cédons jamais aux pressions de quelqu'un. La révolution a défié l'impérialisme yankee et, pour parler cru, nous avons fait la politique qui nous a sortis de la...

C'était au tour du lieutenant Beltrán :

— Eh oui, tout passe, et nous savions que l'intérêt que la presse capitaliste porte à un fait quelconque dure fort peu de temps. Ils se sont fatigués de se servir de vous comme instrument pour discréditer la révolution. Vos amis vous ont déjà oublié, Valladares, et maintenant c'est nous qui venons à votre aide pour vous donner les soins médicaux dont vous avez besoin.

J'avais tout de suite compris que cette décision n'avait rien de spontané : la Police politique est étrangère à tout sentiment humain. Le comportement de ces robots de la répression est déterminé uniquement par la seule chose qui oblige les communistes à des concessions envers leurs prisonniers : les pressions internationales. L'insistance de Guido et de Beltrán sur le fait qu'on ne parlait plus de moi, que la campagne de presse en ma faveur avait cessé et que mes amis m'avaient oublié m'a convaincu du contraire. Jamais je n'avais reçu des nouvelles aussi bonnes et aussi réconfortantes depuis qu'ils m'avaient enfermé dans cette caverne à l'éclairage atroce et persistant. Et je ne me suis pas trompé.

Je ne savais rien, je ne pouvais m'appuyer sur aucun fait concret, mais j'étais sûr que la campagne pour ma libération suivait son cours inexorable. Et j'en voyais la preuve indéniable dans leur nouveau pas en arrière : c'était malgré eux qu'ils revenaient sur leur décision de me punir en me privant de physiothérapie.

Au cours de la session de l'Unesco du 12 au 14 mai 1981, l'un des suppôts de la tyrannie castriste, Karel Vasak, directeur du bureau des Normes Internationales, avait déclaré qu'il était inadmissible que cet organisme culturel s'occupât de mon cas, que je n'avais été ni peintre ni poète avant d'être incarcéré, et que j'avais été jugé pour des délits de droit commun. Mais il oubliait de mentionner qu'il tenait ces informations du gouvernement cubain. La lettre de l'Unesco à Martha, datée du 18 juin 1981, affirmait elle aussi que je profitais d'un régime pénitentiaire normal et que je recevais les soins médicaux appropriés. Or, à cette époque, depuis plusieurs mois, je me trouvais au fond d'une cellule pénitentiaire dépourvue de lumière, menacé d'asphyxie par des attaques d'asthme, ayant pour lit une plaque de ciment. Le très digne représentant de l'Unesco croyait rendre un grand service à la dictature cubaine dont il était le larbin. Mais personne, même les délégués communistes malgré leurs affirmations du contraire, n'a cru ce Dr Vasak. Après ma libération, j'ai pu rétablir la vérité au siège même de l'Unesco devant les délégués de la France, de la Grande-Bretagne, de la République fédérale d'Allemagne, des Etats-Unis, de l'Espagne et de bien d'autres pays.

Le commandant Guido, le lieutenant Beltrán et le Dr Puente, lequel dirigeait personnellement les exercices mis au point par le Dr Alvarez Cambra, devaient faire de la reprise du traitement une sorte de cérémonie. Les fenêtres de la nouvelle pièce transformée en gymnase étaient fermées, mais non aveuglées par des planches. Le lieutenant s'était placé devant elles ainsi que le gardien de service.

Thermothérapie, massages, mouvements, exercices de marche suspendu entre les barres parallèles par une sorte de harnais fait de courroies et de pièces de fer : à la fin de cette première séance qui dura presque toute la matinée, j'étais épuisé, mais satisfait, et j'avais fait usage de toutes mes forces physiques et morales pour guérir aussitôt que possible.

Et peu de jours après, un colonel se dérangea spécialement pour m'informer que mon alimentation allait être améliorée, car cela faisait partie du traitement. Et le lendemain, il arriva quelque chose de prodigieux, d'inconcevable : j'ai eu à déjeuner un litre de lait, un demi-poulet, de la salade et des fruits. Et ce menu miraculeux s'est répété à la fin de l'après-midi.

Aucun doute possible : ils voulaient me remettre sur pied. Je soupçonnais bien que tout cela était destiné à neutraliser la campagne qui réclamait pour moi des soins appropriés, mais c'était bien plus que cela : ils avaient déjà décidé de me redonner ma liberté, et tout cela n'avait donc pour but que d'effacer les traces des tortures subies au cours de vingt ans d'une détention atroce, et celles de l'immobilisation dans mon fauteuil roulant. Il n'y a donc eu chez les communistes aucun souci humain ou professionnel quand ils m'ont enfin administré les soins que les organisations internationales, mes amis et moi-même réclamions depuis des années avec insistance, mais inutilement. Leur perversité demeurait la même : pendant cette année et demie, personne n'a pu savoir ce qu'il en était de moi ni ce qui avait lieu dans ce bâtiment, derrière ces murs et ces fenêtres mortes. Ils ne voulaient pas révéler l'histoire de la physiothérapie : c'était un secret qu'il leur fallait garder à tout prix. Car si l'on avait su qu'ils me rendaient la faculté de marcher, personne en Europe n'aurait été étonné de me voir descendre d'avion sur mes jambes et non dans un fauteuil roulant, comme ils s'y attendaient tous.

Castro pourrait alors crier que je n'avais jamais été invalide, ou si peu. Ses porte-parole et ses agents le répéteraient à grands cris, comme si j'avais prétendu qu'on m'avait coupé un bras et qu'on me voyait apparaître avec les deux bras bien en place. Mais tout le monde avait toujours dit que je pouvais récupérer l'usage de mes jambes et que c'était une question de soins qu'on réclamait justement pour moi. Il n'y avait dans cette histoire aucun mystère, aucun miracle : ceux qui m'avaient infligé mon infirmité m'en ont débarrassé contraints et forcés. Et c'est tout.

Castro avait déclaré au Dr Rodríguez Iturbe, député vénézuélien et président de la Commission des Relations Extérieures du Sénat de son pays, que je ne sortirais jamais de Cuba en fauteuil roulant. Voilà pourquoi ils me soignaient.

Si l'alimentation avait changé, l'éclairage demeurait toujours aussi aliénant et les perquisitions se succédaient. Un jour, ils ont trouvé dans ma chambre un petit couvercle de carton, celui d'un litre de lait ; le chef militaire de l'hôpital est venu lui-même me demander ce que j'avais voulu en faire, et une nouvelle perquisition a eu lieu. De jour en jour, mes jambes reprenaient de la force, et le traitement intensif se poursuivait, parfois même le dimanche. Un autre médecin de la Police politique, dont je n'ai jamais su le nom, s'était joint à l'équipe de physiothérapie. Massages, thermothérapie, exercices d'équilibre et autres, marche entre les barres avec devant moi un aide me poussant, et derrière un second aide me tirant : je redevenais de plus en plus maître de mes mouvements.

Ces séances de soins se déroulaient dans un climat de tension, presque en silence. Les médecins n'ouvraient la bouche que pour me donner une indication aussi laconique et aussi sèche que possible.

J'ai pu bientôt utiliser un appareillage plus court. Des mois avaient passé. Je marchais maintenant entre les barres avec une aisance grandissante, en m'appuyant seulement un tout petit peu sur elles.

Une fois la séance de physiothérapie terminée, je revenais dans mon réduit qu'on refermait aussitôt.

## CHAPITRE L

# Direction Paris

Pour maintenir mon esprit en bonne forme ainsi que ma faculté de parler, je me livrais à des conversations avec des interlocuteurs imaginaires. Tantôt je me répétais les connaissances acquises jadis à l'université, tantôt j'improvisais des conférences d'histoire, de géologie, le tout à haute voix. Plusieurs fois, un gardien s'est approché à pas de loup, sans se montrer à ma grille, pour m'espionner, pensant peut-être que j'étais devenu fou.

Je ressentais aussi le besoin d'écrire, mais c'était impossible. J'ai eu alors l'idée de composer des poèmes par cœur, et c'est ainsi qu'a commencé une nouvelle expérience. Je répétais le premier vers jusqu'à le graver dans ma mémoire, puis je composais le second. Une fois appris les deux premiers vers, je partais à la recherche du troisième, et ainsi de suite jusqu'à compléter d'abord une strophe, puis d'autres, puis le poème que je reprenais en entier, plusieurs fois par jour, pour l'enregistrer de façon inoubliable dans mon esprit. Lorsque je les ai récités à Fernando Arrabal chez lui, à Paris, il m'a demandé de les dicter immédiatement au magnétophone pour pouvoir les écrire ensuite, car je pouvais les oublier. Comme il a eu raison ! Quelques semaines plus tard, j'étais déjà incapable de me les réciter. Ces poèmes ont paru chez Playor, à Madrid, dans un volume intitulé *Cavernas del Silencio.*

Aujourd'hui seulement je peux comprendre ce qui s'est passé pour moi avant ma libération, et analyser les raisons qui ont fait agir mes bourreaux. Ils savaient que j'allais partir, mais comme ils n'étaient pas d'accord, puisque leur victime leur échapperait, ils ont essayé de me torturer autant qu'ils le pouvaient. La lumière et les moustiques me torturaient. Le soir de mon arrivée à Paris, j'ai montré mon dos à Fernando Arrabal : il était criblé de piqûres et de pustules infectées.

Ce n'est pas seulement moi qui ai eu à souffrir de cette haine, mais ma famille. Ils ont obligé ma mère à écrire une lettre où elle avouait que j'étais un ennemi du peuple qui méritait d'être mis au secret, et que je devais remercier la révolution pour tout ce qu'elle faisait pour moi ! Quand le commandant Guido me l'a remise, j'ai compris, après l'avoir complètement lue, qu'elle l'avait écrite sous la menace. A différents endroits, elle évoquait par exemple la bonté du commandant Blanco Fernández ! Ils voulaient ainsi tirer parti des éloges que ma propre mère faisait du colonel responsable des mesures répressives dont j'étais la victime. Ils savaient le mal qu'ils me faisaient en obligeant ma mère à m'écrire et à défendre ainsi l'un de mes bourreaux...

Ils convoquaient fréquemment ma sœur au siège de la Police politique et profitaient de son absence pour s'attaquer à ma mère. Un jour, ma sœur s'arma de courage et, à mi-chemin, revint sur ses pas en se disant que s'ils voulaient l'interroger, ils n'auraient qu'à le faire chez elle. C'est ainsi qu'elle a surpris l'un des officiers de la Police politique en train de dicter à ma mère, de force, une lettre adressée à Amnesty International. Quand nous avons pu nous réunir tous les trois aux Etats-Unis, ma mère m'a raconté que les policiers l'avaient obligée à écrire bien d'autres lettres et à faire plusieurs déclarations à des étrangers qu'ils amenaient chez elle, et qui démentaient ensuite les accusations que je portais contre le régime..

Quand ma sœur a finalement refusé de se rendre à la Police politique, le colonel Blanco Fernández lui-même est venu la chercher. Il lui a montré le texte d'un jugement qui la condamnait à douze ans de prison alors qu'elle n'avait jamais comparu devant un tribunal. Il lui a fait prendre ses affaires personnelles et l'a fait emmener à la prison des femmes. Là, elle a attendu jusqu'à la tombée de la nuit sous prétexte qu'il manquait quelques formalités. Alors, on l'a laissée retourner chez elle, non sans la prévenir qu'ils repasseraient la prendre le lendemain ! Et cette atroce comédie s'est répétée tant de fois qu'elle a eu un effet terrible : ma sœur a dû recourir aux soins d'un psychiatre. Aujourd'hui encore, elle suit un traitement pour redevenir elle-même.

Ce même colonel Blanco Fernández et le capitaine Mensonge l'ont brutalisée pour fouiller son sac. Ma vieille mère a subi menaces sur menaces. Un jour, le capitaine Mensonge est venu lui dire qu'elle et ma sœur devaient renoncer à l'autorisation de sortir du pays, et que la Police politique leur offrait seulement trois possibilités :

1. Devenir communistes.
2. Conspirer contre la révolution.
3. S'évader clandestinement du pays.

Ces brutalités ont été perpétrées contre des femmes dépourvues absolument de défense.

Mon traitement avançait, mes jambes devenaient de plus en plus fortes et déjà j'arrivais à plier les genoux et à me relever un peu, mais toujours en m'aidant de mes bras. Je marchais pendant des heures entre mes barres parallèles.

Un de mes gardiens, Mariano Corrales, aimait bavarder. Il recherchait ces conversations pour rompre sa solitude mais, à certains indices, je me rendais compte qu'il me haïssait. Il avait été sergent en Angola, et il m'a raconté que son bataillon avait participé à l'invasion du Zaïre, et que dans leur premier choc contre des troupes belges, ils avaient perdu soixante-dix hommes. (Castro a alors juré qu'aucun soldat cubain ne se trouvait en Afrique.) C'était un métis, et il a tiré un jour de son portefeuille la photographie de sa femme, une Blanche :

— Maintenant, a-t-il dit en souriant, avec la révolution, nous sommes tous égaux, et il faut que ça reste comme ça.

Il se trompait, car à Cuba les mariages entre Noirs et Blancs sont considérés comme allant de soi depuis le début du siècle. Mais la possession d'une femme blanche et de quelques meubles qu'il avait lui-même construits avec du bois ancien constituait sa grande fierté.

A certains moments, j'avais l'impression qu'on entrait dans la salle vide. J'entendais, me semblait-il, un bruit de pas étouffé dans la pièce contiguë. Dans le haut de la paroi, presque au plafond, on pouvait me surveiller par l'un des trous dus à une mauvaise finition des travaux. Le comportement du sergent Corrales devait un jour me le confirmer. Je commençais à lui parler, quand il s'est mis en colère pour me faire taire. J'ai compris immédiatement qu'il donnait ainsi le change aux tiers qui nous voyaient et nous entendaient. Il s'est hâté de me donner mon plateau pour sortir de mon réduit comme s'il avait le diable à ses trousses.

Les mois s'écoulaient, lentement, comme en se traînant. Je me répétais sans cesse mes poésies. Il y en avait déjà une vingtaine, et je passais des heures ainsi.

Un soir, le commandant Guido et son aide de camp m'ont parlé de la légalité socialiste. Je leur ai répondu que, selon ces lois, je devais être libéré après vingt ans de prison. Le lieutenant Beltrán a voulu m'expliquer que la Sûreté de l'Etat interprétait elle-même ces lois, et qu'il connaissait parfaitement cette question parce qu'il était en train d'étudier le droit à l'Université de La Havane. Ce sophisme m'a paru si incongru que je ne l'ai pas laissé passer :

— Pour moi, Messieurs, que vous étudiiez le droit me fait penser à quelqu'un qui passerait de longues années d'études pour être chirurgien et qui, après avoir obtenu son diplôme, irait travailler chez un boucher pour équarrir des bêtes.

Qu'avais-je dit là ? Ils ont été furieux et m'ont accusé de manque de respect.

— ... Non, ce n'est pas un manque de respect. Mais ce que vous faites avec les lois, c'est bien ce que j'ai dit : de l'équarrissage.

Jusqu'à mon départ, je n'ai pas su que Martha avait parcouru les pays européens pour réclamer de l'aide en vue de ma libération.

En Espagne, elle avait été reçue par des hommes politiques, des journalistes et des intellectuels. Il en a été de même en France où Fernando Arrabal a écrit au président Mitterrand une lettre à laquelle Martha a joint une demande d'audience. En Suède, elle a été accueillie par le groupe 110 d'Amnesty International. Per Rasmussen avait réussi, environ un an plus tôt, à faire réclamer ma libération par la coalition non socialiste du gouvernement suédois, en même temps qu'il m'offrait un asile politique et du travail.

En plus, après mille péripéties, Per Rasmussen obtenait pour Martha une entrevue de quelques minutes avec Pierr Schori, Secrétaire International de Parti Social-Démocrate et actuellement sous-secrétaire des Relations Extérieures de Suède.

Cette rencontre a eu lieu très tôt le matin, à l'hôtel Continental de Stockholm. Pierr Schori ne voulait surtout pas qu'on le vît avec l'épouse d'un prisonnier politique de Castro. Il s'était opposé à la présence de Per Rasmussen et de Humberto López Guerra, cinéaste chilien exilé en Suède. Bref, pas de témoins, le type même de l'entrevue clandestine, en cachette :

— Madame, si vous voulez faire quelque chose en faveur de votre époux, je vous conseille de ne pas poursuivre votre campagne de publicité et d'accusations. Jamais vous ne le ferez sortir de prison de cette manière...

Le « conseil » de Schori était exactement celui des autorités cubaines... C'était aussi celui qu'en France Régis Debray lui avait fait donner par l'intermédiaire d'un tiers : « Ce genre de chose doit se faire très en secret... »

— Cependant, monsieur Schori, avait répliqué Martha, quand un prisonnier des dictatures chilienne ou argentine est maltraité, vous dénoncez ce scandale. Pense-t-on encore ici que Cuba est un paradis ?

— Non, assurément non. Nous sommes désormais très peu à croire en Europe que Cuba est un paradis...

En parlant, il regardait nerveusement ses deux montres, une à chaque poignet.

— Et s'ils sont au courant, s'ils savent ce qui s'y passe, qu'il y a à Cuba une dictature implacable, pourquoi ne le disent-ils pas ?

— Parce que ce serait donner des armes aux Américains du Nord.

A cela Martha ne pouvait répondre, mais elle a pensé que c'était une attitude immorale qui manquait d'honnêteté et était contraire à toute éthique. Elle s'en est tenue à mon affaire :

— Ce n'est pas intelligent de maintenir mon mari en prison, parce que le nombre de ceux qui se joignent à la campagne pour sa libération augmente chaque jour, et cela nuit à l'image que Castro veut donner à l'étranger de lui et de son pays.

— Madame, dans Castro, il y a conflit entre l'intelligence et la vanité...

Il avait recommencé à consulter ses deux montres, et il a terminé en disant :

— ... Et c'est toujours la vanité qui l'emporte...

Martha s'est levée. Comment ne pas comprendre que l'insistance avec laquelle Schori regardait ses deux montres avait pour but de mettre fin à cette entrevue éclair ? Mais il a eu encore le temps de la prévenir que la presse ne devait rien savoir de cette rencontre. Peut-être a-t-il craint de blesser la vanité de Castro ?

Ramón Ramudo, l'Espagnol-Suédois, fut alors libéré : la Police politique cubaine avait changé son acte d'accusation : il n'était plus un agent de la C.I.A., mais un contrebandier en mouchoirs de soie, délit gravement puni à Cuba ! Ramudo était parvenu à sortir de prison avec les lettres que je lui avais écrites sur des morceaux de journaux pendant que nous étions dans nos cellules disciplinaires, et il est arrivé avec elles à Stockholm.

Il avait été le dernier avec qui j'avais eu un contact et, par une de ces coïncidences extraordinaires qui sont l'œuvre de Dieu,

Martha était encore à Stockholm quand Ramudo, hâve et le teint jaune, avec dans son regard l'empreinte de la prison et des tortures subies, apprit qu'elle y était également. Leur rencontre et le témoignage de Ramudo devant la télévision de Suède où il montra mes lettres ont eu un retentissement précieux et exceptionnel, car la presse du monde entier a fait écho à ses déclarations.

De Suède, Martha était passée en Norvège où la merveilleuse actrice Liv Ullmann, avec un groupe de journalistes et d'intellectuels émus par le récit de Martha, a fondé à Oslo un comité pour travailler à ma liberté, et la boule de neige de cette Europe nordique s'est jointe à l'avalanche inexorable qui allait écraser la vanité de Castro. En dépit des prophéties de Pierr Schori, le dictateur cubain ne triompherait pas. Au contraire, il allait devoir capituler.

Le traitement se poursuit. J'ai derrière moi des mois d'exercices quotidiens, et je peux marcher entre les barres parallèles sans l'aide d'aucun appareil orthopédique, m'accroupir et sautiller sur place comme si je courais. Pour moi, ces premiers progrès sur le chemin de mon rétablissement total ont une valeur indicible : je peux me tenir sur mes jambes! J'ai toujours au pied droit un déplacement des os qui résulte de la chute que j'ai faite en 1961 au début de mon évasion. Les os se sont ressoudés en dehors de l'articulation. En voyant les radiographies, les médecins disent qu'avec un tel déboîtement, je ne peux marcher sans boiter fortement. Mais ne je boite pas. Je me le suis imposé dès le début, et en tordant le pied dans le sens contraire de la déformation, j'ai réussi à mettre en jeu de nouveaux muscles pour compenser ceux qui se sont atrophiés.

Chose curieuse : malgré la résistance accrue de mes jambes et bien que je puisse courir sur place et faire des flexions entre mes barres parallèles ou avant de prendre ma douche quotidienne, je n'arrive pas à marcher droit dans mon réduit sans prendre appui sur quelque chose. C'est le phénomène que j'ai déjà connu à Boniato : je n'ai pas récupéré le sens de la direction. Aussi suis-je obligé de me servir encore de mon fauteuil roulant pour me déplacer. Il me faudrait de l'espace libre pour habituer mon cerveau à la perspective, à ce sens de la profondeur que j'ai perdu entre quatre murs. Après la visite d'un autre spécialiste, on m'apporte une bicyclette d'entraînement sur laquelle je me mets aussitôt à pédaler.

Je ne soupçonnais pas encore que l'heure du départ approchait. D'un côté, on intensifiait mon traitement ; de l'autre, on continuait à me torturer psychiquement. La qualité et l'abondance de la nourriture étaient inchangées, mais je faisais de l'allergie et j'avais le corps plein de cloques qui provoquaient des démangeaisons désespérantes, pour lesquelles on me refusait tout soin.

Un matin, un groupe de colonels est entré dans ma chambre. On m'a ordonné de rassembler mes affaires :

— Le général veut vous voir.

C'est une caravane de trois voitures qui quitte la prison avec moi. Nous arrivons à la Villa Marista, le siège de la Lubianka cubaine, un énorme complexe de plusieurs bâtiments.

Je me retrouve dans une des cellules qui s'ouvrent sur un très long couloir. Je pense aux dizaines de milliers de compatriotes qui sont passés par là pour être soumis à des interrogatoires épuisants. Beaucoup n'ont pu résister aux tortures et sont morts, « suicidés » selon la terminologie de la Police politique. Que de souvenirs éveille soudain en moi ce mot « suicide » !

C'est l'assassinat d'Eurípides Nuñez, secrétaire général d'un syndicat de travailleurs. C'est la liquidation de Javier de Varona, professeur de philosophie ; « suicidé » aussi le Dr José Janet, défenseur des Droits de l'Homme ; « suicidés », tant d'autres victimes anonymes ou non. Je pense à ceux qui ont croupi pendant des années, sans jugement, dans des cachots semblables au mien : Elizardo Sánchez Santa Cruz, professeur à l'Université, marxiste mais dissident ; Mario Zaldívar, chef de clinique à l'Hôpital Militaire de La Havane, maintenu dans un cachot spécial de congélation ; Manuel del Valle, fusillé après d'horribles tortures ; Orlando García Plasencia, l'un des conjurés qui voulaient tirer Castro au bazooka ; une femme, Dalia Jorge, faisait partie du complot : violée lors des interrogatoires où on l'amenait nue, jusqu'à ce que ses nerfs craquent et qu'elle avoue tout, elle découvrira qu'elle est enceinte sans savoir, de tous ceux qui l'ont humiliée, quel est le père de cet enfant. Quant à García Placencia, attaché dans la position fœtale pour qu'il soit obligé d'uriner sur son visage, soumis à la « baignade », jeté les yeux bandés dans une fosse aux crocodiles qui ne sont en fin de compte que d'inoffensives tortues, il recevra un matin la visite de Castro lui-même alors qu'il est comme toujours complètement nu et les menottes aux poignets : « Pourquoi n'as-tu pas tiré sur moi ? » lui demande-t-il. Tu es un lâche !

Et comme le prisonnier reste muet, Castro le soufflette...

Vingt ans ont passé depuis et Orlando García Placencia est toujours incarcéré, nu, dans le Combinat de l'Est.

Je suis donc au siège de la Police politique dans un cachot où un gardien me surveille presque continuellement par une ouverture dans la porte : le prisonnier doit se sentir constamment épié...

Je n'y passerai que quelques heures : voici que toute une cohorte de colonels et leur suite viennent me chercher. J'entre dans un bureau extrêmement luxueux, tapis et rideaux rouges. L'homme qui me reçoit a, je le sais, quarante-huit ans. C'est le général qui commande la Lubianka cubaine :

— Valladares, nous vous avons amené ici parce que nous allons vous rendre votre liberté... et nous vous laisserons peut-être sortir du pays...

Cette nouvelle ne produira pas chez moi l'effet qu'ils ont prévu, et le général s'en rend compte comme les autres. J'ai connu tant de cas de prisonniers manipulés, trompés de la sorte.

— Cette nouvelle ne vous fait-elle pas plaisir, Valladares ?

— Et pourquoi me libère-t-on, général ?

Je ne le crois pas encore. Depuis bien des années j'ai décidé de ne jamais m'illusionner sur ce que peuvent dire ces policiers.

— Parce que la révolution veut résoudre maintenant des cas comme le vôtre, malgré votre comportement hostile en prison et votre refus du plan de rééducation politique...

Il consulte sa montre, une de ces Rolex, le cadeau préféré de Castro, devenues à Cuba la preuve de la sympathie personnelle du dictateur.

— ... Il est très tard. Vous devez vous reposer.

— Il se lève pour ajouter :

— ... Nous savons que vous avez besoin d'un peu d'exercice à l'air libre et vous devez prendre un peu de soleil, car vous êtes très pâle. Demain le compagnon Alvarez Cambra, votre médecin, viendra vous voir. C'est lui qui a mis au point votre traitement, et il se tient au courant de son évolution.

Je n'ai pu dormir pendant les heures de ce début de matinée. Je ne m'attendais pas à cette nouvelle et je n'avais guère confiance ; je craignais que ce ne fût un nouveau stratagème de la Police politique, et j'essayais de deviner quelle machination se cachait derrière un tel présent. Peut-être voulaient-ils me faire miroiter ma libération pour obtenir de moi quelque concession, celle, par exemple, de signer que j'acceptais le plan de réhabilitation. Avec l'expérience que j'avais de ces ennemis capables de tout, je devais continuer à me tenir sur mes gardes jusqu'à la dernière minute : il me semblait impossible d'être libéré sans contrepartie. Je ne pouvais soupçonner que le flot de l'opinion publique mondiale s'était tellement gonflé que Castro s'était vu forcé de me libérer, en dépit de sa vanité et de son serment qu'il ne le ferait jamais tant que durerait cette campagne en ma faveur.

L'après-midi suivant, le Dr Alvarez Cambra m'annonce aimablement qu'on va me mener au gymnase et qu'on me fera sortir pour marcher sur le terrain de sport.

Mais ils me feront d'abord marcher le long des grands couloirs, soutenu par deux officiers. Puis ce sera le gymnase où le général m'attend. Les jours suivants, je devrai monter et descendre des escaliers, d'abord lentement, puis plus vite. De jour en jour, j'acquiers plus de sûreté dans mes mouvements. Un matin, accompagné du Dr Alvarez Cambra, je me retrouve sur le terrain de sport. Je titube en y faisant mes premiers pas. J'avance entre le médecin et le général. De l'autre côté, on me photographie.

Le Dr Alvarez Cambra m'explique alors que mon cerveau se réadaptera rapidement, et en effet c'est ce qui aura lieu. Et le général me confirme qu'on va non seulement me remettre en liberté, mais qu'on m'autorise à sortir du pays.

Je fais maintenant le tour du polygone qui sert de terrain de sport, lentement certes, mais plus vite, en trottinant, dès le lendemain.

— Quand vous courrez bien, vous partirez, me dit le général.

Je l'ai interrogé à propos de ma famille, et il m'a répondu qu'il avait reçu des ordres pour ne pas l'inclure.

— Alors, général, je n'accepte pas de partir. Je ne m'en irai pas sans ma famille. Elle a été des années l'objet de vos attaques, vous vous êtes servis d'elle comme otage, vous l'avez fait descendre d'un avion qui partait par représailles contre moi. Je ne vais pas m'en aller et la laisser. Tout est prêt, les passeports, les visas, les passages, etc. Il n'est pas juste qu'elle continue à souffrir dans un pays où elle fait l'objet d'une discrimination et est traitée en ennemie.

— Vous êtes fou, Valladares, vous ne savez pas ce que vous dites : votre famille partira plus tard !

— Non, général, je n'accepte pas cela.

— Ecoutez, vous recevrez demain la visite d'une personne qui vous parlera et vous fera changer d'avis.

Le lendemain, je me trouvais sur le terrain de sport en train de faire des exercices quand le général est arrivé avec un inconnu, grand, le teint clair, des moustaches, et qui n'était autre que M. Pierre Charasse, l'ambassadeur intérimaire de France. C'est lui qui m'a appris la cause de ma libération : le président Mitterrand l'avait demandée à Castro, lequel avait accepté. Il m'a montré le télégramme de l'Elysée : on m'attendait à Paris dans quelques jours, et la presse internationale s'était déjà emparée de la nouvelle.

J'ai ressenti comme une illumination divine : en quelques secondes, j'ai compris que le jeu avait changé de mains et que j'étais désormais dans une position de force.

J'ai exposé à M. Pierre Charasse la situation de ma famille et tout ce qu'elle avait souffert à cause de moi. Je lui ai demandé de transmettre mes remerciements au président de la France. Mais j'ai ajouté :

— Je préfère continuer à vivre dans un cachot en mangeant de la farine de maïs, mais en ayant la conscience tranquille, que manger un canard à l'orange à Paris chez Maxim's, en sachant que j'ai trahi les miens.

L'ambassadeur s'est montré fort aimable. Il a essayé de me raisonner : pour lui, qui savait que j'avais passé vingt-deux ans en prison, mon refus de l'accompagner à Paris a dû lui paraître une folie.

Quand il est parti, j'ai ressenti une grande sérénité. Je savais depuis longtemps que la chose la plus importante pour moi est de vivre d'accord avec ma conscience, en agissant comme je crois devoir le faire, sans tenir compte des conséquences. C'était cela ma véritable liberté, celle dont l'homme, grâce à Dieu, a la révélation intime. Je ne pouvais pas laisser derrière moi ma famille. Les régimes marxistes transforment vos proches en otages — cela, tout le monde le sait aujourd'hui —, ils se servent d'eux pour vous imposer silence quand vous êtes à l'étranger.

Cependant, ma décision devait indigner le général. Quand il m'a envoyé chercher, son visage était rouge de colère. Il m'a répété ce qu'on m'avait dit tant de fois pendant des années : les révolutionnaires ne cèdent jamais à une pression quelconque.

Castro, en apprenant ma réaction, avait dit que je pourrirais en prison :

— Nous allons vous offrir une dernière chance, Valladares.

— Je vous en remercie, général, mais je ne partirai pas sans ma famille.

Ce soir-là, alors qu'ils me raccompagnaient en prison, tous m'ont manifesté ouvertement leur hostilité. L'atmosphère était glaciale. Ces colonels qui quelques jours plus tôt se confondaient en prévenances et en amabilités (comme pour effacer en quelques heures des années de tortures et d'ignominies) ne m'ont pas dit un mot. Pendant toute la route, un silence total a régné entre eux et moi.

Deux jours plus tard, les autorités ont fait venir ma famille, qu'accompagnait M. Charasse. Ma mère m'a embrassé longuement : cela faisait des années qu'elle ne m'avait vu. Ma sœur elle aussi était très émue. Elles ont été heureuses de me voir marcher. Afin qu'elles ne pussent communiquer la nouvelle à personne, elles ignoraient tout du traitement que j'avais suivi. Pendant des mois, chaque fois qu'elles demandaient de mes nouvelles, on leur répondait que je refusais toujours d'être soigné.

J'ai appris qu'à la suite des conversations qui avaient eu lieu entre le gouvernement français et Castro, on avait inclus ma famille dans la négociation. Même ainsi, j'ai continué à refuser de partir seul : je ne croyais pas aux promesses de Castro. Alors ma sœur m'a dit en m'embrassant :

— Martha t'attend depuis vingt et un ans. Ni elle ni toi, vous ne méritez qu'on retarde davantage votre réunion. Pars, mon frère ; nous autres, au moins, nous ne sommes pas en prison ; tu as beaucoup souffert et tu mérites un peu de bonheur... Pars, et advienne ce que Dieu voudra...

Et ma mère s'est jointe à elle :

— Ne te fais pas de mauvais sang à notre sujet. Nous avons tant rêvé de te voir libre. Désormais, je peux mourir tranquille.

On me ramène au siège de la Police politique. De nouveau, les colonels sont souriants, obséquieux.

Le jour de mon départ, on me filme une dernière fois en train de faire le tour du terrain de sport.

Quand on me fait sortir définitivement de la cellule, l'officier qui m'accompagne donne un coup de sifflet pour prévenir les gardiens qui seraient dehors avec des prisonniers. Personne ne doit me voir, à tel point qu'un détenu que je rencontre porte un capuchon qui lui recouvre le visage et l'aveugle.

Mais, dans le couloir latéral, j'ai aperçu un prisonnier devenu fou qui repoussait son gardien et se mettait à courir. En arrivant à l'escalier, avec un hurlement, il s'est jeté dans le vide, la tête en avant. Qui était ce malheureux ? Qu'avait-il souffert pour en arriver là ?

Ils me donnent un complet, un pardessus et une valise.

J'ai une dernière conversation avec le général. C'est de sa part une menace voilée : ma famille reste, et il dépend de moi qu'on l'autorise à émigrer ou non. Il insinue que si je fais des déclarations contre Cuba, elle ne quittera jamais le pays :

— La révolution a le bras long, Valladares, ne l'oubliez pas...

Une dernière menace, sinistre, pleine de réticences. Je ne réponds rien. Mon esprit n'est plus dans ce bureau, il est ailleurs, loin, très loin, à Paris où Martha, en vraie Pénélope, m'attend. En 1979, je lui ai écrit un poème dont la fin était prémonitoire, un hymne à l'espérance, à son attente angoissée :

*J'arriverai jusqu'à toi*
*cette fois n'en doute pas*
*elle est déjà décidée, notre rencontre*
*malgré la haine et les abîmes.*

C'est l'heure du départ. Un cortège de plusieurs voitures prend l'avenue Rancho Royeros en direction de l'Aéroport International José Marti. L'avion partira à sept heures du soir. Un soleil rouge, un bain de sang, teint cette dernière soirée d'écarlate. Dans mon cœur s'élève une action de grâces et je demande à Dieu de protéger ma famille qui n'a pas eu l'autorisation de venir prendre congé de moi, ainsi que mes compagnons que je laisse derrière moi, dans la nuit éternelle des prisons politiques cubaines.

Les voitures roulent rapidement, et un mélange de mélancolie et de joie me replonge dans vingt-deux ans de souvenirs. Je me rappelle les sergents Porfirio et Matangas enfonçant leurs baïonnettes dans le corps d'Ernesto Díaz Madruga ; Roberto López Chávez agonisant dans une cellule, réclamant un peu d'eau à ses gardiens qui urinent alors sur son visage, dans sa bouche ; Boitel à qui, après plus de cinquante jours de grève de la faim, ses bourreaux refusent également de l'eau parce que Castro lui-même a ordonné de l'éliminer ; et sa vieille mère douloureuse, Clara, frappée dans les locaux de la Police politique par le lieutenant Abad uniquement parce qu'elle veut connaître l'endroit où l'on a enterré son fils ; et Carrión, blessé d'une balle à la jambe, demandant au milicien « Jagüey » de ne plus tirer, et tué froidement par celui-ci, dans le dos, d'une rafale de mitraillette. J'ai alors regardé ces officiers qui m'entouraient, et comment n'aurais-je pas pensé à d'autres officiers, semblables à ceux-ci, qui ont menacé les proches de Carrión de leur ôter son cadavre s'ils continuaient à pleurer ?

Et Estebita, Pire, morts un matin dans leurs cellules murées, victimes d'expériences biologiques. Et Diosdado Anuit, et Tan, et Eddy Molina et tant d'autres assassinés dans les camps de travaux forcés.

Une légion de spectres nus, estropiés, défile dans mon esprit, avec les images de ces horribles perquisitions qui chaque fois laissaient derrière elles des centaines de blessés ; et les mutilés ; et la menace de la dynamite pour nous faire sauter en cas de débarquement des insurgés ; et les cachots disciplinaires, ce royaume des coups ; et les mains d'Eduardo Capote coupées à la machette ; et les camps de concentration, les tortures ; et les femmes battues en prison ; et le gardien qui m'a jeté au visage mon urine et mes excréments ; et Eloy, et Izaguirre, et Martín Pérez blessé aux testicules par les balles de ses bourreaux. Et Robertico, le petit Roberto, battu, violé, pleurant et appelant sa mère parce qu'il avait douze ans et avait peur la nuit...

Et au-dessus de cette vision apocalyptique de tout ce que j'ai vécu, au-dessus de la fumée grisâtre des détonations et de cette orgie de coups et de sang, de prisonniers abattus et fusillés, j'ai revu une figure famélique, un squelette aux cheveux blancs, aux yeux bleus fulgurants, mais au cœur plein d'amour, qui levait les bras vers un ciel invisible et demandait à Dieu d'être clément envers ses bourreaux :

— Pardonne-leur, Seigneur, ils ne savent pas ce qu'ils font...

La figure du Frère de la Foi au moment même où une rafale de mitrailleuse lui a défoncé la poitrine.

« A notre point de vue, nous autres, nous n'avons aucun problème en ce qui concerne les Droits de l'Homme : ici, il n'y a pas de personnes disparues, pas de personnes torturées, pas de personnes assassinées. En vingt-cinq années de révolution, malgré les difficultés et les dangers que nous avons traversés, il ne s'est jamais commis une torture, jamais commis un crime. »

(Déclaration de Fidel Castro à des journalistes français et américains du Nord dans le palais de la Révolution, à La Havane, le 28 juillet 1983, publiée par le journal *Granma*, édition du 10 août de la même année.)

# Annexes

**PEDRO LUIS BOITEL**
assassiné sur ordre formel de Fidel Castro.

**ALFREDO CARRIÓN**
a été fusillé dans le dos.

**IBRAHIM TORRES**
victime d'expériences biologiques. Retrouvé mort un matin dans sa cellule.

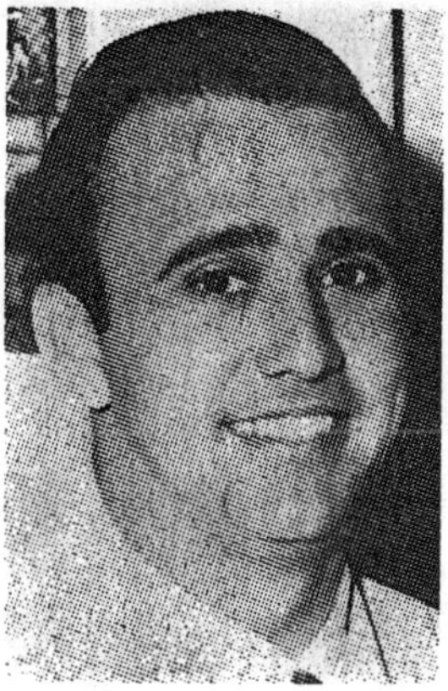

**« CUCO » CERVANTES**
mort asphyxié dans un camion transportant trop de prisonniers.

**RENÉ SILVA**
mort sur le cadavre de Cuco Cervantes, dans le même camion que lui.

**JULIO TAN**
tué à coups de baïonnette pour avoir refusé d'arracher de l'herbe avec ses dents.

**ORLANDO PEÑA**
torturé dans les « tiroirs » d'Oriente. Vit à Miami.

**ROGELIO VILLARDEFRANCOS**
notre télégraphiste, opérait suspendu à une fenêtre. Vit à Miami.

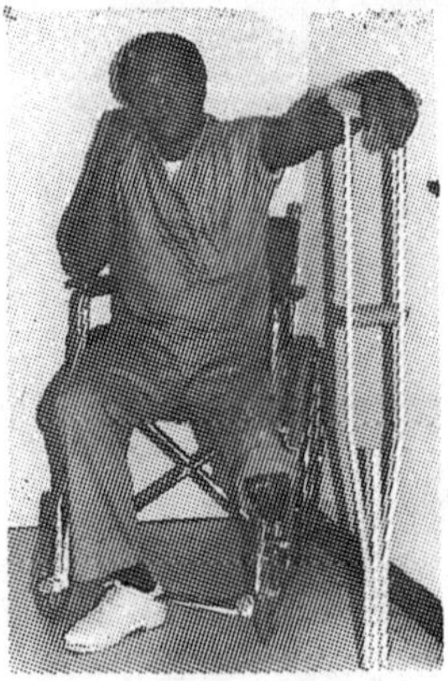

**SERGIO BRAVO**
blessé en prison d'une balle dans la jambe. Amputé sans raison. Vit à Miami.

**PIERRE GOLENDORF**
membre du parti communiste français. Jeté en prison à Cuba. Vit en France.

**ROBERTO MARTIN PEREZ**
a reçu en prison une balle dans les testicules. Emprisonné depuis vingt-cinq ans.

**ROMAN ABRAHAM ACEITUNO**
battu et torturé pendant les perquisitions. Vit à Miami.

**ROBERTO PERDOMO**
battu et torturé. En prison depuis vingt-cinq ans.

**MARIO CHANES**
ex-commandant, battu et torturé. Actuellement en prison.

**ELOY GUTIERREZ MENOYO**
l'ouïe et un œil endommagés à force de gifles. Poursuivi par la haine de Castro, actuellement en prison à Boniato.

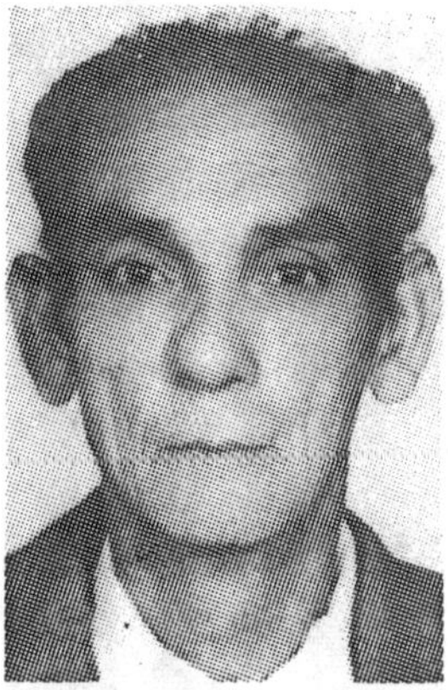

**BENJAMIN BRITO**
un brave parmi les braves. Notre guide lors de notre évasion.

**CHAGUITO GONZALEZ**
nous donna le signal de sauter par la fenêtre. Vit à Miami.

**CELESTINO MENDEZ**
nous avons préparé ensemble une autre évasion. Vit à Miami.

**DR EMILIO RIVERO**
torturé pendant des mois pour lui arracher une confession. Vit à Washington (USA).

**EDUARDO CAPOTE**
a eu les mains mutilées à coups de machette. Vit à Miami.

**VICENTE SOCARRAS**
nous étions punis ensemble quand j'ai arraché d'un coup de dents la tête d'une couleuvre. Vit au Venezuela.

**MARIO MORFI**
torturé et laissé pour mort dans une mare d'excréments. Vit à Puerto Rico.

**CARLOS BETANCOURT**
homme des plus intègres. Journaliste, il a connu l'épisode de l'instructeur politique Urquiza. Vit à Miami.

**DR ALBERTO VIVAS**
battu et jeté en cachot disciplinaire pour s'être moqué du chef des commissaires. Vit à Caracas.

**ENRIQUE DIAZ CORRES**
reçut neuf balles, dont l'une n'a pu être extraite. Vit à Miami.

**IFREDO IZAGUIRRE**
fut le seul à refuser de travailler, ne serait-ce qu'une seconde. Battu et torturé. Est membre de l'exécutif de la SIP. Vit aux USA.

**OSCAR « NAPOLEONCITO » RODRIGUEZ**
l'un des plus courageux. Blessé d'une balle. Emprisonné dans un « tiroir ». Vit à Miami.

**ALCIDES MARTINEZ**
l'un des héros des « tiroirs ». Torturé jusqu'à en perdre presque l'esprit. Vit à Miami.

**CHICHI DEL VALLE**
a été l'objet d'un semblant d'exécution. Torturé par Raúl Castro en personne. Vit en Floride.

**JOSÉ CARREÑO**
l'un des survivants des « tiroirs » et des expériences biologiques. Torturé. Vit à Miami.

**DR ENRIQUE CEPERO**
a fait une extraction dentaire suspendu à une grille. Exerce sa profession de dentiste à Miami.

**PEPIN VARONA**
étant presque moribond, s'est moqué ouvertement du commandant Suñol. Vit à Miami.

**DR HUMBERTO MEDRANO**
défenseur dévoué des prisonniers, parvint enfin à toucher l'ONU. Vit aujourd'hui à Washington.

**FERNANDO PRUNA ET SON ÉPOUSE**
prirent les armes contre Castro en 1959. Vivent à Miami.

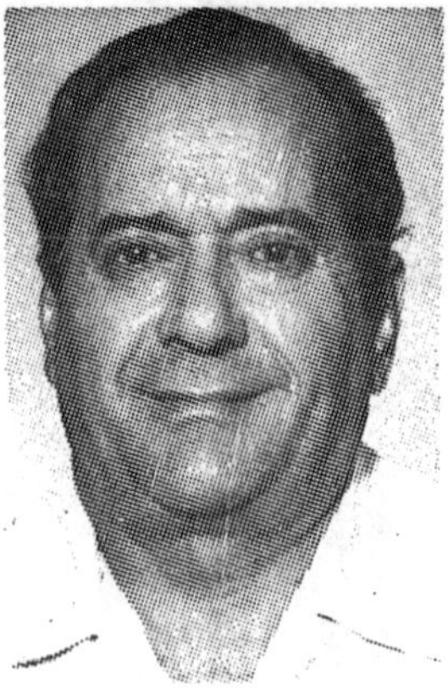

**ISRAEL DOMINGUEZ**
mon compagnon de cellule au Combiné de l'Est. Vit à Miami.

**JORGE PORTUONDO**
a été soumis aux expériences biologiques de la prison de Boniato. Vit à Miami.

**ANGEL LOREDO**
prêtre catholique, battu de façon bestiale dans les carrières de l'île des Pins. Vit actuellement à Rome.

**LINO LOPEZ QUINTANA**
l'un des prisonniers politiques disparus.

**THOMAS WHITE**
Américain du Nord, condamné à vingt-quatre ans de prison pour avoir lancé sur Cuba des brochures religieuses. Vit en Californie.

**CLARA ABRAHAM**
battue par le lieutenant Abad à qui elle demandait où l'on avait enterré son fils Pedro Luis Boitel, assassiné sur l'ordre de Castro. Vit aujourd'hui à Miami.

**JESUS CARRERA**
commandant révolutionnaire, fusillé pourtant sur l'ordre de Che Guevara qui assouvit ainsi de vieilles rancunes.

**RICARDO BOFILL**
dissident célèbre. Est en prison pour avoir dirigé un groupe pour le rétablissement à Cuba des Droits de l'Homme.

**JULIO TARRAU**
lieutenant, le plus criminel et le plus inhumain des directeurs des prisons castristes.

**OSMANY CIENFUEGOS**
actuellement membre du Comité central. A fait mourir neuf prisonniers par asphyxie dans un camion fermé.

**JULIO GARCIA OLIVERO**
commandant. Chef du groupe qui a dynamité la prison de l'île des Pins.

Table

*La composition de ce livre*
*a été effectuée par Bussière à Saint-Amand,*
*l'impression et le brochage ont été effectués*
*sur presse CAMERON*
*dans les ateliers de la S.E.P.C. à Saint-Amand-Montrond (Cher)*
*pour les éditions Albin Michel*

AM

*Achevé d'imprimer en janvier 1986*
*N° d'édition 9134. N° d'impression 2976-1924.*
*Dépôt légal : janvier 1986*

*Imprimé en France*